LES ANNÉES ROUGE ET NOIR

GÉRARD DELTEIL

LES ANNÉES ROUGE ET NOIR

ÉDITIONS DU SEUIL
*25, bd Romain-Rolland, Paris XIVe*

ISBN 978-2-02-114305-8

www.seuil.com

Avertissement

Le lecteur rencontrera dans ces pages aussi bien des personnages historiques, sous leurs propres noms, que des personnages de fiction, dont certains ont cependant un air de ressemblance avec d'autres acteurs de la vie politique qui ont librement inspiré l'auteur. Les faits, en dehors des grands événements qui ont marqué l'histoire depuis la fin de la Seconde Guerre mondiale et de quelques anecdotes vécues ou rapportées, sont bien évidemment le produit de l'imagination. Inutile donc de chercher dans ce scénario des révélations sur des intrigues et des mystères non élucidés. Quant aux éventuelles homonymies, elles résulteraient de pures coïncidences.

« Le reniement du passé est une funeste attitude. Et pour lutter contre le présent et créer de l'avenir, le passé est souvent l'arme la plus efficace. »

Extrait du *Julien Green en liberté… avec Marcel Jullian.*

« Tout pouvoir est une conspiration permanente. »

Honoré de Balzac, *Sur Catherine de Médicis.*

Prologue

Mai 1942

Le cortège était composé de six véhicules escortés par vingt motards de la gendarmerie. En tête roulaient deux motocyclistes immédiatement suivis par deux Citroën noires aux roues jaunes où avaient pris place huit gendarmes appartenant au corps d'élite chargé d'assurer la sécurité du chef de l'État français. Venaient ensuite deux Hotchkiss transportant des personnalités officielles, puis une longue limousine noire ornée d'un fanion tricolore surmonté de la francisque et des sept étoiles dorées. Une dernière Citroën et un essaim de motards fermaient la marche.

La limousine s'immobilisa devant le perron d'un vaste bâtiment plat de construction récente, sans style et fraîchement repeint en blanc, où s'ouvraient à intervalles réguliers de grandes baies vitrées. Au-dessus de la porte principale, vitrée elle aussi, on pouvait lire l'inscription « Compagnie des machines Bull » tracée en grosses lettres vertes disposées en arc de cercle. Sur le perron, attendaient une demi-douzaine d'hommes, dont certains portaient des blouses blanches. L'un d'eux descendit aussitôt les marches pour s'avancer au-devant du Maréchal qui s'extirpait de sa limousine avec l'aide d'un de ses gardes. Philippe Pétain allait nu-tête, habillé d'un costume civil gris sombre dont la veste aux larges revers agrémentés de diverses décorations était ouverte sur un gilet montant très haut sous son col, au point de dissimuler presque entièrement sa cravate. Son pas n'était pas très assuré.

Tout l'aréopage, rejoint par les passagers des deux Hotchkiss qui s'étaient arrêtées un peu plus loin pour permettre à la voiture du chef de l'État de stopper devant les marches, pénétra dans le bâtiment. Rangés en file de chaque côté du hall d'accueil, des employés en blouses blanches et grises se mirent à applaudir, tandis qu'une jeune femme s'inclinait devant l'illustre visiteur pour lui offrir un énorme bouquet, dont l'un de ses conseillers s'empressa de le débarrasser. Cette petite troupe parcourut ensuite un assez long couloir de chaque côté duquel s'ouvraient des ateliers pour aboutir dans une grande salle emplie de machines trépidantes et cliquetantes où s'activaient plusieurs dizaines d'employés, de sexe féminin pour la plupart.

Un homme d'une quarantaine d'années, qui portait de petites lunettes rondes et un nœud papillon, prononça quelques paroles de bienvenue, sans flagornerie excessive, puis entreprit immédiatement de jouer le rôle de guide auprès du chef de l'État. Celui-ci, qui semblait un peu désorienté par le tumulte ambiant et cet appareillage étrange, s'immobilisa devant un engin qui prenait des rectangles de carton dans des bacs à l'aide de palpeurs, les ingurgitait et les recrachait dans d'autres bacs à une vitesse stupéfiante après leur avoir fait parcourir un circuit mystérieux.

– Monsieur le Maréchal, vous avez devant vous notre dernier modèle de trieuse, la E 12, dont les performances sont aujourd'hui inégalées. Elle surpasse très nettement le modèle lancé par notre concurrent américain IBM. Mais, si vous m'y autorisez, pour vous permettre de mieux comprendre le fonctionnement de notre système mécanographique, nous allons commencer cette visite par le début.

Il entraîna donc le visiteur vers une partie de la salle où douze femmes installées derrière des tables alignées comme dans une salle de classe pianotaient sur des claviers. Pétain leva le doigt, à la manière d'un écolier qui croit connaître la réponse à la question posée par le maître.

– Je vois que vous employez des dactylos…

– Pas exactement, monsieur le Maréchal. Leur travail se rapproche en effet de celui des dactylos, mais ce sont des perforatrices, ou des poinçonneuses, comme on les appelle dans notre jargon. Au lieu de taper des caractères d'imprimerie, elles percent des trous dans des cartes. Une bonne opératrice peut effectuer huit mille perforations par heure. Notre monitrice pourra vous le confirmer.

Il adressa un signe à une femme d'allure autoritaire qui se tenait debout derrière un pupitre. Celle-ci s'approcha et fit une petite révérence.

– Nous sommes toutes fières de vous recevoir, monsieur le Maréchal. Mon mari a combattu sous vos ordres…

L'homme au nœud papillon l'interrompit, vaguement irrité par cette digression.

– Mme Lebas est notre monitrice de perforation, c'est elle qui dirige ce service. Combien vos filles font-elles de perforations à l'heure, madame Lebas ?

Le visage de l'intéressée s'illumina.

– Nous dépassons aujourd'hui les huit mille, monsieur le directeur. Et nous espérons faire encore mieux.

Le directeur la renvoya derrière son pupitre et tendit un rectangle de carton au chef de l'État.

– La carte perforée est à la base de notre activité. Pour éviter toute erreur, ces cartes sont ensuite traitées par des vérificatrices, qui exécutent les mêmes opérations…

Tandis qu'une partie des visiteurs suivait respectueusement la visite guidée du Maréchal, les autres faisaient connaissance avec les cadres et ingénieurs de l'entreprise et recevaient eux aussi des explications. Un groupe se forma autour d'un personnage de haute taille, très élégant, qui affichait une arrogance surprenante pour un individu qui venait tout juste de franchir le cap de la trentaine. Un homme plus jeune encore l'accompagnait.

– René Bousquet est le secrétaire général de la police, précisa ce dernier à un ingénieur, et je suis moi-même Jean Dides, commissaire aux renseignements généraux. Nous nous intéressons beaucoup à vos inventions.

– Vous m'en voyez très flatté. Je vous avais reconnu, monsieur Bousquet, je vous ai vu aux actualités aux côtés du président Laval.

– Très bien, dites-moi, pourquoi votre patron compare-t-il sans arrêt vos machines à celles d'IBM ?

L'ingénieur soupira.

– Ah, c'est une histoire compliquée. Nous sommes en procès avec les Américains à propos de plusieurs brevets.

– Nous n'intervenons pas dans ce genre de litige.

– Ce serait pourtant justice de soutenir la production nationale contre celle des Américains.

– Il ne faut pas mélanger les affaires et la politique. Et, comme vous le savez certainement, nous ne souhaitons pas perturber les relations diplomatiques que nous entretenons avec les États-Unis. De toute manière, ces conflits commerciaux ne sont pas de mon ressort. Mais j'ai quelques questions techniques à vous poser.

– Je vous en prie.

Bousquet prit une carte au hasard dans un bac, l'examina et fit la moue.

– Cette carte, telle quelle, je ne peux rien en faire. Il n'y a que vous qui pouvez décoder les informations représentées par ces perforations.

– Exact, monsieur le secrétaire général. C'est pourquoi nous avons mis au point une machine que nous appelons la Traductrice. La voici. Comme vous le voyez, j'y introduis une carte perforée et elle va ressortir en clair. Mais c'est encore un peu long pour le moment. Nous travaillons à améliorer ses performances.

Il effectua l'opération, qui ne dura pourtant pas plus d'une trentaine de secondes, et tendit la nouvelle carte à Bousquet.

– Vous voyez, celle-ci est parfaitement lisible. Elle se distingue peu d'une fiche classique tapée à la machine, si ce n'est qu'elle comporte toujours un certain nombre de trous.

– À quoi servent donc ces trous ? s'étonna le commissaire Dides.

– Tout simplement à classer les fiches et à les trier, rétorqua l'ingénieur, visiblement satisfait.

Bousquet se caressa pensivement le menton.

– Attendez, je ne vous suis plus. Pourquoi passer par la première étape ? Ne serait-il pas plus simple de saisir directement des fiches à la machine à écrire, quitte à y ajouter quelques trous ?

Cette fois, l'ingénieur parut contrarié par cette objection de néophyte.

– Non, c'est tout de même un peu plus compliqué. Je vais essayer de vous expliquer les choses autrement. M. Dides, ici présent, est commissaire de police. Ses services recherchent par exemple un terroriste, qui est à la fois, disons, communiste, juif et cordonnier. S'il doit chercher dans un fichier classique, à supposer qu'il contienne une fiche sur l'individu concerné, il va devoir examiner successivement toutes les fiches des communistes, ou toutes celles des Juifs, voire toutes celles des cordonniers, qui sont sans doute fort nombreuses, de façon à trouver un individu qui réponde à ces trois caractéristiques. Ce qui représente un travail long, fastidieux et hasardeux, sauf si vous avez beaucoup de chance et que vous tombez du premier coup sur la bonne fiche. Avec notre fichier mécanographique, notre trieuse va immédiatement sélectionner les fiches des gens qui sont à la fois juifs, communistes et cordonniers. De toute évidence, il y en aura beaucoup moins. Je vais vous faire une petite démonstration.

Bousquet et Dides observèrent un instant la trieuse qui projetait des fiches dans une série de bacs.

– Je conviens que c'est impressionnant, dit Bousquet.

– Et ce n'est pas tout. Nous n'avons sélectionné que trois critères : Juif, communiste, cordonnier. Mais nous aurions pu en prendre beaucoup plus. Votre cible pourrait aussi être grand, blond ou brun, borgne, boiteux, homosexuel, père de trois enfants, affublé d'une cicatrice sur le front, avoir habité dans tel ou tel arrondissement, avoir déjà été condamné, etc. Et cette fois, le nombre de fiches va nécessairement être encore plus réduit et le temps de recherche aussi par voie de conséquence.

Dides ne parut qu'à moitié convaincu.

– Mais cela suppose tout de même d'avoir au préalable établi toutes ces fiches.

– Bien entendu.

– Ce qui représente aussi beaucoup de travail et d'appareils de ce genre, et par conséquent d'excellentes affaires pour la Compagnie des machines Bull, conclut Bousquet avec un sourire ambigu. Vous êtes un excellent vendeur, monsieur, votre patron doit être content de vous.

– Mon patron ne prend pas toujours en considération l'aspect pratique des choses. C'est pourquoi, comme vous semblez l'avoir deviné, il m'a délégué certaines responsabilités…

Dides hocha la tête.

– N'hésitez pas à me contacter, messieurs.

L'ingénieur leur tendit un bristol portant non seulement son nom et ses coordonnées, mais toute une liste de titres et de diplômes. Tout cela était imprimé en caractères dorés et en relief.

– Je m'attendais à une carte perforée, plaisanta Bousquet.

Le Maréchal et sa suite rebroussaient déjà chemin, toujours flanqués de l'homme au nœud papillon. La visite avait duré moins d'une demi-heure.

– Je doute que le vieux ait compris quoi que ce soit, glissa Bousquet à Dides.

Leur chauffeur se précipita pour leur ouvrir la porte de la Hotchkiss que surveillait un quatuor de gendarmes. Bousquet passa le premier.

– Qu'en pensez-vous ? demanda-t-il à Dides une fois qu'ils eurent démarré.

– Je suis un peu sceptique. Il y a eu dans l'histoire des polices très efficaces qui utilisaient pourtant des fichiers traditionnels, rédigés à la main, l'Okhrana par exemple.

– Quelle référence ! L'Okhrana n'a pas empêché la révolution bolchevique, que je sache…

– Le pouvoir de la police a ses limites. Ce n'est pas à vous que je vais l'apprendre, monsieur le secrétaire général.

– Certes, dit Bousquet. Mais je pense qu'il faut avoir une vision d'avenir de notre métier. À condition d'être convenablement adapté, ce système mécanographique me semble justement de nature à repousser les limites auxquelles vous faites allusion. J'ai bien l'intention d'étudier sérieusement la question.

1

Février 1944

Anne repéra assez vite l'homme qui la filait. À Londres, on lui avait enseigné diverses méthodes permettant de déceler une filature et de la déjouer. Elle commença par s'arrêter devant une vitrine du boulevard des Capucines où étaient exposés des manteaux agrémentés de cols et revers en astrakan, en loutre, en renard et sans doute aussi en lapin. Un certificat d'aryanisation, encadré dans un sous-verre, avait été accroché au-dessus de ces luxueux vêtements. Elle affecta d'abord de s'absorber dans l'admiration de cette devanture. La vitre lui renvoya l'image d'une jolie brune de vingt-trois ans, plutôt longiligne, coiffée avec une petite houppette et sanglée dans une veste aux épaules larges, serrée à la taille, qui dessinait une silhouette en V comme c'était la mode. Sa courte jupe plissée à carreaux pouvait la faire passer pour une de ces midinettes qui font les boulevards à l'heure de la pause, à la recherche d'une bonne affaire ou d'un chevalier servant, mais ses chaussures détonnaient : elle détestait les grosses semelles de bois peint qui faisaient le bonheur des filles de son âge et portait des mocassins de cuir souple à tout petits talons, de fabrication anglaise, assez rares sur le marché, qui permettaient de courir vite et de dévaler les escaliers du métro sans risquer la chute. C'était son seul luxe apparent et l'idée de peindre des bas et des coutures sur ses jambes ne lui serait pas venue. Mais seul un regard féminin aurait sans doute remarqué ces détails.

Elle demeura ainsi quelques instants, comme si toutes ces parures du dernier chic parisien la faisaient rêver, elle qui ne s'intéressait à son apparence que pour passer inaperçue, de façon à contraindre son suiveur à s'arrêter lui aussi ou à la dépasser ; puis elle prit son poudrier dans le petit sac qu'elle portait en bandoulière et fit semblant de se maquiller. Dans le miroir, elle observa l'inconnu qui, lui aussi, s'était arrêté. Entre deux âges, avec son feutre et son imperméable à épaulettes, ses chaussures à bonnes semelles de cuir, son mégot au coin des lèvres, les mains dans les poches et l'air faussement décontracté, il avait l'allure assez caractéristique d'un policier ou d'un gestapiste. Le doute n'était guère possible, car Anne l'avait déjà remarqué dix minutes plus tôt à la Madeleine. Ils auraient pu s'y mettre à deux, se relayer, mais l'homme semblait seul.

Son rendez-vous avenue de l'Opéra avait été fixé pour treize heures trente. Elle avait donc choisi de descendre à la Concorde quarante-cinq minutes plus tôt pour effectuer un petit parcours de sécurité, selon les consignes reçues. Bien lui en avait pris. Si ce type et ses acolytes avaient l'intention de l'arrêter, elle tomberait seule. Elle savait depuis longtemps que cette situation risquait à tout moment de survenir et elle s'y était préparée. Néanmoins, toutes sortes d'images affluèrent dans ses pensées, provoquant une poussée d'adrénaline. Elle reprit son souffle, serra les dents et rangea son poudrier sans geste brusque. L'autre était trop loin pour avoir pu déceler cette réaction.

Ne jamais perdre son sang-froid, cela aussi faisait partie des règles apprises.

Le problème était maintenant de semer ce type et il n'existait qu'une solution dans ce quartier où les passants étaient trop peu nombreux pour se fondre dans leur foule : descendre dans le métro et courir très vite dès l'instant où elle serait hors de vue. La station la plus proche était Opéra, qui, avec ses deux entrées, ses couloirs, et ses nombreuses directions, se prêtait assez bien à l'opération. Cinq cents mètres environ la séparaient de la bouche la plus proche. Cinq cents mètres dont sa vie pouvait dépendre.

Elle reprit sa marche à la même allure, luttant contre la tentation de presser le pas, en jetant toujours de temps à autre un regard sur les vitrines, sans illusion sur les effets de cet artifice, mais il ne fallait rien négliger.

À l'instant où elle arrivait à l'angle de la place de l'Opéra, alors que son suiveur était toujours derrière elle, à la même distance, deux autres hommes qu'elle n'avait pas vu approcher l'encadrèrent. Tenter de leur échapper était inutile. Ils l'invitèrent à la suivre, sans la toucher ni juger nécessaire de présenter leurs cartes de police. Elle s'attendit à être jetée à l'arrière d'une voiture, selon la procédure habituelle de la Gestapo et de ses auxiliaires, mais ils firent demi-tour et entrèrent dans le Café de la Paix.

– Une personne voudrait vous parler, mademoiselle.

L'atmosphère luxueuse et feutrée la surprit. Anne n'avait pas mis les pieds dans un endroit de ce genre depuis qu'elle avait quitté Londres. Un trio d'élégantes bourgeoises coiffées de petits chapeaux papotait devant des tasses de thé, tandis que deux jeunes officiers allemands installés à une table voisine leur adressaient des sourires qu'elles affectaient d'ignorer. Au fond de la salle aux trois quarts vide, un homme d'une trentaine d'années, habillé d'un très strict costume bleu marine à rayures, lisait *Le Petit Parisien*. Ses lunettes rondes à fines montures lui donnaient davantage l'apparence d'un intellectuel que celle d'un policier. À l'approche d'Anne, il replia son journal qu'il posa sur la table et se leva, ce qui permit à la jeune fille de constater qu'il n'était pas très grand et un peu gras. Ses cheveux étaient plaqués sur son crâne, avec une raie au milieu et les tempes très dégagées.

Il lui désigna une chaise.

– Je vous en prie, mademoiselle Laborde.

D'un geste, il congédia les deux sbires qui s'éloignèrent.

Elle prit donc place en face de ce personnage, dont il lui sembla soudain avoir déjà vu le visage.

– Puis-je savoir…

Il inclina la tête, avec un petit sourire.

– Ne vous inquiétez pas, je vais satisfaire votre curiosité. Mais il faut d'abord passer votre commande. Que souhaitez-vous prendre ?

Un garçon en tablier attendait en effet devant leur table.

– Nous avons d'excellentes pâtisseries, suggéra-t-il. Mais vous n'avez peut-être pas déjeuné…

Anne avait aperçu quelques-uns de ces gâteaux présentés sous des cloches de verre. Elle fut tentée, néanmoins elle demanda un café.

Son interlocuteur ouvrit un étui à cigarettes en or.

– En voulez-vous une ?

La cigarette de la condamnée ?

– Merci, je ne fume pas.

– Et vous avez certainement raison. C'est très néfaste. Me permettrez-vous tout de même de me livrer à ce petit vice ?

Sans attendre son autorisation, il alluma une cigarette. Le briquet aussi était en or. Il tira quelques bouffées silencieusement en dévisageant la jeune fille, toujours avec ce petit sourire irritant, et attendit qu'on lui ait servi son café.

– Bien. Mettons cartes sur table. Vous avez dans votre sac une carte d'identité au nom de Jeanne Labourne, née dans le dix-septième arrondissement, mais elle est fausse. C'est un document fabriqué par les services secrets anglais. Vous êtes en réalité Anne Laborde, née à Grasse. Labourne… Laborde, ça se ressemble un peu, mais les Alpes-Maritimes ne sont pas très proches du dix-septième arrondissement.

– Je ne comprends rien à ce que vous me dites, monsieur, et je ne vois pas où vous voulez en venir.

– Voyons, voyons, mademoiselle Laborde. Savez-vous que j'ai eu l'occasion de rencontrer votre père, qui est propriétaire d'une fabrique de parfums à Grasse ? Le sous-préfet Pierangeli fait partie de mes relations et je connais aussi un peu le maire qui est également parfumeur. Bon, les Allemands occupent la région, avant il y a eu les Italiens, mais l'entreprise de votre père tourne toujours. Elle traversera cette période sombre et vous en hériterez plus tard, avec votre frère Jean-Pierre.

À l'évocation de son frère, elle ne put maîtriser une réaction de surprise que son interlocuteur remarqua avec une certaine satisfaction.

– Votre frère, vous ne l'ignorez pas, a fait un choix très différent du vôtre. En ce moment, son unité est affectée du côté de Minsk ou quelque chose comme ça. Il ne doit pas y faire chaud en cette saison. Mais votre frère est un courageux jeune homme, comme vous, mademoiselle Laborde. Eh oui, aujourd'hui, bien des familles françaises sont ainsi cruellement divisées…

Elle décida de conserver le silence.

– Si vous le voulez bien, revenons à votre carrière, mademoiselle Laborde. Vous avez commencé des études de droit. Une élève brillante. Puis vous avez décidé de partir pour Londres où vous avez suivi un entraînement sous la direction de l'Intelligence Service et, à l'issue de cette formation, le BCRA vous a envoyée en mission…

Ce type voulait visiblement lui montrer qu'il savait tout d'elle et qu'il était inutile de nier. Le problème, comme toujours en pareille situation, n'était pas ce qu'il savait mais ce qu'il ignorait et qu'il fallait essayer de lui cacher. Du moins le plus longtemps possible… Mais pourquoi l'avait-il invitée à sa table au lieu de la conduire à la préfecture de police ou rue Lauriston ? Par égard pour son père ou son frère ? Leur était-il redevable ? Ou tout simplement jouait-il avec elle comme le chat avec la souris, par perversité ?

Elle se garda de poser les questions qui lui tournaient dans la tête et s'appliqua à conserver un visage fermé.

– Je ne vois toujours pas où vous voulez en venir.

– Tss, tss… Je vous ai promis de satisfaire votre curiosité. Chaque chose en son temps. Mais je ne me suis pas présenté. Aimé Bacchelli. Oui, je sais, mon nom ressemble un peu à celui du musicien Aimé Barelli dont je n'ai pas le talent. On ne peut pas me confondre avec lui.

Satisfait de cette plaisanterie, il se renversa dans son siège et tira une dernière bouffée avant d'écraser sa cigarette dans un cendrier.

Bacchelli ! Voilà pourquoi Anne avait eu l'impression de l'avoir déjà rencontré. En fait, elle avait vu son portrait dans la presse. Aimé Bacchelli, proche conseiller de Marcel Déat, passait pour la tête pensante du Rassemblement national populaire. Anne aurait pu elle aussi réciter son curriculum vitae. Intellectuel de gauche avant-guerre, pacifiste, proche de la SFIO puis des Néos[1], il avait viré sa cuti pour servir Vichy. L'ancien instituteur de province qu'elle avait en face d'elle était un homme puissant qui figurait en bonne place sur la liste des têtes à abattre.

– Oui, j'ai entendu parler de vous, monsieur Bacchelli.

– Je m'en doutais, figurez-vous ! J'imagine que les informations, et même les journaux français, parviennent à Londres.

Bacchelli croisa les mains sous son menton et fixa Anne.

– Puisque nous parlons de Londres, j'ai parmi mes collaborateurs des gens qui connaissent très bien vos chefs, et en particulier Roger Vernet.

Cette fois, elle maîtrisa sa réaction. Elle ne dépendait pas directement de Vernet, mais l'avait croisé plusieurs fois dans les bureaux de Duke Street.

– Ils connaissent aussi très bien Wybot et Dewavrin, qui se fait appeler colonel Passy.

Il hocha la tête.

– Par les temps qui courent, tout le monde se donne du galon. À Vichy comme à Londres, les promotions sont parfois rapides. Dans les maquis, ça va encore plus vite. Moi, ça ne m'intéresse pas de porter des barrettes et des décorations. Vous, vous avez le grade de lieutenant dans cette armée fantoche, ou quelque chose comme ça, si je ne me trompe ? On pourrait vous traiter comme prisonnier de guerre, mais, comme vous le savez, depuis l'armistice de 1940, il n'y a pas de guerre, du moins pas pour nous, et le seul gouvernement légal de la France est celui du maréchal Pétain. C'est ainsi, que cela vous plaise ou non, mademoiselle Laborde. Donc, votre statut est celui d'une terroriste ou d'une espionne anglaise. Pas fameux.

Il assortit cette remarque d'un nouveau balancement du chef.

– Je vous disais donc que certains de mes amis connaissent

1. Courant socialiste des années 1930 rejetant à la fois le marxisme et le réformisme pour préconiser une révolution technocratique menée par l'État.

très bien les vôtres. Ce sont des amis relativement récents, le 6 février[1] nous n'étions pas vraiment du même côté. Mais aujourd'hui, nous nous retrouvons côte à côte pour défendre certaines valeurs. Parmi ces hommes, qui sont des patriotes, certains ont choisi Londres, comme votre patron Vernet, d'autres Vichy. Les premiers ont parié sur la victoire de l'Angleterre, les seconds sur celle de l'Allemagne. Les chances de l'Angleterre ont augmenté depuis l'entrée en guerre des Russes et des Américains, il faut l'admettre, mais tout n'est pas joué.

– Vous êtes en train de me faire un cours politique, monsieur Bacchelli. C'est une déformation professionnelle d'enseignant ?

Il rit.

– Ah, je vois que vous avez de la repartie ! Si je me suis permis de vous exposer un peu longuement la situation, c'est pour essayer de vous faire comprendre que nos objectifs, ceux de vos chefs comme les miens, ne sont pas aussi éloignés qu'on pourrait le penser au premier abord.

Une réplique cinglante lui brûla les lèvres mais ne les franchit pas. On lui avait aussi enseigné que, dans une situation semblable, provoquer son interrogateur voire son tortionnaire n'était guère habile. Il fallait écouter, enregistrer, sans donner pour autant l'impression d'approuver et se compromettre, et surtout parler le moins possible. C'est ce qu'elle fit. Mais, de toute évidence, son attitude ne surprenait pas Bacchelli qui connaissait aussi les consignes données aux agents du BCRA. C'était lui, et lui seul, qui menait le jeu. Anne en avait bien conscience.

Bacchelli prit une profonde inspiration et écarta les mains, avec l'expression de l'homme qui se trouve placé dans une position délicate.

– Vous n'ignorez pas que votre situation serait beaucoup plus désagréable si vous vous trouviez maintenant dans les locaux des BS[2] et non dans cet établissement…

1. Bacchelli évoque le 6 février 1934, quand une manifestation d'anciens combattants menés par les ligues fascistes marcha sur le Palais-Bourbon.

2. Brigades spéciales de lutte contre le terrorisme.

Il s'interrompit pour regarder en direction du couple d'officiers allemands qui avaient maintenant engagé la conversation avec les trois jolies Parisiennes.

– Même si on peut rencontrer des gens que vous n'aimez pas. (Il baissa la voix.) Mais vous savez, personne n'aime les Boches chez nous, ni à Vichy ni ailleurs, pas plus le Maréchal que Laval ou Darnand. On ne leur a pas demandé de venir, mais nous avons perdu la guerre et il faut tenir compte de leur présence, c'est tout. Après, c'est une question de tactique.

Ce monologue rappelait à Anne les cours magistraux de certains pontes universitaires. À la différence qu'elle ne pouvait pas s'endormir comme sur les bancs de la faculté : sa vie dépendait peut-être de l'issue de cet entretien.

– Vous ne dites pas grand-chose, remarqua-t-il. Je vous comprends. À votre place, je me tairais sans doute aussi.

– Vous n'êtes pas à ma place.

– Non, j'en conviens. Pour le moment, ma place est meilleure que la vôtre. Mais, dans les périodes troublées comme celle que nous vivons, ce genre de position est éphémère.

– Où voulez-vous en venir ?

Le sourire de Bacchelli s'élargit.

– Enfin… J'avais le sentiment que mes propos vous laissaient indifférente. Ce préambule, sans doute un peu long, était nécessaire à une bonne compréhension de notre sujet.

Cette fois, il s'exprime vraiment comme un instituteur ! songea Anne.

– Voyez-vous, comme j'ai essayé de vous l'expliquer, peut-être un peu maladroitement j'en conviens, il y a des patriotes des deux côtés de la Manche. Nous devrions un jour ou l'autre nous retrouver côte à côte contre un ennemi commun.

– Un ennemi commun ?

– Voyons, mademoiselle Laborde, le bolchevisme ! Les bolcheviks sont tout autant les ennemis de De Gaulle que les nôtres. Pour le moment, ils se sont ralliés à lui, mais ils attendent leur heure. Et de Gaulle est à Londres tandis que ce sont les communistes qui commandent les maquis. Qui aura le pouvoir après la guerre, si les Allemands sont battus et si Staline n'est pas mis à genoux d'ici là ? Et depuis Stalingrad, ça n'en prend pas le chemin. Je pense à votre malheureux frère…

– Laissez mon frère tranquille !

La vivacité de cette réaction ne manqua pas de procurer une nouvelle satisfaction à Bacchelli, car rien n'est plus désagréable qu'un interlocuteur qui vous ignore, même quand celui-ci est à votre merci. Il balaya l'espace d'un geste de la main.

– D'accord, laissons votre frère de côté. Je l'ai rencontré, c'est un idéaliste qui va jusqu'au bout de ses convictions. Pour ma part, je suis, disons, plus pragmatique. Il existe toutes sortes de façons de servir la France…

Le voilà reparti dans un discours-fleuve, se dit Anne. Il disserta ainsi quelques instants, puis ôta ses lunettes qu'il essuya avec sa belle cravate de soie à rayures rouges et bleues. Il fit signe au garçon, qui accourut.

– Je reprendrais bien un café.

– Très bien, monsieur Bacchelli. Et vous, mademoiselle ?

En dépit de la situation, elle craqua pour une part de la tarte aux mirabelles qui lui avait mis l'eau à la bouche en entrant dans l'établissement. Le garçon revint avec une table roulante sur laquelle étaient disposées diverses pâtisseries, de sorte qu'elle prit aussi une tranche de mille-feuille aux framboises et une portion de tarte aux fraises. Après tout, si elle devait mourir sous la torture, c'était toujours ça de pris sur l'ennemi.

Bacchelli la couvait d'un regard équivoque, qui semblait pourtant plus paternel que libidineux. Elle s'appliqua à manger ses gâteaux très lentement, par petites bouchées, découpées délicatement avec sa fourchette, pour ne pas paraître affamée, car si elle s'était laissée aller, elle les aurait dévorés. Le dirigeant du RNP n'était probablement pas dupe, car il ne pouvait ignorer les privations dont souffrait la population, bien qu'il ne les partageât pas lui-même. Il se garda cependant de toute réflexion susceptible de blesser la jeune fille et fit celui qui ne remarquait rien. Une flamme jaillit de son briquet en or pour allumer une nouvelle cigarette. Il fumait des anglaises.

– Si vous voulez mon avis, reprit-il, une course de vitesse va s'engager prochainement entre les nationaux et les bolcheviks. Dès qu'ils sentiront les Allemands faiblir, Thorez et Duclos vont essayer de nous rejouer la Commune. En beaucoup plus sanglant, croyez-moi. Vous êtes une jeune fille cultivée, vous connaissez l'histoire, vous comprenez donc à quoi je fais allusion. Et si les T 34 de Staline déferlent sur l'Europe, je ne donne pas cher de ma peau et de la vôtre. Vous et vos amis gaullistes, vous serez les premiers que les bolcheviks élimineront. C'est toujours de cette façon que ça se passe.

Ce laïus aurait dû lui couper l'appétit, mais les gâteaux étaient délicieux. Elle n'avait rien mangé de comparable depuis une éternité.

– Vous n'êtes pas communiste, bien entendu, et vous ne les aimez pas.

C'était une affirmation, pas une question.

– Ce sont vos alliés, de Gaulle essaie de les utiliser comme il peut, mais vous ne les aimez pas. Je le sais. Votre dossier, qui est très complet, dit que vous avez milité à l'Action française pendant votre passage à la faculté. À moins que vous n'ayez, depuis, viré de bord et pris votre carte au parti de Thorez. On ne sait jamais.

Cette idée la fit sourire à son tour. Son frère l'avait en effet entraînée à quelques réunions. La nostalgie de la grandeur passée de la monarchie et de ses fastes lui avait semblé plus séduisante que la terne république des copains. En revanche, les expéditions des Camelots du roi dans les amphis pour chasser les étudiants juifs et étrangers à coups de canne, aux cris de « Dehors les métèques », lui avaient déplu. Elle s'était fâchée avec son frère qui, à l'époque, partageait avec elle un appartement que leur louaient leurs parents rue Dufour. Et depuis, Maurras, qu'elle admirait beaucoup, l'avait déçue. Elle s'abandonna brièvement à ces souvenirs puis réalisa que ce sale type, avec ses manières cauteleuses, ses gâteaux, ses discours, ses allusions à sa famille, était en train de l'amadouer en dépit de toutes ses résolutions. Elle faisait face à un traître méprisable. On ne le lui avait pas demandé, mais si elle avait disposé d'une arme dans son sac à main, son devoir aurait sans doute été de lui tirer une balle dans la tête. Quitte à se faire abattre elle-même sur-le-champ par les deux officiers allemands qui devaient avoir leurs pistolets à portée de la main.

Elle fantasma un instant sur cette séquence d'héroïsme. Mais elle n'avait pas d'arme dans son sac, et Bacchelli, si bien renseigné, le savait sans doute. À moins qu'il n'eût un caractère suicidaire.

Le numéro deux du RNP estima probablement que le moment était venu de porter l'estocade.

– Il me semble donc, mademoiselle Laborde, que nous pourrions dès maintenant travailler ensemble.

– Vous ne manquez pas de culot !

Il leva une main apaisante.

– Je vous entends. Il n'est pas question de faire de vous une indicatrice de police. Je ne vous demande pas de dénoncer vos chefs et vos contacts et je vous donne l'assurance que, si nous parvenons à passer un accord, vous ne serez plus suivie.

– Alors, qu'attendez-vous de moi ?

– Eh bien, comme vous le savez, même si les différents réseaux sont cloisonnés, il existe des relations entre les chefs gaullistes et les chefs communistes. Je ne veux faire tomber que les communistes. Car demain, vous verrez, comme je viens de vous le dire, nous nous retrouverons tous face à eux. J'ai moi-même quelques contacts au sein de l'OCM[1] et, croyez-moi, je ne les ai jamais dénoncés.

– Je ne connais ni n'ai jamais fréquenté aucun communiste. Même si j'acceptais votre proposition, je serais donc bien en peine de la satisfaire.

– Certes, mais vous pouvez avoir accès à des informations susceptibles de nous aider à remonter jusqu'aux chefs du parti.

– Je ne vois pas de quelle façon. Ça ne tient pas debout.

– Il y a nécessairement toutes sortes de contacts entre eux,

1. Organisation civile et militaire : réseau de résistance nationaliste essentiellement composé de militaires.

des agents de liaison. Mais je ne vous demande pas l'impossible. Si nous ne mettons pas la main sur Duclos ou Rol-Tanguy, nous ne vous en tiendrons pas rigueur. Ce sera pour plus tard. Vous ferez ce que vous pourrez, je vous laisserai carte blanche.

Elle demeura interdite, à la fois consciente de la manipulation et soulagée de savoir qu'il n'allait pas exiger qu'elle livre des compagnons.

Bacchelli alluma une troisième cigarette.

– Vous n'en voulez toujours pas ?

– Non, je ne fume plus depuis…

Depuis qu'elle avait quitté Londres, mais elle n'ajouta pas cette précision.

– Bien. Il y a une autre chose que vous devez comprendre, mademoiselle Laborde. Cette proposition est le seul moyen que j'ai trouvé pour vous éviter de tomber entre les mains des hommes du commissaire David. Ce sont eux qui vous ont identifiée, des amis me l'ont appris, et il n'a pas été facile de les convaincre de me laisser agir à ma guise, car ces questions de police sortent de mes attributions et ces gens-là n'aiment pas qu'on marche sur leurs plates-bandes. J'ai d'ailleurs dû leur promettre une contrepartie.

– Je devrais donc vous remercier.

– Si vous n'étiez pas si jeune et si fanatique, je crois que vous le feriez. Mais je n'attends aucune gratitude. Comme je vous l'ai dit, j'entends seulement servir mon pays. Ce serait dommage de le priver d'une jeune intellectuelle aussi brillante.

Anne secoua la tête, elle n'en croyait pas ses oreilles. La dernière personne qui lui avait parlé de cette façon était son père, car ses chefs du BCRA ne s'étaient jusqu'ici préoccupés ni de sa jeunesse ni de son avenir, elle n'était à leurs yeux qu'une combattante parmi d'autres. Elle ne revendiquait d'ailleurs aucun traitement de faveur.

Bacchelli leva un doigt, plus instituteur que jamais.

– Je le fais aussi par respect pour votre famille. Mais comprenez bien que si je ne peux pas mettre en avant un résultat positif à cet entretien, ce sont les gens de la BS qui reprendront la main. Et ils sont compétents et acharnés, croyez-moi. Je vais vous laisser quelques jours pour réfléchir. Je ne peux pas faire plus. D'ici là, je vous déconseille vivement d'essayer de quitter Paris, de vous cacher ou de rejoindre un maquis.

Ce qui signifiait de toute évidence que, contrairement à ce que Bacchelli lui avait laissé entendre, elle serait surveillée. Ce cas de figure aussi avait été envisagé par les chefs du BCRA. La consigne était claire : rompre tout contact.

Bacchelli jeta un œil à l'addition, abandonna quelques billets sur la table et se leva sans attendre l'addition.

– Je ne vous retiens plus, mademoiselle Laborde.

2

Juin 1944

La planque avait été aménagée dans un pavillon de banlieue isolé. Anne, qui disposait d'une clé que lui avait remise son supérieur direct, arriva la première et explora les lieux. Avec ses papiers peints à fleurs jaunis, son mobilier d'inspiration Henri II et divers objets pour la plupart un peu vieillots, la maison aurait pu être occupée par un couple de modestes retraités. Pourtant, la couche de poussière qui recouvrait les lieux montrait qu'ils avaient été abandonnés depuis un certain temps. Elle découvrit un balai et des chiffons dans un placard et entreprit de faire un peu de ménage dans l'entrée et le salon car cet état pouvait sembler louche à d'éventuels visiteurs. Ensuite, elle s'installa dans un fauteuil couvert de velours usé jusqu'à la corde et tourna le bouton du poste de radio, mais l'appareil ne fonctionnait pas.

Elle n'eut pas le temps d'ouvrir le livre qu'elle avait emporté à tout hasard, un exemplaire d'un roman de Gide imprimé avant la guerre, que la sonnette se mit à carillonner. Il ne s'agissait pas d'une sonnette moderne à impulsion électrique, mais d'une manette reliée à un câble qui actionnait une petite sonnette de bronze. Celle-ci produisait un tintement qui résonnait dans toute la maison.

La surprise lui coupa le souffle pendant un court instant, puis elle se leva, traversa le couloir qui menait à la porte d'entrée et fit pivoter l'œilleton. Le visage qu'elle découvrit était celui d'un jeune homme au physique agréable, plutôt étroit, avec des pommettes saillantes, des yeux noirs surmontés d'épais sourcils, un haut front et une abondante crinière brune rebelle coiffée en arrière. Cette apparence correspondait à la description sommaire qui lui avait été faite de son contact. Néanmoins, après avoir ouvert, elle demanda prudemment « C'est à quel sujet ? » comme l'aurait fait une ménagère ordinaire.

– Je viens pour réparer la chaudière, dit le jeune homme.

– Il y a une fuite. Un tuyau est crevé.

– J'ai tout ce qu'il faut pour le réparer.

C'était au mot près le dialogue convenu. Elle ouvrit donc plus grand la porte et laissa passer le garçon, qui était vêtu d'un blouson de cuir et portait une musette de plombier sur l'épaule.

Celui-ci promena un regard indifférent sur le décor, puis se laissa tomber dans le fauteuil qu'Anne venait d'abandonner.

– Vous n'auriez pas quelque chose à boire ?

– À vrai dire, je viens d'arriver, mais je suppose que les robinets fonctionnent.

Elle alla explorer la cuisine, dont les placards contenaient quelques boîtes de conserve et des biscuits, mais aucune boisson. Elle trouva des verres et en prit deux qu'elle remplit d'eau et disposa sur un petit plateau.

– J'aurais apprécié un petit coup de rouge ou une bière, mais je me contenterai du Château-La Pompe s'il n'y a rien d'autre, dit le jeune homme en levant son verre dans sa direction, comme s'il trinquait.

– Dites donc, vous êtes difficile pour un communiste !

Cette remarque suscita un sourire ironique.

– Il est préférable de nous en tenir à notre mission et d'éviter les discussions politiques, vous ne croyez pas ?

– Sans doute. Avez-vous les documents ?

– Vous voilà bien pressée tout à coup. Laissez-moi souffler, je viens de me coltiner vingt bornes avec un vélo pourri.

– Vous l'avez laissé dehors ?

– Je ne suis pas idiot. Je l'ai planqué dans le jardin, derrière le pavillon.

– Et si je n'avais pas été là ? Vous n'avez pas de clé…

– Eh bien j'aurais suivi les consignes. Attendre dix minutes sans me faire remarquer et revenir demain à la même heure. Ça ne m'aurait fait que quarante bornes de plus. Un bon entraînement pour le tour de France.

Cette fois, Anne ne fut pas insensible à son sourire et à son charme. Elle rit.

– Je vois que vous êtes sportif.

– On s'adapte à la situation. Et vous, comment êtes-vous venue ?

– Par le train et à pied depuis la gare. Elle n'est pas loin.

– Bon, je vais tout vous remettre comme prévu et vous me signerez un reçu. Ne vous inquiétez pas, ça n'est pas compromettant : ils ont mis ça sous la forme d'une facture de plombier. Ensuite nous vérifierons que la maison convient.

Leur mission consistait à préparer une rencontre entre les représentants des Francs-tireurs et partisans français de la région parisienne et des délégués de l'Armée secrète gaulliste, envoyés par le général Kœnig, qui venait d'être nommé à la tête des Forces françaises de l'intérieur. Il leur fallait pour cela vérifier que l'endroit était sûr, envisager les diverses mesures de sécurité, les issues et les itinéraires de repli, puis transmettre des rapports détaillés à leurs supérieurs respectifs. Mais la méfiance restait de rigueur entre des combattants clandestins issus de milieux politiques aussi différents.

Il sortit de sa musette une lettre cachetée contenant un projet d'application du protocole d'accord signé entre les deux mouvements de Résistance, car la fusion décidée le 1er mars n'existait encore que sur le papier. Anne la rangea dans son sac et signa la fausse facture.

– Voilà qui est fait ! dit le jeune homme sur un ton enjoué. Passons à la seconde étape…

La sonnerie du téléphone l'interrompit. Ils s'interrogèrent du regard. D'où pouvait venir cet appel et fallait-il répondre ?

Le jeune FTP décrocha le combiné, prononça des paroles qui correspondaient à un code, écouta son interlocuteur pendant un bref instant puis raccrocha.

– Les nouvelles ne sont pas bonnes. Nous sommes bloqués ici jusqu'à nouvel ordre.

– Et pourquoi cela ?

– Je croyais que vous saviez qu'on ne pose pas ce genre de question. De toute manière, je n'en sais rien. Il peut y avoir toutes sortes de raisons. Ça ne m'intéresse pas de me creuser la tête pour essayer de les deviner. Les ordres sont les ordres.

– Ce sont les ordres de vos chefs, pas des miens ! protesta-t-elle. Qu'est-ce qui me prouve qu'il ne s'agit pas d'un piège ? Et si je veux partir pour demander des consignes ?

Il eut un nouveau sourire, différent des précédents, puis écarta un pan de son blouson pour lui montrer la crosse d'un pistolet passé dans sa ceinture.

– Je crains que ce ne soit pas possible.

– Vous me tireriez dessus ?

– Ça ne sera pas nécessaire, puisque vous allez être raisonnable et rester jusqu'à un nouvel appel. Nous n'attendrons peut-être pas plus d'une heure ou deux. De toute façon, il va nous falloir un certain temps pour tout examiner comme il faut.

Une sourde inquiétude envahit la jeune femme. Cet incident était-il la conséquence de sa rencontre avec Bacchelli ? Elle aurait dû, bien entendu, rapporter cet épisode à ses chefs, mais elle ne l'avait pas fait, de crainte qu'ils ne considèrent qu'elle avait été retournée après avoir parlé et passé un marché. Tout combattant arrêté et relâché devenait suspect auprès de ses camarades. Elle n'avait donc pas osé refuser cette mission, tout en ayant conscience du danger qu'elle faisait courir à son réseau. Depuis ce sinistre tête-à-tête, le numéro deux du RNP ne l'avait plus inquiétée. Son espoir était que, dans l'atmosphère de panique créée par le débarquement des Alliés en Normandie et la dégradation continue de la situation de Vichy, les politiciens du genre de Bacchelli soient trop occupés à sauver leur peau, voire à retourner leur veste, pour s'intéresser encore à elle. Mais les tortionnaires des Brigades spéciales, eux, avaient le dos au mur et poursuivraient leur sinistre besogne jusqu'au bout.

Il était difficile de savoir quel marché Bacchelli avait passé avec eux. Elle avait donc pris les plus grandes précautions, au point d'avoir la certitude de ne pas avoir été suivie. Néanmoins, une erreur n'était pas à exclure. Peut-être les BS avaient-elles savamment organisé un traquenard pour coincer des éléments plus importants qu'elle ? Rien ne prouvait que cet homme armé, aussi sympathique soit-il, était bien l'envoyé des FTP. Ou bien avait-elle été démasquée par des membres de son réseau et ce rendez-vous n'était qu'un piège pour l'attirer dans un endroit discret où on allait l'interroger, voire l'exécuter pour trahison…

– Bon, on s'y met ? dit le supposé FTP.

Ils visitèrent méthodiquement le pavillon et repérèrent, outre l'entrée principale, deux issues susceptibles d'être utilisées en cas d'urgence. L'une donnait sur le jardin, l'autre sur une petite rue. Le jeune homme tira de sa musette un plan de la commune qu'il déplia sur la table du salon et se mit à tracer des croix et des flèches.

– J'ai déjà fait un tour dans le quartier, expliqua-t-il. Une voiture pourra se garer ici, et l'autre là. Si elles arrivent à quinze ou vingt minutes d'écart, elles ne devraient pas se faire trop repérer. Ce coin est complètement désert.

Ce comportement rassura un peu Anne, sans dissiper complètement ses inquiétudes.

– Qu'en pensez-vous ? demanda-t-il, voyant qu'elle était perdue dans ses pensées.

– Oui, ça me semble jouable. Ce pavillon a été bien choisi.

– Il ne reste plus que la cave.

– Ce n'est pas l'endroit idéal pour se cacher…

– Sauf si on a le temps d'aménager une planque.

– En général ils sondent les murs, non ?

– J'ai des copains qui s'en sont tirés de cette façon. Allez, on descend voir à quoi elle ressemble !

Mine de rien, il prenait les décisions, alors qu'ils étaient en principe sur un pied d'égalité. Ce garçon semblait très sûr de lui. L'idée de plonger dans un sous-sol sans doute sombre et lugubre ne plaisait guère à Anne, mais elle ne trouva pas de prétexte pour y échapper. Son compagnon, qui avait visiblement tout prévu, disposait d'une lampe torche. Quand il passa devant elle pour s'engager dans l'escalier, l'idée de le pousser, de verrouiller la porte derrière lui et de fuir l'effleura, mais elle n'en fit rien.

Il trébucha puis se retourna pour diriger sa lampe vers les pieds de la jeune femme.

– Attention, il y a une marche de cassée.

Le sol était en terre battue. Une odeur de moisi régnait dans cette cave qui avait été divisée en plusieurs parties. L'une servait de dépotoir, toutes sortes de vieilleries s'y entassaient : malles métalliques, roues de vélo, meubles vermoulus ; l'autre avait été aménagée en cellier, des étagères inclinées avaient sans doute servi à ranger des bouteilles de vin, mais elles étaient vides.

– Dommage, dit le garçon.

Il promena le faisceau lumineux sur les parois, puis s'accroupit.

– Miracle ! s'exclama-t-il en brandissant une bouteille. Ils en ont oublié une.

Il lui tendit sa trouvaille et sa torche.

– Tenez ça un instant et éclairez-moi pour que je poursuive mes recherches, on ne sait jamais.

Il aurait été facile de lui flanquer un coup de bouteille sur le crâne et de s'éclipser, le laissant assommé dans l'obscurité, mais elle n'en éprouvait aucune envie. Si les intentions de ce type avaient été de la séquestrer, il ne se serait pas comporté de cette façon.

– Et de deux ! s'exclama-t-il. Celle-là avait roulé dans une sorte de trou. Jamais deux sans trois.

Néanmoins, ses investigations firent mentir le proverbe.

– Bon, revenons aux choses sérieuses ! dit-il en reprenant sa lampe, mais en lui laissant une bouteille dans chaque main.

La cave ne comportait aucune autre sortie.

– Ça me paraît en effet difficile de se planquer là, conclut-il. On remonte.

Encore une fois, il dirigeait les opérations et prenait de l'ascendant sur elle, bien qu'ils eussent à peu de chose près le même âge. Les consignes données à la jeune femme précisaient pourtant clairement qu'il ne fallait en aucun cas se soumettre à des ordres ou directives des communistes.

Quand ils se retrouvèrent au rez-de-chaussée, de la main il brossa son blouson et son pantalon où s'étaient accrochées des toiles d'araignée, puis il posa son pistolet sur le buffet.

– Et si on cassait une petite graine pour faire passer le temps, maintenant que nous avons de quoi arroser notre rencontre ?

Joignant le geste à la parole, il se rendit dans la cuisine, abandonnant son arme. Oubli volontaire ou négligence ? Ce garçon semblait trop expérimenté pour commettre une erreur de ce genre. Peut-être le pistolet n'était-il pas chargé ou bien son propriétaire avait-il acquis la certitude qu'elle ne tenterait rien pour quitter le pavillon avant que la consigne ait été levée. Quoi qu'il en fût, elle ne tenta pas de s'en emparer.

Il réapparut avec une boîte de pâté, des couverts, un ouvre-boîtes et un tire-bouchon.

– J'avais prévu le pain. C'est du pain noir, mais il y a pire.

Sa musette contenait une grosse boule fort appétissante d'aspect. Anne, qui commençait elle aussi à avoir faim, consentit donc à prendre place en face de lui devant la lourde table assortie au buffet. Il essuya une des bouteilles à l'aide d'un chiffon et déchiffra l'étiquette.

– Bigre, c'est du Pomerol 1937 ! C'est une bonne année, au moins ?

– Aucune idée.

Il la déboucha habilement et servit la jeune femme, en prenant des airs de maître d'hôtel stylé. Elle joua le jeu en goûtant le vin et faisant claquer sa langue.

– À la bonne heure, dit-il, je vous sentais tendue.

– La situation n'est tout de même pas évidente.

– Les nazis vont perdre la guerre. Dans quelques mois, nous ne les aurons plus sur le dos. Buvons à la victoire.

Cette fois, ils trinquèrent pour de bon, puis entreprirent de se faire des tartines. Anne mangeait les siennes délicatement, alors que son compagnon les engloutissait. En d'autres circonstances, ces façons lui auraient semblé grossières, mais, dans la situation présente, la priorité n'allait pas aux bonnes manières. D'autant que, le Pomerol aidant, la bonne humeur lui revenait.

À l'issue de ces agapes, le jeune homme se leva.

– Et si on mettait un peu de musique ?

– Le poste ne marche pas.

– Voyons ça.

Il se pencha derrière le meuble sur lequel reposait le récepteur de TSF.

– Évidemment, il n'est pas branché. Reste à savoir s'il y a du jus.

Il chercha le compteur électrique, le trouva, rétablit le courant puis régla le poste sur Radio Paris qui diffusait une valse de Strauss chantée par André Dassary.

– Ne mettez pas trop fort. Il ne faut pas qu'on nous entende de l'extérieur.

Il esquissa un salut militaire.

– À vos ordres, chef ! Je vous invite ?

– Je ne sais pas danser.

À Londres, elle ne s'était essayée qu'au fox-trot, une seule fois, à l'occasion d'un pot des Forces françaises libres. L'expérience n'avait pas été concluante.

Lucienne Boyer succéda à Dassary et attaqua une autre valse, plus lente : « Viens danser quand même ».

– Vous voyez, vous ne pouvez pas refuser !

Il poussa la table et les chaises contre le mur et l'entraîna, assez maladroitement, sur le parquet du salon. Elle se laissa guider, la tête lui tournait un peu car elle n'était guère habituée au vin. La poitrine du garçon frôlait la sienne, elle devinait son souffle et fut troublée. La nuit tombant, la pièce s'assombrissait.

– Il est préférable de ne pas allumer, dit-il. Et puis c'est plus intime comme ça, non ?

Elle ne répondit pas mais ne tenta pas de s'écarter quand il l'attira contre lui. Cette fois, elle sentit son sexe contre son ventre.

– Eh bien, vous ne perdez pas de temps, dit-elle, tandis que les lèvres du garçon parcouraient son cou.

– À notre époque, il n'y en a pas à perdre.

3

19 août 1944

La voiture s'immobilisa devant la préfecture dans un grand crissement de freins. C'était une Traction avant noire dont les flancs portaient le sigle FFI hâtivement tracé à la peinture blanche. En dépit de cette inscription, les hommes casqués dont les bustes apparaissaient dans la baie en demi-lune découpée au-dessus du portail pointèrent aussitôt leurs armes sur la Citroën. Une ruse de la milice n'était pas à écarter. Un homme portant un brassard FFI noué autour de la manche de son blouson sortit de la voiture, leva les mains en l'air en brandissant une feuille de papier.

– J'ai un ordre de mission ! cria-t-il.

Cette déclaration ne parut pas suffisante pour dissiper la méfiance. Les fusils restèrent braqués sur lui.

– Je vous dis que j'ai un ordre ! C'est urgent. Allez chercher le brigadier Buchard. Il nous attend.

Un conciliabule s'engagea au-dessus du portail, quelques instants s'écoulèrent puis un homme se pencha.

– Je suis Buchard. Le mot de passe ?

– Le vent souffle en rafales.

– D'accord, on va vous faire entrer.

Ils durent encore patienter plusieurs minutes, puis le lourd vantail pivota. Dans l'entrebâillement apparut un homme en chemise blanche aux manches roulées sur les avant-bras, armé d'une mitraillette Sten, qui portait lui aussi un brassard.

– Montre-moi ton ordre de mission.

Buchard examina le document.

– C'est bon, vous pouvez entrer. Vous allez laisser la voiture là ? C'est dangereux. Ça grouille de Boches dans le coin. Vous n'en avez pas rencontré ?

– Quelques-uns, mais ils avaient plutôt l'air pressés de filer. On n'en a pas pour longtemps.

Deux autres hommes descendirent de la Traction et pénétrèrent eux aussi dans la préfecture dont le portail fut aussitôt refermé. À la suite de Buchard, le trio franchit une chicane de chevaux de frise et de sacs de sable empilés. Ils débouchèrent dans la grande cour pavée où étaient rangés une douzaine de véhicules sur lesquels avaient été tracés des croix de Lorraine et des sigles divers : FFI, Honneur de la police, Patrie et Police, FNP[1]. La peinture était encore fraîche. Des fonctionnaires en civil couraient en tous sens dans une pagaille indescriptible, tandis que d'autres hurlaient des ordres que personne ne semblait entendre et encore moins exécuter. L'armement allait du pistolet 6.35 de service à la mitraillette Sten, en passant par quelques Enfield et Mas 36 récupérés Dieu sait où. Un jeune homme à la mine réjouie arborait fièrement un Luger pris sans doute à un officier allemand. Un autre avait accroché deux grenades à manche à son ceinturon. Quelques-uns portaient des casques, d'autres des bérets ou des casquettes. Le brigadier Buchard avait pour sa part conservé son pantalon d'uniforme d'où dépassait la crosse d'un 9 mm. La bonne mine rougeaude de ce solide gaillard tranchait sur les traits émaciés et les barbes de deux jours des trois fifis qui n'avaient pas dû dormir beaucoup au cours des jours précédents.

Buchard leur indiqua une entrée, sur la gauche de la cour, et les entraîna dans l'escalier D. Au cinquième étage, ils s'engagèrent dans un dédale de couloirs aux murs sales. Les bureaux qui s'ouvraient de part et d'autre de ces couloirs avaient été désertés par leurs occupants.

Buchard s'immobilisa devant une porte dont il tourna la poignée.

– Ils ont fermé à clef avant de partir.

1. Front national de la police.

Un bon coup d'épaule vint à bout de cette porte qui donnait accès à une vaste pièce visiblement abandonnée à la hâte. Une véritable puanteur régnait dans cet antre, mélange de tabac froid, de relents de nourriture et d'odeurs indéfinissables. Les cendriers débordaient de mégots ; des journaux, des piles de paperasses et divers objets, parfois insolites, traînaient un peu partout. Des verres et des bouteilles contenaient encore des fonds d'alcool. Tiroirs et placards étaient pour la plupart ouverts, comme si on avait cherché à les vider de tout ce qu'ils pouvaient contenir de compromettant. Un holster, deux ceinturons et un imperméable avaient été oubliés par leurs propriétaires, accrochés à une patère.

– C'est le bureau de la BS ? demanda le chef des FFI.

– La BS2, celle du commissaire Hénoque.

Les trois FFI échangèrent des regards qui en disaient long sur les sentiments que leur inspiraient ces lieux. C'était donc ici que, quelques semaines plus tôt, on torturait encore leurs camarades.

Buchard hocha la tête avec une expression qui signifiait que lui aussi avait compris ce qu'ils ressentaient.

– Eh oui, c'est là. Quant au truc que vous cherchez, je ne suis pas absolument certain de le trouver et j'ai prévenu vos chefs.

Ils inspectèrent la pièce, déplacèrent diverses armoires, sondèrent plusieurs cloisons, en vain.

– Alors c'est peut-être dans le bureau du commissaire Hénoque.

Buchard prononçait les mots « commissaire Hénoque » comme si le chef de la BS2 était encore son supérieur hiérarchique.

Une double porte capitonnée de cuir isolait la tanière de l'un des hommes les plus redoutés de la police parisienne. L'ordre relatif qui régnait dans la pièce contrastait avec la pagaille de la salle des inspecteurs. Une fine couche de poussière recouvrait la garniture de cuir du bureau, un meuble massif et sans style au-dessus duquel avait été placé un portrait sous-verre du maréchal Pétain. Ils inspectèrent à nouveau les lieux. Ces recherches leur permirent de découvrir une trappe découpée dans le parquet, sous le bureau. Une série de casiers de bois oblongs s'alignait dans une cavité rectangulaire.

– Pourquoi Hénoque ne les a-t-il pas emportés ?

– Je suppose qu'il n'a pas eu le temps. Il a disparu depuis le début de la grève[1]. Quand ça a commencé à barder, il était parti en opération et on ne l'a plus revu. Le climat n'est pas très bon pour lui.

Ils sortirent les casiers de la cavité et les posèrent sur le bureau. Le chef des FFI fit basculer l'un après l'autre leurs couvercles de bois, puis glissa son doigt sur les fiches, en sortit une qu'il examina.

– Tout ça est drôlement bien classé ! Ça sert à quoi, ces trous ?

– À rien si on n'a pas la machine.

– Quelle machine ?

– Une machine spéciale. Je n'en ai jamais vu, mais on m'en a parlé. Il n'y en a pas à la préfecture. Enfin, je ne crois pas.

– Et elle fait quoi, cette machine ?

– Eh bien, d'après ce que j'ai compris, elle sélectionne les fiches à partir d'un certain nombre de critères. Je crois qu'elle prend en compte six critères, mais je n'en suis pas certain.

– Mais sans la machine, ces trous ne servent à rien ?

– Non, vous avez un fichier ordinaire.

Le chef des FFI dévisagea le brigadier avec une expression dubitative. Ce flic en savait sans doute davantage qu'il ne voulait le dire.

– Bon, il faut pas traîner.

Ils vidèrent les casiers dans deux grands sacs de toile qu'ils avaient apportés à cette intention.

Le brigadier soupira.

– Vous vous rendez compte du boulot qu'il faudra pour les remettre dans l'ordre ?

Un des FFI, un garçon qui ne paraissait pas plus de vingt ans, pointa son doigt sur lui.

– C'est toi qui les classais ?

– Non, pas du tout, protesta le brigadier. Ce que j'en dis…

– Alors, qu'est-ce que t'en as à foutre ! Exécute les ordres

1. Grève des policiers parisiens qui a débuté le 15 août 1944.

que le Front t'a donnés et boucle-la. Aujourd'hui, tu es avec nous, mais hier, qu'est-ce que tu faisais, hein ?

Son chef lui donna une petite tape sur le bras.

– Ça suffit. On va y aller, le copain doit s'inquiéter dans la Quinze.

Sans doute pour réparer l'affront que lui avait infligé le jeunot, le chef tendit la main au brigadier.

– Merci, camarade, on s'en souviendra.

Le terme « camarade » fit ciller le policier, mais il accepta la poignée de main.

Les sacs sur l'épaule, les trois FFI dévalèrent les escaliers, Buchard sur leurs talons.

Dans la cour, la confusion était à son comble car la rumeur courait que deux chars Tigre venaient de franchir le pont Notre-Dame. Un personnage casqué, flanqué de deux hommes armés de Sten, leur barra pourtant le passage.

– Qu'est-ce que vous transportez ?

Pour toute réponse, le chef des FFI exhiba l'ordre écrit qu'il avait déjà présenté.

– C'est signé par Gallois, l'adjoint de Rol-Tanguy. Vous savez qui est Rol-Tanguy ?

– Ils sont en règle, assura Buchard.

– Bon, alors faites attention à vous. Ça recommence à canarder.

Au moment de monter dans la Quinze, dont le chauffeur s'impatientait, un grondement envahit le quartier tandis qu'une vibration caractéristique ébranlait le sol.

– Merde, des tanks ! Grouillez-vous !

La Citroën démarra en trombe et fit demi-tour dans un grand crissement de pneus pour échapper au monstre qui remontait lentement le boulevard. Au travers de la lunette, les deux passagers installés à l'arrière distinguèrent la tourelle du Tigre qui pivotait. Le premier coup de canon fut tiré au moment où ils traversaient la place du Châtelet.

– Cinq minutes de plus et on était cuits, dit le chauffeur. Vous êtes restés au moins une demi-heure !

– On n'a pas trouvé ce qu'on cherchait tout de suite. C'était bien planqué. Allez, roule au lieu de râler.

Sur les trottoirs du boulevard de Sébastopol, des gens couraient en tous sens, affolés par la fusillade ; d'autres retiraient précipitamment des drapeaux tricolores qu'ils avaient accrochés à leurs fenêtres. À la hauteur du boulevard Bonne-Nouvelle, la Citroën des FFI croisa une Kübelwagen. Ses occupants, quatre soldats allemands, tournèrent simultanément la tête dans la direction des FFI, mais n'ouvrirent pas le feu et poursuivirent leur route sans ralentir. Un peu plus haut, un camion dont on apercevait encore les croix noires de la Wehrmacht peintes sur ses flancs brûlait devant une foule de badauds.

La Traction avant contourna la gare de l'Est sur la droite, puis bifurqua vers le canal Saint-Martin. Une fourgonnette Juvaquatre les attendait à l'angle d'une petite rue. Le chauffeur de la Quinze ralentit et s'immobilisa à deux mètres du pare-chocs arrière de la Renault. Les deux FFI installés à l'arrière descendirent, de même que le conducteur de la camionnette.

Le chauffeur fit quelques pas, imité par le chef des FFI.

– Vous avez les colis ?

– Ordre de mission et mot de passe.

L'autre brandit un document, sans répondre, ce qui suscita la méfiance du FFI.

– Mot de passe, répéta-t-il, en posant la main sur la crosse du pistolet passé dans sa ceinture.

Un tir nourri venant d'une rue adjacente le frappa en pleine poitrine. Il s'effondra avant d'avoir pu utiliser son arme. Ses camarades tentèrent de sortir de la Traction pour riposter, mais se trouvèrent pris entre les feux croisés de deux fusils-mitrailleurs dont ils ne pouvaient pas distinguer les servants, embusqués dans des portes cochères. Ils s'effondrèrent eux aussi avant d'avoir pu riposter. Seul le conducteur parvint à lâcher une rafale de sa Sten en direction de la Juvaquatre avant d'être touché à son tour. Les assaillants attendirent un instant, puis s'approchèrent prudemment de la Traction et en sortirent les corps de leurs victimes qu'ils alignèrent sur le pavé. L'un des agresseurs tira une balle dans la nuque du chauffeur qui vivait encore. Puis, sans prononcer une parole, ils s'emparèrent des sacs de toile qu'ils chargèrent dans la Juvaquatre. La fourgonnette repartit aussitôt. L'opération n'avait duré que quelques minutes.

Ce fut seulement quand la Renault eut disparu que des habitants du quartier apparurent sur le pas de leurs portes. Une femme vint se pencher sur les cadavres.

– Si c'est pas malheureux, ce sont des gamins !

4

20 août 1944

Jacqueline Véron venait de rentrer chez elle quand deux hommes se présentèrent devant sa porte. C'était une femme de quarante-cinq ans, de forte corpulence, qui en paraissait dix ou quinze de plus. Elle trimait aux Blanchisseries de Grenelle depuis que son mari avait été mobilisé et avait disparu pendant la drôle de guerre. Le travail l'avait usée. Chaque jour, des ouvrières s'évanouissaient dans ce bagne industriel où elles touillaient le linge dans d'immenses cuves d'où s'échappaient des vapeurs suffocantes. La buée envahissait les ateliers, au point qu'on n'y voyait pas à trois mètres. Jacqueline Véron n'avait même pas eu le temps de s'asseoir quand elle se retrouva en face de ces deux jeunes gens portant des brassards FFI. Elle eut immédiatement un sombre pressentiment.

– C'est pour Jean, n'est-ce pas ? Il lui est arrivé malheur ?

– Jean est tombé au combat, dit l'un des garçons, en jetant un regard en direction de son camarade. Soyez courageuse et fière de lui. Il avait fait un choix, comme nous tous.

Alain, le frère cadet, apparut derrière sa mère, la tignasse ébouriffée, pieds nus. Elle le prit dans ses bras.

– Mon Dieu, ton frère s'est fait tuer.

Le garçon resta sans voix. Il n'avait pas vu son aîné depuis plusieurs mois. Et quand celui-ci avait fait un passage éclair dans l'appartement familial, les deux garçons s'étaient disputés.

« Tu n'as rien d'autre à faire en ce moment que de t'habiller en zazou et de traîner dans les boîtes de nuit avec des collabos ? »

Les paroles de son frère restaient gravées dans sa mémoire.

Jean Véron avait plongé dans la clandestinité en septembre 1939, dès l'interdiction du parti, après le pacte germano-soviétique. Déjà, depuis les purges de 1938, il se méfiait et découchait souvent. Il n'avait donc fait que de rares apparitions dans les HBM de la rue des Quatre-Frères-Peignot où sa famille habitait un trois pièces sans confort au sixième étage.

Dans cette cité de brique rouge où il avait fait du porte-à-porte pour vendre *L'Huma* et distribuer des tracts avant la guerre, il était connu comme le loup blanc. Il aurait suffi qu'un voisin malintentionné le reconnaisse pour qu'il se fasse coincer. Jean Véron devait figurer dans toutes sortes de fichiers, et plutôt deux fois qu'une, car il avait été arrêté au cours de plusieurs manifestations et à la suite de bagarres avec les Jeunesses patriotes. Les photos d'identité judiciaire prises à ces occasions avaient permis à un policier de l'identifier comme l'un des auteurs présumés de l'attentat contre le cinéma Paris Palace qui projetait *Le Juif Süss* en octobre 1941 devant un parterre de militaires allemands et de collaborateurs. Jean faisait partie des rares rescapés du détachement Valmy, chargé d'éliminer les traîtres, qui dépendait directement de l'état-major des FTP de la région parisienne.

– Où est-il ? demanda la mère.

– Il a été conduit à l'hôpital Saint-Louis avec ses trois autres camarades. Son groupe a eu un accrochage avec des Boches ou des miliciens. On ne sait pas au juste. Jean avait des papiers sur lui, mais pas à son vrai nom. Un camarade qui le connaît se trouvait à l'hôpital. Il a pu l'identifier.

– Il faut que j'aille le voir. Vous pouvez nous emmener ? Le métro ne marche plus et nous n'avons qu'un vélo.

– Les camarades du métro sont en grève. Je suis désolé, nous avons une mission à remplir. La bagarre continue, ça canarde dans tous les coins. Il a été question d'une trêve, mais c'est une manœuvre pour torpiller l'insurrection.

Le second FFI chuchota quelques mots à l'oreille de son camarade.

– Bon, le copain dit que nous pouvons vous déposer à l'hôpital.

Alain enfila rapidement chaussettes et galoches, qu'il laça une fois assis à l'arrière de la 202 des FFI. À l'angle de la rue de la Convention, des gens de tous âges construisaient une barricade. Ils faisaient la chaîne pour transporter des pavés et des matériaux divers. Des acclamations fusèrent au passage de la Peugeot.

Le conducteur salua la foule de la main, mais murmura : « Ils font n'importe quoi et vont se faire tuer pour rien si les Boches débarquent. »

– C'est l'enthousiasme ! répliqua son camarade. Il faut pas les décourager. Tout le monde doit s'y mettre.

– Mais pas n'importe comment. Les conneries, ça coûte cher.

La 202 fut arrêtée au pont Mirabeau par un barrage plus sérieux, composé d'un autobus placé en travers de la voie et de chevaux de frise gardés par un groupe de jeunes gens fiers de leurs brassards tout neufs et de leurs armes. Le chef de ce détachement, qui prenait sa tâche très au sérieux, examina les papiers des FFI.

– On est obligés de faire attention. Les miliciens peignent des croix de Lorraine sur leurs voitures pour se tailler.

Ils traversèrent ensuite un seizième arrondissement qui semblait déserté par ses habitants, puis furent encore contrôlés à trois reprises par des insurgés. Toutes sortes de rumeurs circulaient parmi eux. La Luftwaffe allait raser Paris. Les Américains s'étaient mis d'accord avec Laval pour laisser les Allemands massacrer les Parisiens. De Gaulle était déjà entré clandestinement dans la capitale et négociait la reddition de Pétain. Il leur fallut une heure et demie pour atteindre Saint-Louis. Avant de repartir, les deux FFI serrèrent la mère et le frère de leur camarade dans leurs bras. Cette étreinte mit Alain mal à l'aise. Ces gars semblaient le considérer comme un des leurs.

– Ils sont gentils, ces petits, dit la mère.

Une foule dense envahissait les allées de l'hôpital, errant de bâtiment en bâtiment à la recherche de parents. Des ambulances et toutes sortes de véhicules transportant des blessés se frayaient difficilement un passage en faisant hurler klaxons et sirènes. Des brancardiers et des infirmières épuisés couraient en tous sens, assaillis par les visiteurs.

– Ceux qui ne peuvent pas être identifiés vont être enterrés dans des fosses communes, dit une femme.

Une bonne sœur les guida jusqu'à une vaste salle où les victimes des combats avaient été alignées, à même le sol. Des femmes et quelques hommes parcouraient les rangées de cadavres.

Jacqueline Véron se signa quand elle reconnut son fils.

Le visage de Jean n'avait pas été atteint, mais ses traits étaient encore crispés par la douleur.

Elle resta un instant immobile puis s'effondra en sanglotant. Alain l'aida à se relever. La religieuse les conduisit ensuite dans un bureau où elle leur demanda de remplir diverses formalités, puis leur remit le blouson du jeune homme et les objets qu'il portait sur lui.

– Je suis obligée de vous parler de cela, mais il fait très chaud et le temps presse. Pour les funérailles, je ne sais pas ce que vous envisagez, mais j'ai cru comprendre que ses compagnons avaient l'intention de les prendre en charge, au cas où vous n'en auriez pas la possibilité. Il y aura un service funèbre à Saint-Vincent-de-Paul dès que la situation le permettra.

– Jean ne voulait pas de curés, murmura Alain.

Sa mère lui jeta un regard désapprobateur, mais la religieuse accorda un petit sourire triste au jeune homme.

– Il sera fait selon sa volonté, mon garçon.

Un camion où s'entassaient, debout, une vingtaine de passagers les conduisit ensuite jusqu'au pont de Grenelle, mais ils durent faire le reste du chemin à pied. La mère demeura silencieuse pendant tout le trajet. Épuisée, après avoir gravi péniblement les six étages, elle se laissa tomber sur un lit. Alain lui prit la main et resta un moment à côté d'elle, toujours sans prononcer une parole, puis s'enferma dans sa chambre et examina les affaires de son frère. Le blouson de cuir n'était ni déchiré ni taché de sang, ce qui laissait supposer qu'il l'avait retiré au moment de la fusillade, sans doute en raison de la chaleur qui régnait dans la capitale. La poche intérieure recelait un portefeuille de moleskine craquelée qui contenait un billet de théâtre, des tickets de métro de deuxième classe, une carte de rationnement et une carte des FFI-FTPF, établie au nom de Jean Leroy, avec sa photo, son grade : lieutenant, la date et le lieu d'affiliation, le corps d'affectation et la signature du commandant de la région. Curieusement, la date d'affiliation indiquée était mars 1944, alors que Jean Véron avait rejoint les FTP dès leur création, fin 1941. Probablement avait-il plusieurs fois changé d'identité et cette date avait-elle peu d'importance pour lui comme pour ses chefs. Dans les poches latérales il trouva une clef, des pièces de monnaie, un briquet, une machine à rouler Rizla et du papier à cigarettes Job, mais pas de tabac. Enfin, dans la poche de poitrine, il eut la surprise de découvrir une fiche de carton perforée, pliée en deux.

5

17 août 1944

Deux jours auparavant, quand Aimé Bacchelli se présenta devant l'entrée du 128, boulevard Haussmann, les quatre jeunes gens qui assuraient la surveillance du siège du RNP rectifièrent leur position et présentèrent les armes. Ils étaient équipés de mitraillettes MAS 38 et portaient l'uniforme de la milice, avec l'insigne gamma argenté sur le béret de chasseur alpin et le brassard frappé du même sigle au bras gauche, mais ils appartenaient en réalité à une trentaine[1] formée de membres des Jeunesses nationales populaires, que les Allemands n'avaient accepté d'armer qu'à la condition qu'ils endossent la tenue des hommes de Darnand. Ils n'obéissaient donc qu'à leurs propres chefs.

Bacchelli leur adressa un geste pour leur signifier de se mettre au repos. Contrairement à bien d'autres dignitaires de son parti, il n'était pas attaché à ces marques de respect.

Dans le hall, il salua deux autres miliciens en faction puis emprunta l'ascenseur qui le conduisit au quatrième étage où était aménagée la salle de réunion de la commission permanente. Sur ses quinze membres, huit étaient présents, neuf avec le nouvel arrivant.

À l'exception d'un seul, Georges Rivollet, ex-ministre des Anciens combattants des gouvernements Doumergue et Flandrin, tous avaient appartenu à la SFIO avant-guerre.

Tous ces gens se donnaient encore du camarade quand ils participaient à des réunions du Front social du travail, pour ne

1. Les miliciens étaient organisés par groupes de trente, baptisés trentaines.

pas dépayser les syndicalistes, mais, dans ce cadre plus bourgeois, ils se vouvoyaient poliment et ne s'adressaient à leur chef, Marcel Déat, qu'en l'appelant respectueusement Monsieur le ministre. Le portrait de l'ancien professeur de philo du lycée de Reims, en uniforme, que l'objectif d'un habile photographe avait réussi à transformer en une sorte de führer arrogant, voisinait sur les murs avec des affiches tout aussi martiales montrant de beaux jeunes gens brandissant des flambeaux tricolores et des ouvriers aux avant-bras musclés redressant la France à coups de marteau, dans le style futuriste.

Avec sa petite moustache, ses cheveux soigneusement divisés par une raie, ses gros sourcils, tiré à quatre épingles, Marcel Déat avait davantage l'apparence d'un petit fonctionnaire que celle d'un leader charismatique. Il affichait un air bonhomme, mais on le sentait tendu. La présence de Bacchelli sembla le rassurer un peu. Les autres avaient sans doute déjà quitté Paris.

– On m'a informé que les communistes risquent de lancer une attaque contre notre siège, et peut-être même la police, dont une partie est passée sous leur contrôle. C'est pourquoi j'ai fait renforcer la garde. J'ai pris aussi des dispositions pour faire détruire un certain nombre de documents, dont nos fichiers d'adhérents et d'abonnés à nos publications. Cette réunion devra être brève. Pour ma part, j'ai décidé de m'éloigner provisoirement de la capitale et je vous invite à en faire autant. Des pièces d'identité seront établies à tous les membres du parti qui en feront la demande, et à leurs familles bien entendu. Tout est prévu, heureusement, pour le moment nous avons encore des amis dans l'administration.

Un silence de mort accueillit cette déclaration.

– Je le sais, reprit Déat, ça ne va pas être facile. Mais nous devons gagner un répit. Des entretiens ont lieu en ce moment entre Herriot, Abetz, Laval et des émissaires des Anglo-Américains, sous l'égide du consul de Suède. Il est probable que l'Assemblée nationale soit convoquée et un nouveau gouvernement mis en place avec l'appui des Américains qui ne veulent pas de De Gaulle, et encore moins des communistes. Il est possible aussi qu'un compromis soit trouvé avec une partie des hommes de Londres, qui ne veulent pas non plus d'une France moscoutaire. Mais nous devons nous mettre à l'abri en attendant que la situation se stabilise. C'est l'affaire de six mois. Je vous donne donc rendez-vous dans six mois pour reconstruire notre parti, messieurs. La séance est levée.

Joignant le geste à la parole, Déat quitta sa place. Son épouse Hélène, qu'on aperçut dans l'entrebâillement de la porte, portait déjà son manteau et son chapeau.

La stupeur paralysa pendant quelques instants la plupart de ces hommes qui, quelques mois plus tôt, manifestaient encore une assurance surprenante alors que les armées de l'Axe reculaient sur tous les fronts. Ainsi, le chef désertait au milieu de la bataille, laissant ses fidèles se débrouiller pour sauver leur peau.

Un conciliabule suivit. Il n'était déjà plus question de l'avenir du pays ni même de combinaisons politiques, mais de considérations plus terre à terre pour tenter d'échapper au pire.

Dans cette ambiance de panique, Bacchelli semblait étrangement serein.

– Messieurs, déclara-t-il, le chef nous a annoncé sa décision, je ne la commenterai pas. Chacun agira selon sa conscience et ses contraintes personnelles, mais pour ma part, je ne quitterai pas Paris. J'ai l'intention de continuer le combat sur place, dans la clandestinité s'il le faut.

Tous les regards se concentrèrent sur lui.

– Tu es fou, lui glissa son voisin. Les terros vont te descendre.

– C'est un risque à prendre. Mais je ne vais évidemment pas les attendre ici.

Il se leva donc à son tour, donnant le signal du départ.

Son chauffeur patientait en feuilletant *Ciné-Mondial*, au volant d'une six cylindres Delahaye. Il démarra en souplesse, conduisant lentement, comme s'il promenait un paisible bourgeois malgré les relents de poudre et de sang qui flottaient sur

Paris. Pourtant il avait une Sten à portée de la main, sur le siège avant droit.

La Delahaye remonta le boulevard Haussmann puis le boulevard Malesherbes avant de s'engager dans la rue de Monceau. Parvenue devant un splendide hôtel particulier au portail entouré de colonnades, au 61 de cette rue, la puissante berline franchit cette impressionnante porte cochère dont les deux battants s'ouvrirent devant elle. Les factionnaires qui surveillaient cette entrée lui présentèrent les armes, comme l'avaient fait ceux du boulevard Haussmann. Une agitation fébrile régnait dans la cour intérieure où des miliciens chargeaient des voitures. Au milieu de ce tohu-bohu, une femme coiffée d'un chapeau en taupé noir assorti à son tailleur, qui semblait sortie d'un autre monde, fumait, adossée à un cabriolet décapoté, tout en caressant distraitement un setter irlandais, tandis qu'un jeune homme blond en tenue de chauffeur de maître rangeait des bagages de cuir et des cartons à chapeau dans le coffre. Bacchelli descendit de sa Delahaye et se dirigea vers elle. Elle lui tendit une main négligente qu'il baisa en s'inclinant.

– Comment allez-vous, madame la comtesse ?

– Aussi mal qu'on peut aller dans ces circonstances.

– Et monsieur l'ambassadeur ?

– Il va partir lui aussi. Mais nous allons voyager séparément. Et vous-même ?

– J'ai quelques affaires à régler. Auriez-vous vu Bout de l'An ?

D'un geste ample, elle désigna un corps du bâtiment.

– Il est par ici, mais je ne sais pas exactement où. Demandez donc à l'un de ces garçons.

Bacchelli s'inclina à nouveau et prit congé de Louisette de Brinon. Un milicien le conduisit jusqu'à un immense bureau presque vide où Francis Bout de l'An, flanqué de son garde du corps Rouchouze, qui ne le lâchait pas d'une semelle, traçait un itinéraire au crayon sur une carte d'état-major. C'était un homme de petite taille aux cheveux lissés en arrière sur le crâne qui, en dépit de son uniforme, ne payait pas de mine. Il se redressa à l'entrée de Bacchelli.

– Vous venez vous joindre à notre convoi ? Je pensais que le RNP disposait de son intendance.

Bacchelli ignora cette pique. Le moment était mal choisi pour se lancer dans une dispute.

– Déat a pris ses dispositions de son côté. Pour ma part, j'ai l'intention de continuer le combat.

Bout de l'An le toisa en appuyant les mains sur son bureau.

– Nous aussi, figurez-vous ! Mais pas à Paris. Comment espérez-vous redresser la situation ?

– Le problème essentiel n'est pas militaire mais politique. Je suppose que vous êtes au courant des entretiens organisés par Nordling[1].

– On ne peut pas exclure que Laval arrive à se mettre d'accord avec Giraud et les Américains, et que le vieux s'en tire avec les honneurs. Mais les gaullistes et les communistes vont leur mettre des bâtons dans les roues. Les bolcheviks sabotent la trêve, ce n'est pas bon signe. De toute façon, il faudra des boucs émissaires et Pétain est en train de nous lâcher pour tout nous mettre sur le dos. Darnand lui a dit entre quatre yeux ce qu'il pense de sa lettre[2]. Et il n'a pas mâché ses mots. Donc, même si Laval arrive à mettre une combinaison sur pied avec Herriot, avec l'accord des Américains, nous serons les dindons de la farce. Nos familles seront livrées à la populace comme prix de consolation. Les bolcheviks massacreront tout le monde, y compris les femmes et les enfants, jusqu'au dernier.

Bout de l'An consulta son garde du corps du regard, quêtant son approbation.

– Moi, j'ai mis les miens à l'abri et mon devoir de chef est d'aider mes hommes à sauver les leurs. Vous êtes capable de comprendre ça ?

L'excitation et l'angoisse qui s'étaient emparées du milicien tranchaient avec la calme assurance de Bacchelli.

1. Consul de Suède.

2. Le 6 août 1944, Pétain écrivit une lettre pour condamner les crimes de la milice.

– Je comprends parfaitement, dit celui-ci. Mais j'ai opté pour une autre voie.

– Bon, vous comptez vous en tirer avec un gouvernement Herriot et les Américains. Et vous avez sans doute quelques amis à Londres. De vous à moi, ça ne marchera pas. Laval se met le doigt dans l'œil s'il compte là-dessus. C'est un excellent maquignon, tout le monde le sait, mais même un bon maquignon doit avoir quelque chose à vendre avant de se présenter sur le champ de foire. Et lui n'a plus rien, sauf nous. Et vous faites partie du lot. Mais notre peau ne vaut plus grand-chose sur le marché.

Même dans ces circonstances, Bout de l'An ne pouvait s'empêcher de phraser.

– Bien. Qu'attendez-vous de moi ? Si ce sont des hommes, je ne vous en fournirai pas. Nous manquons déjà d'effectifs pour protéger l'évacuation et escorter les convois.

– Vous avez beaucoup de désertions ?

– Moins qu'on pourrait s'y attendre. Mais que voulez-vous exactement, Bacchelli ? Je n'ai pas de temps à perdre.

– Je préférerais vous l'expliquer en tête à tête.

– Georges a toute ma confiance et il sait garder des secrets.

– Très bien. Je sais que Darnand et Doriot n'aiment pas Déat, et vous non plus. Et que, comme vous me mettez dans le même sac, vous ne m'appréciez pas davantage. Mais nous allons tous traverser une période délicate et ces querelles sont dérisoires en regard des difficultés qui nous attendent. Ces divisions appartiennent déjà au passé. Vous avez raison de vous éloigner et de protéger vos hommes et leurs familles. Mais, pour mener cette mission à bien, ne comptez pas trop non plus sur l'aide des Allemands. Ils vont perdre la guerre. Ce que je vous propose, c'est de mettre en commun certains moyens dont nous disposons l'un et l'autre pour envisager l'avenir. Je ne peux rien vous garantir formellement, bien entendu. Mais, il me semble que nous pouvons nous apporter une aide réciproque, de façon à poursuivre le combat contre nos ennemis dans les meilleures conditions, chacun à notre manière.

*

Après le départ de Bacchelli, Bout de l'An replia ses plans, les fourra dans une serviette qui contenait déjà des liasses de documents et sauta dans sa Citroën 15 CV, dont Rouchouze prit le volant. Il se fit conduire à l'ambassade d'Allemagne, où Otto Abetz, qui avait été prévenu par un appel téléphonique, le reçut immédiatement. La quarantaine sportive, le front haut, la crinière blonde coiffée en arrière, l'ambassadeur avait conservé l'allure énergique du jeune enseignant qui, dans les années 1930, organisait des randonnées et des feux de camp où scouts français et *hitlerjungend* communiaient dans de culte de la nature. Il offrait une assez bonne image de l'Aryen vanté par le Reich. Ce physique avantageux faisait ressortir la médiocrité de celui d'un interlocuteur de petite taille au visage ingrat comme Bout de l'An, mais il n'abusait pas de cette supériorité. Son charisme tenait davantage à ses manières et à sa culture qu'à son apparence. Il s'exprimait dans un français parfait, avait épousé une Française, et nombre d'intellectuels et d'artistes parfois éloignés de l'idéologie pétainiste avaient été séduits par ce personnage en qui ils avaient cru voir, sinon un ami, du moins un frein à la brutalité nazie.

Abetz s'habillait le plus souvent en civil, peut-être pour amadouer une partie de sa clientèle française, bien que ses maîtres lui aient décerné le grade de *SS brigadeführer*. Il était aussi passé maître dans l'art de laisser penser à chaque chefaillon de parti de la collaboration qu'il était son allié contre ses concurrents, qu'il l'appuyait auprès de la Kommandantur et même du führer et que, s'il n'avait tenu qu'à lui, tous ces partis auraient été immédiatement réunis en un seul placé sous l'autorité de son courtisan du jour, le seul à posséder les compétences nécessaires pour préparer la France à l'Europe de demain.

Abetz se lança dans un cours de géopolitique, que Bout de l'An écouta en dissimulant son impatience.

– Cher ami, je ne vous cacherai donc pas que la situation

est difficile, conclut l'ambassadeur. Nous préparons l'évacuation de Paris. C'est sans doute préférable pour les Parisiens qui n'auront pas à subir un nouveau Stalingrad. Votre position, comme celle de vos amis, est évidemment délicate. Le Reich redressera la situation, car, comme je viens de vous le dire, nos savants préparent des armes terrifiantes. Mais, dans l'immédiat, je ne peux que vous conseiller de nous suivre… ou de nous précéder. Vous n'ignorez pas que des entretiens se déroulent en ce moment entre Laval, Herriot et des émissaires de De Gaulle et Giraud. Nordling nous tient au courant, bien entendu, et nous avons nous-mêmes nos informateurs. Mais, quelle que soit la combinaison adoptée, s'il en sort une de ce panier de crabes, il n'en résultera rien de bon pour vous, je me dois de vous le dire franchement. Vous risquez de vous retrouver seuls. Et Paris grouille de terroristes avides de sang.

– C'est bien ainsi que je vois les choses. Nous organisons le repli de nos hommes et de leurs familles. En bon ordre. Il n'y a pas de panique. Mais nous manquons de moyens et je suis venu solliciter votre aide.

Un peu plus tard, Bout de l'An ressortit de l'ambassade avec un gros paquet soigneusement ficelé sous le bras. Il monta à l'avant de la 15, à côté de Rouchouze, et posa le paquet à ses pieds.

– Surveille bien ça, mon petit Georges, c'est notre assurance-vie.

6

7 septembre 1944

Une trentaine d'autocars et de voitures bondées franchirent le portail grillagé surmonté de l'inscription *Konzentrationslager – Natzweiler-Struthof*, soulevant un nuage de poussière. De part et d'autre de l'allée centrale s'étageaient dix-huit baraques de bois couvertes de toits de tuiles à faible pente. À l'extrémité, sur la place d'appel, se dressait encore la potence. Les véhicules roulaient avec leurs vitres baissées en raison de la chaleur et les passagers se penchaient au travers des fenêtres pour jeter des regards effarés sur cet univers qu'ils n'auraient jamais imaginé dans leurs pires cauchemars. Enfin le convoi s'immobilisa et des familles s'extirpèrent des véhicules où elles s'entassaient depuis des heures, épuisées, hébétées devant ce spectacle, avec des enfants qui pleuraient et des vieillards qui tenaient à peine sur leurs jambes. Même les miliciens les plus jeunes et les plus solides avaient perdu leur superbe. Ils étaient débraillés, échevelés, mal rasés, les traits tirés par les nuits sans sommeil. Un blessé s'appuyait sur des béquilles, un autre avait le bras en écharpe et un moribond couvert de pansements gisait sur un brancard.

Tout au long du voyage, les hommes de Darnand s'étaient fait étriller par les partisans qui leur avaient tendu des embuscades. Des voitures portaient des traces d'impacts de balles. Les pertes avaient été légères, mais le moral en avait pris un coup. Voici moins d'une quinzaine, tous ces gens menaient encore une vie privilégiée si on la compare à celle de leurs concitoyens condamnés aux queues et aux cartes de rationnement, et leurs chefs faisaient bombance. Surtout, tous se trouvaient du côté de l'ordre établi, celui de l'État français, et se sentaient dans leur bon droit. Jusqu'à la veille de l'insurrection parisienne, ils fréquentaient encore les restaurants, les cinémas et les théâtres, se régalaient de la lecture de *Je suis partout* ou de *Combats*, le journal de la milice, sans imaginer que tout allait basculer aussi vite. Les plus avisés et les plus aisés avaient déjà fui ou s'étaient cachés sans attendre l'ordre de repli donné par les chefs au dernier moment, le 19 août, sur radio Vichy, mais ceux-là n'avaient réalisé qu'il ne fait pas bon se retrouver du côté des vaincus que lorsqu'il leur avait fallu monter dans ces cars inconfortables.

Son béret sur le crâne et ses lunettes d'instituteur sur le nez, Francis Bout de l'An se tenait sur le marchepied de sa Quinze pour observer la situation. Il avait conservé un uniforme complet, cravate bleue comprise, et un semblant d'autorité sur une partie de ses troupes. C'étaient surtout les familles qui lui donnaient du souci. Ça râlait de tous les côtés. « On ne va tout de même pas dormir dans cette saleté », protesta une femme en découvrant les châlits superposés à l'intérieur d'une baraque. Personne n'avait pour autant la moindre pensée pour les cinquante-deux mille KZ qui les avaient précédés ici, pas un de ces nouveaux réfugiés ne soupçonnait la fonction de cette petite construction en dur, peinte en blanc, plus coquette que les autres, qui abritait une chambre à gaz.

Bout de l'An fit le tour du propriétaire, Rouchouze sur ses talons, et jeta son dévolu sur la villa de la Kommandantur. Au passage, ils découvrirent les fours crématoires sur lesquels le chauffeur-garde du corps lança un regard surpris. À quoi ça pouvait donc bien servir ?

Le chef et son sbire s'installèrent donc dans la villa avec deux familles de dignitaires, tandis que les autres durent se contenter des baraques. À toutes fins utiles, des tours de garde et des rondes furent instaurés, des sentinelles placées à l'entrée principale. La région semblait calme, mais on ne savait jamais. Pourtant l'épreuve touchait à sa fin car la frontière allemande était proche et les partisans ne les traqueraient pas jusque-là. Hors de vue de ses troupes, Bout de l'An se laissa tomber dans un fauteuil et desserra sa cravate, tandis que Rouchouze farfouillait dans la pièce pour savoir si le commandant allemand n'avait pas oublié une bouteille de schnaps ou mieux encore de cognac. Un remontant ne serait pas de trop, car cette fuite au travers d'une France infestée de terroristes avait été éprouvante. Outre les mitraillages et les arbres placés en travers de la route, le chef avait dû faire face à des situations délicates.

À Moulins, où le convoi avait fait halte la nuit du 30 au 31 août, trois miliciens déguisés en résistants, avec des brassards tricolores, avaient fait irruption en armes dans un bordel. Après avoir menacé la patronne et ses filles, ils avaient volé vingt-trois mille francs, des vêtements, des bijoux et des objets divers. Furieuse, la mère maquerelle qui entretenait les meilleures relations avec la police, la milice et les occupants s'était précipitée pour se plaindre à l'hôtel du Dauphin où étaient descendus les chefs du convoi. La description précise des pillards n'avait pas laissé le moindre doute : tous trois étaient des miliciens déjà connus pour leurs casiers judiciaires bien remplis. Ces derniers temps, pour maintenir les effectifs, la milice avait en effet recruté beaucoup de malfrats dont l'objectif était surtout de se refaire une virginité et de se remplir les poches. On tolérait pas mal de choses, mais ceux-là avaient dépassé les bornes et il avait fallu faire un exemple. Bout de l'An les avait fait juger par une cour martiale constituée à la hâte. Le meneur du trio avait été fusillé, ses deux comparses remis à la police. Ces derniers ne perdirent rien pour attendre car les résistants les collèrent au mur quelques jours plus tard…

Bout de l'An avait aussi des problèmes d'intendance : il fallait nourrir tout ce monde, trouver de l'essence pour les véhicules. La caisse fondait à vue d'œil. La veille, il avait donc saisi cinq cents millions de francs à la banque de Belfort. En fait l'opération avait davantage ressemblé à un braquage qu'à une réquisition légale : il s'était présenté accompagné d'une demi-douzaine de sbires en uniforme armés jusqu'aux dents. Malgré cette menace, le directeur de l'établissement, sachant sans doute que le règne de Vichy n'en avait plus pour longtemps, s'était cru autorisé à faire de la résistance. Il avait commencé par refuser, puis tergiversé, prétendu qu'il ne disposait pas de ces fonds, exigé un reçu en bonne et due forme pour… prêt.

Le chef lui avait bien entendu signé tout ce qu'il voulait. Mais, aux yeux du banquier et de ses employés, comme de la population, la différence était bien mince entre l'agression du bordel de Moulins par le trio de truands et ce hold-up commis par leurs chefs.

Cette déroute au travers d'un pays de plus en plus hostile, et qui ne le cachait pas, n'était guère brillante. Bout de l'An en avait sans doute conscience, mais il lui fallait sauvegarder les apparences, continuer à jouer sa partition jusqu'au bout.

Rouchouze, qui avait déniché une bouteille d'alcool, en versa un verre à son patron. Celui-ci le but, par petites gorgées, et se laissa aller à confier ses états d'âme à son garde du corps, ce qui lui arrivait rarement.

– Mon petit Georges, j'ai l'impression qu'il ne va plus nous rester qu'à aller affronter les cosaques dans les steppes russes. Le mieux qui peut nous arriver, c'est d'y laisser notre peau après avoir tué le plus grand nombre de bolcheviks. Car si on s'en sort, l'avenir ne sera pas rose. Staline va écraser sous sa botte toute une partie de l'Europe et les Anglo-Américains l'autre partie. Il n'y aura plus beaucoup de place pour nous.

– Vous ne croyez pas aux armes secrètes des Allemands ?

L'instituteur reprit le dessus et se lança dans un cours de géopolitique.

– L'Allemagne n'a jamais gagné une guerre sur deux fronts. Alors, les armes secrètes, elles risquent d'arriver trop tard. Mais il faut continuer à se battre jusqu'au dernier, pour l'honneur, comme les cadets de l'Alcazar.

Bout de l'An, l'alcool aidant, sembla oublier un instant qu'il n'était plus ni devant ses élèves, ni devant un parterre de miliciens enthousiastes.

– Il faut garder la tête haute. Nous allons prochainement passer en Allemagne. J'entends que nous présentions là-bas une belle image des patriotes français et non celle d'une bande de gueux en déroute. Les Allemands ne respectent que les forts. Les hommes doivent rectifier leurs tenues et se raser convenablement. Nous formerons une colonne qui entrera en Allemagne au pas, en chantant *La Madelon*.

Puis il en revint à des considérations plus terre à terre.

– N'oublie pas de prendre soin du paquet que je t'ai confié. Si nous sortons vivants de cette tragédie, ça nous sera très utile. Crois-moi. Et surtout ne parle à personne de tout ce que je viens de te dire. Il ne s'agit pas de faire souffler un vent de défaitisme.

– C'est bien ainsi que je l'avais compris.

7

Novembre 1944

Sanglé dans une veste noire et étriquée, coupée à la mode d'avant-guerre, Alain se balançait d'un pied sur l'autre au premier rang, ne sachant trop quoi faire de ses mains. Son pantalon boudinait sur ses chaussures. Ce costume appartenait à l'un de ses condisciples du collège d'enseignement technique Saint-Hippolyte qui l'avait hérité d'un oncle. Sa mère l'avait convaincu de mettre une cravate noire, prêtée par un autre garçon, car les trois qu'il possédait étaient des ficelles de couleurs vives à motifs fantaisie. Jacqueline Véron, elle aussi habillée en noir, avec un chapeau à voilette, se tenait à côté de lui, immobile et digne. La foule comptait une bonne centaine de personnes, dont beaucoup de jeunes gens portant le brassard des FFI et le foulard rouge, mais aussi quelques familles, dont des voisins de la rue des Quatre-Frères-Peignot.

Un officiel en uniforme présenta les excuses du préfet Luizet, empêché de participer à la cérémonie par des tâches urgentes, puis il donna la parole au maire de l'arrondissement, Bonnerie, qui dévoila la plaque.

Ici, le 19 août 1944, Jean Véron 23 ans, Jacques Brémont 22 ans, René Fougères 22 ans et Raymond Israki 20 ans, combattants des FFI-FTPF, sont tombés les armes à la main sous les balles de l'ennemi nazi.

Après un discours convenu sur le sacrifice de ces jeunes patriotes, Bonnerie demanda une minute de silence, puis il entonna *La Marseillaise*, qui fut reprise par la foule. Alain la murmura du bout des lèvres. Au terme de ce chant patriotique, une demi-douzaine de jeunes, parmi lesquels Alain reconnut un de ses voisins, tendirent le poing et se mirent à chanter *L'Internationale*. La surprise se lut sur certains visages, l'irritation sur d'autres. Le maire glissa quelques mots à l'oreille du représentant du préfet, puis alla exprimer sa désapprobation auprès des jeunes. « Ce n'est pas le moment, camarades. » L'incident n'alla pas plus loin. Plusieurs personnes déposèrent des gerbes ceintes de rubans tricolores. Alors que l'assistance commençait à se disperser, une jeep aux couleurs des Forces françaises libres s'arrêta à l'angle du quai de Jemmapes. Une jeune femme en uniforme, portant les barrettes de capitaine, en descendit. Elle fendit la foule et alla placer une rose rouge au pied du mur, en dessous de la plaque.

Le regard d'Alain croisa le sien. Le jeune homme éprouva le sentiment fugace de l'avoir déjà vue.

À la mi-décembre, Jacqueline Véron fut victime de deux évanouissements, à trois jours d'intervalle. Le médecin qui l'examina ne put que lui conseiller de changer d'emploi. De plus, ces malaises à répétition suscitaient des réactions hargneuses de l'encadrement, qui menaçait de la licencier. Elle prit donc les devants et démissionna de la blanchisserie, avec l'espoir de trouver quelque chose de moins pénible, quitte à faire des ménages ou de la couture à domicile. Depuis la mort de son fils, elle était l'ombre d'elle-même.

Il devenait donc urgent pour Alain de travailler. Depuis qu'il avait obtenu son CAP d'ajusteur, à la veille des combats qui avaient entraîné la fermeture des établissements scolaires, il avait passé l'essentiel de son temps à traîner dans le quartier avec des copains, à écouter de la musique à la radio et à lire des ciné-romans, quand il ne faisait pas la queue devant les magasins d'alimentation pour épargner cette corvée à sa mère. Il n'osait plus sortir le soir comme il l'avait fait les années précédentes, car la fin de l'Occupation avait bouleversé la vie nocturne. Des boîtes avaient fermé, d'autres changé de propriétaires, et une partie des gens qu'il avait fréquentés avaient probablement eu des ennuis. Il avait pris l'habitude de se laisser inviter par des inconnus aux portefeuilles bien garnis. Des fêtards très à l'aise dans les milieux de la nuit parisienne, et même des artistes, l'avaient emmené à leurs frais dans des établissements qui n'étaient guère à la portée des honnêtes travailleurs condamnés aux tickets de rationnement. S'ils ne collaboraient pas directement avec l'occupant, ils profitaient pour le moins de la situation et devaient sans doute leur aisance au marché noir. Un jeune sous-officier allemand rencontré à la piscine Deligny l'avait même entraîné dans un cabaret. Leurs relations n'avaient pas dépassé quelques caresses dispensées sous la table, mais on avait pu les remarquer.

À l'époque, Alain ne s'intéressait guère à la politique et ne songeait qu'à s'amuser. Son seul acte de résistance au régime de Vichy avait été de coudre sur sa veste une étoile jaune avec le mot « swing » pour imiter des jeunes zazous rencontrés au Capoulade. Il ne l'avait gardée que deux jours. Son frère, qui, par hasard, avait fait un passage éclair rue des Quatre-Frères-Peignot, l'avait vertement engueulé.

– Tu es malade ? Tu as envie qu'ils t'envoient dans un camp de la milice ou dans un chantier de jeunesse ? Et ça peut nuire à maman. Si tu veux agir, il y a des choses plus utiles à faire !

Mais Alain n'avait pas envie d'agir. Il avait décousu l'étoile. D'ailleurs, même ses copains n'arboraient leur étoile que dans des endroits discrets comme des surprises-parties et des arrière-salles de bistro, très rarement dans la rue où des imprudents s'étaient en effet fait rafler par des miliciens et des policiers zélés.

Se balader dans la rue ou se montrer à une terrasse habillé de façon provocante, le cheveu trop long dans le cou, n'allait pas de soi. Les Jeunesses patriotes, les miliciens et autres militants de la collaboration se livraient avec délectation à la chasse au zazou, moins risquée que la chasse aux partisans. Ils tabassaient et tondaient leurs victimes, et parfois les détroussaient.

Mais Alain avait eu la chance d'échapper à ces agressions et vécu toutes ces années avec l'insouciance de la jeunesse. Il rentrait parfois très tard, malgré le couvre-feu, se faisant raccompagner en voiture par ses amis d'un soir. Le lendemain matin, il troquait son ample veste écossaise contre la blouse grise ou le bleu de l'apprenti et s'appliquait à rendre sa coiffure acceptable pour ses professeurs et moniteurs. Épuisé par ces soirées, il lui arrivait de s'endormir sur sa table ou sur son établi, ce qui lui coûtait de longues séances de lime. Fort heureusement, ses dons pour les travaux manuels lui valaient une relative indulgence. Il figurait presque toujours en tête de liste quand le moniteur affichait les résultats sur le panneau de l'atelier. Les pièces qu'il fabriquait étaient parfaites. Impossible de leur trouver le moindre défaut en dépit d'un contrôle tatillon au pied à coulisse.

Ce talent suscitait aussi le respect de ses condisciples. Ceux qui l'avaient rencontré habillé en zazou ne l'avaient jamais moqué devant les autres. D'ailleurs, le collège comptait deux ou trois autres zazous tout aussi discrets, car les enseignants étaient très à cheval sur la discipline vestimentaire. Un apprenti qui s'était pointé avec un petit foulard noué autour du cou s'était vu renvoyer chez lui sur-le-champ pour la journée. Et, si les apprentis mécaniciens pouvaient venir col ouvert, sauf à certaines occasions, pour les élèves prothésistes dentaires, la cravate était de rigueur et la blouse blanche devait toujours être immaculée et parfaitement repassée.

Depuis août 1944, Alain se montrait donc encore plus prudent, car les jeunes gens trop excentriques et ceux qui affichaient une sexualité ambiguë n'étaient pas mieux vus que les années précédentes. Leur ostentation vestimentaire passait pour une coupable légèreté à une époque où il fallait faire étalage de patriotisme.

Résolu à se trouver un emploi, comme il l'avait promis à sa mère, il enfila le blouson de cuir de son frère et alla prendre conseil auprès d'un ami qui habitait lui aussi la cité des Quatre-Frères, mais dans un autre bloc. Louis Martin, qu'on appelait généralement Petit Louis, faisait partie des jeunes gens qui avaient chanté *L'Internationale* le jour de la pose de la plaque commémorative. Alain le trouva en train de démonter un moteur de moto sur la table de la salle à manger familiale protégée par de vieux journaux. C'était un garçon de petite taille mais râblé, dont la salopette laissait voir des biceps tatoués. Il avait gardé son béret sur la tête et un mégot éteint au coin des lèvres.

– Je ne te serre pas la main, je suis plein de cambouis.

– Ce sont des mains de travailleur.

– Bon, qu'est-ce qui t'amène, mon petit gars ?

Bien qu'il ne fût son aîné que de quelques années, Petit Louis manifestait un certain paternalisme à son égard.

– Je cherche du boulot. Ma mère a été obligée de quitter les Blanchisseries, elle ne tenait plus le coup.

– Et même si elle continuait à bosser, ça serait peut-être temps que tu t'y mettes tout de même, tu ne crois pas ? Tu as eu ton CAP ?

– Mention bien. S'il n'y avait eu que l'atelier, j'aurais eu très bien, mais je suis nul en français.

– Bon, ça ne devrait pas être trop difficile. Les ouvriers qualifiés, on leur court après, en ce moment. Tu préfères Citron ou Renault ?

– Plutôt Citron, c'est plus près. Mais si tu me trouves une place chez Renault, je ne dirai pas non.

– Attends un peu, je n'ai rien promis. Mais je connais des copains qui peuvent te présenter. Les chefs te feront faire un essai et après tu deviendras un ouvrier pour de vrai, comme nous tous. Moi, tu vois, je gratte chez Caudron, à Issy, l'avantage, c'est que ça n'est pas loin non plus, mais en ce moment ils n'embauchent plus. Bon, je t'offre quelque chose ? Un coup de rouge ?

Le voisin alla se récurer les mains dans l'évier de la cuisine, d'où il revint avec deux verres et une bouteille de bordeaux entamée.

– Goûte-moi ça.

Alain avait pris l'habitude de boire du vin dans les restaurants où il se faisait inviter. Celui-là n'était pas terrible.

Il fit claquer sa langue. Par politesse.

– Il est bon. Où l'as-tu trouvé ?

– C'est de la récupération. Les Boches nous en ont tout de même laissé quelques-unes.

– J'ai une question à te poser. Ça n'a rien à voir avec le boulot. Le jour de la cérémonie, pour mon frère, as-tu remarqué la fille en uniforme qui est venue déposer une rose ?

– Difficile de ne pas la remarquer ! Un beau brin !

– Tu sais qui c'est ?

– Jamais vue. Mais elle devait connaître ton frère. Pourquoi tu ne lui as pas posé la question ?

– Pas eu le temps. Elle est repartie tout de suite et je ne voulais pas laisser ma mère.

– Je comprends ça.

Petit Louis jeta un coup d'œil sur un gros réveil Jaz en Bakélite.

– Si tu veux venir voir le copain dont je t'ai parlé, c'est la bonne heure. Il tient une permanence à la section du parti.

Il enfila une veste sur sa salopette et conduisit son jeune voisin dans une arrière-cour de la rue des Cévennes où la section du PC occupait un local en grand désordre. Pour se déplacer, il fallait serpenter entre des piles d'affiches et des seaux de colle. Deux militants s'affairaient autour d'une énorme ronéo qui crachait des tracts à une vitesse impressionnante tandis qu'une réunion apparemment agitée se tenait dans la plus grande salle. Petit Louis frappa à une porte qu'il ouvrit sans attendre qu'on l'y ait invité.

Un homme d'une quarantaine d'années au visage énergique était installé derrière un bureau de bois, du genre de ceux des maîtres d'école. Il se leva pour leur serrer la main et les invita à s'installer sur deux chaises branlantes, puis il pointa son doigt sur le plus jeune de ses visiteurs.

– Tu es le frère de Jeannot, n'est-ce pas ?

Alain inclina la tête.

– Ton frère était un bon camarade. Désolé, je n'ai pas pu venir l'autre jour. Qu'est-ce qui t'amène ? Tu viens prendre ta carte ?

La question embarrassa Alain, mais Petit Louis vola à son secours.

– Pour le moment, il cherche du boulot. Sa mère est malade et elle ne tient plus le coup aux Blanchisseries de Grenelle.

Le secrétaire fit une petite grimace.

– C'est une sale boîte. Il va falloir que les copains du syndicat se remuent. Donc tu cherches du turbin. Mais le parti, c'est pas un bureau de placement. P'tit Louis te l'a pas dit ?

– Tu connais quand même du monde dans pas mal de boîtes, dit l'intéressé.

– Toi, mon camarade, tu devrais commencer par faire preuve d'un peu de discipline. D'après ce qu'on m'a raconté, toi et tes potes, il a fallu que vous vous fassiez remarquer.

– On est communistes, Jeannot était communiste, alors on a chanté *L'Inter.*

– Oui, mais il y a des moments pour ça. Je vais pas te faire un cours sur Lénine, mais faut savoir être tactique. En ce moment, c'est l'unité nationale… Faut pas diviser avec des trucs de ce genre.

Petit Louis encaissa le sermon sans broncher, puis revint à la charge.

– Alors, tu crois que tu peux l'aider à trouver quelque chose ?

Le secrétaire haussa les épaules.

– On ne laisse pas dans la mouise le frère d'un camarade. Qu'est-ce que tu sais faire de tes mains, mon gars ?

– Il vient de passer son CAP d'ajusteur. Mention bien.

– Il est capable de répondre tout seul, non ? Bon, avec un CAP comme ça en poche, pas de problème.

Il griffonna un nom et une adresse sur une feuille de papier quadrillé qu'il arracha à un cahier.

– Tu vas aller à Billancourt voir Eugène, qui est responsable de la section Renault. Tu lui dis que tu viens de ma part. Il te dira comment procéder. On te fera sûrement faire un essai. À toi de prouver que t'es bon, si tu veux rentrer par la grande porte.

Alain prit le mot et remercia le secrétaire. Celui-ci désigna du doigt une affiche placardée sur le mur sur laquelle on voyait un ouvrier devant un paysage d'usines, avec le slogan « Retroussons nos manches, ça ira encore mieux ».

– Ne me remercie pas. Le boulot, ça n'est jamais un cadeau. Mais en ce moment, il faut bosser pour redresser la France. J'espère que tu as compris ça ?

– Il a surtout compris qu'il a besoin de gratter pour becqueter.

– Et il parle encore à sa place ! T'as une sacrée grande gueule et une mentalité d'anar, Petit Louis. Bon, c'est tout, parce que moi aussi j'ai du boulot, figurez-vous. Jeannette[1] va venir inspecter une réunion des militants de la section, il y a des copains qui vont se faire remonter les bretelles, y a intérêt à ce que tout soit nickel d'ici là, et faut préparer les discours. Heureusement encore qu'on a été prévenus par la fédé.

Le secrétaire les raccompagna jusque dans la cour.

– Alors, pour le boulot, je te dis merde. Mais tu as toutes les chances. Et si ta mère a besoin de quelque chose, elle sait où s'adresser. Le parti, c'est ça aussi, on ne laisse pas tomber la famille des camarades.

– Je peux vous poser une question ?

– D'abord, on se dit tu, ensuite pose ta question.

– Est-ce que vous… tu… Est-ce que tu connais une femme qui s'appelle Anne Laborde ?

Le secrétaire se caressa le menton.

– Ça ne me dit rien. C'est une camarade du parti ? Qu'est-ce que tu lui veux ?

– Je pense que c'était une amie de mon frère.

– Ton frère avait pas mal d'amies, mon garçon.

– Celle-là est capitaine des FFL.

– Tu devrais aller voir le commandant Gallois. Pendant un moment, c'est lui qui a assuré la coordination entre les FTP et les gaullistes du BCRA. Il la connaît probablement. Quand tu demanderas à le rencontrer, n'oublie pas de préciser que tu es le frère du lieutenant Leroy. C'était son nom de guerre.

1. Jeannette Vermeersch, dirigeante du PCF et épouse de son secrétaire général Maurice Thorez.

– Je sais, c'est marqué sur sa carte de FFI.

– Et ça t'avancera à quoi de rencontrer cette femme ?

– Je voudrais savoir comment est mort mon frère. Personne n'a été capable de me le dire.

Le secrétaire de section le prit par l'épaule.

– Tu sais, mon petit camarade – tu me permets de t'appeler camarade, même si tu n'as pas encore ta carte ? Beaucoup de copains se sont fait tuer ou ont disparu dans cette foutue guerre, et on ne saura jamais au juste comment ça s'est passé. C'est pas pour rien qu'on est le parti des cent mille fusillés. Même s'il n'y en a peut-être pas eu cent mille, il y en a eu pas mal...

Ainsi, aux yeux de cet homme, son frère n'était au fond qu'une victime parmi cent mille autres.

Le désir de connaître les circonstances de la mort de son frère ne lui était venu que très récemment. La cérémonie de la plaque commémorative et l'intervention de cette femme l'avaient fait naître. En fait, il ne savait rien de la vie clandestine de Jean et ça ne l'avait jamais vraiment préoccupé, mais un sentiment de culpabilité l'avait soudain assailli.

– Peut-être, mais c'était mon frère et j'aimerais tout de même bien savoir.

8

Février 1945, 8 heures du matin

Les deux Traction noires s'arrêtèrent l'une derrière l'autre, pare-chocs contre pare-chocs, devant l'immeuble qui faisait l'angle de l'avenue des Ternes et du boulevard Pereire. Six hommes en descendirent et se séparèrent en deux groupes, dont l'un s'engouffra dans la porte cochère, tandis que l'autre prenait position à l'angle de la rue. Leurs allures et leurs tenues vestimentaires ne laissaient pas le moindre doute sur leur profession. Elles n'avaient d'ailleurs pas changé depuis les années précédentes : l'imperméable mastic et le feutre restaient de rigueur. Seul le manteau de cuir, qui rappelait un peu trop la Gestapo et la rue Lauriston, était passé de mode au Quai des Orfèvres.

Deux policiers du premier groupe empruntèrent l'ascenseur, tandis que leur collègue restait dans le hall.

Bacchelli leur ouvrit, en robe de chambre, ses lunettes sur le nez. Il ne parut pas surpris par cette visite.

– Vous m'autorisez à m'habiller convenablement ?

– Faites, mais nous allons vous accompagner. C'est le règlement.

– Alors, si c'est le règlement… Mais je n'ai ni l'intention de me suicider ni celle de m'enfuir par la fenêtre, si c'est ce que vous craignez.

Les policiers ne répliquèrent pas. Ils suivirent Bacchelli à travers un salon bourgeoisement meublé, mais, après s'être concertés du regard, le laissèrent s'habiller seul dans sa chambre, dont la porte resta entrouverte. Le dirigeant du RNP réapparut après quelques minutes, soigneusement cravaté, une valise dans une main, une serviette dans l'autre.

– Comme vous le voyez, j'avais préparé quelques affaires, à toutes fins utiles.

– Je ne vous passe pas les menottes, si vous me promettez d'être raisonnable, monsieur Bacchelli.

– Vous avez ma parole. Mais il faut aussi que je confie mon chien à la concierge.

– Un de nos collègues s'en occupera.

– Très bien, mais je compte sur vous pour ne pas abandonner ce pauvre animal.

L'animal en question, un lévrier, vint se frotter contre les jambes de son maître.

Bacchelli partagea l'étroite cabine d'ascenseur avec les deux policiers, qu'il dévisagea avec un sourire ironique.

– Voici seulement un an et demi, vous m'auriez salué au garde-à-vous, messieurs. Mais je ne vous en tiens pas rigueur, vous ne faites qu'exécuter les ordres qu'on vous a donnés.

– Merci de le comprendre, dit le plus âgé des policiers, vaguement mal à l'aise.

– Eh oui, un jour on arrête les communistes, le lendemain on arrête les nationaux.

Le plus jeune fut sur le point de protester, mais son collègue, qui était aussi son supérieur, lui fit signe de se taire.

Le cortège démarra aussitôt en trombe et roula à vive allure jusqu'à la préfecture de police, où le prisonnier fut conduit au dépôt. Au greffe, on lui retira ses bagages, son portefeuille, sa montre, sa ceinture, sa cravate et ses lacets, mais on lui laissa son élégant pardessus en poil de chameau. Bacchelli se prêta à ces opérations sans protester. Le sinistre dédale humide, où flottaient les pires odeurs, accueillait des hordes de gueux, en majorité clochards, prostitués des deux sexes et voleurs à la tire, qui, pour la plupart, attendaient leur comparution. Le détenu réussit néanmoins à convaincre ses gardiens de le placer dans une cellule occupée par deux autres politiques, un journaliste qui avait émargé à *L'Atelier* et un fonctionnaire du commissariat général aux questions juives. Du tout petit gibier.

Bacchelli salua le journaliste, qu'il connaissait de vue, et se présenta, comme il l'aurait fait dans un salon. Puis, après avoir écouté les jérémiades de ses codétenus pendant un bon moment, il plia soigneusement son manteau, dont il se fit un coussin, et s'allongea sur un bat-flanc préalablement essuyé avec son mouchoir.

Le numéro deux du RNP avait vécu pendant plus d'un an sous un faux nom dans son appartement de la rue des Ternes, sans être inquiété. Il n'avait que fort peu modifié son apparence, troquant ses lunettes rondes contre des lunettes d'écaille, son feutre contre une casquette de sportif, et se laissant pousser une petite moustache. Chaque matin, il avait promené son lévrier jusqu'au square de la place des Ternes et parfois jusqu'à l'Étoile ou au parc Monceau, sans que jamais quiconque ne l'ait identifié, importuné ou même dévisagé de façon insistante. En fait, Bacchelli était assez peu connu du grand public car il avait toujours préféré rester dans l'ombre, laissant la gloire et les photographes à d'autres.

Sa période de clandestinité n'avait pourtant pas été inactive. Il avait réussi à conserver des relations avec un grand nombre de personnalités de presque tous les bords, qui lui étaient redevables à des titres divers ou sur qui il avait prise. Des gens qu'il avait fait prévenir d'un risque d'arrestation, en faveur de qui il était intervenu auprès des autorités allemandes pour obtenir une autorisation quelconque, un laissez-passer, des entrepreneurs dont il avait favorisé les affaires et d'autres dont il connaissait des secrets gênants. Mais son réseau ne comptait pas que des obligés et des collaborateurs qui cherchaient à se faire oublier et redoutaient un chantage. Bacchelli avait commencé à tisser sa toile bien avant l'Occupation, au sein de diverses organisations comme le CSAR[1], dont les membres s'étaient divisés en 1940

1. Comité secret d'action révolutionnaire, mouvement d'extrême droite surnommé la Cagoule.

entre Vichy et Londres. En dépit de ces choix en apparence antagoniques, leurs liens n'avaient jamais été rompus et ils conservaient d'étroites affinités idéologiques. Certains n'avaient d'ailleurs pas clairement choisi leur camp avant 1944 et n'avaient cessé d'intriguer dans les couloirs de l'hôtel du Parc, la résidence du Maréchal. Passés maîtres dans l'art du double jeu, ils avaient arboré la francisque sans complexe, tout en gagnant leurs brevets de grands résistants en mettant sur pied des organisations fantômes aux noms ronflants, et en faisant parvenir quelques informations à Londres. Bacchelli n'ignorait rien de toutes ces manœuvres qu'il avait suivies avec attention.

Bien entendu, pour correspondre avec ces personnalités, et plus encore pour les rencontrer, il avait pris les plus grandes précautions. Mais ça n'avait pas suffi. L'un de ces contacts l'avait probablement dénoncé. Les chances d'identifier le délateur étaient faibles, mais il ne désespérait pas d'y parvenir un jour, bien que cela ne fût pas sa priorité, car ce n'était pas un homme à se laisser emporter par un désir de vengeance. Néanmoins, il avait de la mémoire.

Une quinzaine de jours après son arrestation, Bacchelli comparut devant le juge d'instruction. Sans doute avait-on estimé que l'importance du personnage justifiait cette relative célérité, car les magistrats croulaient sous les dossiers. Ce délai lui avait néanmoins permis de choisir un avocat et de s'entretenir à deux reprises avec lui au parloir de Fresnes. Il aurait eu les moyens de s'offrir un ténor du barreau, comme Maurice Garçon, René Floriot ou Jacques Isorni qui venait de défendre Brasillach, mais il avait estimé que leur notoriété pouvait nuire à sa cause et préféré un très jeune avocat, sans passé politique mais plutôt marqué à gauche.

Le juge d'instruction lui aussi était jeune et ne pouvait par conséquent avoir joué qu'un rôle de second plan sous Vichy, ce qui comportait des avantages et des inconvénients. Peu ou pas compromis, il n'aurait nul besoin de se lancer dans la surenchère patriotique pour faire oublier son passé, à l'instar de nombreux magistrats qui avaient condamné sans état d'âme des charrettes de résistants, mais il pouvait aussi se sentir les mains libres et voir son dossier avec les yeux d'une sorte de Saint-Just, incapable de saisir les vicissitudes de la vie politique et de distinguer l'art du compromis de la trahison.

La froideur agressive du jeune juge donna d'emblée à Bacchelli l'impression qu'il fallait le ranger dans la catégorie des Jacobins psychorigides. Il s'appliqua à ne pas le provoquer et s'adressa à lui sur le ton le plus respectueux de sa gamme.

– Croyez bien, monsieur le juge, que mon intention était de me présenter spontanément devant la justice...

– Alors pourquoi ne l'avez-vous pas fait ?

– Dans le climat qui a suivi les événements d'août 1944, il m'a semblé que mes arguments risquaient de ne pas être entendus par un tribunal, à supposer même que j'échappe à une justice plus sommaire et que je sois amené à comparaître. Bien des hommes ont été exécutés au coin des rues sans jugement et, dans ces circonstances, les erreurs sont inévitables. Or les apparences plaident contre moi...

– Nous ne sommes pas au coin d'une rue, monsieur Bacchelli, et vous aurez tout loisir de faire connaître vos arguments. Une opportunité dont n'ont pas bénéficié les patriotes et les otages assassinés lâchement par vos amis de la milice et les Allemands. Vous n'allez pas nier que le Rassemblement national populaire a été un des outils de la collaboration la plus éhontée ?

– On ne juge pas un parti mais un homme ! protesta aussitôt l'avocat.

– Nous ne le jugeons pas encore, maître, nous instruisons l'affaire. M. Bacchelli fut l'un des principaux dirigeants du RNP dont il n'a jamais contesté les orientations, d'après les éléments dont nous disposons.

– Justement, vous ne disposez pas encore de tous les éléments, monsieur le juge, et nous nous proposons de vous en soumettre certains qui pourraient remettre en cause une approche trop manichéenne du rôle de M. Bacchelli.

– Je les attends avec intérêt. Mais, pour commencer, si votre client est aussi soucieux qu'il le prétend de faciliter la tâche de la justice, il pourrait commencer par nous dire où se trouve son chef, Marcel Déat.

Le jeune avocat fronça les sourcils.

– M. Bacchelli n'est pas un délateur.

L'intéressé écarta benoîtement les mains.

– En fait, je crois que Marcel Déat est parti pour un pays étranger, mais j'ignore absolument lequel. Je n'ai conservé aucune relation avec lui et, à vrai dire, nous étions en froid. Il me soupçonnait…

– Il vous soupçonnait ?

– M. Bacchelli était à l'origine de la création d'une organisation qui fonctionnait clandestinement, au sein du RNP comme de l'administration. Ce réseau a fourni des informations précieuses aux Forces françaises libres et a sauvé de nombreuses vies.

– Nous y voilà ! s'exclama le juge. Je n'ai pas encore entendu parler d'un seul collaborateur qui n'a pas sauvé des vies.

L'avocat adopta un ton énergique.

– À la différence, monsieur le juge, que nous sommes en mesure de produire des attestations et des témoignages de nature à prouver formellement ce que nous affirmons !

9

Tyrol italien, avril 1945

La grosse Cadillac suivait à vive allure une route étroite qui serpentait au fond d'une vallée dominée par les cimes neigeuses des Abruzzes. La boue et la poussière faisaient paraître grise sa carrosserie noire dont un marchepied avait été arraché et un pare-chocs pendouillait tristement. Un impact de balle étoilait sa lunette, mais son huit cylindres ronronnait sans état d'âme. Les graviers et les mottes de terre giclaient sous ses roues à chaque virage. Épuisés, le chauffeur et ses deux passagers n'avaient pas un regard pour le paysage. Seul à l'arrière, Bout de l'An somnolait en serrant une grosse serviette contre lui.

Les trois hommes venaient d'échapper de justesse aux partisans italiens qui traquaient Darnand, le patron de la milice. Bout de l'An ignorait le sort de son chef à qui il avait tenté de porter secours car ils avaient dû se séparer au cours d'une fusillade nourrie sur la route de Tirano. Le périple sanglant des derniers miliciens touchait à sa fin. Après l'Alsace, Sigmaringen et les combats d'arrière-garde contre les rouges à Bolzano, il ne leur restait plus que l'espoir de trouver un refuge pour éviter l'exécution sommaire ou l'arrestation et l'extradition vers la France.

Bout de l'An souffrait de l'absence de son fidèle Rouchouze. Tête brûlée, l'ancien apprenti pâtissier et camelot du Roy s'était engagé dans les maquis blancs que le gouvernement pétainiste en exil avait tenté de constituer à l'instigation des Allemands. Le rêve de rendre à de Gaulle le coup qu'il avait fait à Pétain avait très vite tourné court. À peine parachuté en Corrèze, sa région natale, où il était censé trouver des appuis pour se lancer dans des opérations de sabotage, il s'était fait arrêter par les FTP, trahi par les saucissons qu'il transportait dans son sac et dont il n'avait pas retiré les étiquettes allemandes. Mais son chef ne le savait pas encore.

Après quelques lacets sinueux, la Cadillac longea un torrent encaissé entre d'impressionnantes murailles de granit, puis traversa un petit village. Ici, on n'avait visiblement pas souffert de la guerre : les maisons étaient coquettes, certaines même fraîchement repeintes en blanc et ocre, avec des volets verts et des encadrements de fenêtres jaunes. Les balcons étaient fleuris et on apercevait des jeunes filles aux nattes blondes et des hommes coiffés du traditionnel chapeau vert à plume blanche.

Le chauffeur ralentit, puis immobilisa sa lourde limousine sur une place encadrée de constructions baroques jaune et blanc. Quelques curieux se penchèrent aux fenêtres pour distinguer ces visiteurs. Réveillé, Bout de l'An déplia une carte puis se décida à demander son chemin à un homme âgé qui s'était approché de la voiture. Le milicien s'exprima en allemand, langue qu'il maîtrisait mieux que l'italien pour avoir eu largement l'occasion de la pratiquer ces derniers temps. Un sourire éclaira le visage de son interlocuteur qui lui répondit dans la même langue. Le doigt du vieillard glissa sur la carte et s'arrêta sur une croix tracée au crayon, puis il leur donna les indications demandées sans leur poser la moindre question.

La Cadillac repartit et s'arrêta bientôt devant une grande abbaye dont deux tours hexagonales coiffées de clochers à bulbe encadraient le portail. Les trois hommes descendirent de leur Cadillac. Bout de l'An ajusta son nœud de cravate et brossa son costume froissé du revers de la main pour se donner une allure présentable. Un jeune moine sortit de l'abbaye et vint à leur rencontre. Il les invita à entrer par une petite porte et leur assura que quelqu'un allait s'occuper de leur véhicule. Lui aussi s'exprimait dans la langue de Goethe. Sans se séparer ni de sa serviette ni de son paquet, Bout de l'An lui emboîta le pas, tandis qu'un autre personnage, en civil, se glissait sur le siège de la Cadillac qu'il conduisit jusque dans une grange.

Le religieux entraîna les trois miliciens dans un patio cerné d'élégantes arcades où régnaient un calme et un silence surprenants pour ces hommes qui venaient de vivre des journées marquées par le vacarme assourdissant des explosions, le crépitement des armes automatiques, les cris des combattants, les hurlements des blessés. Dans une salle voûtée, des collations et des boissons les attendaient sur une table de chêne massif. Averti de leur arrivée par téléphone, le supérieur de l'abbaye, un homme grand et maigre d'allure austère dans sa robe au pli impeccable, les accueillit sobrement, sans manifester les sentiments que lui inspirait ce trio de desperados du fascisme, au point qu'il était difficile pour eux de deviner la nature de ses motivations : pure charité chrétienne ou affinités politiques ?

Après s'être restaurés, les trois hommes furent conduits dans des cellules séparées, où ils eurent la possibilité de faire un peu de toilette, de se reposer et peut-être de méditer sur le caractère éphémère du pouvoir. Des cellules guère plus spacieuses et plus confortables que celles de Fresnes où croupissaient nombre de leurs amis, mais beaucoup plus propres, avec leurs murs peints à la chaux, vierges de tout graffiti, et leur sol dallé de pierre qui sentait l'eau de Javel.

Deux heures à peine après l'arrivée des fuyards, entra dans la petite ville un convoi composé d'une jeep et d'un camion de l'armée américaine bourré de GI's, précédé d'une berline Fiat et d'une camionnette bâchée sur laquelle flottaient côte à côte le drapeau tricolore italien et le drapeau rouge frappé de la faucille et du marteau. Aussitôt, des gamins coururent prévenir leurs parents qui alertèrent à leur tour le supérieur de l'abbaye. Un capitaine américain mal rasé sauta de sa jeep et se présenta devant la porte de l'édifice religieux, flanqué d'un partisan armé d'une mitraillette et foulard rouge autour du cou. L'Italien actionna à plusieurs reprises un carillon dont l'épais portail étouffa le son, plusieurs minutes s'écoulèrent puis un moine apparut. Le partisan fit office d'interprète. Non, les moines n'avaient vu personne et ils n'avaient pas entendu parler d'une Cadillac noire qui aurait traversé la ville. Il les fit entrer dans la grande cour où des religieux étaient plongés dans leurs missels ou devisaient par petits groupes. Le supérieur, qui les attendait, déclara qu'il ne savait rien de ces Français en fuite. Il ne s'adressa qu'à l'officier américain, affectant d'ignorer son concitoyen, et il invita le militaire à respecter la sérénité de ces lieux et la tranquillité des habitants de la ville qui avaient vécu jusqu'ici à l'écart de ces troubles et de cette guerre funeste. Le partisan voulut fouiller l'abbaye, mais l'officier américain, impressionné par la dignité et la fermeté de cet homme de Dieu, et qui avait reçu la consigne d'éviter les incidents inutiles avec les dignitaires de l'Église, s'y opposa.

Ils ressortirent donc et, avant de remonter dans sa Fiat, le partisan se retourna et brandit le poing en criant : « *Sacerdoti fascista*[1] ! » sous le regard désapprobateur de l'Américain.

D'une fenêtre de la tour de gauche, un moine observa le départ du convoi, qui fit demi-tour sur la place, au prix de manœuvres laborieuses, puis s'éloigna dans un concert de pétarades.

Il redescendit avertir ses frères qui allèrent délivrer le trio de miliciens qu'on avait précipitamment cachés dans un caveau de la chapelle.

Bout de l'An et ses deux compagnons comprirent qu'ils avaient eu chaud et remercièrent chaleureusement les moines et leur supérieur, lequel ne se départit pas pour autant d'une certaine froideur.

1. Curés fascistes !

10

Hôtel Lutetia, octobre 1945

La foule n'était pas aussi nombreuse que lors des grands retours de prisonniers et de déportés, qui avaient eu lieu quelques mois plus tôt, mais des dizaines de personnes stationnaient encore à l'angle du boulevard Raspail et de la rue de Sèvres, d'autres erraient dans le hall de l'hôtel, portant parfois des pancartes attachées autour du cou, avec le nom d'un parent ou d'un proche. Des militaires aux uniformes impeccables croisaient des rescapés des camps de la mort en tenues rayées et des familles de toutes conditions sociales.

Alain fut saisi par ce spectacle et demeura un instant immobile dans l'entrée du grand hall, dont les dorures et les lustres contrastaient si fortement avec cet étalage de souffrance humaine. Des photos, des avis de recherche, des appels qui n'avaient pas reçu de réponses couvraient encore les murs. Le jeune homme s'approcha et examina quelques-uns de ces portraits de disparus. Des gens souriants et en bonne santé, bien coiffés et habillés à la mode d'avant-guerre, certains avec coquetterie. Comment imaginer à quoi ils pouvaient ressembler aujourd'hui après avoir traversé l'enfer ?

Alain, dans l'insouciance de son adolescence, n'avait pas jusqu'à cet instant mesuré l'ampleur des crimes commis dans ces camps. Pour lui, ces tourments infligés à des dizaines de milliers d'inconnus étaient restés abstraits. Même les images de déportés squelettiques et hagards montrés aux actualités cinématographiques ne l'avaient pas bouleversé à ce point. Il faillit éclater en sanglots, alors qu'il n'avait que très peu pleuré à la mort de son frère et qu'il ne se savait pas si émotif. Une bouffée de culpabilité l'assaillit à nouveau en pensant au bon temps qu'il avait passé lors de ses sorties nocturnes pendant que ces crimes se perpétraient, et les reproches de Jean lui revinrent en mémoire.

Le jeune homme essuya une larme et se dirigea vers une femme coiffée d'un calot militaire qui fendait la foule d'un pas énergique, une grosse serviette de cuir à la main.

– Pardon, madame, je cherche…

– Ici, tout le monde cherche quelqu'un, mon garçon.

– Je ne cherche pas un prisonnier, mais une personne qui travaille ici. Elle appartient au service d'Henri Frenay.

– Nous voilà bien avancés. Tout le monde travaille ici sous la direction d'Henri Frenay. C'est lui le grand patron. Tu ne connais pas son nom ?

– Anne Laborde.

– Le capitaine Laborde. Il fallait le dire plus tôt. Mais tu as rendez-vous ?

– Non, mais je pense qu'elle me recevra. Je suis de sa famille.

– Alors il faut t'adresser au secrétariat.

Elle lui donna le numéro d'un bureau, au premier étage. Il frappa à plusieurs reprises puis, n'obtenant pas de réponse, entra et tomba sur une demi-douzaine de personnes qui poursuivirent leur conciliabule sans lui prêter la moindre attention. Une femme assise derrière une batterie de téléphones finit par découvrir sa présence et lui demander ce qui l'amenait sur un ton peu aimable, mais consentit néanmoins à décrocher un de ses combinés, après avoir écouté sa requête.

– Vous avez beaucoup de chance. Le capitaine Laborde est là et va vous recevoir. Daphnée, peux-tu accompagner ce garçon jusqu'aux Vérifications ?

Daphnée était une petite rouquine habillée d'un strict tailleur bleu marine qui tranchait avec les uniformes.

– Je suis bénévole, dit-elle pour expliquer sa mise. Vous venez pour nous donner un coup de main ou vous cherchez quelqu'un ?

– Ni l'un ni l'autre, c'est purement personnel.

Elle n'insista pas et poussa une porte en acajou qui avait été, à une époque plus faste, celle d'une suite luxueuse. Anne Laborde, en tenue militaire, les cheveux tirés sur le front et ramassés en un strict chignon sur la nuque, était assise derrière un grand bureau de style Arts déco sur lequel elle avait placé une photo du général de Gaulle. Alain remarqua une dédicace dans l'angle inférieur droit de ce portrait, mais il en était trop éloigné pour pouvoir la lire.

Anne Laborde se leva, contourna son bureau et vint lui serrer la main.

– Je vous ai vu lors de la cérémonie consacrée à votre frère et à ses camarades, quai de Jemmapes. Une mission urgente m'a empêchée de m'attarder et de vous présenter mes condoléances. Alors permettez-moi de le faire aujourd'hui.

Elle l'invita à s'asseoir dans un fauteuil de cuir, devant une table basse, et prit place en face de lui dans un siège semblable. Cette ambiance de luxe paisible, à l'écart du tumulte qui régnait dans le hall, surprit Alain qui n'avait jamais mis les pieds dans un endroit pareil. Elle lui proposa une cigarette, qu'il refusa.

– Un café ou un thé, alors ?

Il accepta le café que l'officier commanda à une jeune fille qui jouait le rôle de planton.

– Que puis-je pour vous ?

Alain attendit que le planton soit ressorti, puis tira de sa poche la fiche perforée qu'il avait trouvée dans le blouson de son frère et la posa sur la table. Anne Laborde le considéra avec un air surpris et examina la fiche. Son expression se transforma immédiatement.

– Comment avez-vous obtenu cela ?

– Mon frère l'avait sur lui.

– Il avait cette fiche sur lui et personne n'a…

– Non, on nous a rendu ses affaires et je l'ai trouvée dans son blouson.

– J'imagine que vous l'avez lue, puisque vous connaissez mon nom.

– Oui, je l'ai lue. Et je n'ai fait le rapprochement avec vous que plus tard. Sur le coup, quai de Jemmapes, je ne vous ai pas immédiatement reconnue. J'ai seulement eu l'impression de vous avoir déjà vue. Il faut dire que vous avez changé depuis cette photo.

– Tant que ça ? Je suis seulement coiffée et habillée différemment. Ça suffit pour transformer une femme. Mais vous m'avez tout de même identifiée…

– Je n'étais pas absolument certain.

– Et pourquoi m'avez-vous rapporté cette fiche ?

– J'ai pensé qu'elle pourrait vous faire du tort si elle tombait entre les mains de n'importe qui et que vous seriez contente de la récupérer.

– Merci. Ce qui est écrit sur cette fiche n'est pas exact, mais cela pourrait en effet me nuire. Il suffit parfois de ragots ou de dénonciations anonymes, alors une fiche…

Elle actionna la molette d'un Zippo et enflamma le rectangle perforé.

Le planton entra au moment où la fiche achevait de se consumer dans un cendrier. Sur son plateau étaient disposées d'élégantes tasses de porcelaine et une cafetière en argent qui, de toute évidence, appartenait à l'argenterie du Lutetia.

– C'est du vrai café, précisa l'officier. Vous en avez déjà bu ?

Alain goûta son café, mais son palais n'était pas assez raffiné pour qu'il en apprécie l'arôme.

– Il est très bon, dit-il néanmoins.

Elle se pencha vers lui en souriant.

– Mais vous n'êtes pas venu pour siroter un café en ma compagnie. Seulement pour me rapporter cette fiche ou vous attendez quelque chose en échange ?

En échange ? Cette idée ne l'avait pas effleuré.

– Je ne vous demande absolument rien. Mais vous avez connu mon frère, puisque vous êtes venue déposer une fleur. Vous savez peut-être dans quelles conditions il a été tué.

Anne se renversa en arrière dans son fauteuil et passa sa main dans son chignon.

– Oui, j'ai connu votre frère. Quand j'étais agent de liaison du BCRA, on m'a chargé d'assurer un contact avec les FTP. Votre frère, si j'ai bien compris, appartenait à un service de sécurité de son organisation. C'est à ce titre qu'il a été désigné. Nous nous sommes donc rencontrés. Il se trouve que, pour des raisons de sécurité, nous avons dû partager la même planque pendant quatre jours, sans sortir, et il est arrivé ce qui devait arriver, mais que n'avaient pas prévu nos chefs. Et pourtant, nous n'avions pas grand-chose en commun, à part notre haine de l'occupant et des collabos. Nous ne venions pas du même milieu et nous n'avions ni les mêmes idées ni les mêmes goûts. Mais sur un autre plan, nous nous entendions bien…

– Vous étiez tous les deux dans la Résistance, non ? Alors pourquoi dites-vous que vous n'aviez pas les mêmes idées ?

– Eh bien, je n'ai pas risqué ma peau pour remplacer la dictature de Vichy par la dictature communiste. Pour moi, le régime de Staline ne vaut pas mieux que celui d'Hitler, mais ce n'était pas l'avis de Jean. Vous aussi, vous avez votre carte du parti ?

– Non, je n'appartiens à aucun parti. Ça ne m'intéresse pas. Je voudrais seulement savoir comment est mort mon frère.

– Ça ne le fera pas revenir, vous savez.

– On m'a déjà dit ça. Mais je voudrais quand même savoir.

– Si j'étais en mesure de vous aider, je le ferais. Mais beaucoup de gens se sont fait tuer pendant les journées de la Libération sans qu'on sache exactement par qui ni comment. Ils ont pu croiser une patrouille allemande ou des miliciens.

– On m'a déjà répondu ça aussi.

– Tout simplement parce que c'est le bon sens qui dicte ce genre de réponse. Avez-vous demandé à ses chefs ? Je veux dire ses chefs directs, ceux qui lui ont donné des ordres ce jour-là.

– Je ne les connais même pas.

– Il faudrait commencer par là. Vous devriez demander à rencontrer un responsable de l'état-major des FFI de l'époque.

– J'ai vu le secrétaire du commandant Gallois, c'est lui qui m'a dit que je pourrais vous trouver ici. Mais il ne sait rien sur les circonstances de la mort de mon frère.

– Il aurait fallu lui demander qui était son supérieur direct. Mais, s'il appartenait à un service spécial, les communistes gardent peut-être ces choses-là secrètes…

– Et pourquoi donc ? La guerre est finie.

– On voit que tu ne connais pas les communistes. Ils ont gardé des armes, même s'ils ont officiellement dissous leurs milices, et ils continuent de fonctionner de façon secrète pour essayer de prendre le pouvoir par la force quand ils jugeront la situation favorable, ou quand Staline leur en donnera l'ordre.

Cette réponse laissa le jeune homme perplexe.

– Je vais essayer de leur demander quand même. Je peux vous poser une question ?

– Si ça ne porte pas sur des secrets militaires…

– Qu'est-ce que vous faites exactement dans cet hôtel ?

– Je dirige le service chargé d'interroger les déportés et les prisonniers rapatriés dont la situation n'est pas claire. Des collabos, des espions nazis, des bandits, des escrocs peuvent essayer de se faire passer pour des déportés. Il y a pas mal de gens qui sont revenus sans aucun papier et n'ont pas de famille, des étrangers. Ces interrogatoires sont désagréables pour des gens qui ont déjà tant souffert, mais nous sommes obligés d'être prudents. On va probablement m'affecter prochainement ailleurs, car on n'attend plus beaucoup de retours. C'est triste pour leurs familles, mais ceux qui ne sont pas déjà rentrés ont peu de chance de revenir maintenant.

– Je vois. Je ne me rendais pas compte…

Elle se pencha vers lui, avec un sourire bienveillant.

– De quoi ne te rendais-tu pas compte ?

– Eh bien de tout ça, de tous ces gens…

– Tu n'es pas le seul, malheureusement ! Si tu veux mon avis, je crois que beaucoup de Français n'avaient tout simplement pas envie de s'informer. Mais toi, tu étais très jeune en 1940…

Elle se redressa en prenant appui des mains sur son bureau, pour lui signifier que l'entretien était terminé.

– Pardonne-moi, mais en attendant ma mutation, j'ai encore pas mal de travail. Laisse-moi ton adresse. Si une information me parvient, je te tiendrai au courant. Mais n'y compte pas trop. À mon tour de te poser une question. Qu'est-ce que tu fais dans la vie ? Tu es étudiant ?

– Non, je cherche du travail. Je pense que je vais rentrer chez Renault.

Elle hocha la tête.

– C'est bien. Nous avons besoin de bons ouvriers pour relever le pays.

– On m'a déjà dit ça aussi.

11

Hôtel Matignon, novembre 1945

La jeunesse du ministre tranchait avec le caractère solennel et suranné du décor. Au point qu'il semblait égaré sous les lustres de cette grande pièce aux murs lambrissés. Anne s'en fit immédiatement la réflexion dès que l'huissier l'eut introduite dans ce bureau où la seule modification survenue au cours de ces dernières années était probablement le remplacement du portrait du maréchal Pétain ou de Pierre Laval par celui du général de Gaulle. Ce n'était d'ailleurs pas le portrait officiel qu'on voyait un peu partout, mais une photo prise à Londres, où le chef de la France libre se tenait devant un micro.

Le ministre lui adressa un sourire qui se voulait rassurant. Il était plutôt bel homme et avait à peine dépassé la trentaine. Anne l'avait déjà rencontré deux fois, la première à Londres, dans les bureaux du BCRA, la seconde à Paris, peu après l'entrée des chars de Leclerc. Il avait troqué son battle-dress contre un élégant costume bleu marine à fines rayures qui convenait mieux à sa fonction mais le faisait ressembler à une gravure de mode. Anne avait elle aussi abandonné son uniforme pour revêtir un strict tailleur bleu, de sorte qu'ils formaient un couple assez bien assorti.

Le ministre contourna sa table de travail Louis XVI, invita sa visiteuse à s'installer sur un fauteuil en bois doré garni de velours rouge, devant un guéridon en palissandre de même style, et prit place sur un siège semblable.

– J'aurais préféré vous inviter dans un cadre moins protocolaire, mais mon emploi du temps ne me l'a pas permis. Vous savez sans doute pourquoi j'ai tenu à vous rencontrer ?

– Le colonel Passy m'a dit qu'il ne me voyait pas dans les services secrets et que vous me trouveriez sans doute un emploi. Car je n'ai pas non plus l'intention de faire carrière dans l'armée et j'ai démissionné.

– Passy m'a dit le plus grand bien de vous et le colonel de Rancourt est très satisfait du travail que vous avez accompli au Lutetia. Je souhaiterais vous compter dans mon équipe.

– Vous m'en voyez très flattée, mais j'ignore si mes compétences…

Le ministre leva la main.

– Nos compétences et nos galons, chère amie, nous les avons vous et moi acquis sur le terrain, alors que la majeure partie de la classe politique, tous ces vieux renards rompus à toutes les manigances, se sont terrés chez eux quand ils ne se sont pas vautrés dans la collaboration. Pour redresser la France, il nous faut des éléments neufs, issus de la Résistance, qui n'ont pas été corrompus par le système. Ce que j'attends de vous, c'est d'abord du travail, et je vous préciserai ultérieurement lequel. Je ne veux pas entendre parler de rapports creux qu'on fait rédiger par des nègres, ni de discours ronflants. Il me faudra des faits, des chiffres, des études précises, des éléments de réflexion et des conseils sincères. Sans hésiter à critiquer sévèrement quand c'est nécessaire, sans crainte de ménager les susceptibilités. Je n'apprécie pas non plus les courtisans.

D'un geste il désigna le portrait du Général.

– Nous avons été à bonne école, lui non plus n'aime pas les flatteurs intéressés. À ce propos, je vais le rencontrer et je souhaiterais qu'il vous fasse entrer dans l'ordre des Compagnons de la Libération.

– Cet ordre ne compte pas beaucoup de femmes. Il me semble que nous étions pourtant assez nombreuses à servir la France avec autant de dévouement que certains des hommes qui en font partie.

– Votre remarque est très judicieuse. Il n'y a en effet que

six femmes pour le moment. Le Général doit tenir compte de divers facteurs, il subit des influences et ne peut pas vérifier tout lui-même. Mais, puisque nous parlons de la situation des femmes, la vôtre sera délicate : si on laisse de côté les secrétaires et les dactylos, les ministères sont surtout composés d'hommes. Il faudra vous faire respecter, d'autant que vous êtes jeune. Mais je ne doute pas un instant que vous y parveniez.

– Merci de votre confiance, monsieur le ministre.

– Je vous en prie, Anne, ne m'appelez pas monsieur le ministre, sauf en public. Bien, je souhaiterais, avant que vous preniez votre décision, que vous sachiez un certain nombre de choses et que nous parlions un peu de la situation. Vous avez vu les résultats des élections et la composition du gouvernement ?

– Bien entendu.

– Les communistes ont exigé de toucher les dividendes de leurs investissements. Ils ont maintenant quatre ministres et ils en voulaient davantage. Ils réclamaient des ministères régaliens. Fort heureusement, le Général est resté ferme. Il n'aurait plus manqué qu'on ait Thorez à l'Intérieur ou à la Défense ! Le tout est de savoir si les communistes vont faire la politique de la France ou celle de Moscou. Tant que nous serons en bons termes avec Staline, ils joueront le jeu et nous sont très utiles pour maintenir la paix sociale. Mais c'est provisoire et ils travaillent en sous-main pour noyauter les administrations, la police, l'armée. Les périodes de guerre sont toujours favorables à l'union nationale, mais dès que la paix revient, les vieilles querelles reprennent. On risque d'en revenir assez rapidement au régime des partis et aux intrigues. Le Général ne l'acceptera pas et nous serons évincés par les politiciens de la Troisième République. Et le régime qui sortira de leur chapeau sera bien trop faible pour résister à la menace communiste.

La jeune femme inclina poliment la tête, pour souligner qu'elle comprenait et approuvait ce discours.

– Si je vous dresse ce tableau de la situation, c'est pour vous faire comprendre qu'en entrant dans mon équipe, non seulement vous n'obtenez pas une sinécure, mais vous n'avez aucune assurance sur la stabilité de votre emploi. Quand nous serons écartés par le régime des partis, ce qui risque d'arriver assez vite, il est probable que la plupart de nos amis le seront aussi, du moins ceux qui resteront fidèles au Général. Car il y a toujours des transfuges, la période récente vient de nous en offrir de riches et nombreux exemples !

– Je n'ai pas l'intention de retourner ma veste pour conserver mon poste.

– Je n'en doute pas une seconde. Et je suis certain aussi que nous pourrons compter sur un solide noyau de patriotes de la première heure. Mais il faut dès maintenant commencer à structurer ce noyau, établir des contacts, savoir sur qui nous pourrons compter, former un réseau qui nous permettra, le cas échéant, de traverser le désert dans les meilleures conditions. L'objectif est aussi de réunir des gens déterminés à ne pas capituler devant Moscou et à contrer l'influence des communistes. Pour l'instant, évidemment, ce combat se livre à fleuret moucheté puisqu'ils sont encore nos alliés. Mais il faut préparer l'avenir.

– Je partage entièrement votre analyse, monsieur le ministre.

– Parfait. Mon chef de cabinet va vous contacter et envisager avec vous quelles missions vous confier.

*

Le bureau du chef de cabinet, où Anne Laborde fut reçue trois jours plus tard, bien que de dimensions plus modestes que celui du ministre, n'en était pas moins tout aussi somptueux, avec ses lustres, sa cheminée de marbre et ses tapisseries des Gobelins. Bien qu'elle appartînt à une famille bourgeoise qui possédait, dans les Alpes-Maritimes, un petit manoir richement meublé, la jeune femme n'en fut pas moins impressionnée par les ors de la République, car ce n'était que la seconde fois qu'elle mettait les pieds dans un endroit pareil. Elle s'appliqua néanmoins à n'en rien laisser paraître pour ne pas donner l'impression à son interlocuteur d'avoir affaire à une gourde.

Ce chef de cabinet était très différent de son jeune ministre. Homme de l'ombre, il n'avait combattu les nazis que dans les couloirs de l'hôtel du Parc, à Vichy, qu'il n'avait quittés pour Alger qu'en juin 1943. Sa réputation était celle d'un haut fonctionnaire compétent, discipliné mais non dénué d'initiative. Anne estima qu'il constituait sans doute un tandem efficace avec son patron, lequel passait pour un baroudeur encore peu au fait des arcanes de l'appareil d'État. Physiquement, il était aussi différent de lui qu'on peut l'être : petit, rond et affublé de grosses lunettes de myope, et il n'avait pas loin du double de son âge.

– Madame Laborde, attaqua-t-il, nous allons vous confier une mission délicate.

Il marqua une courte pause pour observer l'effet que produisait cette annonce sur la jeune femme. Celle-ci se contenta de sourire aimablement.

– Vous m'en voyez flattée.

– Comme vous le savez, des commissions d'épuration ont été mises sur pied, elles siègent au sein des différents corps professionnels, parmi les magistrats comme parmi les artistes, dans le monde des lettres comme celui de l'industrie, et j'en passe. Certaines affaires relèvent de la justice, d'autres appellent seulement des sanctions professionnelles. Les tribunaux sont submergés par d'innombrables dossiers. À ce train-là, on se demande d'ailleurs quand certains collaborateurs seront jugés… Nous n'avons pas l'intention d'intervenir directement dans ces affaires, qui relèvent des juridictions concernées, votre mission sera donc officieuse et devra rester discrète. Bien entendu, nous ne vous demandons pas de suivre chaque dossier, ce serait un travail titanesque que vous n'auriez aucune chance de mener à bien, même en y consacrant vingt-quatre heures sur vingt-quatre pendant des années. Nous souhaiterions seulement que vous examiniez un certain nombre de cas, dont nous vous fournirons la liste – et vous aurez toute latitude d'y ajouter d'autres noms, si vous le jugez nécessaire, mais cela représentera bien évidemment une tâche supplémentaire. Qu'en pensez-vous ? Ça vous semble dans vos cordes ?

– Je vous avouerai que je ne m'attendais pas à une mission de ce genre. Puis-je vous poser une question ?

– Faites.

– Quelle sera la finalité de ce travail ?

Le chef de cabinet leva une main, comme pour souligner qu'il abordait un point important.

– Je dois vous le dire franchement : vous n'aurez aucun pouvoir de décision. Nous vous demandons seulement des informations et des avis. De toute manière, ce n'est ni à vous ni à moi de trancher, mais, encore une fois, aux juridictions concernées. Mais vous comprenez bien qu'il est toujours possible, avec tact et discrétion, d'intervenir dans tel ou tel sens. Vous n'aurez pas à le faire directement, d'autres s'en chargeront, mais vos recommandations pourront peser dans un sens ou dans l'autre.

– C'est une lourde responsabilité.

– Je ne vous le fais pas dire. Mais nous ne vous demandons pas non plus de vous pencher sur les dossiers des grands noms de la collaboration. Leur sort est de toute manière plus ou moins scellé. Ni de perdre votre temps avec les seconds couteaux : BOF, dénonciateurs de village, gagne-petit, misérables spadassins de la milice. Leur destin suivra son cours sans notre intervention.

– Pouvez-vous m'en dire un peu plus sur le champ d'investigation qui me sera attribué ?

– J'y viens, chère amie, j'y viens. Ne soyez pas impatiente. Il faut que vous saisissiez bien l'état d'esprit qui anime le Général et ses objectifs. Nous avons connu l'épuration sauvage, avec son lot de victimes innocentes et d'exécutions expéditives. C'était sans doute inévitable, il fallait que toute la rancœur accumulée pendant quatre ans trouve un exutoire. Il était temps tout de même que cela s'arrête et qu'on en revienne à l'État de droit. Mais aujourd'hui, comme je vous le disais, la justice se trouve embarrassée par des dizaines de milliers de dossiers. Les délateurs sont toujours aussi actifs. Parmi les individus qui se sont laissé compromettre au cours de cette période sombre, ou qu'on accuse de compromission, voire de trahison, il y en a certainement qui méritent eux aussi leur sort, mais il y en a d'autres qui n'ont fait qu'obéir ou agi dans le seul but de survivre, joué double ou triple jeu. Comme toujours. Et surtout, un certain nombre de ces hommes – et de ces femmes – peuvent encore aujourd'hui être utiles à la France. Nous manquons non seulement de bras, mais de professionnels qualifiés, de spécialistes de telle ou telle discipline. Alors, allons-nous priver le pays de ces compétences ?

– Cela me semble réaliste, même si ce n'est peut-être pas très moral.

Le chef de cabinet hocha gravement la tête, en homme qui a pleinement conscience de cette question difficile.

– Sans doute, mais une bonne gestion de l'État exige toujours des compromis. Vous êtes jeune et je peux comprendre ce que vous ressentez. Mais votre jeunesse est aussi un atout et c'est pour cette raison que vous avez été choisie. Nul ne peut mettre votre intégrité en doute, vos états de service attestent de votre courage, vous n'avez à notre connaissance aucun lien avec les gens dont vous allez être amenée à examiner les dossiers, bref vous n'avez pas de passif.

– Un certain nombre de mes compagnons de combat sont tombés. Ne craignez-vous pas qu'un désir de vengeance obscurcisse mon jugement ?

– Non. Je suis certain que vous saurez tenir compte de la raison d'État. Nous ne vous demandons pas de protéger d'infâmes crapules, des traîtres avérés, mais de faire preuve de discernement. La façon dont vous avez géré le service des vérifications au Lutetia nous en a convaincus. Vos supérieurs, et en particulier Henri Frenay, se sont dits très satisfaits de votre travail. Vous avez su démasquer quelques affabulateurs, des usurpateurs d'identité, et même quelques criminels soucieux de se refaire une virginité, mais vous ne vous êtes pas acharnée sur le moindre cas douteux comme certains l'ont fait. Vous ne vous êtes pas systématiquement retranchée derrière les règles administratives, vous avez agi avec l'humanité qui convenait.

– C'était en effet une question d'humanité, j'ai agi selon ma conscience et pas toujours selon le règlement. J'ai reçu une éducation chrétienne, voyez-vous. Mais la mission que vous me confiez est d'une nature assez différente.

– Pas autant que vous semblez le croire. Il s'agit toujours de distinguer le bon grain de l'ivraie. On ne peut pas relever la France sans faire de compromis. Le Général nous en donne un bon exemple en ce moment en prenant dans son gouvernement quatre ministres communistes. Il sait que, dans la situation actuelle, il faut utiliser ces hommes, dans l'intérêt du pays, même s'il n'apprécie pas leur idéologie. Je dirais qu'il en va de même pour des gens qui n'ont pas toujours su prendre les bonnes décisions à temps. Certains sont certainement de bons patriotes qui ne demandent qu'à réparer leurs erreurs. Et il faudra bien un jour que les Français se réconcilient. Nous ne pouvons pas vivre perpétuellement dans un climat de guerre civile. Vous me suivez ?

– Tout à fait. Il faut savoir tourner la page.

Le conseiller pointa le doigt sur Anne.

– Tout à fait. C'est exactement l'état d'esprit du Général. Cela ne veut pas dire que nous oublions. Nous n'oublierons jamais. Ni que nous entendons délivrer un blanc-seing à ceux qu'il nous semblera utile de repêcher. Mais nous ne leur demandons pas non plus d'aller à Canossa.

– Je crois saisir l'esprit de votre démarche.

– Ce n'est pas la mienne, mais celle du Général. Enfin, et c'est peut-être l'aspect le plus délicat, il convient que ceux qui seront ainsi, si j'ose dire, repêchés, directement ou après un purgatoire plus ou moins long, comprennent bien qu'ils doivent faire leurs preuves, et même mettre les bouchées doubles. Ils seront pendant un certain temps sous notre protection, mais celle-ci pourrait cesser s'ils s'écartaient de la partition. La France est comme un orchestre dont le chef est le Général. Il ne veut pas de fausse note. C'est un grand honneur pour ces gens de pouvoir continuer à servir. Il faudra donc agir avec suffisamment de diplomatie, de doigté pour leur faire comprendre cela, sans pour autant leur mettre le couteau sous la gorge. Cette transition doit s'effectuer en douceur, dans la continuité de l'État.

– C'est bien noté.

– J'en conclus que vous acceptez cette mission. Bien entendu, vous ne serez pas seule. Nous mettrons une petite équipe à votre disposition. Et vous me rendrez directement compte de toutes vos démarches.

12

L'atelier 153, novembre 1945

Dès qu'il eut traversé le pont de Billancourt, Alain se sentit écrasé par l'immensité du bâtiment dont il n'apercevait pourtant qu'une petite partie. Puis, sitôt franchi le portail métallique de l'usine, il fut noyé dans la foule et assailli par le vacarme, l'agitation et le désordre qui régnaient déjà à l'extérieur des ateliers. Son accompagnateur le guida au travers d'une cour immense encombrée de véhicules, de ferraille et de tas de charbon. Les gens qu'ils croisèrent étaient sales, pressés et certains avaient des mines à faire peur. Aucun ne leur prêta la moindre attention. Le jeune homme éprouva le sentiment de descendre aux enfers et prit la résolution ne plus jamais remettre les pieds dans un endroit pareil. Pourtant, il ne dit rien de ce qu'il ressentait et se contenta de suivre docilement son mentor, lequel ne prononça pas une parole jusqu'à l'entrée de l'atelier 153.

– Voilà, c'est ici. Je vais te présenter au chef. Il va te faire passer un essai.

Le chef en question était un homme rond d'une quarantaine d'années, dont la blouse blanche impeccable tranchait avec le décor. Alain lui-même portait les bleus qu'il utilisait à Saint-Hippolyte et qui avaient déjà maintes fois été rapiécés.

Le chef souleva ses lunettes pour le dévisager.

– On va voir ce que tu sais faire, mon petit.

Il lui désigna un établi sur lequel traînaient toutes sortes d'outils, et l'abandonna pendant un instant que le garçon mit à profit pour observer l'environnement. La verrière qui éclairait l'atelier était si sale qu'elle laissait à peine filtrer la lumière et deviner la présence du ciel. De méchantes lézardes zébraient les murs, séquelles du bombardement de mars 1942, parfois dissimulées par des affiches. Certains de ces placards, émanant de la direction, étaient consacrés à des recommandations de sécurité, d'autres, édités par la CGT, encourageaient le personnel à produire par des slogans ronflants et dénonçaient les saboteurs. Des flaques d'huile luisaient sur le sol. Une vingtaine d'ouvriers, dans les tenues les plus diverses, en salopette, maillot de corps, short, pantalon de ville usé jusqu'à la corde, chaussés de sabots, de sandalettes ou de brodequins militaires, s'affairaient devant des tours, des fraiseuses et des établis semblables à celui qui venait d'être confié à l'arrivant. Concentrés sur leur besogne, ils ne jetèrent qu'un coup d'œil rapide sur leur nouveau compagnon. Alain eut néanmoins l'impression désagréable d'être la cible de tous les regards et d'être livré sans défense à un milieu hostile, d'autant que son guide s'était aussitôt éclipsé.

Le chef revint enfin avec un calque et une pièce de métal.

– À toi de jouer.

Il sortit de sa poche un gros oignon en acier, attaché par une chaînette à sa ceinture, cliqua sur un bouton et tourna les talons.

Alain examina le schéma. C'était une pièce simple qui ne présentait pas de difficulté. Il commença par tracer ses repères à l'aide d'un réglet et d'une pointe, qu'il trouva sur l'établi, puis fixa le morceau de métal dans l'étau avec des gestes sûrs.

À peine avait-il donné les premiers coups de lime qu'il sentit une présence derrière lui. Il se retourna et se trouva nez à nez avec un homme brun, au visage marqué par une vilaine balafre en partie dissimulée par une courte barbe qui poussait dru sur ses joues.

– Tu as l'air de bien te démerder. Mais ne va pas trop vite. Ça te ferait du tort et ça en ferait à tout le monde.

L'inconnu s'exprimait avec un très fort accent espagnol.

– C'est mon essai, je dois faire le mieux possible si je veux être embauché.

En prononçant ces paroles, il réalisa que, vingt minutes plus tôt, en traversant la grande cour, il avait pris la décision de ne pas moisir ici. Et pourtant, l'envie de montrer ses compétences le tenaillait.

– *Claro*… Je comprends bien. Il faut que tu fasses comme il faut. Mais, si tu vas trop vite, ils te demanderont d'aller encore plus vite. Pour une pièce d'essai, c'est moins grave, mais quand même. Il faut toujours se garder de la marge.

Un second ouvrier s'approcha, grand et frisé, torse nu sous sa salopette.

– N'écoute pas Paco, c'est un fainéant. Tous les Espingouins sont des fainéants, sinon ils auraient gagné leur guerre et il serait chez lui, au soleil, au lieu de s'emmerder ici.

Alain ignorait comment il convenait d'interpréter cette boutade. Mais le grand frisé passa son bras autour de l'épaule de l'autre et cligna de l'œil.

– Non, ce que j'en dis, c'est pour rigoler… Il a raison. Ici, tout marche au chrono. Alors, pour ta pièce d'essai, tu prends juste un temps correct, mais tu pousses pas la cadence. Le chef ne donne pas de temps pour les essais, pour voir ce qu'on a dans le ventre. C'est un vicieux.

Il s'empara du calque.

– C'est du nanan, ce qu'il t'a refilé. T'es pistonné, ma parole !

Deux autres ouvriers s'approchèrent, le calque passa de main en main.

– Je dirais quatre heures, diagnostiqua un homme aux tempes grisonnantes qui semblait jouir d'une certaine autorité. Alors tu mets pas plus, mais surtout pas moins. Si ta pièce est bonne, ça suffira largement pour ton essai. On te dit merde, gamin. Tu as une montre ?

Il en avait une, celle de son frère.

Tous retournèrent à leur place. Alain estima qu'il pourrait s'en tirer facilement en trois heures, mais, après avoir mûrement réfléchi, décida de suivre les conseils de ses nouveaux camarades qu'il aurait été imprudent de se mettre à dos dès le premier jour. Il usina donc tranquillement sa pièce, sans se presser, de façon méthodique et avec une certaine assurance, comme il avait appris à le faire. Comme il avait malgré tout pris de l'avance, il lui fallut s'interrompre tout en ayant l'air de s'occuper, au cas où le chef pointerait son nez, n'osant pas quitter son établi pour aller parler aux autres, dans l'ignorance des usages de l'atelier. Il découvrit à cette occasion qu'il est parfois plus ennuyeux de rester sans rien faire que de travailler.

Quand les quatre heures se furent écoulées, l'ouvrier aux tempes grises réapparut.

– Ça va comme tu veux ?

– Pas de problème. Enfin, je ne crois pas.

– Bon, alors il faut prévenir le chef. J'y vais.

L'ouvrier disparut derrière la porte vitrée puis revint suivi de la blouse blanche armée d'un pied à coulisse étincelant. Le chef s'empara de la pièce, qu'il examina sous toutes les coutures puis mesura, comme Alain l'avait fait lui-même avec un pied beaucoup moins perfectionné. Il vérifia rapidement les cotes portées sur le calque, puis se fendit d'une petite moue.

– Pas mal, pas mal. Je vois que tu regardes mon Vernier. Quand tu seras chef, t'en auras un comme ça. Pour le moment, tu te contenteras du tien, et je vais te donner du taf.

Cette déclaration lapidaire avait valeur d'embauche, Alain l'interpréta ainsi, mais n'osa pas poser les questions qui lui brûlaient les lèvres.

Le chef déposa un nouveau calque sur son établi et lui indiqua la durée attribuée à la fabrication avec les cinq doigts de sa main.

– Si tu fais moins, tu touches le boni. On t'expliquera.

Il attaqua immédiatement cette nouvelle pièce, un peu plus compliquée que la précédente, et ne s'interrompit que lorsque ses camarades lui signalèrent que c'était l'heure de la pause déjeuner. Tous mangeaient à la gamelle et le jeune homme avait lui aussi emporté celle que lui avait préparée sa mère, à tout hasard. Ils s'installèrent dans l'angle le moins encombré et le moins sale de l'atelier, assis sur le sol. L'ouvrier aux tempes grises fit circuler une bouteille de rouge.

– La prochaine fois, faudra que tu apportes ta bouteille pour fêter ton embauche, petit.

Il s'appliqua à observer discrètement ses nouveaux compagnons qui étaient sans exception ses aînés. Le plus jeune devait avoir vingt-cinq ans. C'était un brun frisé à la peau bistre et au nez busqué que les autres chambraient en refusant de lui passer la bouteille.

– Normalement, les Arabes, ça boit pas. C'est dans votre religion, non ?

– Eh bien, je suis un Arabe qui boit.

Cette sortie déclencha l'hilarité.

– Et en plus il fume et il doit s'envoyer des Françaises. Ça serait pas la contrôleuse que tu te tapes ?

La contrôleuse en question était une jeune fille brune chargée de vérifier les pièces, qui devait supporter toutes sortes de quolibets et de propositions quand elle traversait l'atelier, ce qu'elle faisait le moins souvent possible.

– Une fois, un gars lui a sorti sa bite ! raconta un ouvrier, suscitant une nouvelle crise de rire.

– Ben y a pas de quoi être fier ! protesta Paco. Si j'avais été là, je lui aurais mis mon poing sur la gueule à ce *tonto* !

– Paco est amoureux d'elle, mais elle a déjà un jules. Dommage, elle est gironde. Et toi, petit, tu as une gonzesse ou tu te contentes de la veuve poignet ?

Le garçon dissimula assez mal son embarras, au grand plaisir des autres qui continuèrent à le taquiner jusqu'à ce que l'ouvrier aux tempes grises y mette le holà.

– Vous allez pas le bizuter comme ça le premier jour ! On n'est pas à l'armée.

Après ces agapes, tous se remirent au travail.

Quand Alain retraversa le pont de Billancourt, le jour déclinait, et quand il grimpa les six étages de la rue des Quatre-Frères, une heure plus tard, la nuit était tombée.

Sa mère le bombarda de questions. Elle voulait savoir combien il allait gagner, mais il ne put pas satisfaire sa curiosité. Ce n'est que le lendemain qu'il apprit les conditions auxquelles il avait été embauché.

– P1 outilleur. Huit cents francs par mois pour commencer,

mais, avec les mains que tu as, tu vas te faire dans les deux cents ou trois cents balles de plus avec le boni. Tu peux dire merci à la maison. On n'embauche pas des masses de P1 de ton âge. Faudra que tu passes au bureau signer des papiers, conclut le chef.

– Merci monsieur.

La blouse blanche tourna les talons, comme si cette réponse polie lui était entrée par une oreille et sortie par l'autre.

– Entrer directement comme P1, c'est vrai que c'est pas mal. Moi j'ai commencé comme apprenti à quatorze ans, expliqua un ouvrier. Je dis qu'il est pistonné.

– Mais lui, il a fait l'école et passé son CAP. Toi, tu n'étais qu'un bouseux qui débarquait de sa cambrousse et qui ne savait pas lire un plan, c'est tout ce qui fait la différence.

Alain se demanda si les recommandations dont il avait bénéficié avaient influencé la décision du chef et si le soupçon de piston qui pesait sur lui risquait de lui nuire.

– En tout cas, dit-il, moi, j'ai rien demandé à personne. Seulement du boulot parce que ma mère est toute seule et que sa pension n'est pas grosse.

Il regretta aussitôt d'avoir mis ces arguments en avant. Néanmoins cette sortie mit fin aux commentaires et personne ne lui demanda de précision sur sa situation de famille. Tous se concentrèrent jusqu'au soir sur leurs machines et leurs établis.

Le surlendemain, à l'heure de la pause, l'homme qui l'avait guidé lors de son arrivée dans l'usine vint le trouver.

– Félicitations pour ton embauche. Tu as impressionné ton chef. Un copain qui est prof à Saint-Hippolyte nous a dit que tu es un bon. On ne va pas recommander n'importe qui pour l'outillage. Tu entres dans l'aristocratie ouvrière, mon petit gars.

Alain ignorait le sens de cette expression, qu'il n'avait jamais entendue auparavant, mais devinait qu'il s'agissait d'une sorte d'élite enviée ; les ouvriers dont il venait de faire la connaissance dans cet atelier crasseux ne lui avaient pourtant pas fait l'effet de privilégiés.

– Viens, je vais te montrer quelques ateliers pour que tu voies la différence.

Dans la grande cour, plusieurs ouvriers saluèrent son mentor, vinrent lui serrer la main et échanger quelques paroles dont Alain ne réussit pas à comprendre la signification, tellement les abréviations, les sigles et les mots d'argot étaient nombreux. Ce personnage semblait connaître beaucoup de monde et jouir d'une certaine popularité.

Ils visitèrent donc plusieurs ateliers dont le plus impressionnant fut le département 12, celui des presses. De monstrueux engins d'une hauteur de trois étages produisaient un bruit épouvantable en emboutissant les tôles. En écho leur répondaient les sifflements des machines à souder, les crissements aigus des visseuses, les cliquetis des boulons. Il fallait crier pour se faire entendre. Ce spectacle et ce concert étaient à la fois effrayants et fascinants.

Au cours de ses études, Alain avait eu l'occasion de découvrir une entreprise métallurgique, lors d'une sortie organisée par ses professeurs, mais cet univers dantesque n'avait rien de commun avec les petits ateliers bien rangés qu'on lui avait fait admirer.

Sa tête bourdonnait encore de tous ces bruits furieux quand il se retrouva dans l'atelier 153 au milieu de ses collègues qui terminaient leur pause casse-croûte en se répartissant le contenu d'un Thermos de café.

– Tu es pote avec cette grosse légume ? lui demanda l'Espagnol.

– Grosse légume ? Je ne savais pas. Un voisin m'a présenté à quelqu'un qui m'a adressé à lui pour qu'il me trouve un boulot, c'est tout. Je ne le connais pas plus que ça. Pourquoi ?

– C'est un ponte de la CGT. Autrement dit, il fait la loi. Sinon, tu crois qu'il pourrait se balader comme ça dans l'usine ? Essaie donc de le faire tout seul. La volante va tout de suite te tomber dessus si tu n'as pas un bon du chef pour te déplacer.

– C'est quoi, la volante ?

– La police maison.

– Et ils peuvent arrêter des gens ?

Cette naïveté souleva un éclat de rire général.

– Dans l'enceinte de la boîte, le patron fait ce qu'il veut. Mais toi, tu as l'air d'être un petit protégé de la cégète. Tu as ta carte ?

– Non.

– Ils vont bientôt te la proposer. T'inquiète ! Nous, on l'a tous. Ça vaut mieux pour ne pas avoir d'histoires. Mais ici, tu vois, tu es tombé sur un atelier un peu spécial. Ils nous laissent tranquilles parce qu'on bosse bien. Et toi aussi, tu te démerdes comme un chef, on dirait. Ils t'ont quand même pas envoyé pour nous espionner ?

Alain devint écarlate.

– Ah non, je vous le jure. On m'a rien demandé de ce genre. En fait, s'ils m'ont aidé pour l'embauche, c'est à cause de mon frère.

– Ton frère est aussi un ponte de la cégète ?

– Non. Il était dans les FFI et il s'est fait tuer en août 1944. On ne sait même pas par qui, ni comment ça s'est passé.

– Je vois, dit le plus âgé des ouvriers, les communistes sont ce qu'ils sont, mais ils ne laissent pas tomber les familles de leurs copains. Pardonne-nous toutes ces questions, petit, on a nos habitudes, au 153, et on veut savoir à qui on a affaire. Si on ne se serre pas les coudes, on se fait avoir avec les bonis, les chronos et les gars qui coulent les temps. La vie n'est déjà pas si facile. Tu vois, moi, à quarante-cinq balais, je suis célibataire et je vis en hôtel. J'ai beau être P2, quand j'ai payé la demi-pension, je peux te dire qu'il ne me reste pas grand-chose.

– Bon, ben lui raconte pas ta vie, coupa Paco, il en a rien à glander. Si je me mets à raconter la mienne, on en a jusqu'à la prochaine paie.

L'Espagnol inspirait une certaine sympathie au jeune homme, contrairement à quelques autres dont les manières lui semblaient trop brutales. Au CET[1], les relations entre les apprentis étaient parfois violentes, les bagarres fréquentes. Alain était costaud, il avait appris à se battre, comme la plupart des gamins de la rue

1. Centre d'enseignement technique, devenu aujourd'hui LEP.

des Quatre-Frères, et savait se faire respecter. Néanmoins, il se tenait le plus souvent à l'écart des affrontements car il n'aimait ni recevoir des coups ni en donner, et ses condisciples l'avaient laissé en paix. Dans cet atelier, il avait immédiatement deviné qu'il fallait s'intégrer à l'équipe, se faire accepter, et qu'on ne pouvait pas rester en marge. Le doyen du groupe, l'homme aux tempes grises qui venait de le questionner, avait d'emblée adopté à son égard une attitude vaguement paternelle qui le sécurisait un peu en même temps qu'elle l'irritait. Il n'appréciait pas qu'on lui donne du matin au soir des « mon gars », « mon petit » voire « petiot ». Maintenant qu'il devait se lever à cinq heures pour attraper le premier métro et pointer à sept heures, il se considérait comme un homme et entendait être considéré comme tel, même si sa mère bénéficiait encore de sa carte de J3[1].

Il retourna à son établi, qu'il commençait à considérer comme son domaine et sur lequel il avait soigneusement rangé ses outils. Il avait mis de côté ceux qui étaient en trop mauvais état pour être utilisables et les avait fait changer au magasin. Ce lieu stratégique était tenu par un vieil acariâtre, imbu de lui-même, qui avait tenté de le renvoyer avec son matériel déficient, jouant sur sa jeunesse ; mais Alain n'avait pas cédé, tout en se montrant respectueux de cette blouse grise qui aurait sans doute pu être son grand-père. Son comportement méticuleux n'avait suscité aucune remarque ironique de la part de ses compagnons, bien au contraire : il avait surpris quelques regards empreints de considération, et le chef lui-même avait manifesté sa satisfaction par un petit hochement de tête.

Alain effectua le trajet du retour en compagnie d'Ahmed, l'unique Maghrébin du 153, qui habitait un hôtel meublé de la rue de la Croix-Nivert, à deux pas de chez lui. Ce n'était pas un grand bavard, néanmoins il s'appliqua à réconforter son jeune collègue.

– Ils t'embêtent parce que t'es jeune, mais faut pas y faire attention. Moi, ils me sortent tout le temps des vannes sur les

1. Carte de rationnement alimentaire destinée aux jeunes de 13 à 21 ans.

Arabes. Je me fâche jamais, je prends ça à la rigolade. Ils ne sont pas vraiment méchants et, si t'as un problème, tu peux compter sur eux. Ce que t'a dit Étienne, c'est la vérité : on se tient tous les coudes. Étienne, tu verras, c'est un homme très honnête et très courageux.

– Et Paco ?

– Paco, il est courageux aussi, mais faut toujours qu'il s'attire des histoires. Il se met en colère pour rien. C'est un anarchiste.

Alain ignorait ce qu'étaient exactement les anarchistes, dont son frère lui avait un jour parlé comme de gens dangereux pour la classe ouvrière. Cette façon de qualifier le collègue dont il se sentait le plus proche lui déplut et l'inquiéta, au point qu'il se promit de s'informer sur la question qui pourtant l'intéressait peu.

Pendant une quinzaine de jours, il mena une vie de robot. Sitôt rentré, il ne songeait qu'à se jeter au lit. Le rythme de l'usine n'avait pas grand-chose à voir avec celui qu'il avait connu sur les bancs de Saint Hippolyte, où pourtant la discipline était rude. Les transports étaient presque plus pénibles que l'établi car il devait passer plus de deux heures par jour dans des rames de métro bondées et, de la sortie du métro Billancourt à la pointeuse, il y avait encore vingt minutes de marche. Les moments les plus agréables de la journée étaient ceux des pauses, et en particulier de la pause déjeuner, car sa mère, malgré les difficultés de ravitaillement et les prix, s'acharnait toujours à lui préparer quelque chose d'aussi délicieux que consistant. Un jour qu'il traversait la cour, il croisa le dirigeant syndical qui l'avait fait embaucher au 153.

– Tu ne manges jamais à la cantine ?

– Huit francs, c'est trop cher.

– Je comprends ça. Les copains du comité d'entreprise ne peuvent pas faire moins. Les denrées ne sont pas données. Mais j'ai remarqué que les compagnons de ton atelier n'y mangent pas non plus. Pourtant, il y a des P2 et des P3 qui ont des bonnes paies.

– Je ne sais pas. Il faudra leur demander.

– Ah, l'outillage, ce sont de drôles d'énergumènes. Ça va, ils ne te font pas de misères ?

– Non, tout va bien.

– Et ils ne balancent pas des calomnies contre le syndicat et le parti ?

– On n'a pas beaucoup le temps de bavarder. Il y a trop de travail. Les collègues parlent surtout d'histoires personnelles.

– Ils n'osent peut-être pas devant toi, à cause de ton frère. Je ne sais pas si on a eu raison de te mettre là ; après tout, il y a d'autres ateliers de professionnels, mais il leur fallait un ajusteur, alors… Si on te faisait muter maintenant, ton chef n'apprécierait pas. Il a l'air très content de toi.

– Non, c'est très bien comme ça.

– Pour ton chef, faut aussi que je te dise quelque chose. Je ne sais pas si les autres sont au courant, on ne lui a pas fait trop d'ennuis, mais il n'a pas été très clair pendant la guerre. Alors on le tient à l'œil. Garde-le pour toi.

Alain ignorait le sens de ces confidences qui semblaient témoigner d'une certaine confiance, sans doute pour la même raison : le frère d'un héros ne pouvait être qu'un des leurs. Cette référence permanente commençait à lui peser. Il posa néanmoins la question qui lui brûlait les lèvres.

– Vous ne savez pas comment Jean a été tué ?

– Désolé. J'ai connu ton frère en 1941, quand les FTP ont été créés, mais je ne l'ai pas revu depuis. Nous n'étions ni dans le même réseau ni dans le même coin. Et en août, j'étais assez loin de Paris. Faudrait que tu contactes ses chefs directs.

On lui avait déjà donné ce conseil plusieurs fois, mais il n'avait pas encore réussi à les rencontrer.

À la fin de la quinzaine, il perçut la première paie de sa vie, qui s'élevait primes comprises à quatre cent cinquante francs. Il la remit aussitôt à sa mère, dont le seul revenu était sa pension de veuve de guerre, car sa santé s'était aggravée et elle avait de plus en plus de difficultés à trouver des petits travaux et des ménages. Celle-ci lui rendit aussitôt deux cents francs, en affirmant qu'elle pourrait très bien se débrouiller avec le reste pour le loyer et les courses.

– Un garçon de ton âge a besoin d'argent de poche pour s'amuser un peu.

Le lendemain, samedi, après avoir dormi jusqu'à onze heures, Alain avala les flocons d'avoine que sa mère lui avait préparés, puis se pomponna, et enfila sa veste à carreaux, pas fâché d'oublier ses bleus l'espace d'un week-end. Il alla prendre le métro à la station Beaugrenelle, qui venait d'être rebaptisée Charles-Michels, en l'honneur de ce député communiste fusillé à Châteaubriant, mais que tout le quartier continuait à appeler par son nom d'origine.

En tenue civile, bien propre sur lui, il se sentait déjà un autre homme. On le regardait différemment. Il descendit à Odéon et marcha jusqu'au Capoulade, tout en haut du Boul'Mich, qui était le quartier général d'une bande qu'il avait fréquentée pendant sa scolarité. Tous les problèmes qui lui étaient tombés dessus après la mort de son frère, la maladie de sa mère, la recherche d'un emploi, ne lui avaient pas laissé le loisir de revenir traîner ses guêtres par ici.

Il ressentit une certaine émotion en entrant dans le café-grill, dont le décor n'avait pas changé. Le coin du brasero, très disputé en hiver, était désert. Il ressortit pour s'installer à la terrasse. Le garçon qui vint prendre sa commande avait conservé son poste. C'était un familier de la bande à qui il procurait, à prix d'or, des cigarettes, des soixante-dix-huit tours, des cravates et des chaussures de marché noir. Pour la plupart, les jeunes côtoyés par Alain à cette époque étaient plus âgés et surtout plus aisés que lui, mais ils l'avaient adopté sans manifester le moindre sectarisme social, car c'était davantage leur style vestimentaire et leurs goûts musicaux qui constituaient leur identité de groupe que le contenu de leurs portefeuilles.

Le loufiat, lui, s'était mis à l'heure américaine et vendait maintenant des bas en nylon, des Zippo et divers articles provenant de surplus militaires. Mais, au-delà de son sourire professionnel, il sembla sincèrement content de revoir le jeune homme pour qui il éprouvait une discrète attirance.

– Je peux t'avoir des Glenn Miller et des Count Basie à des prix défiant toute concurrence.

– Glenn Miller, je l'ai entendu à la radio, c'est chouette, mais j'ai d'autres priorités. Je viens tout juste de trouver un boulot. Et j'ai pas de pick-up.

Il eut honte d'avouer qu'il travaillait en usine. Le plus souvent, il s'était présenté comme étudiant, sans plus de précision, se vieillissant de quelques années. Pour ne pas être trahi par ses mains et ses ongles, il les récurait avec acharnement avant chaque sortie. Tous ses amis n'étaient peut-être pas dupes, mais aucun ne lui avait fait de remarque désobligeante.

Il changea de sujet avant que le serveur ne lui pose des questions auxquelles il ne souhaitait pas répondre.

– Tu n'aurais pas vu mes potes ?

– Il n'y en a plus beaucoup qui viennent. La clientèle a changé. Tu devrais essayer au Dupont-Latin ou à la Pergola.

Il fit chou blanc dans le premier, mais tomba dans le second sur un garçon et deux filles de son ancienne bande qui épiloguaient sur les moyens de trouver une surprise-partie pour passer la nuit. Alain n'en connaissait évidemment pas, mais il resta en leur compagnie jusqu'à ce qu'un élégant inconnu vînt leur proposer une adresse. Il avait, semblait-il, des vues sur l'une des deux filles, une jolie blonde très maquillée.

– En principe, c'est veste et cravate, précisa-t-il.

Seul Alain avait mis la sienne, comme il le faisait toujours, l'autre jeune homme portait une chemise noire avec un col pelle à gâteau, ouverte sur sa veste écossaise.

– C'est tous ensemble ou personne. On n'a que l'embarras du choix : la bande des Champs nous a invités, bluffa le sans-cravate.

Les deux filles opinèrent.

Le dandy les fit monter dans un cabriolet 202 fraîchement repeint en blanc crème, avec les pneus assortis, et tous se retrouvèrent dans un appartement bourgeois du boulevard

Montparnasse abandonné par ses propriétaires à leur progéniture. Alain n'avait jamais eu l'occasion de mettre les pieds dans un intérieur aussi chic, mais le mobilier Louis XVI, les tapis et les tableaux le laissèrent tout à fait indifférent, seul l'impressionna le splendide combiné encastré dans un meuble en noyer et équipé d'un changeur automatique de fabrication américaine sur lequel tournait un disque de Cab Calloway. Le buffet lui aussi dépassait toutes les espérances, mais les nouveaux venus savaient qu'ils ne devaient pas se jeter dessus, sous peine de se faire remarquer comme des pique-assiettes. Au prix d'un effort intense, le jeune homme se contenta donc de picorer quelques petits-fours au passage, en espérant qu'il resterait encore de quoi se gaver quand tout le monde serait suffisamment éméché ou accaparé par les flirts pour ne plus prêter la moindre attention à son comportement.

Une rousse un peu ronde portant de grosses lunettes de myope, qui devait être son aînée de trois ou quatre ans, l'invita à la faire danser. Il ne pratiquait ni le swing ni le boogie, mais il s'entraînait régulièrement chez lui aux claquettes, de sorte qu'il ne se débrouillait pas trop mal. Les risques de se ridiculiser étaient faibles car la plupart des couples gesticulaient n'importe comment, seuls deux ou trois connaissaient les pas et suivaient le tempo.

Sa partenaire parut satisfaite de sa prestation, et il se retrouva collé contre elle pour la danse suivante, un slow sur un air de Bing Crosby. Un peu plus tard, ce fut elle qui l'entraîna dans une chambre encore libre. Alain connut ainsi sa première expérience sexuelle avec une femme. Jusqu'alors il avait plutôt été attiré par les hommes, avec qui il n'avait eu que des attouchements variés. L'expérience lui sembla agréable mais ne bouleversa pas ses inclinaisons.

Ce ne fut que sur le coup de quatre heures du matin qu'il s'arracha des bras de sa compagne, consulta sa montre et réalisa que sa mère risquait de s'inquiéter, bien qu'il lui soit déjà arrivé à plusieurs reprises de rentrer au milieu de la nuit. Il se rajusta et fila sans la réveiller. En traversant le long couloir, au travers d'une porte entrebâillée, il aperçut le dandy allongé à côté d'une fille qui lui sembla être une des deux qu'il avait retrouvées au Dupont-Latin. Dans le salon, deux couples s'enlaçaient sur des canapés, la plupart des convives étaient rentrés chez eux ou s'étaient enfermés dans les chambres. Sur le buffet, il restait encore largement de quoi se régaler, preuve s'il en était que les invités ne faisaient pas partie des catégories de Parisiens les plus défavorisées. Alain profita de la situation pour remplir de victuailles un grand sac en papier.

13

Décembre 1945

– Avant-guerre, c'était un bistro d'artistes, j'aimais bien y déjeuner de temps en temps quand je montais à Paris, affirma Lionel Laborde en constatant que la décoration de La Coupole n'avait pas changé.

– C'était surtout bourré de Boches, il n'y a pas si longtemps, remarqua sa fille.

Lionel Laborde était un homme de cinquante ans qui avait conservé son allure de bon bourgeois des années 1930, avec sa raie au milieu, son monocle et son costume sombre. Son épouse faisait visiblement davantage d'efforts pour suivre la mode avec son ample robe d'après-midi en crêpe noir à manches raglan qui dissimulait sa maigreur.

– Nous n'allons pas parler de ça éternellement, dit-elle.

Depuis la fin de la guerre, Anne n'avait revu ses parents qu'une seule fois, à l'occasion d'un bref voyage dans le Midi, car les responsabilités qu'on venait de lui confier ne lui laissaient pas le moindre répit. Bien entendu, ils commencèrent par lui demander si elle était satisfaite de sa situation, puis entrèrent dans des détails plus intimes.

– Toujours pas de fiancé ?

Elle avait eu plusieurs aventures, dont la dernière avec un jeune conseiller de Matignon, engagé de la première heure dans la Résistance gaulliste et qu'on disait promis à un brillant avenir, d'autant qu'il ne dissimulait pas son ambition. Il se disait prêt à l'épouser sur-le-champ, mais exigeait qu'elle renonce à toute activité professionnelle pour se consacrer à sa propre carrière et à leur future famille, ce dont elle n'avait nulle envie.

– Pas pour le moment, dit-elle, sans évoquer le jeune conseiller. J'ai beaucoup trop de travail.

– Ton père aussi travaille beaucoup, mais c'est un homme. Il a fallu remettre la parfumerie en marche.

– Je croyais qu'elle n'avait pas cessé de tourner ?

– Oui, mais, sur le plan commercial, c'était un peu compliqué, dit le père qui ne semblait pas vouloir s'étendre sur le sujet. Aujourd'hui, nous avons de belles perspectives sur le marché américain.

Il attaqua son plateau de fruits de mer.

– Il me semble que c'était meilleur avant-guerre...

– Des huîtres, ce sont des huîtres, protesta la mère, tu exagères. C'est purement psychologique. N'est-ce pas, Anne ?

– Je n'avais pas l'âge de manger des huîtres avant-guerre. Et pendant la guerre, je n'en ai pas eu l'occasion.

– Allons donc, et depuis, dans les dîners du ministère ?

– Je n'y mets les pieds que le plus rarement possible. C'est très ennuyeux.

Ils parlèrent de choses et d'autres, mais, à l'attitude de ses parents, la jeune femme devinait qu'ils avaient un sujet plus important que la gastronomie ou même la bonne marche de l'usine familiale à aborder. Ils échangèrent un regard et ce fut sa mère, comme toujours, qui se lança.

– Nous avons eu des nouvelles de Jean-Pierre. Il est vivant.

Anne pâlit et resta sans voix. Elle était persuadée que son frère avait trouvé la mort sur le front russe, en avait fait son deuil et souhaitait oublier cette fin ignominieuse. Aucun de ses collègues n'abordait ce sujet, alors que la plupart savaient sans doute que Jean-Pierre Laborde avait endossé l'uniforme de Waffen SS et disparu lors de la bataille de la rivière Bobr.

Elle se prit le visage entre les mains.

– Mon Dieu !

– On dirait que ça ne te fait pas plaisir, dit le père. Si les

Allemands avaient gagné la guerre, ce serait peut-être toi qui aurais besoin de ton frère.

– C'est l'émotion, je ne m'y attendais plus.

– Eh bien moi, je n'ai jamais cessé d'espérer et j'ai prié chaque jour pour lui, dit la mère. Dieu m'a exaucée.

– Et où est-il ?

– Les Russes l'ont interné à Tambov, dans le camp 188, à 480 kilomètres de Moscou. La situation des prisonniers est très dure, mais il est en bonne santé et n'a pas été blessé.

– Comment l'avez-vous appris ?

– Nous avons été contactés par un homme du nom de Fuchs, Jérôme Fuchs, qui a été libéré de Tambov voici deux mois. C'est un Alsacien, un « malgré-nous », mais il a eu de la chance car les Russes ne font pas toujours la différence. Fuchs nous a écrit qu'il avait vécu pendant plusieurs mois dans le même baraquement que Jean-Pierre. Nous lui avons immédiatement proposé de le rencontrer et nous lui avons envoyé un billet de train et un peu d'argent.

Anne se remémora les dossiers douteux qu'elle avait traités au Lutetia.

– Vous êtes certains de ne pas avoir affaire à un escroc ?

– Laisse-moi finir. Fuchs est donc venu nous voir à Grasse et nous a transmis une lettre de Jean-Pierre qu'il a réussi à cacher. Il n'y a pas d'erreur possible. Fuchs était très affaibli par sa captivité, il avait une mine à faire peur.

– Oui, eh bien les gens qui revenaient des camps allemands n'avaient pas non plus bonne mine. Vous savez combien certains pesaient ?

Sa mère l'arrêta d'un geste.

– Pense plutôt à ton frère, au lieu de monter sur tes grands chevaux, ma petite. De toute façon, Fuchs, lui, n'a pas eu le choix. On lui a mis un uniforme allemand sur le dos sans lui demander son avis. Pour le remercier, ton père l'a embauché à la parfumerie. Il a l'air de très bonne volonté.

– Et Jean-Pierre, alors ?

– Nous lui avons écrit, bien entendu. Pour le moment, nous

n'avons pas de réponse. Les Russes ne laissent passer le courrier qu'au compte-gouttes. Nous avons donc pensé qu'il fallait faire intervenir quelqu'un de haut placé.

Nous y voilà, songea Anne.

– Et vous croyez que je connais une personne susceptible d'intervenir ? Vous pensez que, dans ma situation, je peux me permettre de demander à un chef de cabinet ou à un ministre de faire libérer un traître, alors que je suis justement chargée d'examiner des dossiers de gens accusés de collaboration qui n'ont pas commis un millième des crimes de la LVF ?

– Traître ! Criminel ! Enfin, Anne, c'est ton frère ! Il était très jeune et s'est fait embobiner par ce Fenet.

Elle soupira.

– Comme si je ne le savais pas ! Je voudrais vraiment aider Jean-Pierre, mais c'est très délicat. Pouvez-vous le comprendre ?

– Je comprends seulement que c'est mon fils et que c'est ton frère, répéta sèchement la mère. Avec ta situation, que tu ne cesses de mettre en avant, justement, tu connais certainement une personne qui peut intervenir pour le faire libérer. Après tout, pour le moment, les Russes sont nos alliés. Ils peuvent nous rendre ce service.

– Dans ces affaires-là, c'est généralement donnant-donnant. La diplomatie, que ce soit avec les Russes ou avec n'importe qui, c'est une sorte de troc. Le désir de rendre service n'entre pas en ligne de compte, sauf quand on entretient des liens personnels.

– Eh bien soit, dit le père, si c'est une question d'argent, ça peut s'arranger. Et si c'est un échange, on ne peut pas trouver un communiste à libérer ou quelqu'un de ce genre, non ?

– Ce n'est pas nécessairement une question d'argent ou d'échange de détenus. Enfin, je n'en sais rien. À vrai dire, je ne sais pas comment raisonnent les Russes, je ne les ai jamais pratiqués.

– Mais il y a des communistes au gouvernement. Eux, ils connaissent bien les Russes, tu pourrais leur demander d'intervenir ?

– Je ne crois pas que ce soit la bonne solution et je ne suis pas en très bons termes avec les communistes. Il est probable que le Général quitte le gouvernement d'une façon ou d'une autre. Vous n'avez pas lu l'article de Mauriac dans *Le Figaro* ?

– Je l'ai lu. Tu penses qu'ils vont chasser de Gaulle pour s'emparer complètement du pouvoir ?

– Nous n'en sommes pas là. Ce n'est pas un risque immédiat et Staline les tient en laisse. Les autres partis veulent aussi se débarrasser du Général pour retrouver leur petite cuisine politicienne.

– Et, si de Gaulle partait, tu perdrais ta situation au ministère ?

– C'est probable. De toute manière, je n'accepterai pas de servir n'importe qui.

– Dans la vie, ma petite Anne, reprit le père, il faut savoir faire des compromis. Mais je crains de ne plus pouvoir te changer. Alors, si tu risques de perdre ta place au ministère, il faut agir vite en faveur de ton frère, avant qu'il ne soit trop tard. Dans ce camp russe, il peut lui arriver n'importe quoi.

– Je vais voir ce que je peux faire.

Ils se quittèrent sur cette promesse.

Anne retourna dans son bureau où elle poursuivit son travail, qui consistait essentiellement à étudier des dossiers, rédiger des recommandations ou demander un supplément d'information.

Parfois, ces dossiers comprenaient des lettres de diverses personnalités dont la conduite n'avait pas été sans tache. Elle examina ainsi le cas d'un homme d'affaires de Saint-Malo à qui il était reproché de s'être enrichi grâce à la construction des fortifications de la presqu'île d'Aleth et de l'île de Cézembre, qui avaient permis aux Allemands de résister pendant un mois sous un déluge de bombes. Deux courriers, l'un d'un préfet, l'autre d'un chef de l'Armée secrète, attestaient que ce bétonneur, en dépit de la carte du PPF[1] qu'il avait en poche, avait financé la Résistance et même caché un aviateur anglais, dont on ne trouvait pourtant trace nulle part. Mais le préfet avait lui-même

1. Parti populaire français, parti collaborationniste dirigé par Jacques Doriot.

été en poste sous Vichy jusqu'à sa révocation en janvier 1944 pour un grief lié au marché noir qui ne semblait pas avoir le moindre lien avec une activité ou même des prises de position hostiles à l'occupant.

Elle soupira et mit le dossier de côté, avec le sentiment désagréable de s'être laissé piéger en acceptant cette mission. La sonnerie du téléphone l'interrompit alors qu'elle venait de prendre un autre classeur sur une pile qui grossissait chaque jour.

Elle reconnut la voix de Jacques Villeneuve, l'amant avec lequel elle avait rompu deux semaines plus tôt. Une scène pénible.

– Bonjour, Anne, tu as cinq minutes pour boire un café ?

– J'ai beaucoup de travail, Jacques. Et il me semble que nous n'avons pas grand-chose de plus à nous dire.

Néanmoins elle accepta le café qu'une secrétaire leur servit dans un petit salon où ils avaient l'habitude de se retrouver du temps de leur liaison.

– Je suis conscient d'avoir été très désagréable et je voulais te présenter mes excuses.

Ce comportement ne ressemblait pas beaucoup à Villeneuve, qui se montrait généralement plutôt arrogant.

– Je ne t'en veux pas. N'en parlons plus.

– Ta compréhension me touche. Je souhaiterais que nous restions amis. Depuis cette dispute, il me semble avoir compris tes motivations. Ta carrière compte beaucoup pour toi et je ne pense pas qu'il soit possible de la mener de front avec une vie d'épouse, telle que je l'entends. Ne crois pas que je sois vieux jeu, j'ai soutenu très sincèrement la décision d'accorder le droit de vote aux femmes…

– Nous avons déjà parlé de cela, Jacques. Ça ne me paraît pas utile de nous répéter. Mais je suis heureuse que tu me comprennes : je ne suis pas la femme qui te convient, c'est tout.

– Mais pouvons-nous rester amis ?

– Tout dépend de ce que tu entends par amis…

– C'est très clair. Il n'y a aucune ambiguïté : je parle d'amis, pas d'autre chose. La duplicité me déplaît, tu le sais. Je suis un homme entier, dans mon engagement patriotique et politique, comme dans ma vie privée.

Cette déclaration, qui ressemblait à un discours électoral, arracha un petit sourire à la jeune femme.

– Eh bien, j'en prends acte.

– Dans la période difficile que nous allons peut-être vivre, si les communistes et les politiciens des vieux partis chassent le Général, nous devons conserver des liens solides. Nous ne pouvons pas nous permettre de nous faire des ennemis parmi les patriotes pour des raisons d'ordre personnel. Il faut serrer les rangs.

Anne ne se savait pas suffisamment importante pour qu'un homme de l'envergure de Jacques Villeneuve tienne à la conserver comme alliée, car elle avait au contraire redouté d'être considérée comme quantité négligeable par son ancien amant. Ces propos la flattèrent et lui donnèrent à réfléchir.

– C'est ainsi que je l'entends, dit-elle, nous n'avons aucune raison de nous diviser. Il ne faut pas mélanger les genres. À ce propos, j'ai un petit tuyau à te demander.

Villeneuve parut soulagé par sa réaction, car il redoutait une bouderie ou une rancœur durable. Il accepta avec empressement de lui trouver un interlocuteur d'un certain poids au ministère des Affaires étrangères.

Perturbée à la fois de savoir son frère en vie et par sa rencontre avec son ancien amant, Anne décida d'écourter son après-midi. Elle rentra directement dans le petit deux pièces qu'elle occupait rue Saint-Dominique, à deux pas du ministère de la Guerre où elle avait fait ses premières armes en politique, quand de Gaulle s'y était installé en août 1944. Il avait régné dans l'hôtel de Brienne une atmosphère complètement différente de celle de l'hôtel Matignon. Le bouillonnement et l'enthousiasme désordonné avaient laissé place à l'ambiance compassée et aux intrigues de couloir. Elle ressentait une certaine nostalgie pour cette époque, tout en ayant conscience que ces changements étaient inévitables. L'appartement qu'on lui avait fourni alors était très calme et très agréable, et elle avait su l'aménager avec goût, avec des meubles anciens et des tableaux venant de ses parents et d'autres qu'elle avait pu acheter chez des antiquaires grâce à un traitement confortable. Elle s'offrait même les services d'une femme de ménage car elle avait aussi peu de goût pour les travaux domestiques que guère de temps à leur consacrer.

Le déjeuner de La Coupole l'avait repue, aussi se contenta-t-elle d'une pomme et d'un thé sans sucre. La radio diffusait un concert de Chopin donné récemment salle Pleyel par le pianiste polonais Stanislas Niedzielski. La jeune femme ferma les yeux et se laissa bercer par une mazurka en sirotant son thé, allongée sur un canapé. La sonnerie du téléphone l'arracha à ce moment de grâce.

– Je ne te dérange pas ? J'ai trouvé l'homme qu'il te faut. Il se nomme Bernard Drosse et occupe une place du genre de la mienne, c'est-à-dire assez importante, au ministère des Affaires étrangères. Il n'est pas au mieux avec Bidault[1] qui complote avec les socialistes contre le Grand, mais, pour le moment, il a une certaine liberté d'action. De plus, il connaît des Russes. Je pense qu'il pourra t'aider. Tu peux le contacter dès lundi prochain. Je vais te donner le numéro de sa ligne directe au Quai d'Orsay.

Elle le remercia et l'invita à faire appel à elle le cas échéant, ce qui était une façon de souligner que leur rupture était désormais une affaire classée et que leurs nouvelles relations se limiteraient à cette collaboration teintée de complicité. Cet appel la perturba néanmoins et le concert de Chopin, qui se poursuivait, ne parvint pas à l'arracher aux pensées qui se bousculaient dans sa tête. Elle eut du mal à trouver le sommeil.

1. Georges Bidault, président du Conseil national de la résistance, fondateur du Mouvement républicain populaire (démocrate-chrétien), ministre des Affaires étrangères dans les deux gouvernements de Gaulle.

14

Prison de Fresnes, décembre 1945

Bacchelli fut incarcéré à la deuxième division de Fresnes où le hasard voulut qu'il retrouve Albert Legris, le journaliste de *L'Atelier* rencontré au dépôt qui, issu de la gauche socialiste, avait connu un parcours assez proche du sien, sans jamais jouer un rôle de premier plan. Les deux hommes avaient beaucoup moins d'atomes crochus avec le troisième occupant de la cellule, un trafiquant aux préoccupations très terre à terre, qui n'avait pas le moindre intérêt pour les débats idéologiques. Bacchelli, irrité par cette promiscuité infamante, fut tenté de demander qu'on le remplace par un politique, mais il renonça en comprenant très vite que la compagnie d'un as du marché noir présentait de nombreux avantages.

Récidiviste chevronné et pensionnaire régulier de la maison, celui-ci savait s'y prendre avec les gardiens, connaissait les petits noms de leurs épouses et de leurs enfants, distinguait ceux qu'on pouvait acheter facilement de ceux qui faisaient profession d'intégrité. La plupart surveillaient désormais les pétainistes sans état d'âme, comme ils avaient surveillé les communistes et les gaullistes. Les plus intraitables étaient évidemment les FFI, qui disposaient d'un local dans la prison et doublaient les fonctionnaires de la pénitentiaire. De temps en temps, certains leur lançaient des bordées d'injures au passage, mais ça n'allait pas plus loin. Il y avait aussi des policiers de la PJ et quelques éléments incontrôlés dont personne n'était capable d'expliquer la présence.

Toute une partie du Bottin mondain était désormais internée

ici, artistes, écrivains, industriels, de sorte que les conversations qui se tenaient dans les cours de promenade grillagées évoquaient celles des salons parisiens les plus huppés et les plus prisés deux ans plus tôt.

– Savez-vous ce qu'est devenu René Mesnard ? demanda le journaliste à Bacchelli.

– Je crois qu'il s'est fait tuer en Allemagne, dans un bombardement. Comme Doriot…

– Ah, je n'aimais pas Doriot, mais je m'entendais bien avec Mesnard. C'est lui qui m'a embauché au journal. En fait, je ne comprends pas très bien ce qu'on me reproche. Je ne traitais que des sujets sociaux comme le Cosi[1] et je n'ai jamais écrit un mot contre les gaullistes ou les communistes, ni même contre les Juifs.

– Vous êtes inculpé sous l'article 75, je suppose ?

– Oui, intelligence avec l'ennemi. C'est un article fourre-tout qui peut frapper quiconque n'a pas une attestation délivrée par les amis de Thorez qui, lui, est parti à Moscou pendant que je me gelais les couilles sur la ligne Maginot !

Le trafiquant écoutait ces récriminations d'un air entendu, pour ne pas contrarier ses compagnons de cellule. Les murs suintants portaient encore des inscriptions des occupants précédents : « Vive Staline ! », « Vive de Gaulle ! », « À bas Pétain ! », assorties de croix de Lorraine et de faucilles et marteaux, encore lisibles sous les « Vive Doriot ! », « Vive Déat ! » et « Victoire pour la LVF ! » tracés par leurs successeurs, mais ni Bacchelli ni l'ancien rédacteur de *L'Atelier* n'avaient de goût pour cette bataille de graffitis. Ils se contentaient de lire tous les livres et journaux qu'ils pouvaient se procurer, de faire circuler les derniers poèmes de Brasillach, des dessins de Soupault, qui occupait une cellule voisine, et de prendre des notes pour préparer leur défense. Les jours étaient rythmés par l'arrivée des marmites de soupe qui circulaient sur des rails grinçants et les cris des aboyeurs d'étage.

1. Comité de secours immédiat créé après les premiers bombardements anglais sur les usines Renault.

Bacchelli faisait partie des détenus bénéficiant du privilège de recevoir de nombreuses visites qui rompaient cette monotonie, bien que les prisonniers ne soient autorisés à parler à leurs visiteurs qu'au travers de lourdes grilles. En revanche, les rencontres avec les avocats avaient lieu dans une petite pièce aux murs nus, meublée d'une table et de deux chaises branlantes.

Dès son incarcération, Bacchelli rencontra le sien toutes les semaines.

– Votre dossier n'avance pas, le juge est surchargé, et c'est aussi bien comme ça, expliqua celui-ci lors de leur quatrième entretien. Plus le temps va passer, plus les esprits vont se calmer. Je sais que votre situation n'est pas agréable, mais…

– J'ai bien compris votre raisonnement, Maître, mais je préférerais éviter de moisir plus longtemps dans ce trou à rats…

– Je souhaiterais être franc avec vous, monsieur Bacchelli. Si je compare votre dossier avec ceux d'autres condamnés récents, je doute que vous puissiez échapper à une peine assez longue.

– Tout cela est purement théorique, Maître. Vous êtes jeune, mais tout de même pas assez pour ignorer que la justice ne fonctionne pas de cette façon. Je vous demanderai de rester très discret, mais j'ai l'intention de faire jouer certaines relations influentes. D'ailleurs, je souhaite vous charger d'une démarche auprès d'une de ces personnes.

Le jeune avocat parut contrarié, son visage se ferma.

– Ce n'est pas exactement ainsi que je conçois ma mission.

– Dans ce cas, je me verrai contraint de trouver un autre défenseur.

L'avocat, qui non seulement partageait des conceptions très légalistes, mais se voyait déjà mis en vedette par le beau procès d'un éminent collaborateur, s'efforça de maîtriser son irritation. Son inscription au barreau était récente et sa clientèle limitée. Et Bacchelli lui avait proposé de confortables honoraires.

– Qu'attendez-vous de moi exactement ?

– Je souhaiterais que vous contactiez de ma part une personne qui occupe une fonction relativement importante à l'hôtel Matignon. Elle se nomme Anne Laborde. Notez bien ce nom.

Je ne connais pas son adresse personnelle actuelle, car je suppose qu'elle en a changé, mais elle ne doit pas être difficile à trouver. Il est préférable en effet de la rencontrer dans un cadre discret, de façon à éviter les suspicions.

L'avocat fut intrigué en même temps que sa contrariété augmentait. Bien qu'il n'ignorât pas que nombre de ses confrères servaient d'intermédiaires à toutes sortes de transactions, liées ou non à l'exercice de la justice, il n'avait pas envisagé sa carrière sous cet angle.

– Bien, soupira-t-il, je vais prendre contact avec elle. Et, que dois-je lui dire ?

– Vous ne vous en doutez pas ?

– Elle pourrait influencer le juge d'instruction ?

– Le juge, j'en doute, d'après son comportement à mon égard et ce que nous savons de sa réputation. Mais il y a, en, France, des gens plus influents que lui. Elle pourrait donc glisser quelques mots en ma faveur…

– Et… Imaginez qu'elle m'éconduise sans ménagement ou même fasse un esclandre en rendant cette démarche publique ?

– C'est un risque à courir, mais je ne crois pas qu'elle se conduira de cette façon.

15

Janvier 1946

Dès le lundi suivant sa rencontre avec son ancien amant, Anne appela Bernard Drosse, qui l'invita à lui rendre visite au Quai d'Orsay et à déjeuner en sa compagnie. C'était un cinquantenaire affable et bien enrobé, une vivante caricature du diplomate de profession. Il faisait partie de l'équipe qui avait suivi l'ancien ministre des Affaires étrangères de la IVe République René Massigli à Alger en 1943. Anne se sentait beaucoup moins à l'aise avec ce genre de personnage qu'avec les résistants gaullistes de sa génération. Un des talents de Drosse, on le devinait, était de savoir jauger très vite ses interlocuteurs et d'évaluer ce qu'on pouvait attendre d'eux. Il fit monter Anne dans sa voiture de fonction, dont le chauffeur les déposa devant la brasserie Lipp.

– Vous ne connaissez pas ? J'y ai souvent déjeuné jusqu'à mon départ pour Alger. On l'appelait la Petite Suisse de la Rive gauche, car des écrivains et des journalistes de tous les bords déjeunaient à des tables voisines sans se taper dessus. Selon les jours, on pouvait tomber sur un gaulliste comme sur un pétainiste mou ou un des pires collabos.

– Décidément, tout le monde veut me faire découvrir des restaurants parisiens en ce moment. La semaine dernière, mes parents m'ont invitée à La Coupole.

– Eh bien, profitez-en. La cantine de l'hôtel Matignon n'est pas extraordinaire, d'après ce qu'on m'a dit.

– Si toute la France pouvait manger aussi bien que le personnel de Matignon, sans parler des ministres…

– Cette réflexion vous honore, chère amie, mais ce n'est pas en nous mettant à la diète que nous améliorerons les choses.

Drosse avait l'art de tout retourner à son avantage et la mine réjouie avec laquelle il consultait la carte ne donnait pas l'impression qu'il souffrait de privations. Il lui parla encore un peu de la clientèle qu'il avait fréquentée chez Lipp et lui rapporta une anecdote sur le passage d'Hemingway dans l'établissement.

– Il est vrai qu'on raconte beaucoup de choses sur Hemingway, notamment qu'il se serait servi dans les caves du Ritz.

– Je dois vous avouer que je n'ai jamais lu Hemingway, ni la plupart des gens célèbres dont vous me parlez. En fait, je n'en ai pas eu le temps.

– Vous êtes jeune et vous avez toute votre vie pour les lire. Et je comprends parfaitement que vous étiez occupée à des choses plus importantes que la lecture. Tout le monde dit le plus grand bien de votre guerre.

Cette façon de s'exprimer ne surprenait plus Anne : à différentes reprises, elle avait entendu vanter la « belle guerre » menée par untel ou untel.

– J'ai fait ce qui m'a semblé nécessaire.

– Et modeste avec cela ! Ce n'est pas le cas de tout le monde, je peux vous le dire.

Soudain, son visage se transforma.

– Ne vous retournez pas. Je crois bien que c'est Aragon qui vient de s'installer derrière vous.

– L'écrivain ?

– C'est bien lui.

La présence de cette célébrité l'excitait un peu et elle était tentée de se retourner, au risque de sembler grossière, mais elle se demandait en même temps si le moment n'était pas venu, après tous ces préambules, de présenter enfin sa requête au diplomate. Drosse le comprit car il prit les devants.

– Notre ami Villeneuve m'a donc dit que je pouvais vous aider.

Elle baissa la voix car il n'aurait guère été opportun qu'Aragon et ses amis de table surprennent cette conversation.

– C'est une question délicate. Il s'agit de mon frère Jean-Pierre.

Drosse balança benoîtement la tête, avec une expression de profonde commisération qui fit comprendre à Anne qu'il avait déjà pris ses renseignements sur elle et sa famille avant ce déjeuner.

– Oui, votre frère n'a pas fait le bon choix. Il est tombé sur le front russe, si j'ai bien compris.

– Mes parents viennent de m'apprendre qu'il est vivant, mais prisonnier en Russie. Combien de temps les Russes peuvent-ils le garder, à votre avis ?

– C'est très difficile à dire. Les Soviets ont leur logique. Ils ont eu vingt millions de morts... Je sais que certains prisonniers de guerre ont été libérés, mais sur quels critères, je n'en ai aucune idée. Savez-vous où il se trouve exactement ?

– À Tambov, dans le camp 188.

Le diplomate prit dans la poche de son veston un élégant stylo noir et or dont il fit jaillir la plume rétractable et nota ces détails sur un minuscule calepin.

– Vous souhaitez donc que je me renseigne et que j'intervienne en sa faveur, n'est-ce pas ?

– On ne peut rien vous cacher.

– C'est bien compréhensible de voler au secours d'un frère, même quand il s'agit, si j'ose dire, de la brebis égarée de la famille. Mais, de vous à moi, ne craignez-vous pas que son retour porte une ombre sur votre carrière, qu'on dit très prometteuse ? J'imagine que la situation d'une femme, dans notre monde masculin, ne doit déjà pas être facile et que certains jalousent votre réussite.

Anne avait évalué ce risque évident, néanmoins elle prit l'air surpris.

– C'est un aspect que je n'avais pas envisagé. Vous croyez vraiment que...

– Que certains en profiteraient pour essayer de vous salir ? Je n'en doute pas une seconde. Les coups pourraient venir des communistes : M. Louis Aragon, qui déjeune tranquillement derrière vous avec un charmant jeune homme, est friand de ce genre d'informations dont il régale les lecteurs de *Ce soir*. Mais des attaques fratricides ne sont pas à écarter, ce sont souvent les plus méchantes et les plus dangereuses.

– Il me semble que je n'ai guère le choix. Je ne peux pas le laisser mourir de froid et de faim dans ce camp.

– Je comprends vos sentiments, mais, de votre côté, vous ne pouvez pas ignorer qu'un scandale pourrait éclabousser toute la famille gaulliste, même si vous ne portez bien évidemment aucune responsabilité dans la conduite de votre frère. Donc, voici ce que je vous propose. Si nous pouvons sortir Jean-Pierre Laborde de ce camp russe, je dis bien « si », car on ne peut avoir aucune certitude, il devra s'engager, à son retour, à demeurer très discret. Le mieux serait pour lui, comme pour tout le monde, qu'il retourne dans le Midi, auprès de votre famille, et se fasse oublier. Car il peut aussi être l'objet de poursuites en France.

– Jean-Pierre a un caractère difficile. Quand il a voulu s'engager, personne n'a réussi à lui faire entendre raison.

– Certes, mais la leçon lui a peut-être suffi. Et les gens changent. Quel âge a-t-il exactement ?

Ce détail avait donc échappé à Drosse quand il avait consulté le dossier qu'on lui avait probablement préparé sur les Laborde ?

– Il vient d'avoir vingt et un ans. Il s'est engagé à dix-neuf ans.

– C'est ce qui me semblait : une très jeune tête brûlée. Voici ce que nous allons faire : je vais contacter dès cet après-midi un homme de l'ambassade soviétique avec qui j'ai de bonnes relations. Sans la moindre illusion, bien entendu, car je suis certain que, comme tous ses collègues, il émarge au NKVD, la Guépéou si vous préférez. Il va donc rapporter notre conversation à ses supérieurs et nous devrions assez vite savoir s'ils sont prêts à faire un geste et ce qu'ils attendent éventuellement de nous en échange. S'ils ne demandent rien, ils me considéreront comme leur obligé, mais ce n'est pas grave en soi. Je préférerais que Georges Bidault ne soit pas au courant de ma démarche, mais je serai peut-être obligé de l'en informer pour me couvrir. De votre côté, ne bougez pas jusqu'à ce que je vous fasse signe.

Cette intervention semblait tout d'un coup encore plus complexe que ne l'avait imaginé Anne, à moins que Drosse n'en exagère la difficulté pour se faire valoir.

– Je ne sais comment vous remercier.

– Ne me remerciez pas encore. Je ne peux absolument rien vous promettre.

On en était au dessert. Anne n'avait plus faim du tout, mais elle avait néanmoins commandé un mille-feuille, par pure gourmandise. Elle prétexta un passage aux toilettes pour voir tout de même quelle tête avait cet Aragon. Au retour, elle marcha lentement pour le dévisager à sa guise sans en avoir l'air. Le poète, très élégant avec son costume trois-pièces en tweed et son nœud papillon, déjeunait avec un garçon d'une vingtaine d'années, en blouson et col roulé, qui lui faisait des mines.

– À le voir comme ça, dit-elle en reprenant sa place, on ne croirait pas avoir affaire à un moscoutaire. Je lui trouve plutôt l'air d'un rêveur évaporé…

– Ne vous y trompez pas : sous ses airs de dandy, c'est un bolchevik pur et dur qui ne fait pas de cadeau à ses ennemis. Et il en a beaucoup. Il en découvre même de nouveaux tous les jours. Mais il a ses têtes. Savez-vous qu'il est intervenu auprès du comité d'épuration des artistes en faveur de Maurice Chevalier ? Je ne vois pas ce qu'ils peuvent avoir en commun…

Anne songea au jeune homme qui faisait des grâces à l'écrivain. Ses joues se teintèrent de rose.

– Peut-être le goût pour les hommes, risqua-t-elle.

Le diplomate s'esclaffa.

– Franchement, ce n'est pas la réputation de Chevalier. Mais enfin, tout est possible. Sinon, j'ignore ce que vous pensez de tout ce cirque que font les artistes et les intellectuels en ce moment, mais ces gens-là me font rigoler. En 41, et même en 42, je les ai tous vus ici ou au café d'en face. C'était à qui ferait les plus grands sourires à Gerhard Heller pour se faire publier. Il n'était pas question de s'excommunier et encore moins de se fusiller. Ceux qui ont pris des risques, comme vous à Londres et moi à Alger, ont acquis le droit de prendre la parole, mais tous ces donneurs de leçons qui partagent leur temps entre le salon et le bistro…

Drosse, après avoir vidé les trois quarts de la bouteille de bourgogne, semblait se laisser aller à exprimer ses sentiments de façon moins diplomatique. Prudente, Anne n'avait bu qu'un verre. Ne sachant que penser de cette sortie, elle ne répliqua pas. Il aurait été fort maladroit d'irriter son interlocuteur en justifiant l'épuration et la sévérité de la répression qui frappait les collaborateurs, alors qu'elle sollicitait une faveur pour son frère. Pourtant, l'exécution de Brasillach, qui avait eu lieu en janvier, lui était apparue comme un acte de justice.

– Qu'en pensez-vous ? insista-t-il.

– Brasillach avait tout de même écrit des horreurs…

– Je vous l'accorde, et Céline qui se la coule douce au Danemark a fait pire. Nous n'allons pas les plaindre et il faut bien donner quelques têtes au bon peuple, n'est-ce pas ? Espérons que votre frère ne fera pas partie du lot.

Cette réflexion lui parut perfide. Elle la plaçait devant ses propres contradictions.

– À ce propos, poursuivit Drosse, une idée me vient. Si les Russes nous rendent votre frère, il me semblerait prudent qu'il ne rentre pas immédiatement en France. Il pourrait par exemple passer quelque temps dans un pays comme l'Espagne ou le Portugal, en attendant que les esprits se calment.

– Mon frère est têtu, mais j'essaierai de le convaincre de suivre vos conseils.

– Il a pu changer. Certaines expériences douloureuses comportent parfois des effets positifs…

– Souhaitons-le. Il ne me reste plus qu'à vous remercier, monsieur Drosse.

– Je vous l'ai dit, ne me remerciez pas encore. Mais vous aurez l'occasion de le faire si tout se passe bien. J'ai cru comprendre que, vous aussi, vous traitez des dossiers sensibles.

Cette dernière phrase confirma ce qu'Anne avait commencé à apprendre depuis qu'elle avait quitté l'uniforme des FFL pour le tailleur de conseiller ministériel : tout service appelle une contrepartie. Cela l'avait choquée au début, mais elle commençait à se résigner. Elle comprit aussi que Drosse ne s'était pas laissé aller à des considérations déplacées sur l'épuration sous l'emprise de la boisson, contrairement à ce qu'elle avait cru, mais, fine mouche, l'avait mise en condition pour lui faire comprendre et accepter par avance ce qu'il attendait d'elle en échange de son intervention en faveur de son frère.

En sortant de la brasserie, elle observa à nouveau discrètement Aragon et son compagnon, et il lui revint à l'esprit qu'elle avait tout de même lu un roman de l'écrivain, *Les Cloches de Bâle*, mais à une époque qui lui paraissait si lointaine, celle où elle comptait parmi les très rares khâgneuses du lycée Louis-le-Grand, qu'elle ne se souvenait ni du sujet ni d'une seule phrase.

16

Janvier 1946

Quand Anne Laborde se trouva en présence de maître Albert Granville, l'étonnement fut réciproque. Aucun des deux ne s'attendait à rencontrer un interlocuteur jeune et séduisant. Elle estima que l'avocat avait à peine deux ou trois ans de plus qu'elle, qui en avait vingt-quatre, alors qu'elle pensait tomber sur un vieux routier du barreau à la crinière blanche. Granville était grand et brun. Dans son visage allongé au menton volontaire, au nez droit et à la bouche bien dessinée, dominaient des yeux sombres surmontés d'épais sourcils qui lui donnaient un air ténébreux. Ce regard était chaleureux. Comment imaginer qu'un garçon comme lui puisse défendre un infâme collabo ?

Ils s'étaient donné rendez-vous à dix-sept heures dans un salon de thé de la rue de Sèvres qu'Anne avait parfois fréquenté quand elle officiait au Lutetia et qui n'était pas très éloigné de son bureau. L'endroit était discret. Les femmes qui dégustaient leurs gâteaux aux tables voisines devaient les prendre pour un couple d'amoureux, peut-être illégitime. Cette pensée l'amusa.

– Vous représentez donc, si j'ai bien saisi ce que vous m'avez expliqué au téléphone, Aimé Bacchelli ?

– Absolument. Et, de mon côté, j'ai cru comprendre que vous occupiez un poste assez important à la tête d'un service de Matignon consacré à l'épuration.

Ce service, dont les effectifs se limitaient à trois personnes, n'avait ni existence officielle ni dénomination particulière. Le fait que cet avocat ou plus vraisemblablement son client ait eu vent de sa constitution semblait indiquer qu'il y avait des bavards ou des espions, voire les deux à la fois, dans l'entourage du haut fonctionnaire qui en supervisait les travaux. Ce qui n'était, au fond, pas très surprenant dans l'ambiance délétère qui régnait à Matignon depuis l'échec électoral du Général.

– Vous n'êtes pas très bien informé, Maître, je ne suis qu'un conseiller du Premier ministre parmi des dizaines d'autres, et certainement pas le plus influent. Je ne décide de rien.

– Mais vous êtes néanmoins chargée d'étudier des dossiers de personnes soupçonnées de collaboration.

– Soyons clairs, maître. Votre client est une personnalité trop importante pour que son dossier puisse me passer entre les mains. On ne me confie que des affaires mineures, sur lesquelles je n'ai de toute façon, comme je viens de vous le dire, aucun pouvoir de décision.

– Mon client est convaincu que vous avez les moyens d'intervenir en sa faveur, et de bonnes raisons pour le faire. Je suis chargé de vous transmettre ce message et je ne sais rien de plus. Il me semble donc avoir accompli ma mission.

Elle accusa le coup sans broncher. Peut-être Granville en savait-il davantage qu'il ne voulait bien le dire.

– Je ne vois pas de quoi vous voulez parler. Si c'est une menace, sachez qu'elle ne m'impressionne pas.

À l'expression de l'avocat, elle comprit qu'elle avait commis une erreur en évoquant une menace, alors que l'intervention que Bacchelli attendait d'elle pouvait avoir de tout autres motivations qu'un chantage, des liens familiaux ou d'amitié par exemple.

– À vous de voir, dit sèchement l'avocat. Que dois-je dire à mon client ?

– Que vous avez fait ce qu'il vous a demandé. Vous attendiez un engagement ?

– Je vais encore une fois être très franc avec vous, mademoiselle Laborde. J'ignore quelles sont ou ont pu être vos relations avec Aimé Bacchelli, mais il m'a semblé très sûr de son fait quand il m'a parlé de vous. Et je vous répète pour la troisième fois que je ne suis qu'un intermédiaire. C'est le rôle d'un avocat, non ?

Cette fois, il sembla à la jeune femme que son interlocuteur était sur la défensive.

– Je n'en suis pas certaine. Mais, de vous à moi, pourquoi défendez-vous un collabo de cette espèce ? Pour le fric ? Par conviction ?

Granville avait déjà dû répondre maintes fois à ces questions.

– Chaque homme a le droit d'être défendu devant la justice, quel que soit son crime. C'est d'ailleurs la loi. De plus, nous n'allons pas entamer le procès de Bacchelli dans ce salon de thé, ce serait ridicule, mais moi qui ai épluché son dossier, je peux vous dire que le seul élément qui peut être retenu contre lui est d'avoir appartenu au RNP. Il n'a ni tué, ni blessé, ni dénoncé personne et vous ne trouverez pas d'écrits infamants signés de son nom.

Elle se retint de lui répondre que Bacchelli, au printemps 1944, collaborait encore directement avec les Brigades spéciales, ou du moins s'en vantait, mais il lui aurait fallu expliquer comment elle avait appris ces faits.

– Peut-être a-t-il été plus habile que d'autres et a-t-il fait disparaître à temps les documents gênants. Ce ne serait pas le seul.

– Croyez-vous à la présomption d'innocence, mademoiselle Laborde ?

– À celle d'un dirigeant du RNP ? Franchement non.

– C'est pourtant le principe de base de notre justice. Même si l'appartenance au RNP représente incontestablement une présomption de collaboration, ce n'est pas une preuve absolue. Bacchelli affirme avoir protégé des personnalités de la Résistance, des gaullistes, des Juifs, fourni des informations à un réseau clandestin. Nous ferons venir plusieurs témoins à la barre. Alors, il a peut-être joué double jeu, mais, en définitive, a-t-il davantage servi la France qu'il ne lui a nui ?

L'avocat s'emportait dans un élan qui ne laissa pas la jeune femme indifférente, bien qu'elle eût voulu lui cracher tout le mépris que lui inspirait le choix de défendre un tel personnage.

– Vous devriez réserver votre éloquence pour le tribunal,

maître. Vous ne me convaincrez pas. À moins que ce ne soit une sorte de répétition ?

– Vous avez raison, je suis absolument ridicule, concéda-t-il.

La joute avait un peu échauffé les deux jeunes gens. Elle s'arrêta là. L'avocat régla l'addition et prit congé. Anne resta encore quelques instants dans le salon de thé, où elle commanda une pâtisserie supplémentaire pour compenser son malaise, puis elle rentra à pied jusqu'à son appartement. Pour échapper aux pensées qui l'assaillaient, elle s'installa confortablement dans son canapé avec un roman d'Aragon qu'elle avait décidé de lire depuis qu'elle avait croisé l'écrivain, mais ne parvint pas à se concentrer, tant toutes ces belles phrases étaient étrangères à ses préoccupations. Elle rangea le livre, écouta un peu de musique, puis se coucha sans dîner car les gâteaux lui avaient coupé l'appétit. Le sommeil ne lui vint que tard dans la nuit, une fois sa décision prise.

Le lendemain matin, de son bureau, elle appela la maison d'arrêt de Fresnes pour s'assurer qu'on la laisserait rencontrer Aimé Bacchelli. Quand elle eut expliqué qu'elle appartenait à un service de l'hôtel Matignon, on lui passa un sous-directeur qui lui affirma que cela ne poserait pas de problème si elle était en mesure de présenter un document attestant de sa qualité. Au cas où sa carte tricolore ne suffirait pas, elle se confectionna donc elle-même une accréditation à en-tête du ministère, agrémentée de deux tampons et d'une signature illisible. Bien que l'autorisation d'utiliser une voiture de service lui ait été donnée, elle préféra faire appel à un taxi. Nul n'ignorait que le parc des véhicules officiels avait été placé sous la responsabilité de cadres du parti communiste et que tous les chauffeurs avaient en poche leur carte de la CGT sinon celle du PC. Les risques que son déplacement soit signalé à des gens susceptibles de lui nuire n'étaient donc pas négligeables.

Le chauffeur parut satisfait de bénéficier d'une aussi longue course. Sa Peugeot 201 brinquebalante était moins confortable et moins rapide que les 15 CV du ministère, mais il semblait la conduire d'une main sûre. C'était un bavard et un curieux.

– Qu'est-ce que vous allez faire à la prison de Fresnes, ma p'tite dame, si c'est pas indiscret ?

– Et si je vous répondais que c'est indiscret ?

– Ah, ce que j'en disais... De nos jours, on met n'importe qui en prison. Un de mes collègues a été arrêté simplement pour avoir conduit des Allemands.

Sans doute pensait-il avoir affaire à une parente de collabo...

– Certainement pas comme taxi, ils étaient interdits.

– Il a bien fallu qu'il se démerde pour nourrir ses gosses, alors il a conduit des camions qui livraient des trucs aux Boches. Moi, j'ai caché ma 201 sous la paille, dans la grange de mon oncle, et comme j'ai passé l'âge de pédaler pour faire vélo-taxi, je me suis fait embaucher par un bougnat et j'ai fait un peu de marché noir. Je n'en ai pas honte. C'était mieux que de s'engager dans la gestapette, non ?

– C'est une façon de voir les choses.

– L'an dernier, je suis retourné chercher ma 201 qui a démarré tout de suite, comme si elle sortait de l'usine. Faut dire que je l'avais bien graissée. Mais vous ne m'avez toujours pas dit ce que vous allez faire à la prison. Un parent ? Un petit ami ?

– S'il vous plaît, monsieur, contentez-vous de conduire et de regarder la route.

La sécheresse de cette réplique dissuada le chauffeur d'insister. Elle lui régla le prix de la course, sans laisser le moindre pourboire. Une longue file, composée en majorité de femmes chargées de colis, piétinait le long du mur gris de la prison. Les deux gendarmes qui gardaient l'entrée portèrent un regard suspicieux sur la jeune femme puis portèrent la main à leur képi après avoir vu sa carte du ministère barrée de tricolore. Un surveillant portant de longues moustaches à la gauloise lui fit franchir plusieurs grilles et portes qui donnaient accès à un long couloir. En traversant ce boyau sinistre aux murs décrépis, elle frissonna à l'idée qu'il s'en était fallu de peu qu'elle n'entre ici comme pensionnaire deux ans plus tôt. Le maton l'abandonna dans une petite pièce meublée d'une table et de deux chaises où un homme en costume sombre la rejoignit quelques minutes plus tard.

– Madame Laborde, je présume ? Je suis Fernand Rouleau, sous-directeur de cette maison d'arrêt. Le directeur n'est pas présent dans l'établissement en ce moment. Si j'ai bien compris, vous souhaitez rencontrer Aimé Bacchelli ?

– Exactement.

Elle lui mit sous le nez sa vraie-fausse accréditation qu'il repoussa d'un geste.

– Inutile. Je vous fais confiance, madame Laborde.

Sans qu'elle le lui eût demandé, il se lança dans un portrait psychologique du prévenu.

– Que puis-je vous dire de Bacchelli ? C'est un détenu calme, qui ne nous pose pas de problème particulier. Contrairement à une bonne partie des prisonniers qui manifestent une grande nervosité à l'approche de leur procès, il semble rester égal à lui-même. Je dirais qu'il a sans doute une certaine force de caractère. D'après ce que nous savons, il n'entretient de rapports privilégiés avec aucun autre détenu et semble apprécié non seulement par ceux de son bord, mais par les droits communs. Eh oui, l'établissement souffre de surpopulation, ce qui nous oblige parfois à mélanger les torchons et les serviettes. Mais, dans la mesure du possible, nous essayons de l'éviter.

Le sous-directeur cherchait à se faire valoir avec un empressement teinté d'obséquiosité, redoutant sans doute le rapport qu'on avait peut-être demandé à la visiteuse. Il eut un geste pour désigner les murs lépreux.

– Nous sommes ici au parloir des avocats. Ce n'est pas un endroit très agréable et nous n'avons pas encore eu les crédits nécessaires pour l'aménager. Nous manquons de tout. Si vous le souhaitez, je peux vous faire rencontrer Bacchelli dans mon bureau, bien entendu, mais ce n'est pas forcément une bonne idée. Comment vous expliquer ? Dans une prison, tout se sait et beaucoup de gens vont se poser des questions, car ce serait un privilège inhabituel, n'est-ce pas ? Mais tout dépend de vos intentions à son égard, évidemment, et c'est à vous d'en décider.

Lui aussi cherchait visiblement à la faire parler, car cette visite devait l'intriguer.

– Cet endroit conviendra parfaitement.

– Très bien.

Une dizaine de minutes s'écoulèrent encore avant que Bacchelli n'apparaisse, flanqué d'un gardien. Elle le trouva peu changé, à peine amaigri et un peu plus pâle, toujours impeccablement vêtu.

– Je soigne mon apparence, dit-il après le départ du surveillant, comme s'il devinait ses pensées, mais cet endroit ne me vaut rien. En revanche, vous êtes toujours très jolie et très élégante, mademoiselle Laborde. Le ministère vous va bien et, d'après ce que j'ai cru comprendre, vous avez pris du galon.

Elle ignora ces compliments.

– Vous m'avez fait contacter et menacer par votre avocat, monsieur Bacchelli. Je n'apprécie pas du tout cela.

– Menacer ? Allons donc ! Je tenais seulement à vous rappeler ce que j'ai fait pour vous, au cas où vous l'auriez oublié.

– C'est votre parole contre la mienne, monsieur Bacchelli. La parole d'un collabo contre celle d'une combattante des Forces françaises libres.

– Vous ignorez peut-être qu'il y a des traces écrites de nos accords et des témoins.

– Si vous cherchiez à me nuire, vous seriez obligé d'évoquer vos liens avec les Brigades spéciales. Cela compléterait utilement le dossier du juge d'instruction.

– Ce juge est un fanatique qui se prend pour Saint-Just. Je ne serais pas surpris d'apprendre qu'il a en poche une carte du PC. Si vous voulez mon avis, il ne vous épargnerait pas non plus, il n'a aucune compassion pour qui que ce soit. Et pourtant, si on regarde ses états de service, c'est tout simplement un jeune homme qui a tranquillement suivi ses études pendant la guerre sans prendre parti.

– Comme votre avocat.

– Oui, en effet. Mais il me semble que la guerre est terminée et que, si nous en déclenchons une autre, privée, l'un contre l'autre, nous allons vous et moi y laisser des plumes.

– Qu'est-ce que vous attendez de moi, monsieur Bacchelli ?

– Maître Granville ne vous l'a pas dit ? C'est très simple. Donner un petit coup de pouce à mon dossier. Je sais parfaitement que vous n'êtes pas Dieu tout-puissant et que vous ne pouvez pas me faire libérer et bénéficier d'un non-lieu d'un coup de baguette magique. Je ne suis pas complètement stupide, mademoiselle Laborde. Il est même probable que je ne puisse pas échapper à une condamnation. Mais, d'une part, un tribunal peut se montrer plus ou moins sévère ; d'autre part, les condamnations peuvent être suivies plus ou moins vite par des remises de peine ou des grâces, même si ce n'est pas encore à l'ordre du jour dans le climat actuel. Or une grâce est par définition discrétionnaire, vous ne l'ignorez pas.

– Vous parlez de grâce avant même d'avoir été condamné…

Bacchelli haussa les épaules.

– Dans ma situation, il faut envisager lucidement toutes les hypothèses. Ça ne sert à rien de se lamenter comme le font certains. Je suis un combattant, mademoiselle Laborde, ne l'oubliez pas, même si le sort des armes a voulu que je me retrouve dans cette situation pénible qui m'oblige à quémander votre aide.

La détermination et l'assurance de Bacchelli l'impressionnèrent malgré la répugnance qu'il lui inspirait. Même enfermé, il demeurait un adversaire dangereux.

– Je n'aurai pas davantage les moyens de vous octroyer une grâce ou une remise de peine.

– Tss, tss. Vous n'êtes pas Dieu, certes, mais vous évoluez dans l'entourage de Dieu. J'imagine que vous le croisez de temps en temps dans les couloirs de Matignon. Peut-être même vous demande-t-il votre avis.

– De qui parlez-vous ? Du Général ?

– De qui d'autre voulez-vous que je parle ?

– Vous me prêtez une influence que je n'ai pas. Le Général ne m'a serré la main qu'une seule fois, à l'occasion d'une réception, et je ne l'aperçois qu'au travers de la fenêtre de mon bureau quand il monte dans sa voiture. Il ne m'a jamais demandé mon avis.

– Mais, parmi vos collègues et vos supérieurs, il y en a certainement qui peuvent lui parler ou lui faire parvenir un dossier, n'est-ce pas ?

– En admettant qu'il ait du temps à consacrer à des dossiers de ce genre, il n'est même pas certain que le Général reste au gouvernement. Depuis les dernières élections, beaucoup de choses ont changé…

Elle regretta aussitôt cette remarque qui l'amenait sur un terrain qu'elle aurait souhaité éviter, celui de la discussion politique.

– Je ne l'ignore pas. Mais, si de Gaulle part, vous serez probablement toujours dans la place. On ne change pas l'administration chaque fois qu'un chef de gouvernement démissionne ou est renversé. D'ailleurs, vous avez probablement parmi vous des gens qui étaient déjà là sous Laval.

– Certainement pas comme conseillers !

– Je vous l'accorde. Mais, si de Gaulle s'en va, il n'est pas impossible que celui qui lui succédera soit plus ouvert à la clémence. De Gaulle a une image à défendre, certains actes de générosité lui sont interdits, même s'il n'a tout de même pas osé faire fusiller un vieillard.

– Ce ne sont que des spéculations, monsieur Bacchelli. J'imagine que vous avez du temps à leur consacrer.

– Je vous trouve bien méchante, mademoiselle Laborde. Vous-même n'avez pas hésité à faire intervenir vos relations pour tenter de sauver votre frère, et c'est tout à votre honneur.

Elle pâlit. Comment ces informations avaient-elles pu parvenir jusqu'à lui ?

– Très bien, dit-elle. Nous n'avons plus rien à nous dire. Si je l'estime nécessaire, je vous informerai de mes démarches par l'intermédiaire de votre avocat.

Cette discrète capitulation ne modifia en rien l'expression de Bacchelli, comme s'il avait toujours eu la certitude de gagner la partie. Alors qu'elle se levait et s'apprêtait à appeler le suveillant, Bacchelli sortit une feuille de papier de sa poche et la lui tendit.

Instinctivement, elle la prit et distingua une écriture régulière tracée sur une page quadrillée sans doute arrachée à un cahier d'écolier.

– C'est un des derniers poèmes de Brasillach. Je vous en prie, lisez-le. Quoi que vous puissiez penser de lui, vous verrez qu'il a du talent et que l'être humain est complexe.

Renonçant à jeter cette feuille au visage de Bacchelli, elle la fourra dans son sac.

Le même surveillant moustachu la raccompagna jusqu'à la sortie. À un moment, elle entendit des cris et des bruits de pas au-dessus d'elle. L'idée de demander à visiter la prison l'avait effleurée, mais elle l'avait écartée de crainte que cela contribue à faire davantage remarquer sa visite, pourtant l'expérience l'aurait intéressée.

Une fois à l'air libre, elle respira un grand coup, soulagée, comme si elle avait elle-même été enfermée contre son gré pendant les courts instants qu'elle venait de passer dans la maison d'arrêt.

Elle n'avait pas demandé au chauffeur de l'attendre car elle n'avait nulle envie de le supporter à nouveau pendant le trajet du retour. Ne sachant comment faire venir un autre taxi, elle se résigna à revenir par le train. Il lui fallut demander son chemin à une autre jeune femme qui sortait elle aussi de la prison.

– La gare est à trois kilomètres. J'y vais moi-même.

Anne lui emboîta le pas, sans savoir si cette petite blonde boudinée dans un tailleur trop étroit dont les épaisses semelles de bois claquaient sur le pavé venait de visiter un collabo ou un droit commun.

– Je travaille comme dactylo à l'administration, lui confia celle-ci, alors qu'elles s'installaient face à face sur les banquettes d'un compartiment. C'est ma collègue qui a pris la communication quand vous avez appelé. Vous appartenez à un ministère, si j'ai bien compris.

Elle aussi était curieuse, mais moins antipathique que le chauffeur de taxi.

– En effet, je suis venue en mission.

– Nous en voyons défiler régulièrement, des gens en mission. D'habitude, ils viennent en voiture…

Elle devait la jauger et estimer qu'elle n'était pas une personnalité suffisamment importante pour disposer d'une voiture.

Elle ignora cette remarque.

– Ça ne doit pas être gai de travailler dans une prison.

– Vous savez, je n'ai pas affaire aux détenus. Je n'en vois que rarement. Mais je sais tout de même comment ça se passe, comme tout le monde. C'est vrai que ce n'est pas un endroit marrant, mais il en faut bien, des prisons, non ?

– Certainement.

– On m'a proposé cette place il y a six mois, parce que mon mari est invalide. Il travaillait dans une usine, en Allemagne, comme prisonnier, et il a eu un accident à la jambe. Je ne sais pas s'ils vont compter ça comme invalidité de guerre. Vous le savez, vous ?

– Je ne suis pas en mesure de vous répondre. Il faudrait voir son dossier et ces questions-là ne sont pas vraiment de mon ressort.

– Je vous demandais à tout hasard.

Elle se sépara de la dactylo sur le quai de la gare Montparnasse. Pour se détendre, elle alla s'installer à la terrasse d'une brasserie qui faisait l'angle de la rue de Rennes, où elle commanda un thé et une part de tarte. Elle se gavait de gâteaux depuis quelque temps.

À une table voisine, un jeune homme lui faisait de l'œil. Il avait une allure d'artiste avec sa crinière ébouriffée et son foulard noué dans sa chemise, d'ailleurs un carton à dessin reposait à ses pieds. Deux mondes bien éloignés, songea-t-elle en se remémorant le décor de la prison.

Le garçon changea de place pour se rapprocher d'elle et lui proposa de faire son portrait. Elle le laissa lui faire la cour un moment, puis le découragea sèchement en lui déclarant qu'elle était mariée et fidèle.

– Je raffole des femmes mariées fidèles.

– Eh bien trouvez-en une autre, vous n'êtes pas tombé sur la bonne.

Elle ne détestait pas provoquer un peu les hommes, les laisser espérer puis rompre ainsi brusquement. Ces petits coqs n'avaient que ce qu'ils méritaient.

Elle rentra ensuite directement chez elle, sans se montrer à Matignon.

Le lendemain matin à neuf heures, elle rencontra son patron pour faire le point avec lui sur l'avancement de ses dossiers, comme ils le faisaient deux ou trois fois par semaine. Cette réunion était parfois de pure forme, mais il arrivait qu'un cas particulier retienne l'attention de son supérieur et qu'ils en discutent plus longuement. Cette fois, le chef de cabinet ne parut intéressé par aucun des dossiers évoqués par sa collaboratrice. Celle-ci attendit délibérément l'instant où ils allaient se séparer pour lancer :

– Avez-vous entendu parler de Bacchelli ? Aimé Bacchelli.

– Bacchelli ? Bien entendu. C'était tout de même un des pontes du RNP. On n'a pas encore mis la main sur Déat, mais lui, on le tient. C'est le juge Raynouard qui instruit l'affaire et il ne passe pas pour un tendre. Vous avez des tuyaux sur Bacchelli ?

– Eh bien, je suis tombée sur des gens qui prennent sa défense et affirment qu'ils disposent d'éléments qui tendraient à prouver qu'il jouait double jeu. En fait, il n'y a contre lui que son appartenance au RNP.

– C'est déjà pas mal. Mais vous avez raison : il ne faut rien négliger et voir s'il fait partie des personnalités qui peuvent être utiles au redressement du pays d'une façon ou d'une autre. Mais discrètement, car c'est tout de même un personnage sulfureux. Tenez-moi au courant.

Elle retourna dans son bureau et se plongea dans divers dossiers de seconds couteaux de la collaboration jusqu'à l'heure du déjeuner. À la cantine, toutes les conversations tournaient autour d'une éventuelle rupture du Général avec les partis qui composaient sa majorité gouvernementale et des conséquences qui en découleraient. Ses collègues s'inquiétaient bien entendu des remaniements éventuels dans le personnel de l'hôtel Matignon. Certains rapportaient des rumeurs, avançaient des noms de personnalités susceptibles de succéder à de Gaulle et pariaient sur l'un ou sur l'autre comme on le fait pour des chevaux de course. Elle écouta attentivement tous ces avis plus ou moins autorisés, sans donner le sien que personne ne lui demanda, peut-être parce qu'elle était la seule femme de la table.

Anne reprit son travail l'après-midi, puis rentra directement chez elle. Après un dîner frugal, elle se détendit à son habitude en écoutant de la musique mais renonça à terminer le roman d'Aragon. La curiosité la poussa à lire le poème de Brasillach, malgré la répulsion qu'il lui inspirait. La poésie ne l'avait jamais passionnée, mais cette lecture lui procura un vague malaise à l'idée que cet homme avait été fusillé, car son frère aurait pu subir le même sort et tout risque de condamnation à mort en France n'était pas écarté si elle parvenait à le sortir de son camp russe. Elle s'était renseignée : il n'avait pas été condamné par contumace, car il figurait officiellement au nombre des disparus. L'idée lui était venue de lui établir une fausse identité, mais cela supposait de trouver des complicités au sein de la préfecture de police, donc de se compromettre encore davantage. De plus, le ou les fonctionnaires susceptibles d'accepter de fabriquer les pièces nécessaires demanderaient inévitablement une rémunération élevée ou un autre service en échange. Son père paierait sans hésiter la somme demandée, s'il était question d'argent. En revanche, elle ne tenait pas à nouer des liens avec des individus douteux qui auraient barre sur elle. Quant à faire appel à des faussaires, c'était encore plus dangereux. Son expérience du Lutetia, ajoutée à celle acquise dans son réseau, lui avait appris que, si de faux papiers permettent généralement d'affronter les situations les plus courantes, un banal contrôle de police dans la rue par exemple, ils ne trompent pas des spécialistes.

Parvenue à ce stade de ses réflexions, elle alla retourner le disque de Mozart qui tournait sur le phono tout neuf qu'elle venait de s'offrir. À l'instant où le pianiste attaquait le deuxième mouvement du concerto *Jeune homme*, le téléphone se mit à sonner.

– Pardonnez-moi de vous déranger, mademoiselle Laborde. Je suis Albert Granville. Vous vous souvenez de moi ?

– Bien entendu, maître, mais je vous avais dit que je vous rappellerais le cas échéant.

Il était probable que l'avocat ait appris sa visite à la prison de Fresnes.

– Certes. Mais je ne vous appelle pas au nom de mon client. C'est une démarche personnelle. Je souhaiterais vous revoir. Seriez-vous libre pour déjeuner ou dîner cette semaine ?

17

Février 1946

Ce dimanche, Alain se leva vers onze heures, avala ses flocons d'avoine, fit un brin de toilette et dévala l'escalier de son HBM dans une tenue beaucoup moins sophistiquée que celle qu'il avait portée la veille au soir. Dans la cour, régnait l'animation habituelle du dimanche matin. Des femmes enturbannées ou en bigoudis colportaient les derniers ragots du quartier, d'autres revenaient des courses avec leur cabas et échangeaient des tuyaux sur les prix des produits qu'on pouvait trouver sans ticket, des hommes en salopette ou en bleu bricolaient leurs motos et vélomoteurs. Par une fenêtre ouverte s'échappait une chanson de Luis Mariano diffusée par une radio réglée au volume maximum : *La Belle de Cadix*, qu'un petit homme maigre, flottant dans son maillot de corps, reprenait d'une voix de fausset en démontant une roue de son vélo. Un couple portant les vestes rayées des déportés entrait dans la cité avec de gros paquets de journaux. Ils vendaient toutes les semaines *L'Humanité dimanche* au porte-à-porte d'une façon un peu agressive, comme s'ils soupçonnaient ceux qui refusaient le journal du parti d'être des suppôts de Vichy. Nombre d'habitants de la cité, plus ou moins culpabilisés, le prenaient immédiatement pour s'épargner des remontrances. Alain les salua au passage, sans s'attarder.

– Je l'ai déjà acheté à l'usine, crut-il bon de préciser.

Le jeune homme commençait à s'habituer à sa nouvelle vie, qui se partageait entre l'atelier 153, le petit appartement de la rue des Quatre-Frères-Peignot, les sorties du samedi soir avec une nouvelle bande, un peu différente de celle qu'il avait fréquentée sous l'Occupation, et les pots, les parties de billard et de football de table avec les copains du quartier le dimanche. La santé de sa mère ne s'était pas améliorée, aussi parlait-elle d'aller vivre chez sa sœur qui tenait une épicerie en Auvergne et possédait, au-dessus de son magasin, un logement assez grand pour l'accueillir. Elle était veuve elle aussi : son mari avait trouvé la mort dans un accident, en réparant un tracteur. Sa boutique connaissait un regain d'activité depuis la fin de la guerre et elle avait besoin d'aide pour la tenir. Jacqueline Véron hésitait toutefois à laisser son fils seul, bien que celui-ci lui eût affirmé qu'il se débrouillerait très bien maintenant qu'il avait un salaire. À vrai dire, l'idée de disposer seul de l'appartement ne déplaisait pas au garçon, d'autant que sa mère, désormais réduite à l'inactivité, se plaignait sans arrêt et qu'elle serait certainement beaucoup mieux à la campagne.

En dehors de sa bande, Alain s'était fait quelques amis parmi les plus jeunes ouvriers de l'atelier 153, dont deux habitaient aussi le quinzième arrondissement : Ahmed, le tourneur algérien, qui partageait une chambre d'hôtel meublé de la rue Fondary avec un de ses compatriotes, et Roland Ménard, son aîné de quelques années, qui vivait chez ses parents, rue du Commerce. Ils prenaient souvent le métro ensemble pour se rendre à Billancourt et en revenir. Roland avait lui aussi ses habitudes de sortie : il allait généralement danser le samedi soir au Boléro, rue de la Croix-Nivert, mais ne parvenait pas à convaincre Alain de l'y accompagner car celui-ci n'appréciait guère le musette. Quant à Ahmed, en dépit de son costume impeccable, de sa chemise blanche et de sa cravate, car il était toujours tiré à quatre épingles à partir du samedi midi, après s'être rendu aux bains-douches de la rue de la Croix-Nivert, il se faisait refouler de la plupart des bals du quartier qui n'acceptaient pas les Arabes. Roland lui avait proposé de revenir en nombre avec des amis, pour forcer l'entrée, quitte à déclencher une bagarre avec les videurs, mais l'Algérien avait refusé catégoriquement de se prêter à cette provocation, car il n'aimait pas se faire remarquer. Il passait donc une bonne partie de ses week-ends dans un café-couscous algérien de la place

Cambronne, à discuter et à jouer aux dominos. Alain lui avait rendu visite à plusieurs reprises dans cet établissement où peu de Français mettaient les pieds. L'entrée de ce garçon blond et rose avait suscité une certaine surprise, mais les consommateurs et le patron l'avaient accueilli cordialement quand il avait été s'installer à la table de son ami.

De temps à autre, Alain voyait aussi Petit Louis, qu'il croisait dans la cour de la cité ou rencontrait dans le quartier. Le jeune militant était la plupart du temps occupé à distribuer des tracts, vendre la presse du parti ou coller des affiches. Il tomba sur lui à l'angle de la rue Saint-Charles et de la rue de Javel, alors qu'il haranguait les passants.

– Demandez *L'Avant-garde*, l'hebdomadaire de l'Union de la jeunesse républicaine de France ! Tous les collabos doivent être châtiés sans pitié ! braillait-il.

– Alors, ça se vend ? demanda Alain.

– On a placé trois cartes ce matin. Et toi, quand vas-tu te décider à prendre la tienne ?

– Ils m'ont déjà refilé celle de la cégète, ça me suffit pour le moment.

– T'as le temps de boire un godet ?

Petit Louis, ses journaux sous le bras, abandonna ses camarades et entraîna Alain dans le bar d'en face, dont le patron les reçut avec un très large sourire. Un exemplaire de *L'Humanité* traînait sur le comptoir, bien en évidence.

– Il se dit maintenant sympathisant du parti, chuchota Petit Louis, mais il n'a pas été clair pendant la guerre. C'est un opportunard.

– Il n'est pas le seul.

– Tu l'as dit. Alors ça boume, chez Renault ?

– On tient le coup, mais les journées sont longues. Les potes d'atelier sont sympas, à part deux ou trois. Faudrait que je m'achète un vélomoteur ou une moto d'occase, ça me ferait gagner pas loin d'une heure par jour, mais j'ai pas encore les moyens.

– Évidemment, si tu claques tout en fringues et en sorties, t'arriveras jamais à mettre un rond de côté.

– On n'a qu'une vie. Et si la paie était un peu plus élevée, on s'en tirerait mieux.

– Te plains pas, professionnel, à ton âge, ça court pas les rues.

– Oui, on m'a dit ça.

– Et sinon, tes recherches, pour ton frangin ?

– J'ai pas vraiment eu le temps depuis que j'ai pris ce boulot. On me renvoie d'un responsable à un autre. Ça n'a pas l'air de les préoccuper. J'ai fini par obtenir le nom du chef direct de Jean : Victor Rageot, mais il a intégré la 1re division en 1944 et s'est fait tuer dans les Alpes. En plus, ils ne sont même pas certains que c'est bien Rageot qui lui a commandé sa dernière mission.

– Dans le feu de l'action, en août 1944, les copains ne prenaient pas le temps de tout noter, tu sais.

– Et toi, qu'est-ce que tu faisais ?

– J'organisais quelques potes des Jeunesses. On diffusait la presse clandestine et on a fait la barricade de la rue de la Convention, mais rien d'exceptionnel. Moi, j'ai seulement pris contact début 1944. On n'était pas des pointures comme ton frère. Lui, c'était un vrai de vrai. Il n'aurait pas été d'accord pour rendre les armes et dissoudre les milices. Tu ne crois pas ?

– Je n'en sais rien. On ne le voyait pas souvent.

– Bon, faut que je te cause d'un truc, mais seulement si tu me donnes ta parole de ne pas le répéter, parce que…

Petit Louis s'interrompit, car le patron s'approchait pour leur apporter des limonades.

– Ça va les gars ?

– On ne se plaint pas, dit Petit Louis. Et toi non plus, tu n'es pas à plaindre : ton bistro est plein.

– Ouais, enfin vous savez, ce n'est pas ce que c'était avant-guerre. Mais bon, tu as raison, faut pas pleurnicher, faut lutter pour que ça aille encore mieux.

C'était mot pour mot le slogan des grandes affiches que le

parti placardait dans le métro : « Retrousse tes manches pour que ça aille encore mieux. »

– Je trouve que le « encore » est en trop, dit Alain, après le départ du patron. Il y a pas mal de gens pour qui ça ne va pas bien du tout. Les prix montent sans arrêt et les salaires ne suivent pas. Je ne suis pas convaincu que le gouvernement fasse tout ce qu'il faut.

– Qu'est-ce que tu veux, c'est un compromis. Le MRP et même les socialistes nous freinent. Et de Gaulle, s'il s'en va, ça ne sera pas plus mal. Faut voir les types qu'il a pris autour de lui. Les ministères et les administrations sont bourrés de cagoulards.

Alain ne savait pas ce qu'étaient les cagoulards et le sujet ne l'intéressait guère.

– Bon, tu voulais me parler de quelque chose. Tu as ma parole : je ne le répéterai à personne.

– Je te fais confiance. Faut que tu saches que, dans la Résistance, tout le monde n'était pas d'accord. D'ailleurs, tu as vu, quand on a chanté *L'Inter* le jour de la pose de la plaque de ton frère, ça n'a pas plu à un certain nombre de gens, y compris dans le parti. On n'a pas tous résisté aux Allemands pour les mêmes raisons. Alors, ton frère, il faisait partie de ceux qui espéraient qu'on ne s'arrêterait pas comme ça après avoir viré Pétain et Laval. Si c'est pour remplacer un gouvernement de bourgeois par un autre, pourquoi se faire tuer ? Pour la France ? Seulement la France, c'est pas la même pour les deux cents familles et pour les ouvriers.

– Où veux-tu en venir, avec tes grands discours ?

– Ton frère, il a pu se faire tuer par les Boches ou par des miliciens, mais peut-être aussi par des gens qui le trouvaient gênant. Certains copains racontaient qu'il était trotskiste.

– Comment ça, trotskiste ? Les trotskistes, ils étaient avec Hitler, non ?

– C'est un peu plus compliqué que ça. Eux, ils se disent communistes, mais ils ne sont pas d'accord avec la ligne du parti. Ils veulent la révolution tout de suite et ils critiquent

Staline. Et, dans le parti, on n'aime pas beaucoup les gens qui critiquent Staline.

– Jean n'a jamais critiqué Staline, enfin pas devant moi.

– C'est possible, mais bon, ça va vite. On commence par critiquer un point de la ligne, puis après on critique tout et on devient un ennemi du parti. Et le bruit court...

– Quel bruit ?

Petit Louis baissa encore la voix.

– Tu m'as juré de ne pas le répéter, n'est-ce pas ? Le bruit court que le parti a liquidé des trotskistes en 44. Je ne dis pas que c'est le cas de ton frère, mais j'y ai pas mal réfléchi. Ça expliquerait qu'on ne te dise rien.

– Bon, si c'était des traîtres, c'est normal, non ? Mais Jean ne pouvait pas être un traître. Tout le monde est d'accord pour dire que c'était un héros.

Petit Louis posa la main sur l'épaule d'Alain, en fixant son regard dans le sien.

– Je ne cherche pas à salir la mémoire de ton frère. Même s'il avait été trotskiste, c'était un type bien qui se battait pour la classe ouvrière. Si je te parle de ça, c'est pour que tu n'ailles pas faire de conneries.

– Comment ça ?

– Eh bien, imagine que tu fouilles un peu trop et que tu découvres que l'histoire n'est pas exactement celle qu'on nous raconte. Tous les gens qui t'ont aidé parce que tu es le frère de Jean ne vont pas forcément apprécier. Tu piges ? Ils commenceront par te faire la gueule et, si tu insistes davantage, tu seras mis à l'écart, dans l'usine, dans le quartier, partout. Je connais un gars à qui c'est arrivé et qui n'est ni trotskard ni anar. Seulement une grande gueule qui a critiqué Jeannette et Maurice en public. Plus personne lui parle, il est complètement tricard.

Les idées du jeune homme s'embrouillaient de plus en plus. Il ne voyait pas le rapport entre cette anecdote et la mort de son frère.

– Mais enfin, si toi aussi tu critiques tout ça, pourquoi tu te donnes tant de mal pour le parti et les Jeunesses ?

– Parce que c'est mon parti, je suis dans le camp des communistes, pas dans un autre, même si je trouve qu'il y a des choses qui ne vont pas. Le parti m'appartient autant qu'il appartient aux autres. C'est ton frère qui me l'a appris. Mais on vit dans une période où faut être prudent avec ce qu'on dit.

– Quand je promets une chose, je tiens ma parole.

Petit Louis pointa le doigt sur lui.

– Très bien, mais attention, hein ! Je ne t'ai pas dit non plus que ça s'est passé comme ça. Je n'en sais pas plus que toi. C'est seulement une possibilité. Et, même si ça s'est passé comme ça, tu penses bien que tout le monde n'est pas au courant. Ceux qui te répondent qu'ils n'ont pas d'informations peuvent très bien être de bonne foi. En plus, ton frère a appartenu au groupe Valmy, c'était un détachement spécial des FTP chargé d'assurer des protections, de monter des opérations très risquées, et aussi de descendre des traîtres. C'est eux qui ont dégommé Gitton, tu en as entendu parler ?

– Vaguement. Je ne savais pas que Jean était dans le coup.

– Peut-être pas lui directement, mais son détachement. Mais tu auras du mal à trouver des camarades de Valmy pour te raconter leur histoire. D'abord, il n'y en a pas beaucoup qui sont encore en vie, ensuite ils ont des ordres du parti pour tenir leur langue. Tu vois un peu le topo ? La lutte armée clandestine, ce n'est pas comme dans les films de cow-boys américains. Il peut y avoir des erreurs, des règlements de comptes, des vengeances, des manipulations.

– Comment sais-tu tout cela, alors que tu viens de me dire que tu n'as rejoint les Jeunesses qu'en 1944 ?

– Je le sais. C'est tout.

– Franchement, Petit Louis, je ne vois pas à quoi ça m'avance, ce que tu me racontes.

– Ça t'avance… que tu devrais peut-être laisser tomber cette histoire une fois pour toutes, non ? Ça ne fera pas revenir ton frère et ça risque de remuer de la merde qui te retombera sur la gueule. Ce qu'il faut maintenant, c'est se battre pour le socialisme. Si tu veux suivre l'exemple de ton frère, rejoins-nous.

– Si tu savais le nombre de fois qu'on m'a sorti ça ! Je suis de votre côté, ça ne fait pas un pli, mais ce que tu viens de me dire ne m'encourage pas tellement à prendre une carte de plus.

– Parce que tu ne comprends pas le sens de l'histoire. Tu es trop individualiste, avec ta musique, tes sapes, tes surprises-parties avec des fils de bourgeois qui ne pensent qu'à leur gueule.

– Bon, si c'est pour me faire la morale, on arrête. Les limonades sont pour moi.

Alain déposa un billet sur la table et se leva. Petit Louis le regarda s'éloigner, au travers de la vitre du bistro.

18

Février 1946

Espérant peut-être la surprendre, l'avocat invita Anne Laborde dans un restaurant chinois à la mode de la rue de la Montagne-Sainte-Geneviève.

– Comme promis, nous ne dirons pas un mot de notre dossier, nous ne prononcerons même pas le nom de Bacchelli, annonça-t-il. Parlez-moi plutôt de vous, Anne.

– Il n'y a pas grand-chose à dire. À l'hôtel Matignon, je mène une vie de petit fonctionnaire, réglée comme du papier à musique.

– Mais, dans la Résistance, vous avez dû vivre des instants exaltants.

– Rien d'exaltant non plus. Quand je suis arrivée à Londres, je m'attendais à être accueillie chaleureusement, en fait on se méfiait de moi, on m'observait, on prenait des informations sur mon compte, bref on me mettait à l'épreuve.

– On… ?

– Passy et ses adjoints. C'étaient eux qui surveillaient le recrutement. Ils épluchaient tout et il faut les comprendre, même si ça n'est pas agréable de se sentir disséquée de cette façon. Ensuite, agent de liaison, ce n'est pas plus enthousiasmant, ça consiste à prendre des contacts, transmettre des messages, en observant des précautions de Sioux, à apprendre des adresses et des codes par cœur, puis à les oublier. On vit dans la crainte permanente de commettre une erreur, d'être suivie…

Il la couvait d'un regard chaleureux.

– Et vous avez réussi tout de même à poursuivre vos études en même temps ?

– Plus ou moins, j'étais inscrite sous un faux nom à l'École libre des sciences politiques, qui vient tout juste d'être nationalisée, mais ce sont toujours les mêmes professeurs, à peu de chose près. Et vous ?

– J'avais commencé mon droit à Bordeaux, mais c'était très compliqué, car les Allemands occupaient une partie de la faculté. Je suis donc monté à Paris, où j'ai passé mon diplôme et fait mon stage. Le seul acte de résistance dont je puisse me vanter, c'est d'avoir conspué un colloque de Maurice Duverger sur le statut des Juifs. Un de mes condisciples a été arrêté à la suite de ce chahut, et je ne l'ai jamais revu. Ça aurait pu m'arriver…

– Et vous n'avez pas tenté autre chose ?

– Si, bien entendu. J'ai eu quelques contacts avec des amis qui faisaient partie d'un réseau monté par des anciens de la SFIO, mais ça n'a pas été plus loin. Je n'ai pas l'intention de demander une carte de grand résistant comme le font certains, mais je me sens proche de leurs idées. Vous, vous êtes plutôt gaulliste pure et dure, si je ne m'abuse ?

– J'ai beaucoup d'admiration pour le Général, oui. Au moins, vous êtes franc, je déteste les vantards et les mythomanes. Et on en rencontre à tous les coins de rue en ce moment. Mais, dites-moi, sans être indiscrète, vous n'êtes pas inscrit au barreau depuis longtemps, comment se fait-il qu'un homme comme Bacchelli ait fait appel à vous, et non à Floriot ou Garçon ?

Granville se mit à rire sans retenue, ce qui lui donna un charme supplémentaire auquel la jeune femme ne fut pas insensible.

– Un débutant, n'hésitez pas à le dire. Mais je croyais que nous ne devions pas parler de cet homme ? Bacchelli n'est pas mon premier client depuis que j'ai ouvert mon propre cabinet. Mais il n'est que le troisième, les deux autres étaient des maris trompés qui voulaient divorcer. Ce sont les subsides de mes parents qui m'ont permis de vivre. Ils possèdent des vignobles dans le Bordelais. Si Bacchelli m'a choisi, j'imagine que c'est parce que je lui ai été recommandé par mon ancien patron, maître Montalbert, dont vous avez peut-être entendu parler, et qui avait des relations dans ce milieu. Mon avis est que Bacchelli ne voulait pas d'un défenseur qu'on puisse facilement cataloguer. Et, comme la plupart des ténors du barreau connus à tort ou à raison comme résistants auraient probablement refusé de le défendre, il s'est tourné vers un débutant. C'est une tactique risquée mais habile.

– Vous auriez pu refuser vous aussi.

– Sans aucun doute, et j'y ai pensé. Mais c'est comme de m'engager vraiment dans la Résistance, je ne l'ai pas fait. L'acte aurait été élégant, mais je ne peux pas vivre aux crochets de mes parents jusqu'à la fin de mes jours. Et je dois vous avouer que cet homme présente des aspects intéressants. Mais je vous avais promis de ne pas en parler…

– Maintenant que vous avez commencé…

– Ah, je n'ai pas commencé, c'est vous qui m'avez questionné !

– C'est sans doute vrai. Alors, que lui trouvez-vous d'intéressant ?

– Son ambiguïté et son intelligence. Il est aussi très cultivé. Beaucoup plus que je ne le suis moi-même.

– Brasillach, Drieu, Fernandez étaient aussi des gens très cultivés… Je ne suis pas certaine qu'ils soient plus coupables que Bacchelli.

– Vous voyez, c'est vous qui commencez à plaider, ou plus exactement à vous mettre dans la peau du procureur de la République.

– Et, toujours sans indiscrétion, avez-vous d'autres clients ?

– J'ai un peu honte à vous l'avouer, mais ce sont aussi des collabos qui sont venus me trouver après avoir appris que je défendais Bacchelli. Sans l'avoir voulu, je suis en passe de devenir une sorte de spécialiste de ces causes perdues. Mais, bon, ça ne va pas durer dix ans et j'ai toute ma carrière devant moi. Et ça ne m'empêche pas de conserver mes idées. L'avocat qui défend un proxénète ou un assassin ne devient pas lui-même proxénète ou assassin.

– Vous risquez tout de même de vous faire une réputation…

– Il est trop tard pour reculer. Vous me considérez comme infréquentable ?

– Nous sommes en train de dîner ensemble… À ce propos, la cuisine chinoise est excellente.

– Vous n'y aviez jamais goûté ?

– Jamais. Vous savez, je n'ai pas eu beaucoup de temps à consacrer à la gastronomie. Mais je mets les bouchées doubles depuis quelque temps : La Coupole avec mes parents, Lipp avec un de mes patrons, Le Saïgon aujourd'hui. Cet endroit semble très à la mode, si j'en juge par la clientèle.

– On me l'a recommandé. Vous redoutez d'être vue en ma compagnie ?

Elle rougit.

– Vous n'êtes sans doute pas encore assez célèbre pour qu'on vous reconnaisse au restaurant, cher maître. Après le procès Bacchelli, peut-être…

Ses épais sourcils se froncèrent.

– S'il y a un procès. Bon, parlons d'autre chose. C'est le monde à l'envers, je vais finir par croire que vous n'avez accepté mon invitation que pour me tirer les vers du nez sur mon client. Vous aimez la musique ? Le théâtre ? Le cinéma ? La littérature ?

– Je suis en train de lire un gros livre d'Aragon, mais j'ai un peu de mal.

– Ce communiste mondain… J'apprécie certains de ses poèmes, mais ses livres m'ennuient un peu. Avez-vous lu *Drôle de jeu* de Roger Vaillant ? Quitte à lire des communistes, je le préfère. Il est plus amusant qu'Aragon, et moins maniéré. C'est une sorte de libertin.

Anne se sentit une fois de plus dépassée par cette discussion, car elle avait eu peu de temps à consacrer à l'art et la littérature. En revanche, en attendant ses rendez-vous clandestins, elle avait beaucoup fréquenté les salles obscures, où elle n'avait pu voir que les films autorisés par Vichy. Il lui fallait sans doute combler ces lacunes si elle voulait faire bonne figure dans les milieux où elle évoluait maintenant. Albert Granville, qui, lui, semblait savoir ce qui était à la mode du jour, ne ferait peut-être pas un mauvais mentor, contrairement à son ancien amant qui ne s'intéressait strictement qu'aux combinaisons politiques. Il y en avait en tout cas de moins séduisants.

– Où peut-on trouver ce livre ?

– Dans n'importe quelle bonne librairie. Il vient de remporter le prix Interallié. Mais je me ferai une joie de vous l'offrir lors de notre prochaine rencontre. Cette fois, je pourrais peut-être vous inviter au concert ou au théâtre ?

Constatant que son offensive de charme intellectuel semblait porter ses fruits, Granville posa sa main sur celle d'Anne, qui ne la retira, doucement, qu'après avoir savouré ce contact quelques instants.

– C'est une bonne idée. Allons-y pour le concert, si vous connaissez les programmes. Mais je dois vous dire que je suis plutôt classique.

– Eh bien, c'est peut-être l'occasion de vous ouvrir à d'autres genres musicaux ? Le jazz par exemple. J'ai eu la chance d'écouter l'orchestre de Glenn Miller à Pleyel, ça en valait la peine.

– Je l'ai entendu à la radio et je ne déteste pas. L'avion de ce malheureux a disparu au-dessus de la Manche…

L'avocat se pencha vers elle et baissa la voix.

– C'est la version officielle de sa disparition.

– Parce qu'il y a une autre version ?

– Deux autres ! La première est qu'il se serait fait descendre par un avion anglais qui l'aurait confondu avec un bombardier allemand ou qui aurait largué ses bombes dans la mer trop près de son zinc. Quant à la seconde, elle est un peu gênante…

– Vous piquez ma curiosité.

– Mais je ne sais pas si je peux. Cela risque de vous choquer.

– Alors, il ne fallait pas l'évoquer.

– Bien, la seconde version, et la plus digne de foi, c'est que Glenn Miller est mort d'une crise cardiaque dans les bras d'une femme de petite vertu, dans un claque assez connu, après avoir bu pas mal de whisky. Mais les Américains ont estimé qu'une disparition en avion convenait mieux à un héros national.

Elle rit de bon cœur.

– Et comment savez-vous cela ?

– Bien que je ne travaille pas à l'hôtel Matignon, j'ai aussi mes sources d'information.

– Je suis certaine que c'est un méchant ragot.

– Nous n'en aurons probablement pas la certitude avant très longtemps, peut-être même jamais, car c'est une sorte de secret militaire, mais je peux vous assurer que ceux qui m'ont raconté ça sont des gens sérieux.

Ils quittèrent le restaurant chinois et descendirent la rue de la Montagne-Sainte-Geneviève bras dessus, bras dessous. L'avocat la raccompagna à pied jusqu'à la rue Saint-Dominique car ils aimaient tous les deux marcher dans Paris désert. Au moment de la quitter, il l'attira contre lui et ses lèvres effleurèrent les siennes. Bien qu'elle ne se détournât pas, il ne chercha pas à pousser son avantage, ce qui la surprit un peu car la plupart des hommes qui avaient tenté de la séduire, avec ou sans succès, ne s'étaient pas conduits de cette façon. Elle en fut à la fois flattée et un peu déçue.

Dès le lendemain, elle acheta le roman de Vaillant dans une librairie du boulevard Saint-Germain et, sur le conseil du libraire, un livre de Simone de Beauvoir, dont elle avait écouté les émissions musicales de Radio Paris. La lecture de *Drôle de jeu* lui laissa des sentiments mitigés. Elle lui parut beaucoup moins fastidieuse que celle d'Aragon, mais la liberté avec laquelle l'auteur évoquait ses pratiques sexuelles la troubla et la trahison de Mathilde la mit mal à l'aise. Se pouvait-il que Granville lui ait recommandé le roman avec des arrière-pensées douteuses ? Bacchelli lui en avait-il dit davantage qu'il ne le prétendait ?

L'avocat occupa ses pensées pendant les jours qui suivirent, au point qu'elle se précipitait sur le téléphone chaque fois qu'il sonnait, dans l'espoir d'entendre sa voix, mais il ne la rappela que quatre jours plus tard pour l'inviter à un cocktail swing du Beaulieu, où se produisait une petite formation menée par un trompettiste noir américain, Arthur Briggs, qui jouait dans le style Nouvelle-Orléans.

En prévision de cette sortie, elle estima nécessaire de rajeunir sa garde-robe, car, depuis son entrée au ministère, elle s'habillait toujours plus ou moins de la même façon : strict tailleur gris ou bleu marine et manteau raglan à pattes d'épaulettes, qui lui conféraient l'allure d'un auxiliaire féminin de l'armée. Elle se rendit donc rue du Faubourg-Saint-Honoré où elle dépensa une petite fortune pour s'offrir une robe de crêpe noir, une ample jaquette en tissu de laine quadrillé noir et violet et une petite toque de velours assortie, puis s'acheta deux paires de chaussures à hauts talons chez un bottier de la rue Florentin, trois paires de bas, des dessous à la mode et alla se faire coiffer chez Prévost, rue Saint-Augustin.

Un peu plus tard, elle ressortit d'une parfumerie de la même rue avec un paquet supplémentaire qui contenait un nouveau poudrier et deux bâtons de rouge à lèvres Chanel. Au désespoir de la vendeuse, les parfums de grandes marques ne l'avaient pas tentée car ses parents lui expédiaient régulièrement des échantillons très variés, de sorte qu'elle ne savait plus où les ranger et en offrait à des collègues. La facture totale dépassait sa rémunération d'un mois, mais elle dépensait très peu d'ordinaire et disposait de quelques économies.

Quand elle entra au Beaulieu, au bras de Granville, beaucoup de regards masculins se fixèrent sur elle. Son cavalier la couvrit de compliments et lui assura que tout cela lui allait comme un gant, bien qu'il l'appréciât aussi beaucoup dans ses tailleurs habituels.

– Tu devais être très séduisante aussi en uniforme.

Ils dansèrent un peu, joue contre joue, se risquèrent sur la piste pour un swing, parlèrent longuement de musique, de littérature et de politique, et cette fois, elle se retrouva dans son lit.

Granville disposait d'un étage entier dans un petit immeuble de la rue des Saints-Pères. D'un côté, il avait son appartement, de l'autre son cabinet, de sorte qu'il n'avait qu'un palier à traverser. Une grande bibliothèque vitrée remplie de livres reliés de cuir occupait un séjour meublé en Louis XVI, avec des tapis et des tableaux assortis. Pourquoi avoir accepté de défendre Bacchelli alors que nul besoin d'argent ne le pressait ?

– Mes parents me l'ont offert quand j'ai eu mon diplôme, mais je ne voulais pas qu'ils continuent à m'entretenir, précisa-t-il, comme s'il avait deviné cette question.

– Fils unique ?

– Non, j'ai une sœur à Bordeaux, mariée avec le fils d'un autre propriétaire viticole. Leur château est beaucoup plus grand que mon appartement.

En fait, Granville était un beau parti, ils appartenaient un peu au même milieu de la bourgeoisie provinciale, et les parents d'Anne l'auraient certainement apprécié. Elle aurait aimé leur apporter cette satisfaction, mais rien ne disait que Granville avait l'intention de s'engager et, de son côté, elle n'y était pas prête. Pour le moment, elle se sentait très bien en sa compagnie, sans perdre de vue qu'il l'avait peut-être séduite par calcul. La fougue qu'il avait manifestée au cours de leurs ébats n'était pas feinte, mais joindre l'utile à l'agréable pouvait faire partie de ses plans. De toute manière, ils étaient deux à jouer et l'ambiguïté de la situation excitait la jeune femme, car elle avait décidé de ne plus jamais se laisser subjuguer par un homme.

Ils prirent leur petit déjeuner dans une cuisine dont les murs avaient besoin d'une bonne couche de peinture et où la gazinière en fonte devait avoir vingt ou trente ans d'âge. Au mur était accroché un calendrier des pompiers de l'année 1940.

– Les propriétaires nous l'ont laissée dans cet état et je n'y ai pas touché, mais j'ai l'intention de m'équiper à l'américaine.

Peut-être pensait-il que ces questions ménagères préoccupaient une femme, mais ce n'était pas le cas : Anne n'y accordait pas le moindre intérêt.

– Le devoir m'appelle au bureau, annonça-t-elle.

– Et moi, je dois recevoir la parente d'un client à neuf heures. La vie est dure.

– Plains-toi ! Ce n'est pas la femme de Bacchelli, par hasard ?

– Non, je ne l'ai jamais rencontrée. Elle a été arrêtée en même temps que son fils, qui a été mis à l'Assistance publique. Ce n'est pas joli joli. Les FFI l'ont salement tabassée pour lui faire avouer où se cachait son mari. Elle a été libérée après trois mois de prison, mais l'enfant est mort faute de soins. Je crois qu'elle est partie vivre en province. Bacchelli n'en parle pas et refuse de mettre sa famille en avant pour se défendre. La personne qui doit venir est Gisèle Biard, la mère d'un flic des brigades spéciales, un sale type. Mais même les individus de ce genre ont des mères pour s'occuper d'eux. Biard propose de s'engager dans l'armée des colonies si on abandonne les poursuites contre lui.

Elle ne put dissimuler sa surprise. Le dossier de Biard lui avait été remis quelques jours plus tôt, mais elle ne l'avait pas encore examiné et il se trouvait au milieu d'une haute pile. Ce qui semblait indiquer que Granville n'était pas le seul à le défendre. Elle regretta sa réaction, que son amant avait remarquée, mais se promit de jeter un œil sur ce dossier.

– Tu le connais ?

– Non, j'ai confondu avec Georges Briard, un sous-fifre du commissariat aux questions juives.

Granville n'insista pas, mais elle eut l'impression qu'il se doutait de quelque chose.

Elle l'embrassa et fila.

À l'hôtel Matignon, elle ne put échapper aux regards surpris et aux compliments. Même les huissiers de service se fendirent de larges sourires à son approche. Jamais, même les jours de cocktails et de réception, on ne l'avait vue aussi élégante, au point que certains mâles éconduits racontaient qu'elle ne cherchait pas à plaire aux hommes parce qu'elle leur préférait les femmes.

Elle prit immédiatement le dossier de Biard et le feuilleta. C'était en effet un misérable tortionnaire de la BS1, accusé, parmi d'autres sévices, d'avoir frappé ses victimes à coups de nerf de bœuf, mais pas tout à fait un sous-fifre puisqu'il avait tout de même le grade d'inspecteur général adjoint. Il avait travaillé sous les ordres du commissaire Fernand David, qui, lui, n'avait pas échappé au peloton d'exécution, puis s'était caché dans une ferme de l'Île-de-France, chez des cousins, jusqu'à ce que des voisins le dénoncent à la gendarmerie. Biard, très bien noté par ses supérieurs, avait même été proposé pour la Légion d'honneur par le préfet Bussière. Qui donc pouvait s'intéresser à ce personnage répugnant en dehors de sa mère ? Une annotation avait été griffonnée en marge d'un rapport : « Compétences utiles à vérifier. » De quelles compétences pouvait-il s'agir ? La question intrigua la jeune femme pendant quelques instants, puis elle rangea le dossier.

Sa journée de travail fut interrompue par plusieurs réunions avec son patron et un cocktail, de sorte qu'elle s'écoula rapidement. Elle s'apprêtait à quitter son bureau quand elle reçut un appel téléphonique de Drosse.

– J'ai d'excellentes nouvelles, annonça le diplomate, mais je préfère vous les communiquer de vive voix.

Anne n'ignorait pas l'existence des écoutes téléphoniques. À Londres déjà, ses chefs du BCRA l'avaient mise en garde et lui avaient donné des consignes de prudence. Ils redoutaient d'ailleurs tout autant d'être espionnés par leurs alliés anglais ou américains que par les Allemands. À Paris, toutes sortes de gens pouvaient s'intéresser à son travail ou à celui de Drosse : d'anciens collabos conservant des positions dans l'appareil policier, des communistes ayant échappé à l'épuration du SDCE et bien entendu des services étrangers. Elle ne fut donc pas surprise par l'attitude de Drosse et convint d'un rendez-vous avec lui pour le lendemain.

Ils se retrouvèrent à nouveau pour déjeuner chez Lipp, qui faisait visiblement office de cantine pour le diplomate. Cette fois, aucun homme de lettres en vue ne figurait parmi la clientèle. En revanche, les regards masculins se dirigèrent vers Anne qui portait sa petite toque et sa jaquette quadrillée. Après des années d'extrême sobriété, elle commençait à prendre goût à se montrer. Drosse ne manqua pas de la complimenter.

– Vous me voyez vraiment très flatté de déjeuner en compagnie d'une femme aussi séduisante et aussi élégante. Votre nouvelle coiffure vous va à ravir.

Elle se demanda un instant s'il lui faisait du gringue et pensait avoir sa chance. Cette idée l'amusa.

– Merci, mais ma mise n'est pas précisément l'objet de cette rencontre. Et, comme vous vous en doutez, j'ai hâte de vous entendre.

– Je ne vais donc pas vous faire attendre. Les Russes se sont engagés à libérer votre frère Jean-Pierre, c'est une question de jours.

– Une question de jours… C'est certain ?

– Si vous voulez mon avis, ils le gardent encore un peu pour lui permettre de se remplumer grâce à un traitement de faveur et de ne pas avoir trop mauvaise allure quand il retrouvera les siens. C'est classique. Mais vous n'avez pas à vous inquiéter : mes contacts ont été formels. Le mieux serait que vous précédiez son arrivée en Espagne en lui trouvant un logement. Vous m'avez dit que vos parents sont prêts à subvenir à ses besoins.

– En Espagne ?

– Nous avions envisagé la Suisse, mais l'Espagne est plus sûre pour lui. Il voyagera en bateau et n'aura pas à traverser l'Europe où il pourrait faire de mauvaises rencontres.

– Et… c'est une idée des Russes ou la vôtre ?

– Les Russes se moquent complètement de son point de chute. Ils respectent leur part du marché en le libérant, ce qui se passera quand il aura franchi leur frontière ne les concerne plus. En fait, c'est une idée d'un de mes correspondants, celui qui a arrangé l'affaire, et je la trouve judicieuse. Les Suisses n'accordent pas facilement le droit d'asile. L'Espagne de Franco est beaucoup plus complaisante. Comme vous le savez, un certain nombre de gens que nous avons, vous et moi, combattus y ont trouvé refuge. Mais si votre frère veut tout de même se jeter dans la gueule du loup, libre à lui.

– Il va voyager sous sa propre identité ?

– De toute manière, quand les Russes l'ont pris, il n'avait plus aucun document sur lui, rien qui prouve son appartenance à la LVF. J'imagine qu'il a tout jeté avant de se rendre. Comme il n'a sans doute pas l'intention de se présenter à la préfecture pour demander une carte d'identité, nous allons lui faire établir des papiers sous un nom d'emprunt. Quand il débarquera en Espagne, il sera citoyen belge… ou suisse.

19

Printemps 1946

Un an après son embauche chez Renault, Alain avait réussi à organiser sa vie de façon bien compartimentée. Son existence comprenait en effet désormais trois parties qu'il s'appliquait à isoler pour éviter les désagréments que n'aurait pas manqué de lui causer un mélange de genres. Définitivement adopté par ses collègues du 153, il avait accompli le tour de force qui consistait à être plutôt bien vu du chef d'atelier sans pour autant se couper de ses collègues. Il lui avait fallu tâtonner pour trouver le juste équilibre entre le travail bien fait et le zèle excessif qui aurait abouti à couler les temps et à accentuer la concurrence entre les ouvriers, donc en fin de compte à dégrader la situation générale, car l'encadrement ne manquait jamais une occasion pour essayer d'augmenter la charge de travail. Passé une période d'observation, tous avaient compris que leur nouveau compagnon était à la fois un professionnel compétent, qualité digne d'estime, et un camarade respectueux des règles non écrites qui s'imposaient à ceux qui ne voulaient pas passer pour des fayots, voire des jaunes.

Sa deuxième vie se déroulait dans le quartier Saint-Charles du quinzième arrondissement, où il occupait désormais seul son HBM de la rue des Quatre-Frères-Peignot, qu'on appelait plus communément « la rue des Quat' ». Il entretenait de bonnes relations avec ses voisins comme avec quelques copains, dont Petit Louis, toujours accaparé par ses activités militantes, qui n'avait pas renoncé à lui faire prendre sa carte. Cette vie avait tout de même quelques liens avec la première, car il rencontrait de temps à autre deux de ses camarades d'atelier, Roland et Ahmed. Mais il évitait de nouer des relations plus intimes avec eux, de crainte qu'ils ne découvrent sa troisième vie, celle qu'il menait les nuits du samedi au dimanche dans les boîtes du Quartier latin. Ça n'allait jamais plus loin qu'un pot vite bu au comptoir et quelques banalités sur les événements qui faisaient la une de l'actualité, comme le Tour de France qu'il était question de relancer. Roland, fervent lecteur de *L'Équipe*, qui venait de faire sa réapparition dans les kiosques, ne manquait jamais de l'entreprendre sur ce sujet. Alain avait pour habitude de l'écouter poliment. Il avait essayé de lui parler musique, mais Roland était totalement allergique au jazz. Ses goûts se limitaient à la variété populaire française et au musette. Encore aurait-il été incapable de citer d'affilée cinq noms d'artistes en vogue, alors qu'il pouvait réciter tout à trac une liste d'une bonne vingtaine de coureurs cyclistes.

Roland s'était étonné de ne pas voir Alain en compagnie féminine, alors qu'il levait lui-même régulièrement des danseuses au Boléro ou au Laffont et s'affichait fièrement à leur bras dans le quartier le dimanche matin, à l'heure de l'apéro, pour que personne n'ignore son succès, puis il s'était désintéressé de la question. En revanche, il avait présenté la cousine d'une de ses conquêtes à Ahmed, qui en avait fait sa maîtresse mais se comportait beaucoup plus discrètement, d'autant que les couples mixtes suscitaient toutes sortes de ragots hostiles.

Sa vie nocturne conduisait donc Alain dans les boîtes, bars et caves de Saint-Germain-des-Prés où, au sein de la petite communauté de noctambules, amateurs de jazz, danseurs et dragueurs, il faisait désormais figure d'habitué. Cette faune n'était pas si nombreuse, de sorte que tout le monde se connaissait plus ou moins de vue, sans savoir toujours qui était qui, et encore moins ce que chacun faisait hors de ce ghetto. Les fils à papa désœuvrés se mêlaient aux artistes authentiques, aux snobs, aux existentialistes pur jus, aux philosophes de comptoir et à quelques jeunes prolétaires égarés.

Dans ce milieu, les homosexuels restaient très discrets, d'autant que les boîtes spécialisées qui avaient prospéré sous l'Occupation avaient fait l'objet d'arrêtés de fermeture ou avaient été abandonnées par leurs propriétaires. Non seulement la législation discriminatoire établie par Vichy n'avait pas été abolie, mais l'hostilité s'était amplifiée en raison de la suspicion largement répandue de collaboration horizontale. Alain entendait régulièrement autour de lui des réflexions méprisantes voire haineuses qui l'incitaient à manifester une extrême prudence.

À l'atelier, les plaisanteries sur les pédés fusaient quotidiennement et, dans son quartier, ce n'était pas mieux. Petit Louis lui avait ainsi déclaré un jour, à l'occasion du procès de Brasillach : « Les tantes sont toutes des collabos, parce que la plupart se font coincer dans les pissotières par les flics et deviennent indics. Il faut se méfier d'eux, et on n'en veut pas dans le parti. D'ailleurs les camarades soviétiques les mettent en camp de rééducation. » *L'Humanité* n'avait-elle pas surnommé Marcel Bucard, chef du parti franciste, « La grande Marcelle » et Abel Bonnard, ministre de l'Éducation nationale de Pétain, « La belle Bonnard » et « Gestapette » ?

Alain s'était alors senti très mal à l'aise en songeant aux caresses qu'il avait échangées avec un militaire allemand. Pouvait-on considérer cela comme un acte de collaboration ? Il avait néanmoins tenté de défendre l'idée que les choix politiques n'ont pas de liens avec l'orientation sexuelle. Son ami s'était alors lancé dans un très long discours pour lui expliquer doctement que l'homosexualité est une maladie engendrée par la décadence du capitalisme. Tout au plus avait-il bien voulu admettre que « après tout, ce n'est pas de leur faute puisque ce sont des malades. Mais la classe ouvrière a besoin d'éléments sains, normaux, pas de pervers ! Elle ne doit pas se laisser contaminer par les vices de la bourgeoisie ».

Au sein de la faune qu'il fréquentait à Saint-Germain-des-Prés, les préjugés se manifestaient de façon beaucoup moins agressive, souvent sous la forme de sourires entendus ou de plaisanteries équivoques, mais rarement par des réflexions haineuses. Alain avait deviné à des regards, des manières, que certains de ses compagnons de virées nocturnes partageaient probablement ses tendances, mais il s'était bien gardé de se confier à eux. La plupart de ceux-ci évoluaient dans un milieu très différent du sien où ils bénéficiaient d'une plus grande tolérance. Il avait parfois été sollicité, mais toujours par des hommes mûrs qui s'intéressaient avant tout à sa jeunesse. Les brèves relations qui s'ensuivirent l'avaient déçu, car il aurait souhaité désormais rencontrer des garçons de son âge sur un pied d'égalité.

Quant aux femmes, après deux autres tentatives volontaristes pour se prouver qu'il était normal, du moins selon les critères en vigueur, il avait constaté qu'elles ne lui procuraient pas la même excitation et qu'il ne fantasmait jamais sur elles. Lucide, il en avait conclu qu'il lui fallait assumer son orientation et s'organiser en conséquence, c'est-à-dire s'appliquer à donner le change.

Un certain nombre de ceux qu'il avait identifiés comme homosexuels s'affichaient d'ailleurs avec des femmes et avaient des femmes pour meilleures amies, sans pour autant coucher avec elles. Ces dernières, dont certaines étaient lesbiennes, se prêtaient volontiers au jeu. Alain, lui, ne souhaitait pas s'encombrer d'une relation régulière de ce genre et se contentait de sourire, de faire des compliments, sans s'attarder et encore moins insister comme le faisaient les séducteurs invétérés. Il n'avait pourtant aucun mal à s'entourer de jolies filles, car non seulement son physique plaisait, mais il était devenu un danseur de be-bop recherché que les habituées du Lorientais n'hésitaient pas à inviter.

La boîte n'avait ouvert qu'en mai 1946 dans une cave de la rue des Carmes et le jeune homme figurait déjà parmi les piliers de l'établissement. S'il n'avait pas dû se lever à l'aube pour aller pointer, il serait volontiers venu plusieurs fois par semaine.

Les musiciens comptaient parmi ses relations, même si celles-ci restaient superficielles. Il échangeait des poignées de main et des claques dans le dos avec Luter, Mowgli et quelques autres. Sa culture du jazz s'était étoffée en même temps que sa collection de soixante-dix-huit tours, à laquelle il consacrait ce qui lui restait de sa paie après avoir réglé le loyer, la cantine, ses carnets de métro et ses sorties, c'est-à-dire pas grand-chose. Fort heureusement, ses qualités de danseur et sa jeunesse lui valaient de ne pas payer l'entrée du Lorientais et de se faire inviter à boire. Le marché parallèle du disque, dont Léo, le serveur du Capoulade, était devenu l'une des figures, lui permettait de s'approvisionner à des prix raisonnables, d'autant que le loufiat avait toujours un faible pour lui. Au point d'accepter de lui vendre à tempérament un phono américain d'un modèle assez rare, sans espérer la moindre faveur en échange car cette attirance n'était pas partagée. Léo pouvait se le permettre, car ses trafics, qui représentaient plus de trois fois ses revenus officiels, pourboires compris, lui avaient permis de s'offrir une Packard 1935 décapotable. Un officier américain de la base d'Orléans, renvoyé dans son Minnesota natal en raison de ses malversations, la lui avait cédée avant son départ. Alain n'avait pas été peu fier de se pavaner un dimanche matin, à l'issue d'une nuit agitée, sur la banquette de cuir rouge de ce carrosse blanc.

– C'est autre chose qu'une Renault ou une Citron, hein Tony !

Dans son troisième univers, Alain était en effet connu sous le nom de Tony. Ceux qui s'affublaient ainsi d'un nom d'emprunt, souvent à consonance anglo-saxonne, n'étaient pas rares au Quartier latin comme à Saint-Germain-des-Prés. Les Robert préféraient se faire appeler Bob et les Daniel Dany…

La réflexion avait piqué au vif la fierté professionnelle de l'ajusteur.

– Quand on voudra, on sera capables d'en faire des belles nous aussi, des bagnoles, crois-moi. Les ingénieurs et les ouvriers français ne sont pas plus cons que les Amerloques.

– C'est bien possible, mais ce sont quand même eux qui ont gagné la guerre.

Une grande complicité et un début d'amitié s'étaient établis entre le serveur et le jeune homme. Léo était le seul à qui il avait confié qu'il travaillait chez Renault.

– Tu vois, je m'en doutais un peu. Dans mon métier, on observe les clients et on remarque les moindres détails. Je distingue vite un prolo d'un bourgeois, même quand le gars dépense tout son pognon pour se fringuer. Il n'y a pas de honte à ça. Faut bien qu'il y en ait quelques-uns qui bossent pour de bon. Si tout le monde faisait comme moi, la France ne tournerait pas rond.

– Et quand il n'y aura plus de marché noir, qu'est-ce que tu feras ?

– J'espère bien ouvrir mon bistro, ou en racheter un. Je n'en ai pas l'air, mais je fais des économies. Au cas où tu voudrais t'associer avec moi…

Léo avait alors posé sa main sur sa cuisse, mais Alain l'avait gentiment repoussée. Le serveur n'avait pas insisté.

– Tu veux que je te raccompagne ?

– Non, dépose-moi à Odéon. La ligne est directe.

Il ne tenait ni à ce que Léo découvre la rue des Quatre-Frères, ni à ce que ses voisins le voient dans cette Packard rutilante.

Le serveur s'arrêta boulevard Saint-Germain, à la hauteur de la statue de Danton. Il descendit de sa décapotable à la suite de son passager et alla ouvrir son coffre qui faisait figure de caverne d'Ali Baba. Des blousons d'aviateur et des jeans voisinaient avec des cartouches de cigarettes et des disques. Dans la pile, il choisit un enregistrement de Rex Stewart et l'offrit au jeune homme.

– Cadeau. C'est un cornettiste qui a joué avec le Duke. Paraît qu'il va venir à Paris. Je te ferai signe quand j'aurai des billets.

Le jeune homme le remercia d'un sourire, puis alla s'engouffrer dans la bouche de métro, son disque à la main, vaguement gêné par cet élan de générosité mais surtout ravi d'être entré en possession d'une aussi précieuse galette.

20

Printemps 1947

Quand Anne retrouva son frère Jean-Pierre, à une terrasse des Ramblas de Barcelone, c'est à peine si elle le reconnut. Son visage plein d'adolescent s'était émacié, faisant ressortir ses pommettes et ses yeux gris-bleu donnaient l'impression de s'être enfoncés dans leurs orbites. Son regard, qu'elle avait connu rieur, était devenu glacial, et ses lèvres fines affichaient une moue cynique. Ses cheveux étaient plaqués en arrière sur son crâne et il portait un costume gris de mauvaise coupe, avec un col de chemise ouvert. Il répondit à peine au baiser qu'elle déposa sur sa joue mal rasée.

– Je suis vraiment heureuse de te retrouver, Jean-Pierre. Tu as changé. Je suppose que ça n'était pas drôle, dans ce camp russe.

– Je n'ai pas envie de parler de ça. Toi, tu as l'air en pleine forme. Très élégante. Tu mènes la belle vie, dans ton ministère.

S'attendant plus ou moins à une réflexion aigre-douce de ce genre, elle affecta de l'ignorer.

– Tu ne me demandes pas de nouvelles des parents ?

– J'ai reçu leurs lettres. Donc je sais que la parfumerie tourne aussi bien avec les Américains qu'avec les Allemands.

– Maman a toujours été convaincue que tu t'en sortirais. C'est un des bons côtés de la religion.

– Quand on a vu ce que les hommes sont capables de faire, on ne croit plus à toutes ces bondieuseries. Mais si ça a pu la soutenir, tant mieux.

Jean-Pierre Laborde appela le garçon et commanda des tapas et un verre de vin de Malaga. Il s'exprimait en espagnol avec une certaine aisance, alors que sa sœur n'en connaissait pas un traître mot. Elle fit comprendre tant bien que mal qu'elle voulait la même chose. Après quatorze heures de train, elle avait faim.

– Tu parles espagnol ? s'étonna-t-elle.

– J'étais avec des gars de la division Azul[1] qui sont toujours là-bas, les Russes les traitent comme des chiens, ils ne les relâcheront pas avant la saint-glinglin. *Aci va la vida. Viva la muerte*[2] !

Elle fut tentée de mettre à profit cette sortie pour le questionner sur ses conditions de détention, mais y renonça. Il fallait le laisser s'exprimer à son rythme, sans le brusquer.

– Quand es-tu arrivé à Barcelone ?

– Ça fait deux jours, dans un bateau suédois. Un vrai palace à côté du camp : une cabine pour moi tout seul et de la bouffe à volonté. Tes amis m'avaient retenu une piaule dans une pension de famille, à deux pas d'ici.

Il lui mit une carte d'identité sous le nez.

– Je m'appelle désormais Raymond Devers, né à Bruxelles le 12 avril 1922. Ça me fait trois ans de plus. Mais avec la gueule que j'ai maintenant, personne ne verra la différence. Ils font bien les choses : j'ai aussi un passeport avec tous les tampons. Mais ça me fait tout de même mal aux tripes de devoir tout ça à tes copains gaullistes et cocos.

– Tu aurais préféré qu'on te laisse moisir en Russie ?

– Je n'ai rien demandé à personne.

– Tu as tout de même écrit cette lettre que Jérôme Fuchs nous a transmise.

– Oui, c'est vrai, je l'ai écrite. Mais, si tu l'as lue, tu as dû remarquer que je ne pleurnichais pas sur mon sort. Qu'est-ce qu'il est devenu, Fuchs ?

– Papa l'a embauché à la parfumerie.

Un pâle sourire fit un instant retrouver au visage de Jean-Pierre Laborde un soupçon de jeunesse.

1. Corps expéditionnaire de volontaires espagnols franquistes qui a combattu aux côtés des Allemands contre les Soviétiques.

2. « C'est la vie. Vive la mort » (slogan franquiste).

– C'est au moins quelque chose que papa aura fait de bien dans sa vie. Fuchs est un brave type. Dans ces situations-là, certains gars se démasquent, même ceux qui jouent les durs. Mais lui, c'est vraiment quelqu'un de respectable. Je suis content que les vieux ne l'aient pas laissé tomber, parce qu'il se demandait ce qu'il allait bien pouvoir faire en France. Quand on est coupé de tout, comme ça, on perd un peu la boussole.

– Je le sais, je me suis occupée des gens qui rentraient des camps nazis.

Le visage de Jean-Pierre Laborde se referma. Le frère et la sœur se dévisagèrent un instant dans un silence glacial.

Il haussa les épaules.

– La vie de prisonnier, en Russie, en Allemagne ou ailleurs, ça n'est jamais marrant. La guerre est une saloperie.

– C'est un point sur lequel nous pouvons tomber d'accord, dit-elle dans l'espoir de clore une discussion qui devenait de plus en plus tendue. Sinon, que comptes-tu faire ?

– Rentrer en France le plus vite possible.

– Tu sais ce que tu risques ?

– Douze balles dans la peau. Ça ne m'impressionne pas, crâna-t-il. Tu crois que je n'ai pas pris de risques, sur le front russe ?

– Tu devrais attendre encore un peu, le temps que les esprits se calment.

– C'est déjà ce que m'a dit le type qui est venu me voir avant mon départ.

D'un geste, il désigna les gens installés à la terrasse ou qui remontaient Las Ramblas.

– Ici, je ne me sens pas chez moi. Je ne suis là que depuis deux jours et j'en ai déjà ma claque. Tu peux comprendre ça ? Je préfère encore être en France avec les cosaques au gouvernement qu'en Espagne ou ailleurs.

– Le mal du pays…

– On peut appeler ça comme ça. D'ailleurs, qu'est-ce qu'ils ont au juste à me reprocher, tes amis ? D'avoir combattu les Russkoffs avec un petit écusson tricolore ? Quand les chars de

Staline arriveront à Strasbourg, ils comprendront peut-être qu'on avait de bonnes raisons d'aller traîner nos guêtres là-bas ! Je ne l'ai pas fait pour les Boches. Tu crois qu'ils nous considéraient comme des frères d'armes, les Chleuhs ? Ils nous méprisaient, oui ! Moi, je n'ai dénoncé personne, livré personne aux Allemands. Les collabos qui s'engraissaient à l'arrière et faisaient des grands discours, je leur chie sur la gueule. Doriot, lui, c'était un homme, il a payé de sa personne, rien à voir avec tous les faux jetons de planqués. Aujourd'hui, tu as les flics, les gendarmes, les juges qui faisaient du gras sous Vichy, bien au chaud, qui arrêtent et condamnent à tour de bras. Même dans un camp russe, on sait ça. Ils nous faisaient lire *L'Humanité*... (Il ricana si fort que plusieurs consommateurs se retournèrent.) Et ce sont ces gens-là, ces fonctionnaires qui ont retourné leur veste, qui vont me juger ? Tu en penses quoi ?

– Que tu as intérêt à faire attention à toi et à contacter un bon avocat, si tu rentres en France, petit frère.

C'était la première fois qu'elle l'appelait ainsi petit frère. Cette expression fit rejaillir des souvenirs enfouis. Jean-Pierre Laborde se radoucit.

– Merci du conseil, chère sœur. Papa va m'en trouver un. Il a les moyens. Mais, si j'ai une chose à te demander, c'est de ne pas faire intervenir tes amis. S'ils doivent me coller au poteau, eh bien qu'ils le fassent. C'est le destin. On n'y peut rien. Là-bas, sur le front, il y avait des types qui tombaient et d'autres qui passaient au travers des balles et des obus sans une égratignure. Alors, si la chance est de mon côté, je m'en tirerai.

Anne réalisa que son frère était dans un tel état d'esprit qu'il était impossible non seulement de lui faire entendre raison, mais de dialoguer avec lui. Elle lui remit l'enveloppe contenant une forte somme d'argent que son père lui avait confiée. Il la glissa dans la poche intérieure de sa veste sans l'ouvrir.

– Le fric, ça arrange tout, c'est facile, ça donne bonne conscience. Papa a toujours considéré qu'on obtient tout ce qu'on veut avec. Je suppose qu'il a acheté les Russes d'une façon ou d'une autre. Moi, on ne m'achète pas.

– Tu es injuste. Papa veut t'aider. Comment survivras-tu ici avant de rentrer en France ?

– Tu crois que je ne suis pas capable de me débrouiller ?

Elle ne répliqua pas. On leur servit leurs tapas, qu'elle dévora, alors que Jean-Pierre mangeait les siennes plus lentement, par petites bouchées, presque délicatement. Ce comportement la surprit et elle se demanda s'il n'était pas malade. Ils ne prononcèrent plus une parole jusqu'à son départ.

Leur entrevue avait duré moins d'une heure.

– Tu n'as rien à dire aux parents ? demanda-t-elle tout de même avant de le quitter.

– Que veux-tu que je leur dise ? Merci ?

– Eh bien oui, tu pourrais tout de même les remercier, t'inquiéter de leur santé, je ne sais pas…

– Tout ça, c'est des simagrées. Remercie-les de ma part si ça te fait plaisir. Je ne t'accompagne pas à la gare. Ça me flanquerait le cafard de voir les trains qui partent pour la France et de ne pas monter dedans.

Elle régla les consommations avec des pesetas qu'elle avait changées contre des francs à la douane, lui déposa un baiser sur le front et héla un taxi, une Fiat 509 brinquebalante.

Une foule bigarrée envahissait la gare. Des paysannes en fichus chargées de cartons, traînant des marmots braillards, côtoyaient d'arrogants hidalgos et des ouvriers en casquette portant de grosses valises en moleskine, qui allaient sans doute tenter leur chance de l'autre côté des Pyrénées. Au milieu de cette cohue patrouillaient des gardes civils coiffés de leur tricorne noir en cuir bouilli, le fusil en bandoulière, l'œil soupçonneux. Les voyageurs s'écartaient prudemment sur leur passage.

Les contrôles étaient draconiens, dans les deux sens, à la frontière comme dans les trains, car les autorités franquistes redoutaient des infiltrations de guérilleros communistes et cherchaient à coincer les émissaires du parti clandestin. Des policiers en civil avaient minutieusement fouillé les bagages d'Anne qui avait dissimulé l'enveloppe contenant l'argent dans un double fond de son sac. Les flics ne l'avaient pas trouvée mais l'avaient néanmoins interrogée sur le but de son voyage car les touristes étaient très rares et ils se méfiaient de tout étranger. Elle leur avait déclaré, avec le sourire, qu'elle avait l'intention de profiter de la réouverture de la frontière pour visiter l'Espagne, pays dont elle avait toujours rêvé et qu'elle admirait. Les sbires, après s'être concertés, ne l'avaient pas inquiétée davantage mais ils avaient relevé son nom. Ces opérations n'avaient pas troublé la jeune femme, qui savait que les risques encourus étaient dérisoires, en comparaison de ceux qu'elle avait affrontés sous le régime de Vichy. Elle redoutait tout de même de tomber sur les mêmes flics au retour, car il lui faudrait concocter une explication à ce changement de programme.

Après une queue assez pénible, car chacun jouait des coudes, grâce à un désistement de dernière heure, Anne eut la chance d'obtenir un billet de wagons-lits dans un compartiment de première classe qu'elle partagea avec un couple d'aristocrates madrilènes, cinquantenaires et visiblement fortunés, et un homme d'affaires parisien. Les Espagnols, qui s'exprimaient avec aisance dans la langue de Molière, revenaient en France pour la première fois depuis la guerre civile et se réjouissaient de retrouver Paris, ses théâtres, ses musées, ses couturiers, ses restaurants. Le Français leur donna quelques nouvelles de la capitale et leur conseilla de bonnes tables.

Pour échapper à cette conversation futile, Anne se plongea dans un roman de Simenon que lui avait offert Granville avant son départ. Quand on la questionna néanmoins, fort poliment, sur les buts de son voyage, elle répondit qu'elle avait prévu de visiter l'Espagne, mais qu'un contretemps familial l'avait contrainte à rentrer, de crainte de se contredire si les mêmes policiers revenaient l'interroger. En fait, tout se passa beaucoup plus vite qu'à l'aller et elle n'eut pas à donner d'explications sur la brièveté de son séjour à Barcelone dont témoignait le tampon imprimé sur son passeport. Elle se détendit alors, ferma les yeux et se mit à somnoler en songeant aux événements qui avaient bouleversé sa vie depuis la fin de la guerre.

Le procès de Bacchelli avait eu lieu trois semaines plus tôt. Anne n'avait pas voulu y assister, en dépit de la curiosité qui la tenaillait, mais Granville, déçu de son absence, lui en avait fait un compte rendu détaillé. Le récit du calvaire de la femme de l'éminence grise du RNP, torturée par des FFI, et la mort de son fils avaient horrifié le jury et suscité sa compassion. Bien que son client lui eût demandé de ne pas évoquer ses souffrances intimes, le jeune avocat n'avait pas hésité à jouer cette corde sensible. Pour le reste, il avait fait dans la sobriété, sans grandes envolées, en insistant beaucoup sur les aspects purement juridiques. De plus, Bacchelli avait réussi à produire toutes sortes de témoignages qui accréditaient la thèse qu'il aurait mené double jeu en faveur d'un réseau de Résistance agissant au sein de l'appareil d'État vichyssois. Il s'en était tiré avec cinq ans de prison, dont trois ferme, et dix ans d'indignité nationale, mais Granville affirmait qu'il serait assez rapidement gracié.

Ce procès était d'ailleurs quasiment passé inaperçu car il avait été éclipsé par l'arrestation d'André Dewavrin, alias colonel Passy. L'ancien chef d'Anne était accusé d'avoir détourné des fonds attribués au BCRA pendant la guerre. À Londres, des ragots avaient couru sur le train de vie du patron des services gaullistes et maintenant la presse communiste se déchaînait contre un homme qu'elle présentait à la fois comme un cagoulard, un aventurier, un escroc, un crypto-vichyste, un agent du MI5 britannique et de l'OSS[1] américaine. Pour ces seules raisons, la sympathie de la jeune femme allait à son chef déchu. Les règlements de comptes se déchaînaient au sein du SDECE dont Passy avait voulu écarter les éléments estimés à tort ou à raison proches des communistes.

Anne avait parfaitement conscience d'évoluer dans un panier de crabes dont les mœurs étaient fort éloignées de l'idéal qu'elle avait cru servir dans la Résistance, mais elle restait attachée à

1. Service secret américain dont est issue la CIA.

certaines valeurs et certains hommes, dont le Général. À la demande de plusieurs de ses proches compagnons, elle avait accepté de rester à son poste au ministère quand de Gaulle avait quitté le gouvernement. Cette décision lui avait coûté, mais ses amis assuraient qu'elle serait plus utile au pays à l'intérieur du système qu'à l'extérieur et elle s'était faite à cette idée. Le directeur qui chapeautait son service s'en était réjoui et n'avait manifesté aucune velléité de la chasser ou même de la mettre au placard.

À ses yeux, ce choix apparaissait sans doute comme tout à fait rationnel de la part d'une collaboratrice dont les perspectives de carrière s'annonçaient brillantes. Pourtant, si l'ambition n'était pas absente de ses motivations, elle accordait d'autant plus de prix à ses principes qu'elle avait le sentiment de leur avoir fait subir de rudes entorses au cours des deux années écoulées.

Granville lui avait bien entendu conseillé de rester. Son amant se montrait en toutes circonstances très pragmatique et elle avait même le sentiment qu'une pointe de cynisme se faisait jour dans ce réalisme. Elle avait conservé des contacts avec les membres de son réseau dont des personnalités qui avaient choisi de suivre le Général dans sa retraite forcée. « Le Grand Charles va bientôt annoncer la création d'un rassemblement national ouvert à tous les patriotes », lui avait appris le jeune ministre qui l'avait initialement recrutée. « Nous aurons besoin de toutes les bonnes volontés et d'observateurs discrets dans tous les services stratégiques de l'État. Le vôtre en fait partie. » Elle avait parfaitement compris que le terme « observateur » n'était qu'un délicat euphémisme pour parler d'informateur, sinon d'agent.

Décidément, ce milieu ne parvenait pas à se débarrasser des habitudes de secret, de manœuvre et de complot prises à Londres quand il fallait se méfier de tout le monde, y compris de ses amis et de ses alliés, et monter des opérations tordues. En dépit de ce climat de suspicion et de sourdes rivalités, Anne semblait faire l'unanimité, peut-être parce qu'elle était une femme, assez discrète, qui n'avait occupé que des postes subalternes, et qu'elle n'apparaissait par conséquent aux yeux de personne comme une rivale potentielle. Telle était du moins l'analyse de Granville, fine mouche, qui considérait cette situation comme un atout qu'elle ne devait pas hésiter à jouer.

Ses relations avec le jeune avocat demeuraient au beau fixe. Ils s'entendaient parfaitement au lit, elle était plutôt fière de se montrer à son bras et il lui avait ouvert des univers qu'elle avait été contrainte de laisser de côté dans la clandestinité : musique, littérature, peinture, ce qui lui donnait l'impression d'être devenue à son contact plus cultivée et plus intelligente. Granville avait immédiatement séduit ses parents, à qui elle l'avait présenté à l'occasion d'un de leurs séjours dans la capitale, et ceux-ci semblaient attendre avec impatience le jour du mariage. Pourtant, nulle passion n'habitait la jeune femme au point de lui masquer certains traits de caractère de l'avocat qui lui déplaisaient, telle cette faculté à justifier des comportements opportunistes, un manque de convictions profondes lié à une certaine légèreté, et un soupçon de fatuité qui risquait fort de s'aggraver s'il devenait, comme il en rêvait, un personnage important.

Elle finit par s'assoupir en tournant ces idées dans sa tête. Quand elle ouvrit les yeux, elle découvrit un paysage verdoyant et doucement vallonné.

– Nous approchons de Montpellier, dit l'épouse de l'aristocrate espagnol qui occupait la place en face de la sienne, à côté de la fenêtre.

Ses trois compagnons de voyage manifestèrent l'intention de se rendre au wagon-restaurant où elle les suivit. Le menu officiel était frugal, mais l'homme d'affaires, habitué de la ligne, glissa discrètement un billet au maître d'hôtel.

– Seriez-vous assez aimable pour nous servir le menu amélioré, et sans tickets ?

L'employé fit prestement disparaître la coupure.

– Certainement, monsieur.

Les Espagnols assistèrent à la scène sans dissimuler leur amusement, mais Anne éprouva une certaine irritation en songeant à son patron, le Premier ministre, qui ne cessait de vilipender le marché noir et d'annoncer des mesures toutes plus inefficaces les unes que les autres. Puis elle se raisonna : après tout, quelle différence y avait-il entre ces petites combines illicites et les privilèges dont bénéficiaient, en toute légalité, des hauts cadres de son ministère comme tous ceux qui pouvaient s'offrir de bons restaurants ?

– De nos jours, en France, c'est comme ça, crut bon d'expliquer l'homme d'affaires.

– Quelle est votre partie ? demanda l'aristocrate espagnol.

– Import-export. Nous vous achetons de l'huile d'olive et nous vous vendons des vins…

Il tendit une carte de visite à son interlocuteur, en remit une à Anne, puis entreprit d'examiner la bouteille de bordeaux que leur présentait le maître d'hôtel.

– Celui-ci ne me dit rien qui vaille. Vous n'auriez pas un meilleur cru ?

Il fit déboucher une autre bouteille, la goûta en faisant tourner le vin dans le fond de son verre, puis en renversant la tête en arrière, les yeux mi-clos, et consentit à donner son assentiment au serveur imperturbable. Ce numéro déplut vivement à Anne qui ne put s'empêcher de se demander ce que ce type faisait sous l'Occupation. Probablement la même chose.

Questionnés à leur tour, les Espagnols expliquèrent qu'ils vivaient tout simplement des rentes de leurs terres dont les paysans, manipulés par les rouges, avaient eu l'audace de tenter de s'emparer en mars 1936. Ils en tremblaient encore et ne semblaient pas douter de la compréhension de leurs interlocuteurs.

Anne restait la seule à ne pas avoir indiqué sa profession. Quand son compatriote l'interrogea, elle fut tentée de répondre que ses parents l'entretenaient et qu'elle poursuivait des études, mais l'idée qu'elle pouvait un jour ou l'autre croiser à nouveau la route de ce personnage l'en dissuada. Elle expliqua donc qu'elle occupait un poste d'analyste dans un ministère, sans donner de précision. Comme elle s'y attendait, on voulut connaître son avis sur le départ de De Gaulle. Elle prit vigoureusement la défense du Général, comme elle le faisait toujours.

– Il y a beaucoup de points communs entre votre général de Gaulle et Francisco Franco. Tous les deux ont sauvé leur pays.

Certains de vos compatriotes ont comparé Franco à Pétain ou à Mussolini, mais c'est absolument ridicule. Pétain a été imposé par les baïonnettes allemandes, alors que Franco s'est appuyé sur l'armée et le peuple espagnols.

– Hitler et Mussolini lui ont tout de même envoyé des hommes, des canons et des avions, risqua Anne.

– Vous savez, ma chère demoiselle, il faut parfois s'allier avec le diable. Mais Franco a eu l'intelligence de tenir l'Espagne à l'écart de la guerre mondiale.

L'amateur de bons vins observait avec une certaine inquiétude cette joute, qui risquait de tourner au vinaigre. Il l'interrompit avec diplomatie en remplissant les verres sans attendre le maître d'hôtel et en demandant l'avis de chacun sur ce bordeaux. Anne comprit la manœuvre et s'y prêta volontiers, soucieuse elle aussi d'éviter un incident désagréable.

Quand ils retournèrent dans leur compartiment, les lits couchettes avaient été faits par les employés des wagons-lits. Les deux femmes occupèrent ceux du dessus et s'allongèrent immédiatement tandis que les deux hommes allèrent fumer dans le couloir.

Anne s'endormit et ne fut réveillée qu'à l'approche de la gare d'Austerlitz par le groom de service qui frappa délicatement à l'entrée de la cabine. Ses compagnons étaient déjà levés et rangeaient leurs affaires.

– Si votre ministère a besoin de vins de qualité, n'hésitez pas, vous avez ma carte, lui glissa l'homme d'affaires.

Dès qu'elle eut retrouvé son appartement, Anne appela ses parents pour les rassurer sur le sort de son frère, sans faire état ni de son changement d'apparence ni de son comportement agressif.

– Il va bien, il vous embrasse, mais il s'est mis dans la tête de rentrer rapidement en France et ça m'inquiète.

– Jean-Pierre ne va pas passer sa vie à se cacher en Espagne ! dit le père. Il faudra bien qu'il revienne un jour ou l'autre. Je me suis renseigné : il y a des garçons qui, comme lui, se sont engagés dans la LVF et n'ont pas été lourdement condamnés, dans la mesure où il n'y a rien d'autre à leur reprocher que d'avoir porté cet uniforme. D'autant qu'ils étaient très jeunes et se sont laissé entraîner. Et si les Russes transmettent un dossier favorable, ça pourrait peut-être arranger les choses… Qu'en pense Albert ?

– Je n'ai pas du tout l'intention de mêler Albert à cette histoire. Si Jean-Pierre rentre, il faudra lui trouver un autre avocat. Quant aux Russes, ce n'est certainement pas sur eux qu'il faut compter. C'est déjà miraculeux qu'ils l'aient relâché !

– Grâce à ton intervention. Mais Albert a bien défendu Bacchelli, alors pourquoi pas Jean-Pierre ?

– N'insiste pas, papa, je t'en prie. Cette intervention et ce voyage ont déjà été suffisamment pénibles.

– Parce que c'est pénible de revoir son frère ?

– Dans ces conditions, oui.

Cette discussion se révélait aussi désagréable qu'elle l'avait redouté. Elle y mit fin en prétextant des impératifs professionnels, mais son père ne fut pas dupe. Après avoir raccroché, elle se doucha, s'enveloppa dans un peignoir et écouta de la musique dans l'espoir de se changer les idées, sans y parvenir car l'attitude de son père, après celle de Jean-Pierre, l'avait profondément contrariée.

Elle ne retrouva Albert Granville que le lendemain soir, dans son appartement du boulevard Saint-Germain, après une journée au ministère. Elle lui raconta les péripéties de son voyage, sans omettre sa cohabitation avec le couple d'Espagnols et l'homme d'affaires français.

– Ce type m'a paru plutôt louche. Je l'imagine très bien en train de trafiquer avec les Allemands et de leur vendre du vin…

Elle lui montra sa carte.

– Le monde est petit ! s'exclama l'avocat. Sauf erreur, ce monsieur est un des clients de mon père. Mais je te rassure, ils ne se sont rencontrés qu'après la Libération…

21

Avril 1947

Au moment d'introduire sa carte dans la pointeuse, Alain constata qu'il avait trois minutes de retard. Un sale coup, car la tolérance se limitait à une minute. Au-delà, c'étaient trois quarts d'heure qui sautaient et ça lui arrivait pour la troisième fois depuis le début du mois. Le chef d'atelier avait beau l'avoir à la bonne, il ne pourrait rien pour lui. L'amputation de la paie tombait automatiquement.

Le jeune homme avait beaucoup de mal à récupérer après ses sorties nocturnes du week-end et les lundis étaient particulièrement difficiles. Après avoir repris sa carte, il frappa l'appareil du plat de la main, pour marquer sa mauvaise humeur, et se dirigea vers le vestiaire. À peine eut-il fait quelques pas qu'il sentit une atmosphère inhabituelle. D'ordinaire, dès la prise de poste, le vacarme des moteurs envahissait l'atelier, car certains ouvriers commençaient plus tôt et personne ne perdait de temps pour mettre sa machine en route. Ce matin, on ne percevait qu'un brouhaha et quelques éclats de voix.

Il tomba sur Roland et remarqua qu'il n'était pas en tenue de travail.

– C'est pas la peine de te changer, viens !

Roland l'entraîna dans l'atelier où ses collègues se massaient autour d'un petit homme trapu en blouson de cuir qui n'appartenait pas au 153. Celui-ci tentait d'obtenir le silence pour se faire entendre.

– Écoutez-moi, camarades ! Au secteur Collas, nous avons débrayé à plus de mille. Nous avons élu un comité de grève que je représente. Ça fait deux ans qu'on nous demande de trimer comme des fous et qu'on la saute. On bosse dix heures de plus par semaine qu'en 1938 et on bouffe deux fois moins, et de la saloperie. Alors, notre revendication, c'est dix francs de plus de l'heure pour tous, pour le manœuvre comme pour le professionnel. Elle est légitime, elle concerne toute l'usine.

– Et le syndicat, qu'est-ce qu'il en dit ?

– Nous avons beaucoup de camarades de la CGT avec nous.

Paco brandit un tract.

– Ces salauds racontent qu'il s'agit d'une provocation des hitléro-anarcho-trotskistes ! J'ai une gueule d'hitlérien, moi ? J'ai fait deux ans de guerre contre les fascistes.

La confusion régnait, tout le monde voulait s'exprimer. Dans la petite foule, Alain distingua le magasinier, qui ne portait pas sa blouse, et la jeune contrôleuse que, pour une fois, personne ne songeait à asticoter. En revanche, il n'aperçut pas le chef d'atelier. Le jeune homme récupéra des tracts, qui circulaient de main en main, et les parcourut. Certains émanaient de la section syndicale de la Régie, d'autres du Comité de grève et de groupes politiques inconnus de lui.

– Je n'y comprends rien, glissa-t-il à Roland, les communistes sont pour ou contre la grève ?

– La CGT et le PC sont contre, mais l'Union communiste, ce n'est pas le parti. Ce sont des trotskistes.

Les propos de Petit Louis lui revinrent en mémoire.

– S'il y a grève, c'était vraiment pas la peine que je cavale dans le métro, dit-il.

Le silence revint quand Étienne, le P2 aux tempes grises, prit la parole. Il s'exprimait d'une voix forte et claire.

– Les camarades du secteur Collas ont raison. Ça ne peut plus durer comme ça, on ne va pas encore se laisser lanterner. Les dix francs, c'est une revendication correcte. Le syndicat, s'il défend vraiment la classe ouvrière, doit soutenir le mouvement.

– C'est pour ça qu'on paie nos timbres ! cria quelqu'un.

Étienne leva la main.

– Bon, je propose qu'on vote. Qui est pour la grève ?

De nombreuses mains se levèrent. Alain hésita un instant puis, voyant que Roland, Ahmed et Paco se prononçaient pour la grève, leva aussi la sienne. L'Espagnol lui flanqua une claque dans le dos.

– C'est bien, petit. Faut pas rester avec les jaunes.

En fait de jaunes, il n'y avait que quelques indécis, dont le magasinier qui s'abstint, mais il n'y eut aucune voix contre.

– C'est bien, camarades, approuva le petit trapu en blouson de cuir. Maintenant, vous devez élire des délégués pour participer au comité de grève. Tout doit être décidé démocratiquement. La démocratie ouvrière, c'est ça qui fait notre force.

Étienne fut désigné à l'unanimité, mais la candidature de Paco suscita quelques critiques.

– T'es trop connu comme anar, ça va flanquer la merde avec la CGT, protesta un ajusteur.

– Si on veut pas de moi, j'ai pas l'intention de m'imposer.

D'autres répliquèrent, de sorte que la confusion reprit, jusqu'à ce que le délégué du secteur Collas lève la main.

– Comprenons-nous bien, camarades, tout le monde a sa place dans la grève, qu'il soit syndiqué ou non syndiqué, communiste, socialiste, abondanciste, anarchiste ou sans parti. Nous sommes tous des ouvriers, nous voulons tous leur arracher les dix francs, c'est ça qui compte.

Il se tourna vers Étienne, qui approuva.

– Bon, n'oubliez pas, on se retrouve tous au meeting de la place Nationale. Et encore un point. Si la grève dure, faut pas s'attendre à ce que Lefaucheux nous envoie des fleurs, ça sera plutôt les flics qu'on verra débouler. Alors, en 1936, on a été bien gentils, on a occupé l'usine en jouant de l'accordéon, mais s'ils nous envoient leurs cognes, ça sera pas avec des flonflons qu'il faudra les accueillir !

– On a reçu des bombes sur la gueule pendant quatre ans, alors c'est pas les matraques qui vont nous impressionner !

Cette déclaration suscita des réactions diverses. Alain, pour sa part, ne brûlait pas du désir d'affronter la police. Néanmoins, il applaudit ces rodomontades, comme le faisaient ses voisins.

– Et maintenant, qu'est-ce qu'on va faire ? demanda-t-il à Roland.

– On va probablement occuper l'atelier, mais, si tu as des courses à faire, profites-en…

Rien d'urgent ne l'attendait, néanmoins il décida de mettre l'occasion à profit pour prendre l'air.

Dans l'immense cour régnait une grande agitation. Des groupes d'ouvriers se rassemblaient devant les entrées des ateliers et d'autres se déplaçaient en tous sens. La volante, débordée, semblait avoir renoncé à contrôler ces mouvements. Il croisa le dirigeant syndical qui l'avait introduit au 153. Il marchait à la tête d'une troupe compacte d'une centaine d'hommes armés de tout ce qui leur était tombé sous la main : barres de fer, clés à molette, boulons. Le visage fermé, celui-ci ignora le jeune homme. Un peu plus loin, une sono grésillait, les paroles étaient inaudibles, couvertes par les cris de deux groupes rivaux qui se faisaient face et menaçaient d'en venir aux mains. Cette ambiance électrique procura au jeune homme un mélange d'excitation et de crainte. La curiosité le poussa jusqu'au hall qui abritait la chaîne de montage des Juvaquatre. Un silence étrange régnait dans cet immense hangar désert où des carrosseries étaient restées suspendues, immobiles, entre ciel et terre. Les ouvriers avaient disparu. Se promener ainsi librement, en touriste, dans l'usine, où chaque porte d'atelier était d'ordinaire étroitement surveillée, avait quelque chose de grisant.

– Qu'est-ce que tu fais ici, petit ?

C'était un chef en blouse grise qu'il n'avait pas vu arriver dans son dos.

– Je me suis perdu.

Le type jeta sur lui un regard méfiant.

– J'espère que tu n'es pas un saboteur.

– Un saboteur ? Pas du tout, je suis ajusteur P1 au 153. Vous pouvez demander à mon chef !

– C'est bon, file. Tu n'as rien à faire ici.

Il s'éclipsa sans demander son reste et, cette fois, quitta l'usine pour aller s'affaler sur la banquette de moleskine d'un bar-tabac de la place Nationale, en attendant l'heure du meeting.

Aux tables voisines, des ouvriers tenaient des conciliabules fébriles en grillant cigarette sur cigarette. Une fumée à couper au couteau envahissait l'arrière-salle. Alain commanda un café, le but, puis s'endormit bras croisés sur la table. Des cris le tirèrent de son sommeil. Il se frotta les yeux et constata que la salle s'était vidée.

Le patron en tablier blanc s'approcha de lui.

– J'ai pas voulu te réveiller, gars, mais je crois bien que tes copains sont partis au meetingue.

Il paya donc sa consommation et rejoignit la foule qui se pressait devant une tribune aménagée sur la plate-forme d'un camion. Un homme encadré d'une demi-douzaine d'autres haranguait les ouvriers.

– Ce matin, une bande d'anarcho-hitléro-trotskistes a essayé de faire sauter l'usine…

Des cris de protestation fusèrent. Parmi les contestataires, Alain aperçut le petit trapu du département Collas, reconnaissable à sa casquette et son blouson de cuir, qui, à la tête d'un petit groupe, tentait de se frayer un chemin en direction du camion-sono. Le service d'ordre syndical qui entourait le camion lui barra le chemin et, après une brève bousculade, les grévistes firent demi-tour et entreprirent de distribuer des tracts. Perché sur sa plate-forme, l'orateur s'était interrompu pour donner des consignes à ses troupes. Il reprit son discours pour vilipender les provocateurs et appeler à la reprise du travail en martelant les slogans habituels de la CGT : produire, relever la France, la grève c'est l'arme des deux cents familles pour affaiblir le pays.

Alain observa ses voisins. Certains hochaient la tête d'un air entendu, comme pour dire « ça va, on connaît tout ça par cœur », d'autres gardaient le visage fermé, sans exprimer leurs sentiments, seule une claque de purs et durs applaudissait à tout rompre sans se laisser démonter par les railleries des grévistes.

Le jeune homme contempla quelques instants ce spectacle, indécis, puis tourna les talons comme beaucoup d'ouvriers commençaient d'ailleurs à le faire. Son estomac le tenaillait, car il n'avait eu le temps d'avaler qu'un morceau de pain dans le métro. L'époque où sa mère lui préparait ses flocons d'avoine et sa gamelle était révolue. Il devait se débrouiller seul et déjeunait désormais à la cantine, quitte à dépenser un peu plus. Le réfectoire attribué à son atelier occupait une vaste salle éclairée par des verrières à peine plus propres que celles du 153 où de longues tables de bois et des bancs accueillaient les convives que servaient des femmes en blouse. Le menu était généralement frugal. Les patates alternaient avec les rutabagas et il fallait chercher à la loupe les rares morceaux de viande du ragoût. Tout le monde s'en plaignait et l'adjonction récente d'un verre de rouge gratuit n'avait suffi ni à remplir les estomacs ni à calmer les esprits.

Alain alla rejoindre Ahmed et Paco, qui avaient déjà entamé leur repas.

– Alors ?

– C'est le bordel complet. Les gars du secteur Collas ont l'air décidés, mais la cégète a dégoûté beaucoup de monde avec ses calomnies. Une délégation a été voir Le Garrec, le directeur du personnel, mais il dit qu'il ne peut rien décider sans Lefaucheux, et le patron n'est pas là. Maintenant, c'est demain matin que ça va se décider. Il y aura des assemblées dans pas mal d'ateliers.

– Mais cet après-midi, on bosse ou on bosse pas ? s'inquiéta Alain.

– On a voté la grève ce matin, on va pas revenir là-dessus. Tu l'as votée toi aussi, non ?

Oui, il l'avait votée, bien entendu. Mais il ne savait plus trop quoi en penser. Et s'il s'agissait vraiment d'une provocation ? Si le syndicat avait raison ? C'était tout de même l'un des chefs de la CGT qui lui avait obtenu son poste. Comment aurait réagi son frère Jean, le militant exemplaire ? Aurait-il apprécié qu'Alain enfreigne les consignes syndicales pour se joindre à une bande d'anarchistes et de trotskistes ?

Ahmed, Roland et Paco s'affirmaient de leur côté comme de farouches partisans de la grève et le jeune homme n'osait pas s'opposer à eux. Et il y avait Étienne, qui faisait figure de doyen de l'atelier et s'était prononcé lui aussi pour le mouvement.

De toute façon, puisque son atelier avait cessé le travail, il décida de passer tranquillement le reste de la journée chez lui. Il serait toujours temps d'aviser plus tard. Il se garda toutefois d'en informer ses deux collègues qui, eux, avaient annoncé leur intention de rester occuper les lieux. Il fila donc discrètement après le repas.

Dans la cour de son immeuble, il croisa un voisin, retraité, qui s'étonna de le rencontrer à cette heure inhabituelle.

– C'est la grève ! répondit-il, sans donner davantage d'explications.

– La grève chez Renault ? Merde ! Ça va barder.

La rumeur se répandit rapidement dans les HBM de la rue des Quatre-Frères, où logeaient de nombreux ouvriers de l'automobile et de la métallurgie. Alain grimpa s'enfermer dans son appartement, dont il avait tapissé les murs de portraits de musiciens et d'acteurs depuis le départ de sa mère, et fit jouer un soixante-dix-huit tours de Sidney Bechet sur le pick-up d'occasion qu'il venait de s'offrir. Il souhaitait oublier l'usine et tout ce qui allait avec, mais il n'eut le temps que d'écouter deux disques avant qu'on tambourine à sa porte.

Petit Louis, de retour du travail, venait aux nouvelles.

– Alors, paraît que c'est la grève ?

Il le bombarda de questions auxquelles il eut du mal à répondre clairement. Quel pourcentage des effectifs avait cessé le travail ? Pourquoi le syndicat s'opposait-il au mouvement ? Tous les syndiqués étaient-ils d'accord avec leurs dirigeants ? Qui étaient les membres du comité du secteur Collas ? Quelles étaient les revendications précises ?

– Tout ce que je peux te dire, c'est qu'ils réclament dix francs de plus de l'heure pour tout le monde. Nous, au 153, on est d'accord. Ça ne nous ferait pas de mal. Moi, tu vois, je vais avoir du mal à boucler la quinzaine. Et je ne suis pas le plus mal payé. Mais je ne sais pas si Lefaucheux va accepter. Il n'était pas dans l'usine aujourd'hui. Certains disent que c'est un camarade...

– Un camarade, mon cul ! Lefaucheux a pris sa carte du parti par opportunisme. Mais c'est un patron comme les autres et il doit se faire au moins dans les trente mille par mois. Ce qu'il faut maintenant, c'est que Frachon[1] donne les consignes pour que tout le monde s'y mette en même temps ! Y en a marre de redresser la France pour que les deux cents familles s'en mettent plein les poches comme avant 36, tu ne crois pas ?

Alain avait surtout envie d'être débarrassé de la présence de Petit Louis pour écouter tranquillement ses disques, mais il n'osa pas le mettre à la porte. Le jeune militant n'était pas dupe.

– Bon, je vois que je te casse les couilles. Tiens-nous au courant quand même. On va sûrement en parler à la radio, mais ils vont raconter des bobards. En tout cas, moi, je vais en causer au syndicat et dans le parti.

Le lendemain matin, la tension était déjà perceptible dans les rames de métro où s'entassaient les ouvriers de la Régie. D'ordinaire, brutalement arrachés à leur sommeil, les voyageurs somnolaient, voire dormaient pour ceux qui avaient trouvé une place assise. Ce jour-là, des discussions fébriles suivies par tout le wagon opposaient partisans et adversaires de la grève.

Les premiers, plus nombreux, prenaient nettement le dessus. Alain observait silencieusement ces débats sans oser y mettre son grain de sel. Un fort en gueule moustachu, genre anar qui bouffe du patron à tous les repas, lui tomba sur le paletot.

– Et toi petit, tu as débrayé ? Tu grattes où ?

– Au 153. On a voté la grève hier. Aujourd'hui, je ne sais pas ce qu'on va faire…

– Comment ça, tu sais pas ? Faut choisir ton camp, celui des ouvriers ou celui de Lefaucheux, mon gars ! Ou peut-être que les outilleurs sont trop payés pour réclamer les dix francs ? Moi, tu vois, je bosse aux grandes presses, et j'ai même pas droit à la carte T2[2], ces chiens nous l'ont supprimée.

Une femme lui montra ses mains.

1. Secrétaire général de la CGT.
2. Carte d'alimentation de travailleur de force.

– Regarde-moi ça, elles sont complètement esquintées. Et on a des accidents toutes les semaines. Une fille de mon atelier a eu deux doigts coupés. Tu crois que c'est une vie ?

À l'entrée de l'usine, deux sonos concurrentes, celle du comité de grève et celle de la CGT, donnaient des consignes contradictoires. Les militants des deux groupes se lançaient des insultes et n'étaient pas loin d'en venir aux mains. Alain prit au passage les tracts qu'on lui tendait, sans s'attarder ni prendre parti pour l'un ou l'autre camp, comme certains ouvriers le faisaient, et pressa le pas vers son atelier.

Étienne et une demi-douzaine de ses collègues parmi lesquels Paco, Menard et Ahmed avaient formé un piquet de grève devant les portes du 153. Le chef d'atelier, en costume-cravate, tentait vainement de parlementer.

– Je ne comprends pas ce que vous fabriquez, les gars. La CGT appelle seulement à débrayer à onze heures.

– On tiendra une assemblée générale tout à l'heure, mais pour l'instant, personne ne rentre. C'est valable pour toi comme pour tout le monde. Tu n'as qu'à essayer de convaincre Lefaucheux de nous filer les dix francs !

– Si vous comptez sur Lefaucheux, vous risquez d'attendre longtemps, paraît qu'il est parti au Cameroun.

– On compte sur nous ! rétorqua Paco. On bloque l'ousine.

La colère renforçait son accent espagnol.

– Et la liberté du travail, qu'est-ce que vous en faites ? On ne va certainement pas laisser des étrangers flanquer la merde dans une entreprise nationalisée !

Étienne s'interposa.

– Je ne vois pas d'étranger ici, nous sommes tous des ouvriers. Alors toi, si tu viens avec nous, tu es le bienvenu, sinon, si tu ne veux pas de grabuge, vaut mieux pas que tu traînes à côté du piquet.

– Mais bien sûr que je vous comprends et que je suis avec vous, les gars, mais vous aussi, faut que vous vous mettiez dans la tête que j'ai des responsabilités. Je ne peux pas faire ce que je veux.

Cette réplique suscita quelques ricanements. Le chef, vexé, tourna les talons. Alain n'en revenait pas qu'on puisse lui parler de cette façon. Cette audace l'impressionnait autant qu'elle l'effrayait. Il échangea des poignées de main et des claques dans le dos avec ses collègues. Le piquet de grève se renforça ainsi peu à peu jusqu'à l'heure de l'assemblée à laquelle vinrent se joindre des délégués d'autres secteurs.

– Il y a eu de la bagarre avec les bonzes de la CGT, annonça l'un d'eux, tout essoufflé. Mais les gars nous ont soutenus et ils sont repartis la queue entre les jambes. Vous avez lu leur tract ? Ils se foutent de not'gueule. Ils réclament juste une augmentation de trois francs de la prime de production. Pas un mot sur les dix francs. Leur débrayage de onze heures, c'est une manœuvre de division.

L'assemblée vota cette fois la poursuite de la grève à l'unanimité, mais on comptait une douzaine d'absents, dont le magasinier. Le mouvement se propageait dans l'usine comme une traînée de poudre, des groupes venaient aux nouvelles, d'autres entraînaient des ouvriers du 153 pour aller porter la bonne parole dans d'autres ateliers et convaincre les hésitants. Ils cassèrent la croûte sur place, avec des sandwichs fabriqués par les femmes de la cantine, puis, dans l'après-midi, se joignirent à une manifestation organisée par les grévistes du secteur Collas. Des pancartes réclamant les dix francs et du pain avaient été confectionnées à la hâte.

Alain suivit la foule qui traversa l'immense cour pour se rassembler devant les bureaux de la direction. Le jeune homme se laissa gagner par l'enthousiasme et l'excitation ambiante et mêla ses cris à ceux de ses camarades. Dans cette masse, des jeunes de son âge côtoyaient des ouvriers aux tempes grises, usés par le travail ; au milieu des hommes en costume élimé ou en bleu de travail raide de cambouis et de crasse, on remarquait quelques femmes en blouse, qui se tenaient par le bras et n'avaient pas leur langue dans la poche. Les quolibets fusaient à l'intention de Lefaucheux et de son directeur du personnel, des manifestants réclamaient la venue du ministre du Travail Daniel Mayer.

– Quelle bande de gogos ! gloussa Paco. Qu'est-ce qu'ils en ont à foutre de nous, les ministres ! Ils sont socialistes et communistes comme moi je suis pape.

Des silhouettes apparurent aux fenêtres des bureaux, soulevant des huées, puis la rumeur circula qu'une délégation de grévistes et de syndicalistes allait être reçue.

Alain commençait à trouver le temps long. S'il fallait se lever tous les matins à la même heure que d'habitude pour attraper le premier métro, la grève allait être aussi fatigante que le travail ! Après avoir poireauté trois quarts d'heure au milieu de la foule qui continuait à scander des slogans pour le pain et les dix francs, il vérifia qu'aucun de ses compagnons d'atelier ne l'observait et fila.

À l'extrémité de la cour, il eut la surprise de tomber sur un autre piquet qui distribuait des bons de sortie.

– On ne veut pas que les copains aillent se saouler la gueule au troquet, consentit à expliquer celui qui semblait jouer le rôle de responsable du barrage. C'est comme ça qu'il y a des bagarres et des provocations. Alors, si tu as quelque chose de précis à faire à l'extérieur, on te fait un bon. Sinon, tu peux partir, mais tu ne rentres pas dans l'usine avant demain matin.

– Non, je ne vais pas au bistro…

Pour justifier son départ, il inventa des impératifs familiaux.

– Ce que tu vas faire, on s'en fout, mon pote, du moment que tu reviens pas bourré.

Partagé entre la mauvaise conscience d'avoir abandonné ses camarades et la satisfaction de quitter cet univers, il s'éloigna à grandes enjambées. Quand il s'engouffra dans la bouche de métro, le plaisir de regagner le confort de son appartement avait effacé ses derniers scrupules.

22

Mai 1947

Aimé Bacchelli sortit de la prison de Fresnes le 12 mai 1947, à dix heures trente du matin, après s'être soumis aux diverses formalités de levée d'écrou. Il portait le même costume bleu marine croisé que le jour de son arrestation avenue des Ternes, les mêmes petites lunettes rondes, mais avait plié son élégant pardessus en poil de chameau sur son bras. De sa main libre, il tenait une serviette de cuir contenant ses objets les plus précieux, notamment des cahiers couverts de notes. Quant à tout ce qu'il avait accumulé pendant son séjour en prison, livres, vêtements, produits de toilette, il en avait fait don à ses codétenus, de même que sa valise.

Le soleil printanier le fit ciller et s'immobiliser un instant, puis, après avoir salué aimablement le factionnaire d'un mouvement de tête, comme il l'aurait fait pour un subordonné du temps où il occupait un poste important, il se dirigea d'un pas décidé vers la Hotchkiss noire qui l'attendait le long du trottoir.

Un chauffeur de maître en uniforme conduisait la limousine dont la banquette arrière était occupée par un homme maigre au profil d'oiseau de proie. Le chauffeur descendit pour faire monter Bacchelli, puis regagna sa place et démarra aussitôt. L'ancien numéro deux du RNP ne jeta pas un regard derrière lui.

– Vous n'avez pas changé, remarqua l'homme maigre.

– Vous non plus.

– Comme vous le savez, une réunion du conseil d'administration a empêché notre président de se déplacer en personne. Il vous propose de déjeuner demain avec lui au siège.

– Je comprends parfaitement. Croyez bien que je suis très sensible à cette attention.

– Allons... Il vous doit bien ça.

– De nos jours, beaucoup de gens ont oublié les services rendus.

– Arnaud de Montalembert n'en fait pas partie. C'est un homme de parole. Il a d'ailleurs fait tout ce qui était en son pouvoir pour abréger la situation. Votre avocat n'a pas perdu de temps non plus pour faire signer votre grâce par Auriol. C'est un garçon très énergique. Il n'est pas venu ?

– J'ai cru comprendre qu'il ne souhaitait pas s'afficher en ma compagnie une fois le dossier classé. De toute manière, vous êtes là et sa présence aurait fait double emploi.

L'homme tendit à Bacchelli une liasse de journaux.

– La situation a beaucoup changé ces derniers jours. Vous avez suivi les événements ?

– Les informations circulent très vite, même à Fresnes...

Bacchelli prit le premier journal de la pile, qui titrait « Un petit ouvrier de vingt-cinq ans a forcé Auriol à révoquer Thorez ». Il ricana.

– On dirait que les cocos ont trouvé plus enragés qu'eux !

– Ils ont décidé de reprendre la main pour ne pas perdre leurs troupes et lancent des grèves un peu partout. Vous pensez qu'ils vont tenter un coup de force ?

– Difficile à dire. Thorez et Duclos ne veulent pas se laisser déborder, mais on ne peut rien exclure. À mon avis, pour le moment, Staline montre les dents pour qu'on lui laisse les mains libres à l'Est.

Il feuilleta rapidement les autres journaux, commenta des articles et des publicités consacrés à la mode et à la vie artistique, sans revenir sur le terrain politique.

– Je crois que je vais aller voir le film que Sacha Guitry a consacré à son père. Le cinéma m'a manqué.

La Hotchkiss le déposa à l'angle de l'avenue des Ternes et du boulevard Pereire, à l'endroit même où les policiers l'avaient fait monter dans leur Citroën un an et demi plus tôt. Son appartement, soigneusement entretenu par une femme de ménage, était resté dans l'état où il l'avait laissé. Ce quatre pièces cossu faisait partie du patrimoine de la banque qui l'avait officiellement employé jusqu'en 1944. Il n'avait donc pas été saisi. La concierge, avertie de son retour, avait vérifié que tout était en ordre et récupéré le lévrier confié à un parent. L'animal vint se frotter contre les jambes de son maître quand celui-ci pénétra dans la loge pour remercier la pipelette. Celle-ci dévisagea son locataire, essayant de discerner un changement dans son visage ou sa mise, mais n'en trouva pas. On aurait dit qu'il était parti la veille. Bacchelli se prêta avec amusement à cet examen.

– Quel plaisir de vous revoir.

– Tout le plaisir est pour moi.

– Ils ne vous ont pas fait trop de misères ? ne put s'empêcher de demander la concierge.

– Il arrive qu'un malentendu se prolonge, mais tout finit par s'arranger.

Sur ces propos énigmatiques, il monta dans l'ascenseur en compagnie de son lévrier.

Le lendemain, Bacchelli se rendit à pied à son rendez-vous, comme il l'avait fait maintes fois sous l'Occupation, car la banque n'était pas très éloignée de son domicile. Quand il avait dû le quitter pour se réfugier dans la clandestinité, Arnaud de Montalembert lui avait discrètement procuré un nouvel appartement dans le même quartier des Ternes, car son établissement possédait un parc immobilier considérable. Bacchelli avait alors tenté de mettre sa femme et son fils à l'abri dans un troisième logement, fourni également par la banque, mais ils avaient été dénoncés par des voisins et très rapidement arrêtés. Après sa sortie de prison, sa femme, très éprouvée par les sévices qu'elle avait subis et la mort de son fils, ne lui avait plus donné de nouvelles.

Ce drame avait beaucoup affecté Bacchelli et renforcé sa haine contre les gaullistes et les communistes, mais ce n'était pas un homme à se plaindre. À Fresnes, il s'était appliqué à ne rien laisser paraître de ses tourments intimes. Néanmoins, alors qu'il effectuait ce trajet familier en constatant que peu de choses avaient changé pendant ses mois de captivité, ce passé douloureux qu'il s'était exercé à enfouir dans sa mémoire revenait en force. Il tenta de le chasser pour mieux se concentrer sur la réunion qui l'attendait.

La banque se trouvait aussi à deux pas de l'ancien siège du RNP dont une association de résistants avait pris possession, ce qui ne pouvait que lui rappeler d'autres souvenirs. Le hall d'accueil de l'établissement, avec son dallage de marbre, ses colonnes, ses lustres et ses comptoirs de chêne, était resté identique au souvenir que Bacchelli conservait de son dernier passage, en 1944. Une réceptionniste décrocha son téléphone et fit venir un jeune homme sanglé dans un costume étriqué qui le conduisit dans un salon du deuxième étage où les hiérarques de la banque recevaient leurs hôtes de marque.

Arnaud de Montalembert l'accueillit chaleureusement. C'était un homme d'une cinquantaine d'années, un peu guindé, héritier d'une lignée de banquiers qui remontait au second Empire.

Il avait su manœuvrer habilement sous l'Occupation pour se ménager des appuis parmi les vichystes comme parmi les gaullistes. Tout en se pliant aux directives officielles de l'État français et des autorités allemandes, il n'avait jamais complètement rompu ses relations avec les banques anglo-saxonnes et suisses. Il se flattait aussi d'avoir protégé des banquiers juifs victimes des mesures d'aryanisation et de les avoir aidés à retrouver rapidement leur situation à la Libération.

Bien que Montalembert ne fût pas d'un naturel très expansif, sa façon de recevoir Bacchelli témoignait de l'intérêt et de l'estime qu'il lui portait. Après l'avoir félicité sur sa bonne mine, il l'invita à s'asseoir en face de lui à une table ronde couverte d'une nappe blanche où avaient été disposés d'élégants couverts. Dans le dos du banquier, le portrait de son aïeul, un personnage austère portant des favoris et une redingote, était toujours à sa place dans son cadre doré et tarabiscoté. Le fondateur de l'établissement semblait diriger vers l'invité un regard inquisiteur.

Avec tact, le banquier ne fit aucune allusion au changement que représentait ce décor après celui des murs lépreux d'une cellule de Fresnes et ne lui posa aucune question sur sa détention. Un maître d'hôtel en veste blanche leur servit des apéritifs et des amuse-gueules.

– Quels sont vos projets, cher ami ? demanda Montalembert, après les politesses d'usage.

– J'avais cru être un homme d'action, mais mon expérience m'a permis de réaliser que je suis plutôt un homme de réflexion. J'ai donc l'intention de prendre un peu de distance avec la politique quotidienne et de me consacrer aux études et analyses. Mettre ces éléments à la disposition de tous ceux qui jouent un rôle dans ce pays, sans m'impliquer directement, sera ma façon de servir discrètement la France.

Le banquier parut surpris par cette réponse.

– Vous entendez vous replier dans une tour d'ivoire, en quelque sorte ?

– Pas du tout. Je me suis peut-être mal expliqué. J'espère au contraire nouer des liens avec des personnalités de tous bords, sans m'arrêter à des étiquettes et des appartenances partidaires. Nous aurons pour objectif de surmonter les divisions du passé pour faire face à une situation nouvelle dont l'élément essentiel sera la résistance aux menées communistes.

Montalembert hocha la tête.

– C'était déjà votre but pendant ces années noires. Je me trompe ?

– Sans vouloir paraître prétentieux, il me semble que nous n'étions alors que quelques précurseurs. La conjoncture nationale et internationale nous rend aujourd'hui justice. L'alliance avec Staline est en passe de se rompre et le PC tombe le masque. Bien naïfs sont ceux qui ont pu croire que Thorez et Duclos avaient changé. Sitôt quitté le gouvernement, les voilà revenus à leur préoccupation première : la subversion.

– Je pense en effet que nous entrons dans une période pleine d'inconnu. Mon cher ami, vous êtes en quelque sorte un visionnaire…

– N'exagérons rien. Je m'efforce seulement de ne pas me laisser aveugler par des évidences trop grossières.

Ils entamèrent leur déjeuner par des noix de Saint-Jacques arrosées d'un meursault millésimé. Un canard aux brisures de truffe accompagné d'un gevrey-chambertin 1934 suivit. Le maître d'hôtel présentait chaque plat comme on le fait dans un grand restaurant, avec un petit commentaire énoncé sur le ton de la confidence. Bacchelli savoura tout cela par petites bouchées délicates sans trahir les sentiments que lui procurait le passage de la gamelle pénitentiaire à ces mets raffinés. Ce n'est qu'au moment du dessert, un parfait meringué au chocolat, que le banquier entra dans les détails de leur future collaboration.

– Ma partie n'est pas l'analyse politique, mais j'ai bien l'intention de soutenir votre projet, sans figurer officiellement parmi ses initiateurs. Comment voyez-vous les choses ?

– Désolé de vous ennuyer avec ces questions d'intendance, mais nous allons avoir besoin de locaux. Rien de gigantesque : quelques bureaux suffiront. Le personnel permanent sera réduit au minimum : une ou deux secrétaires et un responsable technique des publications. Nous réunirons une équipe d'analystes réguliers et occasionnels, que nous devrons sans doute rétribuer. Il nous faudra les moyens d'éditer des bulletins et revues qui seront diffusés dans divers milieux. Il ne s'agira pas d'une diffusion large : nous n'entendons pas toucher le grand public, mais des personnalités sélectionnées : hommes politiques, chefs d'entreprise, grands commis de l'État, journalistes. Nous construirons donc peu à peu un réseau au sein duquel nous trouverons certainement des appuis, y compris des appuis financiers qui vous permettront de limiter votre propre participation.

– Vous serait-il possible d'évaluer la mise de départ ?

– C'est encore prématuré, mais je serai en mesure de le faire dans une dizaine de jours.

Montalembert marqua une courte pause pour demander au maître d'hôtel de leur apporter des cafés, puis il signifia son approbation par un petit geste de la main.

– Ça me semble très bien. Je vous fais confiance pour limiter ces dépenses au seul nécessaire. Par ailleurs, à moins que vous n'ayez une autre situation en vue, je vous propose de retrouver parmi nous la position qui était la vôtre avant ces douloureux événements. Votre fonction officielle sera celle de conseiller et nous ne vous imposerons aucune contrainte, sinon celle de nous soumettre de temps à autre un rapport sur un sujet qui vous semblera digne d'intérêt pour notre maison.

De 1944 à 1947, le rapport de forces s'était inversé entre le banquier qui avait toujours pignon sur rue et l'ancien dignitaire vichyste. Bacchelli en avait parfaitement conscience.

– Votre appui nous sera très précieux. Croyez bien que je vous suis très reconnaissant de l'intérêt que vous portez à ce projet.

L'expression de Montalembert se modifia légèrement. Il leva un doigt.

– Comme vous le savez, j'appartiens à une vieille famille dont je respecte les traditions. Mon père avait coutume de dire que tout centime doit rapporter un autre centime et si possible deux ou trois pièces supplémentaires. C'est une image triviale, bien entendu. Je n'attends pas de votre institut qu'il nous procure des dividendes, mais qu'il contribue à défendre les intérêts bien compris de notre maison. Sachez par conséquent que je vous considère comme un associé et non comme un obligé.

Les jours suivants, Bacchelli prit contact avec une jeune femme qui avait occupé un poste de secrétaire au siège du RNP, mais n'avait été que très brièvement inquiétée à la Libération dans la mesure où sa fonction était purement technique. Néanmoins, ce CV peu valorisant l'avait contrainte à accepter un emploi de dactylo mal rémunéré dans une compagnie d'assurances. Elle accepta donc avec enthousiasme de démissionner pour rejoindre son ancien patron, qui la chargea de trouver des bureaux le plus près possible de la banque.

Pendant trois semaines, Bacchelli multiplia les contacts avec d'anciennes relations de tous bords, journalistes, politiques, industriels. Certains, effrayés, se défilèrent sous des prétextes divers, d'autres se montrèrent réservés, seuls quelques-uns acceptèrent de soutenir son projet avec plus ou moins d'enthousiasme. Beaucoup manifestèrent une hypocrisie et un opportunisme attentistes qui ne suffirent pas à décourager Bacchelli, car il s'était déjà fait une idée de la nature humaine, aussi bien au sein du RNP que pendant son séjour à Fresnes.

L'un des premiers à accepter de s'engager dans l'opération fut Albert Legris, le journaliste de *L'Atelier* avec qui il avait partagé une cellule du dépôt. L'incarcération de Legris avait été très brève car il n'y avait pas grand-chose de précis à lui reprocher dans ses écrits. Ses articles avaient porté sur des sujets sociaux et il n'avait pas encensé la Charte du travail vichyste, contrairement à nombre de ses confrères. Ce passif le contraignait pourtant à vivoter comme pigiste signant ses papiers sous des noms d'emprunt.

Bacchelli le reçut dans le bureau du boulevard Haussmann dont il avait pris possession la veille.

– La vocation de notre institut est de réunir des analystes de tous bords. Nous n'avons pas l'intention de former un clan de nostalgiques de Vichy. Le passé est le passé. La seule frontière infranchissable sera celle qui nous sépare des moscoutaires. Nous avons besoin d'un professionnel de la presse et de l'édition pour superviser nos publications. Et aussi d'un homme de consensus qui fasse le lien entre des personnalités aux sensibilités différentes. Je sais que vous êtes un homme de gauche et que vous avez conservé certaines relations d'avant-guerre au sein de la SFIO comme des syndicats. Tout cela peut nous être très précieux.

– Je dois vous avouer que je songeais plutôt à me faire oublier, car certains, dans le monde de la presse, me considèrent encore comme un pestiféré.

– Les clivages qui se sont dessinés pendant cette période sombre vont très rapidement s'effacer, croyez-moi. De plus, vous ne serez pas exposé. Notre institut va travailler discrètement. Des personnalités qui ont choisi des options différentes des nôtres contribueront à renforcer sa crédibilité.

Il cita quelques proches de la Résistance qu'il avait sollicités, mais qui ne lui avaient pas encore donné de réponse définitive.

Sa tactique consistait à convaincre les hésitants en leur laissant entendre que d'autres avaient déjà pris leur décision. Certains se renseignaient, mais d'autres se laissaient influencer, redoutant de laisser passer une opportunité.

Legris, lui, avec une famille à nourrir, avait impérativement besoin d'une situation stable, mais il craignait de se fourvoyer à nouveau. Ce discours dissipa ses doutes et, dès le lendemain, il s'installa dans le bureau voisin. Au moment d'entrer dans l'immeuble, il remarqua une discrète plaque de cuivre, qui venait tout juste d'être posée : *Institut d'études géopolitiques. Deuxième étage.*

23

Novembre 1947

Une enveloppe de couleur saumon avait été glissée sous la porte de l'appartement. D'ordinaire, Alain ne recevait qu'une lettre par mois de sa mère, et c'était dans sa boîte du rez-de-chaussée qu'il la trouvait. La missive portait le tampon du ministère de la Défense et des Forces armées. Elle invitait Alain Véron à se présenter au conseil de révision qui se tiendrait trois semaines plus tard à la mairie du quinzième arrondissement.

Cette perspective l'accablait. Il alla s'en ouvrir à Petit Louis qu'il trouva occupé à faire sa lessive dans des bassines en compagnie de sa petite amie du moment, une brune rondelette et rigolote qui travaillait comme lui dans la fabrique d'ascenseurs Edoux-Samain, rue de Sèvres.

Petit Louis s'essuya les mains pour prendre la lettre qu'il parcourut rapidement.

– Tu peux te torcher le cul avec !

– J'ai pas envie de me retrouver en cabane comme déserteur.

– Sont dispensés de service tous ceux dont un père ou un frère est mort pour la France. C'est bien ton cas, non ?

– Je ne savais pas.

– Faut suivre les lois, mon pote. Pourquoi te faire chier à aller faire le zouave, alors que tu es dispensé ?

Cette nouvelle réjouit Alain, en même temps qu'elle le mit mal à l'aise : il allait une fois de plus bénéficier de la mort de son frère.

Il se rendit au bureau militaire de la mairie où on lui demanda toutes sortes de documents dont il ignorait l'existence

– il ne s'était même pas fait recenser comme il aurait dû le faire. On l'adressa à un adjudant qui occupait un petit bureau tapissé d'affiches du genre « Il manque l'Indochine à l'Empire » et « Parachutistes coloniaux, la gloire, la bagarre ».

L'adjudant le toisa et adopta un ton paternaliste.

– En ce moment, on a besoin de gars comme toi en Indo. T'as pas envie de voir du pays et de te taper des petites niakoués ?

Alain avait surtout envie d'obtenir son attestation de dispense le plus vite possible et de filer.

– Eh bien, dit-il poliment, ma mère est toute seule. Je dois l'aider…

Pur mensonge, car il n'envoyait plus un centime à sa mère.

– Je comprends, tu es soutien de famille. Mais il y a une belle prime d'engagement et la paie n'est pas si mauvaise. Surtout que tu peux vite prendre du galon.

Le jeune homme se demanda si le personnel de l'armée était au boni, comme il l'était lui-même, et si ce sous-officier touchait une prime chaque fois qu'il faisait signer un engagement, mais il se contenta de décliner poliment cette offre en prétextant que sa mère, déjà éprouvée par la mort de son frère et la disparition de son père, serait folle d'inquiétude s'il partait si loin.

L'adjudant capitula et lui remit divers formulaires.

– Et pour ton frère, n'oublie pas qu'il faut une attestation officielle.

Il lui fallut encore entreprendre plusieurs démarches, car les services du ministère de la Défense manifestaient une certaine réticence face aux demandes tardives concernant des combattants irréguliers, et en particulier des FTP depuis que le PC avait été écarté du gouvernement. Le secrétaire de la section Javel réussit à faire intervenir un membre de l'état-major de Rol-Tanguy, qui avait conservé quelques relations en dépit de la tension qui montait entre le président du Conseil, Ramadier, et les communistes.

– On va t'obtenir ce certificat. Ça ne serait pas une bonne chose pour toi de partir pour l'armée en ce moment, mon gars, lui dit-il. Les copains qui se sont engagés en 1944 se retrouvent maintenant en Indochine, face à nos camarades vietnamiens qui se battent pour leur liberté. Certains sont d'ailleurs passés de l'autre côté et c'est ce que je ferais à leur place.

Alain écouta ce laïus sans broncher et remercia le militant, qui lui répéta une fois de plus qu'on devait bien ça à son frère.

Les grèves se succédaient chez Renault comme dans toute la métallurgie parisienne et s'étendaient maintenant aux mineurs, aux cheminots et aux entreprises de province. Alain suivait le mouvement, comme tous ses compagnons du 153, d'autant que la CGT qui avait freiné des quatre fers au début poussait maintenant à la roue. Pourtant il ne faisait pas partie des grévistes les plus actifs et ne participait qu'épisodiquement aux rassemblements, piquets de grève et occupations de l'atelier. Cette situation lui laissait donc non seulement du temps pour accomplir diverses formalités, mais pour ses loisirs. N'étant plus contraint de se lever à l'aube, il avait pris l'habitude de sortir en semaine et fréquentait maintenant un nouveau temple du jazz, le Tabou. Certains de ses collègues, dont ses deux voisins de quartier, lui reprochaient parfois de « faire la grève à domicile », mais l'occasion était trop belle. Ce conflit, qui semblait s'éterniser, avait par ailleurs un impact d'autant plus douloureux sur sa paie que ses sorties répétées amenaient Alain à dépenser davantage, bien qu'on le laissât assez souvent rentrer gratuitement au Lorientais et au Tabou, où il se faisait ensuite offrir à boire par des noctambules plus fortunés. Les tenanciers de ces établissements, qui n'étaient pas âpres au gain, manifestaient une certaine compréhension à l'égard des jeunes habitués désargentés, surtout quand il s'agissait d'excellents danseurs de be-bop comme Alain l'était devenu.

Mais le boulanger et l'épicier, eux, ne lui faisaient pas crédit et les prix de l'alimentation augmentaient chaque jour. Pour compenser la baisse de ses revenus, Alain avait accepté de travailler quelques heures par jour, au noir, et parfois le samedi entier, pour un de ses anciens voisins de HBM, Raymond Despierre, qui tenait un garage rue de la Croix-Nivert. Ce sexagénaire bourru menait ses apprentis à coups de pied au cul et manifestait une exigence maniaque, de sorte que rares étaient ceux qui parvenaient à le supporter plus de deux ou trois mois, ce qui l'obligeait à renouveler régulièrement son personnel. Pourtant il avait pris très vite Alain en affection. La qualité de son travail, sa bonne volonté et sa faculté d'apprendre l'avaient conquis, aussi, après l'avoir d'abord utilisé à des tâches ingrates, comme nettoyer l'atelier et les outils, laver les voitures ou faire des vidanges au fond de la fosse, il lui avait rapidement confié des tâches plus qualifiées et avait entrepris de lui livrer les secrets de sa profession.

– Tu as de l'or dans les mains, mon petit gars et, en plus, tu as le sens de la mécanique. Ça n'est pas donné à tout le monde. Un bon professionnel comme toi ne devrait pas perdre son temps chez Renault. C'est tout de même plus intéressant de bricoler des moulins que de faire tout le temps la même pièce, non ?

– J'y penserai à l'occasion, monsieur Despierre. Pour le moment, vous connaissez la situation.

– C'est vrai, vous êtes en grève. Ça ne serait pas bien de laisser tomber tes copains. Mais ces grèves ne vont rien donner, c'est toute la société qu'il faut changer…

Le garagiste, lui, se proclamait anarchiste, tendance Proudhon, et partisan du retour à la petite propriété et l'artisanat, mais il soutenait néanmoins le mouvement ouvrier et avait plusieurs fois versé généreusement à des collectes.

– T'as pas intérêt à dire à ton syndicat que tu bosses pour moi en ce moment. Ils n'apprécieraient pas.

– Je le sais bien, monsieur Despierre.

– Et cesse de m'appeler monsieur Despierre. Appelle-moi Raymond. Je ne suis pas Lefaucheux, le directeur de Renault, je suis un ouvrier comme toi. Je travaille de mes mains. Tout ce que je possède, c'est avec mes mains que je l'ai gagné.

À son habitude, Alain écoutait ce laïus comme il écoutait celui de Petit Louis, sans contester ni approuver trop chaudement. Anarchiste pour anarchiste, il avait tout de même du mal à comprendre ce qu'il pouvait y avoir de commun entre son copain d'atelier Paco, qui voulait toujours en découdre avec les patrons et parlait de les pendre aux réverbères, et Despierre, qui rêvait de transformer chaque ouvrier en petit patron, mais il n'avait pas davantage envie de se coltiner la lecture de Proudhon, de Bakounine et d'Isaac Puente, que celle de Lénine ou Thorez.

Au début de l'hiver, les conflits se durcirent encore et le climat devint très tendu dans la cité de la rue des Quatre-Frères-Peignot et dans tout le quinzième arrondissement, dont plusieurs habitants avaient été arrêtés par la police en raison de leur participation à des piquets et manifestations. Les bagarres entre colleurs d'affiches communistes et commandos du RPF venus casser du rouge étaient quasi quotidiennes. Un dimanche matin, un groupe d'une dizaine de gros bras en treillis militaires, armés de matraques, s'en prit au père Chenouard, un vieux militant du PC, qui diffusait chaque semaine *L'Humanité dimanche* à l'angle du boulevard de Grenelle et de la rue du Commerce. Chenouard était non seulement un vétéran qui avait sa carte à jour depuis le congrès de Tours, mais une figure populaire du quartier. Il avait perdu les deux jambes pendant la guerre de 14-18 et vendait l'organe central du parti sur un fauteuil roulant. On venait lui demander des conseils sur toutes sortes de questions : conflit avec un propriétaire, allocations de famille, feuille de paie incompréhensible. Beaucoup de gens lui achetaient d'ailleurs *L'Huma* davantage par sympathie personnelle que par conviction.

Les agresseurs l'avaient renversé et frappé avant d'éparpiller ses journaux aux cris de « Les cocos à Moscou ! ». Cette agression avait suscité une émotion considérable dans tout le quartier et la section du parti n'avait pas manqué cette occasion de mobiliser la population contre les factieux gaullistes. Petit Louis avait donc réquisitionné Alain pour participer à la riposte, le dimanche suivant.

Dès huit heures du matin, une troupe d'une bonne centaine de militants et sympathisants, dont un quart de femmes tout aussi déterminées que leurs compagnons, entourait donc le père Chenouard, fier d'arborer ses pansements et de raconter la bagarre à ceux qui n'en connaissaient pas encore tous les détails.

Le septuagénaire, qui, à défaut de jambes, avait musclé ses bras en maniant son fauteuil, s'était muni d'un poids en fonte qu'il avait attaché à une grosse ficelle, de façon à le faire tourner comme une masse d'armes. Équipé de cet engin redoutable, il entendait bien mettre en fuite quiconque tenterait désormais de lui chercher des noises. Nombre de militants avaient d'ailleurs rempli des musettes de boulons et d'autres avaient dissimulé des barres de fer dans de gros pains de deux kilos qu'ils portaient sous le bras. À toutes fins utiles, deux jeunes sympathisants du parti qui travaillaient dans une poissonnerie, juste en face du poste de vente, avaient disposé des couteaux et crochets sous leurs étals et se disaient disposés à s'en servir. Alain lui-même, bien qu'il n'eût aucun goût pour la bagarre, se sentait prêt à donner des coups et à en recevoir, tellement cette attaque l'avait révolté. Il avait d'ailleurs rameuté deux de ses collègues du 153, dont Roland.

Sa nuit ayant été agitée, il eut tout juste le temps de troquer sa veste de zazou pour son blouson de cuir afin d'arriver à l'heure. Roland, lui, portait encore le costume croisé qu'il mettait tous les samedis soir pour aller danser au Boléro. Il en avait relevé le col car on était fin novembre et il ne faisait pas chaud, ce qui, avec ses yeux cernés, ses cheveux ébouriffés et sa barbe naissante, lui donnait une allure de condamné à mort. Il détonnait dans la foule des militants en canadienne, béret ou casquette.

– Je me suis levé cette nuit une nana extra, glissa-t-il à Alain. On frottait les tangos, je ne te dis que ça !

Alain, lui, après une exhibition de ses talents au Tabou, avait suivi un autre garçon dans un bar homosexuel qui venait d'ouvrir rue Jacob. L'établissement bénéficiait pour le moment de la tolérance des autorités. Le flirt s'était prolongé dans la nuit, mais ni l'un ni l'autre ne disposaient d'un appartement où ils pussent recevoir discrètement un partenaire et, à l'hôtel, on leur aurait demandé des papiers d'identité. Ce n'était pas le genre de chose qu'on pouvait raconter à un collègue de travail bourré de préjugés contre les pédés, et encore moins dans un rassemblement politique. Les militants commentaient l'agression à voix haute, congratulaient Chenouard et vantaient les exploits des mineurs et des cheminots de Saint-Étienne qui avaient affronté les gendarmes et les avaient contraints à évacuer la gare. Tous attendaient de pied ferme une nouvelle attaque des factieux qui, bien entendu, n'eut pas lieu. Sur le coup de midi, le secrétaire de section, armé d'un porte-voix, fit une courte prise de parole pour vilipender à nouveau les agresseurs. Sans nul doute possible, cette montée de la violence était le signe du désarroi des deux cents familles et de leurs nervis face à la puissante mobilisation de la classe ouvrière. Il évoqua le sacrifice de Charles Michels, les martyrs de Châteaubriant et conclut par un appel à la vigilance. À l'issue de ce discours, la foule se dispersa et chacun vaqua à ses occupations avec le sentiment d'avoir accompli son devoir.

Une bonne partie des militants se répandit dans les bistros du quartier. Alain se retrouva au Bar du commerce avec Petit Louis, le secrétaire de section et une responsable de la Fédération de Paris du parti prénommée Josette, connue pour son intransigeance idéologique, qu'on surnommait dans son dos « la Vierge rouge », car on ne lui connaissait aucune liaison. C'était une femme de trente-cinq ans, un peu sèche, aux cheveux coupés court, qui ne se maquillait jamais car Jeannette Vermeersch avait dénoncé la coquetterie comme un vice de la bourgeoisie.

Josette se fit présenter les deux jeunes gens, questionna Alain sur les grèves qui se déroulaient chez Renault et s'étonna elle aussi qu'il n'ait pas encore pris sa carte du parti. À son habitude, il supporta ce laïus avec le sourire, alors que ses pensées allaient à son compagnon de la nuit.

Josette, que d'autres tâches attendaient, les quitta rapidement après avoir bu sa menthe à l'eau, car elle ne prenait jamais d'alcool. Alain se retrouva donc avec Petit Louis et le secrétaire qui, lui, avait une bonne descente, au point de commander un second Pernod.

Le secrétaire se tourna vers Alain.

– C'est bien que tu sois venu ce matin et que tu aies amené des copains. Peu importe après tout que tu aies ta carte ou non, tu la prendras quand tu le jugeras nécessaire ou tu ne la prendras pas. De toute façon, il ne suffit pas d'avoir une carte pour être un vrai communiste. Ce qui compte, c'est que tu es des nôtres. Ça a fait chaud au cœur du père Chenouard de voir tous ces jeunes. Je voulais te parler, mais je n'en ai pas eu le temps, avec tout ce qui se passe en ce moment. C'est à propos de ton frère.

– Ah…

– Un camarade du quartier a rencontré une femme qui a assisté à la fusillade, de sa fenêtre. Sur le coup, elle n'a rien dit, car elle avait peur. Mais elle pourrait peut-être identifier les types qui ont monté le guet-apens. Ce qui est certain, c'est que ce n'étaient pas des Allemands : ils parlaient entre eux en français.

– La police est au courant ?

– On ne peut pas compter sur la police, surtout en ce moment. Les assassins étaient peut-être eux-mêmes des flics en civil.

– Alors ?

– Nos camarades vont continuer à enquêter de leur côté, mais c'est déjà un point de départ.

– Je peux vous aider ?

– Non. Toi, tu ne bouges pas. On te tiendra au courant. Je voulais juste que tu saches qu'on n'oublie pas nos copains.

24

1948

Anne évoluait maintenant avec une certaine aisance au sein de l'hôtel Matignon où elle avait réussi non seulement à se faire respecter et estimer par ses collègues, mais à nouer des liens utiles avec nombre d'entre eux. La compétence et le sens des relations qu'elle avait acquis en deux années de présence dans ce nid de frelons semblaient avoir fait oublier son âge et son sexe. Du moins les préjugés qu'ils suscitaient sans doute toujours ne s'exprimaient jamais en sa présence et rarement devant des personnes susceptibles de lui rapporter des propos désobligeants. Le rôle joué par son service, pour discret qu'il fût, avait contribué à renforcer sa crédibilité et à lui conférer une influence non négligeable, car il était apparu très vite que beaucoup de gens avaient un dossier d'un parent ou d'un proche plus ou moins compromis sous Vichy à défendre. De son côté, Granville n'avait cessé de l'encourager à mettre de l'eau dans son vin et à cultiver l'art du compromis, sans lequel aucune carrière ne peut se construire de façon durable. La jeune idéaliste qui avait tout abandonné pour rejoindre Londres laissait place à une femme avisée et prudente. Sa vision des hommes et des événements avait elle aussi évolué, au fur et à mesure qu'elle découvrait les complexités de la vie politique.

En dépit de l'assurance acquise au fil de ces années, elle ressentit néanmoins une certaine inquiétude quand le directeur de cabinet du Premier ministre la convoqua. C'était un homme de quarante-cinq ans, dont les manières raffinées trahissaient les origines aristocratiques. Ses états de service étaient irréprochables :

après avoir participé à la guerre comme officier, il avait tenté par deux fois de s'évader d'un camp allemand. Il n'appartenait donc pas à cette fraction de l'aristocratie qui, par haine de la Gueuse, avait soutenu Vichy. De Gaulle l'avait d'ailleurs nommé à de hautes fonctions dès la Libération. Il s'exprimait parfois de façon emphatique et littéraire, et on disait qu'il écrivait beaucoup et se préparait à publier un essai ou un roman.

Le directeur commença par la complimenter.

– Le travail que vous avez accompli est d'autant plus remarquable qu'il était particulièrement délicat. Vous l'avez fait avec abnégation, avec subtilité, sans céder à des pulsions de revanche, en plaçant toujours l'intérêt de la France au premier rang de vos préoccupations. Votre supérieur hiérarchique, qui, comme vous le savez, vient d'être appelé à de nouvelles fonctions, a pu se reposer entièrement sur votre jugement.

Le directeur, qui se tenait debout, les mains dans le dos, alors qu'il l'avait fait asseoir, lui adressa un sourire aimable où passait une pointe de complicité.

– Et pourtant, c'est un caractère… disons pointilleux.

– Je lui suis très reconnaissante de la confiance qu'il m'a témoignée, monsieur le directeur.

– Vous la méritiez sans aucun doute. Mais, face à la nouvelle situation qui vient de s'ouvrir, ce tri entre le bon grain et l'ivraie appartient désormais au passé. Votre service n'a donc plus de raison d'être, même si vous avez peut-être encore quelques dossiers sous le coude. Mais n'ayez nulle inquiétude, nous n'avons pas l'intention de nous priver d'une collaboratrice aussi précieuse et aussi charmante. Nous entendons vous proposer de nouvelles missions, plus variées.

Il s'interrompit un instant et demanda tout à trac :

– Que pensez-vous de l'Europe ?

La question la prit de court.

– La situation a beaucoup changé en deux ans, dit-elle prudemment. Je lisais ce matin même un article de Walter Lippmann qui parle de guerre froide…

– C'est le terme qui convient. Le président du Conseil est

très attaché à la construction de l'Europe. Le plan Marshall est une très bonne chose, mais nous savons bien que les Américains ne sont pas désintéressés. Le seul moyen de contrer Staline sans tomber sous la coupe de Washington, c'est donc de construire une Europe solide. La guerre est terminée depuis plus de deux ans et il va bien falloir nous réconcilier avec l'Allemagne.

Ce n'était pas précisément la façon de voir de la jeune femme qui avait discrètement pris quelques mois plus tôt sa carte du RPF. Le parti créé par le général de Gaulle après son départ du gouvernement professait une hostilité égale à Washington et à Moscou. Toutefois, il n'était pas question pour elle de s'opposer à son nouveau patron, alors que la consigne lui avait été donnée de rester dans la place. Cette situation avait par certains aspects un caractère inconfortable, mais elle lui procurait aussi divers avantages. De plus, elle demeurait circonspecte sur les chances de retour aux affaires du général de Gaulle, en dépit des premiers succès électoraux remportés par son parti.

Un peu plus tard, elle rapporta cette entrevue à Granville. L'avocat approuva chaudement son attitude.

– De Gaulle joue son va-tout, c'est dans son tempérament. Je comprends très bien les sentiments que tu éprouves à son égard, mais ça serait stupide de te griller. À moins que tu n'aies envie de te présenter aux élections sur une liste du RPF, mais, si tu veux mon avis, les places sont chères. Il n'y en aura pas pour tout le monde.

– Non, la politique m'intéresse, mais pas de cette façon. Il me semble que je serai plus utile à Matignon, même si je n'approuve pas toutes les orientations de Schuman.

– Schuman est plus réaliste que de Gaulle, crois-moi. La France n'a pas les moyens de se passer de l'aide américaine et de jouer cavalier seul. La guerre a bouleversé le rapport de forces, il faut se faire une raison. Le MRP[1] n'est pas ma tasse de thé,

1. Mouvement républicain populaire, parti démocrate-chrétien allié au parti radical et à la SFIO (socialiste) pour constituer en 1947 le gouvernement dit

mais sur l'Europe, je suis d'accord. Le patriotisme étriqué, c'est dépassé.

– Tu as peut-être raison, mais la plupart de ceux que j'ai connus à Londres sont aujourd'hui avec le Général. Ce sont des liens de sang.

– Je n'en doute pas, mais, sans vouloir te décevoir, les gens changent et il y a parmi eux pas mal d'aventuriers qui ne valent pas mieux que les politiciens des autres partis. Le courage personnel, c'est certes respectable, mais ça n'est pas une garantie de moralité.

Anne fut à nouveau convoquée par le directeur de cabinet une semaine plus tard.

– Avez-vous réfléchi à notre discussion sur l'Europe ?

– La guerre est terminée, dit-elle.

Elle accompagna cette assertion qu'on pouvait interpréter de diverses façons d'un sourire diplomatique.

– C'est aussi ce qu'il me semble. Mais vous avez acquis, chère madame, grâce à la guerre, une expérience précieuse et noué diverses relations. Nous connaissons votre fidélité au général de Gaulle qui, pour le moment, a choisi une orientation un peu différente de la nôtre, mais cette fidélité, que nous respectons, ne vous a pas empêchée de faire un excellent travail.

Son patron n'était donc pas dupe de son double jeu. Ou bien il prêchait le faux pour savoir le vrai.

– Le Général est un homme que je tiens en effet en très haute estime. Mais mon ambition est de servir l'État en me tenant à l'écart des querelles politiciennes.

– Et vous le servez bien ! Comme vous vous en doutez, nous n'ignorons pas que vous avez conservé des liens avec des proches du Général, mais cela ne nous pose aucun problème dans la mesure où vous êtes loyale et utile. La guerre, la Résistance… ce sont des situations au cours desquelles se tissent des liens

---

de « troisième force » de Robert Schuman, centriste, hostile à la fois à la droite gaulliste et aux communistes, et promoteur de l'Europe.

très forts. Nous ne vous demandons pas de les rompre, mais seulement d'observer une certaine confidentialité sur certains sujets, certains dossiers, certaines informations...

– C'est ainsi que j'ai toujours compris ma mission.

– Nous en sommes persuadés, sinon, pour être franc et direct, nous vous aurions remisée dans un placard quelconque...

Autrement dit, son nouveau patron n'ignorait probablement pas qu'elle avait en poche la carte du RPF et qu'elle rencontrait régulièrement des anciens du BCRA. Elle en conclut que, comme elle n'avait pas affaire à un imbécile, celui-ci cherchait soit à la débaucher, c'est-à-dire à la retourner comme on le faisait dans les services de renseignement, soit à l'utiliser d'une manière plus sophistiquée. Elle penchait cependant pour la première hypothèse, car s'il avait voulu la manipuler, il aurait affecté d'ignorer ses liens avec le RPF. À moins que son jeu ne soit encore plus complexe...

– Vous êtes une professionnelle du renseignement, poursuivit le chef de cabinet, et par conséquent j'imagine que vous n'êtes ni surprise ni offusquée par le fait que nous avons non seulement étudié votre dossier... officiel, mais aussi recueilli quelques informations.

– J'aurais procédé de la même façon.

– Très bien. Je vois que nous nous comprenons. La mission que nous avons l'intention de vous confier est somme toute assez proche de celle que vous venez de mener à bien. Elle consiste à vous assurer discrètement de la fiabilité du personnel de ce ministère. Nous avons procédé à plusieurs purges, mais il est probable qu'il reste encore des communistes, peut-être même à des postes clés. Il y a aussi des gens qui, pour des raisons diverses, sans saboter ouvertement notre travail, ne jouent pas le jeu que nous attendons d'eux ; et enfin d'autres qui se laissent aller à bavarder au cours de dîners en ville.

– N'est-ce pas la mission des Renseignements généraux et du contre-espionnage ?

– Pas exactement. Nous ne vous demandons pas de débusquer des espions, bien qu'il puisse y en avoir parmi vos cibles...

Nous voulons seulement savoir qui est qui, car, depuis la fin de la guerre, il y a eu un brassage de personnel considérable. Chaque chef de service a fait embaucher ses amis politiques ou ses proches. C'est une mission qui est dans la droite ligne de celles que vous avez déjà remplies, aussi bien au Lutetia qu'ici. Mais, cette fois, nous ne vous demandons pas de trier, seulement d'établir l'état des lieux. Vous aurez accès à tous les éléments qui vous seront nécessaires et vous pourrez embaucher des collaborateurs. Toutefois, il s'agit encore une fois d'une mission officieuse. Si elle devait vous placer en situation de conflit avec d'autres services, nous aviserions. Mais rassurez-vous : vous aurez aussi un poste officiel dont je vous laisse le soin de choisir l'intitulé...

Anne réalisa alors qu'en acceptant à nouveau une mission de ce genre, elle se condamnait probablement à accomplir des tâches obscures pour une période assez longue. Mais, si elle refusait, comme on le lui avait clairement fait comprendre, c'était le placard assuré. Telle était donc la raison pour laquelle son patron lui avait signifié qu'il n'ignorait rien de ses accointances avec les gaullistes. C'était le prétexte tout trouvé pour l'écarter si elle ne se pliait pas à ses exigences.

Ce chantage peu élégant ne correspondait pas à l'image qu'elle s'était faite d'un homme qui avait pris deux fois le risque de s'évader d'un camp allemand. Peut-être la pratique de la politique et les compromis qu'elle impliquait avaient-ils modifié ses façons d'agir, comme ils avaient changé les siennes. Le Général dénonçait avec virulence cette République des partis et leurs combines, pourtant elle était bien placée pour savoir que ses fidèles ne s'épargnaient pas non plus les coups bas.

– Je vais réfléchir à cet intitulé, dit-elle en guise d'acceptation.

– Très bien, veillez à ce qu'il ne soit ni trop obscur ni trop ronflant. On a tendance de nos jours à donner des appellations pompeuses et ridicules à des activités des plus banales, et plus encore à des services inutiles.

Elle avait un instant oublié qu'elle avait en face d'elle un littéraire féru de belles phrases.

– J'y veillerai, dit-elle.

– Une dernière chose. Il y a un homme qui peut vous être fort utile. Vous le connaissez. C'est un de vos proches qui a assuré sa défense : Aimé Bacchelli. Il publie une revue d'analyse très intéressante dont je me permets de vous conseiller la lecture. Ses axes politiques sont proches des nôtres. Votre collaboration sera certainement très féconde.

À moins qu'il n'ait été choisi à dessein, le terme collaboration était en l'occurrence malvenu. Néanmoins, la jeune femme dissimula le malaise provoqué par ce mot.

– Je connais en effet Bacchelli, acquiesça-t-elle.

Il aurait été maladroit de le nier, car elle l'avait rencontré à plusieurs reprises. Le chef de cabinet, s'il s'était adressé à des gens compétents pour enquêter sur son compte, le savait probablement. Mais connaissait-il l'histoire de ses relations avec Bacchelli et avançait-il ainsi une pièce supplémentaire pour renforcer la prise qu'il avait sur elle ?

– Bacchelli n'est pas un personnage que j'apprécie particulièrement sur le plan humain, crut bon de préciser le chef de cabinet. Je vous accorde que son passé n'est pas reluisant. Il l'a d'ailleurs payé, malgré les efforts de son avocat. Mais c'est un personnage lucide qui a parfaitement analysé la conjoncture actuelle. Nous sommes aujourd'hui engagés dans la construction de l'Europe. Une Europe forte sera le meilleur rempart contre le communisme. Bacchelli l'a bien compris, de sorte qu'il est aujourd'hui, qu'on le veuille ou non, et quel que soit son passé, dans le camp de la France. Vous êtes d'ailleurs bien placée pour savoir que le Général, quand il était aux affaires, raisonnait aussi de cette façon. Je ne vous demande donc pas de faire de Bacchelli un intime, mais de l'utiliser au mieux. Il a mis sur pied un petit réseau composé de gens de tous bords et de toutes origines qui se retrouvent dans la même volonté de combattre le communisme et sont introduits dans des milieux très divers. Il dispose parfois d'informations que ne détiennent pas nos services… Pour en revenir à votre nouvelle mission, il est fort possible et même vraisemblable que Bacchelli possède des éléments sur quelques-uns des fonctionnaires que nous côtoyons tous les jours.

– Mais pourquoi nous les transmettrait-il ? S'il le fait, il réclamera des contreparties.

– Bien entendu. Ce que souhaite Bacchelli, c'est sans doute de cesser d'être considéré comme un proscrit dans les milieux qui comptent. Faites-lui comprendre que vous êtes en mesure d'agir dans ce sens.

25

1951

Bacchelli sortait d'une longue réunion quand il rencontra Jean-Pierre Laborde pour la première fois depuis la Libération. Cette conférence avait rassemblé, outre Albert Legris, l'ancien journaliste de *L'Atelier* désormais directeur des publications de l'Institut d'études géopolitiques, des personnalités bénéficiant d'une certaine notoriété et venues d'horizons fort différents. L'historien Boris Souvarine, qui avait joué un rôle dirigeant au sein du parti communiste avant de rejoindre Trotski puis de rompre avec lui, le philosophe Raymond Aron et l'écrivain Arthur Koestler y avaient débattu avec des syndicalistes de Force ouvrière et des intellectuels plus marqués à droite ou à l'extrême droite, aussi bien vichystes non repentis que résistants d'obédience nationaliste, de la meilleure façon de contrer la propagande de Moscou, sous le regard attentif de correspondants discrets de la CIA, de la banque de Montalembert et de l'UIMM[1]. Bacchelli avait ainsi pu prouver à ces derniers sa capacité à rassembler des acteurs issus d'une palette très étendue de courants politiques, parfois antagonistes, mais unis par la volonté de constituer un front le plus large possible pour défendre le monde libre face à la menace communiste. Cette démonstration était d'autant plus importante qu'elle lui assurait la continuité de son financement semi-occulte. Bacchelli lui-même avait présidé ces délibérations avec beaucoup de diplomatie. Au fil des ans, il avait gagné en rondeur affable et avait désormais des allures de gros chat patelin.

1. Union des industries et métiers de la métallurgie, syndicat patronal.

Le patron de l'Institut d'études géopolitiques était donc de fort bonne humeur quand il reçut Laborde.

– Dites donc, mon garçon, à vous voir, on ne croirait pas que vous sortez d'un camp russe !

De fait, le jeune homme, qui, depuis son retour d'Espagne, vivait chez ses parents, à Grasse, affichait un teint hâlé et une certaine élégance vestimentaire.

– Disons que cela fait déjà un bout de temps que j'ai échappé à ce bagne. Certains jours, j'ai l'impression que cette captivité s'est déroulée dans une vie antérieure, d'autres qu'elle ne remonte qu'à la semaine précédente. Il m'arrive de rêver que je suis encore prisonnier des Russes.

Bacchelli souleva ses lunettes pour le dévisager avec compassion.

– Je comprends cela.

– C'est difficile à réaliser sans l'avoir vécu, vous savez. De mon côté, j'ai appris ce qui est arrivé à votre femme et votre fils. J'en suis sincèrement désolé.

Le regard de Bacchelli s'assombrit.

– Je préfère ne plus évoquer ce drame. Parlez-moi plutôt de vous. Je crois savoir que vous n'avez pas été inquiété depuis votre retour en France…

– Eh bien, j'ai d'abord vécu quelque temps sous un nom d'emprunt, puis j'en ai eu assez et j'ai repris mon identité. Curieusement, il se trouve que je figure sur une liste de portés disparus : il n'y a donc pas d'avis de recherche ni d'instruction lancés contre moi.

– Peut-être faut-il en remercier votre sœur ? Elle occupe une situation qui lui permet d'intervenir dans ce genre d'affaires avec une certaine efficacité. Sauf bien sûr en cas de dénonciation, si un juge d'instruction zélé se saisit de l'affaire.

Laborde se raidit.

– Je n'ai rien demandé à ma sœur. Nous ne sommes pas vraiment du même bord.

– J'entends, mais les liens de famille comptent parfois davantage que l'idéologie. Quoi qu'il en soit, je me réjouis qu'on ne vous ait pas fait d'ennuis. Et, plus le temps passe, plus le risque se réduit, même s'il ne faut pas le minimiser. Le mieux serait tout de même que votre affaire soit officiellement classée. En attendant une amnistie générale, encore hypothétique, des gens bien placés pourraient vous obtenir cela. Je vais voir ce que je peux faire de mon côté. Fort heureusement, un certain nombre de mes amis et relations me sont restés fidèles. Je ne vous cacherai pas que Herriot a usé de toute son influence auprès du président Auriol pour qu'il m'accorde sa grâce.

– Merci, dit Laborde.

On sentait que ce « merci » ne lui venait pas du fond du cœur. Néanmoins Bacchelli affecta de ne rien remarquer de ces réticences.

– Ne me remerciez pas trop tôt. J'ai de mon côté un service à vous demander. Il s'agit d'une mission délicate. J'ai besoin de récupérer des documents qui sont aujourd'hui en lieu sûr, à l'étranger. Ces pièces sont susceptibles de nous aider à intervenir dans la vie politique en rappelant leur passé à des personnalités qui l'auraient oublié, mais aussi pour sortir de prison des patriotes embastillés depuis trop longtemps et les aider à trouver une situation, comme on m'a aidé moi-même ; enfin, pour impulser la lutte contre le bolchevisme.

– Pourquoi vous adresser à moi ? Vous ne manquez pas de relations susceptibles de vous rendre ce service.

– Ce sont des documents précieux qu'on ne peut pas mettre entre les mains de n'importe qui. Je ne voudrais pas qu'ils s'égarent en chemin. Votre passé et votre fidélité à vos idéaux m'incitent à penser que vous êtes un garçon de parole. De plus, il est indispensable d'instaurer un climat de confiance avec l'homme qui détient actuellement ces pièces. Sa situation est encore plus délicate que la vôtre car il est condamné à mort par contumace. Toute indiscrétion peut lui être fatale. Il redoute les manipulations et les trahisons, et n'acceptera de traiter qu'avec une personne qui a fait ses preuves.

*

Francis Bout de l'An se tenait sur le seuil de sa maison, une confortable villa de deux niveaux aux allures de chalet tyrolien, avec son toit d'ardoise et ses balcons fleuris. Les pouces glissés derrière les bretelles de sa culotte de peau, il observait la progression d'une voiture qui remontait poussivement la route serpentant au travers de son domaine. Bout de l'An avait adopté la tenue des hobereaux de la région, dont il ne se distinguait désormais ni par l'apparence ni par le mode de vie. Physiquement, il avait peu changé mais pris tout de même un peu de poids.

Bien qu'il fût averti de cette arrivée, il ne dérogeait pas à son habitude de surveiller prudemment les abords de la villa quand un visiteur se présentait. En principe, le métayer, toujours armé de son fusil de chasse, se chargeait d'éloigner les intrus et d'ouvrir la grille aux amis, mais on n'est jamais trop prudent. Cela faisait maintenant près de cinq ans que l'ex-numéro deux de la Milice s'était installé ici, et plus aucune menace ne semblait peser sur lui. La police avait cessé de le traquer depuis bien longtemps. La population locale le considérait comme un des siens et n'aurait pas manqué de l'alerter si des étrangers aux intentions douteuses avaient été remarqués dans une région qui vivait plus ou moins en vase clos depuis la fin de la guerre. Personne ne faisait la moindre allusion à son passé et il était même probable que la plupart des gens ignoraient sa véritable identité. Beaucoup le prenaient pour un notable d'une ville éloignée, sans doute un partisan du Duce, rescapé des purges de 1945, fuyant l'agitation urbaine et venu faire son retour à la terre en acquérant cette propriété où il exploitait désormais des vignobles produisant un chardonnay de bonne facture, même s'il ne tenait pas la comparaison avec son équivalent bourguignon. On ne se serait pas davantage permis de l'interroger sur l'origine de sa fortune ni sur sa famille. Il s'était présenté comme un veuf inconsolable et cela avait suffi à lui attirer la compréhension générale sinon la sympathie. Sa maîtrise désormais parfaite de l'allemand et de l'italien avait contribué à le faire accepter. Il vivait seul, un couple d'une soixantaine d'années faisait son ménage et préparait ses repas, on ne lui connaissait aucune liaison et on le voyait chaque dimanche au premier office de l'église du village, pieusement concentré sur son missel. C'était un paroissien généreux qui ne manquait jamais non seulement de glisser un billet dans la corbeille de l'enfant de chœur, mais de participer par ses dons à diverses opérations de bienfaisance organisées par le curé local, lequel le recevait en confession.

De temps à autre, il s'installait sur la banquette arrière d'une grosse Fiat, dont le métayer, qui faisait aussi office de garde du corps et de chauffeur, prenait le volant pour l'emmener vers une destination inconnue. Il avait néanmoins confié au prêtre qu'il se rendait dans des monastères et des bibliothèques pour consulter des documents anciens car l'histoire le passionnait.

La petite voiture du visiteur s'immobilisa devant le perron en crachotant une fumée noirâtre, comme si elle était prise d'une quinte de toux, troublant un instant la sérénité des lieux et faisant passer une expression d'irritation sur le visage de Bout de l'An, mais celle-ci s'effaça très vite pour laisser place à un large sourire. Un jeune homme chargé d'une serviette s'extirpa du véhicule et se dirigea vers lui d'un pas énergique.

– Avez-vous fait bon voyage, monsieur Laborde ?

– Un peu long, mais j'ai connu pire.

Bout de l'An le fit entrer dans la villa dont la pièce principale était meublée de façon rustique et assez peu confortable, avec des coffres, de lourds bahuts, une grande table en chêne et des bancs. Il y avait tout de même un petit canapé et deux fauteuils à oreillettes de style vieillot disposés autour d'une table basse couverte d'un napperon brodé. Le maître des lieux indiqua un de ces sièges à son visiteur et prit place en face de lui.

– Il est trop tôt pour que je vous fasse goûter mon vin, mais vous avez peut-être envie d'une collation ? Ou bien puis-je vous proposer de partager mon déjeuner ?

– Je prendrais volontiers un café. Mais je dois repartir assez vite, car le chauffeur va revenir me chercher…

Bout de l'An agita une sonnette. Une femme de forte corpulence, à l'allure plutôt revêche, qui portait elle aussi le costume régional, apparut. Bout de l'An attendit qu'elle leur ait servi leurs cafés pour questionner son visiteur.

– Comment ça se passe à Paris ? J'ai appris qu'ils se sont décidés à promulguer une amnistie…

– Une amnistie partielle qui ne concerne que les condamnés à moins de quinze ans de prison. Et il faut la solliciter officiellement, c'est humiliant.

Bout de l'An ricana.

– Moi, comme vous le savez sans doute, ils m'ont condamné à mort par contumace et je ne m'abaisserai jamais à leur quémander quoi que ce soit.

Jean-Pierre Laborde hocha la tête, pour manifester son approbation.

– Beaucoup de gens font néanmoins cette démarche. Céline vient de rentrer en France et l'a faite.

Bout de l'An se pencha vers lui.

– Et vous jeune homme ? D'après le peu que je sais de vous, j'ai cru comprendre que vous avez eu quelques ennuis.

– À vrai dire, pas depuis que je suis rentré en France. Des amis ont réussi à faire classer mon dossier. Les juges qui l'ont eu entre les mains ont dû estimer que les Russes m'en avaient suffisamment fait baver. Et ça se calme tout de même un peu, les cocos et une partie des gaullistes sont toujours aussi avides de régler leurs comptes, mais l'hystérie de la populace est retombée. Les gens ont d'autres chats à fouetter…

Jean-Pierre Laborde but une gorgée de café, puis ouvrit sa serviette.

– Je vous ai apporté la presse.

Bout de l'An chaussa de petites lunettes rondes cerclées d'acier et s'empara avidement de la liasse de journaux.

– *L'Aurore, Le Figaro, Le Parisien libéré… L'Humanité.* Vous m'avez gâté ! La lecture de la presse moscoutaire est parfois très instructive. Voyons ce qu'ils racontent.

Il parcourut successivement les unes.

– On dirait que ça barde en Indochine. Quand l'état-major annonce victoire sur victoire, ça veut généralement dire que ça va mal. Vous pensez que nous pourrons garder nos colonies, vous ?

– Contre les Chinois et les Russes, avec les Américains qui ne songent qu'à prendre notre place, ce sera difficile, mais il faut se battre.

– C'est bien, vous avez encore l'enthousiasme de la jeunesse. Vous n'avez pas songé à vous engager ?

– J'y ai pensé, et je crois bien que j'aurais choisi la Légion si les flics ne m'avaient pas laissé tranquille. Des amis me l'ont déconseillé.

– Vous avez eu raison, mon garçon. Cette guerre risque d'être un tombeau pour les meilleurs des nôtres. Il faut réserver nos forces pour les combats décisifs qui se livreront sur le sol national.

Jean-Pierre Laborde fouilla dans un autre compartiment de sa serviette et en tira des publications d'apparence plus modeste.

– Je vous ai gardé le meilleur pour la fin. Voici le bulletin que viennent de lancer les frères Sidos : *Jeune Nation.*

– J'ai assez bien connu leur père. Ils l'ont fusillé en 1946, n'est-ce pas ?

– Comme beaucoup d'autres.

– C'était un homme de valeur. Bon sang ne saurait mentir. On ne peut que se réjouir de voir les fils reprendre le flambeau ! On ne leur fait pas trop d'ennuis ?

– Cela fait à peine trois ans qu'ils ont été libérés. Ils sont obligés de rester très prudents, mais nous avons tout de même conservé des amis.

Bout de l'An souleva ses lunettes pour dévisager son interlocuteur.

– Nous ? Vous travaillez avec eux ?

– Plus ou moins. Ceux qui osent afficher leur fidélité au Maréchal sont peu nombreux. Nous nous connaissons presque tous. Mais, pour ma part, je me suis donné un délai de réflexion avant de m'engager dans un nouveau mouvement. Quand je suis revenu de Russie, j'étais très démoralisé, presque nihiliste. Je ne croyais plus à grand-chose. Cela m'a regonflé de voir des jeunes s'engager à contre-courant. Mais je me tiens pour le moment à l'écart des différentes chapelles, j'observe et je donne un coup de main à ma manière. Les nationaux sont hélas très divisés aujourd'hui…

– C'est le lot de tous les vaincus, dit sentencieusement Bout de l'An. On rejette le poids de la défaite sur ses proches au lieu de s'unir.

– Peut-être… Je n'ai pas connu d'autre défaite pour le moment.

Il tendit à son hôte une autre publication.

– Et voici le premier numéro de la revue de Bacchelli.

Bout de l'An la prit et la feuilleta.

– Bigre, c'est imprimé en tout petits caractères. *Revue d'histoire et d'analyse Est-Ouest.* Voilà un titre qui ne mouille personne !

– Il a choisi un titre neutre pour mieux rassembler toutes sortes de gens venus d'horizons divers. Leur seul dénominateur commun, c'est le combat contre le communisme. Il a même réussi à obtenir la participation de socialistes, de trotskistes et de syndicalistes.

– Et vous en pensez quoi ? Vous êtes d'accord avec lui ?

La question prit Laborde de court.

– Eh bien, je ne sais pas trop… D'un côté, mes sympathies vont aux nationaux purs et durs comme les Sidos, de l'autre je constate que nous sommes faibles et que le communisme représente aujourd'hui la menace principale.

– C'était déjà le cas hier, remarqua Bout de l'An. Et, pour lutter efficacement contre cette menace, il faut avoir les idées claires et réunir des gens solides.

Il reprit la revue de Bacchelli.

– Qui est ce Legris ? Je lis qu'il émarge comme rédacteur en chef.

– Un mou ! Il écrivait dans *L'Atelier* pendant la guerre et il a dû subir quelques tracas, comme tout le monde, mais je le considère comme un opportuniste et un journaliste casse-croûte.

– Alors pourquoi s'encombrer d'un tel personnage ?

– Bacchelli ne voulait pas d'une personnalité trop marquée. Un type comme Legris ne dérange personne. Pour les uns il fait figure d'homme de gauche, car il était syndicaliste avant-guerre, mais pour les autres sa signature dans *L'Atelier* atteste qu'il fait partie des réprouvés d'aujourd'hui.

– « Je suis oiseau : voyez mes ailes, je suis souris : vivent les rats », récita Bout de l'An. Rien n'a changé depuis ce bon Monsieur La Fontaine. J'ai du mal à supporter les gens qui jouent double jeu.

– Moi aussi, mais je dois reconnaître que Bacchelli est particulièrement habile. Il m'impressionne.

– Et c'est grâce à lui que j'ai le plaisir de vous avoir en face de moi. Je lui dois au moins cela.

– C'est aussi pour moi un grand plaisir, et surtout un honneur…

Bout de l'An leva la main pour l'interrompre, comme si cet éloge le gênait.

– Bien. J'imagine que Bacchelli vous a choisi pour votre discrétion et que je peux vous faire confiance.

– J'espère m'en montrer digne.

Bout de l'An retira ses lunettes, se frotta les yeux et se renversa dans son siège.

– Êtes-vous certain de ne pas avoir le temps de partager mon déjeuner ? Nous ferons patienter le chauffeur en lui servant quelque chose à la cuisine, s'il revient trop tôt. Car j'ai un certain nombre de choses à vous expliquer.

Laborde accepta cette proposition. Bout de l'An agita à nouveau sa sonnette et commanda à sa gouvernante de dresser la table. Une fois avalée leur assiette de *knödels*, il lui tendit une grosse enveloppe.

– Vous pouvez l'ouvrir.

Elle contenait trois fiches de carton perforées. Laborde sembla intrigué.

– À quoi servent ces trous ?

– À trier ces fiches à l'aide d'une machine mécanographique. Vous savez de quoi il s'agit ?

– J'en ai entendu parler, mais je n'en ai jamais vu.

– Il y en avait très peu en service sous Vichy. Peut-être les services gaullistes en ont-ils fait fabriquer d'autres, je n'en sais rien du tout.

– Ma sœur doit le savoir, mais je n'ai pas l'intention de lui poser la question.

– Vous n'êtes pas en bons termes avec votre sœur ?

– Anne appartenait à un réseau gaulliste pendant la guerre. Ses patrons l'ont embauchée à Matignon pour services rendus. Elle émarge au RPF. Mais je dois reconnaître qu'elle n'aime pas les cocos et est consciente du danger qu'ils représentent. Ça nous rapproche un peu, mais ce n'est pas pour autant que je lui demanderais le moindre service ou la moindre information. D'ailleurs elle ignore tout de mes activités et croit que je me suis sagement rangé en entrant dans l'entreprise familiale.

– Je vois. Pour en revenir aux machines mécanographiques, elles sont aussi coûteuses que volumineuses. Bien entendu, je n'en ai pas à ma disposition. En revanche, j'ai pu récupérer quelques fichiers mécanographiques et classiques avant de quitter Paris. J'ai l'intention de les utiliser.

– De quelle façon ?

– Bon nombre de gens qui figurent sur ces fiches, à un titre ou à un autre, occupent des postes importants aujourd'hui et exercent une certaine influence sur la gestion de l'État et des affaires. Ces documents représentent pour moi la garantie que ces personnes ne chercheront pas à me nuire ou qu'elles m'aideront, le cas échéant, s'il venait à l'esprit de quelque fonctionnaire zélé d'envoyer ses limiers traîner leurs guêtres par ici. Ce beau monde n'a aucun intérêt à ce que je refasse surface avec mes petites fiches, vous me suivez ?

– Ça me semble clair.

– Ce n'est pas une garantie absolue, bien évidemment. Je ne nourris aucune illusion à ce sujet. Les garanties absolues n'existent pas davantage que les lignes de défense infranchissables, les citadelles imprenables ou les coffres-forts inviolables. Mais ces fiches compliqueraient beaucoup la vie de ceux qui voudraient me faire payer ma fidélité au Maréchal. C'est pourquoi j'ai bien l'intention d'en conserver la majeure partie par-devers moi, en lieu sûr. Autant vous dire qu'elles ne sont pas dans cette maison. Mais j'ai aussi l'intention d'en utiliser quelques-unes, au compte-gouttes, pour aider mes amis, et d'une façon générale les forces politiques nationales.

– Et vous misez sur Bacchelli ? Vous ne craignez pas qu'il tente de jouer son propre jeu ?

Bout de l'An eut une petite moue.

– Bacchelli a ses qualités et ses faiblesses, comme tout un chacun. Mais, d'une part, il se trouve que je suis en contact avec lui depuis fort longtemps et qu'il ne m'a jamais trahi, même pour tenter de sortir plus vite de Fresnes ; d'autre part, je le crois suffisamment malin pour utiliser ces fiches à bon escient. Enfin, je ne vois pas à qui d'autre les confier. Des jeunes gens impétueux comme les Sidos s'empresseraient de déclencher des scandales en démasquant quelques personnalités de l'autre bord…

– Je dois vous avouer que c'est sans doute ce que je ferais, mais je ne suis que le messager dans cette affaire…

Bout de l'An pointa son doigt sur lui.

– Vous voyez ! Et vous auriez tort, mon jeune ami. Il est beaucoup plus efficace de forcer la main de quelques personnalités qui figurent sur ces fiches, de les obliger non pas à rejoindre les rangs des nationaux, mais à nous aider à traverser cette période difficile. Leur concours peut prendre des formes variées : protection, informations, fonds, relations. Vous me suivez toujours ?

– Oui, mais ce sont là des manœuvres tortueuses qui me répugnent.

– C'est tout à votre honneur ! À votre âge, on préfère charger sabre au clair avec la cavalerie, au grand soleil d'Austerlitz, que de se livrer à d'ingrats travaux de sape. Mais les charges de cavalerie se font parfois faucher très vite par les canons ennemis, vous en avez fait l'expérience.

– Quoi qu'il en soit, vous avez ma parole que je les remettrai à Bacchelli sans même y jeter un coup d'œil.

– Je n'en doute pas une seconde. Mais vous pouvez les consulter, je n'y vois aucun inconvénient à partir du moment où vous conservez leur contenu secret.

– Votre démarche me permet de penser que vous n'avez pas renoncé au combat, même si celui-ci prend des formes inattendues…

Bout de l'An prit un air modeste.

– Le combat, en ce qui me concerne, est désormais un grand mot. Disons que je ne renonce pas, dans la mesure de mes moyens, qui sont modestes, à aider ceux qui combattent en première ligne. Cette aide consiste à leur fournir quelques munitions. Considérez-moi comme une sorte d'armurier ou de fourrier de l'arrière… Que pourrais-je faire d'autre ? Si l'idée me venait de rentrer, dès que j'aurais franchi la frontière, ils me colleraient au poteau.

– On ne fusille plus comme ça aujourd'hui.

– Ils feront une exception pour moi. Mais je préfère encore le sort de Brasillach à celui des malheureux qui croupissent toujours à Fresnes.

– N'avez-vous pas songé à écrire vos mémoires ?

– Mes mémoires ? Diable, on écrit ses mémoires à la fin de sa vie, et je pensais qu'il me restait encore un peu de temps devant moi. Quant à écrire sur les événements que nous avons vécus, je le ferai sans doute un jour, mais, pour le moment, je préfère prendre un peu de recul. L'histoire s'écrit mal à chaud. Ma retraite forcée est propice à la réflexion. J'ai tout loisir pour me pencher sur des sujets que je n'aurais jamais songé aborder du temps où le combat politique et militaire m'accaparait vingt-quatre heures sur vingt-quatre. Si je vous disais que je me suis pris d'une passion pour Savonarole…

– Savonarole, le moine fanatique ?

– Lui-même. Mais le personnage et son œuvre sont infiniment plus complexes que les caricatures qu'on nous a enseignées. Bon, mais mieux vaut que je ne me lance pas sur Savonarole, sinon nous allons en avoir pour plusieurs jours et j'ai cru comprendre que vous êtes pressé.

– Mon chauffeur a pris des engagements. J'imagine que vous le connaissez, puisque c'est vous qui l'avez choisi.

– Je ne le connais pas personnellement, mais je m'en suis remis à des gens de confiance, pour ne rien vous cacher. J'aurais pu envoyer le mien vous chercher à la gare de Bolzano, mais cela n'aurait guère été discret. On nous connaît un peu dans la région et, même si la population a toujours fait preuve à mon égard d'hospitalité, il faut rester prudent. Les rouges ont tout de même recruté quelques informateurs qui n'ont pas tous été identifiés. Les brassages de population qui ont suivi la guerre n'ont rien arrangé. Le Tyrol a fort heureusement été épargné par les flots de réfugiés, mais il y a tout de même eu un peu de mouvement. Bref, je me méfie toujours. Votre chauffeur, puisque nous parlions de lui, m'a été fourni par des hommes d'Église en qui j'ai toute confiance.

– L'Église et la religion n'ont jamais été ma tasse de thé.

– Je partageais vos convictions, jusqu'à ce que la vie me fasse évoluer. Mais je reste agnostique, et apprécier la compagnie d'hommes d'Église n'implique pas que je me sois rangé à leurs vues. Mais, puisque la religion vient sur le tapis, savez-vous que Déat est tombé, lui, en plein dedans ?

– Je l'ignorais. Qu'est-il devenu ?

– Ce n'est pas trahir un grand secret de vous apprendre qu'il s'est réfugié avec sa femme Hélène dans un couvent. L'Italie en compte tellement que cette révélation n'aiderait guère ceux qui voudraient lui mettre la main dessus. Déat a été touché par la grâce et n'est pas très loin de se faire moine.

– Curieuse évolution pour un homme qui bouffait du curé tous les matins avant-guerre !

– Il n'est pas le seul. La défaite, la démoralisation, le remords ont toujours été les meilleurs sergents recruteurs de l'Église. Il faut bien remplacer une foi par une autre.

– Je vois que vous n'avez pas entièrement succombé…

La gouvernante leur apporta encore des cafés, puis de petites liqueurs de fabrication locale.

Bout de l'An raccompagna son visiteur. Ils constatèrent que le chauffeur était de retour, attendant patiemment adossé à son véhicule.

– Nous serons appelés à nous revoir, dit Bout de l'An, si le voyage ne vous pèse pas trop. Je ne souhaite pas multiplier les intermédiaires et je vous demanderai de transmettre quelques autres documents à Bacchelli.

Jean-Pierre Laborde prit congé en étreignant énergiquement la main de Bout de l'An.

– Soyez tout de même prudent.

– Ne vous vexez pas, mais je n'ai pas attendu ce conseil. Sinon, je partagerais le sort de Darnand et de bien d'autres camarades de combat.

Le jeune homme grimpa dans la petite voiture dont le moteur tournait déjà et, par la fenêtre, adressa un dernier signe à son hôte qui le salua de la même façon.

26

Mai 1951

– C'est la première fois que tu descends sur la Côte ?

– J'ai pas eu beaucoup l'occasion de voyager, mais maintenant que je me suis fait virer, je vais peut-être en profiter…

Le vent fouettait agréablement le visage d'Alain. La Buick décapotable de Léo glissait entre les rangées de platanes qui bordaient la Nationale 7. Le compteur oscillait entre quatre-vingts et quatre-vingt-dix.

– Ce sont des miles, précisa le conducteur.

Léo avait réussi à convaincre Alain de l'accompagner dans cette virée sur la Côte d'Azur. Trois semaines plus tôt, le jeune homme avait fait partie d'une charrette de plusieurs centaines de syndicalistes licenciés après une grève qui avait tourné à l'affrontement à coups de boulons et de barres de fer avec la milice de la Régie et les CRS. Il ne s'était jamais risqué au premier rang de ces bagarres, mais il avait suivi le mouvement, lancé quelques projectiles comme ses camarades. Il figurait probablement sur la liste noire du patron. L'aide que lui avait apportée le syndicat pour se faire embaucher se retournait contre lui, car les cégétistes étaient désormais les premiers visés. Mais Alain n'avait pas vécu ce licenciement comme une catastrophe car Despierre, le garagiste de la rue de la Croix-Nivert, débordé, ne demandait qu'à l'embaucher à temps complet. Il ne lui avait pas encore donné sa réponse et profitait de la situation pour sortir trois ou quatre fois par semaine et faire la grasse matinée.

Au cours de ces sorties nocturnes, il croisait assez souvent Léo, qui tenait désormais son propre bistro boulevard Saint-Germain et projetait d'en ouvrir un second. Ses combines avaient permis à l'ancien garçon du Capoulade de mettre un petit magot de côté. Bien qu'il eût renoncé à séduire Alain, il l'avait pris en affection. Il leur arrivait d'aller draguer ensemble dans les boîtes homos qui rouvraient peu à peu. L'hostilité envers les « invertis » soupçonnés de collaboration horizontale, qui avait marqué la Libération, tendait à s'estomper.

Léo avait donc invité Alain dans une gargote de la rue de la Contrescarpe pour lui exposer ses projets.

– J'ai un truc à te proposer. Rassure-toi, ce n'est pas la botte. J'ai compris depuis un bail que je ne suis pas ton genre. Freddy, une de mes relations, organise des fêtes sur la Côte. Je crois que je t'ai déjà parlé de lui. Freddy est plein aux as. Ne me demande pas comment il a gagné son flouze, je n'en sais rien et je m'en fous. Il est pédé comme un phoque, comme nous, mais il ne te plairait pas non plus. Il y a suffisamment de gitons qui lui font la cour pour qu'il ne t'embête pas. Pour que les choses soient claires, je ne cherche pas non plus à te mettre dans son plumard. Mais Freddy a une villa absolument sensas, avec piscine, pinède, vue sur mer, et assez de place pour nous loger mieux qu'au Carlton.

– Et pourquoi il ferait ça, ton pote Freddy ?

– Ce n'est pas exactement un pote, nous avons fait quelques affaires ensemble et nous sommes restés en contact. Pour animer ses prochaines fêtes, il cherche des bons danseurs de bop. D'habitude, il fait appel aux Rats de Cave, mais, d'après ce que j'ai compris, ils sont en tournée. Alors, comme tu te défends, j'ai pensé à toi.

– Je me défends, mais pas au point de donner un spectacle.

– Il ne s'agit pas de donner un spectacle. Juste d'animer une ou deux soirées. Des jeunes qui dansent bien, ça met de l'ambiance. Et du côté des musiciens, tu auras des pointures : Bechet, Luter, Benny Bennet, enfin tu les connais.

– Tu me tentes. Mais le bop, ça ne se danse pas tout seul. Il faut une bonne cavalière.

– Ça ne manquera pas sur place, ne t'en fais pas. On pourrait en inviter une à descendre avec nous, mais je n'ai pas envie d'avoir une nénette que je ne connais pas sur le dos pendant tout le voyage. Certaines gonzesses sont difficiles à supporter.

– Si tu me dis qu'il y en aura…

– Mais oui, mais oui. On peut même se débrouiller pour que tu touches un petit cachet. Pas une fortune, mais c'est toujours ça de pris dans ta situation. Et, si tu veux te recycler et te faire des relations, c'est une occasion en or. Il y aura du beau linge. Au fait, qu'est-ce que tu comptes faire ensuite ?

– Je n'ai pas encore décidé. Mais je crois bien que je vais gratter avec Despierre. Il va bientôt prendre sa retraite et m'a laissé entendre qu'il me refilerait bien son garage.

– J'aurais pu te proposer la gérance de mon deuxième établissement. Mais tu as l'air de préférer le cambouis à la limonade…

– La limonade, ce n'est pas mon boulot. Je me sens bien au milieu des bagnoles, j'aime leur odeur, entendre tourner leurs mécaniques, régler les carbus au quart de poil.

– Bon, en attendant, c'est d'accord pour cette virée sur la Côte ?

Ils arrivèrent à Juan-les-Pins à la nuit tombée après avoir roulé à tombeau ouvert pendant plus de quatorze heures, ne s'arrêtant qu'une demi-heure pour casser la croûte dans un routier.

Perchée sur une petite colline, à l'écart de l'agglomération, la villa de Freddy était une grande bâtisse blanche de style provençal coiffée de tuiles ocre. La propriété couvrait plusieurs hectares de pins et était protégée par un mur d'enceinte garni de tessons. Un gardien coiffé d'une casquette vint leur ouvrir la grille après s'être enquis de leur identité. Freddy les accueillit sur le perron.

C'était un homme d'une cinquantaine d'années, dont l'embonpoint trahissait le goût prononcé pour la bonne chère et le visage buriné l'abus de soleil. Une crinière frisée blonde, visiblement teinte, couronnait son crâne massif. L'échancrure de sa chemise blanche laissait apparaître une poitrine velue sur laquelle oscillait une lourde médaille. Alain remarqua aussi sa montre et ses bagues. Freddy souleva ses lunettes teintées cerclées d'or pour considérer les arrivants, laissant traîner un peu plus longtemps son regard sur le plus jeune.

Alain avait déjà été jaugé de cette façon plus d'une fois, de sorte qu'il ne s'en offusqua pas, mais les manières et l'allure de ce personnage lui déplurent. Il s'appliqua pourtant à se conduire comme il convenait de le faire vis-à-vis d'un hôte qui vous reçoit aussi tard, c'est-à-dire à lui sourire et le remercier. Mais Freddy ne s'intéressait déjà plus à lui et concentrait son attention sur Léo, qu'il avait pris par l'épaule pour lui chuchoter quelques mystérieux secrets. Il les entraîna dans un immense salon dallé de pierre où des jeunes gens se prélassaient dans des canapés blancs en sirotant des alcools. Alain croisa le regard dédaigneux de l'un de ces éphèbes qui semblait le considérer comme un concurrent plutôt que comme un amant potentiel. Il le soutint sans chercher ni à provoquer ni à séduire cet inconnu arrogant.

Il passa la nuit dans une chambre aux murs blancs, précieusement meublée en acajou, sous un fusain sous verre représentant une ballerine. Au matin, quand il ouvrit la fenêtre, l'odeur des pins envahit la pièce et lui procura une sensation de bien-être inconnue jusqu'alors. Il profita de la salle de bains pour se pomponner et se changer. La valise en cuir que Léo lui avait prêtée pour qu'il fasse bonne figure contenait ses plus beaux vêtements, mais pas de quoi rivaliser avec les jeunes snobs aperçus la veille. Dans le doute sur la tenue la mieux adaptée, il enfila un jean, une chemisette écossaise et des bottines de style cowboy qui provenaient d'un camp américain. À sa surprise, il ne croisa pas un chat jusqu'à la terrasse où Léo prenait son petit déjeuner en compagnie d'un homme chauve et d'une blonde platine qui semblait directement sortie d'un film américain. Comme il paraissait intimidé par leur présence, Léo lui fit signe de s'asseoir à leur table.

– Mes amis, permettez-moi de vous présenter un garçon qui a des talents de danseur de be-bop époustouflants. Les Rats de Cave voulaient l'embaucher, mais cet individualiste préfère jouer en solo. Alain, tu as en face de toi René Lebrun, qui est producteur de cinéma, et l'actrice Anne-Marie Costelle.

– À vrai dire, je n'organise pour le moment que des spectacles et soirées, avec Freddy, mais j'espère me lancer bientôt dans le septième art, précisa modestement l'intéressé. Nous avons plusieurs projets sous le coude, ajouta-t-il en adressant un clin d'œil à la jeune femme qui souriait comme si elle faisait la publicité d'un dentifrice.

Alain crut qu'il avait affaire à sa future partenaire.

– Vous dansez le bop ?

Elle s'esclaffa.

– Pas du tout. Juste un peu le tango et le boléro.

Cette réponse le rassura car cette fille n'était pas le genre des danseuses qu'il avait pratiquées.

– Mais il y aura tout de même de bonnes danseuses ?

– Ce n'est pas un problème, ne vous inquiétez pas, jeune homme, glissa le producteur. Vous aurez l'occasion de vous entraîner avec quelques filles avant notre soirée. Freddy vous a-t-il expliqué de quoi il s'agit ?

– Pas en détail.

– Ça va se passer au club du Vieux-Colombier, qui est en quelque sorte la succursale du Vieux-Colombier que vous avez à Paris… J'imagine que vous le connaissez ?

Alain n'y avait jamais mis les pieds, car ce club était beaucoup plus chic, plus élitiste et plus cher que la plupart des caves qu'il fréquentait.

– Bien sûr. C'est un endroit très chouette.

Cette expression fit apparaître un sourire paternaliste sur le visage du producteur.

– Nous organisons des soirées à thème avec des invités triés sur le volet. Nous ne laissons pas entrer n'importe qui pour éviter que des escrocs mondains, des gigolos ou des prostituées ne viennent les importuner, sans compter les pickpockets qui sont légion sur la Côte. La semaine dernière, c'était une soirée « Chicago prohibition ». Pour ne vous citer que quelques grands noms, nous avons eu Danièle Delorme, la sœur de Maria Montez, Daniel Gélin, le dessinateur Gus, Jean Servais… Nous avons monté aussi une « Nuit des clochards » où nous avons eu l'honneur d'accueillir Simone Signoret, Yves Montand et Phil Harris, la grande vedette de la télévision américaine. Vous savez que là-bas tout le monde a la télévision. Ça touche encore plus de monde que le cinéma…

Lebrun avait tout d'un bonimenteur. Alain l'écoutait poliment en engloutissant des croissants qu'il s'efforçait de mastiquer par petites bouchées en gardant la bouche fermée, car Léo lui avait plusieurs fois expliqué que la façon de manger permet de classer immédiatement un individu.

– Pour en revenir à notre « Nuit des clochards », il fallait voir Porfirio Rubirosa, l'héritier d'une des plus grandes fortunes minières de Bolivie, avec une fausse barbe, un chapeau troué et des godillots percés, ça en valait la peine !

– Je veux bien vous croire, assura Léo, en jetant un coup d'œil en direction de son jeune compagnon pour observer sa réaction.

Celui-ci se garda de laisser apparaître les sentiments que lui inspiraient ces anecdotes. Il avait depuis des années appris à se contrôler et à s'adapter aux divers milieux qu'il côtoyait.

– Quel sera le thème de la soirée d'aujourd'hui ?

– Bal existentialiste, en hommage à Jean-Paul Sartre qui devrait nous faire l'honneur de sa présence.

– Il faut s'habiller d'une façon particulière ?

– Très simple. Ce soir, ce sera le style Saint-Germain-des-Prés, décontracté, avec par exemple le pull-over noir et la médaille. C'est beaucoup moins compliqué que pour notre nuit « Chicago » où il y avait des tenues de policiers américains, des costumes de gangsters des années trente et même une stripteaseuse. Les gens adorent se déguiser. Si je vous disais que la Bégum et la princesse de Bourbon-Parme s'étaient mises en soubrettes pour notre « Bal des gens de maison ».

Alain ignorait qui était la Bégum, mais il se garda de questionner le producteur. Une seule chose le préoccupait : ne pas se ridiculiser parmi ces gens huppés.

Freddy apparut, flanqué de deux de ses éphèbes, et alla

s'installer en leur compagnie à une autre table – la terrasse en comptait quatre.

– Freddy ferait un excellent second rôle dans un film policier, glissa le producteur. Il a beaucoup de présence. À l'écran, c'est le regard qui compte. Je lui en ai parlé, mais ça n'a pas l'air de le tenter.

– C'est dommage, dit Léo. Freddy a une vraie gueule pour le cinoche.

Alain avait déjà remarqué que l'ancien serveur s'appliquait toujours à aller dans le sens de ses interlocuteurs, comme il le faisait avec les clients de son bistro, surtout quand ceux-ci semblaient riches et importants, et à ne jamais exprimer d'opinion personnelle en dehors de sujets totalement anodins. C'était peut-être un des secrets de sa rapide ascension sociale.

Après avoir pris congé du couple, ils allèrent faire un tour au bord de la mer dans la Buick de Léo. Bien qu'on ne fût qu'à la mi-mai, le soleil resplendissait et un public élégant se prélassait aux terrasses en robes légères et bras de chemise. Alain se demanda ce que tous ces gens pouvaient bien faire dans la vie pour profiter ainsi du beau temps en pleine journée.

– Ce sont tous des rentiers ?

Léo s'esclaffa.

– Va leur demander. Est-ce que nous sommes nous-mêmes des rentiers ? Et pourtant nous nous baladons en américaine sur la côte…

Cette réponse ne satisfaisait pas le jeune homme, mais il n'insista pas.

Ils retirèrent leurs chaussures pour aller marcher sur la plage où s'étaient étendus des jeunes gens en maillot de bain. Alain voyait la mer pour la première fois. À une centaine de mètres du rivage, un canot tirait un skieur nautique qui zigzaguait avec aisance en soulevant des gerbes d'eau.

– C'est un Riva, dit Léo. Si ça se trouve, c'est celui de l'Aga Khan.

– Tu t'y connais en bateaux ?

– Pas plus que ça. Mais les Riva, on les reconnaît facilement. Ils sont fabriqués en Italie, tout en acajou. J'ai vu celui de l'Aga Khan en photo dans *Point de vue – Images du monde*.

Alain ne savait pas non plus qui était l'Aga Khan.

– C'est un type qui touche son poids en or ou en diamants chaque fois qu'il rentre dans son pays, expliqua Léo.

– Il a intérêt à être lourd… C'est une blague ?

– Pas du tout. En 46, son père a reçu 640 000 diamants. Il pesait cent dix kilos. Mais c'est le fils qui a acheté un Riva. D'après les photos, il est beaucoup plus mince…

Ils passèrent un moment sur la plage, à l'écart des groupes en maillot de bain, puis allèrent déjeuner. Léo évoqua ses projets.

– Ça me plairait bien de mettre mes bistros parisiens en gérance et d'en ouvrir un grand ici. Il y a encore des places à prendre, mais dans dix ans ça sera fini. Il faut que j'arrive à convaincre Freddy de me financer ou de me trouver un financier.

– Il fait quoi, Freddy, à part organiser des soirées ?

– Des affaires. Sous l'Occupation, il a aidé des gens, avant que les Boches envahissent la zone libre. Ça lui a rapporté pas mal de blé. Tout le monde le sait, mais n'en parle pas, c'est préférable.

Léo conduisit ensuite Alain dans une villa du bord de mer, où il fit connaissance avec d'autres danseurs, que lui présenta Lebrun : trois filles et un garçon qui appartenaient à la jeunesse dorée locale et rêvaient de faire du cinéma. L'une des filles se débrouillait bien, les autres connaissaient les pas de base, mais manquaient d'aisance. Le garçon avait le sens du rythme bien qu'il eût tendance à trop gesticuler, il était beau gosse et avait une certaine allure avec sa veste blanche à larges épaules coupée à l'américaine, sa chemise noire et son foulard rouge à pois blancs assorti à sa pochette. Il se coiffait comme Gérard Philipe à qui il ressemblait un peu. C'était le fils de la maison. Sa collection de disques de jazz était impressionnante. Il les passait sur le phono le plus sophistiqué qu'Alain ait jamais eu l'occasion de voir, avec un amplificateur séparé et des baffles géants.

– Tu auras du mal à trouver le même dans le coin, le père de Michael l'a rapporté des États-Unis. Les haut-parleurs ont été récupérés dans un cinéma, lui glissa l'une des filles, amusée par son admiration. Michael a la double nationalité.

Michael était aussi le frère de la meilleure des trois danseuses, Lena. Alain le trouva très attirant, mais estima qu'il n'avait aucune chance. À en juger par ses regards et ses mains baladeuses, Michael appréciait le deuxième sexe. Ce n'était certes pas rédhibitoire, mais toute tentative maladroite pouvait se solder par une catastrophe.

Après quelques danses, les jeunes gens se laissèrent tomber dans les canapés. Une femme noire en tablier blanc vint leur servir des jus de fruit. Alain songea à la fameuse soirée des gens de maison que lui avait vantée Lebrun et se demanda si le père de Michael avait ramené sa domestique d'Amérique en même temps que son phono. Il la remercia aimablement quand elle lui apporta son verre tandis que les quatre autres se comportaient comme si elle était transparente.

– Comment faut-il s'habiller ce soir ? demanda Lena, en se tournant vers Alain, comme s'il lui semblait naturel qu'il ait la réponse à cette question de première importance. Peut-être le prenait-elle pour un professionnel ?

Alain répéta ce que lui avait dit Lebrun.

– Non, le noir, c'est triste et complètement dépassé, protesta une autre fille. Ce qui se fait, c'est la marinière à rayures et le blue-jean à la corsaire.

Elles s'engagèrent dans une virulente polémique vestimentaire dont Alain jugea prudent de rester à l'écart. Au terme de ce débat, Lena et Michael entraînèrent leurs hôtes jusqu'à leurs penderies respectives qui contenaient de quoi habiller plusieurs régiments masculins et féminins. Ils procédèrent à divers essais, de sorte que les deux garçons se retrouvèrent en tête à tête. Alors qu'ils se déshabillaient côte à côte, Alain constata que l'attitude de Michael s'était modifiée et qu'il le regardait différemment. Il fut tenté de mettre ces circonstances à profit, mais l'entrée des trois filles ne lui en laissa pas l'occasion.

– Alors, ce sont les hommes qui se font attendre ? Comment nous trouvez-vous ?

Michael les embarqua dans un cabriolet Triumph rouge et leur fit faire quelques tours dans les rues d'Antibes, en roulant lentement autour de la place de Gaulle, histoire de se montrer, avant de les conduire au Vieux-Colombier. Les abords du club évoquaient une exposition de voitures de sport et de luxe, où dominaient les anglaises. Alain tomba en arrêt devant une Jaguar, mais ne s'attarda pas, de crainte de passer pour un tocard aux yeux de ses compagnons. Chez Despierre, il ne réparait que des modèles produits pour la plupart avant-guerre et n'avait jamais eu l'occasion de soulever le capot d'un pareil bolide.

Toute une petite foule se pressait déjà dans la salle et autour du bar. Certains invités s'étaient accoutrés avec plus ou moins de bonheur pour se donner l'allure qu'ils pensaient être celle des habitués de Saint-Germain-des-Prés, mais beaucoup d'autres portaient des costumes de ville ou des tenues de soirée, soit parce qu'ils n'avaient pas été informés du thème de la nuit, soit parce qu'ils n'avaient pas jugé nécessaire de se déguiser. Alain remarqua qu'on parlait beaucoup anglais, langue dont il ne connaissait pas un traître mot, mais aussi italien. Le jeune homme se sentait un peu perdu au milieu de ces gens huppés qui s'interpellaient familièrement, se faisaient la bise, se prenaient par l'épaule, trinquaient et évoquaient des personnalités et des sujets mystérieux. Michael l'avait abandonné pour se mêler à un groupe d'Américains. Quant à ses cavalières, elles avaient immédiatement été accaparées par des hommes de tous âges. Léo et Lebrun étaient invisibles. Personne ne lui prêtait la moindre attention.

Il alla s'accouder au bar dès qu'il y trouva une place libre pour se donner une contenance et observer l'assistance. Il y eut un petit frémissement et des murmures quand Sartre fit son apparition, flanqué d'une petite cour de jeunes gens aux allures d'intellectuels, et il fut aussitôt très sollicité. Alain tenta de s'approcher, par pure curiosité. Il eut tout juste le temps de l'apercevoir avant qu'une grande et forte femme en robe très décolletée ne lui dissimule le philosophe, qui était de petite taille. Il retourna au bar où un homme d'âge mûr et déjà bien imbibé entreprit de lui raconter une anecdote incompréhensible.

La soirée ne s'anima qu'avec l'arrivée de Bechet, qui fut ovationné en dépit de son heure et demie de retard. Il attaqua presque aussitôt *When the Saints*. Alain sentit ses jambes le démanger, il chercha Lena des yeux et l'aperçut en train de flirter avec un grand type blond en smoking.

Lebrun lui tapa sur l'épaule.

– Attends un peu pour danser. Je te ferai signe.

Il prit donc son mal en patience et, à la fin du morceau, alla serrer la main de Luter et d'Azzi, son pianiste, qu'il avait maintes fois rencontrés au cours de ses sorties nocturnes, de façon à se valoriser un peu à ses propres yeux.

– Je ne m'attendais pas à te trouver au milieu de tous ces snobs, s'étonna le musicien.

Lebrun lui donna ensuite le feu vert pour s'élancer sur la piste avec Lena, au rythme des *Oignons*. La jeune fille avait déjà descendu deux verres d'alcool, mais ça ne semblait pas lui couper les jambes, de sorte que leur prestation fut honorable. Plusieurs couples les rejoignirent, dont Michael et une des deux autres filles. Alain remarqua alors une jeune femme en robe du soir qui lui faisait signe. Il crut d'abord qu'elle entendait l'encourager, puis comprit qu'elle l'invitait à la rejoindre. Quand il s'approcha de sa table, elle lui demanda :

– Vous ne me reconnaissez pas ?

Ce visage lui disait vaguement quelque chose, mais aucun souvenir précis ne lui revint.

– Nous nous sommes déjà rencontrés ?

– J'ai dû prendre un coup de vieux, vous, vous n'avez pas du tout changé. Ou alors, c'est l'uniforme.

– L'uniforme ?

– Oui, quand vous êtes venu me trouver, je portais un uniforme, celui de capitaine des FFL. Cela ne remonte qu'à cinq ou six ans, mais j'ai l'impression que ça fait un siècle. Le monde est vraiment petit pour que nous nous retrouvions ici.

Vous ne travailliez pas dans une usine automobile, à l'époque, si j'ai bonne mémoire ? Vous êtes devenu danseur ?

– Plus ou moins. Vous êtes donc Anne Laborde, maintenant je vous reconnais, mais en effet cette robe et cette coiffure vous changent beaucoup. Ça vous va très bien.

– Merci. Mais maintenant, je suis Anne Granville. Mon mari est maître Albert Granville, qui fait en ce moment la conversation à ce gros monsieur en costume de tweed, juste derrière vous, au bar.

Elle avait dit « maître Granville » comme si elle avait parlé d'une célébrité dont son interlocuteur ne pouvait ignorer le nom. Alain se retourna pour observer le mari. L'avocat, qui portait un smoking bien coupé, affichait un sourire épanoui en affectant d'écouter l'autre avec le plus vif intérêt. Alain le trouva parfaitement à sa place au milieu de cette faune.

– Vous habitez la région ?

– Non, nous sommes descendus sur la Côte pour quelques jours. Mon mari avait un client à visiter. Une de nos relations nous a invités à participer à cette petite fête. Cette ambiance est très sympathique et nous apprécions beaucoup le jazz. Et vous-même ?

Alain n'osa pas avouer les raisons précises de sa présence.

– Je rentre demain à Paris. Et… vous êtes toujours dans l'armée ?

Elle rit de bon cœur.

– Non, ça fait un certain temps que je l'ai quittée. Ce n'était pas ma vocation. Aujourd'hui, je travaille dans un ministère.

Tout en échangeant ces propos anodins, Alain se remémorait leur rencontre au Lutetia. Il ressentit un certain trouble qu'il s'efforça de dissimuler. Sans avoir renoncé à découvrir qui avait tué Jean et ses camarades, il y pensait de moins en moins souvent, mais chaque fois que cela arrivait, ce sentiment de culpabilité l'envahissait. Cette rencontre inattendue venait gâcher une nuit qui s'annonçait bien. Seul le désir de ne pas paraître grossier le retenait de la quitter pour retourner danser et se fondre au milieu des fêtards. En revanche, Anne Laborde paraissait intriguée et désireuse de poursuivre la conversation. Peut-être avait-elle mauvaise conscience de ne pas lui avoir donné signe de vie.

– Je ne vous ai pas contacté, car je n'avais aucun élément nouveau à vous communiquer, dit-elle, comme si elle devinait ses pensées. Il y a maintenant très peu de chances que j'en obtienne, mais j'ai conservé votre adresse, dans le quinzième arrondissement, si j'ai bonne mémoire.

– C'est exact. J'ai essayé d'obtenir des informations de mon côté, mais ça n'a rien donné.

Sentant ses réticences, elle hocha la tête sans le questionner davantage, néanmoins un malaise s'installa entre eux, qui fut heureusement rompu par le retour d'Albert Granville.

– Quel raseur, ce type, soupira l'avocat. Et pas facile de lui échapper !

Anne les présenta.

– Je vous avais remarqué, dit poliment l'avocat. Félicitations, vous dansez très bien. Et savez-vous qui était à côté de vous sur la piste ? Martine Carol !

– Je l'ai vue dans un film avec Gabin, mais je ne l'ai pas reconnue.

L'avocat baissa la voix.

– Elle a tourné dans des films douteux, sous l'Occupation, et ce n'est pas une excellente comédienne, mais elle est si belle qu'on lui pardonne.

– Moi, je n'oublie pas ces gens qui se sont goinfrés avec les collabos et les Allemands, protesta son épouse.

– Les artistes ont des circonstances atténuantes, plaida l'avocat. Certains ont pourtant payé très cher, voyez cette malheureuse Mireille Balin, alors que la plupart des hauts fonctionnaires et des industriels ont été épargnés. Mais nous ne sommes pas ici pour ressasser ces vieilles histoires. Vous ne croyez pas ?

Alain n'avait pas d'avis particulier sur la question, mais le souvenir de son adolescence sous l'Occupation l'incitait à une certaine indulgence. Était-ce vraiment une trahison de tourner dans un film ou de s'amuser ? Trahissait-il son frère ou ses camarades de Renault en dansant et en buvant du champagne dans ce club en compagnie de vedettes, d'aristocrates, de riches parvenus et de parasites mondains ?

– Martine Carol ne se débrouille pas mal, elle a un joli jeu de jambes, dit-il pour éluder ces sujets délicats, mais son cavalier n'est pas à la hauteur.

– Faites-la danser, je suis certain qu'elle appréciera !

Alain n'aurait jamais osé prendre l'initiative d'inviter une telle célébrité. Néanmoins, il profita de cette suggestion pour prendre congé du couple et se lever comme s'il avait l'intention de le faire.

De toute manière, Martine Carol avait disparu dans la foule. Alain fit encore quelques danses, mais la piste était trop encombrée pour qu'il puisse donner libre cours à ses talents. Il retourna au bar, à l'écart des Granville. Michael le rejoignit.

– Ma sœur est en train de se faire emballer par un peigne-cul. Si on se tirait ? De toute façon, on ne peut plus danser correctement avec tout ce peuple. Tu n'as pas envie de changer de crémerie ? On pourrait aller faire un tour au Pam Pam, ou à Cannes ?

– Et les filles ?

– Ne t'en fais pas, elles n'auront pas de mal à trouver des chauffeurs pour les ramener.

La nuit était claire et douce. Ils roulèrent jusqu'à Cannes capote baissée le long de la mer, puis Michael décida de continuer en direction de Saint-Raphaël, histoire de montrer la route de la Corniche à son passager. Alain eut l'impression que son compagnon cherchait à l'impressionner voire à lui faire peur, à sa façon de prendre des virages en dérapage contrôlé puis de faire rugir son moteur dans la moindre ligne droite. Comparé à Michael, Léo conduisait sa Buick en père de famille. Soudain le cabriolet s'immobilisa à l'abri d'un bouquet de pins parasols qui dominait une crique, Michael coupa le contact, le silence revint et Alain découvrit le chant des cigales et le ressac de la mer. Il se sentait dans un état second.

Michael sortit une flasque à whisky en argent de la boîte à gants, en but une gorgée, puis la tendit à Alain.

– C'est sympa de se retrouver entre hommes.

Son regard ne pouvait pas laisser de doute sur ses intentions.

– Tu sais donner le change avec les filles.

– Les nanas, c'est pour la galerie. Si mon père savait ça, il me jetterait à la rue et me déshériterait. Ma sœur est la seule de la famille à savoir. Alors, ça restera entre nous, n'est-ce pas ? dit-il en l'attirant contre lui.

27

Mai 1958

À son arrivée à l'aéroport d'Heathrow, Anne fut accueillie par un jeune homme moustachu et guindé, qui se présenta comme le sous-lieutenant David Hutchinson, bien qu'il fût vêtu en civil. Il s'empara de la petite valise de la voyageuse et, après lui avoir posé la question rituelle sur ses conditions de voyage, lui fit franchir la douane sans contrôle en présentant sa carte de service, puis la fit monter dans une inconfortable Morris Minor.

Elle avait embarqué deux heures plus tôt à Orly dans un biréacteur Caravelle, un prototype qui, en principe, ne prenait pas de passagers ordinaires. La mise en service de l'avion n'était prévue que pour la fin de l'année. Une relation de Matignon lui avait permis de bénéficier de ce vol d'essai, de sorte qu'elle s'était retrouvée en compagnie d'ingénieurs, de cadres de Sud Aviation, d'officiels divers et de quelques journalistes triés sur le volet.

Traverser Londres lui procura une certaine émotion, car elle n'y était plus revenue depuis l'époque de Duke Street. La ville avait pansé la plus grande partie des plaies ouvertes par le Blitz, mais des traces des bombardements subsistaient et des échafaudages s'élevaient dans de nombreux quartiers. Le conducteur était peu bavard. Après avoir affirmé que le colonel Hafner, retenu par une réunion imprévue, regrettait de ne pas avoir pu venir en personne à l'aéroport, il ne s'anima que lorsqu'ils passèrent devant la British Library, pour expliquer à sa passagère que la grande salle de lecture avait été entièrement remise en état et ouverte au public. Le sous-lieutenant la déposa un peu plus loin devant une jolie maison bourgeoise où l'attendait l'officier du Mi 6.

L'ancien instructeur de la section F du SOE[1] avait pris du galon et de la bedaine, mais perdu des cheveux. Une couronne grisonnante remplaçait désormais sa crinière flamboyante. L'âge lui avait aussi apporté un peu de bonhomie, car Anne n'avait pas conservé le souvenir d'un chef très chaleureux. Le capitaine Hafner aboyait les ordres qu'il donnait aux jeunes recrues, avec une prédilection pour mettre au pas les Français réputés indisciplinés.

– Je vous en ai fait baver, n'est-ce pas, chère madame Granville, dit-il d'emblée, comme s'il devinait les pensées de sa visiteuse.

– C'était pour la bonne cause, répondit-elle poliment. Si je n'avais pas enregistré et appliqué vos consignes, je ne serais peut-être pas là aujourd'hui.

– Ce qui me priverait du plaisir de vous recevoir. Que voulez-vous boire ?

Ils s'installèrent dans un salon douillet et elle accepta un thé que leur apporta une femme qui devait avoir quinze à vingt ans de moins que son mari. Celle-ci s'éclipsa avec son plateau aussitôt après les avoir servis, sans doute habituée à observer la plus grande discrétion.

– Comment va mon ami André ? demanda Hafner.

– Le colonel Passy vous transmet ses salutations les plus amicales et vous remercie pour le service que vous avez accepté de nous rendre.

Elle avait rencontré Passy, alias André Dewavrin, deux jours plus tôt, dans un bureau de l'immeuble de la rue de Solferino qui avait abrité le RPF jusqu'à sa dissolution et continuait à être utilisé par les réseaux gaullistes. L'ancien chef du BCRA était flanqué de trois autres personnages : Pierre Debizet, un géant à la carrure de boxeur dont des lunettes teintées à monture d'or dissimulaient le regard ; Albin Chalandon, un élégant quadra-

1. Special Operations Executive. Section des services secrets dédiée au renseignement en France entre 1940 et 1944.

génaire aux traits anguleux et au sourire carnassier ; et Charles Pasqua, un petit homme rond et jovial à l'œil rusé. Elle les connaissait de réputation, les avait parfois croisés et savait qu'ils faisaient partie de la garde rapprochée du Général.

Passy l'avait présentée ainsi :

– Anne Granville, qui a servi chez nous sous le pseudo de Jeanne Labourne comme agent de liaison en 1944, compte parmi nos plus fidèles compagnons[1]. Nous l'avons mise en sommeil pendant cette période de traversée du désert pour qu'elle puisse continuer à agir dans l'intérêt du pays au sein de son ministère où elle occupe désormais un poste important.

Passy adressa un sourire entendu aux trois autres.

– Et aussi pour qu'elle reste en mesure de nous informer.

– C'est bien ce que j'avais cru comprendre, dit Pasqua. Vous êtes en quelque sorte une de nos meilleures oreilles à Matignon.

L'accent méridional la surprit. La remarque était directe, mais le ton bon enfant. Néanmoins, cette qualification sans nuance et teintée d'un certain cynisme lui déplut.

– Je m'applique à servir le pays, dit-elle.

– Anne est aussi une personne dont la discrétion n'est plus à démontrer, c'est pourquoi j'ai pensé à elle pour cette mission, dit Passy. Bien entendu, vous être libre de la refuser. Nous ne sommes plus en 1944.

Anne demeura silencieuse dans l'attente de précisions.

Albin Chalandon prit la parole. Avec son costume coupé à la dernière mode, il avait un côté dandy qui rappelait un peu à la jeune femme un de ses premiers amants, le jeune et brillant politicien qu'elle avait failli épouser.

– Les événements d'Algérie, que nous avons tous suivis avec passion, ont provoqué au sein de la classe politique une crise qui met le retour aux affaires du Général à l'ordre du jour. Il est aujourd'hui le seul qui soit capable de gagner à la fois la confiance de l'armée et du peuple.

1. Entre eux, les membres du RPF s'appelaient par le terme « compagnon », par opposition au « camarade » des communistes.

Debizet opina, puis souleva ses lunettes teintées. Son regard croisa celui d'Anne qui lui trouva un air de ressemblance avec Anthony Quinn.

– Le Général est aussi le seul homme capable de sauver l'Algérie française que les politicards de la quatrième sont prêts à brader, ajouta Debizet.

Chalandon approuva cette intervention d'un hochement de tête et reprit son discours.

– Il est donc temps de remettre sur pied une organisation structurée, solide, capable de l'épauler. Je ne parle pas pour le moment de créer un nouveau parti politique ou de réanimer le RPF, pour cela nous verrons plus tard, mais de construire un outil de combat, discipliné, qui agira officiellement et parfois officieusement, discrètement, comme nous savons le faire. Non pas un parti de masse, mais une avant-garde disciplinée comme diraient les bolcheviks.

– Et ce projet a l'aval du Général ? demanda Anne.

– Bien entendu. Le Général est prêt à jouer le rôle que la France attend de lui. Nous lui avons d'ailleurs soumis le sigle que nous avons l'intention d'attribuer à cette organisation. Ce sera le Service d'action civique. Chacun de ses membres devra s'engager à observer une discipline très stricte et se conformer aux ordres de ses chefs, lesquels obéiront à ceux du Général. J'espère que vous en ferez partie.

– Ce sera un grand honneur.

Passy afficha sa satisfaction.

– Je savais que nous pouvions attendre cette réponse. C'est un honneur en effet, dans la mesure où, pour le moment, nous ne recrutons que ceux qui ont fait leurs preuves. Nous envisagerons ultérieurement d'ouvrir nos portes plus largement, si la nécessité s'en fait sentir.

– Et, puis-je connaître la nature de cette mission ?

– Vous ne l'ignorez pas, l'argent est le nerf de la guerre, dit Debizet. Ce service en aura besoin, bien entendu. Des amis fidèles se sont déjà engagés à nous financer jusqu'à un certain niveau, mais nous entendons récupérer des fonds qui, pour toutes sortes de raisons, sont restés en Angleterre.

– Le trésor de guerre du BCRA, précisa Passy. À cette époque, il fallait aussi de l'argent pour mener nos opérations et nous avons pu en obtenir de différentes façons et bénéficié d'une certaine tolérance des institutions britanniques. Il y a des fonds qu'il est préférable de ne pas faire figurer dans les comptes officiels. C'est d'ailleurs la même chose dans certains de nos ministères aujourd'hui. Je suppose que vous ne l'ignorez pas.

– C'est ce que je me suis laissé dire, mais je n'ai jamais eu accès aux fonds spéciaux de Matignon et j'en ignore le montant. Beaucoup de rumeurs contradictoires circulent sur leur usage…

Pasqua hocha la tête.

– Pardi ! S'ils étaient publics, ce ne seraient plus des fonds spéciaux.

– Bien, reprit Passy, comme vous le savez, on m'a fait quelques ennuis en 46 pour avoir tenté de récupérer une partie des fonds du BCRA. Ils m'ont flanqué aux arrêts de forteresse pendant deux cents jours mais n'ont tout de même pas pris le risque de me faire passer devant un tribunal. C'était l'époque où les cocos étaient au gouvernement et infestaient toutes les administrations. Après avoir réussi à se débarrasser du Grand, ils voulaient éliminer ses partisans. Nous avons alors décidé de laisser dormir provisoirement ces fonds, qui furent tout de même convenablement placés. Quand je dis nous, je parle des compagnons qui connaissaient leur existence. Vous me suivez ?

– Très bien. Vous voulez aujourd'hui récupérer ces fonds pour financer le Service d'action civique. En quoi puis-je vous être utile ?

– Tout simplement en allant les chercher à Londres. Nos amis britanniques se chargeront de vous faire passer la douane sans encombre.

– Et à Orly, la douane française ?

– Vous allez emprunter un vol d'essai et voyager sur un prototype de Sud Aviation. Les contrôles seront très réduits. Mais, bien entendu, un risque subsiste. Ce serait malhonnête de prétendre le contraire. C'est tout de même un risque très limité par rapport à ceux que vous avez choisi de courir en 44.

– L'idéal aurait été d'utiliser la valise diplomatique, intervint Chalandon. Mais cela n'est pas possible pour diverses raisons. L'ambassadeur Chauvel est des nôtres, mais vous comprendrez qu'il ne puisse pas lui-même s'exposer.

On préfère comme toujours envoyer les petites mains en première ligne, songea Anne.

– Je le comprends parfaitement, dit-elle.

– Très bien, dit Passy, retrouvant un instant le ton autoritaire du chef du BCRA. Votre contact à Londres sera votre ancien instructeur, le capitaine Hafner, qui est aujourd'hui le colonel Hafner…

L'officier britannique lui demanda des nouvelles de quelques autres volontaires des FFL qu'il avait formés. Mais Anne les avait perdus de vue pour la plupart.

– Et vous-même, que faites-vous maintenant ?

– Je travaille dans un ministère.

– Mais toujours fidèle au chef de la France libre. Vos amis espèrent le remettre au pouvoir, si j'ai bien compris.

– Nous pensons en effet qu'il est le seul capable de s'imposer dans la situation actuelle.

– Je ne sais pas si mon gouvernement et mes supérieurs apprécieraient ma petite contribution à son retour. De Gaulle n'a jamais été un partenaire facile. Mais, je dois bien cela à André et ses amis. C'est une initiative purement personnelle, il ne faut pas y voir une ingérence de nos services dans la vie politique française.

– Je l'avais compris ainsi.

– Donc, au cas où vous rencontreriez quelques difficultés, je n'existe pas. Vous ne m'avez jamais rencontré.

– C'est aussi de cette façon que je voyais les choses.

– Parfait. Comme vous vous en doutez, je ne conserve pas une pareille somme d'argent à mon domicile. Vous allez donc vous rendre demain matin à dix heures à Piccadilly Circus dans un pub du nom de The Devonshire Arms. C'est un endroit où il y a toujours beaucoup de touristes, personne ne vous prêtera attention. Votre correspondant vous attendra dans un box avec *Le Figaro* à la gauche de son bock de bière et le *Times* à sa droite. Vous lui demanderez s'il sait à quelle heure ouvre la Royal Academy, et il vous répondra qu'elle a été fondée par George III en 1768. Ce ne sera pas la réponse à votre question, mais cela évitera tout malentendu.

– Je vois que vous n'avez pas perdu les bonnes habitudes.

– N'est-ce pas ?

Ils bavardèrent encore un peu. Hafner voulait savoir si la Caravelle était plus silencieuse et plus confortable que les Comet et Vickers Viscount britanniques, mais Anne n'avait voyagé sur aucun de ces deux appareils.

– C'est un Lancaster qui vous a balancée en France, si j'ai bonne mémoire.

– Non, je n'ai pas été parachutée. Une vedette de Portsmouth nous a débarqués à Saint-Aubin en pleine nuit et ensuite nous avons tout simplement pris le train jusqu'à Châteaudun avec nos faux papiers. Je n'ai donc pas eu l'honneur de monter dans un Lancaster…

– Dommage. C'était un des meilleurs appareils de l'époque. Bien meilleur que ce que les Américains ont sorti depuis.

Ce chauvinisme naïf l'amusa. Elle s'appliqua à ne pas le contredire, d'autant qu'elle n'y connaissait rien et que l'aéronautique l'intéressait peu.

Après avoir quitté Hafner, elle alla marcher dans Londres puis déjeuner dans un restaurant indien. L'après-midi fut consacré à faire les boutiques d'Oxford Street. Elle acheta des pulls en shetland et en cachemire pour son mari et un tailleur en tweed pour elle. Albert la savait à Londres mais ignorait le but de ce voyage. Il lui avait proposé de l'accompagner, mais elle l'en avait dissuadé en prétextant que les interminables réunions et repas officiels ne lui laisseraient pas une minute de répit. L'avocat n'ignorait pas que son épouse conservait des liens avec les réseaux gaullistes, mais ne mesurait pas pleinement le caractère de cet engagement. De son côté, il ne lui disait pas toujours tout des tractations qu'il menait pour le compte de chefs d'entreprise, car il ne souhaitait pas que celles-ci viennent aux oreilles des gens de Matignon.

La fougue et l'intimité des premières années de leur liaison avaient fait place depuis quelque temps à une sorte de pacte, qui laissait une certaine liberté à chacun, y compris sur le plan sexuel. Leurs carrières les accaparaient beaucoup trop pour qu'ils puissent se consacrer l'un à l'autre et leurs parents se désolaient de ne pas avoir de petits-enfants. Anne avait décidé une fois pour toutes qu'elle n'en aurait pas.

Elle se retrouvait donc seule à Londres et regrettait un peu l'absence d'Albert, car elle aurait aimé lui montrer les lieux qu'elle avait fréquentés à l'époque du BCRA. Mais elle s'était formellement engagée auprès des initiateurs du Service d'action civique à ne pas souffler mot de cette mission, même à ses proches.

Au hasard des rues du West End, des affiches de comédies musicales l'attirèrent. Elle tenta d'abord sa chance au Her Majesty's où passait *West Side Story*, dont on lui avait beaucoup parlé, mais il fallait réserver plusieurs semaines à l'avance. Elle ne parvint pas davantage à obtenir une place pour *My Fair Lady* au Drury Lane, faillit renoncer et rentrer à l'hôtel, découragée par les longues files qui s'étiraient devant la plupart des théâtres. Après avoir beaucoup marché, elle échoua dans un tout nouveau club de jazz de Soho lancé par le saxophoniste Ronnie Scott. Une foule dense s'entassait déjà dans une salle envahie par une fumée à couper au couteau, mais on ne refusait personne pour le moment.

Dans cet établissement fréquenté par une jeunesse à la mode, très enthousiaste, la présence d'une femme seule ne paraissait pas choquer comme elle le redoutait un peu. Le mélange racial, qui ne semblait pas non plus poser de problèmes, la surprit car à Paris de nombreuses boîtes de nuit écartaient les Noirs et les Arabes, à l'exception des musiciens. On lui trouva une table qu'elle partagea avec trois jeunes gens. Son accent leur fit très vite deviner qu'elle était française et l'un d'eux commença à l'entreprendre sur la vie parisienne et à la draguer gentiment. Il était beau garçon et devait avoir dix ans de moins qu'elle. L'idée d'une aventure sans lendemain lui traversa l'esprit, mais elle la repoussa. Elle était en mission et on ne pouvait jamais savoir sur qui on tombait. Le moindre incident aurait été très gênant, aussi bien vis-à-vis de ses chefs du SAC que des officiels de la Caravelle. Les ragots seraient inévitablement parvenus à Matignon.

– Il n'y a jamais de problèmes entre Noirs et Blancs ? demanda-t-elle pour donner un tour plus sérieux à la discussion.

– Pas ici. Mais les Teddy Boys font parfois des descentes dans le quartier pour cogner sur les Jamaïcains. C'est la première fois que vous venez à Londres ?

– J'y suis venue pendant la guerre, mais pas pour faire du tourisme.

– Et pourquoi donc ?

– Pour suivre une formation militaire.

Cette réponse, qui revenait à avouer son âge, ne sembla pas le décourager. Néanmoins, elle mit fin à ce flirt en lui donnant un baiser sur le front.

– Vous êtes adorable, mais je dois partir, mon mari m'attend à l'hôtel.

Estimant qu'elle avait suffisamment marché, elle prit un taxi pour rejoindre Saint James Place où une chambre lui avait été réservée au Dukes… à deux pas de Piccadilly Circus. Le lendemain matin, après un copieux déjeuner à l'anglaise, elle trouva facilement le Devonshire, mais fit d'abord un petit tour de sécurité, pour ne pas arriver en avance et vérifier qu'elle n'était pas suivie.

Un homme chauve d'une cinquantaine d'années l'attendait en effet dans un box avec sur sa table les deux journaux prévus. Son strict costume sombre, sa cravate club et le chapeau melon posé sur la banquette lui donnaient l'allure d'un banquier ou d'un courtier de la City, ce qu'il était peut-être, s'il avait été chargé par Passy de faire fructifier le trésor de guerre du BCRA. Elle s'approcha et ils échangèrent les propos convenus. Il lui servit la réplique avec un sérieux imperturbable, alors que la scène avait un côté comique qui donna envie à la jeune femme d'éclater de rire.

Anne prit place en face de lui et commanda un thé. Quelques instants s'écoulèrent sans qu'ils prononcent ni l'un ni l'autre un mot supplémentaire, puis, avec des airs de conspirateur, il fit glisser vers elle, sous la table, une grosse serviette de cuir. Ensuite il se leva, s'inclina pour prendre congé, coiffa son melon, prit un parapluie rangé dans un cylindre qui en contenait plusieurs autres rigoureusement identiques et s'éloigna d'un pas rapide sans se retourner. Pendant toutes ces opérations, pas un sourire n'avait éclairé son visage. Cet homme-là était visiblement pressé de se débarrasser d'une corvée qu'il jugeait peut-être dangereuse.

La sacoche avait été confectionnée en très beau cuir noir avec des ferrures argentées, une serrure à combinaison et une large courroie bandoulière. Elle était aussi très volumineuse et particulièrement lourde. Anne supposa qu'elle contenait des liasses d'une monnaie forte comme le dollar ou la livre sterling, à moins que le petit capital du BCRA n'ait été converti en pierres précieuses ou en pièces d'or anciennes. Elle ne le saurait probablement jamais, sauf si des douaniers ou des policiers avaient la malencontreuse idée d'ouvrir cette serviette.

Elle passa donc la courroie par-dessus son épaule et rentra à l'hôtel avec l'intention d'y rester jusqu'à l'heure du départ.

Une pointe d'inquiétude la tarauda jusqu'au moment où elle gravit la passerelle de la Caravelle. Ses compagnons de voyage n'allaient-ils pas remarquer cette grosse serviette qu'elle n'avait pas à l'aller ? Quelle explication fournir si on lui posait la question ? Fort heureusement, les ingénieurs de Sud Aviation comme les officiels et les journalistes s'intéressaient bien davantage aux performances de l'avion et à ses perspectives commerciales qu'aux bagages des autres passagers, d'autant que nombre d'entre eux avaient fait les magasins et étaient encombrés de paquets de dimensions et formes diverses.

À Orly, le passage de la douane s'effectua sans aucun contrôle.

Le soir même, Anne remit la serviette à Debizet en personne, au bar de l'hôtel Scribe. Ce lieu lui rappela sa première rencontre avec Bacchelli quatorze ans plus tôt, à deux pas de là. Elle n'ignorait pas non plus que ce luxueux établissement avait servi de quartier général à Helmut Knochen, l'un des premiers chefs de la Gestapo à Paris. Elle faillit en faire la remarque à Debizet, puis y renonça. Bien qu'elle n'ignorât pas ses états de service dans la Résistance, ce personnage ne lui était pas sympathique.

Debizet soupesa la sacoche, tira une bouffée de sa cigarette avant de l'écraser dans le cendrier, puis souleva ses lunettes pour la dévisager, dévoilant d'épais sourcils sombres.

– C'est bien, dit-il. Je savais que Passy ne se trompait pas en misant sur vous.

Il avait dit cela comme s'il avait parlé de miser sur un cheval.

– Passy se trompe rarement.

Debizet ne commenta pas cette remarque. Il se leva et, la serviette à la main, se dirigea vers la sortie du bar. L'entrevue n'avait pas duré plus de cinq minutes. Il n'avait même pas pris la peine de retirer son trench-coat.

28

Été 1958

La rue du Laos était déserte quand Alain ouvrit la porte de son garage à quatre heures du matin. Cette artère résidentielle et calme reliait le quinzième arrondissement encore populaire au septième huppé, de sorte qu'il avait des clients des deux côtés de cette frontière sociale. Davantage d'ailleurs du côté du Champ-de-Mars que de celui de la place Cambronne car, depuis qu'il avait revendu l'établissement de la rue de la Croix-Nivert, il s'était spécialisé dans les voitures de sport dont il appréciait aussi bien les élégantes carrosseries que les moteurs sophistiqués. Néanmoins, il continuait à entretenir sans rechigner les vieux modèles de son ancienne clientèle, de sorte que des Juvaquatre et des 202 Peugeot hors d'âge côtoyaient des Dauphine flambant neuves, de lourdes américaines, des anglaises et des italiennes. Ces dernières avaient sa préférence. Cette nuit, il avait utilisé la Giulietta Spider d'un client pour se montrer à Saint-Germain-des-Prés.

Une série de manœuvres habiles lui permirent de ranger l'Alfa Romeo entre une Chevrolet Bel Air et une DB Panhard décapotable. Il aurait été fâcheux de cabosser ou même d'érafler ce jouet somptueux car son propriétaire venait le récupérer l'après-midi même.

Ce garage avait beau être deux fois et demie plus grand que le précédent, il semblait déjà trop petit pour accueillir tous les véhicules qu'on venait y faire réparer ou seulement régler, car son patron commençait à bénéficier d'une certaine réputation parmi les amateurs de voitures de luxe. Léo bien sûr n'y était pas étranger. Ses affaires marchaient rondement : il gérait maintenant un réseau de sept cafés et brasseries, dont deux sur la Côte d'Azur, de sorte qu'il pouvait recommander son ami à toutes sortes de gens fortunés. En toute bonne foi, car il lui confiait lui-même sa Cadillac.

Après avoir abandonné, à regret, la belle italienne, Alain referma le garage et gravit l'escalier qui conduisait à son appartement où il avait aussi son bureau. Ce trois pièces, qu'il n'avait pas encore pris le temps d'aménager, était resté tel que l'avait laissé son précédent propriétaire, mobilier compris. Celui-ci s'était entouré de meubles, tableaux et objets de style Art déco, qu'il avait probablement acquis avant-guerre. Alain trouvait ce décor vieillot, mais un de ses amants lui avait affirmé que tout cela risquait de prendre beaucoup de valeur dans l'avenir, alors que le style qui faisait fureur allait se démoder très vite.

Il était assez rare qu'il invite ici ses rencontres d'une nuit, car il continuait à mener une sorte de double vie, mais il avait fait une exception pour ce garçon qui lui avait semblé d'une grande discrétion. C'était un assez haut fonctionnaire de la direction générale des Beaux-Arts. Alain l'avait rencontré au Speakeasy, un bar chic qui venait d'ouvrir rue des Canettes, où il mettait les pieds pour la première fois, par pure curiosité. Ni l'ambiance un peu compassée ni la musique n'avaient emporté sa conviction, mais il avait croisé le regard bleu délavé de cet homme élégant, au fin visage d'intellectuel, qui portait les cheveux un peu longs pour la mode de l'époque et avait immédiatement été attiré par lui. Yvon avait quelques années de plus que lui, il approchait la quarantaine. Ce qui l'avait séduit, c'était l'énergie physique que dégageait le garçon aux allures de rocker qui avait pris place au bar, sur le tabouret voisin.

Leur liaison durait maintenant depuis près d'un an et demi, mais Alain continuait à avoir des aventures de son côté, car il n'entendait pas renoncer au monde de la nuit et à ses rencontres improvisées. Son amant s'en accommodait bon gré mal gré, et lui épargnait les scènes de jalousie, car cela faisait partie de leur contrat implicite.

Au-delà de leur entente sexuelle, Yvon prenait un plaisir évident à faire l'éducation artistique de son compagnon. Il lui avait fait découvrir le classique et le baroque en l'emmenant dans des concerts et en lui faisant écouter des disques. Alain avait eu un peu de mal à entrer dans ces univers musicaux si différents du jazz et du rock dont il était imprégné, et si ennuyeux au premier abord. La révélation lui avait été apportée par un trente-trois tours de Dietrich Fischer-Dieskau. Ces lieder de Schubert l'avaient ému jusqu'aux larmes. Après ce déclic, il avait réussi à apprécier des œuvres aussi différentes que celles de Monteverdi, Mozart ou Debussy.

Alain avait même suivi Yvon jusqu'à Salzbourg pour assister à une première de *Don Giovanni*. Ils s'étaient offert cette petite virée avec la Lancia Flaminia d'un autre client du garage de la rue du Laos parti aux États-Unis. Alain ne possédait en propre qu'un fourgon Citroën en tôle ondulée, qui lui servait à transporter des pièces détachées ; quant à Yvon, il roulait en 2 CV, mais préférait le plus souvent utiliser l'autobus. Les voitures ne le passionnaient pas, néanmoins les fauteuils en cuir rouge et le tableau de bord en merisier de la Lancia ne le laissaient pas insensible. Par la même occasion, il avait convaincu Alain d'abandonner provisoirement son blouson de cuir et sa banane de rocker, et de se faire couper sur mesure un costume de flanelle grise chez Arnys.

Yvon et Alain parlaient peu politique. Yvon se disait gaulliste, mais hostile à la guerre d'Algérie, et s'affirmait convaincu que le Général, qui venait de retrouver le pouvoir, allait prochainement y mettre fin. Alain, lui, avait défilé de la Nation à la République, le 28 mai, avec ses anciens camarades de Renault pour défendre la République contre le général factieux et le soulèvement d'Alger, aux cris de « De Gaulle fasciste » et « Massu assassin » et derrière Mendès France, Mitterrand, Duclos et Daladier. Néanmoins, il avait pris ses distances avec le parti depuis que les chars soviétiques avaient écrasé les ouvriers de Csepel, le Billancourt de Budapest. Il s'était demandé ce que son frère aurait pensé de ce massacre.

Quand il avait évoqué ce sujet devant Yvon, celui-ci avait ricané.

– Le PC, je respecte le dévouement de ses militants, mais ce n'est pas ma tasse de thé. Sais-tu qu'en URSS ils envoient les homosexuels en camp de rééducation ? Les cocos n'aiment pas les pédés. Je suis surpris qu'ils ne t'aient pas exclu.

– Pour me faire exclure, il aurait déjà fallu que j'aie pris ma carte. Et je suis discret.

– À Saint-Germain, dans tes décapotables de sport, on ne le dirait pas…

– Les ouvriers de Renault et les locataires de la rue des Quatre-Frères ne fréquentent pas Saint-Germain. Je n'en ai jamais rencontré.

– Méfie-toi, le monde est petit.

– Et toi, dans ton ministère, tu ne te caches pas ?

– Je ne suis pas le seul, mais je reste discret aussi. Du moment que je ne m'affiche pas, on me flanque une paix royale. Les affaires culturelles, c'est un milieu particulier. Il y a un peu moins de préjugés qu'ailleurs, mais il faut tout de même se méfier des jaloux et des concurrents. Les places sont chères.

À Salzbourg, ils avaient passé deux nuits dans un charmant petit hôtel de la vieille ville, fait des promenades en fiacre, visité la maison de Mozart. La ville respirait la prospérité.

– On dirait qu'ils sont plus riches que nous, alors qu'ils ont perdu la guerre ! remarqua Alain.

– Salzbourg a tout de même été bombardé. Pas autant que Berlin ou Dresde, mais huit mille maisons ont été détruites. Tout a été reconstruit. Tu voudrais qu'ils campent encore au milieu des ruines ? Regarde ce chanteur que tu aimes tant, Fischer-Dieskau, il est né ici et a été enrôlé dans l'armée, mais il n'a jamais été nazi. En revanche, Karajan qui a dirigé *Don Giovanni* hier soir était nazi. Il faisait chanter *Horst Wessel Lied* par les chœurs avant chacun de ses concerts.

– C'est quoi ce truc ?

– Un hymne en l'honneur d'un voyou nazi qui s'est fait descendre par tes amis communistes. Tu n'en as jamais entendu parler ?

– Comment peut-on être nazi et faire une aussi belle musique ?

– Ça n'a rien à voir. Et, d'après ce que je sais, Karajan était surtout nazi par opportunisme. Ça lui a permis d'écarter ses concurrents. Et il n'a pas été le seul à parader aux côtés d'Hitler et Goebbels. Élisabeth Schwarzkopf, la superbe Donna Anna d'hier, ne s'en est pas privée non plus. Paraît même qu'elle était très convaincue… De toute façon, nos propres artistes, à part ceux qui ont quitté le pays, n'ont pas beaucoup de leçons à leur donner. C'est toujours comme ça, sous tous les régimes, la plupart des gens en vue se rangent du côté du manche pour ne pas perdre leurs privilèges ou pour en obtenir d'autres.

– Et toi, tu es gaulliste par opportunisme ?

– Un peu, comme tout le monde au ministère. J'ai vu un certain nombre de personnes retourner leur veste du jour au lendemain. C'est vrai que ça ne fait pas de tort en ce moment de se dire gaulliste. Mais je trouve que le Général a plus de gueule que la plupart de nos politiciens. S'il n'y avait pas Tante Yvonne et ses idées moyenâgeuses…

Ils n'avaient pas été plus avant dans cette discussion. Yvon avait changé de sujet pour évoquer les voyages lointains qu'il rêvait de faire avec lui : l'Inde, le Japon, la Turquie. Les cultures exotiques le fascinaient. Plus pragmatique, Alain préférait se consacrer à son garage, qu'il ne voulait pas abandonner plus de quelques jours, même en été, car il avait des emprunts à rembourser.

Cette virée en Autriche remontait maintenant à deux mois et Alain en conservait une certaine nostalgie. Il se demandait parfois s'il n'allait pas changer de vie, s'assagir. Ce matin, il se sentait un peu las après avoir dansé, bu et dragué toute la nuit sans trouver un garçon qui lui plaise, car il devenait de plus en plus difficile. Les candidats pour se pavaner avec lui dans ses décapotables ne manquaient pourtant pas. Ils le prenaient souvent pour plus riche qu'il n'était, d'autant qu'il avait pris l'habitude de payer assez facilement pour les autres. Les très jeunes gens l'attiraient mais l'irritaient dès qu'il les sentait intéressés.

Ce matin, il se sentait très las. Il s'allongea donc sur un divan après avoir réglé son réveil pour sept heures quinze, car ses deux ouvriers arrivaient à sept heures trente pile et le garage ouvrait à huit heures. Il avait embauché un carrossier et un apprenti mécanicien qui ne chômaient pas. Les délais de réparation s'allongeaient, au point qu'il envisageait de prendre un troisième salarié et de faire installer un second pont élévateur. Les journées commençaient donc un peu plus tard que chez Renault et surtout le pénible trajet en métro lui était épargné, pourtant il n'avait pas le sentiment de disposer de davantage de temps libre.

La sonnerie le tira d'un rêve où se mélangeaient curieusement son voyage en Autriche, sa descente à Juan-les-Pins et un périple en Inde, au milieu des temples et de leurs bas-reliefs érotiques, dont Yvon lui avait montré une collection de photos. Il prit une douche, enfila son bleu de travail et prépara du café. C'était devenu une sorte de rituel : ils commençaient la journée par un café que le carrossier, l'aîné des trois, accompagnait d'un calva. À la pause, ils déjeunaient ensemble, chacun apportant son repas, comme à l'usine.

Le carrossier eut un petit sourire en coin en constatant que l'Alfa Romeo avait changé de place. Il n'ignorait pas que son patron sortait beaucoup la nuit et utilisait les voitures des clients, mais ne s'en offusquait pas : c'étaient ses affaires. En dépit de leur différence d'âge, il le respectait pour ses compétences en mécanique et Alain le lui rendait bien. Chacun sa partie.

Ils échangèrent quelques banalités, puis l'apprenti se lança dans une imitation de Gene Vincent avec une interprétation approximative du premier couplet de *Be-Bop-a-Lula*.

Le jeune homme partageait la passion pour le rock de son patron, il se coiffait lui aussi à la manière des chanteurs en vogue, avec un cran ou une banane, mais c'étaient leurs rares points communs avec le goût pour la mécanique. Pour le reste, l'apprenti préférait le sexe opposé et ne s'en cachait pas : ses conquêtes venaient parfois le relancer au garage, voire lui faire des scènes quand il les avait plaquées.

Après cet intermède musical, ils se mirent au travail au son d'un petit poste à transistors qu'Alain venait de s'offrir et qu'il réglait le plus souvent sur Radio Luxembourg ou sur Europe 1 pour faire plaisir au compagnon carrossier qui préférait la variété au classique et au jazz.

Alain était plongé sous le capot d'une Floride quand il sentit une présence derrière lui. Il se releva, se retourna et se trouva nez à nez non pas avec l'un de ses deux employés, mais avec Petit Louis qu'il n'avait pas vu depuis plusieurs années. Sur le coup, c'est tout juste s'il le reconnut car son copain de la rue des Quatre-Frères avait beaucoup changé. Ses traits avaient durci et perdu toute trace d'insouciance juvénile. Il se coiffait de façon différente, plus court, et commençait à se dégarnir sur le sommet du crâne.

– Désolé de te déranger. Je vois que tu es en plein boulot.

– Le snob qui a acheté ce veau veut que je lui pose un double carburateur et que je rabote la culasse pour gonfler son moulin. J'ai eu beau lui dire qu'elle ne tiendrait pas la route à cent cinquante et qu'il ferait mieux de s'acheter une vraie sportive, il ne veut rien savoir. Alors, moi, je suis au service du client, j'exécute. S'il se prend un platane dans un virage, il l'aura cherché.

– Mais tu as cinq minutes ?

– Je suis submergé, mais pour toi, oui, j'ai tout de même le temps de faire une pause.

Il se lava les mains et le fit monter dans son bureau.

– Ça n'est pas encore l'heure de l'apéro, je t'offre un jus ?

– Alors te voilà patron…

– Faire le patron, ça n'est pas ce qu'on croit. J'ai jamais autant bossé, parole ! Mais je ne me plains pas.

– Je ne te reproche pas d'être patron. Chacun gagne sa vie comme il peut. Tu te souviens de Roland, le fanatique de vélo qui bossait avec toi chez Renault ? Lui aussi s'est fait virer après une grève, il a ouvert un magasin de cycles rue Lecourbe.

Ils évoquèrent leurs souvenirs pendant quelques instants.

– Et toi, qu'est-ce que tu deviens ?

– Je bosse depuis six mois chez Roux-Combaluzier, rue Tiphaine. J'ai eu un peu de mal à trouver du taf parce que, quand je suis rentré d'Algérie, j'étais complètement patraque. Ce salaud de Guy Mollet m'a renvoyé là-bas quand il a rappelé les réservistes… Manque de bol, ils m'avaient nommé sergent de réserve à la fin de mon service et leur loi permettait de rappeler tous les sous-off sans limite de classe et d'âge. On a eu beau gueuler et se coucher sous les trains, on s'est quand même retrouvés en plein bled avec le casque lourd, la MAT 49 et un sous-bite sorti de Saint-Cyr sur le dos. Un fou furieux qui se prenait pour Lyautey. J'étais à deux doigts de le flinguer pendant les opérations. Je ne sais pas ce qui m'a retenu. Le parti nous a soutenus en paroles, mais il n'a pas fait grand-chose.

– Depuis la Hongrie, je n'ai plus beaucoup de contacts avec le parti. Mais je respecte les camarades qui continuent. Je leur prête ma camionnette pour la fête de l'Huma et je vais à quelques manifs, c'est à peu près tout ce que je fais avec eux.

– La Hongrie, c'était un sale truc. Mais je suis plutôt venu te parler de l'Algérie.

– Paraît que de Gaulle va bientôt arrêter la guerre.

– Pour l'instant, ça n'en prend pas le chemin. Il y a tous les jours des gars qui se font dessouder, des deux côtés, sans compter les civils. Tu te souviens d'Ahmed, qui travaillait avec toi au 153 ?

– Ça fait un bail que je l'ai pas vu.

– Il s'est fait tuer rue de la Croix-Nivert, tout près de ton ancien garage. Deux types l'ont abattu dans la rue. Il récoltait les cotisations pour le FLN dans les meublés du quartier. Alors j'ai un service à te demander.

– Je t'écoute.

– Pourrais-tu embaucher Ali, le frère d'Ahmed, dans ton garage ?

– Il s'y connaît en carrosserie ?

– Un peu. Tu lui apprendras. Si je m'adresse à toi, c'est parce que je sais que je peux te faire confiance. Ali n'est pas complètement en règle.

– Qu'est-ce que tu entends par là ?

– Il a des papiers, mais ils ne sont pas à son nom. Donc vaut mieux que son patron ne soit pas trop regardant.

– Tu veux dire qu'il a des faux papiers ?

– On peut dire ça comme ça.

– C'est un coup à faire fermer mon garage… Et j'ai un paquet de fric à rembourser à la banque. Ça demande réflexion.

Petit Louis hocha la tête.

– Tu pourras toujours dire que tu n'y as vu que du feu quand il t'a montré ses papiers. Après tout, tu n'es pas chargé de faire le boulot des flics et de tout vérifier.

Sentant la réticence de son ami, Petit Louis se pencha vers lui en le fixant dans les yeux.

– Tu sais, ces gars-là, ils se battent pour leur liberté, comme nous autres contre les nazis, comme ton frère… Les méthodes de l'armée là-bas, ça vaut celles des SS. Je peux te le dire.

À l'évocation de son frère, Alain marqua le coup. Allait-on utiliser la mémoire de Jean pour faire pression sur lui jusqu'à la fin de ses jours ?

– Laisse mon frère en paix, veux-tu ? C'est le parti qui t'envoie ?

Petit Louis secoua la tête en ricanant.

– Tu rigoles ? Aider des Algériens ? Ils ne veulent pas en entendre parler. Ils ont bien trop peur de faire interdire le parti. Non, ce que je te demande n'a rien à voir avec le parti. Il ne faut d'ailleurs pas leur en parler.

– Mais, tu es tout seul, c'est personnel ou vous êtes une organisation ?

– Moins tu en sauras, mieux ça vaudra, mon camarade. Alors, tu l'embauches, oui ou non ?

– Envoie-le. Je vais voir ce que je peux faire.

29

Automne 1958

Les bureaux de l'Institut d'études géopolitiques ne désemplissaient pas. Dès l'ouverture, on pouvait y rencontrer des étudiants et des journalistes venus consulter sa documentation, dont une partie était ouverte au public, des syndicalistes, des personnalités du monde politique et de celui des affaires qui avaient obtenu un rendez-vous avec le maître des lieux.

Le temps de la disgrâce s'éloignait et son souvenir s'effaçait. Aimé Bacchelli faisait à nouveau partie des gens qui comptent. Le bruit courait qu'on allait bientôt lui confier un poste de conseiller dans un cabinet ministériel, de sorte qu'il jouerait désormais officiellement le rôle qu'il jouait déjà officieusement.

Il avait donc agrandi le siège de son officine en louant un étage supplémentaire, ce qui lui avait permis de scinder ses activités en deux parties distinctes : au troisième étage, la rédaction et la documentation ; au quatrième, des bureaux réservés à des réunions plus discrètes, dont celui du patron. La première marchait toujours sous la houlette d'Albert Legris qui, lui aussi, avait cessé d'être considéré comme un pestiféré et pris du galon dans les milieux journalistiques. De grands quotidiens, des hebdomadaires d'opinion et des publications très variées, de droite comme de gauche, lui commandaient des synthèses, des dossiers et des contributions bien rémunérées, qu'il signait de divers pseudonymes. L'Institut fonctionnait donc à la fois comme une agence de presse et un cabinet de lobbying. Il s'était en grande partie émancipé de la tutelle de la banque des Montalembert en obtenant des subventions de divers organismes, dont certains avaient la réputation de dépendre directement des services secrets américains.

Bacchelli avait épousé en secondes noces la secrétaire qui l'avait déjà assisté du temps du RNP et vivait en sa compagnie dans l'appartement de l'avenue des Ternes. Celle-ci, d'un caractère méticuleux, régentait désormais l'administratif avec une grande efficacité. Le couple menait une vie discrète et bourgeoise. Ses distractions se limitaient à des concerts, des séances de cinéma et de théâtre, des lectures et quelques courts voyages, car la politique occupait l'essentiel de leur temps. Le carnet de rendez-vous de Bacchelli était quotidiennement rempli de huit heures du matin à dix-neuf heures. Une partie de ses interlocuteurs venait lui rendre visite, mais il se déplaçait lui-même fréquemment, de sorte qu'on pouvait le croiser dans les couloirs et salons de Matignon, Beauveau et même de l'Élysée. La majorité de ses déjeuners était consacrée à des rencontres politiques. Il ne se réservait que les week-ends.

Ce mode de vie lui avait fait une réputation de bourreau de travail, qui lui valait la considération de ses relations comme de ses employés. Sa compagnie était d'autant plus recherchée qu'il passait aussi pour un homme cultivé, doué d'humour, dont le temps était précieux.

Bacchelli recevait un réfugié hongrois quand sa secrétaire lui annonça par téléphone qu'il avait un appel de Matignon.

– Mme Granville souhaiterait vous rencontrer.

– Soyez assez aimable pour lui fixer un rendez-vous.

– Elle dit que c'est urgent.

– Alors qu'elle passe en début d'après-midi. Je décalerai mes autres réunions.

Il raccrocha le combiné et considéra le Hongrois, qui attendait poliment, les mains posées sur les accoudoirs de son fauteuil. Son costume démodé et son col de chemise élimé trahissaient son dénuement. Bacchelli l'avait jaugé dès son entrée dans son bureau, après avoir parcouru la note d'information qui lui avait été transmise à son sujet et une lettre de recommandation émanant de l'Association des combattants de la liberté. Ce type faisait partie des innombrables transfuges de l'Est qui exagéraient leur importance dans leur pays d'origine pour tenter d'obtenir un peu de la manne dispensée par le monde libre. Il se disait écrivain et victime de la censure mais n'avait jamais rien publié en dehors d'une thèse consacrée à l'œuvre de Georg Lukacs, du temps où celui-ci était ministre de la Culture du gouvernement Nagy. Les informations qu'il se prétendait en mesure de fournir sur les coulisses du pouvoir et les milieux intellectuels étaient pour l'essentiel déjà connues ou sans intérêt. Quant aux liens qu'il pouvait conserver avec des personnalités encore en poste à Budapest, ils étaient pour le moins hypothétiques. Son seul atout était d'être parfaitement bilingue, car le magyar est une langue difficile. Les chances d'avoir affaire à un agent double étaient faibles, les services communistes l'auraient doté d'un CV plus alléchant. On pouvait envisager de l'utiliser comme traducteur, bien qu'il y eût déjà beaucoup d'autres exilés sur ce créneau.

– Nous allons voir ce que nous pouvons faire, cher ami, mais vous n'ignorez pas que la France a accueilli plus de huit mille de vos compatriotes. Albert Legris, qui dirige la rédaction de nos publications, pourra sans doute vous confier quelques travaux, mais nos moyens ne nous permettent pas de vous proposer un poste permanent.

Le Hongrois remercia aimablement Bacchelli, sans manifester sa déception. Il avait probablement déjà sollicité nombre d'institutions diverses depuis un an et demi qu'il résidait en France et ne devait plus nourrir trop d'illusions.

– Vous avez bien fait de venir me voir, dit Bacchelli en le raccompagnant.

Bacchelli annonça ensuite à sa secrétaire qu'il sortait déjeuner. Un rendez-vous l'attendait dans un restaurant de la place de la Madeleine où il avait ses habitudes. Il s'y rendit à pied. Léon Bonnefous, le personnage qu'il allait rencontrer, était aussi un quémandeur, mais d'un autre calibre. Il représentait un syndicat qui avait du mal à équilibrer ses finances. Bacchelli et lui se connaissaient depuis plus de vingt ans. Leurs itinéraires avaient bien des points communs. Ils s'étaient croisés avant-guerre à la SFIO, quand Bonnefous n'était encore qu'un obscur permanent cégétiste, après la réunification du congrès de Toulouse qui avait précédé les grandes grèves de juin 36. Ensuite, il avait suivi son patron René Belin, devenu ministre du Travail de Pétain, et approuvé sa charte du travail. Bacchelli, qui avait eu l'occasion d'assister à des réunions de syndicalistes corporatistes ralliés à Vichy, avait été étonné de constater de quelle façon ils parlaient de la classe ouvrière, comme si rien n'avait changé. Toutefois, à la différence de Bacchelli, Bonnefous avait réussi à échapper à toute poursuite à la Libération. Le dossier de Belin lui-même avait été rapidement classé, bien qu'il ait approuvé les lois antisémites et se soit enfui en Suisse, sous prétexte qu'il aurait agi pour freiner la production destinée à l'occupant. Ainsi, dès son retour en 1948, il avait pu réembaucher Bonnefous dans sa Confédération des syndicats indépendants, mais celle-ci vivotait difficilement à l'ombre des grandes fédérations. C'était plus ou moins une coquille vide.

Bonnefous, ancien typographe, était un petit homme fluet, très élégant avec son costume de flanelle croisé, son gilet et sa pochette assortie à sa cravate, dont même les mains ne conservaient plus trace du métier qu'il avait exercé dans un lointain passé. Seul son langage trahissait encore parfois l'ancien prolétaire. Bacchelli méprisait ce petit bureaucrate minable qui se déguisait en bourgeois et se faisait régaler dans les bons restaurants, mais affectait de le traiter avec courtoisie, comme il le faisait avec tous ses interlocuteurs.

Les deux hommes consultèrent le menu, firent leur choix, puis passèrent rapidement aux choses sérieuses.

– Je peux essayer d'intervenir auprès de nos amis de la FTUC[1], dit Bacchelli, mais vous devez comprendre que nous ne sommes plus en 1948. Depuis Khrouchtchev, la guerre froide a pris une autre tournure. La menace soviétique est toujours pré-

1. Free Trade Union Committee, organisme créé par la CIA en vue de subventionner les syndicats anticommunistes.

sente, mais ce n'est pas facile de le leur faire comprendre. Et le retour de De Gaulle complique la situation. Il n'aime pas que les Américains interviennent dans nos affaires. J'ai eu l'occasion d'en discuter récemment avec Irving Brown[1]. Ils ne veulent pas le froisser inutilement.

– Nous avons des gaullistes parmi nous.

– Je ne l'ignore pas, mais ça n'arrange certainement pas les choses aux yeux des Américains.

Bonnefous eut un mouvement d'humeur.

– La vérité est que tout va à Bothereau[2] et qu'il ne reste rien pour nous.

Bacchelli sourit, en écartant les mains.

– L'oncle Sam est comme le Bon Dieu : il préfère les gros bataillons.

Bonnefous ne répliqua pas et se concentra pendant un instant sur son chateaubriand béarnaise. Bacchelli l'observa avec un certain amusement. Il jouait avec lui comme le chat avec la souris.

– C'est si grave que ça ? demanda-t-il.

– Je ne sais pas si nous allons pouvoir continuer à publier notre journal.

– Ce serait dommage. *Le Front syndicaliste* est une excellente revue. Vous n'avez pas d'autres perspectives ?

– Un industriel nous a fait des propositions, mais Belin est très réticent. Tout cela est absolument confidentiel.

Bacchelli ne dissimula pas son intérêt. Il était à l'affût de la moindre information.

– Vous pouvez compter sur ma discrétion. Qui est cet industriel ?

– Pigozzi, le patron de Simca.

– Je sais qui est Pigozzi. Les Américains de Chrysler lui ont pris un bon paquet d'actions. Vos sources de financement ne changeraient pas tant que ça. Pourquoi Belin est-il réticent ?

– Pigozzi voudrait nous faire jouer un rôle qui n'est pas

1. Dirigeant du FTUC.
2. Robert Bothereau, dirigeant de la CGT-Force ouvrière.

tout à fait celui d'un syndicat. Il ne s'agirait pas seulement de contrer les cocos avec les méthodes habituelles, mais de les repérer, de les isoler, de les mettre hors d'état de nuire par tous les moyens nécessaires et d'encadrer la main-d'œuvre. Il nous garantit l'adhésion de la maîtrise et, quand les cadres et les contremaîtres font ce qu'il faut, le reste du personnel est bien obligé de suivre. On commencerait par l'usine de Poissy, où il a toujours des problèmes avec les cosaques.

– Vous ne m'avez toujours pas dit pourquoi ce programme ne convient pas à Belin.

– Il considère que cela outrepasse la mission d'un syndicat de concertation.

– Ah, je vois. Il a des états d'âme. C'est curieux. Et vous, cela vous gênerait ?

– Je n'ai pas mon mot à dire. C'est Belin le patron.

– Il manque peut-être de réalisme. Quel âge a-t-il au juste ? Au moins la soixantaine. C'est un homme du passé et sa carrière est plus marquée que la vôtre. N'oublions pas qu'il a été ministre de Vichy.

Bacchelli évoquait ces faits avec autant d'aplomb que s'il n'avait pas été lui-même le numéro deux d'un parti collaborationniste.

– Nous pourrions faire en sorte que Pigozzi traite directement avec vous, poursuivit-il. Rien ne vous empêche de monter ce syndicat Simca sous un autre sigle.

– Vous voulez dire une nouvelle scission ?

Bacchelli balança la tête.

– Ce ne serait tout de même pas le Congrès de Tours[1]. Et que pourrait bien faire Belin ? Surtout si vous avez Pigozzi derrière vous.

Bonnefous parut perplexe. Il avait toujours vécu dans l'ombre, à des étages intermédiaires de divers appareils syndicaux, et n'avait sans doute jamais envisagé de prendre une initiative d'envergure.

– Vous seriez prêt à m'appuyer auprès de Pigozzi ?

1. Congrès de 1920 au cours duquel la scission de la SFIO donna naissance à la SFIC qui rejoignit l'Internationale communiste.

– Pourquoi pas ? Et je connais aussi très bien Galtier, son secrétaire général.

– Ça demande réflexion.

– Sans doute, mais ne réfléchissez pas trop longtemps car Pigozzi est un homme décidé. Il ne faut pas le faire lanterner. S'il a décidé de mettre en place un syndicat maison, il le fera, très vite, avec vous ou avec d'autres. D'autant qu'il a des comptes à rendre à ses investisseurs de Chrysler. Je sais qu'il prépare le lancement d'un nouveau modèle, pour concurrencer la Dauphine. Une grève fomentée par les cosaques tomberait vraiment au mauvais moment.

– Votre idée me tente fortement.

– Alors qu'attendez-vous, cher ami ?

Bacchelli avait l'art de mettre ses interlocuteurs en confiance et de les valoriser, même quand il n'avait pas la moindre estime pour eux. Le bordeaux aidant, l'euphorie envahit Bonnefous.

– Considérons que c'est chose faite.

– Voilà une bonne décision de prise. Si l'affaire se fait, et il n'y a aucune raison qu'elle ne se fasse pas, j'aurai moi aussi un service à vous demander.

– Avec le plus grand plaisir.

– Vous allez avoir besoin de gens énergiques et fiables. J'ai quelques hommes solides à vous proposer.

Bacchelli revint de son déjeuner ravi d'avoir réussi à retourner aussi facilement son interlocuteur. Venu lui réclamer des subventions, celui-ci était reparti satisfait sans avoir obtenu un centime, mais avec des perspectives différentes. De toute manière, les gens du FTUC n'auraient pas misé un dollar sur ces chefs syndicaux sans troupes. S'il avait eu un peu de jugeote, Bonnefous en aurait eu conscience.

Quand on lui annonça l'arrivée d'Anne Granville, il demanda à sa secrétaire de la conduire dans son bureau, puis se ravisa et décida de la recevoir dans un petit salon dont le cadre convenait mieux pour une rencontre sur pied d'égalité.

Anne Granville portait un sobre tailleur de tweed gris de

coupe britannique, dont la jupe droite descendait bien en dessous des genoux, des mocassins noirs à petits talons, un corsage de soie et un collier de perles. Sa coiffure et son maquillage étaient tout aussi sobres, mais cette mise austère lui conférait une séduction supplémentaire auprès de nombreux hommes et elle ne l'ignorait pas.

Bacchelli l'invita à s'asseoir, lui proposa un café qu'elle refusa, puis commença par la complimenter.

– Chère amie, vous n'avez quasiment pas changé depuis l'époque où vous jouiez les coursiers de Londres.

– Monsieur Bacchelli, je ne suis pas votre amie et je n'ai pas l'intention de le devenir. Il est préférable que les choses soient claires entre nous. Mais, si des hommes qui ont en main les destinées de la France estiment que vous pouvez être utile au pays, je m'incline.

Bacchelli eut un geste évasif.

– Libre à vous de voir les choses de cette manière. Ce qui, je dois vous l'avouer, me flatte. L'essentiel est en effet que nous puissions servir de la façon la plus efficace. Mais rappelez-vous tout de même ce que je vous avais dit voici quatorze ans : un jour prochain, tous les vrais patriotes se retrouveront côte à côte pour défendre l'Europe contre le communisme.

Il n'allait jamais jusqu'à lui rappeler ouvertement dans quelles conditions il l'avait rencontrée en 44. Il se contentait d'insinuer.

– Il n'a pas fallu quatorze ans pour que cette hypothèse se confirme ! ajouta-t-il. Je ne me prends pas pour Nostradamus et je ne lis pas dans le marc de café : cette prévision ne fut que le fruit d'une analyse rigoureuse de la situation.

– Vos analyses sont en effet très prisées, monsieur Bacchelli.

– Je n'en tire aucune vanité, croyez-moi, mais j'aimerais que ceux qui dirigent la France en tiennent compte. De votre côté, vous avez fait du chemin. Vous avez réussi à vous maintenir en poste sous Mollet et Mendès comme sous Laniel. Vous avez patiemment attendu le retour de De Gaulle, un retour qui devrait favoriser votre carrière, vu vos états de service. Ça mérite un coup de chapeau. Au fond, nos carrières ne sont pas si différentes.

Nous avons en commun une certaine capacité à nous adapter à des situations très variées. Bien que nos itinéraires aient parfois divergé, nous finissons par nous retrouver.

– Monsieur Bacchelli, je vous serais reconnaissante de m'épargner vos discours. Je suis venue vous voir pour une seule et unique raison : on m'a chargée de vous transmettre une proposition.

– Je vous écoute avec intérêt.

– Georges Pompidou, le directeur de cabinet du Général, souhaiterait vous rencontrer et vous confier une mission. Il vous exposera lui-même de façon plus précise ce qu'il attend de vous, mais il désire savoir dès maintenant si une telle mission est susceptible de vous intéresser.

Bacchelli se renversa dans son siège sans dissimuler sa satisfaction.

– Cette proposition me flatte elle aussi vivement et je ne vois rien qui s'oppose à une réponse positive. Mais pourquoi M. Pompidou a-t-il cru nécessaire de passer par votre intermédiaire, chère amie ?

– Je ne lui ai pas posé la question. Mais j'imagine qu'il voulait être plus ou moins certain de votre accord de principe avant de vous rencontrer. Je crois aussi qu'il apprécie la discrétion et me considère comme une personne de confiance. Votre poste, d'après le peu qu'il m'a dit, sera officieux, vous n'apparaîtrez pas publiquement, ou très peu, et vous aurez tout loisir de poursuivre vos activités actuelles.

– C'est bien ainsi que je l'entendais. Vous pouvez dire à M. Pompidou que j'accepte avec une grande satisfaction d'examiner avec lui les tâches qu'il entend me confier. Je suis à son entière disposition.

Savoir que Bacchelli allait maintenant intriguer et très probablement gagner de l'influence dans l'entourage du Général ne plaisait guère à Anne, mais elle s'en était fait une raison. Elle avait compris et admis que la politique est l'art du compromis. Un fossé de sang aurait dû séparer les gaullistes des anciens vichystes et pourtant cela faisait des années qu'elle œuvrait, sur ordre de ses chefs et par souci de l'intérêt national, à remettre dans le circuit des ennemis jurés d'hier et toutes sortes de personnages douteux.

– Très bien, je vais lui transmettre votre réponse dès demain matin. Attendez-vous à ce qu'il vous convoque.

Elle fit mine de se lever. Bacchelli la retint d'un geste.

– Vous me considérez comme un opportuniste, n'est-ce pas ?

– Il me semble que vous n'êtes pas le seul.

Il rit.

– On pourrait vous retourner le compliment. Pour ma part je suis toujours resté fidèle à certaines idées. À propos, savez-vous que je rencontre votre frère de temps à autre ?

Elle n'ignorait pas que Jean-Pierre, contrairement à ce qu'il laissait croire à leurs parents, n'avait pas abandonné la politique et qu'il fréquentait toutes sortes de personnalités d'extrême droite et de pétainistes mal repentis, dont Bacchelli. Son poste de directeur commercial adjoint de la parfumerie familiale lui procurait des émoluments relativement confortables, mais lui laissait aussi beaucoup de temps pour se livrer à toutes sortes d'activités plus ou moins mystérieuses. On avait davantage de chances de le trouver dans les réunions semi-clandestines des frères Sidos ou dans celles des rescapés de la division Charlemagne que dans les bureaux parisiens des parfums Laborde. Il faisait aussi le coup de poing contre les communistes chaque fois qu'il en avait l'occasion, au Quartier latin comme dans les quartiers populaires, voire dans les cités de la banlieue rouge et aux abords des usines. Il organisait des commandos qui attaquaient les colleurs d'affiches du PC, les vendeurs de *L'Humanité* et les distributeurs de tracts hostiles à la guerre d'Algérie. Ces expéditions risquées, bien que peu dangereuses en comparaison de ce qu'il avait connu sur le front russe, lui avaient procuré une certaine popularité parmi les militants nationalistes. En revanche, Anne n'avait aucune idée de ce qu'il pouvait bien tramer avec Bacchelli. Quand elle le rencontrait, généralement au cours de repas familiaux, ils évitaient prudemment l'un et l'autre d'aborder les sujets politiques. Jean-Pierre se contentait de ricaner quand son père faisait l'éloge de ministre des Finances Antoine Pinay, dont il s'était entiché.

Son frère n'était guère plus loquace à propos de sa vie sentimentale. Au désespoir de sa mère, il ne s'était pas marié, mais avait eu diverses aventures sans suite. Son caractère, à la limite de la misanthropie, et son mode de vie rendaient difficile une liaison stable. Il détestait son beau-frère, l'avocat Granville, qui représentait pour lui l'archétype du beau parleur mondain et planqué, et celui-ci le lui rendait bien, de sorte que les deux hommes s'efforçaient de se retrouver ensemble le moins souvent possible.

Anne ne répondit pas à la remarque de Bacchelli sur son frère. Elle se leva et quitta la pièce sans lui serrer la main.

30

Décembre 1958

Une élégante petite foule se pressait place de la Concorde, à côté du Crillon. Anne Granville parvint à se faufiler jusqu'à l'entrée de l'Automobile Club où quatre cerbères de carrure impressionnante, sanglés dans des costumes sombres, vérifiaient les invitations.

– Vous avez de la chance, car en principe les femmes ne sont pas admises ici, lui glissa un homme âgé portant une barbichette et des lorgnons qui le faisaient ressembler à un politicien de la Troisième République.

Les invitées de sexe féminin se comptaient en effet sur les doigts de la main. En revanche, de jeunes mannequins avaient été embauchées pour poser devant les voitures exposées à l'extérieur, sans être autorisées pour autant à pénétrer dans les salons. Une brune en fourreau noir se pliait aux fantaisies des photographes pour mettre en valeur le coupé Talbot-Lago 2500 que Franco Bordoni et Bruce Alfort avaient conduit l'année précédente aux Vingt-Quatre heures du Mans. Les flashes crépitaient. Les deux coureurs, après avoir eux-mêmes complaisamment souri aux objectifs pendant quelques minutes, s'étaient éclipsés.

– Journaliste ? demanda à Anne une jeune femme qui portait en bandoulière un magnétophone Nagra flambant neuf.

Sa courte crinière blonde lui donnait des faux airs de Kim Novak dans *Vertigo,* qu'Anne venait de voir quelques jours plus tôt.

– Pas exactement, répondit-elle, sans préciser sa profession. Et vous-même ?

– Pigiste pour *Elle*. Mais ça n'a pas été facile, Giroud et Lazareff ont dû intervenir pour m'obtenir un bristol. Vous allez voir : le président est un vieux schnock qui se croit encore sous l'Ancien Régime. Il n'a même pas l'air de savoir que les femmes ont le droit de vote. Mais Lazareff a convaincu Pigozzi, qui est beaucoup plus malin, que les femmes représentent elles aussi une clientèle. Il y a maintenant des couples qui ont deux voitures, comme en Amérique. Et surtout, elles peuvent influencer les choix de leurs époux.

– Moi, le mien ne m'a pas demandé mon avis pour choisir la sienne. Comment se fait-il que *Elle* ait fait appel à une pigiste ?

– Je ne suis pas tout à fait une pigiste ordinaire. Je participe à des rallyes et j'en ai même gagné quelques-uns. Mais vous ne m'avez toujours pas dit ce que vous faites vous-même.

– C'est moins excitant que les rallyes, mais mon travail se rapproche du vôtre. Mon patron m'a chargée de lui remettre un rapport, mais à la différence de votre article il aura peu de lecteurs. Je travaille pour Matignon.

Aucun rapport n'avait été demandé à Anne dont le seul objectif était de nouer des relations et de repérer quelques personnalités qu'on pourrait ultérieurement approcher. C'est ce que, dans le jargon professionnel, on appelait « faire les couloirs ». De toute manière, elle préférait toujours minimiser sa fonction pour éviter d'attirer l'attention.

Les deux jeunes femmes se dirigèrent vers le buffet où elles se firent servir des coupes de champagne. Presque tous les regards masculins se tournaient vers elles.

Le grésillement d'un haut-parleur les arracha à la dégustation des petits-fours.

– Messieurs… Euh, Mesdames et Messieurs, puisque nous comptons, semble-t-il, des dames parmi nous ce soir…

Le comte Hadelin de Liedekerke faisait en effet très vieille France. Il s'exprimait dans un langage ampoulé. Il fut heureusement très bref et laissa la parole à Henri Théodore Pigozzi, un sexagénaire massif, visiblement très à l'aise devant cet aréopage qui réunissait des personnalités du tout-Paris, des industriels, des hommes politiques, des artistes, des journalistes et des cadres de l'industrie automobile triés sur le volet.

– S'il est vrai qu'il faut de l'acier, de l'aluminium, des tissus, des glaces, de l'énergie pour fabriquer des automobiles, attaqua Pigozzi, la matière la plus nécessaire, c'est la matière grise. L'esprit humain est notre ressource fondamentale. Une entreprise ne vaut que par les hommes qui lui sont attachés. C'est de tous nos collaborateurs qu'il dépend que le travail soit bien fait, du moteur à la moindre poignée de portière. Et une entreprise, c'est avant tout une équipe soudée derrière un seul chef. Et ce n'est pas de moi dont je parle à propos de ce chef, mais de notre secrétaire général Louis Galtier.

L'homme qu'il venait de désigner s'avança et s'inclina modestement devant l'assistance avant de prendre à son tour la parole sur un ton moins emphatique pour exposer les objectifs de son entreprise. Ensuite, des sous-fifres dévoilèrent la maquette d'un nouveau bâtiment de Poissy dont chaque face portait le sigle d'une des quatre marques du groupe : Simca, Chrysler, Ford, Talbot.

La journaliste entreprit alors d'interviewer un ingénieur d'allure austère qui s'exprimait en termes très techniques. Anne lui adressa un petit signe et s'éloigna. Ces détails ne l'intéressaient guère. Elle se dirigea vers un groupe constitué autour d'Édouard Ramonet, le ministre de l'Industrie. Un homme habile et considéré comme compétent qui avait su obtenir ce maroquin très convoité dans divers gouvernements. Anne avait eu l'occasion de le rencontrer quand il intriguait pour que la ville de Châteauroux, dont il était maire, accueille une base américaine.

Ce n'était pas un gaulliste et il ne cachait pas son hostilité aux projets du Général de sortir de l'Alliance atlantique, mais il pouvait se flatter de son passé de résistant : Ramonet avait rejoint les Forces françaises libres en 1943, au Portugal. On ne pouvait pas en dire autant de la plupart des industriels qui se pressaient autour de lui. Mais désormais, ce passé comptait moins que la volonté de servir le Général.

Anne s'approcha. La discussion portait sur la catastrophe qui avait fait quatre-vingts morts aux Vingt-Quatre heures du Mans.

La Mercedes 300 SLR conduite par Levegh, après avoir heurté une Austin Healey, avait fauché des dizaines de spectateurs. Le pilote lui-même avait péri dans son bolide carbonisé. Ce tragique accident avait fait la une de toute la presse.

Anne serra quelques mains, dont celle du ministre, et partit à la recherche d'autres têtes connues.

Les Américains de Chrysler étaient eux aussi très entourés. L'un d'eux s'inquiétait des mouvements sociaux qui secouaient périodiquement l'Hexagone et exprimait son incompréhension. Louis Galtier s'employait à le rassurer et lui affirmait que le nouveau gouvernement adopterait très certainement dans un avenir proche des dispositions inspirées de la loi Taft-Hartley[1]. Le sujet motivait davantage Anne, car elle savait que certains cercles patronaux, en particulier ceux de la métallurgie et de l'automobile, exerçaient une pression continue pour promouvoir ce projet sur lequel les gaullistes historiques étaient divisés, Chaban-Delmas et Capitant s'y disaient hostiles, alors que Chalandon et Frey le soutenaient. Anne ignorait l'avis personnel du Général.

Comprenant et parlant parfaitement l'anglais depuis son séjour à Londres, elle suivit cette conversation sans intervenir, jusqu'au moment où elle aperçut Bacchelli qui se déplaçait parmi les invités, un verre de champagne à la main. Décidément, elle était condamnée à le rencontrer partout.

– Nous ne nous quittons plus, chère amie, glissa-t-il.

Fort heureusement, il ne s'attarda pas et alla entreprendre Galtier. Le secrétaire général prit congé des Américains et suivit Bacchelli.

Celui-ci l'entraîna jusqu'au buffet où Bonnefous attendait patiemment son tour en grignotant des toasts.

– Permettez-moi de vous présenter Léon Bonnefous, qui

1. Loi adoptée en 1947 aux États-Unis qui réglemente les relations entre le patronat et les syndicats, interdit les grèves spontanées menées hors du cadre syndical et impose un préavis de soixante jours pour toute grève visant à modifier la convention collective d'entreprise.

est secrétaire général adjoint de la Confédération générale des syndicats indépendants.

Le syndicaliste serra avec empressement la main de l'homme que Pigozzi venait de présenter comme un chef charismatique.

– Je suis très heureux de vous rencontrer, monsieur Galtier.

Galtier scruta le petit bureaucrate et le jaugea immédiatement.

– Nous serons plus tranquilles au premier, proposa-t-il.

Ils allèrent s'installer dans un salon dont les fenêtres ouvraient sur la place de la Concorde. Bonnefous se laissa un instant distraire par le ballet des voitures qui tournaient autour de l'obélisque. Le ronflement des moteurs ne parvenait pas dans cette pièce insonorisée.

Il avait déjà eu, au cours de sa carrière, l'occasion de visiter les sièges de divers organismes patronaux réputés pour leur opulence, mais rarement des endroits aussi sélects. Les négociations se déroulaient le plus souvent dans des salles de réunion sans âme. Ici, on sentait la patte d'un décorateur à la mode. Le mobilier Knoll, très dépouillé, formait un ensemble un peu froid mais non dépourvu de charme.

Ils prirent place dans des fauteuils Tulipe autour d'une table montée sur des pieds métalliques. Un garçon en smoking blanc leur apporta une bouteille de champagne et des amuse-gueules.

Galtier désigna de la main une photo où le comte de Dion, fondateur du club, en jaquette et haut-de-forme, posait entre des hommes en blouse qui, pour la plupart, portaient des moustaches en croc à la manière de leur patron.

– À cette époque, nous n'avions pas de grève. Ce métier en était au stade artisanal, c'est Ford qui a tout bouleversé avec la production à la chaîne. Mais ses ouvriers n'y ont rien perdu, ils étaient les mieux payés de l'industrie à l'époque. C'est ce que des syndicalistes intelligents doivent comprendre. Nous sommes très attachés à cette philosophie. Qu'en pensez-vous monsieur Bonnefous ?

– Le point de vue défendu par la CGSI est qu'une concertation bien comprise doit être profitable à tous. Nous sommes fermement opposés aux conceptions de lutte de classes des autres syndicats, en particulier de la CGT.

– J'entends, dit Galtier, mais que pensez-vous être en mesure de nous apporter ? Nous avons déjà monté un syndicat indépendant qui a gagné de l'influence et arraché le Comité d'entreprise aux communistes.

– Mais ce n'est pas un syndicat reconnu sur le plan national, alors que nous le sommes. Vous serez plus efficaces si vous agissez dans le cadre d'une confédération implantée dans de nombreuses entreprises, et pas seulement dans l'automobile. Nous avons des sections syndicales un peu partout.

Un sourire teinté d'ironie passa sur le visage en lame de couteau de Galtier, qui n'ignorait pas que Bonnefous bluffait.

– Admettons que notre syndicat indépendant rentre dans votre fédération, ou qu'on en crée un nouveau sous un autre nom, qu'est-ce que cela va changer concrètement ?

Bonnefous perdit de son assurance.

– Je ne comprends pas très bien, monsieur Galtier, il me semble que c'est M. Pigozzi qui a sollicité notre secrétaire général René Belin.

– Certes, mais Belin a tout de même plus de poids que vous.

Bonnefous ne s'attendait visiblement pas à cette attitude. Bacchelli vint à sa rescousse.

– En fait, René Belin s'est mis en retrait depuis quelque temps. C'est M. Bonnefous qui fait tourner la boutique. Il a une longue expérience du syndicalisme et de l'organisation. Il connaît les méthodes des moscoutaires et sait comment les contrer…

Galtier ricana.

– Nous aussi, figurez-vous. C'est même nous qui devons nous les coltiner tous les jours. En mars 1950, j'ai failli être séquestré. Les rouges ont transformé notre usine de Poissy en fort Chabrol. Il a fallu que les CRS arrivent en bateau pour les déloger. C'est Lehideux[1] qui m'a tiré d'affaire, baïonnette au poing. Vous voyez le topo ?

– De nombreuses entreprises ont connu des grèves insurrec-

1. Directeur de Renault sous l'Occupation, embauché par Simca après avoir été évincé de la régie à la Libération.

tionnelles de ce type. Ils se sont un peu calmés depuis, remarqua Bonnefous pour montrer qu'il suivait la conversation.

– Ou Khrouchtchev les a calmés, dit Bacchelli. Mais rien ne dit qu'ils ne remettront pas le couvert si la situation internationale change.

Galtier fixa tour à tour Bonnefous puis Bacchelli.

– Vous devez comprendre qu'on ne peut plus se permettre ce genre de cirque. Nos investisseurs américains ne l'accepteraient pas. Ils ne comprennent pas comment nous pouvons être aussi laxistes en France avec les rouges. Je leur ai dit que nous allions adopter une loi du genre de la Taft-Hartley pour les tranquilliser, mais ce n'est pas fait. Il y a des réticences. Pensez-vous que de Gaulle prendra une décision de ce genre, Bacchelli ?

Bacchelli hocha la tête, d'un air dubitatif.

– J'en doute. Il faut se méfier de De Gaulle. À son habitude, il va jouer un jeu d'équilibre entre les différentes forces politiques et sociales. Il n'attaquera pas la CGT de front, sauf si elle tente un coup de force au niveau national. C'est ce que m'a laissé entendre récemment son chef de cabinet, Georges Pompidou.

– Ce qui signifie ?

– Qu'il y a peu de chances qu'il déclenche les hostilités en adoptant une loi de ce genre. Je le vois plutôt mettre en place un système d'association capital-travail, ça a toujours été sa marotte. En revanche, je crois qu'il ne nous mettra pas de bâtons dans les roues si nous faisons nous-mêmes le travail. Sauf s'il y a des dérapages trop visibles. C'est pourquoi il me semble qu'il faut réunir dans ces nouveaux syndicats toutes les forces nationales décidées à défendre le monde libre, y compris bien entendu les gaullistes purs et durs, et je pense aux hommes du RPF qui ont une bonne expérience de la bagarre contre ces gens-là. Il ne faudrait pas que des conflits puissent apparaître comme résultant des vieux clivages du passé.

Galtier acquiesça.

– Ça me paraît judicieux, même s'il y a un certain nombre d'aventuriers gaullistes qui m'inspirent peu de sympathie.

– Il faut mettre ces questions de sympathie et d'antipathie entre parenthèses, dit Bacchelli.

– Vous avez certainement raison, comme toujours.

Un sourire de satisfaction passa sur le visage de Bacchelli.

– J'en reviens à notre projet d'association avec la CGSI. Il est de nature à faciliter ces rapprochements pour lesquels notre Institut œuvre lui aussi depuis des années. Nous pourrions participer à cette association en vous fournissant un certain nombre de services, par exemple des stages de formation destinés aux syndicalistes nationaux. Vous savez que les pouvoirs publics dispensent des subventions importantes pour ces formations. Il n'y a aucune raison d'en laisser le monopole à la CGT. Nous sommes aussi en mesure de vous fournir des publications clés en main, ou de vous procurer de bons journalistes qui partagent nos convictions nationales. Albert Legris, que vous avez déjà rencontré, est aujourd'hui très bien introduit dans tous les milieux professionnels et par conséquent très bien informé.

– Comme vous l'êtes vous-même, Bacchelli, nota Galtier.

– J'essaie de me tenir au courant de ce qui se passe dans mon pays et dans le monde.

Galtier but un peu de champagne, resta un instant silencieux, comme s'il méditait ces propos.

– Dites-moi, je change de sujet. Croyez-vous que de Gaulle ait vraiment l'intention de défendre l'Algérie française ?

Bacchelli marqua lui aussi une courte pause avant de répondre.

– Je le souhaiterais. De Gaulle est non seulement rusé mais cynique. C'est un Machiavel. Il s'est appuyé sur l'armée et les Français d'Algérie pour revenir au pouvoir, en leur promettant tout ce qu'ils avaient envie d'entendre. L'Algérie n'est qu'un tremplin pour lui. Ensuite, tout va dépendre du rapport de forces, au niveau national et international. Ce n'est même pas une question militaire. Du moins l'aspect militaire est secondaire. On peut gagner la guerre sur le terrain et la perdre politiquement.

Dans cette discussion, Bonnefous était de toute évidence partie négligeable. Bacchelli le congédia d'ailleurs, comme il l'aurait fait avec un subordonné.

– Cher ami, j'aurais quelques mots à échanger en privé avec M. Pigozzi. Mais n'ayez aucune inquiétude, nous reviendrons très vite vers vous.

Bonnefous s'inclina servilement et les laissa donc en tête à tête.

– Ce type ne me fait pas très bon effet, dit Galtier après le départ du syndicaliste.

Bacchelli eut un geste évasif.

– Je vous accorde qu'il a l'air d'un ramasse-miettes, mais il ne faut pas s'arrêter aux impressions, cher ami. Bonnefous est plus habile qu'il ne le laisse paraître, et il n'a pas encore eu l'occasion de montrer tous ses talents. Il a déjà une qualité : il est fiable.

– S'il trahit Belin, pourquoi ne nous trahirait-il pas ?

– Il ne le trahit pas vraiment. Il fait ce que Belin aurait fait s'il était un peu plus jeune et un peu plus dynamique. Belin est une personnalité très estimable, mais trop marquée par son passé de ministre. Un des avantages de faire appel à Bonnefous, c'est d'abord de récupérer un sigle syndical qui vaut ce qu'il vaut, mais qui existe. De plus, pour se faire reconnaître au niveau national, une confédération syndicale ne peut pas se contenter de recruter des gros bras pour cogner sur les cocos dans quelques usines. Il lui faut un programme public, une presse, un appareil. Bonnefous sait y faire de ce côté-là, croyez-moi, et nous l'épaulerons.

Galtier gloussa.

– Vous allez finir par me convaincre, Bacchelli ! En fait, l'idée de travailler avec la CGSI émane de Pigozzi, mais elle me laissait perplexe, car j'avais l'impression qu'on se débrouillait assez bien tout seuls. Mais, si ce type peut nous être utile, pourquoi pas ? Il a un peu de monde avec lui, au moins, ou ses amis risquent de lui faire faux bond et de rester avec Belin ?

– Ils iront à la soupe, comme dirait de Gaulle.

Les deux hommes se mirent à rire de concert. Cette hilarité passée, Galtier consulta sa montre.

– Il me faut encore rencontrer diverses personnes. Je dois vous abandonner, mais je vous tiendrai au courant de notre décision.

Ils redescendirent dans la salle où se tenait la réception. Galtier fut aussitôt assailli par une meute de journalistes. Bacchelli serra encore quelques mains, puis s'éclipsa. Il ne gaspillait jamais son temps.

*

Après avoir tourné pendant une dizaine de minutes, Georges Biard réussit à garer sa Dauphine Gordini dans un emplacement que venait de libérer une lourde Frégate, devant un magasin de chaussures du boulevard Haussmann. À l'approche des fêtes de Noël, la circulation commençait à devenir difficile dans le quartier des grands magasins.

Biard était un homme de taille moyenne mais costaud, vêtu de façon sportive d'un blouson de cuir, d'un pull à col roulé, d'un pantalon de toile et de chaussures souples. Il marchait d'un pas énergique en jetant de temps à autre des regards à droite et à gauche et par-dessus son épaule, comme s'il redoutait d'être suivi ou agressé. Quatre années s'étaient écoulées depuis son retour d'Indochine, mais cette habitude ne l'avait pas quitté. À plusieurs reprises, il n'avait dû son salut qu'à ses réflexes, car tout militaire français était une cible dans les rues de Saigon. Contrairement à d'autres vétérans, il ne conservait d'ailleurs aucune nostalgie de cette période de sa vie. Il n'avait endossé l'uniforme que pour échapper à la prison et n'avait pas été fâché de retrouver la vie civile. S'il haïssait les rouges, il préférait les traquer dans les rues de Paris, avec en poche la carte de la Brigade spéciale, que dans les rizières et les jungles. De cette expérience pénible, il avait rapporté une cicatrice qui zébrait un front tendant à se dégarnir et des amibes qui provoquaient encore de temps à autre des fièvres et des infections intestinales.

Biard se faufila parmi les grappes d'enfants qui s'agglutinaient devant les vitrines de Noël, non sans bousculer quelques passants. Quand il eut dépassé les Galeries Lafayette, le trottoir se dégagea, ce qui lui permit d'accélérer son pas, car il était en retard. Il ne lui fallut que quelques minutes pour atteindre l'immeuble qui abritait les bureaux de Bacchelli. Plusieurs plaques désignant diverses officines plus récemment créées s'étaient ajoutées à celle de l'Institut d'études géopolitiques. Biard les observa un instant, de l'œil exercé du policier qu'il avait été, puis poussa la porte et s'élança dans l'escalier sans attendre l'ascenseur.

– Vous avez rendez-vous avec M. Bacchelli ? s'étonna la standardiste.

Son ton était poli, mais teinté d'une légère condescendance, car les visiteurs qu'elle recevait habituellement étaient dûment cravatés.

– Vérifiez, mademoiselle.

Ce qu'elle fit aussitôt.

– Très bien, c'est à l'étage au-dessus. La secrétaire de M. Bacchelli vous attendra sur le palier.

– Je suis capable de trouver son bureau tout seul, ricana-t-il.

La secrétaire l'invita à patienter dans un petit salon où une demi-douzaine de personnes d'allure bourgeoise étaient déjà assises dans des canapés et fauteuils. L'endroit évoquait une salle d'attente de médecin. Sur une table basse, les publications de la maison voisinaient avec des revues plus populaires comme *Paris Match*.

Biard feuilleta d'abord *Point de vue* dont la une était consacrée à la princesse Margaret, avec le titre « Coup de foudre au Canada ». Les amours princières le laissant indifférent, il rejeta le magazine sur la pile pour prendre *Paris Match*. Farah Diba et le Shah d'Iran y côtoyaient le bébé de Gina Lollobrigida, ce qui ne l'intéressait pas davantage, mais un reportage intitulé « Patrouille dans le djebel face aux fellaghas » retint l'attention de l'ancien militaire. Biard avait tendance à tourner ses pages bruyamment et à gesticuler dans son fauteuil, ce qui lui valut des regards de désapprobation des autres visiteurs.

La secrétaire vint l'arracher à sa lecture et le conduisit dans l'antre de Bacchelli, qui contourna son bureau pour l'accueillir et lui proposer un siège. Il remarqua aussitôt son teint jaunâtre et sa cicatrice.

– C'est un cadeau des Viets ?

– Affirmatif.

– J'ai appris que vous aviez été blessé, mais c'était à une époque où il n'était pas nécessairement souhaitable d'entrer en contact avec vous.

– Je comprends très bien. Vous n'aviez pas le choix.

– Dans un sens, vous avez eu davantage de chance que moi. Vous savez que j'ai fait un petit séjour à Fresnes ?

– On me l'a dit. Ça ne devait pas être beaucoup plus dur que l'Indo.

Biard ponctua cette remarque d'un raclement de gorge qui trahissait le fumeur invétéré.

– Assez désagréable tout de même, rétorqua Bacchelli, sans la moindre animosité apparente. Pourtant, à l'époque, on y rencontrait des gens très bien.

Biard se mit à fouiller nerveusement les poches de son blouson, à la recherche d'un paquet de cigarettes.

– Je préférerais que vous ne fumiez pas dans ce bureau, dit Bacchelli. Le tabac aggrave mes problèmes d'asthme. Voulez-vous un café ?

Biard accepta le café.

– Je me suis laissé dire, reprit Bacchelli, après le départ de la secrétaire, que vous travailliez dans la sécurité privée.

Biard acquiesça, d'un mouvement de menton. C'était une façon flatteuse de présenter les activités professionnelles qu'il avait exercées depuis son retour : chauffeur de maître, garde du corps, gardien de nuit, transport de fonds.

– J'ai peut-être une situation à vous proposer dans ce domaine.

– En fait, ce que je souhaiterais, c'est être réincorporé dans la police nationale.

Bacchelli fit la moue, en signe de compréhension.

– Ça n'est pas facile, mais pas totalement impossible non plus. Il faudrait que j'en parle au commissaire Dides, il pourrait peut-être accomplir une démarche en votre faveur. Cela dit, je ne sais pas si c'est un projet bien raisonnable. Vous risquez d'attirer l'attention et il y a encore des communistes dans la police…

– Je croyais qu'on les avait virés en 47.

– Pas tous, pas tous… Et vous êtes bien placé pour savoir de quelle façon ils opèrent. Ils ont mis en place des structures clandestines. Si vous tombez sur des types qui vous connaissent, vous ne ferez pas long feu. Ou alors, il vous faudrait une protection solide, dans un service spécial. Pour cela, on vous demandera de faire vos preuves.

Biard s'agita sur son siège.

– Vous trouvez que je ne les ai pas faites en Indo ?

Bacchelli eut un geste apaisant.

– Vous avez servi le pays, ça ne fait pas de doute. Mais ceux qui sont susceptibles de prendre la décision de vous réintégrer ne raisonnent pas de cette manière. Ils tiendront compte de vos états de service, mais ils redouteront aussi de provoquer des incidents gênants, susceptibles de nuire à leur carrière. Ce sont des fonctionnaires, ne l'oubliez pas. Et leur patron, c'est l'État, avec à sa tête de Gaulle qui vient de revenir au pouvoir. Vous me suivez ?

– Trop bien. Alors, que me proposez-vous ?

– Reprendre votre métier, mais dans un cadre non officiel. Vos émoluments seront supérieurs à ceux de vos anciens collègues mais, évidemment, vous n'aurez pas la même garantie de l'emploi. Toutefois, les gens qui recherchent des compétences comme les vôtres ne sont généralement pas ingrats.

– Puis-je vous demander d'être un peu plus précis ?

– Vos missions consisteront pour l'essentiel à surveiller le personnel d'une ou de plusieurs entreprises, de repérer les éléments subversifs et éventuellement de les ficher pour éviter, s'ils sont licenciés, qu'ils aillent exercer leurs talents dans d'autres usines. Ce sont des choses que vous savez faire, non ?

– Je crois en effet avoir une certaine compétence. Mais, sans fonction officielle, c'est plus difficile…

– Et aussi un peu plus risqué, inutile de vous le cacher. Cela peut entraîner des frictions non seulement avec les rouges, mais avec vos anciens collègues. Nous vous fournirons une couverture. Vous émargerez officiellement comme cadre, agent de maîtrise ou employé d'un comité d'entreprise, et vous bénéficierez d'une feuille de paie en bonne et due forme, ce qui n'interdit pas les primes. Mais tous ces détails ne sont pas de mon ressort.

– *A priori*, ça me convient.

– Parfait, je vais vous mettre en contact avec les responsables de ce projet. Encore une chose, pensez-vous être en mesure de recruter autour de vous des jeunes gens énergiques et discrets ? Ce serait mieux qu'ils aient déjà une certaine expérience militaire ou policière, mais vous pourrez aussi les former. C'est dans vos cordes ?

– Ça doit pouvoir se faire.

– Un dernier point. Ce serait bien, pour rencontrer vos futurs employeurs, que vous vous habilliez en bourgeois, comme on dit dans votre métier. En revanche, bien sûr, si vous êtes amené à côtoyer ou infiltrer des milieux ouvriers, votre tenue actuelle sera parfaite.

31

Printemps 1961

Ali s'en tirait plutôt bien. C'était un garçon de petite taille, tout en muscles, au visage étroit et plutôt ingrat, mais au regard vif. Il parlait et souriait peu, mais écoutait toujours attentivement les conseils et directives que lui donnaient le compagnon carrossier ou son patron et les appliquait avec zèle. Son habileté manuelle faisait le reste. Alain n'avait donc pas à regretter son embauche. Quant à ses côtés taciturnes, il les attribuait à la mort de son frère qu'il n'évoquait pourtant jamais. De ce fait, il y avait une certaine similitude entre la situation d'Ali et la sienne : tous deux avaient perdu un frère dans des conditions tragiques. Alain éprouvait donc à la fois de la sympathie et de la compassion pour son nouveau salarié et pensait comprendre ce qu'il pouvait ressentir. Néanmoins cette situation avait rouvert une plaie qui commençait à cicatriser.

Ali arrivait chaque matin un bon quart d'heure avant l'ouverture du garage, de façon à avoir le temps de se changer tranquillement. Quand il quittait ses bleus, il s'habillait toujours de façon impeccable avec un costume sombre et une chemise blanche, à la manière de son frère. Il ne disait rien de sa vie privée, mais Alain savait qu'il habitait un meublé de la rue Fondary. En dehors des heures de travail, il bricolait parfois des voitures d'amis, avec l'autorisation de son patron. Alain lui avait proposé de lui prêter de temps à autre des véhicules d'occasion qu'il mettait désormais en vente, mais Ali, après l'avoir remercié pour cette marque de confiance, avait refusé.

– Un Arabe dans une belle bagnole, par les temps qui courent, ça se fait remarquer.

– Tu peux prendre une 2 CV ou ma fourgonnette, si tu ne veux pas d'une décapotable.

– Non, c'est très gentil, mais le métro et le bus, c'est très bien. Déjà qu'on se fait tout le temps contrôler, alors si je grillais un feu rouge, ça serait le poste et le passage à tabac.

– Et tes potes, qui te font réparer leurs caisses, ils roulent bien en bagnole, eux ?

– C'est pas pareil.

– Tu as ton permis, au moins ?

– Bien sûr, patron.

Alain n'avait pas insisté. Ce n'est que huit mois après son embauche qu'il découvrit les raisons pour lesquelles son carrossier effectuait ainsi des heures supplémentaires non payées.

Jusqu'alors, il avait cru qu'il ne se contentait pas de dépanner des amis, mais s'était constitué une petite clientèle privée et faisait de la perruque pour arrondir ses revenus, ce qui ne le dérangeait pas.

Alors qu'il rentrait un peu plus tôt que d'habitude d'une de ses virées nocturnes, au lieu de rentrer sa voiture dans le garage comme il le faisait d'ordinaire, il abandonna la Lancia qu'il avait empruntée le long du trottoir de la rue du Laos, car les véhicules étaient déjà serrés comme des sardines à l'intérieur et il ne se sentait pas le courage de les déplacer. Il avait bu un petit coup de trop et tombait de sommeil.

Une petite porte découpée dans le grand panneau coulissant permettait de pénétrer à pied dans le garage. Immédiatement, Alain remarqua que la lumière était restée allumée du côté de l'atelier. Il crut d'abord à un oubli et pesta contre cette négligence. Puis il distingua deux silhouettes penchées sur une Aronde dont une portière avait été démontée et la banquette arrière sortie.

À son approche, les deux Algériens s'immobilisèrent.

Alain comprit immédiatement ce qu'ils étaient en train de faire : aménager des caches dans la banquette et dans l'aile. Il resta interdit et, pendant quelques secondes, les trois hommes demeurèrent face à face, quasi immobiles. Le garagiste mit fin à cette situation, qui semblait s'éterniser, en donnant un coup de pied dans un pneu de la Simca.

– Le train arrière de ces bagnoles-là est mal conçu. Il sautille, c'est mauvais pour le confort et la tenue de route. C'est pour ça que je n'en reprends pas, même en dessous de leur cote. Mais chacun ses goûts, n'est-ce pas ?

Il fit demi-tour, sans attendre une réponse inutile. Une fois parvenu à mi-hauteur de l'escalier qui conduisait à son appartement, il se retourna pour leur adresser un salut de la main.

– Bonne nuit et bon courage, camarades.

Le lendemain matin, quand Ali se présenta au garage avec son quart d'heure d'avance habituel, Alain affecta d'ignorer ce qui s'était passé la veille. L'Aronde avait d'ailleurs disparu. Après avoir ruminé pendant toute la journée, il appela Petit Louis et tomba sur sa compagne.

– Dis à ton jules que je veux le voir rappliquer au garage dès qu'il reviendra du turbin. C'est urgent.

Petit Louis se pointa sur le coup de dix-huit heures, encore vêtu de sa salopette. Alain le fit monter dans son bureau.

– Qu'est-ce qu'il y a de si pressé ? demanda-t-il en constatant que son ami avait sa tête des mauvais jours.

– Tu ne devines pas ?

– Il y a un problème avec Ali ?

– Hier, j'ai trouvé Ali avec un de ses potes en train de démonter une Aronde pour y planquer des trucs. Alors, c'est quoi, des armes ?

– Tu ne lui as pas demandé ?

– J'étais un peu dans les vapes et je n'avais pas envie de discuter. C'est ton protégé, tu me l'as mis entre les pattes, je préfère m'expliquer avec toi. Donc, je répète ma question.

– Non, ce ne sont pas des armes. C'est du fric.

– Du fric ?

– Oui. Ses amis collectent les cotisations du FLN et les font passer en Suisse. Ce sont des copains bien français qui s'en occupent, pour ne pas attirer les soupçons. Mais, dernièrement, certains se sont fait choper avec des valises pleines de billets. Alors on a changé de technique : on les planque dans des bagnoles et des camions. Tu es satisfait ?

– Des copains ? Tu veux dire des copains du parti ?

– Non, des copains tout court. Il y a des gars du parti et des ex, mais pas seulement. Je ne peux pas t'en dire plus, je suppose que tu comprends pourquoi. Quant au parti, je te l'ai déjà dit, il ne se mêle pas de ça. Certains camarades nous approuvent, mais la direction ne veut pas en entendre parler.

Alain se prit la tête entre les mains.

– Tout ce que je vois, c'est que, si Ali se fait gauler, ils vont fermer mon garage et je vais me retrouver en cabane.

– Tu n'es pas censé être au courant. Il fait ça en dehors de ses heures de boulot. Tu n'as rien vu, rien entendu.

– Alors que j'habite au-dessus ? Tu penses qu'ils me croiront sur parole ?

– Tu as le sommeil lourd, tu prends des somnifères, tu mets des boules Quies. Ou alors, tu as bien remarqué quelque chose, mais tu croyais qu'il bossait à son compte.

– C'est ce que je supposais, jusqu'à la nuit dernière.

– Tu vois. Ça n'est pas si invraisemblable que ça. De toute façon, ils ne peuvent pas avoir la preuve formelle que tu es au courant, sauf si tu fais une connerie. Ali, lui, ne dira rien.

– Sauf s'ils le travaillent à la gégène.

– C'est sûr qu'il risque de passer des moments désagréables. Mais c'est un gars solide. Il ne te mettra pas en cause. Toi, ils te garderont tout au plus quelques jours et ils te relâcheront faute de preuves. Ils ne torturent pas les Français en métropole, ce n'est pas comme pour Alleg et Audin. Tu n'as pas grand-chose à craindre.

– Si tu le dis…

– Une question tout de même : les deux types qui bossent avec toi ne sont au courant de rien ?

– Je ne crois pas. Ils restent de temps en temps le soir pour réparer leurs tires, mais ils n'ont aucune raison de passer dans le garage en pleine nuit.

– Et ils sont de quel bord, ces gars ?

– Le carrossier est plutôt anar. C'est un pote de mon ancien patron qui a pris sa retraite. Quant à l'apprenti, son parti, c'est celui d'Elvis, Jerry Lee Lewis et Gene Vincent. En dehors du rock, pas grand-chose ne l'intéresse, même pas le Tour de France. Mais il espère quand même que cette saloperie de guerre sera finie quand il aura l'âge de faire son service. On peut dire qu'il est pacifiste. Il a participé à quelques manifs. Tu ne crois tout de même pas que j'embauche des fachos ?

– Je ne crois rien. Je m'informe pour éviter les emmerdes supplémentaires. Donc, même s'ils se doutaient de quelque chose, ces deux-là fermeraient leur gueule ?

– C'est mon avis. Mais on ne peut jamais jurer de rien.

– Bon, alors on continue comme ça. Avec Ali, tu fais comme s'il ne s'était rien passé. Je me charge de lui parler. Si tu leur es tombé dessus au mauvais moment, c'est qu'il a été imprudent. Ça n'aurait pas dû arriver.

– Tu me connais. Je rentre à des heures impossibles. Il ne pouvait pas prévoir.

– Ils auraient pu surveiller l'arrivée de ta bagnole. Quand on risque sa peau tous les jours, il faut penser à tout.

Petit Louis passa ses pouces dans les bretelles de sa salopette.

– Bon, je ne m'ennuie pas avec toi, mais il faut que je rentre retrouver ma bourgeoise. Après ton coup de fil, elle doit s'inquiéter. Comme tu vois, je ne me suis même pas changé pour venir plus vite.

– On peut lui téléphoner pour la rassurer ?

– Non, évite de me téléphoner chez moi, on ne sait jamais. Il ne faut pas raconter sa vie par téléphone en ce moment. Imagine qu'ils aient repéré Ali. Ils t'auraient mis sur écoutes. Leur intérêt n'est pas d'arrêter les gens tout de suite, mais de démanteler le réseau. À la limite, si c'est urgent, tu appelleras d'une cabine le numéro que je vais te donner.

Petit Louis sortit un calepin de sa poche et en arracha une page sur laquelle il griffonna le numéro en question.

– Apprends-le par cœur et ne laisse rien traîner.

Cette dernière recommandation déclencha un signal d'alarme dans le cerveau du jeune garagiste. Il était en train de mettre la main dans un engrenage qu'il ne contrôlait pas. Son attitude avait laissé croire à Petit Louis que, malgré ses réticences initiales, il acceptait de les aider, au moins passivement, voire de participer à leur réseau. Et maintenant, il était très difficile de faire machine arrière et d'exiger qu'Ali cesse de trafiquer des voitures dans son garage ou trouve du boulot ailleurs. De plus, sa mauvaise conscience habituelle refaisait surface. Son frère, lui, avait choisi de s'engager dans l'action clandestine pendant qu'il faisait le zazou et l'avait payé de sa vie, tout comme le frère d'Ali, son ancien camarade d'atelier.

Il soupira.

– C'est bon, on fait comme ça. S'il y a un problème, je sais où te joindre.

Petit Louis lui adressa un sourire chaleureux avant de lui flanquer une claque dans le dos.

– Je savais que je pouvais compter sur toi.

*

Après avoir roulé toute la nuit, Jean-Pierre Laborde arriva boulevard Haussmann à huit heures trente, au moment où Bacchelli s'installait dans son bureau et prenait connaissance de son abondant courrier. Il faisait partie des rares personnes susceptibles de se présenter à toute heure boulevard Haussmann et d'être immédiatement reçues par le patron de l'Institut d'études géopolitiques. La secrétaire prévenait Bacchelli et celui-ci, le plus souvent, abrégeait son entretien quand il avait déjà un visiteur dans son bureau ou décalait ses rendez-vous. Mais Laborde n'abusait pas de ce privilège et ne débarquait pas à l'improviste sans motif valable.

Un de ces motifs était la livraison des fiches que Bout de

l'An lui remettait parcimonieusement. L'ancien numéro deux de la milice lui confiait suffisamment d'éléments pour que Bacchelli puisse en faire usage, mais en conservait toujours assez par-devers lui pour être redouté, courtisé et protégé. Laborde disposait maintenant d'une DS 19, immatriculée au nom de la société paternelle, pour se rendre en Italie, mais, par mesure de précaution, il l'abandonnait généralement à Bolzano pour louer une petite Fiat plus discrète. Il avait modifié son itinéraire plusieurs fois en passant alternativement par la Suisse et par l'Autriche, en changeant de voiture avant la frontière italienne et en vérifiant attentivement qu'il n'était pas filé. Pour justifier ces déplacements, il prenait un ou deux rendez-vous avec des grossistes italiens en parfumerie.

Bacchelli serra énergiquement la main de son agent de liaison, s'enquit des conditions de son voyage, puis ne résista pas à l'envie d'examiner immédiatement la demi-douzaine de fiches étalées sur son bureau. La plupart ne concernaient que du menu fretin, mais il y en avait tout de même une au nom d'un secrétaire d'État en exercice. Celui-ci affichait un passé de résistant et portait toutes sortes de décorations, mais son passé était beaucoup plus équivoque. Or, même quinze ans après la Libération, certains médias s'intéressaient encore à ce genre de chose.

– J'imagine que notre ami Bout de l'An ne l'a pas sélectionné par hasard.

– Il ne fait jamais rien par hasard. Avec la radio, on peut connaître la composition du gouvernement français au bout du monde, avant que les journaux ne soient livrés. Je crois qu'il a ce type-là dans le nez et qu'il a pensé que ça pourrait vous aider.

– Ça va en tout cas lui rabattre son caquet s'il cherche à me mettre des bâtons dans les roues. Ce politicien a l'oreille du chef de cabinet du Grand Charles et je sais qu'il s'applique sournoisement à me démolir. Il va lui falloir revoir ses positions…

Ils échangèrent un sourire complice. Puis Bacchelli se leva et alla ranger les précieuses fiches dans un coffre-fort dissimulé derrière un portrait du cardinal de Retz.

– Allons prendre un café quelque part, proposa-t-il à l'issue de cette opération. Nous y serons plus à l'aise et vous avez sans doute faim, après toute cette route.

Ils s'installèrent dans une brasserie qui faisait face au Printemps. Laborde commanda des œufs au bacon, Bacchelli se contenta d'un café crème.

– Que raconte notre ami du Tyrol ?

– Il se dit très satisfait de sa récolte et m'a offert deux bouteilles de son riesling. Elles sont restées dans mon coffre. En voulez-vous une ?

– Très peu pour moi. Je reste fidèle à nos vins français. Mais encore ? Vous n'avez tout de même pas fait que parler de pinard ?

– Pour être franc, Bout de l'An se demande quel jeu vous jouez avec les gaullistes. Il s'étonne que vous puissiez travailler avec eux. Il dispose très certainement d'autres sources d'information que les miennes.

– C'est probable. Mais Bout de l'An est à l'écart de la vie politique depuis très longtemps, isolé dans sa propriété, même s'il dispose toujours de quelques contacts. Des contacts sans doute de moins en moins nombreux, car, avec le temps, les liens politiques et humains se défont. Quand on est ainsi coupé du monde, loin de tout, on a du mal à suivre l'évolution. C'est le lot de la plupart des exilés. Voyez les rouges, c'est la même chose : les républicains espagnols vivent encore à l'époque de la guerre civile.

– Bout de l'An compte pourtant parmi les plus fidèles lecteurs de vos publications. Hier encore, il me parlait d'un article de Souvarine qu'il trouvait très pertinent.

– Sauf pour quelques génies, la lecture est insuffisante pour mesurer la complexité d'une situation. Il faut être sur place, rencontrer les gens qui comptent, humer l'air du temps. Notre ami est assurément un homme estimable et courageux, mais vous conviendrez que ce n'est pas un génie.

Laborde parut à moitié convaincu.

– Peut-être que Bout de l'An n'est plus dans le coup, mais

je sens que de Gaulle va brader l'Algérie comme ce Juif de Mendès a bradé l'Indochine.

– Vous voyez : vous avez dit vous-même « je sens ». Ce n'est pas seulement le fruit d'une analyse, d'une déduction logique. Vous êtes imprégné de la vie politique française, ce qui n'est plus son cas. Il y a ainsi des mécanismes imperceptibles dans l'esprit humain... Pour répondre à votre remarque, vous n'êtes pas le seul à vous inquiéter. Mais il faut savoir distinguer de Gaulle des gaullistes, surtout des gaullistes de fraîche date, ceux qui se sont ralliés à lui pour sauver l'Algérie. Il est difficile de savoir de quoi l'avenir sera fait, mais ceux-là pourront faire des alliés, une fois leurs illusions dissipées. En attendant, nous devons travailler ensemble contre l'ennemi intérieur et extérieur principal : le communisme.

– Sur ce point, vous prêchez un convaincu.

– À ce propos, on m'a chargé de vous transmettre une proposition. Je sais que vous avez déjà une situation, mais dépendre d'une entreprise familiale n'est pas toujours plaisant.

– Ma foi, cette sinécure me laisse du temps, mais c'est vrai qu'à mon âge ce n'est pas agréable d'avoir sur le dos un père qui me rappelle régulièrement qu'il m'entretient et fait pression pour que je m'implique davantage dans la parfumerie.

– C'est bien ce que j'avais cru comprendre. Je vous propose donc de vous présenter à Louis Galtier, qui est, comme vous le savez peut-être, secrétaire général de Simca-Chrysler afin de voir si pouvez faire affaire avec lui.

– L'automobile m'intéresse davantage que la parfumerie, mais je n'ai pas de compétences particulières dans ce domaine.

– Ce n'est pas exactement ce qu'on attend de vous. Il y a déjà suffisamment d'ingénieurs et de techniciens hautement qualifiés dans cette entreprise. En revanche, Louis Galtier a besoin de garçons énergiques qui ont déjà une certaine expérience militaire pour renforcer ses équipes de protection. J'ai pensé que vous pourriez lui prêter main-forte et mobiliser vos troupes en renfort chaque fois que ce sera nécessaire.

– Nos troupes, c'est beaucoup dire ! Nous ne sommes pas

très nombreux pour le moment. Une poignée d'étudiants et quelques rescapés de l'épuration.

– J'entends, et affronter la CGT de la métallurgie, ce n'est pas tout à fait la même chose que de faire le coup de poing au Quartier latin. Cela fera un excellent entraînement pour vos jeunes gens.

– Vous aviez évoqué une situation…

– Bien entendu. En contrepartie, Louis Galtier vous confiera un poste officiel dans l'entreprise. Vous serez rémunéré convenablement. Enfin, il faudra discuter de tous ces détails avec lui…

Laborde remercia Bacchelli et le quitta pour aller prendre un peu de repos. Il habitait désormais le deux pièces de la rue Saint-Dominique que sa sœur lui avait laissé quand elle avait emménagé rue des Saints-Pères avec Albert Granville. Il n'avait pas changé grand-chose au mobilier et à la décoration, si ce n'est qu'il avait remplacé des tableaux et aquarelles qu'il trouvait mièvres par des portraits de diverses personnalités, certains dédicacés, dont un de Charles Maurras.

Après avoir dormi quatre heures, s'être douché et rasé, Laborde choisit des vêtements différents de ceux, classiques et discrets, qu'il avait utilisés pour son périple en Italie. Il cultivait un genre très à la mode parmi les jeunes gens d'extrême droite : gants de cuir noir, utiles pour les bagarres, et long imperméable vert à épaulettes de style militaire. Une coupe de cheveux très courte renforçait cette allure martiale. Néanmoins, son costume de flanelle grise, sa cravate de soie impeccablement nouée sur une chemise blanche et ses chaussures de bonne qualité indiquaient son appartenance à la bourgeoisie aisée. Il ne sortait jamais non plus sans une jolie serviette de cuir noir, qui, outre divers documents, contenait une matraque télescopique et un poing américain. Laborde s'était en effet fait repérer à diverses reprises par des militants communistes et ceux-ci pouvaient lui tomber dessus à tout instant.

Ainsi équipé, il fixa des pinces à ses pantalons, mit son casque et enfourcha sa moto, une Norton 350, pour se rendre au bar du Panthéon. Cet établissement pouvait être considéré comme l'un de ses fiefs. Il y organisait des réunions pour recruter des étudiants de la faculté de droit voisine. Une bonne partie de la clientèle appartenait à des groupes activistes comme Jeune Nation et l'Action française, néanmoins, depuis quelque temps, les rouges de l'UNEF manifestaient une audace toute particulière pour aller provoquer les partisans de l'Algérie française sur leur terrain. Certains d'entre eux étaient récemment venus défier les habitués du bar. Le pugilat n'avait été évité que grâce à l'intervention du patron.

Il avait servi les intrus, mais leur avait demandé de quitter rapidement les lieux. Ce compromis avait été accepté en raison d'un rapport de forces incertain.

À son arrivée, Jean-Pierre Laborde posa son casque de motard sur une table, serra la main du barman et échangea des claques sur l'épaule avec plusieurs garçons qui portaient la croix celtique ou l'insigne de parachutiste au revers de leur veste, parfois les deux. Deux élégantes filles blondes directement débarquées du seizième arrondissement portèrent sur lui des regards intéressés. Laborde faisait figure de légende dans les milieux nationalistes du Quartier latin, aussi bien pour son équipée sur le front russe que pour son comportement lors des bagarres contre les communistes et les pacifistes, où il était toujours au premier rang. On disait même que, lors de l'attaque du siège du comité central du PC, place Kossuth, qui avait suivi la manifestation de protestation contre l'entrée des chars soviétiques à Budapest, il avait été un des rares assaillants à parvenir jusqu'au premier étage, en dépit de la résistance acharnée des occupants qui lançaient sur la foule tout ce qu'ils avaient sous la main : meubles, machines à écrire, billes d'acier, boulons. La fumée provenant de l'incendie allumé au rez-de-chaussée l'avait contraint à redescendre. Pourtant, Laborde ne se vantait jamais de ses exploits. Sa réputation lui suffisait.

Il avait réussi à réunir autour de lui une vingtaine de bagarreurs qui se considéraient comme une phalange d'élite et prenaient pour modèle les cadets de l'Alcazar de Tolède qui avaient tenu tête aux républicains espagnols jusqu'à ce que les troupes de Franco les délivrent.

Ce jour-là, aucune expédition n'avait été programmée. Laborde et ses compagnons se contentèrent donc de commenter les dernières nouvelles. Les résultats du référendum qui avait consacré le retour au pouvoir de De Gaulle leur restaient en travers de la gorge, néanmoins ils ne tapaient pas trop sur le Général, du moins en public, car ils avaient conclu une sorte d'alliance tactique avec des groupes de jeunes gaullistes partisans de l'Algérie française. Ils n'étaient jamais de trop pour faire face aux rouges, d'autant que les forces des deux camps s'équilibraient, du moins au Quartier latin. L'extrême gauche contrôlait la Sorbonne, alors que la droite nationaliste tenait la faculté de droit. Les abords des lycées Louis-le-Grand et Saint-Louis étaient le théâtre d'affrontements réguliers, parfois même de batailles rangées ; quant à la plupart des autres établissements et facultés, ils pouvaient être considérés comme neutres. En revanche, l'extrême droite ne s'aventurait qu'assez rarement, et toujours en nombre, dans les quartiers populaires et surtout dans les communes de banlieue.

Laborde évoqua le projet de créer une milice susceptible d'épauler les syndicalistes nationaux de Simca-Chrysler, sans préciser qu'il émanait de Bacchelli dont aucun de ses amis n'avait entendu parler. La perspective d'aller corriger les cégétistes dans leur citadelle suscita l'enthousiasme mais aussi une certaine inquiétude, car le mythe de l'ouvrier communiste toujours prêt à en découdre, les poches de sa canadienne pleines de boulons, imprégnait leur petit milieu. Laborde les invita à demeurer discrets pour le moment et leur promit de les tenir au courant. Ensuite, ils abordèrent des sujets plus légers, comme les films de la Nouvelle Vague, qui divisaient aussi bien la jeunesse d'extrême droite que celle d'extrême gauche.

Après une heure et demie de palabres, Laborde jeta son dévolu sur l'une des deux filles qui attendaient patiemment à une table voisine, sans se mêler de ces débats. C'était une étudiante d'allure plutôt sage, avec son bandeau et son collier de perles, mais son regard et ses lèvres promettaient beaucoup.

Laborde les aimait ainsi, un peu saintes-nitouches d'apparence. En général, il n'avait pas beaucoup d'efforts à fournir pour les mettre dans son lit. Il commençait par les inviter à grimper sur sa moto. Leur façon de se serrer contre lui pendant le trajet lui donnait une première indication de leur disponibilité. Il ne sortait la DS, qu'il trouvait trop bourgeoise, que lorsqu'il devait transporter rapidement un petit commando en un lieu éloigné.

Avant de franchir la porte du bar, il se retourna pour sourire à la seconde fille, une autre blonde coiffée d'un chignon à la Bardot, pour lui faire comprendre que le prochain tour serait probablement pour elle. Elle répondit à ce sourire par une petite moue de dépit et alla ostensiblement mettre une pièce dans le jukebox pour se donner une contenance.

32

Simca Poissy, 15 heures, bâtiment B 3
Été 1961

Une douzaine d'hommes en blouse grise remontaient l'allée centrale de l'atelier au pas de charge. En tête marchait Biard, flanqué de deux colosses recrutés quelques semaines plus tôt parmi des légionnaires démobilisés. À leur passage, les ouvriers jetaient des regards inquiets, parfois hostiles, mais tous restaient silencieux et poursuivaient leur travail. Le commando parvint bientôt à la chaîne 11 qui était immobilisée.

Les manœuvres maghrébins se groupaient autour d'un homme allongé sur le sol.

– Qu'est-ce qui se passe encore ? Pourquoi a-t-on arrêté la chaîne ? aboya Biard.

Un contremaître en blouse s'avança.

– Le descendeur[1] est tombé en panne. Alors, le chef d'atelier a demandé aux gars de porter les carcasses, en se relayant quatre par quatre. Il y en a un qui est tombé dans les pommes. Les autres ne veulent plus continuer.

Il s'approcha plus près de Biard.

– C'est encore Rollin qui leur a monté la tête, souffla-t-il.

– Bon, qu'on emmène celui-là à l'infirmerie. Et les autres, au boulot !

Personne ne fit mine de bouger. Tous avaient la tête baissée.

– Vous avez pas entendu ? Vous êtes sourds ou vous comprenez pas le français ? aboya Biard.

Un Maghrébin se détacha du groupe.

1. Robot qui soulève et dépose les carcasses de voitures sur les chaînes.

– C'est trop lourd, chef, on n'y arrive pas. Il faut réparer la machine.

– Comment ça, c'est trop lourd ? À quatre, vous pouvez pas porter une carcasse, tas de fainéants ! Si ça vous convient pas, vous n'avez qu'à reprendre le bateau.

Les ouvriers, qui affichaient des visages fermés, se dirigèrent lentement vers leurs postes de travail, tandis qu'on chargeait la victime sur une civière.

– Bon, dit Biard au contremaître, débrouillez-vous comme vous voulez, mais les bagnoles doivent sortir. Où est le chef d'atelier ?

– Dans son bureau, avec Rollin, justement.

– Je vais aller leur remonter les bretelles.

Suivi de sa troupe, Biard se dirigea vers un bureau qui surplombait la chaîne. Derrière les vitres, on distinguait deux silhouettes. Des éclats de voix leur parvinrent. Au moment de gravir l'escalier, il commanda à l'un des deux costauds de l'accompagner et aux autres de l'attendre en bas des marches. Il frappa à la porte qu'il poussa sans attendre de réponse.

À leur entrée, l'altercation s'interrompit. Un cinquantenaire chauve, bien cravaté sous sa blouse blanche, faisait face à un homme d'une trentaine d'années au visage énergique. Ce dernier, qui portait un bleu taché de cambouis, agitait une brochure sous le nez du chef d'atelier.

– Qu'est-ce que c'est que ce bordel ? Rollin, c'est toi qui as donné l'ordre aux Arabes d'arrêter le turbin ?

– Je n'ai pas d'ordre à donner, rétorqua l'homme en bleu. Le code du travail interdit d'obliger des gens à porter des poids pareils.

Il brandit sa brochure et lut.

– C'est écrit noir sur blanc : article R. 4541-9 « Lorsque le recours à la manutention manuelle est inévitable et que les aides mécaniques prévues au 2° de l'article R. 4541-5 ne peuvent pas être mises en œuvre, un travailleur ne peut être admis à porter d'une façon habituelle des charges supérieures à 55 kilogrammes qu'à condition d'y avoir été reconnu apte par le médecin du travail, sans que ces charges puissent être supérieures à 105 kilogrammes. » Ces carcasses pèsent plus de 250 kilos.

Le costaud qui accompagnait Biard échangea un regard avec lui, comme pour lui demander l'autorisation d'empoigner le syndicaliste par le col de son bleu et de le jeter dehors. Celui-ci fit un petit mouvement négatif du menton.

– Le code du travail, on en a rien à branler, brailla-t-il. Tu cherches à foutre la merde au moment où on va sortir la Simca 1000. C'est du sabotage.

– Ce ne sera probablement pas l'avis de l'inspecteur du travail.

– Tu n'as qu'à l'appeler, l'inspecteur du travail. En attendant, dis à tes potes de se remettre au taf, sinon ils peuvent réserver leurs places pour le train de Marseille et le bateau pour Alger. Et toi, ne t'en fais pas : on t'a à l'œil. Les cocos, moi, je sais les mater. On sait où te trouver.

Rollin rangea son code du travail dans sa poche et dévisagea Biard.

– Je gratte dans cette taule depuis l'âge de seize ans. Vos menaces ne m'impressionnent pas, vous pouvez aller le dire de ma part à Pigozzi et Galtier.

Le costaud fit mine d'intervenir, mais Biard le retint. Le chef d'atelier s'interposa aussi, visiblement inquiet de la tournure que prenait l'incident. Il entraîna Biard à l'écart et baissa la voix.

– L'ascenseur-descendeur va être réparé d'ici une heure ou deux. Si tout le monde y met de la bonne volonté, on peut encore rattraper le retard. Ça ne vaut pas le coup de s'énerver. Si le bruit se répand qu'il y a un blessé, on ne sait pas ce qui peut se passer. On risque de perdre encore plus de temps. Inutile d'envenimer les choses.

– C'est tout de même vous qui leur avez demandé de transporter les carcasses à la main, non ?

– Je l'ai fait pour gagner du temps. Je suggère de mettre un terme à cet incident.

– Comme vous voudrez.

De l'autre côté du bureau, le syndicaliste, surveillé par le gorille, assistait à ce conciliabule avec un sourire narquois. Le chef d'atelier revint vers lui.

– Bien, monsieur Rollin, je propose qu'on attende la remise en marche du descendeur, mais que les OS de la 11 s'engagent à pousser un peu la cadence pour que le planning soit respecté. On ne tiendra pas compte de cette… pause improvisée et, s'il faut faire davantage d'heures sup, elles seront payées au tarif habituel. Ça vous convient ?

– C'est aux gars qu'il faut le demander. Je ne décide pas à leur place.

– D'accord, mais vous pouvez tout de même leur faire comprendre que c'est aussi bien leur intérêt que celui de la maison, au moment où nous lançons un nouveau modèle.

– Je vais leur transmettre votre proposition. Mais je vous rappelle que Benazzi a eu un malaise. À cinquante-sept ans, ce n'est plus de son âge de porter des poids pareils. S'il lui arrive quelque chose, vous en porterez la responsabilité, et la direction aussi, puisque je suppose que vous suivez ses consignes.

Après ce laïus, le syndicaliste tourna les talons et descendit l'escalier. Il lui fallut passer au milieu des gros bras qui attendaient en bas. Ils lui lancèrent des regards menaçants et l'un d'eux lui fit un bras d'honneur, mais aucun ne le toucha. Biard et le chef d'atelier observèrent la scène et le regardèrent s'éloigner dans l'allée.

– L'incident me semble réglé, dit le chef d'atelier. Je crains que vous ne vous soyez déplacé pour rien. Il vaut parfois mieux régler les problèmes par la négociation, même avec la CGT.

– Surtout quand on a fait une connerie, cracha Biard avant de dévaler l'escalier à son tour.

Il traversa l'atelier dans l'autre sens, du même pas rapide, toujours suivi de sa troupe, puis abandonna ses subordonnés pour sortir du B3 et emprunter une allée qui longeait une pelouse bien entretenue et conduisait à un parallélépipède blanc, largement vitré. Autour de cette construction, qui abritait les bureaux de la direction, s'étendaient d'immenses parkings où s'alignaient les véhicules neufs destinés à être prochainement livrés aux concessionnaires. Une aire plus petite était attribuée aux voitures des employés. Des plaques aux noms des hauts cadres de l'entreprise indiquaient que certaines places leur étaient réservées, selon une répartition hiérarchisée en fonction de la proximité de l'entrée. Biard, lui, rangeait sa voiture un peu à l'écart, sur un emplacement affecté au personnel de sécurité.

À l'entrée du hall, deux gardiens en uniforme, la casquette vissée sur le crâne, lui demandèrent sa carte de service, car son embauche était trop récente pour que tous le connaissent. Après diverses vérifications, un troisième gardien lui demanda de le suivre. Il se prêta à ces formalités avec mauvaise humeur, car il était plus habitué à contrôler les autres qu'à être contrôlé lui-même.

Dans l'ascenseur, il toisa le gardien.

– Nous allons bosser ensemble, mon pote. Tu ferais bien de ne pas trop me casser les burnes.

– J'applique les consignes, monsieur.

Au deuxième étage, le gardien l'accompagna jusqu'à l'entrée des bureaux que la direction de la sécurité partageait avec la CFT[1]. Quand il pénétra dans la salle de réunion, une vingtaine d'hommes étaient déjà installés autour d'une table.

– Ah, vous voilà, Biard.

– Je vous prie de m'excuser pour ce retard, monsieur Galtier, mais j'ai été retenu par un incident au B3.

– Nous sommes au courant. Le chef d'atelier nous a appelés. Je ne critiquerai pas votre initiative, mais il faut savoir agir avec discernement. Quoi qu'il en soit, cela vous a permis de faire connaissance avec Rollin.

– J'ai déjà eu affaire à lui il y a quinze jours, à propos d'une histoire d'horaires des cars et de pause pour les bonnes femmes des amortisseurs. Il leur monte systématiquement le bourrichon.

1. Confédération française du travail. Syndicat maison pro-patronal chez Simca et Citroën jusqu'en 1977 où il est devenu la CSL, Confédération des syndicats libres, puis le Syndicat indépendant de l'automobile.

Galtier hocha la tête et se tourna vers son voisin, un petit homme en blouse blanche.

– Avez-vous la fiche de Rollin ?

– Je vais la demander, monsieur le secrétaire général.

Il fit un signe à une dactylo, qui prenait des notes, installée à une petite table. Celle-ci quitta la pièce et revint avec la fiche demandée. Galtier la parcourut.

– Henri Rollin, secrétaire de la section CGT. Né en 1931, embauché en 1945 à l'école d'apprentissage Ford de Poissy. A participé à une grève d'apprentis au cours de sa troisième année. Service militaire dans la marine. Embauché ensuite en 1953. Au bloc moteur. Ils ont sans doute pensé que l'armée l'avait dressé… Démission un an plus tard. Réembauché en février 1958. Rien sur ce qu'il a fait pendant ces quatre ans ?

– Ils l'ont peut-être envoyé en stage à Moscou ! ricana l'un des participants.

– Quoi qu'il en soit, reprit Galtier, cette fiche est très incomplète. Ce n'est pas du travail sérieux. Surtout quand nous avons affaire à un agitateur communiste qui a probablement été envoyé chez nous pour remonter un syndicat subversif que nous avions réussi à casser.

Un bref silence suivit cette assertion. Galtier dévisagea ses collaborateurs un à un.

– Il faut réorganiser le fichier. Je veux des fiches absolument complètes sur chaque individu. Au recto, non seulement les informations de base, comme la date de naissance et le numéro de Sécurité sociale, mais la situation de famille, les moyens de transport utilisés pour se rendre à l'usine, le logement, la synthèse d'une enquête de voisinage et les observations qui en découlent. Ce qui inclut bien entendu les activités politiques et les pratiques religieuses non seulement du salarié concerné, mais de ses proches.

Il retourna la fiche.

– Au verso, j'entends trouver tout ce qui concerne la vie professionnelle, avec différents critères donnant lieu à des notations. Formation, compétence, productivité, santé, assiduité, maîtrise de soi, responsabilité, esprit de décision, intelligence, sens de l'organisation, esprit d'équipe, aptitude au commandement. Ces données doivent être périodiquement actualisées. Suis-je clair ?

– Parfaitement clair, monsieur le secrétaire général, dit servilement le petit homme en blouse blanche. Mais cela demandera beaucoup de travail, et par conséquent du temps.

– Nous mettrons en œuvre tous les moyens nécessaires. Les méthodes modernes de mécanographie devraient nous permettre d'optimiser ces fichiers.

Un participant leva la main.

– Notre service de mécanographie, qui n'a que deux ans, se consacre entièrement aux opérations relatives à la commercialisation de l'Aronde et de la Simca 1000. C'est un succès, comme vous le savez, et ce procédé révolutionnaire n'a pas de concurrent en France pour le moment. Nous sommes en mesure de proposer plusieurs centaines de combinaisons de teintes de carrosseries, de coloris intérieurs, de motorisations et de gammes d'accessoires, alors que la 203 Peugeot, pour ne citer que cet exemple, ne se décline qu'en quatre couleurs. Cette personnalisation de l'offre est une des clés de notre succès, qu'il serait regrettable de compromettre. Techniquement, ce service serait bien entendu en mesure de traiter ces fichiers. Mais, d'une part, il arrive à saturation ; d'autre part, je ne suis pas certain qu'il présente des garanties de confidentialité suffisantes. La CGT a obtenu des voix parmi les perfos aux dernières élections de délégués du personnel. Il faudrait les écarter et les remplacer, mais on ne peut être sûr de rien. Il suffit d'un mouton noir et…

Galtier l'interrompit.

– Nous savons tout cela, monsieur Dufresnes, nous n'avons jamais envisagé de surcharger votre service. Deux solutions s'offrent à nous : créer un nouveau service séparé du premier et implanté dans un lieu discret avec un personnel trié sur le volet, ce qui représenterait un investissement assez important, ou sous-traiter ce service à des gens dont c'est déjà le métier. Cette information ne doit pas sortir de cette pièce : nous sommes en pourparlers avec des personnalités du ministère de l'Intérieur qui pourraient officieusement prendre ce travail en charge. Leurs services sont parfaitement équipés pour le faire. Il s'agirait en quelque sorte d'un échange de bons procédés. Disposer des informations que nous sommes en mesure de recueillir pourrait être très utile à ces services, qui n'ont pas les effectifs nécessaires pour les obtenir. Inversement, ils peuvent déjà disposer de leur côté d'éléments concernant certains membres de notre personnel, par exemple sur ce Rollin qui semble être un cadre bolchevik, pour en revenir à lui. Croiser les fichiers ne présente pas de nos jours de problème technique majeur.

Galtier s'adressa à la dactylo.

– Madame, ne notez pas cela, je vous prie.

– Je l'avais compris, monsieur le secrétaire général.

– Avec ou sans la mécanographie, recueillir les informations nécessaires pour remplir des fiches aussi détaillées va demander un gros travail, observa quelqu'un.

Galtier le fixa.

– Je vous l'ai dit, nous y mettrons les moyens nécessaires. Dans l'immédiat, nous venons déjà de renforcer nos services de sécurité en faisant appel à deux spécialistes qui sont aujourd'hui présents parmi nous : messieurs Jean-Pierre Laborde et Roger Biard. Ils ont carte blanche pour embaucher des contractuels afin de procéder à ces investigations.

Un homme qui n'avait pas encore pris la parole leva la main.

– Il me semble qu'il faudrait en finir une bonne fois pour toutes avec la CGT, avant qu'elle ne nous flanque une nouvelle grève dans les pattes au moment où nous sortons la Simca 1000. Les cocos ne sont pas stupides : ils savent que nous ne pouvons nous permettre aucun retard avec la campagne que nous avons lancée. Donc que nous sommes en situation de faiblesse en cas de conflit.

– Avez-vous une solution miracle dans vos tiroirs ? monsieur Philibert, fit sèchement Galtier. Moi, je n'en ai pas. À ma connaissance, la CGT n'a plus que sept délégués du personnel et une cinquantaine d'adhérents déclarés. En admettant qu'il y en ait une centaine, avec les clandestins, nous ne sommes plus dans la situation de 1953. Je ne les vois pas se barricader dans l'usine et, le cas échéant, nous aurions largement les moyens de les évacuer nous-mêmes sans faire appel aux forces de l'ordre. Je vous accorde qu'une centaine d'individus, ça suffit dans certaines circonstances pour flanquer la pagaille. Mais, dans l'immédiat, nous ne pouvons que poursuivre la politique engagée, à savoir exercer une surveillance et une pression constantes, repérer et isoler les éléments les plus dangereux, même si nous ne pouvons pas totalement les empêcher de se déplacer dans l'entreprise en raison de leurs mandats syndicaux. Je ne crois pas qu'il soit souhaitable aujourd'hui de passer à des méthodes plus radicales. Et, s'il doit y avoir des incidents, ils ne doivent pas se dérouler dans l'enceinte de l'entreprise. Je me fais bien comprendre ? Il est préférable de continuer à observer une certaine discrétion. Quant aux problèmes qui peuvent se présenter, comme ce débrayage sauvage de la chaîne 11 aujourd'hui, il faut les régler au cas par cas. Je pense que ce chef d'atelier a commis une erreur, mais je ne lui en tiendrai pas rigueur : il est sous pression depuis plusieurs mois et nous lui avons fixé des objectifs audacieux, qu'il s'applique à atteindre avec zèle. C'est un bon élément.

Cette dernière appréciation déclencha un petit rictus de Biard, mais il se garda de la commenter.

– Bien, dit Galtier, nous avons droit nous aussi à notre pause-café. Il n'y a pas de raison que les ouvriers soient seuls à en bénéficier.

Cette plaisanterie déclencha quelques rires complaisants. Les participants profitèrent de cette interruption pour se lever et discuter par petits groupes. Jean-Pierre Laborde prit Biard à part.

– Ça s'est mal passé ?

– Ce chef d'atelier est un mou qui capitule devant les cosaques à la première occasion. Il m'a fait passer pour un con devant mes hommes, je n'aime pas ça.

– Peut-être qu'il joue double jeu. Il faudra se renseigner sur lui. J'ai une proposition à te faire.

– À propos du chef d'atelier ?

– Non, pas du tout. Ça rentre dans le cadre de la défense de l'Algérie française. J'ai besoin de trois ou quatre hommes fiables et discrets, qui aient une certaine expérience militaire.

*

Quand Henri Rollin quitta son poste de travail de l'atelier d'outillage à dix-sept heures quinze, il fut suivi jusqu'au vestiaire par deux gardiens en uniforme. Cette surveillance incessante faisait partie de sa vie quotidienne depuis qu'il était sorti de l'anonymat pour se présenter aux élections de délégués du personnel. Chaque élu de la CGT était ainsi épié en permanence. Rollin n'y prêtait donc presque plus attention. Néanmoins, cette escorte continuelle l'empêchait de prendre contact avec les autres ouvriers, car l'identité de tous ceux qui lui adressaient la parole était immédiatement relevée. La plupart des salariés de l'usine tournaient la tête ou la gardaient baissée à son passage. Quelques téméraires, surtout parmi les professionnels qualifiés, moins sensibles aux pressions parce qu'ils se savaient indispensables, lui prodiguaient cependant parfois des paroles d'encouragement ou plaisantaient sur la présence des gardiens.

Après s'être douché et changé, il gagna le garage où il rangeait sa moto. La première chose qu'il vérifia fut qu'on n'avait pas glissé des objets à son insu dans ses sacoches, de façon à l'accuser ensuite de vol au moment du contrôle de la sortie. Ce genre de provocation était monnaie courante. De nombreux syndicalistes en avaient fait l'expérience, de même que des salariés dont on voulait se débarrasser pour une raison ou une autre. Il ne remarqua qu'ensuite que le câble de la batterie avait été arraché. Il réussit tant bien que mal à le fixer et à lancer le moteur. Ce n'était pas non plus la première fois qu'on s'en prenait à cette bécane. À deux reprises, on lui avait crevé un pneu et, trois mois plus tôt, on avait mis du sucre dans son réservoir. Les hommes de main de la direction savaient sans doute qu'ils touchaient un point sensible en s'attaquant à cette 350 BSA qu'il entretenait avec un soin maniaque. Non seulement ils le privaient de son moyen de transport quotidien, puisque prendre le car l'aurait obligé à se lever beaucoup plus tôt, mais ils menaçaient de compromettre ses vacances car il l'utilisait chaque année pour aller camper une dizaine de jours avec sa femme pendant que leurs deux enfants séjournaient en colonie de vacances. C'était un des rares moments où ils pouvaient retrouver un peu d'intimité. Les réunions syndicales et politiques, les distributions de tracts à l'aube à la porte des usines ou sur les marchés l'accaparaient quotidiennement et, quand il n'avait pas d'activité, il rentrait souvent épuisé.

Maîtrisant sa colère, il alla protester auprès du gardien qui était censé surveiller le garage. Celui-ci haussa les épaules.

– Si vous croyez que j'ai que votre moto à m'occuper.

Sur la route, un peu avant l'entrée de Sartrouville, il remarqua qu'une voiture le suivait depuis plusieurs kilomètres, sans tenter de le doubler ni de se laisser distancer. Au moment où il ralentissait pour aborder un virage, le conducteur de l'auto accéléra brutalement, le doubla et lui fit une queue de poisson avant de s'éloigner. Il parvint à maîtriser sa moto, mais ne distingua que de vagues silhouettes. Il n'eut pas non plus le temps de relever le numéro de la plaque minéralogique, mais mémorisa le modèle : une Dauphine Gordini bleue, avec des bandes latérales blanches, dont le moteur était visiblement gonflé vu ses accélérations. Il lui sembla, sans en être certain, avoir déjà vu cette voiture à proximité des bureaux de la direction.

Un peu plus tard il rangea sa moto en bas de chez lui, sans prendre la peine de mettre la chaîne antivol pour gagner du temps. Tout le monde le connaissait dans le quartier et, en plein jour, personne n'y aurait touché, même les quelques blousons noirs de la cité Robespierre, tous fils d'ouvriers qui le respectaient. Le HLM où il résidait n'était sorti de terre que deux ans plus tôt. Cet immeuble de douze étages bénéficiait de tout le confort moderne – ascenseur, chauffage central, salles de bains – et faisait la fierté de ceux qui avaient la chance d'y occuper un appartement. Rollin avait obtenu le sien grâce à l'intervention d'un élu de Sartrouville. Auparavant, il avait vécu dans des logements vétustes, exigus et dépourvus de commodités. En revanche, les abords de l'immeuble restaient en friche : une fois quitté les trottoirs qui longeaient le bâtiment, il fallait emprunter une sorte de passerelle de planches pour ne pas mettre les pieds dans la boue.

Rollin partagea l'ascenseur avec deux femmes maghrébines qui le saluèrent aimablement. Leurs maris travaillaient aussi chez Simca. Il eut tout juste le temps d'embrasser son épouse et ses deux fils, d'avaler une portion de ragoût avant de redescendre à nouveau enfourcher sa moto pour se rendre à la Bourse du travail où il avait une réunion de l'Union locale avec un responsable de la Fédération de la métallurgie. Il raconta à ses camarades les incidents de ces derniers jours, et les diverses mesures d'intimidation dont il avait été l'objet.

– Pigozzi a embauché quelques salopards de plus pour renforcer la CFT. Ces types-là ont des postes bidon et ne bossent pas. Ils passent leur temps à faire suer le burnous dans les ateliers.

– Tu connais leurs noms ? demanda le secrétaire fédéral.

– Pas pour le moment.

– Faut les trouver. Quand nous les aurons, on essaiera de savoir à qui on a affaire pour les dénoncer dans la presse avec leurs états de service. C'est un ramassis de collabos, de gangsters, d'anciens d'Indo et de contre-révolutionnaires hongrois. Tu n'en as pas repéré quelques-uns ?

– Il me semble bien que celui qui m'a suivi en bagnole tout à l'heure, c'est le chef de la bande des blouses grises qui a essayé de terroriser les OS de la 11. Il roule en Dauphine Gordini et j'ai déjà vu sa bagnole, maintenant je m'en souviens, c'était sur le parking des grands bureaux.

– Une Dauphine Gordini, ça n'est pas discret. Il se prend pour Fangio, cet abruti ? Tu n'as pas d'autres détails pour qu'on puisse l'identifier ?

Il leur fit une description sommaire du personnage, précisa qu'il avait l'allure et le langage d'un ancien militaire.

– Dommage que tu n'aies pas relevé le numéro de sa bagnole. Mais tu en auras l'occasion s'il se gare à côté de la boîte.

– Je n'y manquerai pas, mais ça t'avancera à quoi, le numéro de sa caisse ?

– Il ne faut pas le crier sur les toits, mais on a encore quelques syndiqués à la préfecture.

33

Compagnie des machines Bull, 20e arrondissement, 1961

– Nous avons réalisé des progrès considérables, affirma l'ingénieur qui guidait les visiteurs entre les machines. Pour vous en donner une idée concrète, une trieuse moderne comme celle-ci peut traiter près de sept cents cartes par minute. Voici vingt ans, les modèles les plus performants triaient trois cents à trois cent cinquante cartes par minute. Mais la vitesse est un élément qui ne nous donne qu'une vision très partielle de ces progrès. La technologie de base de la mécanographie a longtemps évoqué celle de l'horlogerie. C'est-à-dire une technologie purement mécanique. Aujourd'hui, nous faisons largement appel à l'électronique…

Une trentaine de personnes participaient à cette visite : industriels, politiciens, hauts fonctionnaires et représentants d'organismes divers. Anne Granville y représentait son chef de cabinet qui n'avait pas jugé utile de se déplacer en personne, mais aussi le tout nouveau Service d'action civique dont le chef, Pierre Debizet, l'accompagnait, une petite croix de Lorraine au revers de son blazer bleu marine.

– Je n'avais jamais vu d'atelier de mécanographie, dit-elle, c'est impressionnant. Mais quel vacarme, je plains les gens qui travaillent ici !

Comme s'il avait pu entendre ces paroles, le maître des lieux commanda soudain l'arrêt des machines et proposa à ses invités de se diriger vers le buffet.

– Nos techniciens sont à votre disposition pour vous donner de plus amples informations et ce sera plus agréable autour d'un verre.

Anne salua plusieurs personnes qu'elle avait déjà eu l'occasion de rencontrer, dont Bacchelli qu'elle retrouvait décidément partout. Debizet lui en présenta quelques autres, dont un assez bel homme d'une quarantaine d'années.

– Monsieur le député, permettez-moi de vous présenter Anne Granville qui appartient au cabinet de Georges Pompidou. Anne, vous avez probablement entendu parler de Jean Dides.

– Très heureux, mais je ne suis plus député, seulement conseiller de Paris, précisa l'intéressé.

Sa poignée de main était énergique, mais son regard inquisiteur. De fait, Anne le connaissait de nom et de réputation, et l'avait probablement croisé dans les couloirs de la rue de Solferino, à l'époque du RPF. Dides était un de ces policiers de Vichy qui s'étaient ralliés *in extremis* au gaullisme et avaient habilement mené leur barque pour poursuivre leur carrière. Il aurait pu faire partie de ces cas qu'on l'avait chargée d'étudier quand elle avait fait ses débuts au ministère, après avoir abandonné l'uniforme, mais son dossier ne lui était jamais passé entre les mains. Probablement avait-il été traité discrètement en haut lieu. Ensuite, Dides avait défrayé la chronique au moment de l'affaire des fuites[1]. Ces personnages troubles qui gravitaient autour d'elle ne lui inspiraient plus ni malaise ni répulsion, mais juste une pointe de mépris. Elle avait compris qu'ils faisaient inévitablement partie de l'univers politique et qu'il fallait composer avec eux, les utiliser, comme le général de Gaulle en donnait l'exemple. Mais aussi s'en méfier, donc rester sur ses gardes et ne pas leur donner de prise sur elle.

– Vous vous intéressez à la mécanographie, monsieur Dides ? demanda-t-elle.

– Bien entendu. Et surtout à ses applications. Mon premier métier fut celui de policier. Je le suis toujours resté un peu…

– Pour la bonne cause, dit Debizet.

1. En 1954, le commissaire Jean Dides fut mêlé à une manipulation destinée à déstabiliser le gouvernement Mendès France au travers de son ministre de l'Intérieur François Mitterrand, accusé alors d'être à l'origine de fuites d'informations sur la défense nationale qui seraient parvenues au parti communiste.

À cet instant, un homme qui portait un badge au sigle de Bull s'approcha d'eux.

– Il me semble vous avoir déjà rencontré, monsieur.

– Jean Dides, conseiller de Paris.

– Gilbert Colin, ingénieur consultant. Il me semble que notre rencontre est assez ancienne, mais je ne me souviens plus dans quel cadre.

– Vous m'avez peut-être entr'aperçu aux actualités…

– C'est ma foi possible.

Debizet tira Dides d'embarras.

– Puisque nous vous tenons, monsieur Colin, pouvez-vous nous donner une idée du prix de ces appareils ?

– Il est difficile de vous répondre. Car ce qui est important, ce n'est pas le prix de machines prises isolément, mais le coût global de la mise en place d'un service, en fonction des besoins particuliers de votre entreprise, compte tenu des frais de fonctionnement, d'entretien et de formation du personnel. Nous pouvons vous établir un devis global.

– Mais si je vous achète seulement une machine ?

L'ingénieur rit.

– Vous ne pourrez pas en faire grand-chose. Mais si vous y tenez, la tabulatrice BS 120 vaut treize millions de francs, la Gamma S dix-huit millions et une seule perforatrice deux millions de francs. Pour vous donner une idée, certains établissements bancaires disposent de vingt ou trente perforatrices… Quels sont vos objectifs ?

Debizet échangea un regard avec Dides.

– Le traitement de données. Je suppose que toutes les grandes administrations ont fait appel à vous ou à IBM ?

– Quelques-unes, oui. Mais, à vrai dire, l'administration française reste très en retard. Par exemple, avant la guerre, l'Allemagne était déjà beaucoup mieux équipée que nous. Ce qui lui a permis de mobiliser plus rapidement, car son ministère de la Guerre avait recensé tous les conscrits et hommes valides, et les avait classés avec des priorités, des exemptions pour ceux qui remplissaient des fonctions indispensables. J'ai eu pour patron le polytechnicien qui dirigeait nos services statistiques, René Carmille. Il avait lui aussi pour projet d'établir ce fichier national, mais n'a pas été écouté.

– Qu'est-il devenu ? demanda Anne.

– Il est mort en déportation.

Elle se demanda ce que ce Colin faisait lui-même pendant l'Occupation et ce qui lui avait permis de survivre à son patron, mais poser ce genre de questions revenait désormais à se tromper d'époque, elle le savait. Intriguée, elle mémorisa néanmoins son nom avec l'intention de se renseigner sur lui. Depuis bientôt quinze ans qu'elle traitait les dossiers d'individus les plus divers ou les établissait, s'informer ainsi sur tous ceux qui jouaient ou pouvaient jouer dans l'avenir un rôle important était devenu un réflexe.

– Nous sommes très performants en matière de traitement des données, insista Colin, qui avait visiblement un certain sens commercial. Nous pouvons vous étudier un projet. Ça ne vous engage à rien.

Ni Dides ni Debizet ne répondirent à cette proposition, mais ils lui posèrent quelques questions techniques.

– Notre discipline est en évolution constante, expliqua Colin. Jusqu'à présent il fallait programmer nos machines à l'aide de réglages sophistiqués que seuls des techniciens hautement qualifiés pouvaient effectuer. Désormais, une carte ou un ruban perforé peut contenir non seulement des données, mais tout un programme. Un programme relativement simple bien entendu, dans la mesure où la capacité d'une carte ou même d'un ruban est limitée. Mais, dans un proche avenir, le carton perforé sera remplacé par d'autres supports dont les capacités sont beaucoup plus importantes. Nous avons déjà fait des tests avec des rubans magnétiques et des tambours. Et, dans un avenir plus éloigné, il n'est pas impossible d'imaginer qu'il sera possible de réunir en une seule machine la perforatrice, la tabulatrice et la trieuse. Je ne devrais pas vous le dire, car ce sont nos concurrents directs, mais les Américains ont déjà mis au point des machines purement électroniques. Mais, bien entendu, elles sont pour le moment si coûteuses, si volumineuses et si complexes à mettre en œuvre que seules quelques administrations comme la Défense et des entreprises dotées de très gros moyens peuvent prendre le risque de les tester. Il est probable qu'on ne verra pas leur miniaturisation avant la fin de ce siècle.

Debizet remercia l'ingénieur puis fit une petite tournée des popotes. Il connaissait beaucoup de monde. L'amabilité forcée de certains à son égard laissa à Anne l'impression que ces gens semblaient le craindre. Un sentiment qu'elle avait déjà éprouvé à propos de Bacchelli. Elle rencontra aussi Henri Pigozzi et Louis Galtier avec qui elle avait échangé quelques mots lors de la soirée de l'Automobile Club. Galtier la reconnut.

– Ah, madame Granville ! Comment allez-vous ? Vous savez, j'imagine, que votre frère travaille pour notre maison ?

Jean-Pierre ne lui en avait pas soufflé mot. Elle s'appliqua à dissimuler sa surprise.

– Et ça se passe bien ?

– Pour le moment, nous n'avons qu'à nous en féliciter. Et vous-même, madame Granville, j'ai cru comprendre que vous avez des responsabilités à Matignon ? Votre frère observe en ce qui vous concerne une discrétion exemplaire.

– Mon frère et moi ne sommes pas très proches. Et sinon, la Simca 1000 se vend bien ?

– Nous n'en sommes qu'au tout début de la commercialisation, mais ça démarre très fort. Nous avons du mal à suivre les commandes. Vous ne lisez peut-être pas *L'Auto journal*, mais ce sera la voiture de l'année.

Anne le félicita de ces succès, puis s'éloigna avec Debizet.

– Surtout n'en achetez pas ! C'est un tombeau roulant, ricana le chef du SAC. Avec son moteur à l'arrière, elle ne tient pas la route. Pire que la Dauphine. Cette bagnole va faire davantage de victimes que les guerres d'Indochine et d'Algérie réunies. Tous les journalistes spécialisés le savent, mais ils ne vont pas l'écrire. On ne mord pas la main qui vous nourrit.

L'automobile l'intéressait fort peu. Elle ne le contredit pas. La petite Austin qu'elle venait de s'offrir pour remplacer sa

Coccinelle lui donnait entière satisfaction… bien que le moteur fût aussi placé à l'arrière.

Elle se saisit d'un petit-four tandis que Debizet pérorait tout en éclusant plusieurs coupes de champagne. Anne, elle, était toujours restée très prudente avec l'alcool, qui risquait de la rendre trop bavarde. C'était une consigne qu'on lui avait donnée à l'époque du BCRA, et qu'elle n'avait jamais cessé d'appliquer. Même en famille ou entre amis, elle se surveillait. Debizet ne sembla pas remarquer cette sobriété. Lui avait une bonne descente et toujours un mégot au coin des lèvres.

Il changea brusquement de sujet.

– Que pensez-vous de ce qu'on vient de nous montrer ?

– C'est bruyant et ça prend de la place, plaisanta-t-elle.

– Mais c'est efficace. Il faut adapter tous nos fichiers à cette technologie. Nous ne pouvons pas rester sur le quai à regarder passer le train.

– Certains services ne nous ont pas attendus.

– Sans doute, mais il nous faut le nôtre.

– Cette transposition pose toutes sortes de problèmes. D'une part, elle nécessite le matériel, les locaux et les gens capables de l'utiliser. D'autre part, recruter des personnes suffisamment discrètes, ne serait-ce que pour saisir les fiches qui sont actuellement manuscrites, n'aura rien d'évident.

– Je ne pensais pas créer notre propre service de mécanographie, mais seulement notre fichier. Ce serait en effet très compliqué. Le mieux serait d'utiliser discrètement les moyens d'une administration déjà équipée où nous avons des compagnons de confiance. L'idéal serait même d'échanger et de recouper une partie des informations. D'après ce que j'ai appris, c'est ce qu'a entrepris Galtier chez Simca. On pourrait envisager de travailler avec lui. Votre frère serait bien placé pour assurer la liaison.

– Je ne souhaite pas demander ce genre de service à mon frère.

Debizet tira une bouffée de sa cigarette puis hocha la tête.

– Je n'ignore pas ce qui vous a séparés. Mais le passé est le passé. Aujourd'hui, nous sommes amenés à faire appel à certains de nos ennemis d'hier dans le cadre de la lutte contre les fellaghas et les communistes. Il ne serait pas possible d'accepter votre frère dans nos rangs. Nombre de nos compagnons ne l'accepteraient pas. Mais nous pouvons combattre côte à côte. Cela dit, il n'est pas question de vous forcer la main.

– Je vous en sais gré.

Debizet lui désigna discrètement Bacchelli qui, un verre à la main, discutait avec un ingénieur de Bull et deux inconnus.

– Il convient peut-être aussi de voir ce qu'il est possible de faire avec ce Bacchelli que vous connaissez assez bien, d'après ce que j'ai entendu dire. Je vous avouerais que je ne l'aime pas beaucoup, mais c'est un homme particulièrement bien informé. Je suis convaincu qu'il a ses propres fichiers ou accès à certains fichiers que des éléments de la police ont pu conserver. Dides, que vous avez rencontré tout à l'heure, pourrait aussi nous apporter une aide précieuse. Quoi qu'il en soit, il me semble que, parmi les compagnons les plus fidèles qui ont rejoint notre service, vous êtes une des plus qualifiées pour cette mission.

– Vous m'en voyez flattée, mais Matignon ne me laisse pas beaucoup de temps.

– Je ne vous demande pas de tout faire vous-même, mais de superviser certaines opérations. Il y a en particulier un tri à effectuer. Quand j'évoque la possibilité de croiser les fichiers, il va de soi que nous ne laisserons pas toutes les informations dont nous disposons à la portée d'administrations qui peuvent changer de direction du jour au lendemain à la faveur de remaniements politiques. Il y aura d'un côté un tronc commun, en particulier celui des éléments subversifs, de façon à être en mesure de les neutraliser dans les délais les plus brefs en cas de coup dur ; et, de l'autre, notre chasse gardée. J'entends par là les informations confidentielles susceptibles de nous permettre d'exercer une certaine influence sur des personnalités qui ne comptent pas toutes parmi nos amis. Vous voyez où je veux en venir ?

– Parfaitement.

Debizet la prit familièrement par l'épaule.

– Je suis certain que vous vous en tirerez très bien.

34

1961, 5 heures du matin

Dans l'aube grise, une vingtaine d'ouvriers discutaient par petits groupes devant les grilles des Verreries de Champagne. Une grande banderole tendue au-dessus de l'entrée cadenassée proclamait : « Nous voulons nos cinquante francs. » Divers autres slogans avaient été peints en lettres irrégulières sur des pancartes confectionnées avec des vieux cartons et accrochées sur le portail. Quelques-uns sortaient du cadre revendicatif pour réclamer la « Paix en Algérie » et le « Retour du contingent ».

Biard passa une première fois en reconnaissance devant l'attroupement, sans ralentir. Il effectua le tour de l'enceinte de l'usine à près de cent vingt à l'heure, en faisant crisser les pneus de sa Dauphine Gordini dans les virages, puis leva le pied quand il revint devant l'entrée.

À sa droite, un homme brun et trapu tenait un pistolet-mitrailleur MAT 49 sur ses genoux. Il avait baissé sa vitre. À l'approche du groupe, il passa le canon de son arme au travers de la fenêtre et lâcha une rafale en direction de la foule, au jugé. L'un des deux hommes assis à l'arrière l'imita et appuya trois fois sur la détente de son automatique.

Deux grévistes s'écroulèrent. Biard enfonça la pédale de l'accélérateur. La Dauphine s'éloigna dans un rugissement de moteur et disparut derrière l'angle d'un bâtiment.

L'un des ouvriers touchés se releva, aidé par ses collègues, mais l'autre resta allongé sur le sol, sans connaissance.

– Je crois qu'on en a mis deux au tapis, dit le voisin de Biard. On remet ça ?

– Non, il ne faut pas traîner dans le coin.

Après avoir parcouru quelques kilomètres, Biard s'arrêta dans une petite rue déserte pour retirer les morceaux de tissu qui masquaient les plaques minéralogiques et ranger les armes dans le coffre, sous une couverture, puis repartit à une vitesse plus raisonnable. Ses trois complices le quittèrent un peu plus loin pour prendre l'autobus. Il roula encore pendant quelques minutes puis se gara à proximité d'un café. Le bistro venait d'ouvrir. Un unique consommateur en bleu de travail, une musette accrochée à l'épaule, sirotait un café calva au comptoir. Biard commanda lui aussi un café, en but une gorgée puis demanda un jeton de téléphone.

– C'est pour un appel local ?

– Affirmatif.

Le patron lui indiqua la porte de la cabine.

– Allez-y, ça marche sans jeton.

Biard composa son numéro.

– C'est moi, annonça-t-il à son correspondant. Deux chevaux gagnants. Sinon RAS.

Il raccrocha et retourna dans la salle où venaient d'entrer une demi-douzaine de personnes, termina son café d'un trait, étala un billet de cinq francs sur le zinc et sortit sans attendre sa monnaie.

Le patron parut surpris par cette générosité assez peu courante. Il rangea le billet dans sa caisse puis, au travers des vitres, observa ce curieux client qui montait dans sa Dauphine Gordini.

– Il y a des gens qui ont les moyens.

Biard pouvait en effet se permettre de claquer un billet de cinq francs : son commanditaire lui avait promis une prime de mille francs, ce qui représentait quatre fois le salaire minimum.

*

Quand Henri Rollin apprit qu'il était convoqué au 213 de la rue Lafayette, il fut surpris et un peu intimidé. La plupart des réunions auxquelles il participait avaient lieu à l'Union locale de Poissy ou à la Fédération de la métallurgie, 93, rue Jean-Pierre-Timbaud. Parmi les militants cégétistes, on n'évoquait d'ailleurs ces lieux que par leur numéro. Le secrétaire de l'UL lui avait dit tout simplement : « Marcel et Henri voudraient vous voir, Pierre et toi, au 213. Il y aura un camarade important. » Marcel Caille et Henri Krasucki dirigeaient la Fédération de la métallurgie, dont les salariés de l'automobile formaient l'un des gros bastions. Leurs prénoms suffisaient pour les désigner. Quant à Pierre, c'était un jeune militant cégétiste de Simca-Poissy, récemment embauché, qui, pour le moment, restait dans la clandestinité car il n'avait pas de mandat syndical pour le protéger.

Rollin et son collègue arrivèrent un peu en avance. Le militant qui surveillait l'entrée les observa au travers d'un judas grillagé avant d'ouvrir la porte métallique. Depuis les attentats, les mesures de protection des locaux syndicaux avaient été renforcées. Rollin lui-même participait régulièrement à des tours de garde. Un réceptionniste nota leurs noms et leur demanda d'attendre dans une pièce aux murs tapissés d'affiches où trois autres personnes patientaient déjà. Les deux ouvriers de Poissy les saluèrent et prirent place sur des chaises de bois à montant métallique, du genre de celles qu'on trouvait dans les salles de classe. Rollin tira de la poche de sa canadienne le numéro du jour de *L'Humanité*, qu'il avait acheté à l'aube, comme chaque matin, mais n'avait pas encore eu le temps de lire.

Plusieurs colonnes du quotidien communiste étaient restées en blanc.

– Ces fumiers ont encore censuré *L'Huma* !

– C'est une enquête de Madeleine Riffaud sur les harkis qui ne leur a pas plu, dit l'un de ses voisins. Je le sais par un pote qui bosse à l'imprimerie Poissonnière. Ils veulent nous cacher qu'on torture les Algériens dans les commissariats de Paris. Le seul article qui n'a pas été caviardé, c'est celui sur le salon des arts ménagers.

– C'est beau, la démocratie sous de Gaulle !

Le réceptionniste interrompit la discussion pour annoncer aux visiteurs que Benoît allait les recevoir. Rollin apprit ainsi que le « camarade important » était tout simplement Benoît Frachon, le secrétaire général de la CGT, un mythe vivant pour nombre de militants. Une pointe d'émotion l'assaillit au moment de pénétrer dans l'austère bureau du secrétaire confédéral dont les seuls éléments décoratifs étaient les photos et fanions accrochés aux murs et un petit buste de Lénine en bronze placé en évidence sur sa table de travail. Cheveux grisonnants et pipe au bec, Frachon leur serra énergiquement la main, les félicita pour le travail qu'ils faisaient à Poissy, puis les entraîna dans une salle de réunion où attendaient Caille, Krasucki et deux inconnus.

– J'ai du boulot, je vous laisse régler ça entre métallos, déclara Frachon qui quitta presque aussitôt la pièce.

Ils s'installèrent autour d'une table et Caille fit les présentations.

– Le camarade Rollin est secrétaire de notre syndicat chez Ford-Simca. Pierre Neveu est secrétaire adjoint, mais pas officiellement. Comme vous le savez, c'est une sale taule, les copains en prennent plein la gueule.

L'un des deux inconnus, un petit bonhomme sec à l'œil vif, inclina la tête.

– Je suis au courant. Ça ne doit pas être facile tous les jours.

– Yves est notre responsable à la sécurité.

Caille ne précisa pas l'identité de l'autre. Quant à Caille et Krasucki, tous les métallos de l'automobile les connaissaient. Face à cet aréopage, Rollin se sentait plus intimidé que devant ses chefs et patrons.

– Je suppose que vous avez entendu parler de l'agression fasciste des Verreries, dit Yves.

– C'est *L'Huma* qui me l'a apprise, mais je n'ai pas d'autres informations.

– Je vous passe les détails, mais, par recoupements, nous pensons avoir identifié l'un des assassins.

Il adressa un signe à son voisin qui ouvrit sa serviette et en sortit une photo qu'il posa sur la table.

– Cette tête vous dit quelque chose ?

Rollin prit le cliché, l'examina, puis le passa à son collègue.

– Tu le reconnais ? C'est un des nervis qui ont récemment été embauchés par Pigozzi, mais je ne connais pas son nom.

– Exact. On le voit rôder dans les ateliers depuis quelque temps, et c'est pas pour bosser.

– Roger Biard. Ancien inspecteur des Brigades spéciales de Vichy. À la Libération, il a échappé à toute poursuite, sans doute grâce à des amis bien placés, et s'est engagé pour la guerre d'Indochine afin de se faire oublier.

– Tout pour plaire, commenta Krasucki.

– Ce n'est pas tout. Nous avons de bonnes raisons de croire que ce Biard a participé à l'assassinat d'un de nos camarades en 1944.

Il se tourna vers l'homme qui avait sorti la photo de sa serviette et n'avait pas encore été présenté.

– Le camarade Meunier, qui était l'un des adjoints de Rol-Tanguy à l'époque, va vous en dire un peu plus.

Meunier commença par allumer une cigarette, dont il tira une longue bouffée.

– Au moment de l'insurrection de Paris, nous avons chargé un camarade de confiance, Jean Véron, un vétéran du groupe Valmy, de récupérer des fichiers des Brigades spéciales. La préfecture venait d'être occupée par les flics.

– Les résistants de la vingt-cinquième heure, plaisanta Caille.

– Oui, ils avaient fini par comprendre que le vent tournait. Donc, nous avions un contact dans le réseau Honneur de la police, le brigadier Buchard. Selon lui, les fichiers ont bien été remis à Véron. Mais, une heure plus tard, Véron et trois autres FFI sont tombés dans un guet-apens du côté du quai de Jemmapes. On n'a jamais retrouvé les fichiers et on n'a jamais su si Buchard avait dit la vérité. Il s'est fait tuer lui aussi deux jours plus tard. Rol m'a alors chargé d'essayer de savoir ce qui s'était passé. Nous avons mis sur pied une sorte de commission d'enquête informelle. Car ce guet-apens signifiait que quelqu'un nous avait trahis. Ça pouvait venir de Buchard et de son entourage, bien sûr, mais il pouvait aussi y avoir un traître parmi nous, c'est-à-dire dans l'état-major de Rol.

– Si ce flic, Buchard, voulait remettre les fichiers à des collabos, c'était plus simple et plus sûr pour lui de le faire directement, non ? observa Caille.

– Oui et non. Car c'était tout de même un moyen habile de faire sortir les fichiers de la préfecture. Buchard pouvait aussi essayer de se couvrir de cette façon, car nous connaissions l'existence de ces fichiers par des camarades qui avaient été séquestrés dans les locaux des BS. Par la suite, plusieurs camarades de l'état-major FFI se sont fait tuer, dont celui qui avait personnellement donné ses consignes à Véron. Mais ils n'étaient pas les seuls au courant de cette affaire…

– Bref, vous n'avez jamais su le fin mot de l'histoire, résuma Krasucki.

– Non, et nous avions beaucoup d'autres préoccupations, comme vous vous en doutez. Nous avons donc plus ou moins renoncé à découvrir la vérité. Un copain, le secrétaire de la section Javel du parti, nous a tannés pour persévérer parce qu'il connaissait le frère de Véron. Mais, plus le temps passait, moins on avait de chances d'aboutir. Puis, au moment où on ne s'y attendait plus, des témoins de la fusillade du quai de Jemmapes sont apparus. L'un d'eux affirmait avoir encore en mémoire les visages des assassins. Ces gens-là disaient avoir eu peur de se manifester plus tôt, ce qui est crédible. Mais ils ont fini par en parler à des copains du quartier et, de fil en aiguille, l'information est remontée. À tout hasard, je leur ai montré des photos de miliciens et de flics des BS que nous avions pu récupérer. Un des témoins, un retraité complètement apolitique, *a priori* insoupçonnable de manipulation, a identifié Biard. Nous avons donc enquêté sur lui et appris qu'il s'était engagé pour l'Indo, comme un certain nombre de collabos et même de SS. On ne pouvait rien faire de plus, sinon espérer qu'il se fasse descendre par les camarades vietnamiens. Mais il a réapparu à l'occasion de l'agression contre le piquet de grève des Verreries. Il a été suffisamment stupide pour utiliser une Dauphine Gordini immatriculée à son nom. Il avait masqué la plaque d'immatriculation, mais d'autres copains l'ont vue un peu plus loin.

– Celui que je connais roule en effet en Dauphine Gordini. On est donc certain que c'est bien cette même ordure que Pigozzi a embauchée dans sa milice ? dit Rollin.

– À peu près, oui.

Neveu, qui ne s'était pas encore exprimé, frappa la table du poing.

– Il faut flinguer ce fasciste ! Je suis volontaire.

Tous les regards se concentrèrent sur le jeune homme. Krasucki balança la tête, avec un petit sourire paternel, et lui donna une tape sur le bras.

– Mon petit camarade, ce n'est pas seulement avec ses tripes qu'on fait de la politique. Il faut raisonner de façon marxiste. Évaluer le rapport de forces, les conséquences. Nous ne sommes plus en 44. À cette époque-là, ça ne m'aurait pas gêné qu'on lui mette une balle dans le crâne. Mais aujourd'hui, ce qu'il faut, c'est réunir des preuves suffisantes pour le démasquer, l'envoyer devant un tribunal et faire du battage autour du procès. C'est une occasion éclatante de montrer quelles crapules le patronat utilise contre les travailleurs.

– Je n'ai aucune confiance dans la justice bourgeoise.

Cette insistance à contredire des hommes qui étaient à la fois ses aînés et ses dirigeants sembla surprendre et irriter plusieurs des participants.

– Tu es irresponsable, ou quoi ? lança Meunier.

Krasucki l'interrompit d'un geste apaisant.

– La réaction du camarade est parfaitement légitime. Il doit se coltiner tous les jours des nervis de ce genre dans sa boîte. La justice bourgeoise, bien sûr mon camarade, nous savons toi et moi que c'est une justice de classe, nous ne lui faisons pas confiance. Mais il faut savoir tout de même l'utiliser. C'est le principe de la dialectique. Si on leur met toutes les preuves sous le nez, les juges, même si nous tombons sur les pires réactionnaires, seront tout de même obligés de condamner ce Biard. Et cette condamnation sera une victoire pour la classe ouvrière. Alors que si tu le tues, non seulement tu passeras le reste de ta vie au bagne, mais la presse parlera de règlement de comptes et on aura du mal à te défendre.

Le jeune ouvrier affichait une mine têtue et ne semblait pas convaincu par ce laïus.

– Pour qu'ils le libèrent en douce deux ou trois ans après, comme ils l'ont fait pour les collabos.

– Écoute au moins ce que t'explique Henri, dit Rollin. Lui, les nazis, il les a combattus les armes à la main et les salauds des Brigades spéciales, il est bien placé pour en parler. Ils l'ont tabassé pendant trois semaines avant de l'envoyer à Auschwitz.

– S'il te plaît, camarade, protesta l'intéressé, ma bio n'a rien à faire dans cette histoire. Le copain doit comprendre que c'est une question de tactique, pas de principe. Pierre, essaie d'imaginer le retentissement de cette affaire si un grand avocat du parti comme Charles Lederman prend l'affaire en main pour la partie civile ! Ça vaudra une bonne campagne de propagande.

Cette fois, le militant parut ébranlé.

– Peut-être que vous avez raison, mais moi, ça m'aurait sacrément fait plaisir de le descendre.

– Mais nous aussi, qu'est-ce que tu crois ? Mais c'est aux intérêts de la classe ouvrière que nous devons penser, pas à se faire plaisir.

– Bon, dit Meunier, nous voulions procéder à cette identification avec vous. Mais il faut que nous soyons bien d'accord : nous devons rester très discrets pour le moment. Pas question de crier ça sur les toits ni même de balancer des tracts ou des articles. Nous devons constituer un dossier en béton. L'objectif est de faire condamner Biard et peut-être de remonter plus haut. Car ce genre de type se déballonne très vite. Si ses patrons savent qu'il est grillé, ils le mettront au vert et ce sera râpé. Donc nous comptons sur les copains de Simca pour continuer à recueillir le maximum d'éléments.

– Et le frère du camarade qui a été tué par Biard en 44, qu'est-ce qu'il est devenu ?

– Il s'est fait virer de chez Renault après les grèves de 53 et il a monté un garage. D'après les camarades du quinzième, c'est un bon sympathisant. Il donne un coup de main de temps en temps.

– On ne devrait pas le mettre dans le coup ?

Meunier secoua la tête.

– Certainement pas ! On ne peut pas prévoir sa réaction. Imagine qu'il dénonce Biard publiquement ou, pire, décide de lui régler personnellement son compte pour venger son frère ? Le secrétaire de Javel, si on lui demande de la boucler, il le fera parce que c'est un camarade discipliné. Mais le frère de Véron n'est pas membre du parti et il a tout de même quitté la classe ouvrière pour devenir patron.

Une moue ironique se dessina sur le visage étroit de Krasucki.

– Ce n'est pas exactement le sujet. Je connais pas mal d'anciens ouvriers devenus artisans ou commerçants qui sont restés fidèles à leurs origines de classe. Mais c'est vrai qu'on ne peut pas prendre le risque d'en parler au frère aujourd'hui. Le moment venu, nous lui proposerons de se porter partie civile.

– Il n'y a pas prescription ?

– On verra bien. Son avocat racontera ce qu'il voudra et nous aussi. L'important, c'est l'impact dans l'opinion publique.

– Bon, camarades, conclut Krasucki, je crois que nous avons fait le tour de la question. Toutes les informations, même mineures, devront être transmises à Marcel qui les fera remonter à Yves. Pour ce qui est des questions juridiques, nous allons contacter Lederman.

35

22 avril 1961

Quand Alain rejoignit le local de la section du sixième du PC, rue Mabillon, en fin d'après-midi, plusieurs dizaines de militants s'y entassaient déjà autour d'un transistor et d'un poste de télévision. Tous suivaient avec une excitation mêlée d'angoisse l'évolution des événements dans une atmosphère enfumée. Dès sept heures du matin, radio Alger avait annoncé que l'armée avait « pris le contrôle de l'Algérie et du Sahara » et l'information s'était immédiatement répandue en métropole. L'explosion de trois bombes dans la région parisienne, visant des gares et l'aéroport d'Orly, avait aggravé la tension. Selon le présentateur, le général de Gaulle allait s'adresser aux Français d'un instant à l'autre. Comme l'ensemble de la population, Alain avait appris la nouvelle du putsch des généraux par la radio, puis plusieurs de ses anciens voisins de la rue des Quatre-Frères, sympathisants ou membres du PC, dont Petit Louis, l'avaient appelé pour l'inviter à participer à la riposte populaire que préparait le parti. Pour le moment, la consigne était de se rassembler dans les sections locales et de se réunir sur les lieux de travail. Alain aurait donc dû en principe se rendre rue des Cévennes, dans les locaux de la section Javel du quinzième arrondissement. Mais Yvon lui avait à son tour téléphoné pour lui proposer de l'accompagner au siège de celle du sixième.

Yvon éprouvait peu de sympathie pour les communistes et n'en avait jamais fréquenté en dehors de son amant, mais il suivait les directives de Malraux. Celui-ci avait réuni les employés du ministère de la Culture et leur avait tenu un discours enflammé.

Face au fascisme qui menaçait la France, il ne fallait pas hésiter à s'allier avec le diable, fût-il rouge, comme le Général lui-même l'avait fait dans la Résistance. Chacun devait donc se préparer au combat et s'unir sur le terrain avec tous ceux qui entendaient défendre la république. Yvon avait été plus particulièrement chargé de prendre contact avec les responsables de la section du sixième en vue de réaliser une sorte de remake du Comité de vigilance des intellectuels antifascistes auquel Malraux lui-même avait participé en 1934, aux côtés de Langevin, Joliot-Curie, Nizan, Breton et bien d'autres personnalités de l'époque. Cette section regorgeait en effet d'artistes et intellectuels de renom, et bon nombre d'entre eux avaient répondu à l'appel du parti.

Yvon et Alain se retrouvèrent donc rue Saint-Sulpice en compagnie du cinéaste Autant-Lara, de l'écrivain Georges Arnaud, du dramaturge Arthur Adamov et de quelques autres célébrités qui, pour la plupart, se distinguaient fort peu par leur apparence des militants d'origine plus prolétarienne. Alain, qui en connaissait tout juste quelques-uns de nom, ne les reconnut donc pas, en revanche il remarqua parmi l'assistance deux noctambules croisés dans des boîtes homosexuelles. Par gêne ou par discrétion, ils s'ignorèrent réciproquement.

L'ambiance était survoltée. Parmi les militants les plus excités, il y avait le physicien Jean-Pierre Vigier, qui, quinze jours plus tôt, s'était fait casser un bras par les CRS au cours d'une manifestation contre la guerre d'Algérie. Malgré son plâtre, il défilait toujours au premier rang. Vigier coupa le son de la télévision et leva la main.

– Camarades ! Nous venons de recevoir des nouvelles de Corse où les factieux tentent de s'emparer du pouvoir. Les copains ont décidé de reprendre le maquis ! Et ne vous inquiétez pas : les FTP ont planqué de quoi se défendre en 44 !

Cette déclaration déclencha un tonnerre d'applaudissements. Un brouhaha suivit, puis un jeune homme leva la main.

– Je me demande si c'est bien raisonnable de se réunir

comme ça dans les sections. La police est bourrée de fascistes. S'ils veulent nous cueillir tous ensemble, ça ne sera pas difficile...

Le secrétaire de section, un homme d'âge mûr portant de petits lorgnons à monture métallique, monta sur une chaise. Il s'exprimait d'une voix posée, comme s'il était insensible à la fébrilité ambiante.

– Le camarade a posé le problème de la sécurité. D'abord, si les dirigeants du parti ont pris cette décision, c'est qu'ils savent ce qu'ils font, nous devons leur faire confiance. Ensuite, si un coup de force de ce genre était tenté contre le parti, nous serions alertés à temps. Ça ne peut pas se faire comme ça, en trois coups de cuiller à pot. Et surtout, ce n'est pas l'intérêt de De Gaulle qui a besoin de l'appui populaire contre les factieux, parce qu'il ne peut pas compter sur l'appareil d'État. Pour le moment, notre ligne, camarades, c'est de soutenir de Gaulle contre les putschistes d'Alger. La priorité va à la défense de la république et des libertés démocratiques.

Il s'interrompit soudainement et le silence se fit car le Général en grand uniforme venait d'apparaître sur le petit écran dans un décor de boiseries et dorures.

« Un pouvoir insurrectionnel s'est établi en Algérie... »

À l'issue de ce discours que tous écoutèrent attentivement, la cacophonie repartit de plus belle.

– Tout ce que je vois, c'est que de Gaulle en profite pour prendre les pleins pouvoirs, lança un militant. Rien ne nous dit qu'il ne les utilisera pas ensuite contre la classe ouvrière.

– C'est un risque, répliqua le secrétaire. Nous ne l'ignorons pas et nous avons dénoncé le pouvoir gaulliste comme celui des grands monopoles depuis 58. Mais le plus grand danger est représenté aujourd'hui par les putschistes d'Alger. Nous devons faire l'unité avec toutes les forces républicaines. Nous avons d'ailleurs parmi nous ce soir des socialistes, des radicaux et des gaullistes de gauche de l'UDT[1].

1. Union démocratique du travail. Mouvement fondé par des militants gaullistes favorables à l'indépendance de l'Algérie.

Tous ne semblèrent pas convaincus, il y eut même quelques ricanements, mais personne ne le contredit.

Les discussions reprirent par petits groupes, puis des jeunes gens collectèrent de l'argent pour aller acheter de quoi se restaurer et tenir le coup toute la nuit s'il le fallait, mais, comme on était dimanche, presque tout était fermé et ils ne trouvèrent que des sandwichs et des bouteilles de bière dans les bistros voisins. Le son de la télévision avait été coupé et le transistor ne diffusait plus que de la musique de variété, ce qui créait une atmosphère de fête contrastant avec la gravité de la situation. Un couple esquissa même des pas de danse. Alain sentit ses jambes le démanger quand Bill Haley succéda à Yvette Horner.

Yvon, un peu déconcerté par ce milieu et cette ambiance conviviale, parvint néanmoins à prendre quelques contacts avec des personnalités qui, toutes, acceptèrent avec un enthousiasme sincère de participer à un éventuel comité antifasciste. Comme il n'y avait guère de place pour s'isoler, tout le monde pouvait entendre les propos échangés. Un garçon d'une vingtaine d'années poussa Alain du coude.

– Tu parles d'un renfort ! Ils vont combattre les paras avec leurs stylos et leurs pinceaux !

Alain pensait à peu près la même chose, mais il se sentait néanmoins solidaire d'Yvon qui s'engageait peut-être à sa manière pour la première fois de sa vie.

– Ils sont de bonne volonté, répliqua-t-il mollement.

– Ça ne fait pas de doute. Mais c'est dans les usines, demain, que la classe ouvrière pourra montrer sa force. D'après ce que j'ai compris, ils vont appeler à un débrayage d'une heure, c'est tout à fait insuffisant. Il faudrait la grève générale.

La discussion s'engagea sur ce sujet avec plusieurs autres militants, les avis étaient partagés. Beaucoup pensaient qu'on était au bord de la guerre civile et qu'il fallait songer à s'armer.

Vers vingt-deux heures, une camionnette en provenance de l'imprimerie Poissonnière leur apporta des paquets de tracts et d'affiches dénonçant le coup de force des putschistes et appelant au débrayage du lendemain. Le secrétaire demanda des volontaires pour aller les coller.

– Demain lundi, quand les Parisiens vont se rendre au travail, il faut qu'ils voient nos affiches sur tous les murs et qu'ils aient notre tract en main à toutes les bouches de métro.

Alain accepta de participer à une équipe de colleurs, tandis qu'Yvon poursuivait ses palabres.

Il se retrouva un seau de colle à la main en compagnie d'une demi-douzaine d'activistes, dont l'écrivain Georges Arnaud. L'auteur du *Salaire de la peur*, qui avait visiblement un coup dans le nez, voulait à toute force placarder des affiches sur les vitrines des commerçants. Les autres tentaient de l'en dissuader en arguant qu'il ne fallait pas s'aliéner la petite bourgeoisie, ce qui donnait lieu à d'interminables polémiques sur le trottoir. Quand Alain et ses compagnons rentrèrent, après avoir épuisé leur stock, les militants se massaient à nouveau devant le téléviseur. Cette fois, c'était le Premier ministre Michel Debré qui, sur un ton mélodramatique, annonçait l'arrivée prochaine par avions de troupes insurgées et invitait la population à se rendre dans les aéroports.

– Dès que les sirènes retentiront, allez-y, à pied ou en voiture, convaincre des soldats trompés de leur lourde erreur…

– C'est complètement débile, intervint un militant. Ce serait le meilleur moyen de se faire massacrer. Qu'il distribue plutôt des armes au peuple s'il veut vraiment défendre la république !

– Debré panique, mais il a bien plus peur du peuple que des factieux. Les armes, il faudra les trouver nous-mêmes.

Le secrétaire de section leva les deux mains pour obtenir le silence.

– Il n'est pas question de répondre à l'appel de Debré. Le parti donnera toutes les consignes nécessaires en temps utile. Si vraiment les factieux débarquent en avion ou lancent des paras sur Paris, nous nous rendrons devant les commissariats et nous exigerons que la police fasse son devoir et défende la république. Et si les flics ne veulent rien entendre, eh bien nous rentrerons dans les commissariats et nous les aiderons un peu… Inutile d'en dire plus pour le moment. De toute façon, les factieux ne sont pas encore là. Rien ne dit que les aviateurs vont les suivre et qu'ils auront les moyens nécessaires pour lancer des attaques de ce genre.

Le secrétaire de section écouta les divers commentaires puis reprit la parole.

– Encore un dernier point, camarades. C'est tout de même vraiment choquant de voir traîner ici plusieurs exemplaires du journal bourgeois *Le Monde* qui crache régulièrement sur les communistes et les pays socialistes. Nous sommes dans un local du parti, que je sache…

Un murmure accueillit cette tirade, mais encore une fois personne ne protesta ouvertement, même parmi les lecteurs réguliers du quotidien qui se trouvaient là. Les contestations se limitèrent à quelques plaisanteries échangées en tête à tête. Lassé par des débats qui prenaient parfois une tournure ésotérique, Alain rejoignit Yvon qui, assis sur un banc, discutait avec un homme d'une trentaine d'années vêtu d'un costume en velours à côtes noir.

– Permets-moi de te présenter le peintre Gérard Singer. Figure-toi que je connais et apprécie beaucoup son œuvre.

– Merci, dit l'intéressé. Je ne sais pas si vous l'avez remarqué, mais il est cinq heures du matin. Très sincèrement, comme je ne vois pas en quoi nous pourrions être très utiles ici pour le moment, pourquoi ne viendriez-vous pas boire le café chez moi et visiter mon atelier par la même occasion ? J'habite à deux pas.

Le jour se levait. Les rues du quartier Saint-Germain étaient désertes. Sur les murs, les affiches du parti dégoulinaient encore de colle. En chemin, l'artiste leur raconta diverses anecdotes.

– J'entendais tout à l'heure votre responsable évoquer les pays socialistes. Figurez-vous que j'ai été invité récemment en Pologne avec une délégation d'artistes progressistes. J'y ai rencontré une sorte de peintre officiel. Ce type fait les portraits des dirigeants du parti, dans un style léché, très chromo, assez flatteur, il a une bonne technique. Or il se trouve qu'il était déjà peintre officiel sous la dictature de Piłsudski avant-guerre, et sous l'Occupation allemande. Il peignait les dignitaires et les officiers de la même façon. Ce personnage porte une pelisse, un monocle et roule dans une vieille Rolls parfaitement entretenue. C'est un chantre du réalisme socialiste.

– Et alors ? demanda Alain.

– Alors, disons que j'ai certains doutes aussi bien sur le réalisme socialiste que sur la réalité du socialisme tel qu'il existe en Pologne.

Ce langage parut surprendre Yvon, qui ne s'attendait à rencontrer que des fanatiques bardés de certitudes. Quand ils parvinrent au domicile de l'artiste, celui-ci les conduisit dans sa cuisine où il s'empara d'une grosse cafetière de grand-mère en tôle émaillée. Leurs bols de café fumant à la main, ils passèrent ensuite dans l'atelier. La dernière œuvre du peintre, consacrée au centre de recherches nucléaires de Saclay, laissa Alain perplexe mais sembla beaucoup intéresser Yvon. Singer procédait par étapes : il passait d'une photo à une première version plutôt réaliste, puis à une deuxième virant à l'abstrait, pour aboutir à un tableau en relief aux formes géométriques très simplifiées.

– Je m'oriente vers le tridimensionnel, expliqua-t-il. Inutile de vous préciser que je suis très loin de Jdanov.

À l'issue de cette visite, Alain réalisa qu'il était l'heure d'ouvrir son garage, dont fort heureusement son mécanicien avait les clés. Il prit donc congé du peintre et d'Yvon, qui ne se lassait pas des commentaires de l'artiste, pour repartir comme il était venu, par le métro.

Quand il sortit à La Motte-Picquet, un groupe de militants, qu'il connaissait pour la plupart, distribuait des tracts devant les escaliers du métro et vendait *L'Huma* en criant des slogans. Il échangea des poignées de main et des claques dans le dos, acheta le journal du parti dont la une appelait à barrer la route aux factieux, puis se dirigea à grands pas vers la rue du Laos.

Quand il arriva dans son garage, ses trois employés avaient déjà enfilé leurs bleus. Le carrossier vint au-devant de lui.

– Dis donc, patron, tu es au courant pour le coup des généraux ? Tout le monde va arrêter le boulot à onze heures, ça serait bien qu'on débraye nous aussi.

– J'allais vous le proposer.

*

Anne Granville fut informée dès le vendredi du putsch qui se préparait à Alger par Philippe Derennes, un membre du SAC qui avait choisi le camp loyaliste et passait pour un gaulliste de gauche proche d'Henri Vallon. Cet ancien du BCRA, après s'être présenté à la députation sous les couleurs du RPF, avait abandonné la carrière politique pour se lancer dans la promotion immobilière, mais restait très lié aux réseaux gaullistes qu'il contribuait à financer. C'était un homme grand et fort, rougeaud, d'apparence cossue, fumant de petits cigarillos à l'odeur insupportable, qui n'avait plus rien du jeune résistant famélique qu'elle avait côtoyé à Londres avant de le retrouver rue de Solferino. Par mesure de discrétion, il lui donna rendez-vous rue du Bac dans un café qui n'était pas fréquenté par le personnel de Matignon.

– Inutile de vous inquiéter, chère amie, attaqua Derennes. Beaucoup de gens paniquent, mais le coup des généraux d'Alger est éventé et va foirer piteusement. Ils ne disposent que d'une pièce maîtresse à Paris, le général Faure, mais Frey[1] va le mettre au trou d'un instant à l'autre. Si vous n'étiez pas au courant, gardez-le pour vous.

– Je l'ignorais, mais je sais que Papon a monté une cellule de crise avec des policiers sûrs. À Matignon, il n'y a rien d'officiel pour le moment, je suppose que Debré se méfie de beaucoup de gens. On ne me dit pas grand-chose et on ne me demande pas davantage mon avis. Je suis en quelque sorte au placard.

De fait, elle disposait toujours d'un bureau et d'une secré-

1. Ministre de l'Intérieur.

taire, mais aucune mission précise ne lui avait été confiée depuis plusieurs mois.

– C'est normal : vous êtes étiquetée SAC et, comme vous le savez, le service a explosé en vol. Debizet n'accepte pas les négociations avec le GPRA[1], mais il n'ira sans doute pas jusqu'à soutenir les putschistes. Comiti, qui le remplace, n'a aucune autorité pour l'instant. Beaucoup de nos compagnons restent attachés à l'Algérie française et ne comprennent pas qu'il faut tourner la page. En revanche, Pasqua et Chalandon sont avec nous.

– Puis-je connaître l'objet de notre rencontre ? Vous ne vous êtes tout de même pas déplacé uniquement pour m'informer de la situation ?

Le promoteur se fendit d'un sourire qui éclaira deux dents en or.

– Vous êtes une fille intelligente. Même si on vous laisse un peu de côté en ce moment, vous allez très vite remonter à la surface quand ces putschistes d'opérette vont se couvrir de pipi.

– Vous semblez bien certain de cet échec…

– C'est évident. L'armée ne les suivra pas. Debré a déjà sondé la plupart des généraux de métropole. Aucun ne se mouillera, au pire ils attendront, et la gendarmerie est fiable. En fait, je vais même vous dire une chose, de Gaulle et Debré vont laisser monter la mayonnaise, dramatiser un peu la situation, ça va leur permettre de reprendre solidement le pays en main en utilisant l'article 16. Ce n'est pas pour les chiens que de Gaulle l'a fait inscrire dans la Constitution. Les Français vont avoir une frousse de tous les diables et se réfugieront dans les jupes du sauveur. Nos concitoyens adorent les hommes providentiels. Bien calculé, non ?

– C'est possible, mais où voulez-vous en venir ?

– Une fois cette histoire réglée, et c'est l'affaire d'une semaine ou deux tout au plus, les gaullistes historiques comme nous, ceux

1. Créé en 1958, le Gouvernement provisoire de la République algérienne négocia les accords d'Évian.

qui restent fidèles au Général contre vents et marées devront se serrer les coudes. Car tous les opportunistes vont rappliquer ventre à terre. Je me suis laissé dire que vous aviez la haute main sur certains fichiers confidentiels.

C'était donc ça ! Ce personnage ne manquait pas de culot, mais il n'était pas seul dans ce milieu et Anne commençait à être blasée.

– J'ai en effet accès à certains fichiers, dit-elle prudemment.

– Debizet ne vous les a pas repris ?

– Il ne semble pas que cela ait été sa principale préoccupation…

– Cela vous donne un certain poids, non ? Debré n'est pas au courant ?

– Je l'ignore. Georges Pompidou, du temps où il était chef de cabinet du Général, me faisait l'honneur de me demander mon avis sur certaines choses. Mais, comme je viens de vous le dire, ma situation a changé…

– Je suis convaincu que c'est tout à fait provisoire. Moi, comme vous le savez, je suis devenu un bâtisseur. Mais, pour construire, il faut des capitaux, des autorisations, des relations. L'immobilier est un secteur de l'économie qui va connaître un véritable boom dans les années à venir. Il y a beaucoup d'argent à faire avec le béton, et l'argent, c'est le nerf de la politique. Tout est lié, la politique et les affaires.

Derennes lui prodigua des discours de ce genre pendant une bonne demi-heure, sans lui préciser très clairement ses intentions. Tout était dans les sous-entendus. Cherchait-il à l'acheter en lui faisant miroiter le pactole futur de l'immobilier ou seulement à la sonder ?

Difficile à dire, d'autant que le promoteur n'était pas le seul à procéder de cette façon.

Anne se promit de se renseigner sur lui. Peut-être existait-il justement une fiche le concernant…

Néanmoins, à son habitude, elle ne laissa rien paraître de ses arrière-pensées et se montra même très cordiale en le remerciant chaleureusement de lui avoir communiqué des informations qui la rassuraient.

Un peu plus tard, Debré réunit les collaborateurs de Matignon pour leur déclarer que la situation était grave, mais qu'un conseil des ministres allait se tenir rapidement pour prendre les décisions nécessaires. La fermeté du Premier ministre sembla rétablir la sérénité. Toutefois, quand des chars prirent position à l'angle de la rue de Varennes et de la rue de Bellechasse, puis au carrefour de la rue du Bac, un nouveau vent d'inquiétude parcourut les couloirs, les bureaux et les salons lambrissés.

*

Dès l'annonce du putsch d'Alger, Aimé Bacchelli fut bombardé d'appels et de demandes de rendez-vous. Il fit répondre par sa secrétaire qu'il était absent et ne consentit à rencontrer que quelques rares personnalités. Parmi elles, une des premières à se manifester fut Stanislas de Montalembert, lequel avait succédé à son père Arnaud à la tête de la banque qui avait financé le lancement de l'Institut d'études géopolitiques. Bacchelli avait depuis bénéficié des subsides de beaucoup d'autres sponsors, mais il conservait des relations privilégiées avec les Montalembert. Il accepta donc de déjeuner avec lui le jour même, mais insista pour que ce repas se déroule au restaurant et non dans la banque où les murs pouvaient avoir des oreilles. Ils se retrouvèrent au Petit Riche où la secrétaire de Bacchelli leur avait réservé une table discrète dans un petit salon. Stanislas de Montalembert venait à peine de franchir le cap des trente-cinq ans et avait l'allure d'un play-boy. Il ne dissimula pas son excitation.

– Si Salan prend le pouvoir à Paris, c'est l'occasion de donner un grand coup de balai, non ?

Bacchelli le considéra d'un air amical, vaguement paternel, et s'employa à doucher cet enthousiasme.

– Comme vous le savez, j'ai toujours été un fervent partisan de l'Algérie française et les négociations en cours n'annoncent rien de bon. Ça va se terminer par une capitulation en rase campagne devant les fellaghas. Mais il faut être réaliste, cher ami. Les gens d'Alger ont très peu de chances de réussir. Si vous voulez mon avis, ils ont mal préparé leur affaire. On ne gouverne pas la France avec trois bataillons de paras et de légionnaires. Challe, Zeller et Jouhaud n'ont pas les moyens d'intervenir sérieusement en métropole. De Gaulle va même probablement sortir renforcé de cette histoire, car les communistes et les syndicats qui le critiquaient sans arrêt se sont empressés de se ranger derrière lui.

Le dépit de Montalembert se lut sur son visage.

– Vous me semblez vraiment pessimiste.

– Nous en reparlerons d'ici peu, mais, si je peux me permettre de vous donner un conseil, c'est de ne pas compromettre votre maison. Si vous avez des amis parmi les courageux jeunes gens qui se sont engagés dans l'OAS, éludez leurs demandes de financement sous un prétexte quelconque, par exemple un contrôle des comptes, le conseil d'administration qui vous serre la vis, des choses de ce genre. Votre père a toujours manifesté une prudence extrême qui lui a permis de rester dans la course sans problème majeur après la guerre. C'est une bonne politique, croyez-moi.

Cette référence paternelle irrita le jeune banquier.

– Mon père, mon père... Tout le monde sait en effet qu'il ne se mouillait pas facilement. Mais il vous a tout de même soutenu à une époque où vous en aviez bien besoin.

– Sans aucun doute, et je lui en suis très reconnaissant. C'est d'ailleurs pourquoi je me suis permis de vous donner cet avis...

Montalembert demeura un instant silencieux, puis se lança dans une digression sur la qualité du turbot à l'oseille qu'on venait de leur servir, comme s'il marquait une pause pour méditer ces propos.

– Vous qui êtes bien informé, dit-il au terme de ces réflexions, vous avez certainement entendu parler de l'aide que la CIA pourrait fournir aux généraux d'Alger. Ça changerait la donne, non ? Les Américains n'apprécient pas particulièrement de Gaulle et ne seraient pas fâchés de voir Salan ou Jouhaud prendre sa place.

Bacchelli eut un petit sourire.

– Un certain nombre de gens fantasment sur ce scénario. Ce serait en quelque sorte un remake de la tentative d'appuyer Giraud contre de Gaulle en 43. Mais, en 43, ce projet avait quelques chances de succès, aujourd'hui, il n'en a aucune. Il est possible que certains clans de la CIA parient sur l'OAS, mais c'est plutôt pour affaiblir la France sur le plan international que dans l'espoir de renverser de Gaulle. Kennedy ne va pas se lancer dans une aventure pareille, alors qu'il vient tout juste de reconnaître qu'il a fait une grosse boulette en lançant son expédition contre Castro.

– Mais vous ne savez rien de précis à ce sujet ?

– La CIA ne me fait pas ses confidences. J'ai encore quelques contacts, mais la guerre froide est terminée et les Américains n'ont plus besoin de nous. Du moins ils le pensent.

Montalembert, qui était beaucoup moins diplomate que son père, s'emporta.

– Bref, vous ne voulez surtout pas vous mouiller vous-même !

Cette sortie ne parvint pas à effacer le sourire amical de Bacchelli.

– Vous savez, pour ce qui est des causes perdues, j'ai déjà donné.

*

En dépit du récepteur moderne à transistors dont il s'était doté, Francis Bout de l'An, dans sa retraite du Tyrol, avait du mal à capter les émissions des stations françaises. Les seules qui lui parvenaient à peu près correctement étaient celles de radio Monte Carlo. Quand la nouvelle du putsch d'Alger fut diffusée sur les ondes, l'imprécision des informations le fit enrager. Rivé à son poste, il lui fallut se coltiner les jeux radiophoniques, les radio-crochets et autres programmes insipides pour ne pas manquer le moindre flash. Quant aux stations italiennes, elles se contentaient de résumer les bulletins émis de l'autre côté des Alpes.

En apprenant qu'une partie de l'armée s'était soulevée contre de Gaulle, l'ex-numéro deux de la milice éprouva néanmoins un sentiment d'exaltation qui lui fit oublier les maux dont il souffrait. Sa santé s'était en effet dégradée depuis quelque temps. Non seulement ses rhumatismes articulaires provoquaient périodiquement d'assez vives douleurs, mais il avait subi deux alertes cardiaques. Il s'était contenté pour le moment des soins et conseils d'un médecin local en qui il avait toute confiance car celui-ci faisait partie des rares personnes au courant de sa véritable identité et avait lui-même porté la chemise noire. Passer des examens dans l'hôpital de Bolzano présentait le risque d'être démasqué à l'occasion de formalités administratives. Le praticien lui avait donc recommandé une clinique privée de Bologne dont il connaissait le patron, mais Bout de l'An hésitait à sortir de sa région d'adoption pour se rendre dans une cité dont le maire, Giuseppe Dozza, avait combattu le régime de Mussolini les armes à la main dans les rangs des partisans communistes.

En quinze ans, sa prudence s'était peu à peu transformée en paranoïa. Quand il lui avait fallu engager de nouveaux domestiques pour remplacer le couple qui avait pris sa retraite, cela n'avait pas été une mince affaire car il redoutait de tomber, sinon sur des rouges, sur des individus susceptibles de le dénoncer pour une prime quelconque. Il s'était mis dans la tête que les Juifs, les communistes et leurs amis encourageaient la délation de la même manière que l'avait fait Vichy.

Toujours est-il que la nouvelle du *pronunciamiento* d'Alger lui donna le sentiment exaltant de retrouver d'un seul coup sa jeunesse. Peut-être son heure avait-elle enfin sonné et allait-il pouvoir rentrer à Paris la tête haute, car, jusqu'alors, il ne bénéficiait d'aucune amnistie et était toujours sous le coup de sa condamnation à mort par contumace. Depuis quelques années, tout en continuant à suivre l'actualité avec une grande attention, il avait cessé de se passionner pour la politique pour se consacrer à ses recherches historiques. Il se contentait de continuer à fournir quelques-unes de ses fiches à Bacchelli, mais regrettait que celui-ci ne les utilisât pas pour faire tomber quelques têtes et en concevait une certaine aigreur. Ses motivations tenaient en effet désormais davantage du désir de régler des comptes que de l'illusion de jouer un rôle.

Mais cette fois, sa passion revenait en force, il ne tenait plus en place et voulait en savoir davantage, sans attendre la lecture de journaux qui ne lui parviendraient pas avant deux ou trois jours. Il se fit donc conduire dans un bureau de poste de Bolzano d'où il tenta de joindre plusieurs de ses anciennes relations parisiennes, prenant ainsi un risque qu'il avait toujours évité.

Bien entendu, nombre de ces personnalités avaient changé de numéro et ne figuraient pas dans le Bottin international. Il parvint néanmoins à avoir au bout du fil un homme d'affaires à qui il avait obtenu des marchés de l'armée allemande en 43 et un haut fonctionnaire de la préfecture de police dont il avait favorisé la carrière. Le premier l'accueillit très froidement et prétexta qu'il avait un rendez-vous urgent pour couper la communication, le second, passé sa surprise, lui déclara tout simplement qu'il devait se tromper de personne et de numéro. La tentation de les rappeler pour les menacer l'assaillit un instant, mais il y résista, par souci de dignité. Des fiches à leurs noms figuraient dans ses dossiers. Ils ne perdaient rien pour attendre.

Appeler directement Bacchelli, au risque de le compromettre car il figurait certainement sur la liste des individus les plus surveillés, équivalait à rompre les conventions qui les liaient. Il n'en était donc pas question. En revanche, il n'avait passé aucun accord de ce genre avec le jeune Laborde. Ils avaient même convenu d'une procédure d'urgence qui incluait l'éventualité d'un appel téléphonique.

Laborde ne dissimula pas non plus sa surprise, mais se montra très aimable.

– Je ne m'attendais pas à votre appel. Avez-vous un problème que je puisse vous aider à résoudre ?

– Aucun. J'ai pris la liberté de vous contacter en raison des événements. Je ne sais de la situation que ce qu'en dit la radio. J'ai entendu une partie du discours de De Gaulle. Il semble aux abois…

– Aux abois… Non, je ne crois pas qu'on puisse caractériser la situation de cette façon. Elle est complexe. Mais tout peut basculer assez vite…

– Pensez-vous que je pourrais être utile à nos amis en prenant le risque de rentrer ? J'ai une certaine expérience militaire et encore des relations…

Le bref silence poli que son interlocuteur opposa à cette proposition fit comprendre à Bout de l'An qu'elle lui semblait hors de propos, sinon saugrenue. En dépit de son isolement et de ses obsessions, il conservait une certaine finesse d'esprit.

– C'est très courageux de votre part, mais votre retour serait à mon avis prématuré. Pourtant, si les choses évoluent comme nous le souhaitons, pourquoi pas ?

– Oui, je comprends. Mais pouvez-vous m'en dire un peu plus des forces en présence ?

– Par téléphone, c'est très délicat. Et il m'est impossible d'envisager un voyage dans les jours à venir. Mais je ferai tout mon possible pour vous informer par le canal habituel…

Bout de l'An avait ouvert une boîte postale à Bolzano sous une identité différente de celle sous laquelle il était connu dans la région. Celle-ci lui permettait de se faire expédier divers documents et courriers.

– Je comprends, répéta-t-il, sans dissimuler complètement sa déception. Alors, à bientôt cher ami, et sachez que tous mes vœux de victoire vous accompagnent.

Quand il reprit la route de sa propriété, ses sentiments étaient partagés. Sa brève conversation avec le jeune Laborde lui avait un peu réchauffé le cœur, mais la conscience aiguë d'appartenir à un autre monde était douloureuse. Nul n'avait plus besoin de lui de l'autre côté des Alpes, sinon pour récupérer ses fiches. Mieux valait qu'il retourne s'immerger dans les complots florentins de la Renaissance.

*

Après l'appel de Bout de l'An, Jean-Pierre Laborde s'interrogea brièvement sur les risques que cette communication ait été interceptée, puis en arriva à la conclusion qu'ils étaient faibles dans la mesure où, malgré les opérations musclées auxquelles il avait participé, il n'avait jamais été arrêté par la police depuis son retour d'Espagne. Restait l'éventualité qu'il soit fiché comme militant d'extrême droite, car leur mouvement était probablement infiltré par des indicateurs. Mais la police ne pouvait pas écouter des milliers de gens vingt-quatre heures sur vingt-quatre et elle avait d'autres chats à fouetter en ce moment. Toutefois Bout de l'An avait évoqué son expérience militaire, ce qui était maladroit...

Cet appel, inutile et dangereux, s'expliquait sans doute par la solitude de l'ancien milicien, néanmoins Laborde ressentait une certaine irritation. Il chassa ces inquiétudes pour se concentrer sur l'action. Dès la création de l'OAS deux mois plus tôt, il avait pris contact avec un de ses chefs en métropole, par l'intermédiaire de militants du Parti nationaliste[1] de retour d'Algérie. L'état-major de la région parisienne de l'armée secrète l'avait alors chargé de recruter des combattants clandestins. Biard et une demi-douzaine de miliciens de Simca Poissy faisaient partie des premiers éléments qu'il avait enrôlés. Il projetait maintenant d'engager quelques-uns des militants les plus décidés de la Fédération des étudiants nationalistes.

Deux d'entre eux, qui usaient leurs fonds de culotte sur les bancs de la faculté du Panthéon quand leurs activités politiques leur en laissaient le temps, l'attendaient dans un café de l'avenue des Ternes. L'un de ces futurs juristes, Alain Courtet, était le fils d'un modeste marchand de cycles du vingtième arrondissement ; l'autre, Gérard d'Adeline, le cadet d'une grande famille aristocratique de Versailles dont l'aîné embrassait traditionnellement la carrière militaire. Son père, colonel à la retraite, avait fait les deux guerres mondiales sans une égratignure, avant d'écoper d'une blessure accidentelle au cours d'un exercice, ce qui avait mis fin à sa carrière. Tous deux avaient accompli leur préparation militaire de parachutiste et avaient fait leurs preuves dans les bagarres contre les communistes et les pacifistes.

Après avoir échangé de viriles poignées de main avec les deux garçons, Laborde entra immédiatement dans le vif du sujet.

– C'est la guerre, camarades[2] !

1. Dissous en 1958, le groupe Jeune Nation avait poursuivi ses activités sous le sigle de Parti nationaliste.

2. À l'instar des fascistes italiens et des nationaux-socialistes allemands, les militants de la mouvance la plus extrême de la droite nationaliste française se donnaient volontiers du « camarade ».

36

Paris, hiver 1961

Depuis que le couvre-feu pour les Algériens avait été instauré dans Paris, Ali dormait dans le garage de la rue du Laos. Après le massacre du 17 octobre, tout déplacement dans la capitale était devenu très risqué pour les Maghrébins, même en pleine journée avec des papiers parfaitement en règle. La police les contrôlait et les ramassait souvent au hasard. Alain avait assisté à une de ces rafles place Cambronne. Un brigadier rigolard avait déchiré sous ses yeux la carte d'identité et la feuille de paie d'un homme d'une cinquantaine d'années, avant de l'empoigner et de le pousser dans le fourgon où il avait été bourré de coups de pied et de poing avant même que la porte ait été refermée. Les passants avaient assisté à la scène en silence, Alain avait été le seul à protester. Le flic l'avait alors attrapé à son tour par son col.

– Tu veux que je t'embarque aussi ? Ça te plaît, la compagnie des ratons ?

Alain n'avait pas insisté et le brigadier l'avait relâché, après avoir constaté que la foule commençait à grossir et que ça pouvait mal tourner. Il avait soudain songé que ce type avait l'âge d'avoir participé à la rafle du Vél' d'Hiv. Le car avait démarré en trombe en emportant ses proies. Plusieurs personnes s'étaient alors inquiétées de savoir si Alain n'avait pas été brutalisé.

– Non, ça va. Mais vous avez vu comment ils les traitent ?

Bien qu'il n'ait jamais vraiment eu la fibre militante, bouillonnant de colère, Alain avait tenu un véritable petit meeting sur le trottoir. Une partie des gens l'avait approuvé. Ça lui avait remonté le moral, à défaut de changer le sort des malheureux Maghrébins.

Il avait donc installé un matelas dans un coin du garage et Ali avait apporté un sac de couchage. Le matin, il lui descendait du café. Le carrossier et l'apprenti avaient tout de suite compris la situation. Même s'ils sortaient parfois des plaisanteries douteuses sur les Arabes, ils avaient le jeune Algérien à la bonne. Cette ambiance rappelait d'ailleurs à Alain celle du 153, chez Renault, sauf qu'il était devenu patron, gagnait beaucoup plus et continuait à rouler dans les superbes voitures de ses clients pour épater la galerie.

Yvon, qui passait de temps en temps la nuit dans l'appartement du garage, avait lui aussi remarqué la présence d'Ali.

– Je n'ai rien contre ces gens-là et tu sais que je suis opposé à la poursuite de cette guerre stupide, mais tu devrais tout de même faire attention. On ne sait pas à qui on a affaire et il y a toutes sortes de règlements de comptes. Enfin, c'est à toi de voir. Tu es un grand garçon, mais je ne voudrais pas qu'il t'arrive quelque chose.

En prononçant ces paroles, il lui avait affectueusement passé la main dans les cheveux. Leurs relations s'étaient stabilisées. Les sorties nocturnes en solitaire d'Alain étaient devenues moins fréquentes. L'ambiance ne s'y prêtait pas. Des bombes éclataient toutes les nuits, devant des ministères, des permanences du parti communiste et des syndicats, des cafés arabes. Ces attentats visaient aussi des personnalités qui avaient pris publiquement position dans la presse contre la torture et la guerre, au point qu'un certain nombre d'intellectuels connus pour leurs opinions s'étaient mis au vert.

Cette nuit-là, Ali avait donc aménagé son coin, comme d'habitude. Quand il entendit frapper à sa porte, Alain crut qu'il s'agissait du jeune Algérien qui avait besoin de quelque chose.

Il ouvrit et se trouva nez à nez avec une femme portant un imperméable, un foulard noué sous le menton et des lunettes noires. Lui-même était en slip et débardeur.

– Comment êtes-vous entrée ?

– Votre employé m'a ouvert.

– Il aurait dû m'appeler, ce n'est pas prudent d'ouvrir en pleine nuit, répondit Alain sans réfléchir.

– Vous avez raison, ce n'est pas prudent par les temps qui courent. Mais j'ai frappé à la petite porte, il a ouvert le judas, je lui ai dit que je devais vous rencontrer de toute urgence et il m'a ouvert. Il faut croire que je lui ai inspiré confiance.

Elle ôta ses lunettes et il reconnut Anne Granville.

– Ah, c'est vous... Eh bien, c'est une surprise.

Il la fit entrer et l'invita à l'attendre pendant qu'il allait enfiler une chemise et un pantalon. Quand il revint, elle contemplait un tableau.

– C'est drôle, je n'aurais pas imaginé que vous appréciiez ce genre de chose.

– Parce que je suis un ouvrier, vous vous attendiez à trouver des biches au bois et des photos de pin-up ?

– Ce n'est pas ce que je voulais dire...

– En fait, ces tableaux appartenaient au propriétaire précédent, mais j'ai appris à les aimer. Je les ai laissés à leur place et n'ai ajouté que les photos de musiciens. Mais j'imagine que vous n'êtes pas venue me voir à... (il consulta sa montre) onze heures trente du soir pour parler de peinture ?

– Non, en effet.

Elle ouvrit son sac et en sortit une fiche dactylographiée qui comportait une série de trous.

– À titre de revanche.

Alain la prit et la parcourut. Ceux qui l'avaient rédigée avaient accompli un travail méticuleux. La mort de son frère à la Libération, ses activités professionnelles et politiques y figuraient avec tout un luxe de détails. Les termes « homosexuel notoire » étaient soulignés.

Suivait une liste d'établissements qu'il fréquentait.

Anne Granville observa silencieusement ses réactions qu'il ne chercha pas à dissimuler.

– Je ne savais pas que j'étais... surveillé.

– La plupart des gens l'ignorent. Mais lisez jusqu'au bout, je vous prie.

Il s'exécuta puis pointa son doigt sur la fiche.

– C'est ridicule : on m'accuse d'appartenir au réseau Jeanson[1], je ne sais même pas de quoi il s'agit !

– Inutile de vous énerver. Je ne suis venue ni pour vous interroger ni pour vous faire chanter. Peu importe que vous apparteniez ou non à ce réseau ou à un autre. On ne peut plus espérer garder l'Algérie. La guerre va bientôt finir et il est stupide de s'entre-tuer entre Français. J'ai seulement tenu à ce que vous soyez informé.

– Merci.

– Mais ce n'est pas tout. Comme vous l'avez constaté, on vous soupçonne d'aider le FLN. Que ce soit vrai ou faux ne compte pas. Aux yeux d'un certain nombre de gens, vous êtes un traître. Et en ce moment, ces gens-là ne font pas de quartier.

– Vous voulez dire…

– Votre garage va être plastiqué. L'opération aura lieu la nuit prochaine.

– Comment le savez-vous ?

– Je le sais, c'est tout. Donc, si j'ai un conseil à vous donner, c'est de ne pas dormir ici la nuit prochaine.

– Mais, c'est certain ?

Anne haussa les épaules.

– Certain… On ne peut jamais être certain de rien. L'opération peut être annulée ou reportée pour une raison ou pour une autre. Mais les probabilités sont très fortes pour qu'on fasse sauter votre établissement.

– Et l'appartement sera touché ?

– C'est un risque. Tout dépend de la charge utilisée et de son emplacement. Je ne connais pas leurs objectifs précis. Peut-être ne veulent-ils que vous intimider. Mais vous savez mieux que moi les conséquences que peut avoir une explosion dans un garage.

– Alors vous pensez que je devrais sortir les voitures ?

– Ce ne serait pas forcément une bonne idée. S'ils vous

1. Le philosophe Francis Jeanson, ancien résistant, créa un réseau de soutien au FLN algérien qui fut démantelé en février 1960.

surveillent, ils pourraient comprendre que vous avez été alerté et attendre une occasion favorable, ou encore employer une autre méthode.

– S'ils me surveillent, ils vous ont peut-être vue.

– J'ai pris mes précautions pour ne pas être suivie et je n'ai rien remarqué de louche dans les parages. De toute façon, ils pourraient supposer que, malgré vos inclinaisons, vous recevez aussi des femmes…

Cette fois, il ne dissimula pas son irritation. Constatant sa réaction, elle leva la main.

– Ne voyez aucune intention offensante dans mes propos. À titre personnel, vos mœurs ne me dérangent en aucune façon. Mais c'est une situation qui est parfois utilisée pour faire chanter les gens, du moins ceux qui ne souhaitent pas que leurs proches soient informés de leur vie privée.

– Je préfère en effet rester discret.

– Et je suppose que c'est aussi le cas de votre ami du ministère de la Culture. Je ne pense pas que ça gênerait beaucoup Malraux, mais dans ces milieux, on ne sait jamais.

– Parce que vous connaissez Yvon ?

– J'ai dû le croiser. Mais c'est votre fiche qui m'a appris vos relations. Vous ne l'avez pas lue jusqu'au bout ? J'imagine qu'il n'apprécierait guère de se savoir ainsi fiché par personne interposée. Mais il est d'ailleurs possible qu'il existe une fiche à son nom et qu'on le soupçonne d'être votre complice, je n'ai pas cherché. Il est plutôt de gauche, d'après ce que j'ai compris.

– Yvon est gaulliste et n'a rien à voir avec tout cela.

Elle rit.

– Vous savez, par les temps qui courent, il y a des gaullistes de toutes sortes et de tous bords. Il y en a même qui se tirent dessus.

– Il est gaulliste mais ne s'intéresse pas beaucoup à la politique. Ces fiches ont été établies par la police ?

– Disons par des services parallèles. Je ne peux rien vous dire de plus et je dois partir. À vous maintenant de réfléchir, mais encore une fois je vous suggère avec insistance de passer la prochaine nuit ailleurs.

– Merci tout de même.

Elle inclina la tête sans répondre, remit ses lunettes et se leva. Il passa devant elle pour lui ouvrir la porte et la précéda dans l'escalier. Le garage était silencieux et plongé dans l'obscurité. Ali s'était recouché et semblait dormir. Alain accompagna la visiteuse jusqu'à la petite porte et la regarda s'éloigner dans la rue déserte. Il inspecta les environs et ne remarqua rien. Quand il rentra dans le garage, Ali s'avança au-devant de lui.

– J'aurais peut-être pas dû la laisser entrer, patron ? Les femmes… Si c'était pour vous faire une scène de jalousie…

– Non, tu as bien fait, mais c'est plus ennuyeux qu'une scène de jalousie. Je t'en parlerai demain matin. Il faut que je prenne une caisse pour aller voir quelqu'un. Tu m'ouvriras la porte pendant que je vais m'habiller, puis tu refermeras derrière moi. Et cette fois, tu ne laisseras entrer personne.

– Promis. Personne ne rentre.

Après avoir enfilé un manteau et lacé ses chaussures, il se dirigea vers la voiture la plus proche de l'entrée. Mais c'était une 403 cabriolet sport blanche, trop voyante. Il la déplaça donc et emprunta une Aronde, plus discrète. Il ne lui fallut que quelques minutes pour rejoindre la rue des Quatre-Frères-Peignot, car les automobilistes qui circulaient à cette heure tardive étaient très rares. Il abandonna l'Aronde à l'angle de la rue Émile-Zola et partit en courant vers les grands HBM de brique rouge. Retrouver ce lieu où il avait grandi lui procura une étrange impression, car il n'y avait pas mis les pieds depuis plusieurs années. De grandes inscriptions contre la guerre d'Algérie avaient été tracées à la peinture blanche sur les murs et même sur les trottoirs. Les cours étaient désertes, car la plupart des habitants de la cité populaire se levaient tôt. Il grimpa les escaliers au pas de course et arriva à bout de souffle sur le palier du douzième étage où habitaient Petit Louis et sa nouvelle compagne, qu'il n'avait jamais rencontrée.

Il frappa à la porte, d'abord doucement puis, faute de réponse, se mit à tambouriner. Une voix étouffée et toutes sortes de bruits bizarres lui parvinrent. Il se plaça bien en face de l'œilleton, devinant qu'on allait l'observer avant d'ouvrir. Enfin la porte s'entrebâilla et son ami apparut, la crinière ébouriffée, en jean et maillot de corps, pieds nus.

– Putain, Alain ! jura-t-il. Qu'est-ce que tu fous à cette heure ? Je gratte demain matin, moi, je ne suis pas patron.

– Désolé, faut que je te parle, c'est urgent.

Pour le faire entrer, Petit Louis dut déplacer un matelas qui avait été placé contre la porte.

– Depuis les attentats, chuchota-t-il, on met ça pour amortir, au cas où ils poseraient une bombe sur le palier, et on couche dans la pièce la plus éloignée. C'est la consigne. Beaucoup de copains le font. Bon, parle doucement pour ne pas réveiller Corinne. Elle aussi bosse demain.

Il remit le matelas en place et entraîna Alain dans le salon.

– Alors, c'est quoi, ton problème ?

– On vient de m'avertir que des flics ou des fascistes vont plastiquer mon garage.

– Qui ça, on ?

Il hésita une seconde puis se lança.

– Une femme que mon frère a connue dans la Résistance. Aujourd'hui, je crois qu'elle travaille dans un ministère, elle a accès à des fichiers et à toutes sortes d'informations. C'est une gaulliste, d'après ce que j'ai compris, mais Jean lui a rendu des services, alors elle a voulu me renvoyer l'ascenseur.

– Tu fréquentes de drôles de femmes ! Tu lui fais confiance ?

– Oui, je ne vois pas quel intérêt elle aurait à inventer une histoire pareille. Elle m'a conseillé de ne pas rester dans le garage la nuit prochaine.

– Ça me semble raisonnable. Pas de problème, tu peux dormir ici.

– Il y a aussi Ali qui pionce dans le garage depuis le couvre-feu. Il faut que je le prévienne.

– D'accord, préviens-le. Je vais le voir aussi. Si tu es repéré, c'est préférable qu'il disparaisse.

– Ça n'est pas le moment, avec tout le boulot en retard.

– S'ils plastiquent ton garage, tu n'auras plus de boulot du tout, ricana Petit Louis.

– Je vais être dans une sacrée merde, avec toutes les voitures des clients.

– Ce n'est jamais que de la ferraille. Pense aux gars qui se sont fait trouer la peau.

– Tu en as de bonnes ! De la ferraille... L'assurance ne marchera pas pour un attentat.

– Il faudra dire que c'était accidentel. Mais il y aura sans doute une enquête... Désolé pour toi.

– Je n'aurai plus qu'à retourner à l'usine, si on veut de moi, et payer mes dettes le restant de mes jours. On vient tout juste de m'installer un deuxième pont élévateur que j'ai acheté à crédit.

Petit Louis passa son bras autour de son épaule.

– C'est la vie, mon pote. Mais peut-être que ce n'est qu'une fausse alerte ou que leur bombe n'explosera pas. Ça arrive.

– Bon, donc tu peux m'héberger ?

– Pas de problème.

– Je te le confirmerai demain.

Il avait aussi la possibilité de passer la nuit dans l'appartement d'Yvon, dont il avait les clefs. Mais celui-ci était en déplacement en province, pas facile à joindre, et il recevait parfois de la famille. Il lui avait promis de l'appeler dès son retour.

Il rentra rue du Laos, mais ne parvint pas à dormir. Le lendemain matin, avant l'arrivée de ses deux employés, il fit monter Ali dans son appartement pour lui expliquer la situation. L'Algérien manifesta un calme surprenant.

– Petit Louis t'en parlera. Il pense que c'est plus prudent que tu cesses de travailler ici.

– Je vais voir ça avec mes amis. Je regrette que tu aies des ennuis à cause de moi, patron. Merci pour tout. Si tu es d'accord, je partirai un peu plus tôt ce soir.

Alain prit ensuite la décision de sauver quelques voitures. Anne Granville lui avait recommandé de ne pas vider le garage pour ne pas attirer l'attention, mais il pouvait au moins en sortir les plus belles. Son choix se porta sur une Jaguar, une Austin Healey et une Lancia identique à celle qu'il avait empruntée pour sa virée à Salzbourg avec Yvon.

Il alla donc les garer quelques rues plus loin, puis bourra de vêtements une valise dans laquelle il mit aussi son carnet de chèques et quelques objets auxquels il tenait, dont la montre de son frère qui ne marchait plus. Après réflexion, il décrocha aussi trois tableaux et alla les ranger avec la valise dans le coffre du cabriolet 403. À en croire Yvon, ils avaient une certaine valeur, et il s'y était attaché. Après quoi, il se mit au travail sans beaucoup de cœur à l'ouvrage, car il ne pouvait pas prendre le risque d'informer ses salariés de la situation et devait donner le change.

*

Après le départ d'Alain, Petit Louis eut lui aussi quelques difficultés à trouver le sommeil. Au petit matin, il prépara le café pour sa compagne, puis lui annonça qu'il allait prendre sa journée car il avait un problème important à régler. Ils travaillaient tous deux chez Roux-Combaluzier et partaient généralement en même temps, à vélo, car l'entreprise n'était pas très éloignée. Corinne ne lui posait pas de questions, sachant qu'il ne pouvait rien dire de certaines de ses activités. La jeune femme savait qu'il aidait le FLN, partageait ses convictions et avait accepté les risques de cet engagement, mais ignorait quelles tâches précises il accomplissait. Elle-même se limitait à l'action syndicale.

Après le départ de Corinne, Petit Louis revêtit son unique costume et noua une cravate, ce qui ne lui arrivait que pour les grandes occasions. Par mesure de discrétion, ses rencontres avec son contact du FLN ou les autres membres de son réseau, composé pour l'essentiel de dissidents du parti communiste et de trotskistes, se déroulaient dans des bars de grands hôtels et des brasseries chic beaucoup moins susceptibles d'être surveillés que des cafés maghrébins.

Il appela d'une cabine et prononça les paroles qui correspondaient à un code d'urgence. Celui-ci comprenait à la fois le lieu et l'heure du rendez-vous.

– Ma tante Hélène va débarquer de province demain.

– Ça me fera un grand plaisir de la voir.

La réponse de son interlocuteur signifiait que ce rendez-vous lui convenait. Ils échangèrent encore quelques propos anodins, afin de ne pas attirer l'attention au cas où la conversation serait écoutée. Petit Louis se rendit ensuite dans une brasserie de la très bourgeoise avenue Victor-Hugo. Il emprunta le métro et vérifia qu'il n'était pas filé, descendant et remontant dans la rame au dernier moment. Son correspondant, qui avait pris les mêmes précautions, était un Kabyle blond aux yeux clairs, très élégant, qui s'exprimait en français sans le moindre accent et passait totalement inaperçu dans les lieux publics. Arrivé le premier, il l'attendait dans un box en lisant *Le Figaro.* Il l'accueillit assez froidement. C'était un homme efficace, rompu à l'action clandestine, peu bavard, mais aussi peu chaleureux qui allait toujours à l'essentiel, comme si rien d'autre ne l'intéressait.

– J'espère que tu ne m'as pas fait déplacer pour rien, car en ce moment nous sommes surchargés.

Petit Louis lui rapporta la visite d'Alain, sans omettre le moindre détail.

L'Algérien parut contrarié.

– Ça tombe mal, car nous n'avons plus beaucoup d'endroits pour traiter les voitures. Quelle erreur a commise ton ami pour se faire repérer ?

– Je n'en ai aucune idée. Il n'a plus d'activités militantes. Il participe de temps en temps à des manifs et va à la fête de l'Huma, mais c'est tout. Ça ne peut pas être Ali ou un autre de vos gars qui se serait fait fliquer ?

– Tout est possible. Mais, s'ils veulent plastiquer le garage, ce sont probablement des hommes de l'OAS ou de la Main rouge[1].

1. Service secret chargé d'intimider ou d'assassiner des Européens militant pour le FLN et agissant sous ce nom pour dissimuler ses liens avec l'appareil d'État.

– Pour tenir des fichiers de ce genre, il faut tout de même appartenir à la police ou à des services parallèles.

– L'OAS a des complices un peu partout. Tous ces gens entretiennent des liens très étroits. Le fait que cette femme ait eu vent de ce projet en est la preuve. La tactique de la police est d'attendre d'avoir suffisamment d'informations pour frapper à la tête et non de faire sauter le garage d'un type comme Véron. Évidemment, ça pourrait aussi être une provocation, mais je n'en vois pas trop l'intérêt. Nous allons aviser et mettre Ali à l'abri.

Ils s'interrompirent pour observer des adolescents en tenue de cheval, cravache à la main et bombe sous le bras, qui entraient dans la brasserie. Une bouffée de colère envahit Petit Louis. Le groupe passa devant leur table, alla s'installer au fond de la salle et s'empressa de déclencher le jukebox mural. La voix de Johnny Hallyday envahit la salle : « Viens danser le twist. » Une des filles esquissa quelques pas. Le Kabyle la suivit du regard et sourit, ce qui lui arrivait assez rarement.

– Des connards de fils à papa, cracha Petit Louis.

– En tout cas, ce ne sont pas des flics. Ils ont de la chance : la guerre sera finie avant qu'ils aient l'âge de porter l'uniforme. Ce n'est pas comme chez nous, où il n'y a pas d'âge pour se battre.

Cette réflexion surprit Petit Louis, car il n'était pas fréquent que l'Algérien se lance dans des commentaires de ce genre. Il le questionna, ce que d'ordinaire il ne faisait pas.

– Le 17, il y a eu beaucoup de victimes ?

L'expression du Kabyle se modifia.

– Beaucoup, dit-il d'un ton neutre. On a du mal à les compter. Peut-être plusieurs centaines. Des dizaines de frères ont été jetés dans la Seine et des milliers ont été parqués au Palais des Sports. Mais notre organisation a tenu le choc. C'est le plus important. La fin de la guerre approche et les derniers combats risquent d'être les plus durs.

Ils réglèrent quelques dispositions pratiques et se séparèrent. Selon leurs principes de sécurité, le responsable du FLN partit le premier, tandis que Petit Louis patientait quelques instants. Pour s'occuper, il feuilleta *Le Figaro* que l'Algérien avait laissé sur la table. Il fut surpris d'y trouver un article de François Mauriac qui dénonçait la toute-puissance de la police. Au fond de la salle, les jeunes bourgeois avaient jeté leur dévolu sur Gilbert Bécaud. Monsieur cent mille volts chantait *Et maintenant.*

*

Abdel Yahia, le chef du commando, reçut son ordre de mission de la bouche de Mohand Akli Benyounès dit Daniel, responsable de la région 1 de la septième wilaya, à qui le Kabyle avait transmis son rapport. C'était un combattant expérimenté qui avait participé à plusieurs attaques contre des postes de harkis de la Goutte-d'Or et des cafés tenus par des messalistes[1], et à la tentative de faire sauter la Cartoucherie de Vincennes qui avait marqué le début de l'exportation de la guerre sur le sol du colonisateur. Yahia sélectionna trois autres moudjahidines aguerris. Leur armement se composait de trois MAT 49 et d'un pistolet de 7,65 volés dans des commissariats, ainsi que de deux grenades quadrillées à fragmentation MkII. Pour mener à bien leur opération, ils disposaient d'une Dauphine et d'un fourgon Citroën type H.

Yahia choisit parmi ses hommes celui qui passait le plus facilement inaperçu en raison de son apparence physique et l'envoya en reconnaissance. L'Algérien constata que le danger le plus grand venait de la proximité de l'École militaire autour de laquelle la police patrouillait en permanence. L'itinéraire de dégagement devait donc éviter cet objectif potentiel très surveillé. En revanche, il était possible de rejoindre très vite trois grandes artères bien dégagées : l'avenue de Suffren, l'avenue de la Motte-Picquet et le boulevard de Grenelle. De plus, du côté du quinzième arrondissement, plusieurs cafés-hôtels maghrébins tenus par le FLN permettaient de cacher les armes et éventuellement de se mettre à l'abri jusqu'à l'aube. Toutefois, la présence

1. Partisans de Messali Hadj, dirigeant du Mouvement national algérien (MNA) rival du FLN.

d'un commissariat avenue Garibaldi représentait un autre péril. Quelques minutes suffisaient à ses occupants pour rejoindre la place Cambronne après avoir été alertés par téléphone. Cette intervention immédiate restait néanmoins peu probable car les policiers étaient devenus prudents : face à un groupe armé, ils commenceraient sans doute par prévenir leurs supérieurs qui enverraient une unité spécialisée.

Aucune hypothèse ne pouvait pourtant être écartée. Yahia et ses compagnons se penchèrent sur un plan pour les étudier toutes avec minutie. Ils décidèrent de guetter l'arrivée du commando de l'OAS dans le fourgon Citroën, dont les parois de tôle ondulée avaient été percées de trous permettant d'observer les alentours. La Dauphine, garée un peu plus loin, servirait au repli. Si, pour une raison ou une autre, les combattants ne réussissaient pas à atteindre ce véhicule ou étaient séparés, ils tenteraient de se réfugier dans des hôtels dont ils avaient repéré l'emplacement.

Selon toute vraisemblance, les hommes de l'OAS commettraient leur attentat entre deux heures et quatre heures du matin, quand les rues seraient complètement désertes. Néanmoins, le groupe de Yahia prit position dans le fourgon Citroën dès dix heures trente, afin de ne prendre aucun risque. Ils avaient eu la chance de trouver une place pour garer le type H presque en face du garage. Les quatre hommes décidèrent de se relayer toutes les heures pour surveiller la rue.

*

Yvon habitait seul, au troisième étage d'un immeuble haussmannien du septième arrondissement, un immense appartement que lui avaient laissé ses parents en allant prendre leur retraite en Provence. Le mobilier Louis XVI, les tableaux, statuettes et bibelots donnaient à cet intérieur un caractère très vieille France qui avait déconcerté Alain au début de leur liaison, mais il avait fini par s'y habituer. Une Espagnole venait faire le ménage quatre fois par semaine, de sorte qu'un ordre et une propreté quasi maniaques régnaient. Chaque meuble, chaque objet était toujours à la même place. En dehors de la cuisine et de la salle de bains, qu'il avait réaménagées, les seuls appareils modernes qu'il avait ajoutés à cet univers vieillot étaient un combiné radio/tourne-disque et un téléviseur.

Quand Alain le rejoignit, Yvon, en tablier, s'affairait sur son fourneau. Son amant refusa de l'aide et l'invita à aller l'attendre dans le salon où la table était déjà mise. La nappe, les couverts, les fleurs respiraient un raffinement qu'Alain avait fini par apprécier, sans cesser pour autant d'en être chaque fois un peu surpris. Il s'installa dans un canapé, devant la télévision.

Le présentateur Léon Zitrone rappelait sur son ton patelin la fonction du carré blanc entré en vigueur quelques mois plus tôt lors de la diffusion de *Riz amer,* les cuisses de la troublante Sylvana Mangano risquant de perturber un jeune public. Ce soir-là était en effet rediffusé *L'Exécution* de Maurice Cazeneuve, où l'on pouvait voir pendant quelques secondes le dos nu de Nicole Paquin, dont la première diffusion avait soulevé les protestations des ligues de vertu et même, disait-on, un courrier personnel de Tante Yvonne à l'ORTF.

– Moi, je préfère le dos de Marlon Brando dans *Viva Zapata*, déclara Yvon, qui venait d'entrer chargé d'un grand plateau sur lequel il avait disposé toutes sortes de mets succulents. Je le trouve beaucoup plus érotique que celui de Paquin. C'est curieux que ces abrutis ne le censurent pas…

Il déposa son plateau sur une desserte roulante alors que Zitrone abordait un sujet moins futile : la reprise de négociations avec le GPRA à Bâle, puis il déboucha une bouteille avec dextérité.

– Tu ne vois pas d'inconvénient à ce qu'on attaque directement au bourgogne ?

Yvon disposait d'une cave bien garnie et choisissait ses vins avec un soin maniaque. Ils goûtèrent donc leur chassagne-montrachet et grignotèrent des amuse-gueules en écoutant Zitrone, puis Yvon se leva pour lui couper la parole et aller placer un disque de Marilyn Horne sur son pick-up.

– C'est un extrait de *Carmen Jones*, où elle double Dorothy

Dandridge. J'ai vu le film à Londres. Il est interdit en France. Dommage, ça te plairait. Il y a aussi Harry Belafonte.

– Lui, je le connais, il est très beau gosse.

Yvon vint se rasseoir à côté de lui et passa un bras autour de son épaule.

– Tu veux me rendre jaloux ?

– Je ne suis pas vraiment attiré par les Noirs, et Belafonte, d'après ce que je sais, préfère les femmes.

Ils passèrent à table. Bien qu'Alain s'appliquât à donner le change, Yvon remarqua qu'il semblait perturbé.

– Le bourgogne ne passe pas ? Ou bien j'ai raté mes allumettes de canard ?

– Ton canard est délicieux, mais j'ai un problème. Je ne voulais pas t'en parler…

– Mais tu m'en parles quand même et je m'en réjouis. Alors je t'écoute, mon grand.

– C'est un peu compliqué. Je t'ai parlé de cette femme qui a connu mon frère dans la Résistance.

– Celle qui a épousé un avocat connu ? Oui, tu m'en as parlé. Tu es tombé amoureux d'elle ?

– Ne plaisante pas. C'est très sérieux. Anne Granville occupe un poste important à l'hôtel Matignon. Je crois qu'elle appartient au cabinet de Debré ou quelque chose comme ça. Paraît même qu'elle t'a rencontré dans un cocktail.

– Je ne m'en souviens pas, mais on croise tant de gens dans ces pince-fesses. Et alors ?

– Elle prétend avoir accès à toutes sortes d'informations et m'a montré une fiche mécanographique qui me concerne.

Une onde de contrariété parcourut le visage d'Yvon.

– Tu veux dire que tu es fiché comme homo ?

– Pas exactement, mais la fiche mentionne en effet que je suis pédé.

– Alors tu es fiché pour quel motif ? Comme coco ?

– Si l'on veut. Ces gens-là m'accusent d'appartenir à un réseau de soutien au FLN. En fait, il se trouve que l'Algérien que j'ai embauché appartient sans doute au FLN. Un jour, je l'ai surpris en train d'aménager une cache dans une Aronde.

Yvon leva les bras au ciel.

– Je t'avais pourtant dit de te méfier !

– Je n'allais tout de même pas le dénoncer.

– Le dénoncer, non, bien entendu, mais tu pouvais le virer.

– C'est le frère d'un de mes collègues de chez Renault qui s'est fait tuer.

– Ta générosité t'honore, mais maintenant, tant que cette guerre n'est pas terminée, te voilà surveillé.

– Ce n'est pas tout. Anne Granville a appris que mon garage allait être plastiqué cette nuit par l'OAS ou un service secret.

– Et c'est ce soir que tu viens m'en parler ? J'aurais pu essayer d'intervenir. Je connais pas mal de gens et mon père a encore beaucoup de relations.

– Je ne l'ai appris qu'hier. Juste avant que tu rentres de province.

Yvon soupira en secouant la tête.

– Bon, si cette histoire est vraie, il n'y a plus grand-chose à faire, sinon alerter la police. Mais ce n'est pas forcément une bonne idée. Les flics vont enquêter sur toi… sur nous.

– C'est exactement ce que j'ai pensé.

– Pourquoi cette femme est-elle venue te raconter ça et te montrer cette fiche ?

– Je croyais te l'avoir dit : elle a connu mon frère pendant la Résistance. Ils ont eu une aventure et il lui a rendu un service.

– Et elle règle cette dette quinze ans après ? À mon avis, elle doit avoir une responsabilité dans la mort de ton frère et elle se sent coupable.

– C'est possible. Mais elle ne donne pas l'impression d'une personne qui culpabilise. Elle est très sûre d'elle.

– Comme toutes les femmes de pouvoir. En tout cas, pour disposer de telles informations, elle doit elle-même appartenir à un service secret ou à un réseau gaulliste comme le SAC. Si elle a travaillé pour le BCRA, c'est très vraisemblable.

– Le SAC ?

– Service d'action civique, une sorte de garde rapprochée du Général destinée aux basses œuvres. Je me méfie de ces gens-là comme de la peste.

– Je croyais que tu étais gaulliste.

– Pas ce genre-là en tout cas. Ce sont des gens dangereux. Il y a de tout : d'anciens résistants purs et durs comme des voyous. Et c'est un panier de crabes : ils sont très divisés depuis que de Gaulle a entamé des négociations avec le FLN. Tu as entendu Zitrone tout à l'heure ? Les discussions ont repris en Suisse. Ça devrait bientôt se terminer. Mais, pour le moment, les ultras d'Alger n'ont pas baissé les bras et ils ont beaucoup d'amis, y compris parmi ceux qui comptaient sur de Gaulle pour sauver l'Algérie française. Si tu veux mon avis, mon grand, il faut se tenir à l'écart de toute cette merde en attendant que ça se calme.

– Facile à dire. S'ils font sauter mon garage et mon appartement…

– Eh bien, tu viendras habiter ici. Mes parents finiront par l'apprendre et ça ne leur plaira pas beaucoup, mais, de toute façon, je crois bien qu'ils se doutent de quelque chose, même s'ils ne me posent pas de questions…

– Je n'ai pas l'intention de vivre à tes crochets.

– Et je ne t'ai pas proposé de t'entretenir. Tu te trouveras bien un emploi. En attendant, ton garage n'a pas encore sauté… Ça ne sert à rien de te faire du mauvais sang. Nous en reparlerons demain. À propos, tu n'en as parlé à personne d'autre ?

– Non, à personne, mentit Alain. J'ai seulement demandé à Ali d'aller passer la nuit ailleurs.

– Il ne t'a pas demandé pourquoi ?

– Il n'est pas bavard.

Cette explication ne parut pas convaincre Yvon qui n'insista pas. Il remplit à nouveau leurs verres et constata que la bouteille était presque vide.

– Je vais aller en chercher une autre. *Carpe diem.* C'est la meilleure philosophie que je connaisse.

Yvon était friand de citations latines. Alain ignorait le sens de celle-ci, mais le devinait. Il leva son verre et trinqua avec son amant.

*

Les Granville, après avoir eux aussi suivi le journal télévisé et commenté les propos de Léon Zitrone, dînaient en tête à tête. Selon leurs habitudes, quand ils se retrouvaient le soir, ils se racontaient leur journée. C'était d'ailleurs un des moments forts de leur intimité depuis que quinze ans de vie commune et quelques aventures extraconjugales avaient affadi leurs relations. Toutefois, si l'avocat ne cachait pas grand-chose de son activité professionnelle à son épouse, celle-ci restait parfois un peu plus discrète, dans la mesure où elle connaissait la propension de son mari à régaler ses connaissances d'anecdotes montrant qu'il était bien introduit dans les hautes sphères politiques. Il était difficile d'avoir l'assurance qu'il garderait pour lui sinon de véritables secrets d'État, des informations sensibles et des ragots que Matignon n'aurait pas apprécié de voir circuler.

Granville fut donc un peu surpris quand sa femme se confia à lui de façon inhabituelle.

– Je me demande si je n'ai pas commis une grosse bourde.

L'avocat dirigea vers elle un visage intéressé et légèrement ironique.

– Ça ne te ressemble pas, ma douce. Ton sens de la diplomatie s'est considérablement développé depuis l'époque où tu ne voulais pas entendre parler du moindre compromis.

– Je ne sais pas si je dois prendre cette remarque pour un compliment.

– C'en est un. Tu es arrivée dans les fourgons de De Gaulle, tu as traversé sa période d'exil sans encombre pour ta carrière, et te voilà à nouveau en bonne position depuis son retour aux affaires. N'est-ce pas une performance digne d'être saluée ?

– Tes persiflages sont un peu pénibles. Justement, si je pense avoir commis une erreur, c'est par désintéressement et non par calcul.

– Si tu veux bénéficier de mes conseils, il faut m'en dire un peu plus, ma tendre.

– C'est une histoire compliquée. Tu te souviens de ce garçon que nous avons rencontré à Juan-les-Pins, au cours de cette soirée dans un club de jazz ?

– Le danseur de be-bop ?

– Lui-même. Il est devenu garagiste dans le quinzième arrondissement. Mais il se trouve qu'il est aussi le frère d'un militant du PC que j'ai connu dans la Résistance et qui s'est fait tuer à la Libération. Je lui avais promis de l'informer au cas où j'apprendrais qui sont les assassins de son frère. Mais, je n'ai pas réussi à le savoir, et, à vrai dire, je n'ai pas mené d'enquête.

– Vu le nombre de gens qui sont morts dans des conditions louches à l'époque, tu n'avais guère de chances de toute manière. Et maintenant, tu n'en as plus aucune.

– C'est ce que j'ai pensé. En revanche, j'ai appris par hasard que ce garçon est fiché. Tu n'ignores pas qu'on m'a chargée de superviser des fichiers.

– Et je t'ai dit ce que je pensais des officines du genre du SAC.

– Je conviens que tu avais raison. À ce moment-là, je ne voyais pas les choses de cette façon. Debizet ne m'a jamais inspiré ni sympathie ni confiance, mais il avait tout de même été choisi par le Général. Depuis qu'il a démissionné, je crois que c'est encore pire. On ne sait plus qui défend quoi et il faut se méfier de tout le monde. Un des clans s'est rallié à l'OAS. On ne peut donc pas compter sur le SAC pour combattre les factieux d'Alger.

– Tu t'es mise dans un sacré pétrin, constata l'avocat. Le plus sage serait de quitter discrètement ce nid de vipères.

– Il me reste une boussole : de Gaulle. Je me fais beaucoup moins d'illusions sur le personnage que j'en avais en 44 ou même en 47 au moment de la création du RPF, mais je pense depuis un bout de temps qu'il a raison sur l'Algérie. Il faut négocier et limiter les dégâts avant qu'il ne soit trop tard.

– Quel rapport avec le danseur de Juan-les-Pins ?

– J'y viens. Ce garçon, Alain Véron, est soupçonné d'appartenir à un réseau de soutien au FLN. Donc, aux yeux des ultras de l'Algérie française et des services secrets, comme la Main rouge, c'est un traître. La Main rouge a exécuté un certain nombre de complices du FLN, y compris dans des pays étrangers.

– Et toi, qu'est-ce que tu en penses ?

– Voici quelques années, je l'aurais probablement moi aussi considéré comme un traître. Aujourd'hui, même si je n'approuve évidemment pas son action, ça n'a plus de sens de s'en prendre à lui. Ça revient à fusiller des pacifistes la veille de la signature d'un traité de paix. Et les ultras sont devenus les pires ennemis du Général.

– Parce qu'il est question de l'assassiner ?

– Un type du SAC qui joue plus ou moins double jeu m'a appris qu'Alain Véron figure sur une liste de cibles dressée par les ultras. Ils ont décidé de faire sauter son garage cette nuit.

– Ton histoire n'est pas claire. La tactique de la police, quand elle repère quelqu'un, consiste à remonter la filière et non à frapper un comparse.

– Justement, il ne s'agit pas de la police mais de fanatiques de l'Algérie française, probablement de l'OAS. Ils éprouvent davantage de haine contre les Français qui soutiennent le FLN que contre les nationalistes algériens. Ça ne les intéresse pas de démanteler patiemment le réseau. Ils veulent impressionner l'opinion, faire régner la terreur. Le plus probable est qu'un service de police a repéré Véron ou un des Algériens avec qui il trafique et qu'un des membres de ce service s'est empressé d'informer les ultras.

Ils se turent un instant pendant que la bonne qui travaillait pour eux depuis des années leur apportait un plateau de fromage.

– Admettons, dit l'avocat après le départ de la domestique. Ces détails n'ont au fond guère d'importance. Mais tu as évoqué une bourde que tu aurais commise…

– Oui, j'ai prévenu Alain Véron hier et je lui ai conseillé de ne pas passer la nuit à son domicile, car il habite au-dessus du garage.

– Tu lui as peut-être sauvé la vie. Quel est le problème ?

– S'il raconte cette histoire autour de lui, et si son milieu est infiltré par des indicateurs, comme c'est probable, ça peut venir aux oreilles des ultras qui me considéreront à mon tour comme un traître. Si l'attentat a lieu, il sera sans doute interrogé par la police, peut-être par les RG ou la DST, qui lui demanderont pourquoi il ne se trouvait pas chez lui cette nuit-là. S'il est malin et respecte sa parole, il peut inventer une histoire crédible et les mener en bateau. Mais il ne faut pas les sous-estimer : ils risquent de lui faire admettre qu'il a été informé. Je lui ai demandé de ne pas vider son garage, mais je ne suis pas certaine qu'il n'ait pas été tenté de sauver quelques voitures de prix. Les assurances ne couvrent pas les attentats. C'est un point que les flics vont immédiatement vérifier. Si Véron n'a pas suivi les conseils que je lui ai donnés, il sera coincé et crachera le morceau.

– Bon, je comprends mieux. Tu crains que l'OAS ou certains de tes anciens amis du SAC ne nous prennent pour cible.

– Exactement, et je n'y tiens pas du tout. J'ai déjà donné. Et, même si ça ne va pas jusque-là, ça peut me causer pas mal d'ennuis à Matignon.

– Il me semble que tu aurais dû prendre tous ces éléments en considération avant d'aller jouer au bon Samaritain.

– J'ai agi sur une impulsion. Le sentiment d'avoir une dette envers ce garçon.

– Ça ne te ressemble pas, ma douce. Mais ce qui est fait est fait. Tu ne pourrais pas calmer le jeu, faire intervenir une de tes relations du ministère ? Quelqu'un du gouvernement ?

– Tu me vois en train de raconter cette histoire à Debré ou à Frey ? Sans même savoir si les risques sont réels ? De toute manière, qu'est-ce qu'ils pourraient faire ? Ils ne vont pas nous mettre sous protection policière vingt-quatre heures sur vingt-quatre. Ils ont d'autres chats à fouetter. Toutes sortes de rumeurs courent sur des préparatifs d'attentats contre de Gaulle, alors nos modestes personnes ont vraiment peu d'intérêt à leurs yeux.

– Tu pourrais te renseigner auprès de Bacchelli. Ce type est au courant de tout. Rien ne lui échappe.

– Bacchelli fait partie des partisans de l'Algérie française, qui ne veulent pas entendre parler de compromis avec le FLN, comme Debizet. Je ne crois pas qu'il irait jusqu'à se mouiller avec l'OAS. Il est trop malin pour ça et il sait que leur cause est perdue. Mais nous ne sommes pas dans le même camp, nous ne l'avons d'ailleurs jamais été. Il serait peut-être très content de nous rendre un service car il place ses billes de tous les côtés, mais il exigerait une contrepartie. Je ne veux plus avoir affaire à lui.

– Conclusion ?

– Il serait prudent de nous mettre au vert le temps que les choses se tassent, par exemple en allant passer une quinzaine de jours dans ma famille ou dans la tienne.

*

Le commando chargé de faire sauter le garage de la rue du Laos comprenait quatre hommes placés sous le commandement de Jean-Pierre Laborde. Celui-ci avait reçu son ordre de mission du colonel Bertrand de Sèze, chef de la zone autonome de Paris de l'OAS Métro[1] qui l'avait désigné en raison de son expérience militaire. Laborde avait pour consigne de constituer lui-même son équipe. Il la recruta parmi les plus solides des miliciens de Simca Poissy qui s'étaient déjà illustrés au cours de diverses actions et les éléments les plus déterminés de la Fédération des étudiants nationalistes qui avait succédé à Jeune Nation.

Alain Courtet et Gérard d'Adeline avaient en effet fait leurs preuves au cours de nombreuses bagarres, bien qu'ils n'aient jamais jusqu'alors utilisé d'armes à feu sur le terrain.

Laborde leur enjoignit de retirer la croix celtique qui ornait leur revers, de ne porter aucun autre signe distinctif susceptible de les faire remarquer et de ne conserver sur eux qu'une pièce d'identité et quelques billets, au cas où ils seraient interceptés par la police avant ou après l'opération. Les deux futurs juristes

1. L'OAS – Organisation armée secrète – était structurée en plusieurs zones et régions. L'OAS Métro agissait en métropole.

n'étaient pas peu fiers de côtoyer un vétéran d'Indochine comme Georges Biard et un ancien légionnaire hongrois comme Lazlo Kovar qui avait combattu les Russes à Budapest.

Ils ignoraient leurs noms, car l'OAS avait recours à des pseudonymes, mais connaissaient leurs états de service.

Laborde décida que la charge de plastic serait déposée et amorcée par Biard et Kovar, qui avaient une certaine pratique des explosifs, tandis qu'il superviserait l'opération et resterait en couverture avec les deux étudiants. Ceux-ci étaient équipés de pistolets-mitrailleurs provenant d'un stock d'armes dérobées dans la caserne Charras de Courbevoie par un sergent-chef qui avait déserté pour rejoindre l'OAS. Ces dispositions avaient pour objectif de limiter les risques encourus par les deux jeunes gens qui n'avaient pour toute expérience que leur préparation de parachutiste et quelques exercices de tir dans la forêt de Fontainebleau. Biard et le légionnaire se chargèrent de voler deux voitures pour transporter le commando.

*

Les hommes d'Abdel Yahia patientèrent de longues heures à l'arrière du fourgon Citroën, emmitouflés dans des couvertures avec des bonnets de laine enfoncés sur la tête. En prévision de cette attente dans un froid glacial, ils avaient emporté des Thermos de café. Au milieu de la nuit, il y eut une fausse alerte, une 203 s'arrêta à proximité du garage, mais il ne s'agissait que d'un couple d'amoureux qui avait choisi un endroit discret pour se peloter. Un peu plus tard, deux policiers à vélo s'arrêtèrent pour examiner un véhicule en stationnement qui, pour des raisons inconnues, leur sembla louche. Le guetteur alerta ses compagnons. Leurs doigts se crispèrent sur leurs armes, mais les hirondelles repartirent sans les inquiéter.

Ce ne fut que sur le coup de quatre heures du matin que deux voitures, une Dauphine et une Frégate qui se suivaient de près, passèrent une première fois en ralentissant à la hauteur du garage, puis réapparurent quelques minutes plus tard. La

Dauphine s'immobilisa devant la grande porte de l'établissement tandis que la Frégate s'arrêtait une centaine de mètres plus loin.

Deux hommes, dont l'un portait un sac de sport, descendirent de la Dauphine.

– C'est peut-être une voiture piégée, souffla l'un des Algériens.

Biard sortit deux pains de plastic de son sac et entreprit de les fixer contre la paroi métallique de l'entrée du garage avec du sparadrap, tandis que Kovar surveillait les environs, pistolet-mitrailleur au poing. De sa place, le légionnaire ne pouvait voir qu'un côté du fourgon Citroën. Néanmoins, un léger grincement de la charnière de la porte latérale mit ses sens en alerte. D'un geste, il fit signe à Biard de se baisser, au moment où il s'apprêtait à régler la minuterie du détonateur. Les deux hommes s'accroupirent derrière la Dauphine.

Les Algériens descendirent un à un du fourgon et se répartirent de chaque côté pour aller se placer en position de tir.

La fusillade éclata presque aussitôt. Kovar se redressa et, l'arme à la hanche, ouvrit le feu le premier quand il aperçut une silhouette qui se faufilait derrière les voitures. Une grêle de balles s'abattit sur les véhicules en stationnement, perforant les carrosseries, brisant les vitres. Les moudjahidines d'Abdel Yahia répliquèrent. Les trois autres membres du commando OAS jaillirent de la Frégate et s'abritèrent eux aussi derrière des voitures. L'un des étudiants, Adeline, faute de distinguer les assaillants, se mit à tirailler, un peu au hasard, mais Laborde l'arrêta, d'un geste militaire.

– Ça ne sert à rien, abruti, tu vas te faire repérer et descendre. Baisse-toi !

De fait, une rafale frappa presque aussitôt la Panhard derrière laquelle venait de se cacher le jeune Versaillais. En quelques minutes, la paisible rue du Laos fut transformée en champ de bataille. La guerre avait traversé la Méditerranée. Réveillés en sursaut, plusieurs riverains se précipitèrent vers leurs fenêtres puis refluèrent prudemment à l'intérieur de leurs appartements et composèrent le numéro de police secours.

Une brève accalmie succéda à ce déluge de feu. Plusieurs

combattants se déplacèrent de part et d'autre et les tirs reprirent, plus espacés mais plus précis. Un cri de douleur indiqua que l'un des protagonistes avait été touché.

Yahia constata qu'un de ses hommes tenait son bras ensanglanté. Il adressa un signe à un autre combattant. L'Algérien dégoupilla sa grenade, la lança par-dessus une voiture en hurlant *Tahya aldjazair*[1] *!* et s'aplatit sur le trottoir, imité par ses trois compatriotes.

L'explosion fut assourdissante. Des éclats balayèrent la rue dans un rayon de près de cinquante mètres et le souffle fit voler les vitres des immeubles jusqu'au deuxième étage. Des flammes enveloppèrent une camionnette. Yahia donna aussitôt l'ordre de décrocher car, selon ses calculs, il ne restait plus que quelques minutes avant l'intervention des forces de police. À peine les quatre moudjahidines s'étaient-ils élancés en direction de leur véhicule de repli que retentit le hululement d'une première sirène.

Biard et le légionnaire gisaient sur le sol. Kovar étreignait encore son PM et Biard était tombé sur le sac contenant son détonateur, tandis que le souffle avait projeté les pains de plastic encore mal fixés à une dizaine de mètres sans les faire exploser. Les deux étudiants nationalistes, choqués, semblaient pétrifiés mais ils étaient indemnes. Laborde se redressa et fit très vite le bilan de la situation. Il tira deux courtes rafales en direction des Algériens qui s'enfuyaient, sans grand espoir de les atteindre à cette distance, renonça à les poursuivre, courut jusqu'à l'entrée du garage devant laquelle les deux victimes de l'embuscade étaient allongées. Une partie du visage de Biard avait été arrachée par la grenade. Le Hongrois avait reçu une balle en plein front. Laborde repartit au pas de course vers les deux rescapés qu'il fit monter, hébétés, dans la Frégate. Constatant qu'un camion de pompiers arrivait en face de lui, il lança la Renault en marche arrière et, au prix d'une habile manœuvre, parvint à emprunter une rue adjacente. Les soldats du feu s'employèrent

1. Vive l'Algérie !

immédiatement à mettre leur lance à incendie en batterie pour arroser les flammes qui entouraient deux véhicules, sans se soucier de la Frégate. Quant au premier fourgon de police, il n'arriva que quelques minutes plus tard, précédé d'une 403 Peugeot où avaient pris place quatre hommes en civil et suivi par deux cars de la gendarmerie. Pistolet au poing, les policiers s'avancèrent prudemment dans la rue, encadrés de gendarmes mobiles armés de mousquetons.

Quand ils parvinrent devant le garage, ils se penchèrent sur les deux cadavres et s'emparèrent de leurs portefeuilles qui ne contenaient que leurs cartes d'identité et quelques billets.

– Ce ne sont pas des Arabes, constata l'un des flics.

– Alors ? OAS ou règlement de comptes de truands ? demanda un officier de gendarmerie.

– OAS sans le moindre doute, répondit un troisième policier en montrant un pain de plastic qu'il venait de ramasser au milieu de la rue. Les voyous n'en sont pas encore à utiliser ce genre de chose.

– Et ça n'a pas pété ?

– Le plastic n'explose qu'avec un détonateur. Nous allons sans doute en trouver un dans le coin, ou ce qu'il en reste.

Les curieux, certains en robe de chambre et pantoufles, commençaient à affluer.

– Rentrez chez vous, messieurs dames. C'est très dangereux. Il peut encore y avoir d'autres bombes. Nous allons venir recueillir vos dépositions tout à l'heure.

– Qui était visé ? demanda l'officier de gendarmerie. Il y a des personnalités importantes dans cette rue ?

– Aucune idée. Je sais que Xavier Vallat[1] habite pas très loin d'ici, mais je doute que l'OAS s'en prenne à lui…

1. Ancien commissaire général aux questions juives de Vichy.

37

Côte d'Azur, hiver 1961

Alors qu'un froid glacial et humide régnait à Paris, un soleil presque printanier baignait la terrasse où Alain, Yvon et Léo prenaient leur petit déjeuner. La maison de l'ancien serveur du Capoulade surplombait la baie de Saint-Raphaël. Moins imposante que celle de Freddy, la demeure de style vaguement baroque bénéficiait d'une vue imprenable et ses jardins descendaient jusqu'à un embarcadère où un élégant voilier se balançait doucement.

– Je me suis mis à la voile, mais je ne suis pas doué, précisa Léo. C'est Jean-François qui me sert de skipper.

Jean-François, son ami du moment, avait vingt ans de moins que lui. Un beau gosse blond qui se baladait en permanence en short, torse nu, pour faire admirer ses pectoraux et ses longues cuisses musclées. Il se disait un jour étudiant, le lendemain décorateur et le surlendemain comédien, et se faisait plus ou moins entretenir. À cette heure, il dormait encore. Léo l'avait rencontré alors qu'il faisait la plonge dans une de ses brasseries. Il en possédait maintenant douze et envisageait de lancer une franchise.

– Le franchising, c'est l'avenir. La plupart des Français n'en ont jamais entendu parler, mais aux États-Unis ça marche du tonnerre de dieu. Dans la vie, pour réussir, il ne faut pas se contenter de faire travailler les autres, il faut aussi faire travailler l'argent des autres.

Yvon trouvait Léo vulgaire et l'avait dit à Alain, mais il parvenait à accepter sa compagnie en le considérant comme une sorte de personnage de théâtre dont on étudie la psychologie et les manières. En revanche, il ne supportait pas Freddy dont il avait fait la connaissance la veille.

Le milieu homosexuel aisé de la Côte d'Azur formait une sorte de clan qui se serrait les coudes depuis que des bandes de blousons noirs s'étaient lancées dans des chasses nocturnes au pédé dans les rues de Cannes. Tout le monde connaissait tout le monde. Alain avait même eu l'occasion de se retrouver nez à nez avec Michael dans une soirée. Celui-ci était désormais marié et père de famille. Il avait repris l'entreprise familiale et menait clandestinement sa double vie.

– Il ne faut surtout pas draguer n'importe qui dans la rue avec une belle bagnole, expliqua Léo. Tu ne sais pas sur qui tu peux tomber, il y a même eu des crimes et la police ne se remue pas beaucoup pour retrouver les assassins. Le coup classique, c'est le gars qui vient chez toi, repère les lieux et revient avec ses copains ; ou alors ils te suivent et il les fait entrer en douce. Tu peux t'estimer heureux s'ils se contentent de faucher les objets de valeur. Ça n'arrive pas à Paris ?

– Ça arrive aux gens qui draguent dans les parcs publics ou les pissotières, dit Yvon. Ou encore à ceux qui s'affichent trop ouvertement dans la rue. Dans les boîtes, c'est plus rare. Et nous n'allons plus beaucoup dans les boîtes depuis que nous sommes fidèles, précisa-t-il en jetant un regard à Alain. N'est-ce pas, mon loup ?

– C'est tout de même dégueulasse, dit Alain. On devrait s'organiser pour casser la gueule à ces connards.

– Très peu pour moi. Je n'ai pas davantage de dispositions pour la castagne que pour le bateau, et je préfère tout de même le bateau, s'esclaffa Léo. Mais j'ai acheté un pistolet que je planque dans un tiroir du salon, on ne sait jamais, je n'ai pas non plus l'intention de me laisser dépouiller sans me défendre.

Une domestique en tablier leur apporta comme chaque matin une pile de journaux sous bande. Léo s'était abonné à tous les titres régionaux pour suivre les annonces consacrées aux fonds de commerce et aux ouvertures de restaurants concurrents. Il appréciait aussi les mondanités locales et les faits divers croustillants. La presse nationale ne l'intéressait que pour la Bourse.

Il s'empara aussitôt de *Nice-Matin* où il avait acheté un encart publicitaire pour le dernier établissement qu'il venait d'ouvrir à Cannes, rue d'Antibes.

– C'est pas beau, ça ? dit-il en brandissant la page où s'étalait la photo d'un cuisinier coiffé de sa toque, entouré de serveurs, posant sous l'enseigne du restaurant. J'y ai mis un chef qui a fait ses preuves à Juan. Je fais tourner mon personnel, comme ça, si l'un tombe malade ou me plaque, je peux le remplacer du jour au lendemain. C'est une technique de management que j'ai découverte aux États-Unis. Si je vous disais que j'ai connu le type qui m'a appris tout ça à la Libération quand il gérait le magasin militaire de la base américaine d'Orléans. Depuis, il a fait du chemin, il est le boss d'une chaîne de drugstores. Tu ne te souviens pas de lui, Alain ? Il me semble que tu l'as rencontré.

Alain ne répondit pas. Il s'était plongé dans la lecture d'un article du *Figaro*, qui fournissait des détails inédits sur la fusillade de la rue du Laos. Non seulement ce papier n'évoquait son garage que pour se féliciter qu'il n'ait pas été touché, au risque de déclencher un incendie, mais la police semblait, selon lui, s'égarer sur une piste inattendue. La cible de l'attentat avorté aurait été un ancien dignitaire de Vichy, partisan de l'Algérie française, dont le journaliste préférait taire le nom. Les terroristes étaient probablement des communistes alliés pour la circonstance à des fellaghas algériens. Quant aux deux victimes, il pourrait s'agir de membres d'une officine privée chargée d'assurer la protection de la personnalité en question, l'une d'elles étant justement un ancien inspecteur des Brigades spéciales. L'auteur affirmait tenir ces éléments de sources bien informées qu'il ne pouvait bien entendu révéler.

– C'est du délire complet ! s'exclama Alain. Où peuvent-ils aller chercher des conneries pareilles ?

Les deux autres reposèrent leurs canards pour lui demander de s'expliquer, ce qu'il fit.

– Ah, vous en êtes encore à la guerre d'Algérie, dit Léo.

Moi, je vais vous dire, ce n'est plus qu'une question de mois. Hier encore, le secrétaire de mairie me racontait qu'il reçoit tous les jours des courriers de fonctionnaires qui cherchent des places de ce côté-ci de la Méditerranée et n'importe quel agent immobilier du coin pourra vous confirmer que les pieds-noirs sont de plus en plus nombreux à acheter des baraques ou à se renseigner sur les prix, y compris ceux des commerces. Quand les rats quittent le navire, c'est qu'il coule.

– C'est tout de même dramatique, remarqua Yvon.

– Pour ceux qui ont fait leur beurre là-bas, je ne m'inquiète pas. Ils auront seulement un peu plus de mal à faire suer le burnous des Français. Quant à ceux qui n'ont rien, ça ne les changera pas. Surtout s'ils retrouvent le soleil.

Léo défendait pourtant l'Algérie française encore un an plus tôt, mais il avait tendance à suivre l'air du temps.

– Remarquez, si des pieds-noirs pleins aux as débarquent, je ne m'en plaindrai pas. Il y aura des affaires en perspective.

– Je te trouve cynique, remarqua Yvon.

– Pas cynique, réaliste ! Ça fait trop longtemps qu'on envoie nos jeunes se faire trouer la peau là-bas pour que les pieds-noirs continuent à se la couler douce. Les Arabes veulent leur indépendance, qu'on la leur donne. On verra bien comment ils se démerderont sans nous. La politique ne m'intéresse pas, mais, pour une fois, je suis d'accord avec Alain. N'est-ce pas, mon camarade ?

Alain opina vaguement. Ses pensées allaient à son garage qu'il allait pouvoir retrouver intact, si l'affaire se terminait de cette façon. Dans cette maison, il éprouvait le sentiment de vivre dans un univers parallèle et artificiel. De plus, il s'était engagé à payer ses salariés jusqu'à la réouverture et il ne pouvait pas se permettre de le faire trop longtemps.

Jean-François fit son apparition, dans sa tenue habituelle, artistement ébouriffé, la mine boudeuse, accaparant immédiatement toutes les attentions de Léo. Alain en profita pour prendre Yvon à part.

– Maintenant que cette histoire est réglée, je crois que je préférerais rentrer.

– Méfie-toi tout de même. Les flics ne racontent pas tout à la presse. Cette version sans queue ni tête a peut-être pour but de donner le change pour mener l'enquête plus discrètement. Qui est cette célébrité que tu as pour voisin ?

– Aucune idée. À vrai dire, je ne fréquente pas les habitants de la rue du Laos, sauf quelques-uns qui sont mes clients. Mais je me renseignerai, par curiosité.

Après s'être goinfré de croissants, Jean-François leur proposa une balade en mer.

– Le temps est idéal. Juste ce qu'il faut de vent, pas trop de houle. Ça vous dit, les hommes ? On pourrait aller boire un pot à Saint-Trop' ou pousser jusqu'à la côte espagnole.

Ils optèrent pour Saint-Tropez, plus proche. Aucun d'eux n'avait vraiment le pied marin.

– Et demain, on rentre à Paris, glissa Alain à Yvon.

*

Les Granville découvrirent l'article du *Figaro* alors qu'ils déjeunaient eux aussi non loin de là, sur la terrasse de la maison familiale des Laborde, une sorte de petit manoir provençal bâti sur les hauteurs de Grasse au milieu des oliviers. Les parents d'Anne avaient été ravis d'accueillir leur gendre qu'ils ne voyaient que rarement. Lionel Laborde avait pris un coup de vieux. Ses rhumatismes le faisaient boiter et il ne se déplaçait plus sans l'aide d'une canne. Le septuagénaire avait abandonné la gestion de la parfumerie à un gérant. Quant à son épouse, elle souffrait elle aussi de divers maux et se plaignait sans arrêt de ne pas avoir de petits-enfants.

– Comment ce pisse-copie a-t-il pu inventer une histoire pareille ? lança l'avocat en repliant son journal.

– On la lui a peut-être soufflée, dit Anne.

– Pour quelle raison ?

– Pour ne pas compromettre des gens susceptibles d'avoir des liens avec l'OAS. Mais ce n'est qu'une supposition.

– De quoi parlez-vous, mes enfants ? demanda Lionel Laborde.

– D'un attentat qui vient d'avoir lieu à Paris.

– Ah… Savez-vous qu'il y en a aussi par ici ? Enfin, pas à Grasse, mais à Nice. Les bureaux d'un avocat ont été plastiqués. Difficile de savoir s'il s'agit de règlements de comptes entre gangsters ou de politique. Mais il est temps que cette guerre finisse.

Lionel Laborde, après avoir défendu l'Algérie française, avait lui aussi viré sa cuti.

– Tout à fait d'accord avec vous, monsieur Laborde, assura l'avocat.

Le septuagénaire se tourna vers sa fille.

– Mon fils n'est pas de cet avis. Il croit qu'on peut encore garder une partie de l'Algérie. Son point de vue est qu'on devrait diviser le pays en plusieurs parties, en séparant les populations, comme en Afrique du Sud et en Israël. Les Arabes auraient leur territoire et les pieds-noirs le leur. Qu'en pensez-vous ?

– Jean-Pierre vit dans ses fantasmes, dit Anne. Le FLN n'accepterait jamais une partition et la guerre se poursuivrait. Nous sommes de plus en plus isolés sur le plan international. Il faut négocier un compromis qui maintienne la présence de la France. C'est la position du Général. Il considère qu'il n'y a pas plus de cent mille pieds-noirs qui quitteront l'Algérie après l'indépendance. Ceux qui resteront, la grande majorité, assureront la pérennité de notre influence.

– Ça me semble en effet raisonnable.

– Pour une fois que nous vous avons avec nous, nous n'allons pas passer notre temps à parler de guerre et de politique ! protesta la mère.

Les Granville décidèrent alors d'effectuer une randonnée dans la campagne environnante. Ils en revinrent tard dans l'après-midi, crottés, fourbus, affamés et de très bonne humeur. Comme si les paysages et les senteurs provençales, l'éloignement de la capitale et de leurs tracas professionnels avaient ranimé leur flamme amoureuse.

Anne se leva vers cinq heures du matin, alors que son mari dormait encore. Elle avait acquis au cours de sa période de combat clandestin la capacité de s'éveiller à une heure choisie, à quelques minutes près, sans l'aide d'un réveil. Cela avait surpris Albert Granville, mais elle n'était pas la seule à disposer de cette faculté que partageaient plusieurs de ses anciens compagnons du BCRA. Au fil des ans, cette aptitude s'était un peu émoussée, mais une forte motivation la réactivait.

Elle enfila ses vêtements et quitta la pièce, pieds nus, ses chaussures à la main pour ne pas faire le moindre bruit. Dans le vaste garage qui pouvait accueillir deux voitures, la DS 19 des Granville voisinait avec la Mercedes de Lionel Laborde. Anne ouvrit le coffre de la Citroën dans lequel elle avait rangé deux cartons soigneusement fermés par de larges rubans de kraft. Ils contenaient des fiches et dossiers provenant des archives du SAC qu'on l'avait chargée de gérer. Quand Albert lui avait demandé de quoi il s'agissait, elle avait prétendu qu'il s'agissait d'objets et de livres qu'elle souhaitait rapporter à ses parents. L'avocat n'avait pas insisté.

Elle sortit les cartons, referma le coffre, examina les lieux et se dirigea vers la cave. En inspectant cette dernière, qui était pourtant propre et bien éclairée, le souvenir de l'exploration du sous-sol du pavillon de banlieue en compagnie de Jean Véron et de l'angoisse qui l'avait assaillie lui revint en mémoire. Celle-ci aussi était divisée en plusieurs parties dont l'une abritait le bric-à-brac qu'on est habitué à trouver dans ce genre d'endroit. Elle déplaça donc divers objets pour dissimuler le mieux possible ses cartons.

Alors qu'elle sortait de la cave, elle se trouva nez à nez avec son mari. Elle ne put s'empêcher de sursauter et de pousser un petit cri de surprise.

– Qu'est-ce que tu fais là ?

– Je pourrais te poser la même question. En fait, je t'ai entendue te lever, j'ai cru que tu allais dans la salle de bains, puis je suis parti à ta recherche.

– Bon, je vais faire du café, proposa-t-elle pour gagner du temps. Je n'ai plus envie de me recoucher.

Albert ne la bouscula pas, il était de nature assez patiente. Il attendit donc d'être assis en face d'elle, de part et d'autre d'une lourde table de ferme en chêne, avec des bols de café fumant pour revenir à la charge.

– Je t'ai vue passer avec les cartons... Tu ne voulais pas donner ça à tes parents ?

Son intonation contenait une nuance d'ironie montrant qu'il n'était pas dupe. Anne estima qu'il était inutile d'inventer un nouveau mensonge.

– Ce sont des fichiers que j'ai préféré déménager.

– Tu aurais pu m'en parler, non ?

– Je ne voulais pas te mêler à ça. Il aurait été imprudent de les mettre dans la cave de la rue des Saints-Pères. Si des gens veulent mettre la main dessus, c'est le premier endroit où ils vont chercher.

– Des gens ?

– Les éléments du SAC qui sont passés à l'OAS par exemple.

– Et les autres ? Les fidèles du Général ?

– Justement, on ne sait pas trop qui est avec qui...

– Et ça a un rapport avec cette fiche que tu as remise au garagiste ?

– Pas directement.

Albert Granville but une gorgée de café et considéra son épouse d'un air dubitatif.

– Je ne suis pas certain que tu aies choisi la bonne solution. Le plus raisonnable serait tout simplement de détruire ces fiches. Mais, si tu tiens à les conserver, la cave de tes parents n'est tout de même pas l'endroit idéal. Nous aurions pu louer un box ou bien les confier à un notaire qui les aurait mis dans un coffre de banque.

Elle sourit.

– Avec pour consigne de tout expédier à la presse au cas où il nous arriverait quelque chose ? Comme dans les films policiers ?

– Ce que tu me racontes sur tes amis du SAC, depuis

quelque temps, a tout du film policier. Ça m'ennuierait que nous figurions au rayon des victimes…

– On ne peut évidemment pas exclure que la maison de mes parents soit cambriolée. Mais les chances sont tout de même relativement faibles.

– Possible. Après tout, tu connais ces gens-là mieux que moi. Ces documents sont si compromettants ?

– Certains le sont, oui. Mais je suis très loin d'avoir tout consulté. Pour toutes sortes de raisons, le passage au tri mécanographique n'a jamais été effectué.

L'avocat allongea le bras pour prendre sa main.

– Tu devrais laisser tomber tout ça…

38

Hiver 1961

Le lendemain de la fusillade de la rue du Laos, en début d'après-midi, Jean-Pierre Laborde débarqua à l'improviste dans les bureaux du boulevard Haussmann. Bacchelli le fit patienter pendant une vingtaine de minutes car il s'entretenait avec un proche de Georges Pompidou qui siégeait désormais au Conseil d'État. Quand leur réunion prit fin, il fit en sorte que cet émissaire ne croise pas Laborde. Les salons, couloirs et bureaux avaient été disposés de telle sorte qu'il était ainsi possible d'éviter que se rencontrent des personnalités appartenant à des clans opposés ou qui entretenaient des conflits personnels. Laborde, connu pour ses sympathies pour l'OAS, même s'il ne faisait l'objet d'aucune poursuite officielle, comptait parmi les gens avec qui nombre de gaullistes ne souhaitaient pas s'afficher. La complexité de la situation, les nouvelles divisions apparues au sein même des partisans de la première heure du Général comme de ceux qui avaient placé leurs espoirs en lui en mai 58 rendaient le jeu de Bacchelli très délicat.

Laborde n'était pas rasé et portait des vêtements froissés. Il se laissa tomber dans un fauteuil avant même d'y avoir été invité.

– Êtes-vous certain que nous ne sommes pas sur écoutes ? attaqua-t-il d'emblée.

– Autant qu'on peut l'être. Je fais régulièrement examiner mes bureaux par un spécialiste, mais on ne sait jamais.

– Alors, allons boire un verre quelque part.

Bacchelli lui demanda cependant d'attendre un peu, au prétexte qu'il avait encore quelques questions urgentes à régler, de façon à ce que l'émissaire de Pompidou ne les croise pas dans la rue. Il affecta de décacheter des courriers et d'en signer d'autres avant d'entraîner Laborde dans la brasserie où ils avaient leurs habitudes.

Celui-ci commença par commander un verre d'alcool qu'il but d'un trait, sous le regard dubitatif de Bacchelli.

– J'ai perdu deux hommes cette nuit et c'est un miracle que je ne me sois pas fait descendre moi-même.

Le visage de Bacchelli se ferma.

– Expliquez-vous.

– Nous avons monté une opération contre des complices des fellaghas et nous avons été vendus. Des terroristes nous ont tendu une embuscade.

– Ah, c'était vous, dans le quinzième arrondissement… J'ai entendu parler de cela à la radio. Très sincèrement, Jean-Pierre, j'admire votre courage et vous savez que je partage vos convictions en ce qui concerne l'Algérie. Mais, comme je vous l'ai déjà dit au moment du putsch, je pense que vous n'avez aucune chance de vaincre. Qu'attendez-vous de moi exactement ?

– Je veux découvrir qui nous a trahis. Vous connaissez beaucoup de gens, vous êtes bien informé. Parmi les hommes qui sont tombés cette nuit, il y en a un que vous m'aviez recommandé : Biard.

– Ah, Biard s'est fait tuer… Croyez que je le déplore vivement. Mais vous me demandez une chose très difficile. Il faudrait d'abord savoir qui était au courant de cette opération et à qui vos hommes ont pu en parler.

– L'ordre m'a été donné par un chef militaire dont je ne peux pas vous révéler l'identité, mais qui est au-dessus de tout soupçon.

– Dans ces affaires-là, vous devriez savoir que personne n'est jamais au-dessus de tout soupçon. Il suffit parfois d'une maladresse.

– Quelqu'un a tout de même informé les fellouzes avec précision. Ce n'est pas une maladresse mais une trahison.

– Vous êtes certain qu'il s'agissait du FLN ?

– L'un d'eux a crié quelque chose en arabe, avant de lancer sa grenade.

– Ça ne prouve pas grand-chose. C'est peut-être au contraire un moyen de brouiller les pistes.

– Que voulez-vous dire ?

– Vous avez peut-être eu affaire à un commando monté par les gaullistes pour se débarrasser de vous en mettant ça sur le compte du FLN. D'après ce que je sais, vu qu'ils ne peuvent compter ni sur les services officiels ni même sur le SAC, qui est paralysé par ses divisions, ils ont engagé toutes sortes de gens, si j'ose dire de sac et de corde. Ils ont raclé les fonds de tiroir, y compris dans la pègre et les prisons. Pasqua et Lemarchand ont fait monter des durs des milieux marseillais et corses.

– Ce ne sont pas les exécutants qui m'intéressent, mais les commanditaires.

Bacchelli secoua la tête.

– Vous auriez tort de vous acharner dans cette direction, croyez-moi. Les dés sont pipés. Il y a des agents doubles des deux côtés, sans compter les carriéristes prêts à retourner leur veste. Votre organisation est nécessairement infiltrée. Et, si vous commencez à vous méfier de tout le monde, l'atmosphère va très vite devenir empoisonnée. Vous en arriverez à vous déchirer, voire à vous entre-tuer. C'est un phénomène inévitable qui frappe tous les groupes armés clandestins, quel que soit leur bord.

Laborde se frotta les yeux.

– Il est possible que vous ayez raison. Mais j'ai quand même entraîné dans cette histoire deux jeunes qui auraient pu y laisser leur peau.

Il commanda un nouveau verre d'alcool.

– Boire n'arrangera rien, dit Bacchelli d'un ton neutre.

Laborde soupira et reposa son verre.

– Alors, que pensez-vous de toute cette merde ?

– Cette situation ne va pas durer une éternité. La majorité de l'armée a suivi de Gaulle ou n'a pas pipé. Les milieux qui comptent, les industriels, les financiers ont déjà fait une croix sur l'Algérie. Sur qui pourrez-vous compter ? Une partie des Français d'Algérie, quelques unités d'élite et une poignée de jeunes patriotes, comme ces deux étudiants. Ça ne fera pas le poids.

– Le destin a fait de moi un spécialiste des causes perdues, ricana Laborde.

– Mon garçon, tout dépend si vous recherchez la gloire ou la beauté du geste, ou si vous voulez être efficace. Pour ma part, j'ai choisi l'efficacité.

– Et en quoi consiste votre efficacité ?

– À savoir attendre son heure. L'homme qui vous a précédé dans ce bureau est un collaborateur de Pompidou que je connais assez bien pour avoir eu le privilège de lui servir de conseiller, tout comme votre sœur d'ailleurs, qui est beaucoup plus réaliste que vous. Selon lui, de Gaulle appellera Pompidou aux affaires dès que la question algérienne sera réglée. Même si l'issue de cette guerre n'est pas celle que j'espérais, de nouvelles opportunités s'ouvriront pour servir notre pays. Pour vous comme pour moi et pour ces jeunes étudiants à qui vous avez su transmettre votre idéal.

– C'est une façon de voir les choses, concéda Laborde. Je comprends bien que nous n'avons pas les moyens de nous emparer du pouvoir, mais nous pouvons peut-être établir un rapport de forces et imposer une solution intermédiaire pour l'Algérie.

– Intermédiaire ? Qu'entendez-vous par là ?

– Une partition du pays, soutenue par la France. On laisserait certaines zones aux Arabes. La zone européenne serait beaucoup plus facile à contrôler. Certains de mes amis envisagent de négocier une formule de ce genre avec de Gaulle. En Algérie, ils ont des contacts avec un préfet qui se dit favorable à ce projet. Qu'en pensez-vous ?

Bacchelli secoua la tête.

– J'en pense que vous risquez de vous faire beaucoup d'ennemis supplémentaires, y compris dans votre propre camp, si ce n'est déjà fait. Quant à la démarche de ce préfet, j'en ai entendu parler. Rien ne dit qu'il ne s'agit pas d'une manipulation pour diviser et détruire l'OAS. Si vous avez des liens avec ces partisans de la partition, ce que j'ignorais, on ne peut pas exclure que l'embuscade dont vous avez été victime ait eu pour but de vous éliminer pour cette raison. Je pensais aux barbouzes gaullistes, mais il pourrait s'agir de vos frères ennemis…

– On en revient au même cas de figure. Nous avons été trahis.

Il se prit le visage entre les mains et resta un instant immobile, comme si la fatigue et la démoralisation s'abattaient brutalement sur lui.

Bacchelli l'observa puis lui toucha amicalement le bras.

– Si vous ne prenez pas un peu de recul, vous risquez de vous enfermer dans un cycle de règlements de comptes et de vengeances. Vous êtes jeune, il faut vous préserver pour les combats à venir et envisager d'autres formes d'action. À propos, je peux toujours compter sur vous pour l'Italie ?

Son intonation laissait percer une nuance de doute. La situation était délicate : Laborde n'était pas un émissaire facile à remplacer car, au fil de ses voyages, il avait noué des liens personnels avec Bout de l'An.

– Bien entendu, dit Laborde. Je n'ai pas l'habitude de me défiler.

– Parfait, alors ce serait bien que vous alliez rendre visite à notre ami du Tyrol. Dans la période compliquée que nous traversons, ses petites fiches pourraient nous être fort utiles, y compris pour vous tirer du pétrin dans lequel vous vous êtes mis.

*

Laborde partit pour Bolzano cinq jours plus tard, après avoir vérifié que la police ou un service quelconque n'avait pas remonté jusqu'à lui et ne cherchait pas à lui mettre la main dessus. Il avait abandonné son appartement et passé ses nuits chez une de ses maîtresses, une fille de bonne famille dont les parents étaient partis en voyage, et avait évité de se montrer dans les lieux qu'il fréquentait habituellement comme le Bar du Panthéon. Car si un traître infiltré au sein de l'OAS avait averti le FLN, il pouvait aussi bien avoir informé ensuite la police. Mais aucun flic ni individu suspect ne se présenta dans ces différents endroits, ce qui semblait indiquer qu'on n'avait pas l'intention de l'appréhender, soit parce que les différents services susceptibles de s'intéresser à la fusillade de la rue du Laos ignoraient son rôle, soit parce qu'ils préféraient jouer avec lui comme le chat avec la souris, remonter la filière et tenter de loger les chefs de la branche militaire de l'OAS Métro.

Les deux étudiants, qui avaient quitté eux aussi leur domicile par mesure de précaution, sur ses ordres, n'avaient pas non plus été inquiétés et leurs parents n'avaient reçu aucune visite douteuse. Il les rencontra la veille de son départ et leur commanda de ne parler à personne de leur équipée et de ne participer dans les jours à venir à aucune manifestation ou bagarre de nature à les conduire dans un poste de police.

Laborde multiplia les mesures de précaution au cours de son voyage. Il utilisa ainsi un nom d'emprunt et des faux papiers que lui avait fournis l'OAS pour louer une voiture. Grâce à la complicité de fonctionnaires de la préfecture de police, l'armée secrète s'était en effet procuré tout un lot de passeports, de cartes d'identité vierges et de tampons officiels afin de permettre à ceux de ses membres qui avaient été identifiés de vivre dans une complète clandestinité.

Quand il se retrouva en tête à tête avec Bout de l'An, Laborde constata que l'ancien milicien avait encore vieilli. À cinquante ans, il en paraissait soixante. L'abus de cortisone pour calmer ses douleurs articulaires l'avait rendu bouffi, sa calvitie s'était agrandie et ses tempes avaient blanchi. Le rapide échec du putsch d'Alger avait mis fin à ses espoirs de retour en France avec les honneurs et cette déception avait contribué à aggraver ses problèmes de santé. Il s'appliqua néanmoins à faire bonne figure pour recevoir l'émissaire de Bacchelli, car ces rencontres étaient pour lui des rayons de soleil. Non seulement elles rompaient sa solitude, mais elles lui donnaient le sentiment d'exister. Il attendait avec avidité des nouvelles qui ne soient pas filtrées par une presse aux ordres qui le dégoûtait. Néanmoins, il ne pressait jamais son visiteur. Ce n'était le plus souvent qu'à la fin de leur déjeuner rituel qu'ils abordaient les choses sérieuses.

– J'ai du mal à me faire une religion à la lecture des journaux. La France est-elle plongée en pleine guerre civile comme celle que nous avons vécue en 44 ou ne s'agit-il que d'escarmouches d'arrière-garde ?

– En Algérie, c'est une guerre civile. L'armée a massacré des Français sur ordre du pouvoir gaulliste. En métropole, il n'y a plus aucun espoir que l'appareil militaire bascule de notre côté. La plupart des officiers supérieurs s'intéressent davantage à leur carrière qu'à l'honneur de la France.

– Alors vous menez un combat perdu ?

– C'est ce que beaucoup de gens nous disent. Dont Bacchelli. Mes amis et moi avions envisagé une solution de repli réaliste, la partition de l'Algérie, mais ni de Gaulle ni les dirigeants de l'OAS ne veulent en entendre parler.

– Bacchelli… Je me demande quel jeu il joue. Aurais-je eu tort de placer ma confiance en lui ?

Laborde hésita un instant avant de répondre.

– Je me suis posé la même question. Vos fiches l'ont aidé à exercer une certaine influence qui a été utile quand la menace communiste était à son apogée. Bacchelli a fait du bon travail à ce moment-là, même s'il s'est allié à toutes sortes de gens que je n'apprécie pas. Il a contribué à resserrer les rangs des patriotes. Aujourd'hui, je ne sais plus…

– Il ne vous soutient pas ?

– Comme je vous l'ai dit, il ne croit pas que nous ayons la moindre perspective de succès. Donc il garde ses distances.

– Vous voulez dire qu'il ménage la chèvre et le chou ?

– On peut voir les choses de cette façon. C'est un opportuniste, mais je crois qu'il conserve des convictions sincères.

Bout de l'An haussa les épaules.

– À quoi bon les convictions si on ne les met pas en pratique ? Bon, ce qui est fait est fait, ne regrettons rien. À titre personnel, je suppose que je lui dois de ne pas avoir été inquiété. Mais je n'ai aucun moyen d'en être certain. C'est peut-être seulement le fait du hasard et de l'incurie policière.

– Non, je crois vraiment qu'il a su dissuader certaines

personnalités de vous chercher noise. Parce que, quand le pouvoir veut mettre la main sur quelqu'un, même au bout du monde, s'il y consacre les moyens nécessaires, il finit par le trouver. D'autant qu'en Italie vous n'êtes pas protégé par le gouvernement comme vous le seriez au Portugal ou en Espagne.

– Je suis donc redevable à Bacchelli, ou du moins nous avons acquitté tous les deux notre part du marché. Mais aujourd'hui, d'après tout ce que vous venez de m'expliquer, j'ai le sentiment que nos chemins vont se séparer. À Paris, on doit tout de même avoir fini par m'oublier, non ?

– Vous n'êtes certainement pas un objectif prioritaire des services gaullistes. C'est à nous que revient cet honneur en ce moment. Quant à dire qu'on vous a oublié, je n'en sais rien. Dix-sept années se sont écoulées, mais la presse ressort encore régulièrement des affaires liées à l'époque de Vichy... Vous devez rester sur vos gardes.

– C'est ce que je fais, croyez-moi ! Mais, comme vous l'avez constaté, ma santé me trahit. J'ignore combien de temps il me reste à vivre. Ce que vous venez de me dire confirme que mon petit trésor de guerre a encore une certaine valeur. Je n'en ai confié que le tiers à Bacchelli. D'après ce que je sais de notre pays, il reste encore beaucoup de gens en place, dans les affaires ou l'appareil politique, qui n'aimeraient pas qu'on leur rappelle leur passé. Je souhaiterais que ce capital reste entre de bonnes mains. Je vais donc prendre des dispositions pour que vous soyez en mesure d'en disposer au cas où la maladie m'emporterait.

Laborde prit un air offusqué.

– Voyons, monsieur Bout de l'An, nous n'en sommes pas là !

– Ne protestez pas, par votre fidélité à nos idéaux communs, votre courage, vous méritez largement de me succéder dans cette responsabilité. Je dois vous avouer que j'avais pensé aussi à mon dévoué Georges Rouchouze. D'une certaine façon, vous lui ressemblez un peu. Car vous conviendrez, passez-moi l'expression, qu'il fallait avoir des couilles pour se faire parachuter en janvier 45 dans une région gouvernée par un bolchevik sanguinaire comme Guingouin[1]. Mais Georges n'est pas une tête politique… Quant à Bacchelli, il est trop opportuniste. C'est donc à vous que j'entends léguer ce capital. Je suis certain que vous saurez en faire bon usage.

1. Fin 1944, les chefs de la milice exilés à Sigmaringen tentèrent de créer avec l'aide des forces allemandes des « maquis blancs » chargés de mener la résistance contre les troupes américaines et les FFI. Georges Rouchouze fut ainsi parachuté dans la région de Brives et presque aussitôt repéré et arrêté par les FFI.

39

13 février 1962

Dans la foule immense et silencieuse, Alain et Yvon marchaient côte à côte, entre une femme coiffée d'un fichu en plastique transparent et un couple d'âge mûr se tenant par la main. Ils piétinaient maintenant depuis plus de deux heures à l'entrée de l'avenue de la République. Encadré par un service d'ordre impressionnant, un groupe compact de garçons et filles chargés de gerbes de fleurs et d'un grand portrait de Daniel Féry, dont l'angle supérieur était barré de noir, passa à quelques mètres d'eux. Le flot humain s'écarta avec une discipline impressionnante pour lui permettre de rejoindre la tête du cortège.

Yvon, émotif, essuya une larme au passage de la photo du jeune apprenti.

– Il a l'air d'un gamin.

– Il avait quinze ans et demi.

Alain avait fermé son garage pour la journée pour permettre à ses ouvriers de participer aux obsèques des huit manifestants tombés sous les coups de la police au métro Charonne. Dès le soir de la manifestation, quand la nouvelle s'était répandue, une émotion considérable avait étreint des millions de personnes.

Yvon lui-même, déjà éprouvé par l'attentat manqué contre Malraux, avait été bouleversé.

Ce drame avait contribué à rapprocher encore les deux amants, car l'enfant gâté du septième partageait désormais un peu de la révolte du fils de la blanchisseuse.

À l'issue du défilé qui se termina devant la grande entrée du Père-Lachaise, où avaient été dressés des catafalques avec les portraits des victimes, alors que la foule se dispersait lentement, toujours aussi calme, Alain aperçut Petit Louis, au bras de sa compagne, au milieu d'un petit groupe. Ils se hélèrent et se retrouvèrent dans un bistro de la rue du Chemin-Vert déjà bondé de manifestants. Dans une atmosphère enfumée, beaucoup se libéraient maintenant par la parole de l'angoisse qui les avait envahis.

Alain présenta Yvon comme un « ami », sans autre précision, et Petit Louis comme « le camarade dont je t'ai parlé, celui qui a connu mon frère dans la Résistance ». Les autres déclinèrent leurs prénoms. Ils avaient des allures d'ouvriers endimanchés. La différence de classe, marquée par les élégants vêtements d'Yvon, était palpable, mais personne ne fit la moindre réflexion. Néanmoins, le haut fonctionnaire ressentit une certaine gêne.

– C'était très émouvant, tout ce monde, dit-il.

– On était au moins un million.

– Pour un enterrement, c'est bien, dit Petit Louis. Mais il ne suffit pas de verser des larmes sur nos camarades. Le parti et la CGT auraient dû appeler à la grève générale et à des manifs quotidiennes, au moins jusqu'à la démission de Frey et l'arrestation des tueurs. Frey et Papon sont des assassins, et de Gaulle les couvre, s'il n'a pas donné lui-même les ordres.

Peu habitué à entendre de tels propos, Yvon afficha une mine un peu effarée.

– Je te l'avais dit, c'est un dur de dur, plaisanta Alain.

– Tu y étais, à la manif de jeudi ? lui demanda Petit Louis.

– Non, je bossais, avoua l'intéressé. Et toi ?

– J'y étais, mais pas à Charonne. Il y avait cinq points de rassemblement. Nous, on a défilé boulevard Beaumarchais. Ça a bastonné sec aussi, mais on s'est bien défendus. Moi, je dis que c'était mal organisé. À Charonne, c'est quand les copains ont commencé à se disperser que les flics ont cogné. Personne ne s'y attendait.

– C'est vrai, je me trouvais juste à côté de la bouche de métro, raconta une jeune femme. Il y a eu des coups de sifflet et on les a vus charger tout d'un coup. Avec leurs casques, leurs cirés noirs brillants et leurs grands bâtons, c'était terrifiant. J'ai eu de la chance car j'ai fait partie des premiers qui se sont réfugiés dans le métro, avant que les flics balancent les grilles d'arbres sur les gens dans les escaliers. Avec les lacrymogènes, ça devenait irrespirable dans les couloirs. On a réussi à aider des blessés à monter dans un wagon, de justesse. Ensuite, les flics sont descendus pour matraquer ceux qui restaient sur le quai. On les a vus au travers des vitres au moment où la rame démarrait.

– Il y aura certainement une enquête, dit Yvon.

Petit Louis réagit au quart de tour.

– Une enquête ? persifla-t-il. Tu rêves ou quoi ? Tu crois qu'il y a eu une enquête après le 17 octobre, quand ils ont massacré dix ou vingt fois plus d'Algériens ? La bourgeoisie protège ses chiens de garde. S'il y a une enquête, ce sera pour dire que c'est de notre faute. C'est déjà ce qu'ils racontent à la radio et dans les journaux.

Yvon n'insista pas. Il n'aimait pas les affrontements.

– Comment voyez-vous la situation ? demanda-t-il pour éluder la polémique.

– L'OAS peut encore faire des dégâts, mais de Gaulle va être obligé de signer des accords avec le GPRA pour arrêter la guerre.

Alain, soucieux lui aussi d'apaisement, acquiesça.

– Mais ce n'est pas pour autant qu'on doit se démobiliser ! affirma un homme d'âge mûr qui n'avait pas encore parlé. Nous, à la mairie de Corbeil, on monte la garde jour et nuit.

– Et tu montes la garde avec quoi ? ricana Petit Louis.

– Ne le crie pas sur les toits mais on a six fusils Lebel.

– Lebel 1898 ! Vous êtes bien lotis avec ça ! Les fachos ont des MAT et des FM dernier modèle qui viennent de l'armée.

Chacun rapporta encore diverses anecdotes du même genre. Puis le bistro se vida peu à peu et ils se séparèrent.

Petit Louis serra énergiquement la main d'Yvon, comme pour se faire pardonner son agressivité.

– Bon, on n'a pas tout à fait les mêmes idées, mais c'est bien que tu sois venu.

Puis il donna une tape sur l'épaule d'Alain.

– Camarade patron, j'ai un truc à te dire, mais je ne voulais pas en parler devant tout le monde. Roland voudrait te voir. Il va t'appeler.

– Roland, le secrétaire de Javel ?

– L'ancien secrétaire. Ils en ont élu un autre, davantage dans la ligne. Mais Roland a gardé sa carte. Je crois qu'ils ont eu des informations, à propos de ton frère.

Deux jours plus tard, Alain reçut en effet un coup de fil de l'ancien responsable, qui lui fixa rendez-vous dans le local de la section du quinzième arrondissement de la rue des Cévennes. Celui-ci n'avait pas beaucoup changé : des paquets d'affiches et de tracts s'entassaient toujours un peu partout. Seule l'antique ronéo avait été remplacée par une Gestetner plus moderne et moins volumineuse. Ils s'isolèrent dans un bureau avec un troisième personnage, un homme d'une cinquantaine d'années, d'apparence assez stricte avec ses binocles et son costume gris un peu étriqué, qu'Alain avait déjà rencontré, mais dont il avait oublié le nom.

– Michel faisait partie de l'état-major de Rol en 44, dit Roland. Il me semble que vous vous connaissez.

– Oui, ça me revient. Je suis venu vous voir à l'époque.

L'ancien résistant lui tendit un exemplaire du *Parisien* où s'étalaient les photos de Biard et du légionnaire hongrois.

– Ce sont les types qui se sont fait tuer devant mon garage, constata Alain.

– En effet. Celui-ci, Biard, est un des assassins de ton frère. Des témoins l'ont reconnu. Biard appartenait aux Brigades spéciales qui nous faisaient la chasse sous Vichy. À la Libération, il s'est engagé en Indo, puis, à son retour, il s'est fait embaucher dans la milice patronale de Simca et a participé à diverses agressions, notamment celle contre le piquet de grève des Verreries champenoises où un copain a été tué. Nous avions réussi à l'identifier grâce à plusieurs témoignages. Notre intention était de le dénoncer dans notre presse et de le faire condamner publiquement par les tribunaux pour montrer les méthodes patronales.

On pensait alors faire appel à toi pour te porter partie civile au sujet de ton frère.

Alain avait attendu ce moment depuis si longtemps qu'il fut surpris de ne ressentir aucune émotion particulière, même pas de la satisfaction. Cette coïncidence bizarre le laissa perplexe.

– Vous ne m'en avez pas parlé, remarqua-t-il.

– On attendait d'en être absolument certains. Il faut pas se lancer dans ces campagnes-là à la légère. Et puis ce salopard s'est fait descendre et de nouveaux témoins l'ont reconnu quand sa photo a été publiée dans les journaux. C'est bizarre qu'il ait essayé de commettre un attentat juste à côté de chez toi. Nous nous sommes renseignés, à part un ancien collabo qui habite dans ta rue, il n'y a personne de connu dans le coin. Et on ne voit pas pourquoi ce fasciste s'en serait pris à un ancien ministre de Pétain. À moins qu'il ne s'agisse d'un règlement de comptes entre eux, mais ça paraît peu probable. Et pourquoi aurait-il visé ton garage ? Tu as une idée ?

– Aucune.

– Bon, voilà, dit l'ex-secrétaire en guise de conclusion. Si on l'avait coincé, peut-être qu'il aurait dénoncé ses complices. Maintenant, ça paraît difficile. On ne sait même pas s'ils sont en vie.

– Et pourquoi Biard a-t-il tué Jean ?

– À cette époque-là, les miliciens et les flics les plus compromis ont essayé de faire le plus de dégâts possible avant de prendre la route de l'Allemagne. Biard avait peut-être repéré ton frère d'une façon ou d'une autre. Les détails, on ne les connaîtra probablement jamais.

*

Le téléviseur Téléavia de plastique blanc surmonté de son antenne reposait sur le plateau de marbre d'un buffet Empire. Le contraste entre cet objet ultramoderne et le meuble en noyer encadré de pilastres cannelés était saisissant. Mais les Granville s'y étaient habitués et n'y prêtaient plus attention. Le couple suivait les actualités.

Le flot sombre des manifestants défilait sur le petit écran, à perte de vue. Par moments, des visages apparaissaient en gros plan. Sur un ton lénifiant, Zitrone soulignait leur dignité. Albert Granville éteignit le téléviseur au moment où le présentateur, changeant de sujet, annonçait le voyage inaugural du paquebot *France*, avec à son bord le comique Robert Lamoureux.

L'avocat se tourna vers son épouse.

– C'est tout de même moche, cette affaire. Qu'en penses-tu ? Tu crois vraiment que des OAS se sont déguisés en flics pour massacrer ces gens ?

– Pas une seconde. Les policiers sont à cran, il y a beaucoup d'anciens d'Algérie et d'Indochine parmi eux qui ne portent pas les communistes dans leur cœur. Il suffit qu'on leur lâche la bride pour qu'ils se défoulent…

– C'est pourtant ce qu'on insinue dans la presse : l'OAS se serait infiltrée dans les forces de l'ordre…

– Il faut bien donner une explication sans mécontenter la police. En fait, d'après le bruit qui court à Matignon, de Gaulle a voulu montrer à l'armée et à la police qu'il était aussi ferme avec les communistes qu'avec les ultras d'Alger. Ce n'est qu'une rumeur, mais ça me paraît crédible. Le préfet Papon a reçu Tollet, un des chefs de la CGT, la veille de cette affaire. Il a refusé d'autoriser la manifestation, alors qu'il pouvait le faire sans risque. La CGT est fiable : il n'y aurait pas eu de débordements, ou très peu. Je ne crois pas que Papon ait pris cette décision sans consulter Frey, et Frey lui-même ne bouge pas un petit doigt sans le feu vert du Général.

– Tu veux dire que de Gaulle a ordonné cette boucherie ?

– Il ne l'a pas ordonnée, il a recommandé l'interdiction et la fermeté. Et la fermeté, dans le climat actuel… La situation qui en résulte est excellente pour lui. D'un côté, il a prouvé qu'il ne faisait pas de cadeaux aux cocos ; d'un autre, il peut se prévaloir d'un appui massif de la population contre les ultras, avec cette grève et cette foule énorme.

Granville passa un bras autour de l'épaule de son épouse.

– C'est du machiavélisme !

– *Le Prince* fait partie des livres de chevet du Général. Il a décidé de mettre un terme à cette guerre et les fins de conflits sont souvent génératrices de violences et de règlements de comptes. On l'a bien vu en 44. Comment voudrais-tu qu'un siècle de domination coloniale se termine sans casser des œufs ? Et ce n'est probablement pas terminé. Ceux qui vont payer le prix fort, à mon avis, ce sont les colons et les harkis. Il ne fait pas bon de choisir le mauvais camp. Il y a un an, je pensais encore que les pieds-noirs pourraient rester et s'entendre avec les Arabes, mais, avec l'OAS, c'est devenu impossible. Il y a un fossé de sang entre eux, et de Gaulle les laissera tomber sans état d'âme. Ça risque de faire beaucoup de victimes. Alors, huit communistes, ça passe aux profits et pertes.

– Moi qui te prenais pour une gaulliste inconditionnelle…

– Je le suis, d'une certaine façon. Mais ça n'interdit pas la lucidité.

Granville consulta sa montre.

– Bon, ce n'est pas tout. Il faut nous dépêcher pour ne pas rater la séance.

– Tu ne veux pas qu'on dîne d'abord ?

– Non. On ira grignoter quelque chose au drugstore des Champs après.

Quelques jours plus tard, Anne eut un appel de sa mère qui commença par lui reprocher de ne pas lui donner davantage de nouvelles.

– Avec tout ce qui se passe en ce moment à Paris, il y a de quoi s'inquiéter.

Elle trouva les mots pour la rassurer puis s'enquit à son tour de sa santé et de celle de son père.

– Il va bien, mais il vieillit. Comme moi. Vous devriez venir nous voir plus souvent. À propos, nous avons eu la visite de Jean-Pierre…

– Ah bon.

Son frère ne lui avait pas donné signe de vie depuis près d'un an et elle n'avait de son côté fait aucun geste en sa direction.

– Oh, il n'est pas resté longtemps. Ton père est assez déçu, mais il s'y attendait. Il lui a confirmé sa démission. Paraît-il qu'il occupe un poste dans l'automobile depuis un bout de temps. Il ne nous l'avait même pas dit. De toute façon, Jean-Pierre ne s'est jamais intéressé à la parfumerie, il ne faisait que le minimum. Au fond, cela vaut peut-être mieux pour lui, s'il a trouvé sa voie... Mais, ce qui me chagrine, c'est que je vois bien qu'aucun de vous deux ne reprendra cette entreprise familiale.

– Maman, nous n'allons pas recommencer cette discussion. Que raconte Jean-Pierre ?

– Pas grand-chose. Il est toujours aussi taciturne. Nous ne savons même pas s'il a quelqu'un dans sa vie. Il se referme comme une huître dès qu'on lui pose la question. Nous avons déjeuné avec lui et il est reparti en emportant ses cartons.

– Ses cartons ?

– Oui, les cartons qu'il avait mis à la cave.

– Je ne comprends pas...

– Ça n'a pas un grand intérêt. Ton père s'est mis en tête de faire du rangement, il y a une quinzaine de jours, et il est tombé sur ces cartons. Il ne les a même pas ouverts. Jean-Pierre a dit qu'ils lui appartenaient.

– Mais qui lui a dit que papa a trouvé ces cartons ?

– Je n'en sais rien, peut-être ton père lui-même. On dirait que ça te tracasse.

– Non, pas du tout, c'était seulement par curiosité, mentit-elle.

– Tu t'inquiètes de cartons et tu ne me questionnes même pas sur la maison. Tu sais que nous avons entrepris des travaux. C'est d'ailleurs pour cela que ton père voulait mettre de l'ordre...

Elle écouta distraitement sa mère lui parler de ses projets de décoration pendant un bon quart d'heure, en lui donnant la réplique de temps à autre. Ses pensées allaient au contenu des fameux cartons. Quel usage son frère comptait-il en faire ?

*

Peu après les obsèques des victimes de Charonne, Yvon fut envoyé en mission à Londres par son ministère, de sorte que les deux amants furent séparés pendant une semaine. À son retour, ils se retrouvèrent dans l'appartement du septième et dégustèrent en tête à tête un saint-pierre à l'oseille et des pousses de poireaux à la cameline préparés par Yvon. Au fil du temps, Alain s'était plus ou moins converti à ses raffinements gastronomiques, bien qu'il continuât à déjeuner sur le pouce avec ses employés la plupart du temps. Ce jour-là, Yvon avait remonté une bouteille de champagne de sa cave.

– On fête ton retour ou un événement particulier ?

– Les deux. Je vais avoir une promotion au ministère et être augmenté.

– Avec ce que tu gagnais déjà et ton héritage, ça ne va pas changer ta vie.

– Certes, mais ça fait toujours plaisir.

– Et c'est en quel honneur ?

– Disons que Malraux, depuis l'attentat, a procédé à une petite purge. Je fais partie des éléments considérés comme fiables…

Ils trinquèrent, puis Yvon raconta son séjour à Londres.

Alain l'écouta puis évoqua les informations qui venaient de lui être rapportées sur l'assassin de son frère.

– Sur le moment, j'ai eu l'impression qu'il s'agissait d'une affaire très lointaine, qui ne me concernait plus.

– Il m'a pourtant semblé que cela comptait toujours beaucoup pour toi et que tu continuais à en souffrir. Est-ce que ça t'a au moins soulagé ?

– Peut-être un peu… Ce Biard était vraiment un sale type, mais je n'ai jamais souhaité la mort de personne.

– S'il y avait une révolution communiste, il y aurait nécessairement des victimes. Ça ne semble pas déranger ton ami Petit Louis.

– Je ne suis pas aussi extrémiste que Petit Louis, ou que l'était Jean. Mais je trouve qu'il y a du bon dans leurs idées.

Yvon considéra son amant d'un œil attendri. Le couple parlait d'ordinaire assez peu politique, mais, depuis quelques mois, en raison des événements, ce sujet revenait plus fréquemment sur le tapis.

– Tu sais, l'autre jour, après l'enterrement, dans ce café de la rue du Chemin-Vert, j'ai observé tes amis. À vrai dire, à part toi, je n'ai jamais eu l'occasion de côtoyer des communistes, sauf au lycée où je les trouvais insupportables. Mais je voulais te dire que moi aussi, je suis engagé, à ma manière. Je ne t'en ai jamais parlé, mais j'ai participé à *Arcadie*, une revue qui défendait les droits des homosexuels. Évidemment, mes articles étaient signés d'un pseudonyme.

Alain secoua la tête.

– C'est bien toi, ça ! Et pourquoi ne m'as-tu jamais dit que tu écrivais dans ce canard dont je n'ai jamais entendu parler ?

– J'avais peur que tu trouves ça ridicule.

Alain fut plutôt ému par cette révélation. Cette nuit-là, ils firent l'amour avec autant de tendresse que de fougue. Alain éprouva le sentiment qu'il s'était passé quelque chose entre eux et que, au-delà de leur entente sexuelle, un lien plus fort s'était créé.

40

Mai 1968

16 mai

Quand Petit Louis pénétra dans les entrepôts des librairies Hachette de la rue des Cévennes, il constata que la plus grande confusion régnait dans cet immense établissement où travaillaient près de deux mille personnes, dont beaucoup de jeunes manutentionnaires occupés à pousser des chariots et à charger des piles de livres. Le secrétaire de la section Javel l'avait convoqué une heure plus tôt pour lui confier une mission à laquelle il ne s'attendait pas.

– Nous avons besoin d'un camarade sérieux pour donner un coup de main à la cellule Hachette et, comme ta boîte n'est pas en grève pour le moment, nous avons pensé à toi. Hachette, c'est une des plus grosses boîtes de l'arrondissement. Je t'explique le topo en deux mots. Le parti et le syndicat ont toujours été faibles dans cette boîte où il n'y a pas de traditions ouvrières. Personne ne s'y attendait, mais les gars ont déclenché une grève sauvage et il semble qu'ils soient décidés à occuper la taule. Donc, tu vas aller trouver le camarade Burgère, qui est secrétaire de la CGT, et voir ce que tu peux faire pour l'aider.

– Et nous n'avons que Burgère dans la boîte ?

– La cellule du parti a une dizaine d'adhérents, mais ce sont seulement des gars qui prennent leur carte. On ne peut pas trop compter sur eux. Enfin, tu verras sur place. Tu nous feras un rapport et tu nous diras si tu as besoin d'autres copains. On t'en enverra dans la mesure du possible.

Après avoir franchi le portail, Petit Louis traversa une vaste cour où il croisa des groupes d'employés, dont certains portaient des paquets et des sacs de dimensions diverses. Aucun ne lui prêta la moindre attention. Les portes des bâtiments étaient ouvertes à tout vent. Il entra donc et avisa une douzaine de jeunes gens qui sirotaient des bières en tirant des bouffées de cigarette, assis sur des palettes de bois. Certains portaient encore la blouse grise de travail, mais la plupart l'avaient quittée.

– Salut camarades. Savez-vous où je peux trouver René Burgère ?

L'un des garçons consentit à lever la tête dans sa direction.

– Il bosse ici ?

– C'est le secrétaire du syndicat.

– Jamais entendu parler.

– Il est aussi responsable au comité d'entreprise. Il y a bien un local ?

– Aucune idée…

Petit Louis les remercia néanmoins et s'engagea dans un dédale de couloirs. Au hasard, il entra dans une pièce où il tomba sur deux gars qui s'employaient à forcer un tiroir à l'aide d'un pied-de-biche improvisé. Ils ne firent même pas mine de s'interrompre. Eux non plus ne savaient rien de René Burgère. Après un long parcours dans ce labyrinthe, il rencontra enfin un employé d'âge mûr qui lui indiqua tant bien que mal l'itinéraire compliqué qui menait au bureau recherché. Il dut encore demander son chemin à deux reprises mais parvint enfin devant une porte vitrée qui portait l'inscription « Comité d'entreprise ». Il frappa et entra sans attendre de réponse.

Un homme grand et maigre d'une cinquantaine d'années aux cheveux grisonnants rangeait des documents dans une serviette de cuir. Il était en bras de chemise, mais soigneusement cravaté.

– Bonjour, je cherche René Burgère.

– Vous l'avez en face de vous.

Petit Louis afficha un sourire avenant.

– Salut, camarade. Je viens de la part de la section Javel pour te donner un coup de main.

Burgère ajusta ses lorgnons à monture métallique pour dévisager l'arrivant, puis se décida à se lever pour serrer sans enthousiasme excessif la main que celui-ci lui tendait. Ensuite, il boucla les sangles de sa serviette et regarda ostensiblement sa montre.

– Tu arrives bien tard, mon petit camarade. Personne ne m'a prévenu. Moi, j'ai terminé ma journée depuis plus d'une heure. Reviens plutôt demain matin.

Sur ces mots, il prit sa veste et l'enfila.

– Attends, tu ne peux pas partir comme ça. Tu as vu le bordel dans la boîte ? Il y a même des types qui fracturent des tiroirs…

Burgère hocha la tête.

– Je suppose qu'ils cherchent les cagnottes des cadres et des chefs, ou de l'alcool. Pas mal de types en planquent dans leur bureau.

– On ne peut pas les laisser se biturer sans rien faire. Il faut organiser la grève.

– Ce sont des non-syndiqués, incontrôlables. Nous avons des marginaux, des lumpen qui restent ici trois ou six mois puis s'en vont ailleurs. Ils ne m'écouteront pas. On voit que tu ne connais pas cette boîte.

– S'ils se sont mis en grève, c'est tout de même qu'ils veulent se battre contre le patron.

Burgère ricana.

– Une grève ? Moi j'appelle ça un bordel ! Tout un tas de loulous ont été faire les cons sur les barricades de la rue Gay-Lussac, ça leur est monté à la tête. Ils n'ont aucune conscience de classe. On a essayé de les mobiliser contre les ordonnances, pour défendre la sécu, ils n'ont même pas bougé, et maintenant il faut qu'ils jouent les révolutionnaires en peau de lapin.

Burgère abandonna Petit Louis dans le couloir, après avoir pris soin de verrouiller la porte de son antre. Le militant reprit donc son périple qui le conduisit dans une assez vaste salle où palabraient une vingtaine de grévistes dans des nuages de fumée de cigarette.

Personne n'ayant prêté attention à son entrée, Petit Louis commença par écouter ce qui se disait pour tenter de se faire une idée de la situation. La discussion portait sur un projet de tract ou plus exactement sur l'intitulé de l'organisme qui le signerait. Un jeune homme très virulent proposait de le baptiser « Comité Paul Nizan », tandis qu'un autre, tout aussi véhément, défendait le sigle « Comité prolétarien révolutionnaire ». Petit Louis parvint à se procurer le texte qui circulait de main en main. Celui-ci ne comportait pas la moindre précision sur les motifs de la grève, mais évoquait en revanche la lutte héroïque du peuple vietnamien et celle, tout aussi valeureuse, des étudiants qui venaient d'affronter les CRS sur les barricades du Quartier latin.

Petit Louis attendit que les orateurs les plus bavards s'essoufflent un peu, puis leva la main.

– Si vous me permettez de donner mon avis, camarades, il me semble qu'il faudrait commencer par réunir le plus de monde possible, élire un comité de grève, établir un cahier de revendications et s'organiser.

Cette proposition fut diversement appréciée et fermement rejetée par l'un des auteurs du tract.

– Tu veux limiter la lutte à des histoires de salaire. Tu parles comme les syndicats !

– C'est bien beau de faire des tracts, rétorqua Petit Louis, mais pendant ce temps-là, il y a des gars qui se bourrent la gueule et d'autres qui se tirent avec des paquets de bouquins. C'est l'image que vous voulez donner de la classe ouvrière ?

– Les patrons nous volent, volons les patrons !

Petit Louis évita de prendre ses contradicteurs de front et revint à la charge.

– Si on ne s'organise pas, les gars vont finir par rentrer chez eux. Tout cela doit être décidé en assemblée générale. Ce qu'il faut, c'est exproprier tous les patrons pour que les entreprises deviennent propriété collective. Faucher quelques bouquins, ça ne va pas mettre fin au capitalisme !

Un jeune homme à l'élégant costume de toile beige pointa son doigt sur lui.

– Tu parles en ton nom ou au nom d'un parti ?

– Je suis un militant communiste du quartier et je suis venu pour vous soutenir.

Cette déclaration suscita des approbations mais aussi quelques quolibets.

– Ça ne te dérange pas, l'édito de *L'Huma* sur l'anarchiste juif allemand Cohn-Bendit ?

– Si tu l'as lu, tu devrais savoir que Marchais n'a pas écrit juif. Ce sont des calomnies.

– De quoi te mêles-tu si tu n'es pas de la boîte ? C'est aux travailleurs de Hachette de décider, pas au PC ! cria une jeune femme.

La confusion s'accentua. Fallait-il laisser un militant extérieur participer à la lutte ? Les avis étaient partagés. Loin de se démonter, Petit Louis se tourna vers sa contradictrice, une jolie brune coiffée à la garçonne, qu'il fixa droit dans les yeux.

– Je suis un travailleur comme vous. Je bosse chez Roux-Combaluzier, et je peux vous dire que c'est pas la joie tous les jours. Vous voulez voir mes mains ?

Joignant le geste à la parole, il tendit ses paumes en avant.

– Ce sont des mains d'ouvrier !

– Pas de démagogie ! Pourquoi tu ne fais pas la grève dans ton usine au lieu de venir nous donner des leçons ? Tu crois que ta carte du PC te donne le droit de nous commander ?

– Bon, suggéra le partisan de Paul Nizan, je propose qu'on vote. Je suis pour que ce camarade ait le droit de donner son avis, mais pas celui de voter comme il n'appartient pas à l'entreprise.

Cette solution fut adoptée à une assez forte majorité.

– D'accord, dit Petit Louis, soucieux de montrer sa bonne volonté. Je ne prétends pas du tout décider à votre place. Mais je me permets d'insister. Il me semble que ce serait bien de réunir le plus de monde possible avant que les gars se tirent et d'élire un comité de grève.

Il réussit à emporter le morceau, en dépit des protestations de quelques contestataires qui l'accusèrent de manipulation.

Les grévistes se répartirent les divers secteurs de l'entreprise pour aller convaincre leurs collègues de se réunir en assemblée générale. Petit Louis recommença donc à arpenter les couloirs en compagnie cette fois de la virulente brune, qui entendait peut-être le surveiller, et d'un garçon plus réservé.

Le trio tomba d'abord sur un couple qui forniquait allègrement dans un bureau. La femme était penchée sur la table de travail, jupe relevée, tandis que son partenaire, les pantalons sur les chevilles, la besognait avec énergie en ahanant, sans remarquer leur présence. Ils refluèrent précipitamment.

– Ils auraient pu tirer le verrou, remarqua Petit Louis.

– Et alors ? L'amour libre, ça te dérange ? persifla la brune. Le puritanisme stalinien, ça va comme ça.

Le militant haussa les épaules et ils reprirent leur quête, qui les conduisit dans une salle de dimensions impressionnantes où, à perte de vue, des piles de livres étaient rangées sur des étagères métalliques. Assis sur des chariots, quatre employés jouaient aux cartes.

– Assemblée générale dans une demi-heure, annonça Petit Louis.

– OK, on termine notre belote et on arrive.

Quand ils se furent éloignés, la Brune s'en prit à nouveau au militant.

– C'est bien ce que je pensais. Tu manipules les gens et tu leur donnes des ordres.

– Comment ça ? Je leur donne la possibilité de s'exprimer. Ils auront tout loisir de le faire en AG. S'ils restent dans leur coin à taper le carton, ce sont les autres qui décideront à leur place.

Ne trouvant pas de réplique, la jeune fille se contenta de secouer la tête, mais leur compagnon ouvrit enfin la bouche pour approuver Petit Louis.

– Il a raison. Je ne vois pas où est la manipulation.

Un peu plus loin, la scène se renouvela, mais cette fois l'un des employés sollicités manifesta des réticences.

– Si c'est un truc du syndicat, je ne marche pas. Ils vont nous faire des grands discours pour nous convaincre de je ne sais quoi. Quand on a appris que la manutention débrayait, on s'est dit que c'était le moment d'en profiter. On a décidé d'occuper la boîte, on occupe.

– Non, ce n'est pas une réunion syndicale.

– C'est entendu, on y va.

La Brune poussa Petit Louis du coude.

– Tu vois, pas besoin de chef pour se mettre en grève.

Petit Louis passa un bras autour de son épaule.

– Tes théories anars, tu me les expliqueras plus tard. Pour le moment, on organise l'AG.

La brune se dégagea d'un mouvement brusque. Les autres leur emboîtèrent le pas. Ils repartirent à l'attaque et parvinrent à rameuter une vingtaine de jeunes employés. Après une demi-heure de discussions confuses et houleuses, une douzaine de volontaires se proposèrent pour le comité de grève, dont l'élégant jeune homme en costume. Mais plusieurs voix s'élevèrent pour contester sa participation.

– Les cadres n'ont pas leur mot à dire dans la grève ! Tu gagnes deux ou trois fois plus que moi.

D'autres prirent sa défense, en soulignant qu'il s'était toujours conduit correctement dans son service. L'un des membres du comité de grève leva la main. C'était un homme d'une quarantaine d'années, qui s'exprimait avec calme et assurance. Il bénéficiait visiblement d'une certaine influence car le silence se fit.

– Nous ne sommes pas dans un tribunal populaire, tout le monde a sa place à partir du moment où il respecte les décisions prises en assemblée générale.

– Qui est-ce ? demanda Petit Louis à la Brune.

– Un trotskard. C'est un ancien délégué du personnel, mais les bureaucrates du syndicat l'ont viré des listes quand ils l'ont repéré.

Petit Louis se faufila jusqu'à lui.

– Entièrement d'accord avec toi, camarade. Je pense qu'il faut faire voter avant que la pagaille recommence.

Le vote se fit à main levée et le comité fut élu à une écrasante majorité. Les employés se répartirent ensuite les tâches : constituer des piquets de grève, établir des revendications, prendre contact avec des grévistes d'autres entreprises et envoyer une délégation le lendemain au siège de l'entreprise, boulevard Saint-

Germain. Tout un groupe se mit à confectionner des pancartes et des affiches manuscrites destinées à être collées dans les rues du quinzième arrondissement pour faire savoir que les entrepôts étaient occupés. Satisfait de constater que l'ambiance avait complètement changé et que chacun voulait s'y mettre, Petit Louis décida de prendre un peu de repos car il pointait le lendemain matin à sept heures.

– Je vais aller roupiller un peu, annonça-t-il à la brune dont l'attitude avait sensiblement évolué.

Elle fixa à son tour son regard dans le sien.

– On peut très bien trouver un coin pour pioncer ici. Ça t'évitera le déplacement.

*

18 mai

Depuis que la pénurie d'essence avait paralysé la circulation, Alain était désœuvré. Sa clientèle avait déserté son garage, qu'il avait dû fermer provisoirement. Le lendemain de la nuit des barricades, comme beaucoup de Parisiens, il était allé faire un tour rue Gay-Lussac et avait contemplé avec ahurissement les carcasses carbonisées et la chaussée dépavée. Comment pouvait-on s'en prendre à des voitures qui demandaient tant de compétences et de travail pour les fabriquer et les entretenir ?

Il participa néanmoins à l'immense manifestation du treize mai, aux côtés de plusieurs de ses anciens voisins de la rue des Quatre-Frères, aux cris de « Dix ans, ça suffit ». Cela faisait bien longtemps qu'il n'avait pas défilé dans un cortège aussi imposant et il ne put s'empêcher de penser que son frère Jean aurait été satisfait de constater que la classe ouvrière conservait ses traditions de lutte. C'était d'ailleurs le vaste mouvement de grève et d'occupation des usines qui avait réveillé sa propre fibre militante et non les affrontements quotidiens opposant les CRS aux étudiants auxquels s'étaient joints des jeunes ouvriers de plus en plus nombreux.

Les Jeunesses communistes du quartier avaient d'ailleurs devancé les consignes de la direction en rejoignant les barricades. Elles avaient même un martyr, qui, après avoir pris un mauvais coup de bidule, exhibait fièrement son crâne ceint d'une bande Velpeau. Ses camarades le promenaient dans la rue Saint-Charles aux heures d'affluence pour procéder à des distributions de tracts, des collectes et des collages d'affiches.

Alain rencontra ainsi tout un groupe de braillards, dont le plus jeune ne devait pas avoir franchi sa quatorzième année et le plus âgé sa dix-huitième. Presque tous étaient des gamins de la rue des Quatre-Frères, c'est-à-dire les enfants de ses anciens voisins qu'il avait connus en culottes courtes. Quelques militants plus anciens les accompagnaient, dont l'inévitable Petit Louis.

– Ah, camarade patron, ça tombe bien. J'ai appris que tu nous donnes un coup de main.

– Arrête avec tes « camarade patron ». Tu es lourd. Oui, quand il y a un mouvement comme ça, on ne peut pas rester à l'écart.

– Bon, viens boire un pot, faut que je te cause.

Petit Louis donna quelques consignes à ses jeunes troupes, qu'il couvait d'un œil attendri, et entraîna son ami dans le bistro qui faisait l'angle de la rue de la Convention. Alain jeta un œil surpris sur la décoration de l'établissement.

– Ça fait un bail que je n'ai pas mis les pieds dans ce rade. Je crois bien que c'était avec toi et que ça remonte à vingt ans, sinon plus. Ça ne me rajeunit pas. Je ne reconnais plus rien.

– Eh oui, ça a changé. Le nouveau propriétaire veut faire dans le luxe. Il compte sur la rénovation du quartier. On parle de virer des quantités de gens pour construire des immeubles de bourges sur le front de Seine, mais ça n'est pas encore fait. Et toi, maintenant, tu vis de l'autre côté, dans le septième…

Ils hélèrent le patron pour réclamer des bières. Celui-ci, qui les avait vus défiler dans la rue, s'appliqua à montrer un visage aimable, mais on sentait que le cœur n'y était pas.

– Donc, tu voulais me parler. Dis-moi tout de même d'abord comment tu vas…

– Ça remonte le moral de voir ces jeunes.

– Et sinon ?

– Tu sais que je vis avec une copine de ma boîte. On s'entend bien. Mais, il y a deux jours, j'ai rencontré une petite et je crois bien que je suis mordu. Je sais que ça n'est pas sérieux. Elle doit avoir quinze balais de moins que moi et en plus elle est anar !

Alain éclata de rire.

– Alors, si elle est anar, tu vas avoir des problèmes avec le parti.

– Tais-toi, j'en ai déjà. Ils m'accusent de leur avoir mis un comité de grève gauchiste dans le dos et ils me ressortent des vieux trucs qui remontent à la guerre d'Algérie. Mais ils n'ont pas intérêt à me virer : les JC de la rue des Quatre, ceux que tu viens de voir, sont tous avec moi. Eux, les barricades et les étudiants, ça les botte. Et la majorité de ma cellule me soutient aussi : on a voté une motion contre l'édito de Marchais. On s'est frités aussi à propos des bagarres avec les prochinois. Le permanent de la fédé veut les virer et leur casser la gueule quand ils viennent vendre leur journal, mais moi je ne suis pas d'accord. Toutes les tendances du mouvement ouvrier ont le droit de s'exprimer. Tu ne crois pas que j'ai raison ?

– C'est toujours compliqué, tes histoires. Tu sais, moi, je soutiens le mouvement et le parti, parce que j'ai toujours été dans ce camp-là et j'y suis resté, mais les discussions avec les prochinois et les trotskistes, franchement, je n'en ai rien à secouer. Ça serait bien plus simple si tout le monde se mettait d'accord.

Petit Louis hocha la tête.

– C'est un point de vue. Pour le moment, il faut surtout étendre les grèves. On a besoin de tout le monde. Si tu es disponible, il faut absolument que tu passes à la section Javel dimanche soir. Il y a une réunion très importante. On peut compter sur toi ?

*

19 mai, 20 heures

– C'est possible de demander aux fumeurs de faire un effort ? Ça devient irrespirable.

Cette proposition souleva autant d'approbations que de protestations, mais la plupart des fumeurs écrasèrent leurs cigarettes dans des cendriers improvisés ou sous leur talon. Une petite centaine de militants et sympathisants se massaient dans la plus grande salle de la section Javel, debout pour la plupart car les sièges n'étaient pas assez nombreux. À la tribune composée de deux tables en Formica mises côte à côte, avaient pris place le nouveau secrétaire de la section locale, deux militants de la section Citroën dont son secrétaire et un permanent de la Fédération de Paris.

– Camarades, attaqua le secrétaire de la section locale. Comme la plupart d'entre vous le savent, la CGT de Citroën, à laquelle s'est jointe la CFDT, a appelé à la grève pour le 20, c'est-à-dire pour demain. En conséquence, nous avons besoin de tout le monde, je dis bien tout le monde, demain matin à cinq heures pile. C'est impératif. Les copains qui bossent dans d'autres boîtes devront se démerder. Sauf bien sûr si leur présence est indispensable.

– Ça fait tôt, plaisanta quelqu'un.

– Ça fait tôt pour les petits-bourgeois habitués à faire la grasse matinée, répliqua un autre. Nous sommes des bolcheviks, oui ou merde ?

– Ça va comme ça, coupa le secrétaire, on n'a pas le temps pour déconner. Qui ne peut absolument pas venir ?

Seules deux mains se levèrent.

– Très bien, alors on compte sur tous les autres, y compris des camarades qui ne sont pas là ce soir et qu'on pourrait encore prévenir. Il n'y aura personne en trop. Je passe la parole au camarade Henri, qui est secrétaire de la section Citröen.

– Bon, vous savez que dans cette boîte, même si on a repris le comité d'entreprise au patron, on a toujours été faibles en raison de la répression et de la politique maison. Donc, on compte sur tout le monde pour diffuser les tracts et protéger les diffuseurs. Il n'est pas impossible que la direction monte des provocations. Il ne faudra pas y répondre mais rester ferme. Donc, à demain cinq heures, rendez-vous au métro Balard. On répartira les portes en fonction des besoins et des effectifs… À toutes fins utiles, nous aurons un point de chute dans un café qu'on vous indiquera. Des questions ?

*

20 mai

Plusieurs centaines de personnes se massaient devant les grilles de l'usine. Cette foule se divisait assez nettement en trois groupes. Le premier, le plus important, était constitué d'ouvriers qui se rendaient au travail comme chaque matin, mais attendaient de voir ce qui allait se passer avant de franchir la porte.

Le deuxième réunissait des militants venus distribuer des tracts et haranguer les ouvriers. Celui-ci était lui-même divisé en deux clans : les cégétistes, brassard rouge au bras d'un côté, de loin les plus nombreux, les étudiants et activistes de divers comités d'action et groupuscules de l'autre. Ils se regardaient en chiens de faïence et ne s'adressaient pas la parole, mais faisaient face au troisième groupe qui représentait l'ennemi commun : une impressionnante rangée de cadres, de chefs et de gros bras du syndicat patronal CFT, dont la fonction était de toute évidence d'intimider le personnel. Des insultes volaient de temps à autre et on n'était pas loin d'en venir aux mains.

Petit Louis arriva en courant, tout essoufflé, et reconnut plusieurs militants de la section Javel parmi les cégétistes.

– C'est maintenant que t'arrives ? Nous, on est là depuis cinq heures.

– Désolé, mais les copains m'ont chargé de donner un coup de main à la cellule de Hachette. L'occupation a tenu pendant le week-end, mais ils ne sont pas très nombreux…

Il ne précisa pas qu'il s'était endormi dans les bras de la brune, au milieu de cartons, pour ne se réveiller qu'à six heures.

– Bon, s'il y a un incident quelconque, officiellement, tu bosses à Levallois. Faut que tu te procures une carte de la boîte. Tout le monde doit en avoir une sur lui. C'est la consigne. Le copain qui s'en occupe est au Regalia, à l'angle de la rue de la Convention. Il faut aussi que tu mettes un brassard.

– Bon, j'irai tout à l'heure. Tu veux que je te relaie ?

– C'est pas de refus, j'ai plus de voix.

Petit Louis s'empara de la sono.

– Camarades, se mit-il à hurler. J'ai une nouvelle importante à vous annoncer. Les deux mille ouvriers des entrepôts Hachette de la rue des Cévennes sont en grève et occupent leur boîte depuis quatre jours. C'est le moment de nous y mettre tous ensemble pour faire plier les patrons.

Les militants applaudirent, certains brandirent le poing, mais cette information n'eut pas d'effet visible sur la foule des ouvriers qui semblaient dans l'expectative. De temps à autre, un agent de secteur reconnaissait un de ses subordonnés et l'invitait à prendre son poste.

– Bonjour madame Caldeira, c'est une belle journée, n'est-ce pas ? Ne vous inquiétez pas. Ce ne sont que quelques agitateurs, mais le travail continue.

Avec une mine de souris apeurée, la femme interpellée ainsi se tourna successivement vers ses voisins de droite et de gauche, qui affectèrent de regarder leurs souliers, puis, n'obtenant aucune réaction, se détacha de la foule, traversa les rangs des militants et accepta la main que lui tendait son chef.

Petit Louis sentit sa gorge se nouer. Il se mit à hurler de plus belle dans sa sono.

– C'est le moment de prendre notre revanche, camarades. Ne nous laissons pas impressionner par les flics du patron ! Nous sommes plus nombreux.

– Toi, petit, tout à l'heure, tu vas voler, lui lança l'un des gros bras, un homme d'une cinquantaine d'années qui avait un physique de catcheur.

À cet instant, on entendit des cris qui provenaient de l'intérieur de l'usine, puis un groupe d'ouvriers apparut, derrière la rangée des sbires de la CFT.

– L'outillage est occupé !

Cette annonce déclencha une véritable explosion de joie bruyante fortement teintée de colère.

– Les chefs à la Seine !

Le slogan fut repris et jaillit de dizaines de poitrines. Un groupe se rua sur les hommes de la CFT qui reculèrent en bon ordre en exhibant des matraques et des poings américains. Petit Louis crut même apercevoir un pistolet.

– Serrez les rangs, camarades, cria un dirigeant syndical. Nous ne voulons pas d'incident.

Après quelques instants de confusion et de brefs échanges de coups, le service d'ordre de la CGT se déploya sur deux rangs, face aux ouvriers qui voulaient en découdre et aux activistes gauchistes aussi surpris que leurs rivaux par la soudaineté de cette révolte.

– Si jamais on m'avait dit que je protégerais un jour des salopards de la CFT, glissa Petit Louis à son voisin de droite.

– Ça me plaît pas plus qu'à toi, mais ce sont les consignes. Pas de bagarre, ça ferait le jeu du patron et de Marcellin[1]. Il n'attend que ça.

Les cris redoublèrent.

– Les chefs à la Seine !

– Ici, c'est la tradition. En 36, on les a pour de bon balancés à l'eau. Et en 47 aussi…

Les insultes pleuvaient maintenant sur le service d'ordre.

– Bandes de pourris, vous défendez les chiens de garde du patron !

Un jeune homme, le visage déformé par la colère, s'approcha et cracha en direction de Petit Louis.

– Attends connard, je vais t'en mettre une ! répliqua celui-ci.

– Retourne à Neuilly demander du pognon à papa, petite tapette, renchérit son voisin.

Les hommes de la CFT mirent la situation à profit pour se replier en bon ordre à l'intérieur de l'usine. Ils manœuvraient de façon militaire, sans perdre leur sang-froid.

1. Ministre de l'Intérieur.

– Ces salauds vont se barricader dans les bureaux. On ne va tout de même pas les laisser faire, protesta un ouvrier.

Le groupe, rejoint par plusieurs dizaines de cadres venus de divers secteurs de l'usine, alla en effet s'enfermer dans les bureaux de la direction, tandis que les ouvriers occupaient les ateliers. Le service d'ordre de la CGT resta en place et se mit à filtrer les entrées.

– Vérifiez bien, camarades. On ne laisse entrer que ceux qui ont la carte de la boîte. Pas de provocateurs.

Les gauchistes protestèrent vigoureusement mais ils ne faisaient pas le poids. Un calme relatif revint. Petit Louis estima que sa présence n'était plus indispensable.

– Bon, camarades, je dois aller voir ce qui se passe dans ma taule.

– D'accord, concéda le responsable, mais passe à la section ce soir. Il faut qu'on ait aussi du monde demain.

Petit Louis se faufila au milieu des gauchistes, sans leur adresser la parole mais sans refuser les tracts qu'on lui tendait. D'un pas rapide, il rejoignit le Regalia qui faisait office de quartier général. Au fond, un responsable établissait des cartes de l'entreprise au nom des militants extérieurs. Petit Louis s'en fit faire une, prit le temps de boire un café et d'avaler deux croissants, puis repartit, toujours du même pas, en direction de la rue Tiphaine où la fabrique d'ascenseurs Roux-Combaluzier avait ses ateliers. Une assemblée générale avait été programmée pour midi, il avait tout juste le temps de s'y préparer. Toutes les conditions étaient réunies pour que ses collègues suivent le mouvement. Petit Louis vivait des heures exaltantes comme il n'en avait pas connu depuis les grands mouvements de 47. Le manque de sommeil et l'excitation aidant, toutes sortes de pensées se bousculaient dans sa tête : le souvenir des moments passés avec l'anarchiste brune, la mauvaise conscience d'avoir trompé sa compagne qu'il allait retrouver dans quelques instants rue Tiphaine, le doute sur le rôle qu'il venait de jouer en empêchant les ouvriers de casser la gueule des sbires de la CFT, l'enthousiasme à l'idée qu'on allait vers la grève générale et peut-être vers la révolution à laquelle il n'avait jamais cessé de croire.

*

30 mai

En rentrant à pied de l'hôtel Matignon, alors qu'elle parvenait à l'angle du boulevard Saint-Germain et de la rue du Bac, Anne se retrouva au milieu de jeunes gens qui couraient dans tous les sens. Des relents de lacrymogènes lui piquèrent la gorge. Elle se mit à marcher, sans hâte, d'un air naturel, comptant sur son brushing, son tailleur, son petit sac, ses talons hauts, et le cas échéant sa carte tricolore pour ne pas se faire matraquer par les CRS dont on apercevait la ligne sombre à l'horizon du boulevard. Ceux-ci savaient en général distinguer les bourgeois des prolétaires et des étudiants enragés. Toutefois, elle longea prudemment les murs et vitrines, prête à se réfugier dans un magasin ou une porte cochère, sans s'aventurer au milieu du trottoir. Quand ils avaient éclusé quelques caisses de bière dans la chaleur moite de leurs cars et reçu quelques projectiles, les fonctionnaires cognaient parfois sur tout ce qu'ils rencontraient.

Les jeunes gens qu'elle croisait ne lui inspiraient aucune hostilité. À leur âge, elle aurait peut-être défilé avec eux. Certains de leurs slogans l'amusaient. Ce qui l'inquiétait, c'était plutôt la grève générale et le désordre qui en résultait, non seulement dans le pays mais dans l'appareil d'État, pagaille dont elle était témoin tous les jours à Matignon.

Elle croisa sans encombre la rangée de CRS casqués. Deux d'entre eux s'écartèrent galamment à son approche.

– Faites attention, madame, ça risque de chauffer.

Elle remercia l'auteur de ce conseil d'un mouvement de tête et poursuivit son chemin.

Albert l'attendait en sirotant un whisky, affalé devant un poste de radio qu'il éteignit à son arrivée.

– Ils viennent d'annoncer qu'il y a une manif avec des casseurs boulevard Saint-Germain. J'avais peur que tu te fasses coincer dedans.

Elle se débarrassa de sa veste de tailleur, de son sac et de ses escarpins puis se laissa tomber sur le canapé à côté de son époux.

– Je viens de les croiser. J'ai plutôt vu des étudiants un peu excités que des casseurs, mais je n'ai pas traîné...

Il lui servit un verre et posa devant elle un plateau chargé de mignardises.

– Tu sais pourtant que j'ai décidé de ne plus manger de gâteaux...

Elle avala néanmoins deux macarons coup sur coup.

– Et alors, quoi de neuf ? Vous avez des nouvelles de De Gaulle ?

– Il est parti en Allemagne. Je n'en sais pas davantage que toi.

– Tout de même, au ministère, vous êtes en première loge pour avoir des informations.

– Plutôt des rumeurs contradictoires. Certains prétendent qu'il a eu un coup de déprime et mis sa famille à l'abri, d'autres disent qu'il a été s'assurer de l'appui de Massu qui rentrerait en France avec ses chars si les cocos allaient trop loin.

– Et alors, tu en penses quoi ? Que dit Pompidou ?

– Il ne me fait pas ses confidences et je n'ai été invitée à aucune réunion importante depuis le début de la crise. Ils se sont enfermés dans son bureau pendant toute une partie de la journée. Je suppose qu'ils sont en contact permanent avec le Grand par téléphone...

– Et qu'est-ce qu'on raconte d'autre ?

– Les trucs les plus fous. Que la guerre civile va éclater, que les cocos ont contacté les Russes pour avoir des armes, que tout est fichu. Certains font leurs bagages pour aller se planquer en province si ça tourne mal.

– Bon, en attendant la guerre civile, si on mangeait quelque chose ? Il va falloir se contenter de ce qu'il y a dans le frigo. Je n'ai pas fait de courses, et toi non plus j'imagine.

Depuis une dizaine de jours, la grève des transports les privait de leur domestique. Ils s'attablèrent donc dans la cuisine devant des tranches de saucisson, du fromage et une bouteille de côtes-du-rhône.

– Et de ton côté, qu'est-ce que racontent tes confrères ?

– Il y a ceux qui paniquent, ceux qui voudraient voir le gouvernement dissoudre le PC et les syndicats, et ceux qui pensent que Mendès France ferait une bonne solution de rechange.

– Mendès... Je doute que Pompidou démissionne pour lui laisser la place. J'ai plutôt l'impression qu'il profite de l'absence de De Gaulle pour prendre de l'autorité, mais je peux me tromper. Marchais et Séguy ont dû généraliser la grève pour ne pas être débordés davantage, mais ils contrôlent bien leurs troupes. Ils feront cesser les grèves dès qu'ils sentiront qu'ils peuvent le faire sans se déconsidérer.

– Séguy s'est quand même fait huer chez Renault.

– On doit accepter des concessions, leur laisser une marge de manœuvre pour leur permettre de garder la tête haute. Il faut surtout éviter de faire des martyrs. Heureusement, nous avons tout de même des gens qui le comprennent. Grimaud[1] a été très bien pendant les barricades. Si nous avions eu à sa place un type du SAC, c'était le massacre.

– Tu gardes des contacts avec eux ?

– Des contacts informels avec quelques-uns. Ils m'ont envoyé un compagnon pour me sonder. Un vieux briscard de mon réseau. Je suis restée évasive. Je ne veux plus me mouiller avec ces gens-là. Il y a parmi eux des têtes brûlées qui dressent des listes de gens à enfermer dans des stades. Tu vois le topo ? Ils sont presque aussi cinglés que mon frère.

– Tu as de ses nouvelles ?

– Lui aussi complote dans son coin avec des nostalgiques de Vichy. Il rêve d'une guerre civile pour prendre sa revanche. Mais de Gaulle ne sera pas Pétain. Il ne fera pas tirer sur la population pour devenir dictateur, et il n'en aura pas besoin. Tout ça va finir par se calmer. L'immense majorité des gens ne

1. Préfet de police.

veut ni la révolution ni la guerre civile. Au pire, il y aura une dissolution de la Chambre et de nouvelles élections. Mais, même dans ce cas-là, ne te fais pas d'illusion, mon chéri, ni ton ami Mendès ni les cocos n'en sortiront forcément gagnants. Puisque tu me demandes ce qui se dit à Matignon, nous recevons tout de même toujours les rapports des RG. Et l'état d'esprit de la province n'est pas du tout celui de Paris. Les voitures brulées, les barricades, les extrémistes, beaucoup de gens ont été effrayés par ce qu'ils ont vu à la télé… La France profonde veut l'ordre et la paix sociale. Les Krivine, Geismar, Cohn-Bendit ne règnent que sur le Quartier latin.

*

3 juin

– Monsieur Caspard, permettez-moi de vous présenter Jean-Pierre Laborde, responsable de la sécurité des usines Simca de Poissy.

Adrien Caspard, qui figurait parmi les proches collaborateurs de Pierre Bercot, PDG de Citroën, était un homme d'une cinquantaine d'années, grand, sec et chauve, dont le strict costume gris et les lunettes à monture d'acier accentuaient la froideur. Un bref sourire se dessina sur son visage étroit quand il serra la main de Laborde, mais son regard resta glacé.

– J'ai entendu parler de vous, monsieur Laborde.

– De façon positive, j'espère.

– Vous avez acquis une réputation d'efficacité, et c'est ce qui nous intéresse.

Bacchelli avait discrètement organisé cette rencontre dans un petit salon de l'hôtel Meurice, pour s'éloigner de ses bureaux du boulevard Haussmann, redoutant d'être épié. Depuis le début des manifestations et des grèves, il prenait d'infinies précautions, les défilés hérissés de drapeaux rouges lui rappelant de fort mauvais souvenirs. Pourtant, ceux qui souhaitaient connaître ses analyses de la situation et éventuellement lui demander conseil se bousculaient à sa porte par ces temps troublés, de sorte qu'il poursuivait sa tâche d'homme de l'ombre.

Le maître d'hôtel les accueillit avec un sourire contrit.

– Nous n'allons pas être en mesure de vous proposer notre menu habituel. Une partie de notre personnel est en grève. Vous m'en voyez désolé.

Les trois hommes prirent place dans des fauteuils assortis au cadre suranné autour d'une table ronde.

– Je vais aller droit au but, monsieur Laborde, attaqua Caspard. Il n'y a pas de grève chez Simca et je dois vous avouer que cela impressionne beaucoup de monde dans notre secteur professionnel. Vous êtes une des rares entreprises françaises d'envergure épargnées par cette épidémie. Comment faites-vous ?

– Sous les directives de M. Pigozzi, qui nous a hélas quittés voici quatre ans, nous avons mis en place certaines dispositions qui s'avèrent bien utiles aujourd'hui. Ces dispositions ont été approuvées par notre nouvelle direction quand Chrysler a pris la totalité du capital et écarté M. Pigozzi. Mais ça ne s'improvise pas. Je n'ai aucune recette miracle à vous proposer. Cela fait des années que nous sélectionnons du personnel fiable, à tous les niveaux, et que nous quadrillons nos usines avec des hommes de confiance, sans jamais baisser la garde…

– Mais nous aussi, figurez-vous ! Nos agents de secteur ont toujours fait du bon travail et veillé au grain. Et ça ne se passait pas trop mal, jusqu'à ce que les cocos nous flanquent cette grève sur le dos, alors que nous venions tout juste de lancer la Méhari.

Laborde se fendit à son tour d'un petit sourire.

– Je le sais, monsieur Caspard. Je figurais parmi les invités quand vous avez présenté la Méhari au golf de Deauville le 13 mai. C'est un modèle très original, félicitations. Je me suis d'ailleurs demandé pourquoi vous aviez choisi cette date anniversaire, alors que les moscoutaires avaient bizarrement fixé la même pour faire descendre la populace dans la rue. Mais je ne me suis pas permis de poser la question à M. Bercot.

– Pur hasard… Nous nous sommes donc probablement

croisés. Ce jour-là, je ne pensais pas du tout que la chienlit, comme dit le Général, allait se propager chez nous…

– Sans doute, concéda Laborde. Et en quoi puis-je vous être utile, monsieur Caspard ? Il me semble que les syndicalistes nationaux de nos deux maisons entretiennent déjà des relations régulières.

– Certes, mais cette grève nous montre que les nôtres n'ont pas été à la hauteur. Or je ne crois pas que le personnel ouvrier de Simca soit fondamentalement différent de celui de Citroën. J'en déduis que c'est un problème d'organisation et de chefs.

– Et aussi de détermination. Il ne faut jamais rien concéder aux bolcheviks. Quand on rentre dans l'engrenage, on leur donne la main et c'est le bras qui y passe. Comme le dit le slogan gauchiste que vous pouvez lire sur tous les murs de Paris : « Céder un peu, c'est capituler beaucoup. » Vous leur avez laissé le comité d'entreprise, c'est déjà un très mauvais point. Ça leur permet d'entretenir toute une armée de permanents à leur solde. À Poissy, je peux vous dire que nous avons procédé à une épuration méthodique. Bien sûr, il y en a toujours quelques-uns qui passent au travers, mais l'essentiel est de les écarter par tous les moyens dès qu'ils sont repérés, avant qu'ils n'arrivent à contaminer le personnel…

Caspard soupira.

– Bien, je pense qu'il est en effet un peu tard, maintenant que nous avons cette grève avec occupation sur le dos. Mais, quand l'ordre sera rétabli, je ferai appel à vous, disons comme consultant, pour remettre les pendules à l'heure. Dans l'immédiat, nous envisageons tout de même de lancer une contre-offensive. La majorité des ouvriers souhaiterait certainement reprendre le travail si les communistes ne les en empêchaient pas et s'ils ne craignaient pas des représailles. Nous avons mis au point un dispositif qui permet aux non-grévistes de pointer chaque matin et de toucher des acomptes.

– Je suis au courant.

– Nous projetons donc d'organiser une grande manifestation pour la liberté du travail et éventuellement, si elle remporte le succès escompté, reprendre le contrôle de nos usines. Nous nous tenons bien entendu informés à chaque instant de l'évolution de la situation et nous savons que, en dehors des assemblées générales, l'occupation n'est menée que par quelques dizaines de durs, dont d'ailleurs des éléments extérieurs… Avec eux, nous pouvons compter sur la neutralité de la police, du moins s'il n'y a pas d'incident trop grave. Je m'en suis assuré auprès du ministère de l'Intérieur. Cette opération ne devrait donc pas être trop difficile à mener. Qu'en pensez-vous, monsieur Laborde ?

– Il faut une bonne organisation, des hommes décidés. En ce qui concerne les incidents éventuels, tout dépend de l'effet de surprise et des réactions des bolcheviks. Mais si, par avance, on renonce par crainte d'incidents, passez-moi la vulgarité de l'expression, mais on se déculotte devant les moscoutaires. N'est-ce pas, monsieur Bacchelli ?

Sollicité pour la première fois, celui-ci se contenta d'une moue que chacun de ses deux interlocuteurs pouvait interpréter à sa guise. Caspard se tourna vers lui.

– Vous croyez que les communistes sont capables de s'emparer du pouvoir, vous ?

– On ne peut écarter aucune hypothèse. Sans aller jusque-là, ils peuvent essayer de monnayer leur entrée au gouvernement, comme en 45, et de nous la faire payer assez cher. Les Russes ne seraient certainement pas défavorables à une solution de ce genre. Ça ruinerait la France pour des années…

– Je ne partage pas l'analyse de M. Bacchelli, s'empressa de préciser Laborde. Pour moi, les communistes sont toujours aussi dangereux. Ils n'ont jamais renoncé à prendre le pouvoir. C'est dans leur nature profonde. Certains rêvent que Massu vienne les écraser avec ses chars, mais ce serait trop beau. Je n'y crois pas du tout. De Gaulle a toujours composé avec eux.

Caspard se caressa le menton.

– Pour en revenir à notre manifestation, pouvons-nous compter sur vous et votre équipe ? Il nous faudra un solide service d'ordre. Votre renfort ne sera pas de trop. Et, si nous réinvestissons Javel et Nanterre, nous aurons besoin aussi d'éléments expérimentés.

– Vous ne pouvez pas m'apporter une plus grande satisfaction. Mais quel sera notre rôle exact ? Qui décidera de la tactique à suivre sur place ?

Caspard hocha la tête en adoptant l'air le plus bienveillant que lui permettaient sa froideur et sa raideur naturelles.

– Je vous entends bien, cher monsieur Laborde. Mais votre statut sera celui d'un conseiller technique. Pour toutes sortes de raisons de préséance, de relations hiérarchiques et de susceptibilités qu'il serait trop long et trop compliqué de détailler ici, il ne me sera pas possible de vous confier la conduite, disons, militaire, des opérations.

– Vous m'engagez donc comme supplétif. Ce qui, vous devez le comprendre, signifie que, de mon côté, je conserverai une certaine autonomie…

– Hélas non, cher monsieur, il faudra vous soumettre, comme moi, aux décisions politiques qui ne seront pas prises sans consulter M. Bercot. Chacun ne peut pas agir à sa guise dans une opération de ce genre.

Une expression d'irritation, que Bacchelli remarqua immédiatement, passa sur le visage de Laborde.

– La situation est délicate. Chacun doit faire preuve de bonne volonté.

Ces propos de jésuite accentuèrent l'agacement de Laborde, mais il avait appris à se contrôler et à faire preuve d'une relative diplomatie.

– C'est bon, l'essentiel est de rassembler nos forces, j'accepte votre proposition.

– Je vous en suis vivement reconnaissant et je pense que votre décision conviendra aussi à la direction de Chrysler France qui, pour être notre concurrente directe, n'en est pas moins notre alliée dans le combat que nous menons contre la subversion.

C'était une façon discrète de rappeler à Laborde qu'il n'était qu'un sous-fifre.

– En ce qui concerne les détails techniques de notre opération, il faudra les régler avec notre responsable de la sécurité, c'est-à-dire votre alter ego, M. Harberer, que vous connaissez je crois…

Comme Laborde et Bacchelli demeuraient silencieux, Caspard mit fin à l'entretien en se levant, soulignant ainsi son autorité.

*

14 juin

– Nous aussi, on a prévu un certain nombre de moyens pour contrer les cocos en cas de coup dur, dit Harberer.

C'était un homme de quarante-cinq ans qui n'avait pas le physique de l'emploi. Il paraissait même plutôt chétif en compagnie des deux costauds qui l'accompagnaient. Pourtant Laborde savait qu'il avait payé de sa personne en Algérie où il avait servi comme lieutenant dans les commandos de chasse. Il n'ignorait pas non plus que son interlocuteur appartenait au SAC et avait participé à toutes sortes d'opérations risquées. De son côté, Harberer savait lui aussi à qui il avait affaire. Les deux responsables de la sécurité s'étaient déjà rencontrés et n'éprouvaient guère de sympathie l'un pour l'autre. De plus, Harberer ressentait comme une humiliation que son patron lui mette Laborde entre les pattes, mais il s'appliquait à ne pas le montrer.

Les quatre hommes se trouvaient dans une cour entourée par des bâtiments gris.

– Ce secteur est désaffecté et n'est pas occupé par les grévistes. Il n'a aucun intérêt pour eux et la CGT n'a pas assez de monde. Ce n'est peut-être pas aussi grand que Billancourt ou Poissy, mais c'est immense.

Muni d'un crochet, l'un des deux costauds souleva une plaque de fer. Harberer prit une torche électrique dans son sac, la tendit à Laborde et s'effaça devant lui.

– Je vous en prie.

Laborde alluma la torche et s'engagea dans un escalier métallique avec les trois autres derrière lui. Quand il atteignit la dernière marche, Harberer manœuvra un interrupteur. Une série de plots protégés par des grillages éclairaient un étroit couloir bétonné.

– Et ça mène où ?

– Vous allez le voir. Moi, ce passage me rappelle toujours les caches des fellaghas. Ils n'étaient pas aussi bien organisés que les Viets, mais ils avaient tout de même des installations souterraines éclairées au générateur. J'en ai fait sauter un certain nombre avec les fells à l'intérieur.

Ils marchèrent en silence pendant cinq bonnes minutes. Le couloir faisait un coude puis débouchait sur un autre escalier et une porte métallique. Cette fois, Harberer prit la tête de la file. Il frappa plusieurs coups sur la porte, selon un code convenu.

Un homme en bras de chemise les accueillit et les conduisit dans un bureau où une demi-douzaine de ses collègues attendaient, affalés dans des fauteuils. Certains ne s'étaient pas rasés depuis plusieurs jours. Des reliefs de repas, des bouteilles de bière et des cendriers débordants de mégots encombraient les tables. Des journaux, tracts et jeux de cartes traînaient un peu partout. Des lits de camp avaient été entassés contre un mur. Une très forte odeur de tabac et de graillon régnait dans la pièce.

– Je n'aime pas ce laisser-aller, dit Harberer, qui, lui, était impeccablement cravaté et rasé de frais. Où sont les autres ?

– À part les deux qui montent la garde, ils dorment.

– Bon, vous allez réveiller tout le monde et me ranger tout ça. Briefing dans quinze minutes, commanda Harberer sur un ton militaire en consultant sa montre.

Harberer entraîna Laborde dans une salle plus vaste, dont les baies vitrées donnaient sur une autre cour au-delà de laquelle se dressaient des bâtiments abritant des ateliers.

– D'ici, on peut surveiller les cocos. Évidemment, on ne voit pas ce qu'ils font à l'intérieur et de l'autre côté. Mais, s'ils tentaient quelque chose, ils seraient obligés de passer par là.

– Ils ne l'ont pas fait ?

– Leurs chefs n'ont pas choisi cette politique… pour le moment. Et ils savent que nos gars vendraient chèrement leur peau. Ils ont de quoi se défendre.

Laborde contempla la cour vide.

– Avec une arme de précision et une lunette, on pourrait presque en descendre quelques-uns à l'intérieur.

– Ce n'est pas l'envie qui m'en manque !

La salle se remplit peu à peu. Laborde compta quarante-deux cadres et agents de secteur.

– Messieurs, dit Harberer, je sais que l'inaction et l'attente vous pèsent. Notre direction a estimé qu'il était temps de mettre fin à ce souk. Le référendum que nous avons organisé à la porte de Versailles a montré que quinze mille salariés de la maison veulent reprendre. Et, comme vous le savez, notre manifestation pour la liberté du travail a été un grand succès. Nous étions plus de cinq mille hier aux Invalides. Malheureusement, nous ne pouvons pas compter sur la police pour faire respecter cette liberté élémentaire. Nous avons donc décidé de l'imposer nous-mêmes. Voici comment nous allons procéder.

– À quarante, nous ne faisons pas vraiment le poids, observa un homme qui portait encore sa cravate, mais avait desserré son col de chemise.

– Laissez-moi terminer, je vous prie.

Il se tourna vers Laborde en lui adressant un sourire un peu forcé.

– D'une part, nous allons recevoir le renfort de salariés d'autres entreprises, en particulier de Simca, qui ont une certaine expérience des cocos.

Laborde inclina la tête.

– Vous pouvez compter sur nous.

Harberer plaça ses poings sur ses hanches.

– Il est clair que nous ne vous demandons pas de virer les cégétistes tout seuls. Nous allons les prendre en tenaille. Une manifestation sera organisée à Balard avec les ouvriers et employés qui veulent reprendre le travail. Nous comptons sur la participation d'un bon millier de personnes. Bien entendu, parmi les non-grévistes, tous ne sont pas prêts à se bagarrer. Certains viennent seulement pour toucher des acomptes et se faire bien voir. Mais il y a tout de même un certain nombre d'éléments déterminés. Et surtout, ils seront bien encadrés. Une partie des hommes les plus solides accompagnera la manifestation, une autre vous rejoindra ici pour prendre les cégétistes à revers. Vous avez compris le topo ? Des questions ?

– Ils nous surveillent aussi et vont nous voir sortir…

– Ça ne fait pas de doute. Mais nous allons procéder en deux temps, de façon coordonnée. La manifestation va se dérouler à Balard et se présenter devant la grande porte. Nous allons tester leurs réactions. Quand ils vont voir un millier de gus se pointer, encadrés par un service d'ordre bien discipliné, ils paniqueront probablement, se replieront à l'intérieur et boucleront tout. Mais ils seront obligés de regrouper leurs troupes autour de l'entrée Balard. Vous, à ce moment-là, avec les renforts dont je vous ai parlé, vous entrerez dans les ateliers pour faire le ménage. De ce côté, vous ne devriez pas avoir en face de vous plus d'une vingtaine de types qui ne s'attendront pas à ce que vous soyez si nombreux.

– Si nombreux ?

– Oui, avec les renforts dont je viens de vous parler, vous serez une centaine. La plus grande partie des cégétistes sera occupée de l'autre côté. C'est l'effet de surprise qui va compter. Ils n'auront pas le temps de se réorganiser.

– Ils ne vont pas se laisser faire comme ça. Ils ont des barres de fer, des boulons, des pièces de métal…

– Je ne vous demande pas non plus de venir les mains vides, mais je ne veux pas d'armes à feu, même en cas de difficultés.

– Et si les cocos sont armés ?

– C'est peu probable. Nous avons nos sources d'information. Maintenant, s'il y en a qui se dégonflent, ils connaissent le chemin de la sortie. Je ne les retiendrai pas.

Quelques hommes ricanèrent, par bravade, la plupart restèrent impassibles, mais personne ne commenta ce défi.

– Parfait. Je coordonnerai personnellement les opérations en collaboration avec monsieur, qui sera à vos côtés avec ses hommes, dit Harberer en se tournant à nouveau vers Laborde.

Pour ma part, je dirigerai la manifestation de Balard. Nous serons en contact permanent par Motorola[1].

*

15 juin, 10 heures

La place Balard était déjà sous tension. Depuis le début de la grève, des ouvriers passaient chaque jour prendre des nouvelles, relayer leurs camarades ou participer à des assemblées, tandis que des militants de diverses organisations venaient leur distribuer des tracts, leur vendre des journaux et tenter d'engager la discussion. Les cégétistes en faction devant l'entrée et les gauchistes se regardaient en chiens de faïence, mais les relations n'étaient guère meilleures entre trotskistes, maoïstes, anarchistes et étudiants affiliés à divers comités d'action qui se faisaient une concurrence acharnée. Il était assez rare que ces derniers parviennent à accrocher d'authentiques ouvriers de Citroën car ceux-ci étaient immédiatement dirigés par le service d'ordre de la CGT vers l'intérieur de l'entreprise afin de les protéger des virus propagés par ces pseudo-révolutionnaires.

Petit Louis, Alain et une demi-douzaine de militants traversèrent cette petite foule pour aller au-devant des cégétistes.

– Salut camarades, on nous a dit que vous aviez besoin de monde ce matin.

L'un des responsables les considéra avec méfiance.

– Vous n'êtes pas avec des gauchistes-Marcellin, au moins ?

– Ce sont les copains de la section Javel qui nous envoient. Tu ne te souviens pas de moi ? J'étais là le 20 avec vous.

– C'est vrai, dit un autre cégétiste. C'est même lui qui causait dans la sono.

La glace fut rompue et ils se serrèrent énergiquement la main.

– Tu comprends, expliqua le premier cégétiste, avec toutes les provocs de la direction, on est obligés de se méfier…

1. Modèle de talkie-walkie alors utilisé par les forces de l'ordre.

Peu à peu, plusieurs dizaines d'autres militants auxquels se joignirent des grévistes vinrent grossir leurs rangs, sous l'œil intrigué des gauchistes. Puis, soudain, une clameur s'éleva en provenance de l'avenue Félix-Faure. Le cortège des non-grévistes apparut bientôt, hérissé de drapeaux tricolores et précédé par une grande banderole sur laquelle était inscrit en lettres noires « Liberté du travail ». Certains manifestants brandissaient des pancartes et scandaient divers slogans, mais la plupart restaient silencieux et quelques-uns semblaient même gênés de faire ainsi face à leurs collègues. En revanche, ceux qui marchaient en tête paraissaient décidés à en découdre.

Instinctivement, les gauchistes se replièrent aux côtés des cégétistes qui serrèrent les rangs mais ne les expulsèrent pas, comme si, face à l'ennemi commun, une trêve tacite avait soudain été conclue.

– Ça risque de cogner, dit Petit Louis.

Son ton et son attitude laissaient penser que cette perspective ne lui déplaisait pas. Alain, lui, se demanda soudain ce qu'il était venu faire là, alors qu'il pourrait être tranquillement installé chez lui à écouter de la musique, en train de bricoler un moulin dans son garage ou en compagnie d'Yvon qui ne mettait plus guère les pieds au ministère ces temps-ci. Mais il songea aussi qu'il n'avait plus le choix et se prépara à recevoir des coups et à en donner. Quand on a choisi un camp, il faut en assumer les conséquences.

Le cortège avança et vint se placer en face du piquet de grève. Les manifestants du premier rang brandissaient des armes diverses et crachaient des insultes parfois ordurières à l'intention des grévistes. La réplique jaillit de centaines de poitrines, toutes obédiences confondues, « Ce n'est qu'un début, continuons le combat ! », suivie presque aussitôt de l'incontournable : « Le fascisme ne passera pas ! »

Une cinquantaine de mètres de pavés déserts séparait encore les deux troupes, mais de petits groupes isolés échangeaient déjà des horions en différents points de la place Balard. Un homme en costume armé d'un porte-voix se détacha de la foule des non-grévistes.

– Au nom de tous vos collègues qui veulent travailler, qui ont besoin de travailler pour nourrir leurs familles, au nom de la liberté, de la France et des quinze mille salariés qui se sont démocratiquement prononcés pour la reprise du travail, je vous demande de dégager le passage. Notre président Pierre Bercot s'engage personnellement à ce qu'aucune sanction ne soit prise contre ceux qui reprendront le travail aujourd'hui.

Un concert de sifflets et de cris accueillit cette déclaration. Puis, tout d'un coup, les portes métalliques s'entrebâillèrent pour laisser passer un groupe d'occupants qui déroulaient un gros tuyau noir.

– Écartez-vous, camarades !

Le service d'ordre cégétiste s'écarta. Les nouveaux arrivants dirigèrent leur lance à incendie sur les jaunes et se mirent à les arroser. La puissance du jet était telle qu'il balaya les plus téméraires. Ceux qui s'étaient approchés un peu trop près dégringolèrent comme un jeu de quilles. Les autres refluèrent précipitamment et furent copieusement douchés. Des cris de triomphe fusèrent des rangs des cégétistes et des gauchistes. Alain lui-même laissa bruyamment éclater sa joie.

Quelques militants voulurent poursuivre les fuyards et s'emparer de ceux qui avaient été renversés par la trombe d'eau, mais les responsables du syndicat s'interposèrent.

– Ça suffit, camarades, nous ne cherchons pas l'affrontement. Ça leur servira de leçon.

– Dommage, glissa Petit Louis à Alain, on aurait pu s'en farcir quelques-uns. Ce ne sont pas des ouvriers, mais des types du SAC et d'Occident.

*

– Alors ? demanda Laborde qui s'impatientait.

L'adjoint d'Harberer était pendu à son Motorola sans qu'il soit possible d'entendre ce que lui disait son interlocuteur.

– Je vous passe Harberer. Il vous expliquera.

Laborde s'empara du combiné d'un geste sec, irrité par cette attente et par le fait qu'il ne maîtrisait pas la conduite des opérations.

– Laborde ?

– Lui-même. Nous sommes prêts depuis un moment. Où en êtes-vous ?

– Contrordre. On laisse tomber pour le moment.

– C'est une plaisanterie ?

– Absolument pas. La consigne vient de Caspard. J'exécute. Les cosaques nous attendaient avec des troupes fraîches. Il y a eu des fuites.

– Certainement pas parmi mes hommes.

– Possible, mais ce n'est pas la question. Les cocos se sont probablement préparés aussi à vous accueillir avec tout ce qu'il faut.

– Vous croyez que ça nous impressionne ?

– Ce n'est pas la question. La direction estime que ça ferait trop de grabuge et Bercot a probablement choisi la négociation.

– Il a subi des pressions du gouvernement, ou quoi ?

– Je n'en sais rien et ce n'est pas le moment d'en discuter. Je vous demande d'exécuter les consignes. Rappelez-vous que vous avez pris des engagements.

– Je les tiendrai, car je n'ai qu'une parole. Mais permettez-moi de vous dire que c'est lamentable.

Il coupa la communication et rendit le combiné à son propriétaire.

– Vous avez entendu les consignes ? dit celui-ci.

– Je les ai entendues.

– Messieurs, l'opération est reportée.

Cette annulation suscita des réactions qui allaient de la grogne à un discret soulagement, en particulier parmi certains cadres qui n'avaient pas osé se défiler mais ne souhaitaient pas particulièrement affronter physiquement les grévistes. Les plus déçus étaient les hommes de Laborde, qui appartenaient pour la plupart à Occident, mais ils n'exprimèrent pas leur déconvenue car leur chef leur avait signifié d'observer la plus stricte discipline. Ils quittèrent aussitôt les lieux à sa suite en empruntant le passage souterrain, sans prononcer une parole.

*

Leur présence n'étant plus nécessaire, Alain, Petit Louis et un autre militant allèrent s'en jeter un dans un bistro de la rue de Lourmel, où ils ne s'attablèrent qu'après avoir vérifié qu'aucun jaune ne s'y trouvait.

– On peut dire qu'on les a douchés, ces connards, dit Petit Louis. Sur le coup, j'ai regretté qu'on ne leur ait pas flanqué une raclée, mais au fond c'est mieux comme ça. Dans leur manif, il y avait des gars qui n'ont plus un rond pour tenir, des Espagnols et des Portugais qui envoient du fric à leurs familles.

– Le patron joue à fond la division avec les immigrés, approuva l'autre militant. On n'a peut-être pas fait tout ce qu'il fallait pour les gagner, mais c'est dur.

– Moi, je suis content d'avoir évité la castagne, avoua Alain, je n'ai jamais aimé la bagarre.

– Nous non plus, qu'est-ce que tu crois, mais la violence…

Alain leva la main.

– Ne me fais pas un discours sur la nécessité de la violence révolutionnaire, je connais par cœur. Petit Louis m'a déjà récité le couplet.

Le militant n'insista pas. Ils sirotèrent leurs apéros en silence pendant quelques instants.

– Ça vous intéresse d'apprendre un truc marrant ?

– Raconte toujours, dit Petit Louis.

– Vous ne vous êtes pas demandé pourquoi on vous a convoqués en renfort aujourd'hui ?

– Si, je me suis posé la question. Les copains étaient prévenus ? On a une taupe à la direction ?

– Pas tout à fait mais presque. Vous savez que l'usine de Nanterre est occupée et que les jaunes font régulièrement des provocs du genre de celle d'aujourd'hui ?

– J'en ai entendu parler.

– Là-bas aussi, on a commis l'erreur de leur laisser des bureaux. On raconte même qu'il y a un passage secret qui débouche dans une cour. Ça leur permet de se ravitailler. Eh bien, à Nanterre, le secrétaire du syndicat rencontre presque tous les jours le directeur local.

– Comment ça ? Je croyais que Bercot ne voulait pas négocier.

– Il ne le rencontre pas pour négocier. C'est une réunion informelle. La direction a établi son quartier général dans un bistro, pour faire pointer les jaunes, et nous dans un autre bistro. Chaque jour, le copain fait la moitié du chemin qui les sépare et le directeur l'autre moitié. Ils discutent d'un peu de tout sur le trottoir ou dans un troisième bistro devant un godet. Le directeur raconte au copain les coups tordus que prépare la direction. C'est comme ça qu'on a appris qu'ils avaient l'intention de réinvestir l'usine aujourd'hui et qu'on a pu se préparer.

– Et pourquoi il fait ça ?

– Difficile à dire… Peut-être qu'il cherche à prendre des assurances de notre côté au cas où ça tournerait mal pour eux, par exemple si on prenait le pouvoir. Peut-être qu'il a des problèmes de conscience. Faut aussi comprendre la situation de certains cadres, même dans la hiérarchie. Eux aussi sont complètement fliqués par la direction. Ça ne doit pas être marrant tous les jours.

– Et s'il jouait double jeu ?

– C'est une éventualité. Mais jusqu'ici, il n'a pas raconté de craques. Et le copain n'est pas idiot. Il ne lui dit rien qui puisse être utilisé contre nous. Bon, vous gardez ça pour vous, hein. Moi, je le sais parce que nous avons des liens de famille. Mais il ne faut en parler à personne. Le directeur en question risque gros s'il ne suit pas des consignes d'en haut.

– Comment ça, des consignes d'en haut ?

– On ne peut rien exclure. Peut-être que Bercot veut se donner des allures de patron de combat, mais ne souhaite pas non plus que ça s'envenime trop et qu'il veut se garder une marge de manœuvre. Mais ce ne sont que des hypothèses. Surtout, vous la bouclez !

– Alors pourquoi tu nous en as parlé ?

– Je suis trop bavard. Mais je vous fais confiance et ce n'est pas une raison pour faire comme moi.

Ils se séparèrent après avoir éclusé un autre apéro.

– C'est un comique, ton pote, dit Alain à Petit Louis, alors que l'autre s'éloignait pour reprendre sa place dans le piquet de grève.

– Non, c'est un camarade très sérieux, mais ce n'est pas très malin de sa part de me raconter ça, alors que je passe pour un oppositionnel et que certains veulent me virer du parti. Je suppose qu'il n'est pas au courant.

– Ah bon, ils veulent t'exclure ?

– Ça n'est pas encore fait.

Ils se donnèrent une nouvelle accolade sur le trottoir et chacun partit de son côté.

*

– Tu es donc allé faire le coup de poing avec tes amis communistes, dit Yvon quand Alain lui eut raconté sa matinée. Tu ne penses pas que tu as passé l'âge, mon grand ?

– Ça n'est pas très sympa de me dire ça…

Yvon le prit affectueusement par l'épaule.

– Ne le prends pas mal. Je te trouve encore très jeune, mais ça me chagrinerait que tu te fasses défigurer dans une bagarre ou que tu me reviennes dans un fauteuil roulant.

– Encore jeune… Sinon, qu'est-ce que tu as fabriqué aujourd'hui ?

– J'ai lu Proust et écouté de la musique. Le *Magnificat* de Henry Du Mont, entre autres.

– Tu ne vas plus au ministère ?

– Personne ne s'inquiète de moi et c'est très bien comme ça. Je passe un coup de fil de temps à autre pour rappeler que j'existe. Je sais seulement qu'ils préparent une grande manifestation sur les Champs-Élysées pour soutenir de Gaulle et que Malraux est en première ligne. Ils vont mobiliser le ban et l'arrière-ban, faire monter des cars de province.

– Tu as l'intention d'y aller ?

– Tu rigoles ! Je n'ai pas davantage envie de faire le jeu de cette clique de réacs rancis que celui des communistes. Il y aura sans doute des pressions sur le personnel du ministère, mais je trouverai une excuse quelconque.

– Tu fais des progrès. Je t'ai connu plus gaulliste…

– Gaulliste de gauche ! De plus, le Général n'est plus que l'ombre de lui-même. Mais je voulais te parler d'un projet qui devrait te motiver. Ça nous concerne. Je veux dire, ça concerne les pédés. Tu te souviens que j'ai participé à un magazine semi-clandestin voici quelques années. Eh bien, avec quelques amis, nous avons l'intention de mettre la situation à profit pour relancer quelque chose…

41

Avril 1971

Jean-Pierre Laborde relevait la béquille de sa moto quand deux hommes en trench-coat l'encadrèrent. L'un d'eux exhiba très vite une carte barrée de tricolore puis la fit disparaître.

– Suivez-nous, monsieur, s'il vous plaît.

Le langage restait poli, mais le ton était ferme.

Laborde remit la béquille en place et fit mine d'ouvrir une des sacoches. Le policier s'interposa, comme s'il redoutait qu'il s'empare d'une arme.

– C'est ma serviette, précisa Laborde d'une voix calme. Ça m'ennuierait qu'on me la vole.

Le flic prit la serviette, l'ouvrit, en examina rapidement le contenu et trouva la matraque télescopique. Il mit la serviette sous son bras, sans faire de commentaire. Son collègue se rapprocha, jusqu'à prendre Laborde par le bras. Ils le firent monter à l'arrière d'une 404 Peugeot où deux autres hommes étaient installés. Le conducteur démarra immédiatement.

Pendant le trajet, Laborde afficha un air impassible et ne posa aucune question, tandis que ses cerbères restaient eux aussi silencieux. Seule la radio grésillait et laissait de temps à autre échapper quelques paroles incompréhensibles pour le profane.

La 404 emprunta l'avenue de La Bourdonnais jusqu'à la Seine, suivit le quai Branly et le quai de Grenelle avant de bifurquer à deux reprises puis de s'immobiliser devant un vaste immeuble moderne largement vitré de la rue Nélaton. Le conducteur attendit quelques instants qu'on lui ouvre un portail donnant accès à un parking où s'alignaient une vingtaine de véhicules de marques et cylindrées diverses, parmi lesquels dominaient les Peugeot et les Citroën.

Les policiers firent descendre leur passager, l'orientèrent vers un ascenseur et le conduisirent dans une petite pièce aux murs nus où ils l'abandonnèrent. Laborde s'assit sur le banc de bois, sans protester. Après vingt minutes d'attente, deux autres fonctionnaires vinrent le chercher et le menèrent dans une pièce plus vaste où un troisième personnage était installé derrière un bureau métallique.

– Asseyez-vous, monsieur Laborde.

Il prit donc place sur une chaise en bois aux montants métalliques et attendit, les mains posées sur les genoux.

Le policier paraissait dans la quarantaine et avait des allures d'intellectuel avec ses lunettes à monture d'écaille. Il pressa sur le déclic de la matraque puis donna un petit coup sur un dossier. Le choc produisit un bruit mat.

– Pourquoi vous promenez-vous avec ça, monsieur Laborde ?

– Les rues ne sont pas sûres, de nos jours. Cette arme de défense est en vente libre dans n'importe quelle armurerie.

– Je ne l'ignore pas. C'était simple curiosité. On peut en déduire que vous n'avez pas que des amis.

– C'est le cas de beaucoup de gens par les temps qui courent. J'imagine que c'est aussi le vôtre.

– Probablement.

Le policier replia la matraque, la remit dans la serviette et croisa les mains sous son menton.

– Je vais être très direct. Nous avons la certitude que vous avez participé à la fusillade de la rue du Laos en novembre 61…

– 61… Et c'est seulement maintenant que vous vous inquiétez de ma personne ? Je ne vois pas de quoi vous parlez et, de toute manière, tous les actes en relation avec la guerre d'Algérie ont été amnistiés.

– Comment savez-vous qu'il s'agit d'un acte en relation avec la guerre d'Algérie alors que vous prétendez tout ignorer de cette fusillade ?

– Novembre 61, inutile d'être très malin…

– Tout est amnistié en effet. Je tenais seulement à ce que vous sachiez que vous n'êtes pas un inconnu pour nos services.

– Auriez-vous l'amabilité de me préciser quels services ?

Le policier lui tendit une carte de visite.

– La DST. Je suis le commissaire Blanchini. Nous vous connaissons donc assez bien… par dossiers interposés. Votre CV est impressionnant et pourtant vous n'avez jamais été inquiété par la justice. Engagé dans la LVF à dix-neuf ans, commando de l'OAS… Et je passe sur les innombrables rixes auxquelles vous avez participé. Auriez-vous la baraka, monsieur Laborde, ou bénéficiez-vous de protections ?

– Je ne vois toujours pas de quoi vous parlez.

– Votre sœur, Anne Granville, occupe une fonction importante. Ne pensez-vous pas que cela a pu jouer en votre faveur ?

– J'ai très peu de relations avec ma sœur.

– Nous ne l'ignorons pas. Vous êtes un activiste d'extrême droite et votre sœur est gaulliste. Mais les liens familiaux, cela compte tout de même, non ?

– Où voulez-vous en venir ?

Blanchini ouvrit un dossier cartonné et en tira des photos.

– Voici vos jeunes amis en pleine action à la faculté de Bordeaux.

Laborde prit l'une des photos. On y voyait une demi-douzaine de jeunes gens armés de manche de pioche, casqués de noir, le bas du visage masqué par des foulards.

– Vous allez avoir du mal à les identifier ! ricana Laborde.

– Sans doute si nous n'avions que cette photo, mais sur celle-ci, on les voit beaucoup mieux.

Le cliché montrait en effet les mêmes jeunes gens, à visage découvert, qui montaient dans une Citroën noire. Parmi eux, Laborde reconnut Courtet et Adeline.

– Et alors ?

– Voici huit jours, un commando a agressé des militants gauchistes qui distribuaient des tracts devant l'entrée de la faculté de Bordeaux. L'un d'eux a été assez grièvement blessé au bras et à la tête. Il se trouve qu'il est le fils d'un commissaire de police en poste dans cette ville…

– Il a bien mal élevé son fils, votre collègue.

– Les enquêteurs ont donc manifesté un zèle particulier, comme vous pouvez vous en douter. Ils ont assez rapidement identifié les membres de ce commando, qui est descendu de Paris dans une ID 19 appartenant aux parents de l'un d'eux. Le numéro de la plaque est parfaitement lisible sur cette photo. Ensuite, il suffit de dévider la bobine, vous savez comment ça se passe.

– Pourquoi me racontez-vous tout ça ?

– Ces garçons ont été interpellés et interrogés. Ils risquent la prison ferme pour coups et blessures, une inscription au casier judiciaire de nature à nuire à leurs carrières. Certains, je ne vous dirai pas lesquels, ont affirmé avoir agi à votre instigation. La roue tourne. Vous ne passerez peut-être pas toujours entre les gouttes, même si l'agression de Bordeaux est moins grave que la fusillade de 1961 ou votre engagement dans la LVF.

Laborde prit sa respiration.

– Je crois que vous bluffez ou que vous avez soumis ces jeunes gens à un chantage.

– Nous verrons ce que donnera la suite de l'instruction.

– C'est tout ce que vous aviez à me dire ?

Blanchini ôta ses lunettes, les balança un instant dans l'espace et les remit sur son nez.

– Vous voyagez aussi beaucoup, monsieur Laborde.

– La parfumerie de mon père compte des partenaires dans plusieurs pays et nous cherchons à développer nos exportations.

– Mais, sauf erreur, vous ne travaillez plus pour cette entreprise familiale. Vous émargez chez Simca depuis des années…

– Certes, mais je rends toujours des services à mon père.

Sourire ironique du policier.

– Cette piété filiale vous honore. Mais vos voyages intéressent certainement la DGSE, et ils nous intéressent aussi. Puisque vous avez la capacité de concilier ainsi plusieurs activités, pourquoi ne pas nous rendre aussi quelques services ? Ce serait une façon très honorable de servir votre pays, vous qui vous proclamez patriote et nationaliste…

– Je ne confonds pas la France avec les gens qui la gouvernent aujourd'hui. Vous devriez le savoir.

– Ce serait pourtant un moyen de vous tirer d'une sale histoire… Bon, ce que j'en dis. Je ne vous retiens plus, monsieur Laborde. La durée de l'instruction, qui est souvent longue, vous laisse un délai de réflexion.

Laborde se leva, sans répondre.

– Ah, lança le policier, n'oubliez pas votre matraque. On ne sait jamais…

42

1er mai 1971

Une ambiance bon enfant régnait dans le cortège qui scandait alternativement « Les pédés sont dans la rue » et « Prolétaires de tous pays, caressez-vous ». Ils étaient quelques centaines, coincés entre deux groupes de féministes, loin derrière le gros du cortège syndical qui reprenait des slogans plus traditionnels sur les salaires et les retraites. Sur les trottoirs du boulevard du Temple, les badauds et les gendarmes placés à chaque intersection contemplaient avec effarement ces manifestants pas comme les autres, dont certains portaient des tenues excentriques.

Entre les syndicalistes et les féministes, défilaient les organisations d'extrême gauche, isolées par un solide cordon sanitaire de militants cégétistes. Derrière une forêt de drapeaux rouges, les troupes de la Ligue communiste sautillaient aux cris de « Ho-Ho Ho Chi Minh Che-Che Guevara », tandis que celles de Lutte ouvrière proclamaient plus sobrement « Une seule solution, la révolution ». Divers groupes anarchistes agitaient des drapeaux noirs alors que les maoïstes brandissaient des portraits de Staline et de Mao Tsé-toung. Des tracts multicolores jonchaient le pavé.

– Je n'aime pas beaucoup les folles, glissa Alain à Yvon, en désignant du menton un groupe de jeunes gens affublés de perruques, de collants et de talons hauts qui se dandinaient en cadence devant eux.

Les tenues des manifestants homosexuels se partageaient entre classicisme et extravagance ostentatoire. Alain et Yvon se rangeaient dans la première catégorie. À son habitude, Yvon suivait la mode avec discrétion. Son élégant blazer bleu marine restait très bourgeois. Seuls son jean et son col ouvert témoignaient d'une décontraction inhabituelle. Alain portait lui aussi un jean délavé, des boots et un petit blouson de toile serré à la taille. Depuis quelque temps, il se laissait pousser les cheveux un peu plus long, ce qui ne déplaisait pas à son amant.

– Bah, dit Yvon, si ça leur chante.

– Quand même, ils nous font passer pour des guignols.

Alors qu'ils parvenaient à la hauteur du Cirque d'Hiver, on entendit des détonations et une colonne de fumée noire s'éleva au-dessus de la manifestation. L'odeur âcre des lacrymogènes leur piqua les narines. Plusieurs manifestants nouèrent des mouchoirs sur leur nez et se mirent à courir en direction du lieu de l'incident. Le slogan « Flics, fascistes, assassins », lancé d'un porte-voix et aussitôt repris par des milliers de poitrines, monta au-dessus de la foule.

– Ça risque de cogner, dit une fille blonde qui marchait à côté d'Yvon et arborait le sigle féministe sérigraphié en orange sur son T-shirt vert.

À peine avait-elle prononcé ces mots qu'une colonne d'hommes casqués, armés de bâtons et de nunchakus, déboucha de la rue des Filles-du-Calvaire et se rua sur eux.

– Les pédés au four ! cria l'un d'eux en assénant un coup de manche de pioche à l'une des folles chevelues, qui s'effondra sur le pavé.

Alain parvint à échapper de justesse au redoutable moulinet d'un nunchaku et riposta d'un coup de pied bien ajusté dans les parties génitales de l'agresseur qui se plia en deux. Moins rompu aux affrontements physiques, Yvon fut violemment matraqué et s'écroula. Pendant quelques longues minutes, un vent de panique souffla sur le petit cortège et les assaillants s'en donnèrent à cœur joie. Puis, tout aussi soudainement, surgit un groupe compact de garçons et filles casqués eux aussi, portant des brassards rouges, des foulards et des keffiehs dissimulant une partie de leurs visages. Ils foncèrent sur les autres, qui refluèrent précipitamment non sans essuyer quelques gnons, et les poursuivirent jusqu'au croisement de la rue des Filles-du-Calvaire où une escouade de gardes mobiles bardés de boucliers, de casques, de mousquetons et de lance-grenades se rangea en ligne serrée pour leur barrer la route. L'audace des nouveaux venus n'alla pas jusqu'à tenter de forcer ce barrage. Ils se regroupèrent en face d'eux et, le poing tendu, se contentèrent de lancer quelques slogans vengeurs contre l'État policier et sa complicité avec les fascistes. Une partie d'entre eux se détacha ensuite du groupe pour venir en aide aux victimes du raid qui gisaient sur le pavé.

Yvon, grimaçant de douleur, se tenait le bras gauche. Alain l'aida à se réfugier dans un café d'une rue adjacente, où plusieurs blessés portés par leurs camarades les rejoignirent. Le patron de l'établissement, un peu affolé, n'osa pourtant pas leur refuser asile.

– Il faut appeler une ambulance, dit quelqu'un.

Des secouristes de la Croix-Rouge apparurent, suivis par des infirmiers en blouse blanche. Yvon refusa d'être conduit à l'hôpital.

– Ça vaudrait mieux que tu passes une radio.

– Non, mon bras fonctionne, il n'est pas cassé. Je vais m'en tirer avec un gros hématome.

Pour se ragaillardir, il commanda un cognac. Alain en prit un lui aussi. L'un des brassards rouges casqués se dirigea alors vers leur table et baissa le keffieh qui masquait le bas de son visage.

– Merde, Petit Louis ! Qu'est-ce que tu fais là ?

– Comme toi, je manifeste. Vous avez été contents de nous voir, non ?

– Zorro est arrivé-é-é, chantonna Alain.

– Tu peux rigoler, mais, quand on appelle les gens à descendre dans la rue, il faut aussi se donner les moyens de les protéger.

– Qu'est-ce que tu entends par là ? Que les pédés ne sont pas capables de se battre ? protesta Alain. Moi, j'en ai aligné un qui se souviendra de moi.

– Je n'ai jamais dit ça. Mais le courage ne suffit pas, il faut s'organiser pour être efficace. Les fachos ne se frottent pas au SO de la Ligue. Tu as vu comme ils ont détalé ? Si les flics ne les avaient pas défendus, on les aurait coursés. À mon avis, c'est une provoc montée avec la police.

– Parce que tu es à la Ligue, maintenant ?

– Tu as tout compris, mon camarade.

Petit Louis plaça sa main contre sa poitrine.

– Et je te prie d'accepter mes humbles excuses pour toutes les conneries que j'ai pu sortir sur les homos.

– C'est nouveau, ça, des communistes qui défendent les pédés, remarqua Yvon.

– Tout arrive. Les bolcheviks ont dépénalisé l'homosexualité, après la révolution d'Octobre. Ce sont les staliniens qui ont rétabli les lois puritaines. Vous ne le saviez pas ?

Yvon ne répliqua pas. Son bras lui arracha une nouvelle grimace.

Alain lui prodigua un geste affectueux.

– Tu devrais vraiment te faire examiner.

– Non, ça va aller. On verra demain, si c'est indispensable.

Alain se tourna vers Petit Louis.

– Ça ne t'a pas surpris de nous trouver dans le cortège du FHAR[1] ?

– Pas eu le temps. Mais, si tu tiens à le savoir, je me doutais de vos relations.

– Et qu'est-ce qui t'a fait deviner ?

– Votre façon de vous regarder, le jour de l'enterrement de Charonne. Vous étiez discrets, mais ce sont des trucs qui se sentent.

– Et tu en as pensé quoi à l'époque ?

– J'avais encore un paquet de préjugés contre les homos. Surtout les homos bourgeois. Un vice de la bourgeoisie, c'était ce que disait le parti à l'époque et beaucoup de copains le pensent encore. Mais on avait eu huit camarades de tués par les flics, et ce qui comptait ce jour-là, c'était de se retrouver tous ensemble. Et je me suis dit que c'était bien que ton ami soit venu alors qu'il ne fait pas partie de notre classe. Ça m'a fait réfléchir. Mais ne va pas te faire d'illusions, même chez les trotskards, il y a encore plein de gens qui pensent que c'est une maladie. Bon, faut que j'aille rejoindre les copains. On aura

1. Front homosexuel d'action révolutionnaire.

tout le temps de discuter de ça plus tard. Tu n'as pas changé de coordonnées, Alain ?

En fait, il avait abandonné son garage de la rue du Laos l'année précédente pour en louer un beaucoup plus grand avenue de La Motte-Picquet. Il tendit à Petit Louis une carte de visite illustrée d'une voiture de sport.

– Concessionnaire Jaguar, bigre ! Tu fais dans le grand standing, camarade.

Il empocha la carte et s'éclipsa après un clin d'œil à son ancien voisin.

Alain et Yvon éclusèrent encore deux autres cognacs pour se remettre de ces émotions puis s'écartèrent du trajet de la manifestation pour trouver un taxi.

– Je ne sens plus mon bras, dit Yvon.

– Tu veux dire que tu n'as plus mal ou qu'il est devenu insensible ?

– Un peu des deux. Comme une sorte de crampe.

Le lendemain, il se décida à consulter un médecin qui lui fit passer une radio.

– Vous avez des lésions internes, mais rien de cassé. Je vous conseille tout de même de ne pas utiliser votre bras et de le porter en écharpe la journée pendant une petite semaine. Ensuite, revenez me voir.

À son retour de la clinique, il passa dans le garage d'Alain pour lui donner des nouvelles. Celui-ci occupait désormais un assez vaste bureau qui donnait sur un hall d'exposition où s'alignaient les véhicules mis en vente. Il employait cinq mécaniciens, une secrétaire et deux vendeurs, mais n'avait pas complètement renoncé à mettre les mains dans le cambouis et ne pouvait s'empêcher de soulever les capots. En revanche, il n'avait plus besoin d'emprunter les voitures des clients car il avait acheté son propre Roadster XK150. Il n'avait fait une exception que pour la toute nouvelle Jaguar E, dont un amateur parisien fortuné avait acquis un des premiers exemplaires. À cette occasion, il avait renoué avec son habitude de se pavaner à Saint-Germain-des-Prés en décapotable. Inutile de préciser que ce monstre futuriste au museau allongé comme celui d'un requin lui avait valu un certain succès.

Yvon, qui avait investi une partie de son héritage dans l'établissement, possédait cinquante pour cent de son capital, mais se désintéressait totalement de sa gestion. Il avait toutefois remplacé sa 2 CV par une Mini Cooper très à la mode.

Les deux amants allèrent déjeuner dans une brasserie qui faisait face à l'École militaire. Pour manier sa fourchette, Yvon libéra provisoirement son bras de son écharpe.

– Tu vois, tout fonctionne. En pleine forme pour aller ce soir écouter Montserrat Caballé.

Son ministère avait reçu comme d'habitude un certain nombre d'invitations, dont il disposait plus ou moins à sa guise, car, parmi ses collègues, les amateurs d'opéra étaient moins nombreux qu'on aurait pu le croire.

Yvon menait désormais une double vie : haut fonctionnaire de la culture le jour, militant de la cause homosexuelle la nuit. Ceux qui le côtoyaient dans les bureaux lambrissés de la rue de Valois auraient été bien surpris d'apprendre qu'il écrivait des articles enflammés dans des revues comme *Fléau social* et *Antinorm*. Il fréquentait et invitait fréquemment des personnalités comme Guy Hocquenghem, Daniel Guérin, Françoise d'Eaubonne. Ces soirs-là, Alain s'éclipsait discrètement, car ces dîners tournaient très vite en débats philosophiques qui l'ennuyaient profondément. Curieusement, c'était Yvon qui avait entraîné Alain à participer à toutes sortes de manifestations. Ils s'étaient aussi fait éjecter *manu militari* d'un meeting du parti communiste à la Mutualité. Jacques Duclos, du haut de la tribune, leur avait lancé : « Allez vous faire soigner, bandes de malades. »

Au théâtre des Champs-Élysées, où se produisaient Montserrat Caballé et l'orchestre de Paris, régnait une ambiance beaucoup plus sereine. Les homosexuels des deux sexes qu'on pouvait rencontrer dans l'élégante assistance n'étaient pas de ceux qui s'affichaient dans des manifestations excentriques. Robe du soir pour les dames, smoking ou costume sombre pour les messieurs, on aurait pu croire que rien n'avait changé depuis Mai 68. Alain et Yvon étaient eux-mêmes soigneusement cravatés. Les airs de Strauss ennuyèrent Alain qui manqua de s'endormir. *Perdido,* un air de Beethoven, le tira de sa somnolence. À l'issue du concert, ils allèrent souper dans un restaurant de l'avenue Montaigne. Nappes blanches, fleurs, personnel stylé, l'endroit était très chic. La majeure partie de la clientèle se composait du public des théâtres du quartier et d'artistes.

– Un jour avec les prolos, le lendemain avec les bourgeois, tu n'éprouves pas parfois l'impression d'être schizophrène ? demanda Yvon.

– Bof… Je ressens ça depuis l'adolescence. Sur le plan sexuel et sur le plan social. Donc, ça ne me change pas vraiment. Mais je l'assume bien mieux aujourd'hui. À quinze-seize ans, quand je sortais, j'avais honte de ma condition d'apprenti. Aujourd'hui, je suis plutôt fier de savoir travailler de mes mains. Aucun de mes mécanos ne peut m'en remontrer.

– Et tu te sentirais capable de revendiquer ta condition de pédé auprès de tes anciens collègues de Renault ? Auprès de tes employés ?

– Auprès des gars de Renault, je n'en sais trop rien. Dans la classe ouvrière, je crois que Petit Louis fait malheureusement partie des rares exceptions. Avec les employés de mon garage, j'ai des rapports sympas, du moins je le crois, mais j'essaie de ne pas mélanger la vie professionnelle et la vie privée. Et si quelques-uns s'en doutent, ils ferment leur gueule parce que je suis le patron. C'est regrettable mais c'est comme ça. Mais ils me respectent aussi pour ma compétence. De toute façon, même sous le socialisme, si ça arrive un jour, il faudra bien qu'il y ait des cadres pour organiser le boulot. Alors, si on décide de tout nationaliser, je m'en fous complètement de redevenir un simple salarié, si ça peut rendre service à tout le monde. Je ne suis pas attaché à la propriété privée.

– Mais on ne fabriquera peut-être plus de voitures de grand luxe…

– C'est possible aussi. On verra bien. Les gens décideront. Et toi, tu as le sentiment d'être schizo ?

– Depuis l'enfance. Mon père, diplomate, occupait un poste en Suisse. Il m'avait mis chez les Frères maristes, à Fribourg. C'était vraiment l'école de la schizophrénie. Une hypocrisie incroyable régnait dans cet établissement. De quoi te rendre anticlérical primaire pour le restant de tes jours. Office le matin, prière à tous les repas, rassemblement le soir. Il n'y avait que des enfants de riches dans cette boîte et tout se monnayait. Manquer un cours ou oublier un devoir, c'était une amende d'un franc suisse de l'époque. Les rares pauvres se faisaient un peu de blé en rédigeant les dissertations des autres. Évidemment, les bons frères fermaient les yeux car ils étaient les principaux bénéficiaires du système. Sur le plan cul, ils étaient tout aussi faux jetons. Plusieurs frères étaient connus comme pédés ou même comme pédophiles. Ils tripotaient les gamins à toutes les occasions. Tout le monde le savait et on en rigolait. C'est à cette époque-là que j'ai découvert que j'aimais les garçons et que j'ai compris qu'on pouvait vivre comme ça, mais surtout pas le dire.

– Vous vous la couliez douce pendant qu'on nous mettait à la lime pendant des heures au CET !

– On peut dire ça. Mais ce système d'éducation, s'il est permis de parler d'éducation, a tout de même perturbé des générations d'ados… C'était un concentré de toute l'hypocrisie religieuse et bourgeoise. Un jour, il faudra que j'écrive là-dessus.

Yvon s'était mis en tête d'écrire un roman, mais il n'en trouvait jamais le temps.

– La thérapie par l'écriture, dit Alain, qui avait tout de même retenu certaines choses des débats auxquels il avait assisté.

Yvon posa sa main sur la sienne.

– En fait, tu es ma meilleure thérapie. Mais, depuis que nous pouvons nous exprimer plus ouvertement, j'ai vraiment l'impression d'être libéré d'une chape de plomb. Enfin, tout de même pas au ministère. J'imagine la tête de Duhamel[1] s'il me voyait à la télé dans une manif du FHAR.

1. Jacques Duhamel, un des ministres de la Culture qui ont succédé à Malraux.

Ils pouffèrent tous les deux, attirant l'attention de leurs voisins.

– Bon, reprit Yvon, Duhamel n'est pas méchant, mais je préférais Malraux. Il était mégalomane, mythomane et j'en passe, mais c'était un sacré bonhomme.

– Malraux a appartenu au RPF, un parti fasciste, et il a soutenu toutes les saloperies. Je crois qu'il te file des complexes parce que tu n'as toujours pas publié de bouquin.

– Ah, voilà que tu te mets à la psychanalyse sauvage, comme Ménie Grégoire… Ce n'est pas sur le plan politique que j'admire Malraux. Dans sa jeunesse, il n'a pas hésité à se proclamer homosexuel, par provocation. Dans les années trente, il fallait le faire !

– Mais qu'est-ce qu'il a changé ? Rien du tout.

– Peut-être as-tu raison, je me laisse impressionner. Faut dire que nous ne sommes pas gâtés depuis son départ. Ils nous ont d'abord mis Bettencourt, le patron d'une boîte de produits de beauté qui est passé par tous les ministères ou presque. Un copain de Pompidou. Et le dernier vient du ministère de l'Agriculture. Duhamel est quand même moins réac que Bettencourt et il s'intéresse un peu plus aux affaires culturelles. Mais sa marotte, ce sont les nouvelles technologies, l'audiovisuel… Pour lui, tout est une question de fric et de technique.

– Et toi, qu'est-ce que tu fais en ce moment, à part tes voyages et tes ronds de jambe dans les cocktails ?

Yvon lui caressa à nouveau la main, sans se préoccuper des regards amusés venant des tables voisines. Ils avaient descendu une bouteille et demie de bordeaux.

– Ne te moque pas de moi comme ça ! Il est question de me confier une mission à propos des maisons de la culture.

– Ça t'intéresse ?

– Oui et non. Oui, si ça doit déboucher sur quelque chose de concret, non si c'est pour me coltiner un rapport de deux cents pages qui va moisir dans un tiroir.

Ils discutèrent encore un peu de choses et d'autres, tout en vidant leur seconde bouteille, puis réalisèrent qu'il était minuit passé. Alain avait conservé l'habitude d'ouvrir chaque matin son garage à six heures trente, avant l'arrivée des premiers employés.

À la quarantaine, il supportait plus difficilement les nuits sans sommeil.

D'un commun accord, ils quittèrent le restaurant et montèrent dans leur cabriolet, dont ils avaient laissé la capote baissée. Alain prit le volant. La nuit était claire, les rues parisiennes quasi désertes. L'air qui leur fouettait le visage procurait une sensation très agréable et dissipait un peu les effets du vin. Yvon laissa aller sa tête sur l'épaule du conducteur.

*

Anne était passée de Matignon à l'Élysée, dans les bagages de Pompidou, après l'élection de celui-ci en 69, comme une bonne partie de ses proches collaborateurs. Elle occupait désormais un bureau au premier étage de l'aile ouest du palais présidentiel. Le mobilier second Empire de la pièce n'avait paraît-il pas changé depuis Badinguet. Il lui rappelait un peu celui du cabinet de son mari, ce qui ne lui plaisait pas particulièrement. Deux autres conseillers de premier plan du chef de l'État logeaient au même étage, à quelques portes de distance : Marie-France Garaud et Pierre Juillet. Quant à Bacchelli, s'il ne figurait pas dans l'organigramme officiel de la maison, elle le croisait souvent dans les couloirs et les réceptions. On chuchotait qu'il exerçait une forte influence sur ses voisins, sinon sur le président lui-même. Il avait toujours ses entrées partout, alors qu'Anne Granville éprouvait l'impression d'avoir, elle, à nouveau été rangée dans un placard doré, au sens propre comme au figuré. Elle ignorait les raisons de cette semi-disgrâce, mais elle ne faisait plus partie des courtisans privilégiés qui rencontraient régulièrement le prince ou pouvaient lui demander audience sur sa ligne directe, alors qu'elle l'avait côtoyé presque chaque matin à Matignon. On ne lui demandait que de rédiger et transmettre des notes et des rapports sur divers sujets, en ne lui laissant que rarement l'occasion de les défendre oralement devant les responsables concernés ou le président en personne. Comme elle s'en était ouverte auprès de Michel Jobert, celui-ci lui avait répondu à son habitude, de façon laconique et un peu cassante : « Chaque chose en son temps, chère amie. » Jobert était un homme qui comptait, car il occupait le poste de secrétaire général des lieux. Les chansonniers raillaient sa petite taille en le traitant de nabot, alors que dans les couloirs du palais on utilisait plus volontiers le sobriquet de gnome, mais ces sarcasmes ne semblaient pas l'affecter. Anne n'avait pas insisté.

Elle fut un peu surprise quelques jours plus tard quand Pierre Juillet lui proposa un entretien d'une façon qui avait des allures de convocation. Elle connaissait un peu Juillet pour l'avoir croisé au RPF, rue de Solferino. Leurs itinéraires se ressemblaient : tous deux avaient, très jeunes, participé à la Résistance, bien que dans des organisations différentes, puis s'étaient engagés dans le mouvement gaulliste. En principe, il n'y avait pas de liens hiérarchiques entre eux. Elle s'interrogea donc sur ses intentions et se demanda même s'il ne nourrissait pas des desseins galants. À l'approche de la cinquantaine, Anne était toujours une femme très séduisante. Ses traits s'étaient légèrement durcis, elle affichait une froideur affectée qui n'était pas pour déplaire à certains hommes, et elle avait conservé sa silhouette de jeune fille. Il n'était pas rare qu'on la courtise. Le ministre de l'Économie, toujours très charmeur, lui avait ainsi un jour fait des avances qui ne l'avaient pas laissée indifférente, mais qu'elle avait courtoisement repoussées. D'une manière moins élégante, un des jeunes et fringants collaborateurs du président, surnommé le Bulldozer, qu'on disait promis à un brillant avenir, avait tenté de l'entraîner dans un bureau vide à l'issue d'un cocktail bien arrosé.

Juillet, avec ses airs ténébreux et un peu mystérieux, était un personnage attirant bien que plus réservé que les deux précédents. Il l'accueillit dans un bureau guère plus grand que le sien et meublé de façon similaire, puis lui proposa d'aller marcher dans le parc.

– Je sais que certaines personnes ne supportent pas le tabac, comme il fait beau, nous serons mieux dehors.

De fait, il avait toujours la pipe au bec, mais Anne soupçonna qu'il redoutait peut-être d'avoir été mis sur écoutes. Ils firent quelques pas, échangèrent des propos anodins, puis Juillet attaqua.

– Qu'avez-vous fait des fichiers qui vous ont été confiés ?

– Ce ne sont pas les fichiers qui m'ont été confiés, mais leur traitement. Debizet avait pensé, un peu à tort, que j'avais quelques compétences pour le faire. Mais j'ai eu en effet une partie de ces fichiers entre les mains.

– Vous voulez dire que vous les avez rendus ?

– Pas exactement, je les avais rangés dans ma cave et celle-ci a été fracturée. Ces fichiers ont disparu. À l'époque, j'en ai d'ailleurs informé Comiti qui n'a pas semblé s'en soucier. Ça remonte à dix ans, il y avait l'OAS, les négociations d'Évian, le SAC avait éclaté…

– Ah, c'est bien regrettable. Debizet ou Pasqua ne vous les ont pas réclamés ?

– Non. Je n'ai pas repris ma carte du SAC, comme vous le savez peut-être, et je ne me rends même pas à leurs réunions annuelles du Lutetia. D'ailleurs, je trouve que le choix de cet endroit est pour le moins inapproprié…

Juillet fit un mouvement dans le vide avec sa pipe.

– S'ils ne vous les ont pas réclamés, c'est peut-être qu'ils ont mis la main dessus d'une autre façon, ou qu'ils disposent de doubles. Donc vous avez rompu les ponts avec eux ?

– En fait, je suis partie sur la pointe des pieds et je reste à l'écart. Mon point de vue est que le SAC a été constitué pour épauler le Général. Depuis qu'il nous a quittés, il n'a plus de raison d'exister, sinon pour servir des ambitions personnelles.

– C'est ma foi bien vu. Le président souhaiterait d'ailleurs le dissoudre en douceur, en laissant à la partie saine de ses membres la possibilité de rejoindre l'UDR[1]. Mais c'est une tâche délicate car cet objectif se heurte aux intérêts de toutes sortes de petits barons.

– Je reste fidèle à mes convictions, mais je ne me sens plus concernée par cette aventure. Le SAC a peut-être joué un rôle utile, mais on y a laissé entrer trop de gens douteux… Je ne

1. Union pour la défense de la République. Parti gaulliste dont Georges Pompidou était membre.

souhaite pas que mon nom soit associé à ceux d'aventuriers et de truands.

Juillet tira une bouffée de sa pipe.

– Hum… Le SAC appartient au passé. Nous verrons ce qu'il en adviendra. Le problème du jour, c'est celui de la succession de Pompidou. Avez-vous remarqué qu'il est malade ?

– Eh bien, il me semble qu'il a beaucoup grossi, mais je n'ai plus souvent l'occasion de le rencontrer.

– C'est top secret et je compte sur votre discrétion, mais il a un cancer. On ne sait pas s'il pourra terminer son mandat.

– Ah…

– Eh oui. Humainement, c'est un drame qui ne peut nous laisser indifférents, mais nous sommes tenus d'en mesurer les conséquences politiques. Nous devons songer à la continuité de la Cinquième République.

– Sans doute.

– Je vais vous dire franchement les choses comme je les vois. Le danger, aujourd'hui, c'est Chaban. Il a pactisé avec les syndicats et laissé entrer à l'ORTF des gens du PC ou qui en sont très proches. S'il devait succéder à Pompidou, ce serait une catastrophe. Il va faire le jeu des communistes.

Anne fixa son regard dans celui de Juillet.

– Je crains que vous ne fassiez erreur sur la personne. Je n'ai strictement aucun moyen d'influencer les décisions qui seront prises. Vous en avez bien davantage que moi.

Juillet fronça ses gros sourcils bruns.

– Eh bien, j'avais songé que vous aviez peut-être conservé quand même quelques fiches, sinon sur Chaban lui-même, sur des gens de son entourage. On ne sait jamais. Il y a parfois des patriotes bardés de médailles qui, quand on gratte un peu…

– Non, absolument désolée, je n'ai rien gardé.

Juillet sembla sceptique mais n'insista pas. Ils se séparèrent fort courtoisement.

Le soir même, au cours du dîner, Anne rapporta cette conversation à son mari. L'avocat retint surtout que Pompidou était malade.

– Donc Juillet voudrait que je prenne parti contre Chaban qui est un des dauphins potentiels.

– Et alors ?

– J'ai préféré ne pas me mouiller. En ce moment, on ne parle que de bagarres de cliques. Pasqua contre Debizet, Juillet contre Chaban, et j'en passe… Chacun a son écurie, évidemment.

L'avocat eut un petit sourire ironique.

– Ma chérie, depuis le temps que tu évolues dans ce milieu, il m'avait semblé que tu avais compris les règles du jeu…

– Sans doute, mais je suis un peu lasse. Chaban, je l'ai connu à la Libération, c'est un homme que j'estime.

– Tu as eu une aventure avec lui ? Il était beau gosse en 44. Ce ne serait pas ce jeune ministre dont tu m'avais parlé ?

Elle rit.

– Qu'est-ce que tu vas chercher !

– Alors, si tu trouves que Chaban ferait un bon président, soutiens-le. Il passe pour un gaulliste social après tout. Ce ne serait pas le pire des candidats. Son passé est irréprochable. À l'autre bord, je crains qu'il n'y ait pas de concurrent crédible ni bien sympathique. Quand je vois ce cheval de retour de Mitterrand, qui a commencé sa carrière à Vichy et vient subitement de se proclamer socialiste, on peut s'attendre à tout…

– Non, je n'ai pas envie de m'engager dans un clan. J'ai déjà donné. Je regrette d'ailleurs d'avoir adhéré au SAC, ce panier de crabes où pullulent les crapules…

– Tu veux mon avis ?

– Je t'écoute.

– Tu te plains d'avoir été mise sur la touche et tu prétends ne pas savoir pourquoi. L'explication est simple : tu restes toujours entre deux eaux sans choisir un camp. Il n'y a rien de pire pour une carrière.

*

Bacchelli toisa les deux jeunes hommes qui venaient d'entrer dans son bureau.

– On m'a rapporté vos derniers exploits, messieurs.

Alain Courtet eut un petit sourire en coin. Pour l'occasion, il avait abandonné son blouson de cogneur pour un costume bien coupé. Son compère Adeline sembla plus intimidé. Tous deux fréquentaient depuis des années l'Institut d'études géopolitiques où ils recueillaient des documents qu'ils utilisaient dans les publications du Groupe union défense et d'Ordre nouveau. Ils avaient pour Bacchelli la considération qu'on éprouve pour un vieux sage et c'était toujours, à leurs yeux, un honneur d'être reçu par lui. De fait, il les avait convoqués, ce qui les intriguait.

Il y eut un instant de silence. Les deux garçons se consultèrent du regard, avant qu'Adeline se décide à répondre.

– Vous voulez parler du 1er Mai, monsieur Bacchelli ?

– Ne me prenez pas pour un imbécile. C'est vous qui avez organisé ce commando contre les pédérastes ?

Courtet joua avec ses pouces en adoptant un air vaguement contrit.

– En quelque sorte…

– Jean-Pierre Laborde a participé à la fête ?

– Non, mais il nous a donné son accord. Ces manifestations de dégénérés sont intolérables.

Bacchelli soupira et les invita à s'asseoir.

– Je n'apprécie pas davantage que vous les exhibitions de ces invertis. Mais vous leur avez fait de la publicité. Toute la presse en a parlé. Ce sont des gamineries. Je n'ignore pas que vous êtes des jeunes gens courageux. Par le passé, vous avez pris de véritables risques au moment de la guerre d'Algérie, il s'agissait alors d'un combat sérieux, même si, comme je l'ai dit à l'époque à Laborde, vos chances de succès étaient quasi nulles. Sachez que je respecte profondément cet idéal et cet engagement. Mais aujourd'hui, il faut analyser objectivement la situation et rechercher l'efficacité. Des escarmouches de ce genre sont improductives.

– Il faut tout de même montrer que les nationaux ne sont pas prêts à laisser la racaille gauchiste faire la loi, protesta Courtet.

Bacchelli eut un mouvement d'humeur, ce qui lui arrivait assez rarement.

– Passez-moi ce discours, voulez-vous. Le problème n'est pas de faire un peu d'exercice et de se donner bonne conscience avec des interventions de ce genre. La politique n'est ni un sport ni un jeu. Vous vous êtes déjà tous les deux fait épingler voici quelques années, à la suite de bagarres à la faculté. Si je suis bien informé, vos casiers judiciaires n'ont même pas encore retrouvé leur virginité.

– C'est amnistié, affirma Adeline.

– Admettons. Mais ça ne veut pas dire qu'il n'en reste plus de traces. Les fichiers de la police et des services spéciaux sont bien tenus. On peut vous ressortir ces condamnations à tout moment d'une façon ou d'une autre.

Bacchelli ouvrit un tiroir de son bureau et en sortit une enveloppe de papier kraft d'où il tira un jeu de photos qu'il fit glisser vers ses visiteurs.

Courtet en prit une, puis la tendit à Adeline. On y voyait un groupe de jeunes gens brandissant des fanions ornés de croix celtiques et des barres de fer. Trois d'entre eux étaient perchés sur le capot d'une voiture. Adeline, en imperméable mastic, souriait béatement à l'objectif. Courtet portait des lunettes teintées, mais on le reconnaissait néanmoins sans difficulté. Un autre cliché avait été pris au cours d'un meeting d'Ordre nouveau. Les deux garçons figuraient à la tribune, sous une banderole proclamant « Révolution populaire nationaliste contre le marxisme et le capitalisme apatride ».

– J'imagine que vous savez que ces photos ont été diffusées un peu partout. Elles peuvent ressortir dans cinq ans, dix ans, vingt ans…

– Nous avons pris nos responsabilités.

Bacchelli secoua la tête.

– Vous n'allez pas jouer aux cosaques blancs jusqu'à la fin de vos jours. Vous êtes jeunes, vous avez des carrières devant vous. Si j'ai bien compris, vous avez tous les deux obtenu brillamment vos diplômes d'avocat. Vos âneries risquent de vous faire un tort considérable si vous persévérez dans cette voie. Vous êtes à la croisée des chemins, en avez-vous conscience ?

Courtet se départit un peu de l'attitude bravache qu'il avait adoptée.

– Pour être francs, monsieur Bacchelli, nous nous posons toutes sortes de questions. Nous avons aussi beaucoup de respect pour Jean-Pierre Laborde. C'est lui qui nous a formés, transmis ses traditions, son expérience...

Bacchelli se renversa dans son siège.

– Jean-Pierre Laborde est un combattant que, comme vous le savez, je tiens en estime. Sa fidélité, sa droiture, son courage méritent l'éloge. Il les a payés cher, comme j'ai payé moi-même mon engagement... Mais sa situation est totalement différente de la vôtre. On peut dire qu'il a brûlé ses vaisseaux en 44 sur le front russe. Son choix fait partie de ceux que les rentiers à vie de la Résistance, gaullistes comme communistes, ne lui pardonneront jamais. De plus, si mes calculs sont exacts, il a aujourd'hui quarante-six ans. D'un certain point de vue, c'est encore jeune, mais d'un autre, beaucoup trop tard pour entamer une carrière politique et espérer un jour parvenir aux affaires. Sur le plan personnel, sa position de cadre chez Simca et le patrimoine familial des Laborde le mettent à l'abri de tout problème d'ordre financier. J'ai cru comprendre que ce n'est pas votre cas...

Les deux visiteurs méditèrent un instant ce laïus, puis Adeline se lança.

– Jean-Pierre Laborde a pour projet de participer à la création d'un nouveau parti, plus large, avec Jean-Marie Le Pen, François Brigneau, Roger Holeindre, Pierre Bousquet... Qu'en pensez-vous, monsieur Bacchelli ?

– Je suis au courant, bien entendu. Tous les hommes que vous me citez sont très estimables. Jean-Marie Le Pen a pour avantage d'avoir déjà occupé un siège au Palais Bourbon et c'est un excellent tribun. On ne peut pas lui reprocher d'avoir choisi le mauvais camp pendant la guerre. On dit même qu'il a tenté de s'engager dans les FFI, mais que les cocos n'ont pas voulu de lui car il était trop jeune.

– Il est partisan de la réconciliation de tous les Français, dit Courtet avec un certain enthousiasme.

– Louable projet ! Mais, si vous voulez mon avis, il faudra attendre au moins une génération, sinon deux, pour qu'il se réalise. Les canailles ont la peau dure et tous nos super-patriotes médaillés de la vingt-cinquième heure continueront à exercer leur influence malfaisante jusqu'à leur dernier souffle. C'est pourquoi, dans les dix ou vingt années à venir, le parti que veut lancer Le Pen est voué à la marginalité. À supposer d'ailleurs qu'il le lance et réussisse lui-même à unir les nationaux...

– Vous êtes très pessimiste, monsieur Bacchelli !

– Pas pessimiste, mes amis, réaliste. La vie m'a appris à voir la réalité en face. Si vous me permettez de poursuivre mon raisonnement, d'ici que ces vieilles affaires de Londres et de Vichy disparaissent dans les oubliettes de l'histoire, vous aurez les tempes grises, peut-être blanches, et vous n'aurez pas fait avancer les choses. C'est un véritable mur de Berlin qu'ils ont construit pour nous isoler. Ce mur s'effondrera un jour, certes, et nous devons travailler à en saper les fondations, mais d'ici là, la France a besoin d'être gouvernée. Et il est préférable qu'elle le soit le mieux ou le moins mal possible. On ne gagne rien en restant en dehors du jeu. Vous ne ferez pas la révolution nationale avec quelques centaines ou même quelques milliers de jeunes gens déterminés. Vous n'avez même pas dans votre manche le dixième des atouts dont disposaient les chefs de la Cagoule en 37. Eux réunissaient des industriels, des financiers, des officiers supérieurs. Pourtant on sait comment l'affaire a fini.

– Nous avons des sympathies dans les forces de l'ordre. Le 1er Mai, ils nous ont laissés passer et ils ont empêché les gauchistes d'approcher de notre meeting le dix avril...

– Ils ne se sont pas mouillés beaucoup. Flics, gendarmes et militaires obéissent aux ordres, croyez-moi, sauf dans quelques circonstances historiques exceptionnelles. Aujourd'hui ils vous protègent, demain ils perquisitionneront chez vous sans ménagement.

– Alors que nous suggérez-vous, monsieur Bacchelli ?

Cette question équivalait à une sorte de reddition. Le patron de l'Institut d'études géopolitiques, qui l'attendait, afficha un sourire satisfait.

– Évidemment, c'est de la politique politicienne, mais elle a aussi son importance. Dans l'immédiat, tout va se jouer autour de la succession de Pompidou. Pour diverses raisons qu'il est préférable de ne pas divulguer pour le moment, il est fort peu probable qu'il tente de renouveler son mandat et peut-être même qu'il le termine. Les manœuvres de succession ont déjà commencé. L'un des candidats les plus dangereux est Chaban-Delmas. Il représente le gaullisme dans ce qu'il y a de pire, c'est-à-dire tout ce que nous détestons. En face de lui, il y aura probablement Mitterrand, qui va tenter de rééditer une sorte de Front populaire à la mode d'aujourd'hui. Je pense qu'il est assez malin pour essayer ensuite de se débarrasser des communistes et de réduire leur influence, mais c'est un jeu fort dangereux pour la France.

– Si l'un ne vaut pas mieux que l'autre, comment choisir le moindre mal ?

Le sourire de Bacchelli s'élargit.

– La première étape consiste à écarter Chaban. Différents acteurs s'y emploient pour des raisons qui ne sont pas nécessairement les nôtres. Plusieurs autres prétendants sont en lice. Je vous en parlerai ultérieurement de façon plus précise. De toute manière, l'homme qui succédera à Pompidou aura besoin de jeunes gens comme vous pour assurer toutes sortes de tâches. Ce sera une occasion en or pour gagner des galons. Si nous parvenons à bouter la vieille garde gaulliste hors des centres de pouvoir, il y aura des places à prendre pour des jeunes gens décidés et ambitieux. Du sang neuf, c'est cela dont la France a besoin aujourd'hui.

Ses deux auditeurs semblèrent impressionnés.

– Ça m'ennuie tout de même d'abandonner Jean-Pierre Laborde, remarqua Adeline.

– D'une part je ne désespère pas de le convaincre, d'autre part vous ne l'abandonnerez pas. Si vous occupez des postes de responsabilité, dans l'avenir, vous aurez peut-être l'occasion de lui rendre des services. C'est ainsi que ça fonctionne. Mais s'il soutient ce projet de nouveau parti avec la perspective de présenter Le Pen aux élections, eh bien son candidat risque de faire encore moins de voix que Krivine en 69... Déesse victoire choisit toujours les gros bataillons. N'avez-vous pas envie de jouer un véritable rôle dans la vie nationale ?

Voyant qu'ils étaient sérieusement ébranlés par son discours, Bacchelli donna le coup de grâce.

– S'il vous faut une caution morale, sachez qu'un homme au-dessus de tout soupçon, que vous connaissez certainement, sinon personnellement, de réputation, a pris la décision, pour nous épargner le pire, de soutenir l'un des candidats potentiels contre Chaban et Mitterrand. Je veux parler de Pierre Sergent. Il a d'ailleurs été, si je ne m'abuse, l'un des chefs de Laborde au sein de l'OAS...

La surprise se lut sur les visages des deux futurs avocats. L'ancien capitaine de la Légion, condamné deux fois à mort par contumace, exilé en Suisse puis en Belgique, figurait au Panthéon de la mythologie de leur milieu.

– Eh oui, insista Bacchelli. Je vais même vous révéler un fait qui n'est pas encore public. Sergent a décidé de rejoindre le Centre national des indépendants pour défendre la candidature de Valéry Giscard d'Estaing, qui est aujourd'hui ministre des Finances. Il vous expliquera lui-même ses motifs. Voilà, vous savez tout et je compte bien entendu sur votre discrétion. Ces informations-là ne doivent pas aboutir dans les salles de rédaction pour le moment.

– Nous vous remercions de la confiance que vous nous témoignez, monsieur Bacchelli, dit Courtet. N'ayez crainte, nous savons tenir notre langue.

– Je n'en doute pas, chers amis. Pour ne rien vous cacher, puisque nous sommes au rayon confidences, sans vouloir me pousser du col, j'ai joué un certain rôle dans l'amnistie dont Sergent a bénéficié. Pompidou n'est pas le plus mauvais des hommes politiques que la France ait connus. La vie est complexe. Il existe toutes sortes de façons de servir le pays...

43

Été 1973

– J'ai un problème délicat à vous soumettre, dit Michel Jobert.

Le secrétaire général de l'Élysée affichait un visage avenant, mais Anne n'avait pas oublié la façon cassante dont il l'avait éconduite quelque temps plus tôt. S'il me sort du placard, c'est qu'il doit avoir une bonne raison, pensa-t-elle. Elle se contenta de sourire aimablement.

– Allons en parler dans un endroit tranquille, proposa Jobert.

C'était aussi devenu une habitude : s'entretenir des questions confidentielles dans les jardins ou à la table d'un restaurant pour prévenir le risque d'être placé sur écoutes. Car, depuis que la nomenklatura de l'Élysée se divisait en partisans des différents candidats à la succession de Pompidou, la hantise d'être espionné par la clique adverse virait à la paranoïa.

Jobert l'invita donc Chez Laurent qui faisait office de cantine pour nombre d'hommes politiques et de hauts fonctionnaires du palais présidentiel. Les cadres intermédiaires et le menu fretin se contentaient de gargotes plus modestes car l'endroit n'était pas donné : un couple pouvait facilement y dépenser l'équivalent d'un demi-SMIC, voire d'un SMIC entier s'il s'offrait certains crus. Anne elle-même n'y avait déjeuné que deux fois, la première avec son mari et l'un de ses clients, la seconde avec Marie-France Garaud avant que celle-ci ne lui batte froid. Le maître d'hôtel les installa dans un angle de la terrasse dominant les jardins des Champs-Élysées et leur assura qu'ils ne seraient pas dérangés. Par-dessus les frondaisons, on apercevait la coupole du Grand Palais. Le soleil faisait scintiller sa verrière.

Tout en dégustant son homard avec délicatesse, le secrétaire général, dont la mémoire était aussi bonne que la fourchette, commença par lui rappeler sur un ton badin les propos qu'il avait tenus deux ans plus tôt, « Chaque chose en son temps », comme pour leur donner un sens différent et effacer une éventuelle blessure d'amour-propre. Anne, qui n'avait pas été vexée mais seulement déçue par cette réplique, joua le jeu et affecta de croire que ce déjeuner était la suite logique de cette annonce laconique.

Jobert, qui ne semblait pas apprécier les vains bavardages, entra aussitôt après dans le vif du sujet.

– Il me semble que vous connaissez Derennes.

– Philippe Derennes ? Oui, je l'ai rencontré, mais ça remonte à près de dix ou douze ans, c'était au moment du putsch d'Alger. Depuis, j'ai dû le croiser, mais je ne peux pas dire que je le connais.

Jobert balaya l'objection d'un geste.

– Enfin, vous voyez de qui il s'agit.

– Oui, à l'époque il voulait se lancer dans la promotion immobilière.

– Comme beaucoup de gens qui veulent faire de l'argent. Mais la politique est une sorte de drogue et il a replongé, de sorte qu'il est aujourd'hui vice-président du conseil général de l'Ouest… Vous ne le saviez pas ?

– Je n'ai pas suivi attentivement sa carrière et je ne connais pas par cœur la liste des présidents et vice-présidents de région.

Le ton caustique de Jobert lui avait inspiré cette réplique. Peu importe après tout qu'il s'en offusque : il était visiblement demandeur.

– Philippe Derennes est compagnon de la Libération, résistant de la première heure, il a fait une guerre magnifique et a prouvé sa fidélité au Général. Ce serait fort dommage que son nom soit éclaboussé…

Nous y voilà ! songea Anne.

– Pourquoi le serait-il ?

Jobert leva son verre et fit mine d'observer la robe dorée du meursault, dont il but une petite lampée avant de répondre.

– Derennes a abandonné la promotion immobilière, mais pas son intérêt pour cette activité. Il a constitué une société de développement du littoral dont la vocation est de favoriser sa mise en valeur. Or il se trouve qu'un de ses anciens confrères, Robert Cherouse, a lancé un projet de village de vacances d'une certaine ampleur, avec l'appui de plusieurs banques comme Suez et Paribas. Ce qui suppose des autorisations administratives, des dérogations aux dispositions qui protègent la côte, etc. Derennes a proposé à Cherouse de l'aider à obtenir ces autorisations et, en contrepartie, lui a demandé une contribution financière à sa société. Une contribution d'un montant assez élevé.

– C'est ce qu'on appelle du trafic d'influence et plus vulgairement du racket.

Une onde d'irritation passa sur le visage du secrétaire général.

– Je dirais une erreur. Ce sont des pratiques, hélas, fréquentes dans le milieu de l'immobilier. Mais Cherouse a très mal pris cette proposition. Il semble qu'il ait des comptes à régler avec Derennes. Des comptes qui remontent peut-être à la période noire de l'Occupation. Il s'est débrouillé pour procéder à des enregistrements de conversations téléphoniques, obtenir des écrits, bref rassembler toutes sortes d'éléments qui constituent, sinon des preuves formelles, en tout cas des présomptions fort gênantes pour Derennes. Nous ignorons pour le moment ses intentions exactes, mais il menace de tout déballer dans la presse. La présidentielle est proche et un scandale public ne serait pas une bonne chose pour la famille politique à laquelle nous appartenons tous les deux.

– Sans doute, mais en quoi puis-je être utile dans cette affaire ?

– Quand vous êtes entrée à Matignon, au début de votre carrière, après avoir quitté les Forces françaises libres, certains dossiers vous ont été confiés, avec pour mission d'effectuer une sorte de tri, n'est-ce pas ?

– C'est exact.

– Le dossier de Cherouse ne vous serait-il pas passé entre les mains ?

Cherouse était en effet ce bétonneur qui avait participé

pendant l'Occupation à la construction des fortifications de l'île de Cézembre et de la presqu'île d'Aleth, dans la baie de Saint-Malo, mais s'était présenté à la Libération comme l'animateur d'un réseau de résistance, avec l'aide du préfet local. Elle s'en souvenait maintenant : le promoteur faisait partie des « repêchés ». Pourtant, quand Jobert avait prononcé ce nom pour la première fois, elle n'avait pas fait le rapprochement.

– En effet, j'ai dû traiter cette affaire, mais je ne me souviens pas du tout des détails. C'est très ancien, près d'un quart de siècle.

– Et n'auriez-vous pas conservé quelque élément de nature à convaincre ce Cherouse, que je ne connais ni d'Ève ni d'Adam, de se montrer moins agressif ?

– À ma connaissance, tous ces dossiers sont restés en possession de mon patron de l'époque…

– Et celui-ci est décédé voici deux ans. Nous voilà bien partis ! Mais n'avez-vous pas aussi récupéré plus récemment une partie des fichiers du SAC ? Nous pourrions peut-être y trouver notre bonheur.

– Pierre Juillet m'a posé la même question. J'avais en effet mis de côté quelques fichiers, mais ils m'ont été dérobés. Je les avais placés dans une cave…

Jobert leva la main.

– Les détails importent peu. Comprenez-moi bien. Derennes a commis une faute qui doit être sanctionnée par sa démission. Mais il serait préférable que celle-ci soit discrète, demandée pour convenances personnelles, et non imposée par une campagne médiatique de nos adversaires.

– Sans doute.

Jobert sortit un élégant stylo noir et or de sa poche, griffonna sur un carnet dont il arracha la page pour la poser sur la table.

– Je n'ai pas le temps de traiter directement cette affaire, mais elle m'ennuie. Voici la personne à laquelle vous vous adresserez si quelques éléments intéressants vous revenaient en mémoire.

Cette fois, il avait retrouvé son ton autoritaire. Ensuite, il regarda sa montre, commanda des cafés et but très vite le sien, mettant ainsi fin à l'entretien. Il ne jeta même pas un œil sur l'addition car il avait un compte ouvert dans l'établissement.

Le soir, Anne raconta ce déjeuner à son époux.

– Je dois t'avouer que je n'éprouve pas davantage de sympathie pour Derennes que pour Cherouse, conclut-elle.

– C'est curieux, dit Granville. Figure-toi que j'ai été contacté aujourd'hui même par l'avocat de Derennes, un certain Lamenec.

– Je crains que cela n'ait rien de curieux et que ces interventions croisées ne soient concertées. Qu'est-ce qu'il te voulait ?

– Il prétend ne pas avoir le temps de mener des négociations avec Cherouse et me propose de m'en occuper.

Cette tentative d'obtenir l'appui, supposé efficace, de la conseillère de l'Élysée en embauchant son époux n'était pas une première. Les Granville s'étaient fixé pour règle d'éviter le piège du conflit d'intérêts en séparant clairement leurs activités professionnelles. Néanmoins, les consignes de Jobert compliquaient la situation.

– Que lui as-tu répondu ?

– Je lui ai demandé un délai de réflexion. En fait, pour mener à bien ces négociations, il me faudrait des billes que je n'ai pas. Sinon, le conseil de Cherouse va se montrer très exigeant. Au départ, ce promoteur était victime d'un chantage, mais la situation s'est renversée. Je ne vois qu'une personne qui a peut-être les moyens de m'aider, c'est Bacchelli. Mais rien ne dit qu'il ait envie de sauver Derennes. Et, avec lui, c'est toujours donnant-donnant…

– Ce serait plus sage de refuser. Je dirai à Jobert que je n'ai rien retrouvé. Ce qui est d'ailleurs la stricte vérité. Tu peux te passer de ce client, non ?

– Certes, mais l'affaire est amusante.

Ils en restèrent là. Anne n'appela pas l'homme dont Jobert lui avait donné les coordonnées et son mari déclina la proposition qui lui avait été faite par son confrère.

Huit jours plus tard, alors qu'elle avait remisé cette affaire dans une région reculée de son cerveau, une mésaventure lui rappela que, pour d'autres, le dossier restait ouvert. Lorsqu'elle rentrait de l'Élysée, Anne empruntait le plus souvent le bus 63 qui la déposait à l'arrêt Saint-Guillaume, à deux pas de chez elle. Quand il faisait beau, elle descendait parfois à la station précédente et marchait un peu dans le quartier. Sa mission en cours, un projet de restructuration des comités d'administration régionale, lui laissait suffisamment de temps pour quitter son bureau assez tôt. Son rapport, qu'elle préparait avec l'aide d'une secrétaire et de deux collaborateurs extérieurs, aboutirait d'autant plus probablement au fond d'un tiroir ou dans une broyeuse que deux autres conseillers avaient déjà successivement été chargés d'une étude similaire. L'ennui profond que suscitait ce sujet la poussait d'ailleurs à partir dès qu'elle avait libéré sa secrétaire, ce que personne n'avait jamais songé à lui reprocher, car chaque conseiller du Palais gérait sa boutique comme il l'entendait. D'autant qu'en plein mois d'août l'activité de l'Élysée était fort réduite.

Ce soir-là, sur le coup de dix-sept heures, un soleil estival égayait le boulevard Saint-Germain, de sorte qu'elle flânait devant les boutiques. Le quartier s'était complètement transformé, de nouveaux magasins de mode ouvraient tous les jours. Le Flore, les Deux Magots, la Brasserie Lipp et quelques autres établissements avaient conservé leurs enseignes, mais la faune qui fréquentait le quartier s'embourgeoisait à vue d'œil. Après avoir jeté un regard sur la devanture de Sonia Rykiel, Anne entra dans la galerie du Drugstore. Elle se dirigeait vers l'épicerie, quand elle sentit derrière elle une présence suspecte. Trente ans après son expérience de la clandestinité, cet instinct du danger ne l'avait pas quittée, comme s'il s'était inscrit dans ses gènes. Son subconscient avait conservé la capacité d'enregistrer, de trier et analyser une foule de petits détails qui échappaient à son conscient.

Anne se plaça donc devant une vitrine où étaient exposés divers objets de luxe, comme des briquets, des étuis à cigarette et des stylos, de la même façon qu'elle l'avait fait un matin de février 1944 boulevard de la Madeleine pour repérer les sbires que Bacchelli avait collés à ses basques. Elle distingua leur reflet dans la vitre : ils étaient deux, de taille moyenne, dans la quarantaine, habillés sans recherche, et ne ressemblaient pas à la clientèle à la mode de l'établissement.

Les chances semblaient faibles qu'ils l'agressent devant les nombreux badauds qui déambulaient dans le drugstore. Elle décida de monter s'installer à une table de la mezzanine d'où elle pouvait observer la galerie.

Après avoir commandé un sorbet, elle ouvrit un magazine féminin et le feuilleta, tout en surveillant les allées et venues. Les deux inconnus firent quelques pas puis sortirent de son champ de vision. Peut-être s'était-elle alarmée trop vite ? La cabine de téléphone disponible à l'étage lui permettait d'appeler un responsable du service de sécurité de l'Élysée qui lui ferait envoyer du secours, mais elle redoutait de se ridiculiser. Après avoir terminé son sorbet et réglé sa consommation, elle redescendit et n'aperçut pas les deux hommes qu'elle avait soupçonnés de la suivre. Néanmoins, elle pressa le pas en direction de l'angle de la rue des Saints-Pères. Ce n'est que quand elle parvint à la hauteur du magasin Aux laines écossaises qu'ils jaillirent d'une Peugeot rangée le long du trottoir, l'empoignèrent et la jetèrent sur la banquette arrière où un autre homme était déjà installé. L'un de ses ravisseurs s'assit à côté d'elle, de sorte qu'elle se retrouva coincée entre deux gorilles, tandis que l'autre prenait place à côté du conducteur.

Son voisin lui mit sur le nez des lunettes noires qui lui obscurcirent la vue.

– Restez calme et tout ira bien.

Recommandation superflue. Elle ne protesta pas, ne tenta pas de se débattre. Elle savait que c'était totalement inutile, car personne n'entendrait ses cris ni ne remarquerait ses gesticulations. Ce scénario lui rappela douloureusement celui de février 1944, à la différence que Bacchelli n'avait pas jugé utile de la traiter de cette façon. Elle en déduisit que son futur interlocuteur ne voulait pas être identifié. Peut-être le connaissait-elle ?

Les lunettes lui laissaient tout de même un très faible angle de vision, de sorte qu'elle parvint à distinguer l'heure sur sa montre de poignet. Elle la mémorisa puis s'appliqua à compter les arrêts aux feux rouges et les bifurcations, dans l'espoir de réussir plus tard à déterminer le lieu où on la conduisait. Aux trépidations de la suspension et à l'inclinaison de la voiture, elle comprit que celle-ci entrait dans un parking. Un lieu inquiétant, propice à des brutalités ou à un crime… Mais, s'ils avaient voulu la tuer, ils n'auraient pas pris la peine de l'aveugler.

Ils la firent descendre de la Peugeot et monter dans une autre voiture, plus vaste et plus confortable, dont l'intérieur sentait le cuir neuf.

– Croyez que je suis absolument désolé de vous avoir convoquée d'une façon aussi peu courtoise, madame Granville.

La voix était celle d'un homme mûr. Elle lui parut familière, mais n'évoqua ni visage ni souvenir précis. Son assurance laissait penser qu'il s'agissait d'un personnage habitué à commander, donc occupant une position plus ou moins importante.

– Que voulez-vous ?

– C'est très simple. Vos chefs du SAC vous ont confié des fichiers que je voudrais récupérer.

Elle hésita un instant à jouer l'ignorante en niant l'existence de ces fichiers puis estima que c'était inutile en pareille situation.

– Plusieurs personnes me les ont déjà réclamés à diverses reprises. Je leur ai expliqué que ces fichiers ont été volés dans ma cave il y a plus de dix ans. Vous n'obtiendrez pas d'autre réponse.

– Et, à l'époque, vous avez averti vos chefs ? Vous avez déposé une plainte ?

– Je n'ai aucune autre information à vous donner. Pour ce qui est d'une plainte, vous savez parfaitement que cela n'aurait eu aucun intérêt.

– Soit. Avez-vous une idée de l'identité des gens qui ont cambriolé votre cave ? Ils étaient tout de même bien informés. Sinon, ils auraient commencé par perquisitionner votre appartement.

– Aucune idée. Mais quelqu'un a pu me surprendre quand je les ai transportés.

– Curieuse initiative de détourner des dossiers importants pour les mettre dans votre cave. Vous passez pourtant pour une femme avertie.

– Je n'avais pas l'intention de les détourner mais de les mettre à l'abri. Chacun peut commettre des erreurs.

– Vous en commettriez une très lourde si vous conserviez ces fichiers par-devers vous. Si par hasard vous les utilisiez, je l'apprendrais inévitablement. Dans ce cas, je vous convoquerais à nouveau et l'entretien serait moins agréable.

– Parce que vous trouvez agréable d'être enlevée, aveuglée et conduite de force dans un parking souterrain ?

– Il y a des expériences plus désagréables, croyez-moi.

Elle fut tentée de lui lancer que c'était là le langage des gens qu'elle avait combattus pendant la guerre, mais se contrôla. Un des principes qu'on lui avait inculqués était d'éviter les provocations. Le sentiment de vivre un mauvais remake de cette journée de 1944 l'avait envahie au point de retrouver ses réflexes d'alors.

– Bien, soupira l'homme, au cas où la mémoire vous reviendrait, je reprendrai contact avec vous d'ici quelque temps. Conduisez Mme Granville à l'endroit où vous l'avez rencontrée.

Se pouvait-il que cet enlèvement se termine aussi rapidement ? Ou bien ce personnage inconnu lui préparait-il un piège quelconque ?

Ils la firent descendre et remonter dans la Peugeot.

– Vous voyez, dit l'homme qui semblait être le chef du groupe, tout s'est bien passé.

Ceux-là avaient pourtant agi à visage découvert, mais, pour le moment, elle était incapable de se souvenir de leurs têtes. Seulement de leur allure générale dans le drugstore. Au moment de la relâcher, ce présumé chef se retourna pour lui toucher l'épaule.

– Je vais vous demander de conserver vos lunettes quelques instants. Vous pouvez par exemple compter jusqu'à vingt avant de les retirer. Vous devinez pourquoi. Alors n'abusez pas de notre confiance.

Ils la déposèrent boulevard Saint-Germain, devant les Laines écossaises. Elle n'attendit évidemment pas vingt secondes, mais quand elle retira les lunettes, la Peugeot avait disparu car la circulation était très fluide. Elle rangea les lunettes dans son sac, comme souvenir de cette aventure. Sa montre lui apprit que l'enlèvement avait duré trente-cinq minutes. Le parking où ils l'avaient conduite ne devait pas être éloigné.

Son sang-froid ne l'avait pas quittée un instant. Mais, c'est alors qu'elle retrouvait la sécurité qu'elle se mit soudain à trembler. Elle parvint à se maîtriser en respirant profondément et se hâta vers la rue des Saints-Pères.

– Qu'est-ce que tu as, tu es toute pâle ? lui demanda immédiatement Granville.

Elle se laissa tomber dans un canapé.

– Sers-moi quelque chose de fort à boire.

– Cognac ? Whisky ? Vodka ?

– Ce qui te tombera sous la main.

Elle but son verre de vodka d'un trait. Une sensation de chaleur l'envahit.

– Ça ne te ressemble pas, dit Granville.

– Il vient de m'arriver un truc incroyable... Tu te souviens de ces cartons que j'avais mis dans la cave de mes parents ?

– Vaguement...

Elle lui raconta sa mésaventure.

– Ça pourrait avoir un lien avec l'affaire Cherouse-Derennes, non ?

– J'y ai pensé.

– C'est probable. Jobert commence par te demander courtoisement ces fichiers, Derennes tente de nous acheter en me faisant proposer le dossier par son conseil, puis on passe à l'étape suivante... La carotte et le bâton. Assez classique. À mon avis, c'est de l'intimidation. Ils n'oseront pas aller plus loin.

– J'aimerais en être certaine !

Granville se servit lui aussi un verre de vodka.

– Réfléchissons calmement, dit-il. Le coup peut venir des

amis de Derennes, mais aussi de ceux de Cherouse. Voire d'une tierce partie...

– Nous voilà bien avancés !

– Si tu possédais ces fichiers, tu pourrais faire savoir qu'ils seront intégralement transmis à la presse s'il t'arrive quelque chose. Tu ne les as pas, mais tu pourrais leur faire croire le contraire...

– C'est un jeu trop risqué.

– Alors il faut les convaincre qu'on te les a bien volés.

– Je ne peux tout de même pas dénoncer mon frère et le mettre entre les pattes de ces barbouzes.

– Certes... Tu ne lui en as jamais parlé ?

– Non, ça ne servirait à rien. Tu le connais. Soit il nierait, soit il me rirait au nez.

– Alors retourne voir Jobert ou un autre ponte de l'Élysée, raconte-leur cette histoire et demande-leur protection en jurant tes grands dieux que tu n'as pas ces fichiers. Ils finiront peut-être par te croire et faire passer le message.

– Je n'ai guère envie d'aller pleurnicher dans leurs jupes.

– Tu préfères te faire violer et découper en morceaux dans un parking ? Certains de tes copains du SAC ne sont pas des tendres, souviens-toi de l'affaire Markovic.

– C'était un coup pour couler Pompidou. L'enjeu était tout de même plus important.

– Mais aujourd'hui, ils veulent discréditer Chaban, d'après ce que tu m'as raconté. Derennes compte parmi ses supporters. Ça vient peut-être d'un type comme Marchiani.

– Il a un fort accent corse, comme Pasqua, je l'aurais reconnu.

– Bacchelli pourrait sans doute te renseigner et te donner de bons conseils. Il est au courant de tout...

Abattue, encore sous le choc de son enlèvement, Anne fut sur le point de confier à son mari le secret qui la liait à Bacchelli depuis le jour où le numéro deux du RNP lui avait rendu sa liberté, mais un verrou s'enclencha. Cette affaire était restée pour elle une tache de honte, un tabou.

– Tout cela me donne la nausée. Ça suffit pour ce soir, je suis épuisée.

Le lendemain, elle tenta de voir Jobert, mais le secrétaire général de l'Élysée s'était offert une semaine de vacances. Elle s'adressa donc à Anne-Marie Dupuy, qui avait rang de chef de cabinet, bien que Pompidou n'appréciât pas ce terme, parce qu'il lui rappelait trop Matignon. Le partage des responsabilités entre Jobert et elle n'était pas clairement défini, néanmoins il semblait évident aux yeux de tous que « le gnome » pesait plus lourd. Anne s'entendait bien avec cette femme de caractère quoi qu'elle eût peu affaire à elle. Leurs itinéraires se ressemblaient. Anne-Marie Dupuy avait elle aussi appartenu aux Forces françaises libres, comme ambulancière. Elles allèrent déjeuner dans un établissement plus modeste et plus discret que Chez Laurent, rue de Ponthieu. Une certaine complicité féminine les rapprochait aussi. Elles commencèrent par évoquer les difficultés que leur sexe avait suscitées dans leur carrière.

– Vous savez, Anne, après la guerre, j'ai repris mes études contre la volonté de mon mari. Alors je sais ce que c'est que de se coltiner les bonshommes. Pour ma part, je trouve que vous méritez mieux que les tâches qu'on vous confie. Nous allons voir s'il y a moyen d'y remédier…

Tout en demeurant sur ses gardes, car elle savait que les femmes n'étaient pas moins féroces et retorses que les hommes, dans ce milieu comme dans les autres, Anne lui résuma donc sa mésaventure.

– Cette histoire ne me surprend pas, dit Anne-Marie Dupuy. Je peux vous dire que le président en a plein le dos de toutes ces histoires de gangsters qui gravitent autour du SAC. Ça ne vient pas de Jobert, ce n'est pas son genre. Derennes, en revanche, est à mon avis un homme dont il faut se méfier. Quant à Cherouse, je ne le connais pas et j'ignore s'il a les moyens et les relations nécessaires pour monter une telle opération. Je vais en toucher deux mots à Morel, le patron de la DST, et au ministre de l'Intérieur Marcellin. Ils ne portent pas non plus le SAC dans leur cœur. Ne vous inquiétez pas, puisque vous me dites que vous n'avez pas ces fichiers, je vous crois, vous ne serez plus embêtée par cette bande de bras cassés…

De fait, l'inconnu qui avait fait enlever Anne ne se manifesta plus. Pourtant l'affaire de la Société de développement du littoral eut rapidement des suites spectaculaires. Quinze jours plus tard, les bureaux et le domicile de Cherouse furent mis à sac et fouillés de fond en comble par des inconnus. Le promoteur avait déposé plainte et annonçait des révélations.

– Qui a pu faire ça ? demanda l'avocat à son épouse en lui tendant son exemplaire du *Monde*.

Elle parcourut l'article.

– Probablement des hommes du SAC pour le compte de Derennes. Il n'a pas dû avoir beaucoup de mal à recruter quelques gros bras. Reste à savoir s'ils ont trouvé ce qu'ils cherchaient, et même s'ils cherchaient quelque chose ou visaient seulement à intimider Cherouse. J'essaierai d'en savoir plus. En tout cas, tu as bien fait de ne pas accepter ce dossier. Ça sent très, très mauvais.

À l'Élysée, ni Jobert après son retour de vacances ni le personnage dont il lui avait fourni les coordonnées ne se manifestèrent. N'ayant pas répondu aux attentes de ses patrons, en dépit des promesses de la chef de cabinet, Anne se retrouva donc de nouveau plus ou moins désœuvrée dans son placard doré. Un de ses collègues lui confirma à demi-mot que l'opération montée contre Cherouse était bien l'œuvre du SAC, mais qu'il s'agissait d'une initiative locale et que Jobert et même Pompidou étaient furieux. Trois jours après cette expédition, un individu dont le véhicule avait été repéré sur les lieux par des voisins fut appréhendé par le SRPJ de Nantes. Proxénète notoire, déjà plusieurs fois condamné pour coups et blessures, celui-ci passa très vite aux aveux et affirma que cette mission lui avait été confiée par un mystérieux inconnu qui lui avait montré une carte barrée de tricolore et lui avait promis qu'il serait couvert. Plusieurs journalistes laissèrent entendre qu'il pourrait s'agir de maître

Gustave Lamenec qui figurait parmi les chefs du SAC régional. L'avocat de Derennes les menaça immédiatement de procès en diffamation et exigea des droits de réponse.

L'affaire ne s'arrêta pas là car *Minute* publia la semaine suivante une photocopie d'un courrier que la Société de développement du littoral avait fort maladroitement adressé à Cherouse pour tenter de lui extorquer un million de francs. Cette société, présidée par Derennes et constituée sous sa forme juridique d'une association à but non lucratif selon la loi de 1901, n'était de toute évidence qu'une coquille vide. Le fait que le promoteur ait choisi l'hebdomadaire d'extrême droite pour la divulguer renforça l'hypothèse selon laquelle, au-delà de la tentative d'escroquerie, la rivalité entre les deux hommes avait des racines plus anciennes.

La riposte ne tarda pas : un quotidien régional de réputation plus neutre, *Presse Océan*, livra la semaine suivante à ses lecteurs un dossier intitulé « Les bonnes affaires du mur de l'Atlantique », dans lequel Cherouse était cité à diverses reprises. Un témoin dont n'étaient citées que les initiales affirmait même que le promoteur avait porté l'uniforme de la Légion des volontaires contre le bolchevisme. Mais *Minute* répliqua en mettant en doute le passé de grand résistant de Derennes, et exhuma une lettre d'admiration adressée au maréchal Pétain en 1940 par un jeune lycéen du nom de Philippe Derennes…

Le scandale commençait à avoir des répercussions nationales quand il fut miraculeusement éclipsé par le coup d'État de Pinochet au Chili. Le refus de Pompidou de rompre avec le nouveau pouvoir militaire et ses réponses ambiguës au cours d'une conférence de presse suscitèrent une polémique médiatique qui se répercuta au sein du mouvement gaulliste. Derennes put donc démissionner discrètement, en attendant le procès promis par son rival.

– On dirait que Pinochet nous a rendu service, plaisanta Juillet alors qu'il croisait Anne. Cette affaire devenait de plus en plus pénible. Mais, de vous à moi, je ne suis pas fâché que Derennes se soit fait moucher car c'est un copain de la bande de Chaban.

À la fin septembre, elle rencontra Bacchelli dans un cocktail où on lui avait demandé de se montrer. C'était désormais ce genre de corvée qu'on lui attribuait, comme si elle était redescendue au rang d'attachée de communication, peut-être pour la punir de son manque d'enthousiasme pour les missions occultes. Le pince-fesses était offert par une entreprise de cosmétiques dont la contribution aux campagnes électorales passait pour conséquente.

Bacchelli se dirigea vers elle, de sorte qu'elle ne pût lui échapper. Ses premières paroles furent presque mot pour mot celles de Juillet, au point qu'Anne se demanda lequel des deux en était l'auteur original.

– Ils peuvent remercier Pinochet. Non seulement il nous débarrasse des communistes, mais son putsch fait de l'ombre à l'affaire Derennes. La presse n'en parle plus.

Avec une pointe de gourmandise, le patron de l'Institut d'études géopolitiques laissa entendre qu'il avait joué un certain rôle dans les révélations diverses qui avaient accompagné cette sordide dispute. Sans préciser qui il avait soutenu. La logique aurait voulu qu'il prenne le parti de Cherouse, par hostilité à l'égard de Chaban-Delmas, mais peut-être s'était-il complu à salir les deux protagonistes. Elle ne le questionna pas, pour ne pas lui donner la satisfaction de se gonfler davantage d'importance.

– J'ai appris que maître Granville a refusé de défendre Derennes. Si vous voulez mon avis, il a fort bien fait.

– Chacun a droit à être défendu par un avocat, dit-elle, par pur esprit de contradiction.

– Absolument, chère amie. Je voulais simplement dire que Derennes va perdre son procès.

De fait, Derennes fut condamné six mois plus tard pour tentative d'extorsion de fonds et n'échappa à la prison ferme que grâce à diverses interventions de ses amis. Mais le jugement n'eut droit qu'à quelques entrefilets. Un événement de portée nationale accapara en effet les médias : la mort de Georges Pompidou.

44

Septembre 1977

Quand Jean-Pierre Laborde parvint à proximité de la maison de Bout de l'An, après avoir parcouru l'allée qui traversait sa propriété, il constata qu'une ambulance était déjà garée devant le perron. Le hayon était levé et un infirmier en blouse blanche attendait, bras croisés, adossé à la carrosserie. Laborde rangea sa Fiat à côté de l'ambulance, gravit les marches à grandes enjambées et se précipita à l'intérieur. La gouvernante qui se tenait dans le hall le reconnut et l'invita à la suivre, non dans le salon mais à l'étage supérieur.

– *Il Signore è a più male*[1].

De fait, Bout de l'An était allongé sur un lit à baldaquin, en robe de chambre. À ses côtés se tenaient un médecin, stéthoscope autour du cou, et un autre infirmier. Diverses fioles et boîtes de médicaments, un verre et une carafe reposaient sur une table de nuit. Une odeur de renfermé régnait dans la pièce dont les rideaux étaient tirés. Laborde, qui n'y avait jamais mis les pieds jusqu'alors, remarqua un grand crucifix de style baroque, ce qui le surprit, et une série de portraits sous verre de diverses personnalités. À son approche, Bout de l'An se redressa péniblement et réussit à s'adosser à son coussin.

– Je vous attendais cher ami. Je ne voulais tout de même pas mourir sans tenir mes engagements.

Il fit signe au médecin et à l'infirmier de les laisser seuls, puis prit la main du visiteur et l'invita à s'asseoir à côté de lui sur une austère chaise de bois.

1. « Monsieur est au plus mal. »

– Avez-vous fait bon voyage ?

– À vrai dire, j'ai été retardé par un accident sans gravité. Il m'a fallu changer de voiture, je suis absolument désolé de ce contretemps.

– Vous n'avez pas à l'être. C'est déjà très aimable de votre part d'entreprendre ce long déplacement pour ne pas me laisser mourir dans la solitude.

Laborde voulut protester, mais Bout de l'An l'arrêta d'un geste.

– On s'apprête à me conduire à l'hôpital de Bolzano. Je sais que mes jours sont comptés. S'ils m'identifient, ils n'auront plus le temps de me faire extrader et juger en France. Mais parlez-moi plutôt de vous et de votre travail. Votre parti progresse-t-il ?

– Nous avons recruté des cadres solides. Certains qui avaient soutenu Giscard d'Estaing en 1974 sont revenus au bercail. Pierre Sergent par exemple. Vous serez content d'apprendre que votre ami Rouchouze nous a également rejoints…

– Ce cher Georges ! Toujours fidèle. Comment va-t-il ?

– Il est revenu vivre dans la région de Saint-Étienne. À ma connaissance, il se porte bien. En revanche, certains éléments nous ont quittés dans l'espoir de faire carrière plus rapidement… J'ai eu quelques déceptions personnelles avec des jeunes gens que j'ai formés et sur qui je comptais.

– C'est la loi du genre. Les rats se précipiteront toujours sur le fromage. J'ai appris que le Front national avait conclu quelques alliances aux élections municipales, notamment avec ce socialiste de Montpellier dont j'ai oublié le nom. Cela m'a beaucoup intrigué.

– Nos amis de l'Hérault ont choisi de faire barrage au candidat de l'UDR. Ils ont obtenu des engagements qui valent ce qu'ils valent. Georges Frêche est un personnage ambigu qui vaut mieux que certains gaullistes.

– Peut-être, peut-être… Je suis trop éloigné de la scène politique pour en juger. Mais, vous savez, entre la peste et le choléra, mieux vaut généralement ne pas choisir. Attention à ne pas perdre votre âme !

– Pour ma part, je n'étais pas favorable à cette tactique.

– Vous êtes un pur. C'est bien pourquoi je veux faire de vous mon héritier.

De la main, il désigna une grosse serviette en cuir posée à côté de la table de nuit.

– Prenez cette sacoche.

Laborde s'exécuta.

– Ne l'ouvrez pas maintenant. Nous n'avons pas le temps. Vous allez y trouver des fiches, soixante-quatre en tout. Elles concernent des personnalités qui occupent aujourd'hui des positions dans la classe politique, la haute administration, les affaires. Tous ces gens se sont compromis d'une façon ou d'une autre à l'époque où j'avais l'honneur d'exercer des responsabilités. Certains me sont redevables et l'ont sans doute oublié. J'ai détruit les fiches de ceux qui ne jouent plus aucun rôle, car je ne vois pas l'intérêt d'inquiéter de paisibles retraités, et bien évidemment celles des personnes décédées, dont salir la mémoire ne serait profitable à personne. Il y a aussi quelques dossiers plus détaillés et divers documents. Je suis absolument certain que vous en ferez bon usage. En alimentant pendant vingt ans les manœuvres souterraines de Bacchelli, j'ai aujourd'hui l'impression que je me suis fourvoyé...

– Bacchelli et son Institut ont joué pendant longtemps un rôle utile dans la lutte contre le bolchevisme. Il a apporté son aide à de nombreux militants nationaux et notamment contribué à obtenir la grâce de Pierre Sergent. Vous ne vous êtes pas trompé. N'ayez pas de regrets. Mais aujourd'hui, nos chemins se séparent. Je crains, pour reprendre votre expression, que Bacchelli, à force de manœuvres, de calculs et d'alliances tortueuses, n'ait perdu son âme. Le temps est venu de construire une force neuve...

– C'est bien ce que j'attends de vous. Reprendre le flambeau.

Bout de l'An s'interrompit pour récupérer son souffle.

– Vous voyez, j'ai du mal à m'exprimer, mais je préfère partir ainsi, avec toute ma lucidité, que de perdre mes facultés peu à peu. Au cas où ils voudraient me maintenir en vie artificiellement trop longtemps à l'hôpital, je prendrai mes dispositions pendant que j'en aurai encore la force. Bon, ce n'est pas tout.

Vous trouverez aussi dans cette sacoche un chèque à votre ordre que je vous invite à toucher pendant que je suis encore en vie, une procuration et un double du testament que j'ai confié au notaire. Je suppose que vous saurez comment procéder pour éviter les soupçons et les tracasseries. Ces fonds seront ma modeste contribution à votre parti qui doit certainement en avoir bien besoin.

– Je ferai pour le mieux, ne vous inquiétez pas.

– Il y a enfin quelques manuscrits, une ébauche de biographie, des réflexions à caractère philosophique et une étude sur les relations entre Savonarole et l'Église. Lisez-les si vous en trouvez le temps et s'ils ne vous semblent pas trop ennuyeux et voyez s'ils peuvent intéresser un éditeur. J'en doute un peu, mais on ne sait jamais.

Le médecin, qui s'impatientait, frappa et entra sans attendre d'y avoir été invité.

– Nous devons emmener le patient. Il faut éviter de le fatiguer davantage.

– Vous voyez, cher ami, ironisa Bout de l'An. Je suis attendu.

Il parvint à descendre lui-même de son lit, soutenu par les infirmiers qui le firent allonger sur un brancard. Laborde prit la serviette et leur emboîta le pas. Alors qu'on le chargeait dans l'ambulance, Bout de l'An lui adressa un petit salut de la main.

*

Avril 1978

Alain et Yvon sortirent très émus du cinéma l'Odéon où ils venaient de voir *Une journée particulière* d'Ettore Scola. Comme le printemps était précoce, ils regagnèrent à pied l'appartement de la rue du Bac qui n'était pas très éloigné. Ils avaient pris goût à ces promenades nocturnes. En chemin, ils échangèrent des commentaires passionnés, car c'était la première fois qu'ils avaient l'occasion de voir un film évoquant l'homosexualité sans la ridiculiser ou la présenter sous un jour malsain. Ils avaient vu *The Servant* de Losey au moment de sa sortie et plus récemment *La Meilleure Façon de marcher* de Claude Miller projeté l'année précédente, mais le caractère pathologique des relations entretenues par les personnages leur avait déplu.

Leur militantisme au sein du FHAR n'avait été qu'un feu de paille allumé par l'enthousiasme qui avait suivi Mai 68. Les interminables polémiques et querelles de chapelles qui faisaient le quotidien du groupe les avaient rapidement découragés. De plus, malgré ses précautions, Yvon n'avait pu éviter que certains de ses collègues et supérieurs hiérarchiques aient vent de ses écrits. Ses articles et surtout les revues dans lesquelles ils avaient été publiés les avaient choqués, aussi bien par leur liberté de ton que par leur volonté subversive. On lui avait donc fait comprendre aimablement qu'il lui fallait faire un choix : renoncer à ces billets lus par quelques centaines de convaincus ou demander sa mutation dans une administration moins exposée que celle de la culture.

À contre-courant de la tendance générale qui était plutôt à la tolérance, son nouveau patron, Michel d'Ornano, ancien maire de Deauville et surnommé « Le duc de Normandie », venait en effet de se positionner sur le créneau de la rigueur morale en faisant interdire plusieurs festivals cinématographiques, au prétexte qu'ils outrageaient les bonnes mœurs, et en menaçant de fermeture des Maisons des jeunes et de la culture qui entendaient passer outre. Si les activités d'Yvon étaient venues aux oreilles du ministre, il aurait été peu probable que celui-ci continue à lui confier des responsabilités liées justement au réseau des MJC. Yvon avait donc choisi la prudence et renoncé à ses activités littéraires et journalistiques.

De son côté, Alain était de plus en plus accaparé par le développement de son entreprise, qui prenait un tour imprévu. Plusieurs grandes marques lui proposaient d'ouvrir une seconde concession, et son comptable lui confirmait qu'il fallait voir grand pour réaliser des économies d'échelle. Son succès le dépassait. Au fil des ans, la reprise d'un modeste atelier débouchait sur la gestion d'un réseau de succursales. Cette évolution impliquait évidemment un bouleversement de sa vie quotidienne. Plus question de passer son temps sous les capots. Ces changements avaient suscité une crise de conscience : n'avait-il pas trahi sa classe d'origine ? Son malaise avait pris un tour aigu quand il avait dû faire face à des revendications et menaces de grève d'une partie de son personnel qu'il pensait rémunérer convenablement, c'est-à-dire un peu au-dessus des tarifs pratiqués dans la profession.

« Le paternalisme, ça a ses limites », lui avait dit Yvon. « Il faut assumer. Se conduire correctement, ça ne veut pas dire se laisser marcher sur les pieds. Tu peux raconter tout ce que tu veux, tu resteras le patron. L'idéologie, quatre-vingt-dix-neuf pour cent des gens n'en ont rien à cirer. Encore heureux qu'ils ne sachent pas que tu es pédé ! » L'affaire s'était finalement conclue par des négociations et un compromis qui avaient rétabli la paix sociale dans le garage. Néanmoins, cet incident l'avait meurtri. Trente ans après la mort de son frère, il ne pouvait s'empêcher de se demander ce que celui-ci en aurait pensé.

Ses nouvelles responsabilités et l'âge aidant, il avait aussi fait une croix sur ses virées nocturnes et même sur la danse, qu'il avait remplacée par des séances de gymnastique dans une salle spécialisée. Il avait en effet découvert un matin avec effarement qu'il prenait du poids et du ventre, maux dont il ne s'était jusqu'alors jamais soucié. Passer de l'atelier au bureau n'avait pas été sans effet. Nombre de ses anciens voisins de la rue des Quatre-Frères ne l'auraient pas reconnu, grisonnant sur les tempes, avec ses costumes de Tergal gris. Le seul qu'il fréquentait encore de temps à autre restait Petit Louis, plus virulent que jamais, mais désormais père de famille, qui avait lui aussi pris de la bedaine. Curieusement, peut-être parce qu'il connaissait Alain depuis longtemps, il ne lui reprochait jamais frontalement sa promotion sociale, bien qu'il continuât lui-même à pointer chaque matin à l'usine. Tout juste se contentait-il de plaisanteries à double sens pas très méchantes. Mais, à sa décharge, Alain ne refusait jamais de verser son obole à la souscription d'un comité de lutte ou de soutien, en faveur des causes les plus diverses, du peuple palestinien aux militants noirs emprisonnés aux États-Unis. Peu sectaire, il donnait aussi un peu d'argent au PC quand il en avait l'occasion et ne manquait pas une fête de l'Huma.

Ce soir-là, après le cinéma, ils se contentèrent de quelques restes dans leur cuisine, car Alain devait se lever tôt, comme chaque jour, samedi compris. Tout en grignotant une aile de poulet froide, Yvon dépouilla son courrier.

– Ah, voilà l'invitation que j'attendais, dit-il en extrayant un grand carton rectangulaire d'une enveloppe. Bizarre qu'il ne me l'ait pas adressée au ministère. Comment ont-ils obtenu mon adresse personnelle ? Je trouve ces méthodes très douteuses.

– De quoi s'agit-il ?

– Une conférence sur les nouveaux procédés informatiques, je t'en ai parlé. Je suis obligé d'y aller car d'Ornano a repris les projets de Duhamel. Il veut moderniser les systèmes de classement des maisons de la culture et des bibliothèques populaires. D'ailleurs, quand j'y pense, Duhamel était un visionnaire à sa façon, car ces techniques n'existaient pas. Sur le plan théorique du moins, d'ici quelques années, on devrait pouvoir aller dans n'importe quelle bibliothèque et savoir quels sont les livres disponibles dans toutes les autres en quelques minutes. *Idem* pour toutes sortes d'autres choses. Comme les MJC, c'est mon job, il va falloir que je me coltine cette conférence, moi qui déteste tout ce qui a trait à la technique !

– Il existe déjà des systèmes de classement et de référence très performants, par exemple pour les pièces de rechange.

– C'est possible, je n'y connais rien. Mais tu devrais venir avec moi, d'abord tu me tiendrais compagnie, ensuite tu apprendrais peut-être des choses utiles pour ton entreprise.

*

Anne Granville trouva elle aussi un carton d'invitation de la Compagnie des machines Bull parmi l'abondant courrier que l'huissier de service déposa comme chaque matin sur sa table de travail Empire. Elle avait conservé ce bureau après l'élection de Giscard d'Estaing bien qu'elle eût finalement soutenu Chaban-

Delmas à la présidentielle. Mais ce choix lui avait valu une nouvelle placardisation qui, sauf bouleversement imprévu, avait cette fois toutes les chances de se prolonger jusqu'à sa retraite. Elle faisait désormais partie des meubles, personne ne songeait à la chasser, comme si on l'avait oubliée, mais on ne lui confiait que des tâches à caractère technique. Deux de ses voisins les plus influents avaient déjà quitté les lieux. Garaud occupait désormais une sinécure de conseiller référendaire et Juillet avait suivi Jacques Chirac à Matignon. Ils la saluaient aimablement quand ils la rencontraient, mais la considéraient sans doute comme quantité négligeable. Elle s'était accommodée de cette situation comme des précédentes et avait réalisé qu'elle était moins ambitieuse qu'elle ne l'avait cru pendant un certain temps. Du moins ne se sentait-elle pas prête à payer le prix nécessaire pour parvenir au premier plan et y rester.

Au dîner, elle parla de l'invitation de Bull à son mari.

– C'est pénible, cette réputation de spécialiste du traitement de fichiers me colle aux fesses depuis une éternité. On m'impose encore cette corvée. Impossible d'y couper.

– Il faut te faire une raison, plaida l'avocat. Tu es un peu dans la même situation que les comédiennes condamnées à jouer des rôles de soubrettes ou de femmes fatales. C'est la même chose dans toutes les professions. Dans la mienne par exemple. Tu gagnes un procès pour une histoire d'abus de bien social et tous les gens qui détournent du fric de leur boîte viennent te voir quand ils ont des ennuis. Mais une réputation de spécialiste a aussi des avantages…

– De toute manière, il faut bien que je donne l'impression de travailler, si je veux qu'ils continuent à faire semblant de croire que je sers à quelque chose.

Granville examina le carton.

– Ça t'ennuierait que je vienne avec toi ?

– Pas du tout. Plus on est de fous, plus on rit. L'informatique t'intéresse ?

– L'informatique, non, mais ses applications, oui. Imagine qu'on puisse répertorier la jurisprudence et la retrouver en quelques minutes, au lieu de feuilleter d'énormes livres qui ne sont jamais à jour et des piles de photocopies illisibles. On gagnerait un temps fou, sans compter les économies de personnel.

*

Jean-Pierre Laborde eut une explication orageuse avec Courtet et Adeline.

– Vous pouvez me raconter tout ce que vous voulez, mais je considère que vous allez à la soupe, dit-il, méprisant. Vous prétendez que vous avez fait le service d'ordre des meetings de Giscard avec Sergent au nom de la politique du moindre mal, mais Sergent, lui, est aujourd'hui revenu au Front national. Vous n'avez même plus cet alibi. C'est une désertion pure et simple. Vous êtes des déserteurs. Nous ne sommes pas en période de guerre, sinon on vous logerait une balle dans la tête.

– Voyons, Jean-Pierre, inutile d'employer les grands mots. Nous restons dans le même camp. Ce sont des divergences tactiques. Nous continuerons à servir la cause nationale.

Laborde ricana.

– Avec tous ces pourris de gaullistes qui ont rallié Giscard ? Avec les hommes qui ont fait fusiller Bastien Thierry ? Vous me faites vomir !

Il avait élevé le ton, alors que l'entrevue se déroulait dans une brasserie de la place de l'Alma où les clients commençaient à arriver par petits groupes pour le déjeuner. Adeline et Courtet, consternés par cette agressivité, se retournèrent, inquiets, pour observer les autres tables.

– Ne parle pas aussi fort. Je suis certain que nous nous retrouverons, assura Courtet, toujours soucieux de temporiser.

– Merde ! Assumez au moins vos responsabilités ! Je vais vous dire une chose. Vous prétendiez faire partie de l'élite qui allait sauver la France, mais vous êtes comme les autres. Quand vous avez vu le fric qui coulait à flots pendant la campagne électorale, vous vous êtes dit que ce serait trop bête de ne pas en ramasser un peu au passage. Et je suppose qu'on vous a fait des propositions alléchantes. Dans quelques années, vous allez vous retrouver chef de cabinet d'un ministre pourri ou d'un président de conseil général véreux et vous allez vendre leur salade. Le pouvoir, les honneurs, le luxe, ça vous en a mis plein la vue. Si vous étiez passés comme moi par un camp russe, vous vous laisseriez moins impressionner !

Depuis quelque temps, Laborde avait tendance à mettre ses états de service en avant dans ce milieu, comme un ancien combattant qui arbore ses médailles, ce qu'il s'était pourtant refusé à faire pendant très longtemps.

Courtet consulta son acolyte du regard.

– Cela suffit, Jean-Pierre. Nous regrettons beaucoup que tu le prennes de cette façon, mais nous ne pouvons pas en entendre davantage.

Il jeta un billet sur la table et entraîna Adeline vers la sortie.

Pour se calmer, Laborde commanda un verre d'alcool. Il avait tendance à lever le coude.

Il se rendit ensuite, à pied, jusqu'au boulevard Haussmann. Parvenu au siège de l'Institut d'études géopolitiques, il passa devant l'hôtesse sans se présenter et gravit l'escalier qui conduisait à l'étage où Bacchelli avait son antre. Il entra en coup de vent sans frapper.

Bacchelli, occupé à sa revue de presse, s'appliqua à dissimuler l'irritation que lui causait cette irruption.

– Qu'est-ce qui me vaut cette visite inattendue, Jean-Pierre ?

Laborde se pencha vers lui et posa les deux mains à plat sur le bureau avec un air menaçant.

– Des explications. J'attends des explications !

– À quel sujet ?

– Ne me prenez pas pour un imbécile. Depuis quelques années, vous menez un travail de sape. Vous débauchez des militants nationalistes. Croyez-vous que je ne suis pas au courant de vos intrigues ? Moi qui vous ai fidèlement servi en jouant le coursier pendant des années ! C'est votre façon de me remercier ?

– Il me semble, dit Bacchelli, sur un ton ferme, que nous avons procédé pendant toutes ces années à des échanges de services dont vous avez, de votre côté, vous et vos amis, largement bénéficié. Votre façon de présenter nos relations me semble peu conforme à la réalité.

– C'est vous qui avez bourré le crâne de Courtet et Adeline ? Qu'est-ce que vous leur avez promis ?

– Ce ne sont plus des gamins. Ils sont capables de prendre leurs décisions tout seuls. Peut-être n'ont-ils pas envie de s'enfoncer dans une impasse...

– J'entends très bien le discours que vous leur avez tenu. Vous savez vous y prendre. Bacchelli, j'ai mis longtemps à m'en rendre compte, car je vous croyais des nôtres, mais vous jouez double jeu. Que dis-je, triple jeu ! Vous êtes un individu plus répugnant que les gaullistes ou les communistes, qui, eux, au moins sont sincères.

Bacchelli secoua la tête.

– Vous vous égarez, mon ami. Il n'y a pas lieu de poursuivre cet entretien. Je vous prie de sortir.

– Je vais sortir, rassurez-vous, et je ne vous casserai pas la gueule. Mais je veux que vous sachiez au moins une chose. Bout de l'An m'a fait son héritier testamentaire. Il m'a remis ses fichiers en me précisant bien qu'il n'était pas question de vous les transmettre. Et j'ai eu, de mon côté, l'occasion d'entrer en possession de documents fort intéressants.

Bacchelli perdit un peu de sa superbe et ne réussit à cacher ni sa curiosité ni une pointe d'inquiétude.

– Et alors ? Que comptez-vous donc en faire ?

– Publier un livre. Je vous prie de croire que ça va faire du bruit. Beaucoup de gens qui ont retourné leur veste vont sentir le vent du boulet. Je n'ai pas l'intention de vous imiter et de me livrer à des intrigues de couloir et à des chantages, comme une araignée tapie au fond de sa toile. Moi, c'est une bombe que je vais lancer pour faire sauter le système.

– Mon pauvre ami, vous ne ferez rien sauter du tout. Votre pétard est mouillé. Vous n'allez que vous éclabousser vous-même. Enfin, ce que je vous en dis...

Laborde tourna les talons et sortit en claquant la porte.

45

Février 1978

L'équipe d'Antenne 2 dirigée par Claude Sérillon arriva parmi les premières, puis toute une meute bardée de caméras et d'appareils photo se pressa bientôt dans les salons du palais des Congrès qui avaient été inaugurés trois ans plus tôt. La venue de Raymond Barre avait en effet été annoncée.

– Il est mignon, dit Alain en observant le jeune et fringant journaliste qui donnait des consignes à son cameraman.

Yvon protesta d'un petit coup de coude. Alain ne quittait pas son ami d'une semelle car il se sentait un peu perdu dans cette foule de chefs d'entreprise, de technocrates et de journalistes. Après avoir pris leurs cartons et vérifié leurs noms sur sa liste, une hôtesse leur avait remis un badge et un porte-documents contenant diverses plaquettes vantant la Compagnie des machines Bull et ses réalisations. Un service d'ordre discret mais vigilant d'hommes au cheveu ras en blazer bleu marine surveillait les accès, car on redoutait l'irruption de trublions anarchistes. Prenant le relais des maoïstes, les autonomes s'étaient fait une spécialité de perturber les manifestations de ce genre, surtout quand des ministres participaient à la fête.

Finalement, Barre ne vint pas et seul René Monory, ministre de l'Industrie, fit une courte apparition pour saluer les progrès de la technologie française, avant de laisser les micros aux dirigeants de la firme. La nouvelle du jour était le rachat de la société Micral qui allait permettre de commercialiser à brève échéance et à grande échelle un produit sans précédent : l'ordinateur personnel. Après ces discours prononcés dans le grand amphithéâtre, quelques dizaines d'invités triés sur le volet et identifiables à la couleur de leur badge furent dirigés par les hôtesses vers le salon panoramique où les attendaient des cocktails, mais aussi des techniciens et des commerciaux chargés de les convaincre d'investir dans cette technologie d'avenir. Pour atteindre cette salle qui dominait l'Ouest parisien, il fallait emprunter une batterie d'ascenseurs. Dans la cabine bondée, Alain eut la surprise de se trouver nez à nez avec Léo. Celui-ci, qu'il n'avait pas vu depuis des décennies, s'était complètement dégarni, mais le bronzage de son crâne chauve trahissait la Côte d'Azur.

– Qu'est-ce que tu fais là ?

– Ma chaîne est en plein dans leur cible de clientèle. Elle compte maintenant cinquante-deux établissements et je vais lancer une nouvelle enseigne. Tes affaires ne marchent pas mal non plus, d'après ce que j'ai entendu dire.

– Je ne me plains pas, mais je n'ai que deux garages et je ne pense pas en ouvrir cinquante.

Alors qu'ils parvenaient sur le palier du trente-deuxième étage où d'autres escouades d'hôtesses et d'hommes en blazer procédaient courtoisement à de nouvelles vérifications, Léo remarqua enfin la présence d'Yvon.

– Et toi, toujours dans ton ministère ?

– Je reste fidèle à la culture, je vous laisse le commerce.

Léo les prit par l'épaule et les entraîna vers le buffet.

– Allons nous en jeter un en souvenir du bon vieux temps.

Comme le jeune serveur engoncé dans son spencer blanc peinait à déboucher une bouteille de champagne, Léo ne put s'empêcher de lui faire une réflexion.

– Je sais de quoi je cause, mon gars, j'ai fait ton boulot pendant dix ans.

L'autre sourit poliment.

– Léo est insortable, glissa Yvon à Alain. J'ai horreur de ces comportements de nouveau riche.

Un technicien de la maison leur mit le grappin dessus, à point pour mettre un terme à ce petit incident.

Les Granville, qui étaient arrivés en retard, croisèrent Alain, mais cette fois Anne ne le reconnut pas. Elle éprouva toutefois un sentiment de déjà-vu, mais elle rencontrait tant de gens dont elle oubliait les noms qu'elle ne chercha pas à lire celui du garagiste inscrit sur son badge. En revanche, elle poussa son mari du coude quand elle distingua son frère Jean-Pierre au milieu d'un petit groupe.

– Qu'est-ce qu'il fabrique ici ? Tu te rends compte, je ne l'ai pas vu depuis des années et je tombe sur lui ! Il ne manquait plus que ça…

De fait, ils ne s'étaient pas retrouvés depuis un déjeuner familial qui s'était conclu une fois de plus par une dispute. Elle voulut l'ignorer, redoutant un nouvel accrochage, mais l'un des personnages qui accompagnaient Jean-Pierre Laborde lui adressa un sourire. Elle reconnut Jean-Paul Parayre, un jeune polytechnicien avec qui elle avait eu l'occasion de collaborer à Matignon. Celui-ci venait, à quarante ans, de quitter la fonction publique pour prendre la tête du groupe Peugeot et était par conséquent devenu le patron de son frère. Impossible de l'éviter sans paraître grossière.

Jean-Pierre Laborde fut tout aussi surpris que sa sœur, mais, peut-être en raison de la présence de son employeur, ne fit aucune réflexion désagréable. Il afficha néanmoins une froideur glaciale.

– J'ignorais que notre directeur de la sécurité était votre frère, dit Parayre, qui ne remarqua pas cette réaction. Le monde est vraiment petit.

Anne présenta son mari.

– En revanche, j'ai entendu parler de vous, maître.

Ils échangèrent des cartes de visite, puis parlèrent du sujet qui les réunissait, l'informatique. Parayre leur infligea un cours magistral sur la production à flux tendu.

– Les Américains et même les Japonais sont en avance sur nous…

Ils l'écoutèrent aimablement puis se séparèrent du groupe sous prétexte d'un rendez-vous.

– Ce type est brillant mais vraiment rasoir, remarqua Granville.

– Conserve sa carte. Parayre connaît absolument tout le monde. C'est une relation utile.

Ils rencontrèrent encore d'autres connaissances, dont l'incontournable Bacchelli flanqué de Stanislas de Montalembert. Avec le temps, elle avait cessé de le détester et une sorte de complicité s'était établie entre eux, mais elle s'en méfiait toujours comme de la peste. Tandis que l'héritier de la banque Montalembert s'écartait pour saluer René Bousquet qui émargeait chez sa concurrente, la Banque d'Indochine, Bacchelli prit Anne à part.

– Si vous avez quelque influence sur lui, vous devriez essayer de calmer votre frère, chère amie.

– Je n'en ai strictement aucune. Mais pourquoi devrais-je le calmer ?

– Il s'apprête à commettre des bêtises.

– À quoi faites-vous allusion ? demanda-t-elle, intriguée malgré sa volonté de ne pas se mêler des affaires de son frère.

– Il entend publier un livre dans lequel il dénoncerait, preuves à l'appui, toutes sortes de personnalités qui ont pignon sur rue. Pour ma part, je n'ai rien à craindre car mon passé est connu de tous, mais il y a des gens à qui cette démarche peut fortement déplaire. Son nouveau patron ne l'appréciera pas, l'ère de Pigozzi est terminée.

– Jean-Paul Parayre est beaucoup trop jeune pour avoir été compromis dans quoi que ce soit, à part peut-être des intrigues de cabinets ministériels qui sont monnaie courante.

– Lui personnellement, non. Mais il ne va pas accepter qu'un de ses cadres jette un pavé dans la mare au risque de le brouiller avec des gens qui comptent. Il ne peut pas se permettre d'avoir des moutons noirs dans une entreprise dont il vient tout juste de prendre les commandes. Et se faire remercier est bien le moindre des désagréments qui guettent votre frère s'il s'acharne…

– Jean-Pierre est têtu. Mais que peut-il donc révéler d'extraordinaire ?

– Il semble qu'il ait eu accès à de vieux fichiers et qu'il s'en soit aussi procuré de plus récents. C'est du moins ce qu'il prétend.

Bacchelli avait légèrement appuyé sur le mot fichier. Le

malaise que faisait naître chez Anne le rappel de cette histoire s'était atténué, mais pas complètement effacé. Elle affecta d'ignorer l'insinuation.

– Quoi qu'il en soit, comme je viens de vous le dire, mon frère ne m'écoute pas. Nous sommes aujourd'hui très éloignés. Je n'ai donc aucun moyen de le dissuader de publier son livre. Toutefois, permettez-moi d'être un peu surprise. À ma connaissance, Jean-Pierre n'a jamais eu le moindre goût pour la littérature. Il a toujours été un activiste et une tête brûlée. Je suis même étonnée qu'il soit parvenu à se faire une place parmi les cadres d'une grande entreprise.

– Il ne vous est jamais venu à l'idée que j'ai pu l'aider à y rentrer, et peut-être à y rester ?

– Pas le moins du monde. J'ai suivi sa carrière de fort loin. Cette sollicitude est touchante, mais j'imagine qu'elle n'est pas dénuée d'intérêt. Vous avez sans doute quelques relations à protéger.

Son ton était devenu, malgré elle, acide. Bacchelli sut qu'il avait réussi à la toucher.

– Ce livre, s'il paraît, non seulement n'aura certainement pas l'effet qu'il escompte, mais il risque de nuire à la cause qu'il prétend défendre.

– C'est bien le moindre de mes soucis. Comme vous le savez, nous ne défendons pas les mêmes causes, Jean-Pierre et moi. Sur ce, permettez-moi d'effectuer le travail dont on m'a chargée en m'envoyant ici. L'informatique est une discipline qui m'est totalement étrangère et il faut que je me fasse donner quelques explications…

Elle rejoignit son mari qui conversait avec un fabricant d'appareils ménagers, lui aussi intéressé par les procédés proposés par Bull. Après un nouvel échange de cartes, l'avocat et sa femme s'éclipsèrent.

– Figure-toi que j'ai failli plaider pour ce type. Une affaire de concurrence déloyale. Finalement, ça s'est terminé par une transaction. C'est fou le nombre de gens qu'on retrouve dans ces conférences. À croire que l'informatique passionne tout Paris. Sinon, que racontais-tu avec Bacchelli ?

– Rien de vraiment intéressant. Il me parlait de Jean-Pierre qui veut, paraît-il, publier un livre à scandale.

– Avec en gras les vrais noms des gens d'origine juive ou étrangère qui ont changé de patronyme, comme dans *Minute* ? persifla l'avocat.

– Tout est possible, mais, d'après ce que j'ai compris, ce serait plutôt un ouvrage historique retraçant les carrières de personnalités qui se sont compromises sous l'Occupation.

– Ça commence à dater. Tu crois que ça intéresse encore des lecteurs ? Il a peu de chance de faire un best-seller.

– Je ne pense pas que ce soit son intention.

*

Alain, Yvon et Léo quittèrent eux aussi la réception alors qu'elle battait encore son plein. Malgré les réticences que lui avaient inspirées les manières de Léo, Yvon se résigna à accepter son invitation à poursuivre la soirée au restaurant. L'ancien serveur venait d'ouvrir un établissement boulevard Saint-Germain et tenait absolument à le faire découvrir à ses amis. Bien évidemment, l'employé leur attribua la meilleure table disponible et multiplia les courbettes.

– Ce soir, je n'ai pas perdu mon temps, annonça Léo. Ça a gambergé dans ma tête. Si leur système marche, et il n'y a pas de raison qu'il ne marche pas, je vais pouvoir tout calculer et planifier, le grammage des plats, les fournitures, les salaires. Et ça va me permettre de contrôler les comptes de mes franchisés qui me truandent sur leur chiffre d'affaires…

Le sujet intéressait fort peu les deux autres.

– Et sur la Côte, comment ça se passe ?

– Génial, je partage mon temps entre mon bureau et mon bateau. J'ai engagé un petit skipper adorable. Un nouveau. Pas celui que vous avez rencontré, il me piquait du fric. Mais n'allez pas croire, je bosse aussi quand je suis en mer. On peut me joindre vingt-quatre heures sur vingt-quatre par téléphone. Et, le jour où leur système marchera aussi à distance, je pourrai tout gérer à bord…

Impossible de le lancer sur un autre sujet, il en revenait toujours à son business.

*

Bacchelli resta beaucoup plus tardivement dans le salon panoramique. Il tomba en effet sur un conseiller du ministre de l'Intérieur qui lui aussi avait eu en poche sa carte du RNP trente-cinq ans plus tôt. Embauché par Raymond Marcellin, lui-même vichyste reconverti, il avait conservé son poste sous son successeur Christian Bonnet. Le personnage avait plus d'un point commun avec Bacchelli dont il avait fréquenté les bureaux du boulevard Haussmann. Cet homme de l'ombre ne dissimula pas son enthousiasme.

– On m'a chargé d'étudier la question et j'ai l'intention de présenter un rapport très positif. Ces systèmes devraient révolutionner nos fichiers d'ici quelques années. La mécanographie exigeait trop de personnel, ça multipliait les risques de fuite.

– C'est possible, dit Bacchelli, plus réservé.

– À propos de fichiers, où en sont les vôtres ? On n'en entend plus parler depuis quelque temps… Auriez-vous épuisé vos stocks ?

Le conseiller ignorait d'autant moins les chantages et intrigues auxquels se livrait Bacchelli qu'il en avait bénéficié lui-même.

– Cela n'a jamais été mes fichiers, cher ami. Ces documents ont été mis en lieu sûr par une personne dont je préfère ne pas citer le nom et qui vient de nous quitter. Celle-ci m'a fait l'honneur de me confier de temps à autre quelques éléments utiles, rien de plus.

– Et maintenant ?

– J'ignore ce qu'il reste de ces fiches et ce qu'elles contiennent, mais je crains qu'elles ne soient tombées en de mauvaises mains. J'avais d'ailleurs l'intention de vous en parler.

46

Mars 1978

Faisant fi des limitations de vitesse, la Renault 30 TS roulait à plus de cent quarante sur la nationale 182. Les enceintes de son autoradio à cassettes, réglées à forte puissance, diffusaient le cinquième concerto pour piano et orchestre de Beethoven dit *L'Empereur* dans une version interprétée par Daniel Barenboim. Un vrai paradoxe puisque le pianiste n'avait jamais dissimulé sa judaïté alors que Laborde souffrait depuis quelques années d'un antisémitisme quasi pathologique, qui, curieusement, l'avait relativement épargné du temps où il portait l'uniforme de la LVF. Mais il n'était pas homme à s'embarrasser de telles contradictions. De la main gauche, le coude appuyé sur le montant de la fenêtre ouverte, il tenait fermement son volant ; de la droite, il battait la mesure au rythme enjoué de l'*allegro non troppo* final.

Laborde se décida à ralentir un peu avant le péage de Bourneville car il savait que les contrôles étaient fréquents à l'approche du pont de Tancarville. Il avait pris goût à la conduite de puissantes voitures et la solitude lui permettait de se détendre. Bien qu'il eût abandonné ses périples au Tyrol depuis la mort de Bout de l'An, il voyageait toujours beaucoup. En Italie pour rencontrer d'anciens militants du Movimento Politico Ordine Nuovo, en Espagne pour conférer avec des phalangistes. Le 20 novembre 1977, il avait défilé avec eux bras tendu, aux côtés de Rouchouze, en chantant *Cara del sol,* pour saluer le deuxième anniversaire de la mort du généralissime Franco. Sa quête d'une sorte d'internationale noire l'avait même conduit jusqu'au Liban pour s'entretenir avec des phalangistes chrétiens.

Ces jours-ci, ses missions étaient plus prosaïques. Il s'employait à regrouper les purs et les durs de l'Hexagone, car des divisions minaient déjà le jeune Front national accusé de mollesse par son concurrent le Parti des forces nouvelles. Les transfuges étaient nombreux, aussi bien vers la droite classique, comme Courtet et Adeline en avaient donné l'exemple, que vers des groupes se revendiquant plus ouvertement de la Révolution nationale. Ces départs démoralisaient parfois les militants d'un parti qui avait du mal à décoller. Laborde s'apprêtait donc à prêcher la bonne parole au Havre auprès d'une douzaine de fidèles de la région normande. Son prestige personnel, qu'il cultivait désormais, était son meilleur atout.

Mais, pour l'heure, la principale préoccupation de l'ancien Waffen SS[1] était le second front qu'il s'apprêtait à ouvrir sur le terrain médiatique. La veille, il avait remis son manuscrit à un éditeur réputé pour son indépendance et sa compétence pour lancer des brûlots. Les petites maisons connues pour leurs liens avec l'extrême droite lui inspiraient une certaine méfiance. Non seulement l'odeur de soufre qui les entourait pouvait nuire à une promotion efficace, mais leurs moyens étaient limités. De plus, leur implication dans les luttes intestines de l'ultra-droite pouvait les amener à demander des coupes pour ménager untel ou untel, ce que Laborde n'entendait accepter à aucun prix. Il les avait donc écartées.

Ces jours-ci, il traversait une phase plutôt positive. La perspective de secouer une partie de la classe politique et de rappeler leur passé à quelques renégats de haut vol lui procurait une certaine exaltation. Ce fut donc dans cet état d'esprit qu'il trouva la mort quand explosa la bombe placée sous son siège. Son corps fut déchiqueté et la Renault soulevée et projetée contre un talus. Alertés par un automobiliste qui avait assisté au drame, des gendarmes, qui procédaient à des contrôles à la hauteur du péage du pont de Tancarville, arrivèrent très vite sur place. Ils

1. À la fin de la guerre, une partie des soldats de la Légion des volontaires français (LVF) fut intégrée d'office par l'état-major allemand dans les SS.

reçurent l'ordre d'interdire l'accès des lieux et d'attendre la venue de la cellule d'investigation criminelle et d'une équipe de la police scientifique. Les enquêteurs ne trouvèrent que peu d'objets intacts : le portefeuille de la victime dans la poche d'une veste posée sur le siège arrière, des clefs, la cassette de l'autoradio et un pistolet Herstal de 9 mm fabriqué par la manufacture d'armes de Bayonne dans la boîte à gants. Les experts ne parvinrent ni à déterminer l'origine de cette arme dont le numéro de série avait été limé, ni à déceler un lien avec un crime répertorié. En revanche, ils établirent que l'engin explosif contenait un kilo de mélinite, un matériau utilisé depuis la Première Guerre mondiale.

Épilogue

L'enquête consacrée à l'attentat qui coûta la vie à Jean-Pierre Laborde fut confiée successivement à deux juges d'instruction mais n'aboutit jamais. Elle fut abandonnée après quatre ans de vaines investigations. Toutes sortes de rumeurs coururent sur ce crime. Au sein de l'extrême droite, on l'attribua presque officiellement au Mossad car Jean-Pierre Laborde défendait publiquement des thèses négationnistes, mais, plus discrètement, on incrimina les rivalités qui opposaient diverses factions, et en particulier le Front national au Parti des forces nouvelles. De leur côté, des journalistes mirent en avant les liens que Laborde aurait tissés au cours de ses voyages avec des services secrets du Moyen-Orient et des néo-fascistes italiens engagés dans l'action terroriste. Ils insinuèrent qu'il agissait peut-être pour le compte de la DGSE et que son double jeu l'aurait perdu. On évoqua enfin un règlement de comptes tardif entre anciens de l'OAS. Le manuscrit du livre dont Laborde avait annoncé la prochaine publication ne fut jamais retrouvé. L'éditeur pressenti nia qu'il lui ait déjà été remis. En dépit de ces zones d'ombre, Jean-Pierre Laborde fut traité en martyr par l'ensemble de l'extrême droite et Jean-Marie Le Pen prononça un discours enflammé lors de ses obsèques.

Malgré leur éloignement, la mort de son frère éprouva beaucoup Anne Granville, d'autant qu'elle perdit coup sur coup son père et sa mère au cours de l'année suivante. Elle demanda sa retraite anticipée, qui lui fut accordée sans difficulté à cinquante-sept ans, et s'écarta définitivement de la vie politique, alors que son mari poursuivait brillamment sa carrière d'avocat d'affaires.

Yvon, après avoir mené à bien une ébauche d'informatisation des Maisons de la culture et bibliothèques publiques, qui l'ennuya beaucoup, demanda lui aussi la mise en congé de fin d'activité à laquelle sa situation lui donnait droit.

Alain, que la vie de chef d'entreprise passionnait moins que la mécanique, mit ses deux garages en gérance et partit vivre avec son amant en Haute-Provence où ils achetèrent un mas entouré d'un parc de vingt hectares.

Léo lança avec succès son nouveau réseau de restaurants en franchise et se retrouva à la tête d'une chaîne de cent quarante établissements. Mais, un an plus tard, une embolie cérébrale l'emporta soudainement à l'âge de soixante-trois ans alors qu'il prenait l'apéritif en compagnie de son steward, sur le pont de son bateau dans le port d'Antibes.

Petit Louis perdit son poste chez Roux-Combaluzier à la suite d'une grève, puis fut renvoyé successivement de diverses entreprises métallurgiques en raison de ses activités syndicales et politiques. Il ne parvint pas à retrouver un emploi stable et vécut d'allocations et de travaux précaires jusqu'à ce que le décret du 26 mars 1982 lui permette de prendre enfin sa retraite l'année suivante à soixante ans. Trois mois plus tard, il fut appréhendé par la police après avoir participé à un affrontement entre les ouvriers grévistes de l'usine Citroën de Poissy et la milice patronale. Au cours d'un bref interrogatoire auquel il refusa de répondre, ses interlocuteurs, des fonctionnaires des Renseignements généraux, lui firent comprendre qu'il figurait lui aussi de longue date dans un fichier consacré aux éléments subversifs.

Bacchelli parvint à conserver ses entrées à l'Élysée et à Matignon, mais son étoile pâlit avec l'élection de François Mitterrand en 1981. Il continua à mener des intrigues et à prodiguer des conseils mais ne joua plus qu'un rôle de second plan jusqu'à sa mort, dans son lit, en 1983.

Courtet et Adeline, et quelques autres anciens amis de Laborde qui figuraient parmi ses nouveaux poulains, firent de brillantes carrières dans la classe politique, au prix du reniement public de leur engagement passé, mis au compte d'erreurs de jeunesse.

La Compagnie des machines Bull, considérée comme stratégique par les divers gouvernements, ne fut jamais sanctionnée pour sa collaboration avec le gouvernement de Pétain et les autorités allemandes, de sorte que son développement put se poursuivre sans encombre. Pourtant, elle ne parvint pas à s'imposer sur le marché des ordinateurs personnels face à ses concurrents états-uniens. Cet échec conduisit l'entreprise à se restructurer et à licencier la moitié de ses vingt mille salariés. En revanche, Bull fit par la suite l'acquisition de diverses autres sociétés comme HRBC et Amesys, qui lui permirent de se distinguer sur d'autres marchés et d'y réaliser de fructueux profits, en particulier ceux des ressources humaines et de la surveillance informatique des communications. Divers États firent l'acquisition de ces systèmes, tels le Maroc, le Qatar et la Libye de Kadhafi, permettant à Bull de renouer avec le profit.

Bibliographie et sources

Citroën par ceux qui l'ont fait, collectif, Éd. de l'Atelier, 2013.

François Duprat. Le nationaliste révolutionnaire, dossier du *Monde magazine,* 9 juillet 2011.

Une entreprise à l'épreuve de la guerre et de l'Occupation : la Compagnie des machines Bull, thèse de doctorat d'histoire, Paulette Richomme, 2007.

La Grève Renault d'avril-mai 1947, Pierre Bois, Lutte ouvrière, 2009.

Histoire secrète du patronat de 1945 à nos jours, Benoît Collombat et David Servenay, La Découverte, 2009.

Le Périgourdin Bout de l'An, chef de la milice, Brigitte et Gilles Delluc, Pilote, 2009.

Atelier 62, Martine Sonnet, Le Temps qu'il fait, 2008.

Liquider les traîtres, Jean-Marc Berlière et Franck Liaigre, Robert Laffont, 2007.

Les Rescapés de l'épuration, Roland Gaucher et Philippe Randa, Dualpha, 2007.

La Libération inconnue, Maurice Rajsfus, Le Cherche-Midi, 2004.

Mes années Caudron, Simonne Minguet, Syllepse, 1997.

Des apparences à la réalité : le « fichier juif », Robert Carmille, autoédition de Robert Carmille, 1996.

Le Dossier Georges Albertini, Jean Lévy, L'Harmattan, 1992.

Des écrivains et des artistes sous l'Occupation, Gilles Ragache, Hachette, 1988.

L'Épuration, 1943-1953, Herbert Lottman, Fayard, 1986.

L'Épuration des intellectuels, Pierre Assouline, Éditions Complexe, 1985.
Les Trotskistes et la guerre, Jacqueline Pluet-Despatin. Anthropos, 1980.
L'assassin était chez Citroën, Marcel Caille, Éditions sociales, 1978.
Du communisme au fascisme, Victor Bathélemy, Albin Michel, 1978.
Militant chez Simca-Chrysler, Henri Rollin, Éditions sociales, 1977.
Les Truands du patronat, Marcel Caille, Éditions sociales, 1977.
Les Collaborateurs, Pascal Ory, Éd. du Seuil, 1976.
B comme barbouzes, Patrice Chairoff, Alain Moreau, 1975.
La Forteresse ouvrière : Renault, Jacques Frémontier, Fayard, 1971.
Quand ils étaient ministres, brochure de Lutte ouvrière, 1970.
Histoire de la milice, Jacques Delperrié de Bayac, Fayard, 1969.
Histoire de Vichy, Robert Aron, Fayard, 1954.
Club du Vieux-Colombier, Saint-Germain-des-Prés sur la Côte, 1950.

Archives de l'INRA
Fonctionnement de la mécanographie, documents vidéo, musée de l'Informatique 1950 et INRA 1941.
« Le Gai Paris », *in* colloque « Culture, presse et entreprise sous l'Occupation » co-organisé par le GDR 2539, l'IMEC, le CRHQ (CNRS-université de Caen) et l'IDHE (CNRS-université Paris I Panthéon-Sorbonne), mars 2008.
« L'Hexagone gay », site Internet : http://www.hexagonegay.com
« Zazou ou être petit swing sous l'Occupation par Mimi de Paris », d'après http://www.montrealswing.com/SSM/historique/zazous.html

DU MÊME AUTEUR

Spéculator, Éd. de l'Archipel, 2010
Gombo, Liana Levi, 2009
2011, Éd. de l'Archipel, 2005 ; rééd. en coll. de poche
sous le titre *L'Inondation,* 2009
La Femme du ministre, Éd. de l'Archipel, 2007
Retraite anticipée, Fleuve noir, 2003 ; rééd. Pocket, 2005
Investigations, Éd. du Masque, 2003
Les Pillards de Bagdad, Éd. de l'Archipel, 2003
Colonia Tranquilidad, Noesis, 2002
Noir de taule, recueil de 14 nouvelles
sur le thème de la prison
présenté par Gérard Delteil, « Cabinet noir »,
Les Belles Lettres, 2001
Bugs, Calmann-Lévy, 1999 ; rééd. Folio/Gallimard, 2001
Dernier Tango à Buenos Aires, Actes Sud, 2000
Schizo, Actes Sud, 1998
La Peau des autres, Denoël, 1997
L'Or des abbesses, Éd. de la Voûte, « Métro-police », 1997 ;
publié en feuilleton dans *Le Parisien* durant l'été 1997
Allumez le gourou, Comp'Act, « Haute Tension », 1997
Au nord du rio Balsas, Fleuve noir Aventure, 1996
Chili incarné, Baleine, « Le Poulpe », 1996
Cerro Rico, la mine aux enfants, Éd. de la Renaissance, 1995
La Nuit de l'apagon, Fleuve noir, 1995
Mort d'un satrape rouge, Métailié, 1995 ; rééd. poche, 1998
Enchères de peau, Éd. de la Voûte, « Métro-police », 1997
Viva Villa, Dagorno, 1994
Pièces détachées, Fayard, 1993 ;
Prix du Quai des Orfèvres
Chili con carne, Scandéditions, 1993 ;
rééd. Folio/Gallimard, 1995
Ticket chic, Métailié, 1993

La Confiance règne, Gallimard, « Série noire », 1991 ;
rééd. Folio/Gallimard, 2002
Du sang sur la Glasnost, Éd. du Masque,
« Grand format », 1990
Balles de charité, Gallimard, « Série noire », 1990 ;
rééd. Folio/Gallimard, 2000
Les Huit Dragons de jade, Philippe Picquier, 1989 ;
rééd. Picquier poche, 1997
Riot gun, Gallimard, « Série noire », 1989 ;
rééd. Folio/Gallimard, 2000
Fenêtre sur route, L'Instant, 1988
Festin de crabes, Liana Levi, 1987
KZ Retour vers l'enfer, Carrère, 1987 ; rééd. Métailié, 1999
Les Chiens de garde, Fleuve noir, 1986
Mâle de mer, Fleuve noir, 1986
N'oubliez pas l'artiste, Fleuve noir, 1986 ;
Grand Prix de la littérature policière ;
rééd. Folio/Gallimard, 1992
Le Nouveau Crime de l'Orient-Express, Fleuve noir, 1986 ;
rééd. « Métropolar » sous le titre *Crime Express*, 1997
Sur l'écran noir de leurs nuits blanches, Fleuve noir, 1986
Le Baiser de la couleuvre, Fleuve noir, 1985 ;
rééd. Les Nuits rouges, 2000
Coup de cafard, Fleuve noir, 1985 ; rééd. 1992
Kalashnikov, Fleuve noir, 1985
Le Miroir de l'Inca, Liana Levi, 1985 ;
rééd. Folio/Gallimard, 1993
Votre argent m'intéresse, Fleuve noir, 1985 ;
rééd. Éd. du Masque, 1991
Le Repenti, Fleuve noir, 1985
Histoire d'os, Fleuve noir, 1985
Ici le chat est le patron, Fleuve noir, 1985
Ticket choc, Fleuve noir, 1985
Un garçon ordinaire, Fleuve noir, 1985
Solidarmoche, Fleuve noir, 1984

Feuilletons

Cauchemar 2034,
publié durant l'été 2013 dans *Tout est à nous*
Le Deal de Buenos Aires,
publié durant l'été 2002 dans *Courrier Cadres*
Murder.com – Le roman noir d'une start up,
publié durant l'été 2001 dans *Défis*

Pour la jeunesse

Fugue à Buenos Aires, Albin Michel, 2000
Piège sur Internet, Hachette, « Verte aventure », 1996
Le Trésor de Tupac Amaru, Syros, « Souris noire », 1992
Le Squelette de la mairie, Syros, « Souris noire », 1991
Paquet choc, Syros, « Souris noire », 1990
Le fils Capet se fait la malle, Syros, « Souris noire », 1989

Anticipation

Tchernobagne, Fleuve noir, 1989
Hors-jeu, Fleuve noir, 1987
La Septième Griffe de Togor, Fleuve noir, 1987
Transfert, Fleuve noir, 1986

Enquêtes

La Médecine malade de l'argent, L'Atelier, 1994
(avec Yves Audève)
Danger chimie, Fayard, 1992 (avec Yves Audève)
Prisons – La Marmite infernale, Syros, 1990
Dossier viande – Du trafic au meurtre, Messidor, 1988
(avec Yonnel Liégeois)
Prisons – Dossiers brûlants, Le Carrousel, Presses de la cité, 1986
(épuisé)

Télévision

Scénario du *Clan des clandestins* (série *Navarro*)
Adaptation de *Riot Gun*

RÉALISATION : NORD COMPO À VILLENEUVE-D'ASCQ
IMPRESSION : NORMANDIE ROTO IMPRESSION S.A.S. À LONRAI
DÉPÔT LÉGAL : FÉVRIER 2014. N° 114305 (1400242)
– *Imprimé en France* –